Senden Önce Ben

Pegasus Yayınları: 633
Bestseller Roman: 269

SENDEN ÖNCE BEN
JOJO MOYES
Özgün Adı: Me Before You

Yayın Koordinatörü: Yusuf Tan
Editör: Gizem Aldoğan
Düzelti: Cengiz Alkan
Sayfa Tasarımı: Meral Gök
Film-Grafik: Mat Grafik

Baskı-Cilt: Alioğlu Matbaacılık
Sertifika No: 11946
Orta Mah. Fatin Rüştü Sok. No: 1/3-A
Bayrampaşa/İstanbul
Tel: 0212 612 95 59

13. Baskı: İstanbul, Mayıs 2014
ISBN: 978-605-343-067-4

Yayıncı Sertifika No: 12177

Pegasus Yayıncılık Tic. San. Ltd. Şti.
Gümüşsuyu Mah. Osmanlı Sk. Alara Han
No: 11/9 Taksim / İSTANBUL
Tel: 0212 244 23 50 (pbx) Faks: 0212 244 23 46
www.pegasusyayinlari.com / info@pegasusyayinlari.com

JOJO MOYES

Senden Önce Ben

İngilizceden Çeviren:
AYŞE GÖRÜR

PEGASUS YAYINLARI

*

"Bu kitabı bitirdiğimde üzerine yorum yapmak değil, en baştan tekrar okumak istedim. Belki tuhaf gelebilir ama kitabın son yüz sayfasında gözyaşlarım bir türlü durmadı." Liesl Schillinger *The New York Times Book Review*

"Delicesine romantik." *Woman*

"*Senden Önce Ben* bu yıl herkesin elden ele dolaştıracağı bir kitap olacak. Moyes karizmatik, gerçekçi ve çarpıcı karakterler yaratmayı çok iyi biliyor." *The Independent*

"Hiç alışık olmadığınız bir aşk hikâyesi... Gözyaşları içinde bir koca kutu şekerleme yediğinizi hayal edin." Oprah Winfrey, *The Oprah Magazine*

"Bu kitabı okuduktan sonra neden 28 ülkede yayımlandığını anlıyorsunuz. Hem komik hem duygulu. Fakat asla sonundan emin olamıyorsunuz." *USA Today*

"Kalıpları yıkan sihirli, huzurlu ve sevimli bir roman." *Publishers Weekly*

"Moyes'in son kitabı okuyucunun ilgisini canlı tutan kimyası ve zekice diyaloglarıyla kalpleri ısıtıyor." *Booklist*

"Komik, şaşırtıcı ve yürekleri burkan bir hikâye. Etkileyici ve eğlenceli karakterlerle dolu. Düşüncelerinizi harekete geçirip baştan sona zevk veren bu kitap aşkın karmaşasını çok iyi yakalamış." *People Magazine*

"Jojo Moyes kusursuz bir modern aşk hikâyesi anlatmış. Nasıl hissettiğinize şaşıracak, düşlerinizin sınırlarını zorlayacaksınız. Bu kitabı hemen okuyun." Adriana Trigani

"*Senden Önce Ben* lezzetli bir sürpriz gibi. Komik, umut dolu ve yürekleri burkuyor. Gece yarılarına kadar sayfaları çevirip duracaksınız. Lou Clark ve Will Traynor kalbinizi ele geçirecek ve kitap bittikten sonra bile orada kalmaya devam edecek." Eleanor Brown

"Bazı kitaplar durup düşünmenizi ve kendi hayatınızı ya da bir konuya bakış açınızı sorgulamanızı sağlar. Bu kitapta da kendinizi karakterlerin yerine koymamanız imkânsız. Hayatınız bir anda değişirse neler yapacağınızı düşünüp duracaksınız." Lee Woodruff

"David Nicholls'ın çok sevilen *Bir Gün* romanı gibi *Senden Önce Ben* da sona ermesini istemeyeceğiniz ve elinizden bırakmakta güçlük çekeceğiniz bir kitap olacak. Bu yürekten hikâye bize yepyeni bir hayata başlamak için asla geç kalmadığımızı anlatıyor." *BookPage*

"Yakıcı ve candan… Bu birbirini çok iyi anlayan iki insanın öyküsü." *The Independent on Sunday*

"Romantik, düşündürücü ve acıklı. Elden bırakmak mümkün değil." *Woman & Home*

"Ölüm ve yaşam arasında sıra dışı yakınlaşmaların yaşandığı bir roman. Büyülü ve dokunaklı. Suya dayanıklı bir maskaraya ihtiyacınız olacak." *Marie Claire*

"Jojo Moyes'in romantik hikâyelerine daima bir kutu mendil eşlik ediyor. *Senden Önce Ben*'in kalbinde dopdolu, gerçek ve düşündürücü bir ikilem yatmakta. Moyes'i ilk defa okuyanlar büyük bir haz duyacak." *Sunday Express*

"Yepyeni bir Moyes romanı ve büyük bir başarı! Moyes'in aşk hikâyesi öyle sıra dışı bir şekilde çiçekleniyor ki!" *Elle*

"Okuyun ve ağlayın. Jojo Moyes'in *Senden Önce Ben* romanında kalp kırıklıkları mizahla mükemmel bir şekilde birleşiyor." *Good Housekeeping USA*

"Sizi arayışa sokan, son derece iddialı bir öykü." *Easy Living*

"Bu güzel hikâye beni gülümsetti, kahkahalara boğdu ve bir bebek gibi ağlattı." *Closer*

"Okuduğum en muhteşem kitaplardan biri!" Sophie Kinsella

"Sizi gözyaşlarına boğacak bir roman." *Daily Express*

"Öğretici ve insanın içini huzurla dolduran bir altı ay, acı-tatlı bir aşk macerası." *Daily Mail*

"Güldüm, ağladım ve eminim ki dünya üzerinde var olan tüm duyguları tattım. Bu kitaba beş yıldız bile az." Mrs. Julie Austin

"Tüylerinizi diken diken edecek modern bir aşk hikâyesi. Bu kitap en sevdiğim beş romandan biri oldu. Tek kelimeyle kusursuz." Mrs. N. M. Ridings

"Sizi bu kadar içine çekecek başka bir kitap bulmanız çok zor. Yıllardır okuduğum en güzel kitap." Gill B.

"Bu hikâyeyi kitap bittikten çok uzun bir süre sonra bile hatırlayacak, her daim yanınızda taşımak isteyeceksiniz." Romantic Book Lover

"Bu kitabın her satırına hayran kaldım. Yaşadığım duygu yoğunluğuyla sürekli geri dönüp sayfaları tekrar tekrar okudum." Tonie

"Daha önce beni böylesine ağlatan bir kitap ya da film görmemiştim." Nadia

* "Kitabı bitirdikten sonra ertesi sabah uyanıp son sayfaları tekrar tekrar okudum ve her defasında da hıçkırıklara boğuldum." Lolls Wales

"İki dakika önce gözlerimden yaşlar akıyorken iki dakika sonra beni kahkahalara boğmayı başaran tek kitap." Helen P.

"SAKIN SON BÖLÜMLERİ OTOBÜSTE GİDERKEN OKUMAYIN. Ağlamamak için kendinizi tutmaya çalışırken bir enkaza dönüşebilirsiniz." Tracy Williams

"Bu kitap bağımlılık yaratıyor. İşe gitmeyip tüm gün bu kitabı okumak istiyorsunuz." Lola Jane

"Bu kitap ruhunuza dokunuyor ve sonlara yaklaştıkça ne olur bitmesin demekten kendinizi alamıyorsunuz. Kitabının sonunda ağlamamak için çok çaba göstermeniz lazım." Lizzie Bennett

"Uzun zamandır okuduğum en yıkıcı ve aynı zamanda da sevimli hikâye. Kitabın yarısına geldiğimde artık kendimi bile hatırlamıyordum." Kerrie

* "Son zamanlarda çıkan en güçlü ve unutulmaz kitap. Sizi bir duygudan diğerine sürükleyecek bir kitap arıyorsanız işte karşınızda!" Steady

"Bu kadar duyguyu aynı anda ortaya çıkarabilecek başka bir kitap olduğuna inanmıyorum. Kitap eleştirisi yapmayı hiç sevmem, ama bu kitabın ne kadar harika olduğunu herkese söylemek zorundaydım." Marg Marg

"Bu kitap bitince yas tutmaya başladım. Okuduğum en güzel kitaplardan biri." Caldergirl

"Moyes okuyucularının aynı anda hem berbat hem güzel hem yürek burkan hem de neşelendiren duygular içine girmesini sağlayabiliyor." Dee

* * * *

“Bu kitabı kimse görmeden, evde tek başıma hıçkırıklara boğulup ağlarken bitirmem isabet oldu. Bravo Jojo Moyes! *Senden Önce Ben* insanın içini sızlatacak kadar gerçekçi bir roman olmuş.” J. Starling

“Jojo Moyes bu kitapla büyük bir ödülü hak ediyor.” Swifty

“Eğer topluluk içinde inleye inleye ağlamak istemiyorsanız kitabın sonunu evinizde okuyun derim.” T. Anderson

“Bu kitap en az *Bir Gün* kadar ilgi görmeyi hak ediyor. Hayat dolu, hüzünlü ve düşündürücü.” Surrey

“Bu kitabı okuyunca duygudan duyguya koşacağınız bir lunaparka girmiş gibi oluyorsunuz. Okurken dünyayı ve zamanı durdurmak isteyeceksiniz.” Dooster

“Bir kitap eleştirisi yaparken kelimelerin kifayetsiz kalması pek de uygun kaçmaz. Ama bu kitap bana tam olarak bu hissi yaşattı.” Suzy Shipman

“Bu kitap sizi altüst etmiyorsa yardıma ihtiyacınız var demektir.” Y. S. Buckell

“Muhteşem bir mizah anlayışı ve büyük bir hüzün. Bu yıl okuduğum en iyi kitap!” Roses UK

“Bu kitap gözlerinizi açıp dünyaya bambaşka bir şekilde bakmanızı sağlıyor.” C. A. Anderson

Charles'a, tüm sevgimle...

Giriş

2007

Adam banyodan çıktığında kadın uyanıp yastıklara dayanmış, yatağın yanında duran seyahat broşürlerine göz atıyordu. Kadının üzerinde adamın tişörtlerinden biri vardı ve uzun saçları bir önceki gece yaşadıklarına dair çok şey anlatacak kadar dağınıktı. Önceki geceyi kısa bir an hatırlayarak keyfini çıkaran adam havluyla ıslak saçlarını kuruladı.

Kadın broşürlerden başını kaldırıp dudak büktü. Yaşı böyle bir hareket için oldukça büyük olsa da henüz kısa süredir birlikte oldukları için bu mimikleri sevimli görünüyordu.

"Gerçekten dağlara çıkıp trekking yapmak ya da vadilerde gezinmek *zorunda* mıyız? Bu birlikte çıktığımız ilk doğru düzgün tatil ve bir yerden kendimizi atmadığımız ya da polar dağ kıyafetleri giymediğimiz tek bir gezimiz bile olmadı."

Broşürleri yatağın üstüne atan kadın bronzlaşıp karamel rengine dönmüş kollarını başının üstünde tutarak gerindi. Kısık sesi uykusuz geçen saatlerin kanıtı gibiydi. "Lüks bir *spa* masajı için Bali'ye gitmeye ne dersin? Kumların üzerinde uzanır saatler boyu kendimizi şımartırız... Uzun ve rahatlatıcı geceler geçiririz."

"Ben öyle tatillere çıkamam. Bir şeyler yapıyor olmam lazım."

"Uçaktan kendini atmak gibi mi mesela?"

"Denemeden karar verme bence."

Kadın suratını astı. "Senin için fark etmediğine göre kararımı çoktan verdim sanırım."

Adamın hafif nemli gömleği üzerine yapışmıştı. Saçlarını tarayıp cep telefonunu açtı ve küçük ekranda beliren mesajlara göz gezdirdi.

"Peki. Benim gitmem lazım. Kendine kahvaltı hazırla." Kadını öpmek için yatağın üzerine eğildi. Kadın ılık teninden yayılan parfümle çok seksi kokuyordu. Adam, kadının saçlarından gelen kokuyu içine çekti ve kadın kollarını onun boynuna dolayıp yatağa doğru çekince adamın aklındaki her şey bir an için uçup gitti.

"O halde bu hafta sonu gidiyor muyuz?"

Adam gönülsüzce yataktan kalktı. "Anlaşmada ne olacağına bağlı. Şu anda her şey belirsiz. Belki New York'ta olmam gerekebilir. Yine de perşembe günü güzel bir akşam yemeği yiyebiliriz. Restoranı sen seç." Adamın eli kapının arkasında asılı duran motosiklet kıyafetlerine uzandı.

Kadın gözlerini kıstı. "Akşam yemeği mi? Bay BlackBerry de bize katılacak mı?"

"Ne?"

"Bay BlackBerry beni Bayan Fazlalık gibi hissettiriyor." Kadının yüzü bir kez daha asılmıştı. "Sürekli senin dikkatini çekmeye çalışan üçüncü bir kişi varmış gibi hissediyorum."

"Sessize alırım."

Kadın, "Will Traynor!" diye bağırdı. "Tamamen kapatacağın zamanlar da olmalı."

"Ama dün gece kapattım, değil mi?"

"Ancak ağır tehdit altındayken kapatıyorsun."

Adam sırıttı. "Şimdi öyle mi oldu?" Deri kıyafetlerini giyince nihayet Lissa'nın üzerinde bıraktığı etkiden de kurtulmuştu.

Motosiklet ceketini omzuna atıp ayrılırken kadına bir öpücük gönderdi.

Cep telefonunda yirmi iki mesaj vardı ve ilki sabah 3.42'de New York'tan gelmişti. Hukuki bir problemle ilgiliydi. Garaja inen asansöre bindikten sonra gece gelen haberlerle neler olup bittiğini anlamaya çalıştı.

"Günaydın Bay Traynor."

Güvenlik görevlisi kabininden çıktı. Bu, soğuğa karşı korunaklı bir kabin olsa da aslında aşağıda korunulacak bir hava da yoktu. Will bazen güvenlik görevlisinin kapalı devre televizyon sistemine ve hiç kirlenmeyen 60.000 sterlinlik arabaların parlak tamponlarına bakarak saatler boyunca ne yaptığını merak ediyordu.

Deri ceketini giydi ve, "Dışarısı nasıl Mick?" diye sordu.

"Fena. Bardaktan boşanırcasına yağmur yağıyor."

Will duraksadı. "Öyle mi? Motor havası değil yani?"

Mick başını salladı. "Hayır efendim. Şişme botunuz yoksa binmeyin derim. Ya da ölmek istemiyorsanız."

Will motoruna bakıp kıyafetlerini çıkardı. Lissa aksini düşünse de gereksiz riskler alan bir adam değildi. Motorun ön tarafındaki gözü açıp giysileri oraya koydu ve kilitledikten sonra anahtarları Mick'e attı. Mick anahtarları tek eliyle kolayca yakalamıştı. "Kapının altından atarsın olur mu?"

"Sorun değil. Size bir taksi çağırmamı ister misiniz?"

"Hayır, ikimizin de ıslanmasına gerek yok."

Mick otomatik kapıyı açan düğmeye bastı ve Will eliyle teşekkür ederek dışarı çıktı. Sabahın ilk saatlerinde hava karanlık ve gök gürültülüydü. Saat henüz yedi buçuk bile değildi, fakat Londra'nın merkezinde trafik şimdiden yoğunlaşmıştı ve yavaş ilerliyordu. Will montunun yakalarını yukarı kaldırıp kavşağa doğru yürümeye başladı. En kolay taksi bulacağı yer burasıydı. Yollar göle dönmüştü ve kaldırımdan parlak, gri bir ışık sokağa yansıyordu.

Kaldırım kenarındaki takım elbiseli diğer insanları gören Will içinden lanet okudu. Ne zamandan beri Londra bu kadar erken kalkmaya başlamıştı? Tabii herkesin aklında aynı soru vardı.

Will hangi noktada dursam daha iyi olur diye düşünürken telefonu çaldı. Arayan Rupert'dı.

"Geliyorum. Taksi bulmaya çalışıyorum." Yolun karşı tarafında, turuncu ışıklı bir taksi gözüne çarptı ve taksiyi kendisinden başka kimsenin görmediğini umarak ona doğru ilerledi. Bir otobüs gürültüyle yanından geçti ve ardından frenleri tiz bir ses çıkartan kamyon yüzünden Rupert'ın sözleri duyulmaz oldu. Will trafiğin gürültüsü içinde, "Seni duyamıyorum Rupe," diye bağırdı. "Bir daha söyler misin?" Kısa bir süre orada mahsur kaldıktan sonra önünden akıp giden trafiğin içinde yanan turuncu ışığı görüp boş elini kaldırdı ve sağanak yağmurda sürücünün onu görmesini umdu.

"New York'tan Jeff'i araman lazım. Hâlâ uyumamış, senin aramanı bekliyor. Dün gece sana ulaşamadık."

"Sorun nedir?"

"Hukuki bir pürüz. Bir paragrafta uygulamadıkları iki madde... imza... kâğıtlar..." Yağmurda lastikleri kayan bir arabanın sesi karşı tarafın konuşmalarını bastırıyordu.

"Anlayamadım."

Taksi de onu görmüştü. Yavaşlayıp yolun karşı tarafına küçük bir su birikintisi sıçratarak durdu. Arabayı fark edip öne atılan başka bir adam ise Will'in ondan önce davranıp taksiyi yakalayacağını anladığında hayal kırıklığıyla yavaşladı. Will sinsi bir zafer duygusuna kapılmıştı.

"Cally'e söyle kâğıtları hazırlayıp masama koysun." diye bağırdı. "On dakika içinde orada olacağım."

İki tarafa da bakıp başını koruyarak taksiye doğru son birkaç adımını attı. "Blackfriars'a," demek üzere dudaklarını aralamıştı bile. Yağmur yakasından ve kollarından içeri süzülüyordu. Yürüyeceği mesafe çok kısa olsa da ofise vardığında sırılsıklam olacaktı. Belki sekreterini gönderip bir gömlek aldırması gerekebilirdi.

"Ve Martin gelmeden önce şu durum değerlendirmesini halletmemiz gerekiyor..."

Will keskin bir korna sesiyle başını kaldırdı. Önünde duran taksinin parlak siyah kapısını görebiliyordu. Şoför Will'e bakmak için camını indirmeye başlamıştı. O an Will görüş alanının en ucunda tam olarak ne olduğunu anlayamadığı, korkunç bir hızla kendisine doğru gelen bir şey gördü.

Ona doğru dönünce kısa bir an için gördüğü şeyin üzerine doğru geldiğini fark etti ve artık kaçış mümkün değildi. Şaşkın bir halde avuçlarını açtı ve Blackberry cep telefonu yere düştü. Bir çığlık duydu; bu belki de kendi çığlığıydı. Gördüğü son şey deri bir eldiven, kask altında bir yüz ve adamın gözlerinde yansıyan şok anıydı. Bir patlama gerçekleşmiş ve her şey yerle bir olmuştu.

Ve sonra, karanlık.

1

2009

Otobüs durağı ile ev arası 158 adımdı, ama aceleniz yoksa ya da platform tabanlı ayakkabılarınızı giymişseniz 180'e de çıkabilirdi. Ya da hayır kurumlarına ait mağazaların birinden aldığınız burnu kelebek desenli, ama arkası topuğunuzu hiçbir zaman tam anlamıyla kavramayan ayakkabılardan -böylece niye 1,99 sterline indiğini de anlaşılıyor- giymiş olabilirsiniz. 68. adımda bizim sokağa dönen köşeden girdim ve evi gördüm. Dört yatak odalı yarı müstakil ev, diğer üç ya da dört yatak odalı müstakil evlerle aynı sıradaydı. Babamın arabası da sokaktaydı ve bu henüz işe gitmediği anlamına geliyordu.

Güneş arkamda, Stortfold Şatosu'nun ardından batıyordu ve koyu gölgesi bana yetişmek için eriyen bir mum gibi tepenin aşağılarına doğru kaymaktaydı. Çocukken uzayıp giden gölgelerimizle silahlı çatışma oyunları yaratır, caddeyi *Vahşi Mücadele*'nin film seti haline getirirdik. Başka bir gün olsaydı size bu yolda yaşadığım her şeyi anlatabilirdim: Babamın bana iki tekerlekli bisiklete binmeyi öğretmesi, peruğu bir yana kaymış Bayan Doherty'nin yaptığı Galler kekleri, Treena'nun on bir yaşındayken elini çite sıkıştırıp bir eşek arısının yuvasını bozduğu ve hepimizin çığlık çığlığa şatoya doğru koşması hep bu yolda gerçekleşmişti.

Thomas'ın üç tekerlekli bisikleti yolda ters dönmüş halde duruyordu. Bahçe kapısını arkamdan kapatıp bisikleti verandanın altına ittim ve evin kapısını açtım. Sıcaklık bir hava yastığı gibi yüzüme çarptı. Annem soğuktan hep şikâyet eder, kaloriferleri neredeyse bütün yıl açık tutardı. Babam da hep pencereleri açar, annemin bizi iflas ettireceğinden yakınırdı. Gelen faturaların küçük bir Afrika ülkesinin gayrisafi milli hasılasından daha fazla olduğunu söylüyordu.

"Sen misin canım?"

"Benim." Bir yer mücadelesinin yaşandığı askıya montumu astım. "Hanginiz? Lou mu Treena mı?"

"Lou."

Oturma odasının kapısından şöyle bir kafamı uzattım. Babamın yüzü kanepeye dönüktü ve sanki yastıklar kolunu yutmuş gibiydi. Beş yaşındaki yeğenim Thomas da poposunun üzerine oturmuş dikkatle onu izliyordu. Babam bana bakmak için kafasını çevirirken bir hayli zorlandı. "Lego parçalarını neden bu kadar küçük yapıyorlar anlamıyorum. Obi-Wan Kenobi'nin sol kolunu bir yerlerde gördün mü?"

"DVD oynatıcısının üzerindeydi. Sanırım Thomas Obi'nin koluyla Indiana Jones'unkini karıştırmış."

"Güzel, fakat Obi'nin kolu bej rengi olmaz. Siyah kolları bulmamız şart."

"Ben olsam üzülmezdim. Darth Vader ikinci filmde onun kolunu kesmiyor muydu zaten?" Öpsün diye yanağımı Thomas'a gösterdim. "Annem nerede?"

"Yukarıda. Peki ya buna ne dersin? Bu parça yaklaşık bir kilo geliyor."

Kafamı kaldırdım; ütü masasının her zamanki gıcırtısını duyabiliyordum. Annem Josie Clark bir gurur tablosuydu, bir dakika bile yerinde oturmazdı. Herkes akşam yemeğinde rosto yerken o bahçedeki merdivenin tepesinde pencereleri boyayıp ara sıra bize el sallamasıyla meşhurdu.

"Benim için gidip şu baş belası kolu bulur musun? Thomas yarım saattir aratıyor, ama benim işe gitmek için hazırlanmam lazım."

"Gece vardiyası mı?"

"Evet. Saat beş buçuk olmuş."

Saate baktım. "Aslında daha dört buçuk."

Babam kolunu minderlerin altından çıkardı ve gözlerini kısarak saatine baktı. "O zaman bu kadar erken saatte evde ne işin var?"

Başımı sanki sorusunu anlamamış gibi belli belirsiz sallayıp mutfağa geçtim.

Dedem mutfak penceresinin kenarındaki sandalyede oturmuş sudoku çözüyordu. Eve gelen hastabakıcı dikkatini bir noktada toplaması için sudokunun faydalı olduğunu, felçten sonra odaklanmasına yardımcı olacağını söyledi. Fakat korkarım dedemin bütün kutuları aklına gelen ilk rakamla doldurduğunu fark eden sadece bendim.

"Merhaba dede."

Dedem kafasını kaldırıp gülümsedi.

"Çay ister misin?"

Kafasını hayır anlamında sallayıp ağzını araladı.

"Peki, soğuk bir şeyler ister misin?"

Evet.

Buzdolabını açtım. "Elma suyu kalmamış." Hatırladığım kadarıyla elma suyu o zamanlar oldukça pahalıydı. "İstersen üzüm suyu vereyim."

Hayır.

"O zaman su içer misin?"

Dedem başını sallayıp teşekkür ederim anlamına gelebilecek bir şeyler mırıldanırken bir bardak su uzattım.O sırada annem içeri girdi; düzgünce katlanmış çamaşırların bulunduğu bir sepet taşıyordu. Bana doğru bir çift çorap savurup, "Bunlar senin mi?" diye sordu.

"Treena'nın sanırım."

"Bence de. Garip bir renk. Babanın mor pijaması boyamış olmalı. Bugün erkencisin. Bir yere mi gidiyorsun?"

"Hayır." Musluktan bir bardak su doldurup içtim.

"Patrick uğrayacak mı? Birkaç saat önce burayı aradı. Cebin kapalı mıydı?"

"Hı hı."

"Tatil için yer ayırmaya çalışıyormuş. Baban da televizyonda orayla ilgili bir şeyler görmüş. Neydi o sevdiğiniz yerin adı? İpsos? Kalipsos?"

"Skiathos."

"Hah, işte o. Otel rezervasyonunuzu yaparken dikkat edin. İnternetten de araştırın. Babanla birlikte öğlen haberlerde bir şeyler izlediler. Anlaşılan yarı fiyatına tatil programları falan oluyormuş. Gidene kadar neyle karşılaşacağınızı bilemezsiniz. Bir fincan çay içer misin baba? Lou sana ikram etmedi mi?" Annem çaydanlığın altını yakıp bana imalı bir bakış attı. En sonunda hiç konuşmadığımı fark etmiş olmalıydı. "İyi misin tatlım? Çok solgun gözüküyorsun?"

Bana doğru uzanıp sanki 26 yaşında değil de küçük bir çocukmuşum gibi elini alnıma koydu.

"Sanırım tatile gitmiyoruz."

Annemin eli olduğu yerde kalakaldı. Çocukluğumdan beri bakışları sanki bir röntgen cihazı gibiydi. "Pat'le sorunlarınız mı var?"

"Anne, ben..."

"Karışmak istemem ama çok uzun zamandır birliktesiniz. Bazı şeylerin zaman zaman tatsızlaşması son derece doğal. Yani baban ve ben..."

"İşten ayrıldım."

Sesim sessizliğe karıştı. Sözler havada asılı duruyordu ve sonunda yitip gittiklerinde bile küçük odada izleri kalmıştı.

"Ne yaptım dedin?"

"Frank yarın kafeyi kapatıyor." Otobüs durağından buraya tam 180 adımda gelirken yaşadığım şokla elimde sıkı sıkı tuttuğum hafif nemli zarfı uzattım. "Üç aylık paramı verdi." O gün de sıradan bir gün gibi başlamıştı. Tanıdığım herkes pazartesi sabahlarından nefret ediyordu, ama ben bunu hiç umursamıyordum. Buttered Bun'a erken gelmeyi, köşedeki koca çay semaverini yakmayı, arka bahçedeki süt ve ekmek kasalarını taşımayı ve kafeyi açmak için hazırlanırken Frank'le sohbet etmeyi severdim.

Kafenin domuz pastırması kokan ağır havası, kapı açılıp kapandıkça içeri dolan serinlik, konuşmalardan yayılan hafif uğultu ve etraf sessizleştiğinde Frank'in kendi kendine çalan radyosunun metalik sesi hoşuma gidiyordu. Pek rağbet gören bir yer değildi. Duvarlarda tepedeki şatoya ait manzara resimleri vardı ve masaların üstü hâlâ formika kaplıydı. Menü ise çikolata bölümündeki bir iki değişiklik ve çikolatalı *muffin*'le ıslak keklerin eklenmesi dışında ben geldiğimden beri hiç değişmemişti.

Fakat en çok da müşterilerimi seviyordum. Çoğu sabah kafeye gelen tesisatçı Kev ve Angelo, Frank'e etin nereden geldiğini sorup takılırlardı. Karahindiba Hanım'ı da severdim; bu adı ona etkileyici beyaz saçlarından dolayı takmışlardı. Pazartesiden perşembeye günde bir yumurta ve patates kızartması yer, ücretsiz gazetelerden okur, iki bardak çay içerdi. Onunla sohbet etmeye çalışırdım, çünkü yaşlı kadının gün boyunca yaptığı tek konuşmanın bu olduğunu düşünüyordum.

Şatoya inip çıkarken kafeye uğrayan turistleri, okul çıkışı gelen gürültücü öğrencileri, yolun karşısındaki ofislerden gelen daimi müşterileri, Buttered Bun'un sunduğu her şeyin kalori hesabını bilen kuaför Nina ve Cherie'yi de seviyordum. Oyuncak dükkânında çalışan ve haftada bir para üstü için kavga eden kızıl saçlı kadın gibi sinir bozucu müşteriler bile beni rahatsız etmezdi.

O masaların arasında başlayan ve biten ilişkileri, boşanan çiftlerden birinin diğerine teslim ettiği çocukları, yemek yapmaya tahammül edemeyen ailelerin duyduğu avuntuyu ve pansiyonerlerin domuz pastırması, sosis, yumurta, kızarmış patatesten oluşan kahvaltılarından aldıkları gizli hazzı izlerdim. Buraya her çeşit insan gelir, çoğu ellerinde dumanı tüten çay bardaklarıyla benimle şakalaşıp iki çift laf ederlerdi. Babam her zaman patavatsız biri olduğumu söylerdi, ama bunun kafede bir önemi yoktu.

Frank de beni severdi. Doğuştan sakin bir adamdı ve benim kafeyi canlandırdığımı söylüyordu. Bu iş barmenlik gibi bir şeydi, ama tek fark ayyaşların kavgalarının olmamasıydı.

O öğleden sonra yemek servisi telaşı bitip kafe tamamen boşaldığında Frank ellerini önlüğüne silip ısıtıcının arkasından çıktı ve kapıya doğru giderek küçük *Kapalı* levhasını caddeye doğru çevirdi.

"Bak Frank, sana daha önce de söyledim. Ekstralar asgari ücrete dâhil değil." Frank babamın tabiriyle mavi bir antilop kadar garipti. Kafamı kaldırıp baktım.

Gülümsemiyordu.

"Eyvah, şekerliklere tuz koymuşum yine değil mi?"

Frank elindeki kurulama beziyle oynayıp duruyor, daha önce hiç görmediğim kadar rahatsız gözüküyordu. Acaba biri beni şikâyet mi etti diye merak etmeye başlamıştım. Sonunda eliyle oturmamı işaret etti.

Her şeyi anlattıktan sonra, "Üzgünüm Louisa," dedi. "Ama ben Avustralya'ya dönüyorum. Babam hiç iyi değil ve görünen o ki şato kendi bünyesinde bir büfe açacak. Duvardaki yazıyı gördün mü?"

Sanırım orada ağzım açık bir şekilde öylece oturdum. Sonra Frank bana zarfı uzattı ve daha sorumu soramadan cevabını verdi. "Biliyorum hiçbir zaman resmi bir sözleşme ya da ona benzer bir şey imzalamadık, ama seni hiç mağdur etmek istemedim. Burada üç aylık maaşın var. Yarın kafeyi kapatıyoruz."

Annem elime bir fincan şekerli çay tutuştururken babam, "Üç aylık mı!" diye bağırdı. "Aman lütfetmişler, Lou'nun son altı yıldır orada kanlı canlı bir Truvalı gibi çalıştığı düşünülürse..."

"Bernard!" Annem ona bir uyarı bakışı attı ve başıyla Thomas'ı işaret etti. Treena işten gelene kadar annem ve babam her gün ona bakıyorlardı.

"Ne yapacak bu kız şimdi? Ona bu durumu çok daha önce haber verebilirdi."

"Yapacağı tek şey yeni bir iş bulmak."

"İş falan yok Josie. Bunu sen de benim kadar iyi biliyorsun. Ekonomik krizin ortasındayız."

Annem sanki konuşmadan önce kendini toparlamak istercesine bir saniyeliğine gözlerini kapadı. "O zeki bir kız. Mutlaka iş bulacaktır. Sağlam bir özgeçmişi var, öyle değil mi? Frank ona iyi bir referans mektubu yazacaktır."

"Ah çok güzel... Louisa Clark tost yağlamakta harikadır, eski çaydanlıklar konusunda da uzmandır."

"Desteğin için teşekkürler baba."

"Alınmaca gücenmece yok."

Babamın gerçek kaygısını biliyordum. Benim maaşıma bel bağlamışlardı ve Treena çiçekçide neredeyse hiçbir şey kazanmıyordu. Annem dedeme bakmak zorunda olduğu için çalışamıyordu ve dedemin pansiyonu da beş para etmiyordu. Babam mobilya fabrikasında sürekli diken üstündeydi, çünkü patronu aylardır işten çıkarmalar olabileceğini söyleyip duruyordu. Evde borçlar ve kredi kartlarını iptal ettirmekle ilgili homurtular yükseliyordu. İki yıl önce babamın arabası kaskosuz bir sürücü yüzünden perte çıkmış ve bu yıkılmak üzere olan bir binaya benzeyen aile ekonomisinin sonunda çökmesine yetmişti. Haftadan haftaya aldığım üç kuruşluk maaşım ise evin temel ihtiyaçlarını karşılıyor, az da olsa onlara destek oluyordu."Peşin hükümlü olma. Yarın İş Bulma Kurumu'na gidip ne var ne yok bakabilir. Şimdilik elinde geçinecek parası var." Sanki orada değilmişim gibi konuşuyorlardı. "Hem o akıllı bir kız. Akıllısın, değil mi tatlım? Belki de daktilo kursuna gidip masabaşı bir iş aramalı."

Ailem kısıtlı niteliklerimle hangi işlere başvurabileceğimi tartışırken orada öylece oturdum. Fabrika işçisi, makinist ya da böreklere tereyağ süren eleman olabilirdim. O öğleden sonra ilk defa ağlamak istedim. Thomas büyük, yuvarlak gözleriyle beni izleyip sessizce ıslak ve yarım bir bisküvi uzattı.

Sessizce, "Teşekkürler Tommo," deyip bisküviyi ağzıma attım.

Tahmin ettiğim üzere antremandaydı. Patrick pazartesinden perşembeye her gün, bir istasyon tarifesine uyar gibi spor salonuna gider ya da ışıklandırılmış pistin etrafında koşarak tur atardı. Basamaklardan inip soğuktan montuma iyice sarılarak yavaşça piste doğru yürüdüm ve Patrick gelenin kim olduğunu anlayacak kadar bana yaklaşınca el salladım.

Yanıma gelirken soluk soluğa, "Benimle koşsana," dedi. Nefesi ağzından buğular halinde çıkıyordu. "Daha dört turum var."

Bir an duraksayıp sonra yanında koşmaya başladım. Bu onunla konuşabilmemin tek yoluydu. Turkuaz bağcıklı pembe spor ayakkabılarımı giymiştim; koşabildiğim tek ayakkabım bunlardı.

Günü evde bir işe yaramaya çalışarak geçirdim, fakat sanırım bir saat sonra annemin ayağının altında dolanmaya başlamıştım. Annemin ve dedem her gün yaptıkları şeyleri yaparken benim orada olmam onları engelliyordu. Babam bu ay gece vardiyasında olduğundan uyuyordu ve rahatsız edilmek istemiyordu. Odamı toplayıp kısık sesle televizyon izledim ve belli aralıklarla günün bu vaktinde neden evde olduğumu hatırladıkça göğsüme keskin bir ağrının saplandığını hissediyordum.

"Seni beklemiyordum."

"Evde sıkıldım. Belki bir şeyler yaparız diye düşündüm."

Patrick bana yan yan baktı. Yüzünde ince bir ter tabakası vardı. "Ne kadar kısa sürede yeni bir iş bulursan o kadar iyi."

"İşten çıkalı yalnızca yirmi dört saat oldu. Biraz üzgün olup miskinlik etmeye de izin yok mu? En azından bugünlük bile olmaz mı?"

"Bence işe bir de olumlu yanından bakmalısın. O yerde sonsuza kadar kalamazdın, biliyorsun. Yükselmeli, ilerlemelisin." Patrick iki yıl önce Stortfold'da yılın genç girişimcisi seçildiği için henüz şöhret sarhoşluğundan ayılıp kendine geldiği söylenemezdi. Yılın genç girişimcisi seçildikten sonra müşterilerine 65km'lik bir alanda üzerinde giydirme reklam kaplı iki minibüsle kişisel eğitim sunan Ginger Pete adında bir iş ortağı bulmuştu. Ofisinde, üzerinde kalın siyah tahta kalemleriyle karalamaktan hoşlandığı, proje halindeki satış işlemlerinde kendi kendini tatmin edene kadar rakamlarla defalarca oynamalar yaptığı beyaz bir yazı tahtası vardı. Bu ikisinin gerçek hayatla bir ilişkisi olduğundan hiçbir zaman tam olarak emin olamıyordum.

"İşsiz kalmak insanların hayatını değiştirebilir Lou." Patrick saatine göz atıp tur süresini kontrol etti. "Ne yapmak istiyorsun? Mesleki eğitim almaya başlayabilirsin. Eminim senin gibi insanlara bu konuda yardım ederler."

"Benim gibi insanlar mı?"

"Yeni fırsatlara açık olanlar demek istiyorum. Ne olmak istiyorsun? Mesela bir güzellik uzmanı olabilirsin. Yeterince güzelsin." İltifatı için minnettar olmam gerekirmiş gibi koşarken Patrick beni dirseğiyle dürttü.

"Benim sıradan güzellik bakımımı biliyorsun. Su, sabun ve basit, kâğıttan yapılmış bir makyaj çantası."

Patrick sabrı taşmak üzereymiş gibi görünüyordu.

Geride kalmaya başladım. Koşmayı hiç sevmiyordum ve yavaşlamadığı için ondan nefret ediyordum.

"Satış elemanı, sekreter, emlakçı... Bilmiyorum işte, yapmak istediğin bir şey vardır mutlaka."

Fakat yoktu. Kafedeki işimi seviyordum. Buttered Bun'la ilgili her şeyi bilmek ve gelip giden insanların hayatlarını dinlemek hoşuma gidiyordu. Orada çok rahattım.

"Bunalımlı gibi ortalıkta dolanamazsın bebeğim. Bunu aşmak zorundasın. Bütün iyi girişimciler yola hep sıfırdan başlarlar. Jeffrey Archer ve Richard Branson bunu başardı." Patrick moral vermek için koluma hafifçe vurdu.

"Jeffrey Archer hiç kek pişirme işinden atılmış mıdır merak ediyorum." Yanlış sütyen giydiğim için nefesim kesilmişti. Yavaşlayıp ellerimi dizlerime dayadım.

Patrick döndü ve geri geri koşarak, sesi aynı donuk ve soğuk tonda, "Eğer atılmış olsaydı... Neyse söylüyorum işte; bu işi artık düşünme. Güzel bir takım elbise giyip İş Bulma Kurumu'na git. Ya da istersen benimle çalışman için seni yetiştiririm. Biliyorsun, bu işte para var. Tatil için de üzülme, ben öderim."

Gülümsedim.

Patrick bana bir öpücük yolladı ve sesi boş stadyumda yankılandı. "Durumun düzelince bana ödersin."

İlk başvurumu işsizlik sigortası almak için yaptım. Önce 45 dakikalık bir görüşmeye, sonra da bir grup mülakatına katıldım. Birlikte mülakata katıldığım birbirinden alakasız yirmi ya da daha fazla kadın ve erkeğin yarısının suratında -kendimde de olduğundan şüphelendiğim- biraz sersemlemiş bir ifade vardı. Diğer yarısı ise buraya daha önce birçok defa geldikleri için ifadesiz ve ilgisiz yüzlere sahiplerdi. Ben de babamın "medeni" bulduğu kıyafetler giymiştim.

Tüm bu çabaların sonunda, bir tavuk üretim çiftliğinde kısa bir süre için gece vardiyasına (haftalarca kâbus gördüm) ve iki gün boyunca Ev Enerji Danışmanı olarak eğitim toplantılarına katlandım. Oldukça kısa bir sürede, esasen yaşlı insanların evlerindeki enerji kaynaklarını değiştirmek konusunda onları kafalamak için eğitildiğimi fark ettim ve "danışmanım" Syed'e bunu yapamayacağımı anlattım. Syed devam etmem konusunda ısrar ettiğinde ona çalışabileceğim işlerin bir listesini gösterdim ve o da bunun üzerine susup başka bir şey denememiz (burada iş sahibi olan tek bir kişi olduğu apaçık ortada olsa da 'biz' diyerek konuşuyordu) gerektiğini söyledi.

İki hafta fast food zincirlerinden birinde çalıştım. Saatler uygundu ve üniformamın saçımı elektriklendirmesiyle de baş edebiliyordum ama, "Buyurun, size nasıl yardımcı olabilirim?" ya da "Bununla birlikte büyük boy patates kızartması ister misiniz?" gibi önceden belirlenmiş diyaloglara bağlı kalmak benim için imkânsızdı. Doughnut satan kızlardan biri beni dört yaşında bir kız çocuğuyla ücretsiz oyuncakların çeşitli özellikleri üzerine tartışırken yakalayınca işten çıkarıldım. Ne diyebilirdim ki? Dört yaşında, çok akıllı bir kızdı ve ben de Uyuyan Güzeller'in son derece saçma olduğunu düşünüyordum.

Dördüncü görüşmemizde Syed yine başka "iş fırsatları" için dokunmatik ekranda tarama yapıyordu. En olmaz diyeceğiniz adaylara bile iş bulan ve son derece neşeli tavırları olan Syed bile artık bıkmış gibi görünüyordu.

"Hım... Eğlence sektörüne girmeyi hiç düşündün mü?"

"Nasıl? Pandomimci olarak mı?"

"Aslına bakarsan, hayır. Sırık dansçısı için açık bir pozisyon var. Hatta birkaç tane var."

Kaşımı kaldırdım. "Dalga geçiyorsun, değil mi?"

"Serbest çalışma esasına dayalı, haftada otuz saat. Bahşişlerin de dolgun olacağını düşünüyorum."

"Lütfen, ama lütfen az önce bana yabancılar önünde iç çamaşırlarımla kendimi teşhir edeceğim bir iş önermediğini söyle."

"İnsanlarla aranın iyi olduğunu söyledin. Ve sahne kıyafetlerini de seviyor gibisin." Bunu söylerken parlak yeşil külotlu çorabıma bakıyordu. Bu çorapları beni neşelendireceğini düşünerek giymiştim. Thomas da bütün kahvaltı boyunca bana *Küçük Denizkızı*'nın melodisini mırıldanmıştı.

Syed klavyede bir şeyler yazdı. "Erişkin sohbet danışmanlığına ne dersin?"

Ben dik dik bakınca omuz silkti. "İnsanlarla konuşmayı sevdiğini söylemiştin."

"Hayır. Yarı çıplak bar çalışanlarıyla, masöz ya da web kamerası operatörleriyle sohbet etmek istemem. Yapma ama Syed, babama kalp krizi geçirtmeden yapabileceğim bir iş vardır mutlaka."

Bu onu susturmuştu. "Esnek çalışma saatlerinde perakendecilik dışında başka bir iş kalmadı."

"Gece vakti raf yükleme işi diyorsun yani." Orada onların dilinden konuşacak kadar vakit geçirmiştim.

Syed mazeret sunar gibi, "Bu iş için sırada bir sürü insan var. Aileler bu iş için can atıyor, çünkü okul saatlerine çok uygun" dedi ve ekranı tekrar inceledi. "Öyleyse bakıcılık dışında bir şey kalmıyor gerçekten."

"Yani yaşlıların poposunu temizleme işi."

"Üzgünüm Louisa, fakat başka bir iş için yeterli niteliklere sahip değilsin. Farklı bir iş için eğitim almak isteseydin seni doğru şekilde yönlendirmekten mutluluk duyardım. Yetişkinler için eğitim merkezinde bir yığın kurs var."

"Ama bunu daha önce konuşmuştuk Syed. Bunu yaparsam iş arama ödeneğini kaybederim, değil mi?"

"Öğrenim görürken çalışamazsan, evet." Bir iki dakika konuşmadan öylece oturduk. İki güvenlik elemanının dikildiği kapılara baktım. Onların da işlerini burada bulup bulmadıklarını merak ediyordum.

"Yaşlılarla aram iyi değildir Syed. Dedem felç geçirdiğinden beri bizde kalıyor ve onunla bile baş edemiyorum."

"Öyleyse biraz deneyimin var."

"Tam anlamıyla değil. Dedemin her şeyiyle annem ilgilenir."

"Peki, annen iş arıyor mu?"

"Komik olma."

"Hayır, dalga geçmiyorum."

"Annem çalışsın ben de dedeme mi bakayım? Almayayım, teşekkürler. Ayrıca da dedem de bunu en az benim kadar istemez. Kafelerde hiç iş yok mu?"

"Sana iş garantisi verebilecek kafe kalmadı sanırım Louisa. Ama Kentucky Fried Chicken'ı deneyebiliriz. Orası senin için daha iyi olabilir."

"Neden? Kova Menü satınca *Chicken McNugget*'tan daha fazla mı kazanacağım? Hiç sanmıyorum."

"Tamam, öyleyse belki de biraz uzaktaki yerlere bakarız."

"Bizim kasabamıza gelip giden sadece dört otobüs var, biliyorsun. Turist otobüsüne bakmamı söylemiştin, ama durağı arayıp otobüsün sabahın 5'inde buradan geçtiği öğrendim. Ayrıca normal tarifenin iki katı daha pahalı."

Syed koltuğuna yaslandı. "Louisa, sürecin bu aşamasında dikkatini çekmek istediğim nokta, aylık iş arama ödeneğinin devam edebilmesi için çalışmaya elverişli bir insan olarak..."

"...iş bulmak için çabalamam gerekiyor. Biliyorum."

Çalışmayı ne kadar çok istediğimi ona nasıl gösterebilirdim ki? Eski işimi ne kadar özlediğim konusunda en ufak bir fikri var mıydı? İşsizlik benim için tersaneler ya da araba üreten fabrikalarla ilgili haberlerde öylesine adı geçen bir kavramdı. Bir uzvumu özler gibi işimi özleyebileceğimi hiç düşünmemiştim; durmadan, döne döne hatırlıyordum. Bunun yanı sıra parasızlıkla ilgili korkuları ve geleceğimi hiç düşünmemiştim. İşini kaybetmek insana kendini yetersiz ve biraz da işe yaramaz hissettiriyordu. Öyle ki sabahları uyanmak, alarmla birlikte aniden sıçrayıp kendine gelmekten daha zordu. Ne kadar az şey paylaşmış olsa da insan birlikte çalıştığı insanları özleyebiliyor, hatta ana caddede yürürken kendini tanıdık yüzler ararken bulabiliyordu. Mağazaları gezerken Karahindiba Hanım'a ilk rastladığımda o benim kadar gayesiz görünüyordu; yanına gidip sarılmamak için kendimi zor tutmuştum.

Syed'in sesi beni kendime getirdi. "Hah, işte bu olabilir."

Dönüp ekrana bakmaya çalıştım.

"Şimdi, şu anda eklendi. Hasta bakıcılık."

"Sana yaşlılarla aramın..."

"Bu yaşlı biri değil, özel bir durum... Birine evinde yardımcı olacaksın ve senin evinle arası da dört kilometreden daha az. 'Engelli bir adam için bakıcılık ve refakat.' Araba kullanıyor musun?"

"Tamam, ama altını..."

"Hayır, gördüğüm kadaryla alt temizlemeye gerek yok." Ekranı gözden geçirdi. "Kolları ve bacakları kötürüm. Gündüz saatlerinde birinin gidip ona yemek yedirmesine ve yardım etmesine ihtiyaç var. Bu işlerde genellikle bir yere gitmek istediklerinde orada olmak ve kendi kendilerine yapamayacakları basit işleri yapmak esastır. Ayrıca parası da iyi. Asgari ücretten epey fazla."

"Kesin alt temizleme işi de olduğu için yüksektir."

"Alt temizlemenin dâhil olmadığını onaylamak için onları arayacağım. Bu durumda görüşmeye gidersin herhalde."

Son cümleyi sanki soru sorar gibi söylemişti, fakat ikimiz de cevabı biliyorduk.

İç çekerek eve gitmek üzere çantamı topladım.

Babamın yorumu, "Tanrım! İnanabiliyor musun? Sanki tekerlekli sandalyeye muhtaç olmak yeterli bir ceza değilmiş gibi bir de bizim Lou ona bakıcılık edecek," oldu.

Annem, "Bernard!" diye çıkıştı.

Dedem ise arkamda, kupasındaki çaya bakıp gülüyordu.

2

Kalın kafalı olduğumdan değil. Sadece artık bu noktada işi bir an önce çözmek istiyordum. Ama bir yıl içinde benim sınıfıma, bir sonraki yıl da benden bir üst sınıfa geçen küçük bir kız kardeşle büyüyüp kendini beyin hücreleri açısından yetersiz hissetmemek oldukça zordur.

Benden on sekiz ay küçük olduğu halde mantıklı ve akıllıca olan her şeyi ilk yapan daima Katrina oldu. Okuduğum her kitabı önce o okumuştu ve akşam yemeğinde bahsettiğim her olaydan çoktan haberdardı. Tanıdığım insanlar arasında sınavları gerçekten seven tek kişiydi. Bazen böyle giyinmemin sebebini sadece, Treena'nın iki parça kıyafeti bile yan yana getirmeyi becerememesine bağlıyorum. Treena genellikle kot pantolon ve kazak giyerdi ve kot pantolonunu ütülemek onun için şık olmak anlamına geliyordu.

Babam aklıma geleni pat diye söylediğim için bana 'ayrıksı' diyordu. Ona göre ben hiç tanımadığım Lily Teyze'ye benziyormuşum. Sürekli tanımadığınız biriyle kıyaslanmak biraz tuhaf bir şey tabii. Mor botlarımla Merdivenlerden inerken babam başıyla anneme işaret eder, "Lily Teyze'yi ve mor botlarını hatırladın mı?" derdi. Annem de kıkırdayıp sanki aralarında gizli bir sır varmış gibi gülmeye başlardı.

Annem giyim tarzımı anlamadığı için bana kibarca "kendine has" diyordu.

Ergenliğimde kısa bir dönem hariç hiçbir zaman Treena ya da okuldaki diğer kızlar gibi görünmek istemedim. On dört yaşıma kadar erkek kıyafetlerini tercih ettim ve şimdilerde de o günkü ruh halime göre giyiniyorum. Sıradan görünmeye çalışmamın hiçbir anlamı yok. Ufak tefeğim, koyu renk saçlıyım ve babama göre elf gibi bir yüzüm var. Bu bir elf kadar güzel olduğum anlamına gelmiyor tabii. Çirkin değilim, ama herhangi birinin bana güzel diyeceğini de sanmıyorum. Öyle aman aman bir zarafetim de yok. Patrick sevişmek istediğinde beni göz kamaştırıcı bulduğunu söyler ve böyle şeyleri belli etmekten hiç çekinmez. Birbirimizi neredeyse yedi yıldır tanıyoruz.

Yirmi altı yaşında olmama rağmen ne olduğumu bildiğimden pek emin değildim. İşimi kaybedene kadar bunu hiç düşünmemiştim bile. Büyük ihtimalle Patrick'le evlenecek, birkaç çocuk yapacak ve doğduğum evden birkaç sokak ötede oturacaktım. Egzotik kıyafetleri sevmem ve biraz da kısa boylu olmam dışında sokaktan geçen herhangi birinden çok farklı biri değildim. Büyük ihtimalle bana dönüp bir daha bakmazdınız. Sıradan bir yaşam süren sıradan bir kızdım ve bundan gayet memnundum.

Annem görüşmeye giderken takım elbise giymem konusunda ısrar etti. "Bugünlerde herkes gündelik şeyler giyiyor."

"Bir ihtiyara yemek yedirirken çizgili takım elbise giymek çok mu önemli?"

"Bilmişlik yapma."

"Takım elbise alacak param yok. Hem ya işe kabul edilmezsem ne olacak?"

"Benimkini giyebilirsin. Senin için güzel bir bluz da ütülerim. Ayrıca bu sefer saçını öyle Prenses Leia gibi yapma." Her zamanki gibi kafamın iki tarafında bükülmüş iki siyah düğümden oluşan saçımı işaret etti. "Normal insan gibi görünmeye çalış."

Annemle kavga etmemeyi öğrenmiştim. Ve sanırım babamın evden çıkarkenki halime -daracık bir etekle beceriksizce yürüyordum- bir şey söylememesi için onu uyarmıştı.

Babam ağzının kenarları seğirerek, "Güle güle canım," dedi. "İyi şanslar. Oldukça... ciddi görünüyorsun."

Utanç verici olan annemin kıyafetlerini giymem ya da bu kıyafetlerin 80'lerin sonundaki modaya göre dikilmiş olması değildi. Tek sorun bana biraz küçük gelmesiydi. Kemer yeri karnımı sıkıyor, kruvaze ceketin önü geriliyordu. Babamın dediği gibi, bir firkete bile annemden daha yağlıydı.

Kısa otobüs yolculuğu boyunca hafif bir mide bulantısıyla oturdum. Daha önce gerçek bir iş görüşmesine hiç gitmemiştim. Buttered Bun'a da Treena bir günde iş bulamayacağıma dair bahse girdikten hemen sonra kabul edilmiştim. İçeri girmiş, Frank'e bir çift boş ele ihtiyacı olup olmadığını sormuştum. O gün kafenin ilk günüydü ve Frank'in minnettarlıktan gözleri parlamıştı.

Şimdi geriye dönüp bakınca, Frank'le para konusunda bir kere bile tartıştığımızı hatırlamıyorum. O bana haftalık bir ücret önermiş, ben de kabul etmiştim. Ayrıca her yıl bir miktar artıracağını söylemişti ki bu miktar genellikle benim talep edeceğimden biraz daha fazla olurdu.

İnsanlara mülakatlarda ne soruyorlardı ki? Benden mülakatta yaşlı adamla bir şeyler yapmamı, yemek yedirmemi ya da yıkamamı isteseler ne yapacaktım? Syed adamın özel ihtiyaçlarını gören erkek bir bakıcının olduğunu söylemişti (bu cümle beni ürpertiyordu). Fakat ikinci bakıcının işi bu noktada biraz karışıkmış. Yaşlı adamın ağzından akan salyaları sildiğimi, belki DE yüksek sesle, "BİR FİNCAN ÇAY MI İSTEDİN?" diye sorduğumu düşündüm.

Dedem felç geçirdikten sonra iyileşmeye başladığı ilk günlerde hiçbir işini tek başına yapamamış, her şeyi annem halletmişti. Babam da, "Senin annen bir azize," derdi ve ben de bu sözden dedemin altını ağlayıp sızlamadan temizlediğini anlardım. Böyle bir şeyi benim için kimsenin söylemeyeceğinden ise eminim. Kolay yiyebilsin diye yemeğini lokmalara böldüm ve ona birçok kez çay yaptım, ama diğer şeyleri yapabileceğimi sanmıyorum.

Ev, Stortfold Şatosu'nun öteki tarafında, ortaçağdan kalma surlara yakındı. Burası sadece dört ev ve Kültürel Mirası Koruma mağazasını içine alan kaldırımsız, geniş bölgede ve turistik alanın tam ortasındaydı. Evin önünden hayatım boyunca milyonlarca kez geçmiş, fakat hiçbir zaman tam anlamıyla dikkat etmemiştim. Şimdi yazlık bir eğlence mekânının şubat ayındaki hali gibi boş ve çıplak gözüken otoparktan ve küçük tren yolundan geçerken bu evin düşündüğümden daha büyük olduğunu fark ettim. Doktor muayenesini beklerken burayı *Country Life* dergisinin eski sayılarında görülebilecek iki cepheli, kırmızı tuğlalı evlere benzetmiştim.

Garaj yolu boyunca pencereden birinin bana bakıp bakmadığını düşünmemeye çalışarak yürüdüm. Böyle durumların bir dezavantajı var; kendinizi otomatik olarak değersiz hissediyorsunuz. Ben de tam kâkülümü düzeltip düzeltmemeye karar veriyordum ki kapı açılınca sıçradım.

Kapıdan benden yaşça çok büyük olmayan bir kadın çıktı. Üzerinde beyaz pantolon ve tıp alanında çalışan kişilerinkine benzer bir önlük vardı. Kolunun altında da bir ceket ve bir dosya taşıyordu. Yanımdan geçerken kibarca gülümsedi.

İçeriden bir ses, "Geldiğiniz için çok teşekkürler," dedi. "Sizinle iletişime geçeceğiz." Orta yaşlı ama güzel, saçları pahalı bir kuaförde kesilmiş bir kadın içeri girdi. Üzerinde babamın bir ayda kazandığından daha pahalı olduğunu tahmin ettiğim pantolon ve ceket vardı.

"Siz Bayan Clark olmalısınız."

"Louisa." Annemin yapmam konusunda ısrar ettiği gibi elimi uzattım. Annemle babam gençlerin hiç el uzatmadıkları konusunda hemfikirdiler. Hatta eskiden "n'aber" denmesine ya da daha kötüsü dudak büküp havayı öpermiş gibi yapılmasına da katlanamıyorlardı. Zaten kadın da böyle bir şeyi hoş görecekmiş gibi görünmüyordu.

"Doğru, evet. Lütfen içeri gelin." Elini, elimden kabalığa kaçmayacak derecede kısa bir sürede çekti ve ben gözlerinin bana takıldığını hissetmiştim. Sanki şimdiden bana bir değer biçiyordu.

"İçeri buyurmaz mısınız? Salonda görüşeceğiz. Benim adım Camilla Traynor." Bugün aynı kelimeleri birçok defa sarf etmiş olmaktan sıkılmış görünüyordu.

Tavandan zemine kadar inen Fransız tipi pencereleri olan geniş bir odaya doğru onu izledim. Ağır perdeler kalın maun kaplama rustik kornişlere zarif bir şekilde takılmış ve zemin karmaşık desenli İran halılarıyla kaplanmıştı. Salon balmumu ve antika mobilya kokuyordu. Her yerde küçük, şık sehpalar vardı ve parlatılmış yüzeyleri süslü kutularla doluydu. Bir an Traynor'ların çay fincanlarını nereye koyduklarını merak etim.

"Buraya İş Bulma Kurumu aracılığıyla geldiniz, değil mi? Oturun lütfen."

Kadın dosyasındaki kâğıtları birer birer çevirirken ben de etrafı kaçamak bakışlarla seyretmeye başladım. Evin hasta yatağı ve el değmemiş gibi görünen yüzeylerle bir bakımevine benzeyeceğini düşünmüştüm, ama burası bir servet gömülü, çok sevilen eşyaların başlı başına bir değer olduğu, ürkütücü derecede pahalı otellerden biri gibiydi. Büfelerden birinin üzerinde gümüş çerçeveli fotoğraflar vardı, ama o kadar uzaktaydı ki fotoğraftaki yüzleri ayırt edemiyordum. Kadın sayfaları incelerken ben de daha iyi görebilmek için oturma biçimimi değiştirdim.

İşte o an eteğimden sökülen ilmeklerin şüpheye yer bırakmayan seslerini duydum. Sağ bacağımın kenarında birleşen iki parçayı görmek için aşağı baktığımda eteğin yırtıldığını gördüm. Yıpranmış ipek iplikler saçak saçak fırlamış, yüzüm renkten renge girmişti.

"Pekâlâ, Bayan Clark... Daha önce hiç kötürüm hastalarla çalışma deneyiminiz oldu mu?"

Ceketim eteği olabildiğince örtsün diye kıvrılarak Bayan Traynor'a döndüm.

"Hayır."

"Uzun zamandır mı bakıcılık yapıyorsunuz?"

"Eee... Aslında hiç bakıcılık yapmadım," dedim ve sanki Syed' in kulağıma eğilip fısıldadığını duyar gibi, "Ama eminim öğrenebilirim," dedim.

"Kötürüm ne demek biliyor musunuz?"

Bir an duraksadım. "Tekerlekli sandalyeye mahkum olmak mı?"

"Sanırım bir anlamda öyle. Çeşitli dereceleri var, ama burada bacakları hiç kullanamamaktan bahsediyoruz. Ellerini ve kollarını ise sınırlı derecede oynatabiliyor. Bu seni rahatsız eder mi?"

"Açıkçası onu edebileceği kadar etmez." Zorla gülümsemiştim, ama Bayan Traynor'ın yüzü ifadesizdi.

"Özür dilerim, öyle demek..."

"Araba kullabiliyor musunuz Bayan Clark?"

"Evet."

"Ehliyetinizde bir ceza var mı?"

Başımı hayır anlamında salladım.

Camilla Traynor listedeki bir şeyi işaretledi.

Bu arada sökük gitgide açılıyordu. Kalçamdan yukarı doğru hiç umursamadan ilerlediğini görebiliyordum.

Bu hızla giderse, kalktığım zaman Vegas show kızları gibi gözükecektim.

Bayan Traynor bana bakıyordu. "Siz iyi misiniz?"

"Biraz terledim. Ceketimi çıkarırsam rahatsız olur musunuz?" Daha o cevap vermeden etekteki yırtığı gizlemek için ceketimi tek hareketle katlayıp belime bağladım. Gülerek, "Çok sıcak" dedim. "Dışarıdan içeri girince sıcak oluyor."

Oldukça soğuk bir sessizlikten sonra Bayan Traynor dosyasına geri döndü. "Kaç yaşındasınız?"

"Yirmi altı."

"Bir önceki işinizde altı yıl çalışmışsınız."

"Evet, sizde referans mektubumun bir kopyası olmalı."

Kadın, "Hımm..." diyerek mektubu yukarı kaldırdı ve gözlerini kısarak baktı. "Bir önceki işvereniniz sizden 'sıcak, konuşkan ve hayat kurtarıcı' biri olarak bahsediyor."

"Evet, ona bir hayli yardımcı oldum."

Yine aynı ifadesiz yüz.

İçimden, *Cehennemin dibi,* dedim.

Sanki üzerimde bir inceleme yürütülür gibiydi, fakat bunu iyi bir şekilde yaptığı söylenemezdi. Annemin gömleği birden gözüme ucuz görünmeye başlamıştı; sentetik iplikler cılız ışığın altında parlıyorlardı. Bunların yerine en sade pantolonumu ve gömleğimi giymeliydim. Bu takım haricinde her şey olabilirdi.

"Öyleyse neden ayrıldınız bu işten, ne kadar takdir edildiğiniz belli."

"Frank, yani patronum kafeyi sattı. Şatonun dibindeki Buttered Bun'da çalışıyordum. Böyle bir şey olmasaydı asla ayrılmak istemezdim."

Bayan Traynor kafasını salladı. Ya konuya ekleyecek bir söz bulamamıştı ya da kafede hâlâ çalışmak istemem onu mutlu etmişti.

"Peki, tam olarak nasıl bir gelecek hayal ediyorsun?"

"Efendim?"

"Kariyer hedefleriniz var mı? Bu iş sizin için bir basamak olacak mı? Devamını getirmek istediğiniz mesleki bir hayaliniz var mı?"

Boş boş baktım.

Bu bir çeşit tuzak soru muydu?

"Ben... İşimi kaybettiğimden beri gerçekten öyle uzun uzadıya düşünmedim. Sadece..." Yutkundum. "Sadece tekrar çalışmaya başlamak istiyorum."

Sesim zayıf çıkmıştı. Bir insan nasıl ne istediğini bile bilmeden iş görüşmesine gelirdi ki? Bayan Traynor'ın yüzündeki ifade de aynı şeyi düşündüğünü gösteriyordu.

Bayan Traynor elindeki kalemi bıraktı. "Öyleyse Bayan Clark söyler misiniz, neden felçli hastalarla yıllarca çalışmış sizden bir önceki adayı değil de sizi işe alayım?"

Ona baktım. "Dürüst olmak gerekirse... bilmem." Bayan Traynor son sözümü sessizlikle karşılayınca ben de devam ettim. "Bu sizin keyfinize kalmış."

"Bana sizi işe almam için *tek bir sebep* bile söyleyemiyor musunuz?"

O an birden annemin yüzü gözümün önüne geldi: Yırtık pırtık takım elbiseyle bir başka başarısız iş görüşmesinden eve dönmemi kaldıramazdı. Ayrıca bu iş için saatte 9 sterlinden fazlasını teklif ediyorlardı.

Bir süre öylece oturdum. "Aslında... çok hızlı öğrenirim, hiç hastalanmam ve şatonun diğer tarafında oturuyorum. Ayrıca gözüktüğümden çok daha kuvvetliyimdir. Eşinizi rahatça hareket ettirebilirim."

"Eşim mi? Bakacağınız kişi eşim değil, oğlum."

"Oğlunuz mu?" Gözlerimi kırpıştırdım. "Eee... Ben ağır işten kaçmam. Herkesle kolayca anlaşabilirim ve... çay yapmak konusunda da hiç fena değilimdir." Sessizliğin ortasında abuk subuk konuşmaya başlamıştım. Bakacağı kişinin oğlu olması birden her şeyi değiştirmişti. "Babam çay yapmanın dünyadaki en iyi referans olmadığını düşünse de deneyimlerime dayanarak bir fincan demli çayla düzeltilemeyecek bir şey olmadığını söyleyebilirim."

Bayan Traynor bana bakarken gerçekten biraz tuhaf görünüyordu. Ne dediğimi fark edince hemen, "Özür dilerim," dedim. "Oğlunuzun körlüğü... kötürümlüğü... bir fincan çayla düzelir demek istemedim."

"Bunun daimi bir iş olmadığını söylemeliyim Bayan Clark. En uzun altı ay olabilir. Bu yüzden de maaş dolgun. Doğru insanın başvurmasını istedik."

"İnanın bana tavuk üretim fabrikasındaki vardiyalı işten sonra Guantánamo Kampı'nda altı ay çalışmak bile çekici geliyor." *Off! Kapa çeneni Louisa.* Dudağımı ısırdım.

Fakat Bayan Traynor ilgisiz görünüyordu. Dosyasını kapadı. "Oğlum Will yaklaşık iki yıl önce bir trafik kazasında yaralandı.

Bütün gün bakıma ihtiyacı var ve bunun büyük bir kısmıyla eğitimli bir hastabakıcı ilgileniyor. Ben kısa bir süre önce tekrar çalışmaya başladım. Bu yüzden bir bakıcı gün boyunca burada olup ona yardım etmeli, yemeğini yedirip suyunu içirmeli, ona el ayak olmalı ve bir yerini incitmemesi için dikkat etmeli." Camilla Traynor dizlerine baktı. "Tabii en önemlisi Will'e bakacak kişi üzerindeki sorumluluğu taşıyabilecek biri olmalı."

Söylediği her şey, ağzından çıkan kelimeleri vurgulayışı bile benim biraz aptal olduğumu ima eder gibiydi.

"Bunu anlıyorum," deyip çantamı toplamaya başladım.

"Öyleyse işi istiyor musunuz?"

O kadar beklenmedik bir şey söylemişti ki önce onu yanlış duyduğumu sandım. "Efendim?"

"Bir an önce başlamanız gerekli. Ödemeler haftalık olacak."

Şaşkınlıktan konuşamıyordum. "Bir önceki adayın yerine beni mi..."

"Çalışma saatleri oldukça uzun. Sabah sekizden akşam beşe kadar kadar, hatta bazen daha da geç olabilir. Öğle arası diye bir şey de yok; ama günlük hastabakıcı ona bakmak için öğle yemeği saatinde geldiğinde yarım saatlik boş bir zaman var.

"Herhangi bir tıbbi bakıma ihtiyacınız yok mu?"

"Will ona sunulabileceğimiz her türlü bakıma sahip. Onun için aradığımız kişi dinç ve... neşeli olmalı. Will'in hayatı gerçekten çok zor ve yüreklendirilmesi gerekiyor." Bayan Traynor birdenbire sustu; gözleri Fransız pencerelerin ardındaki bir şeye takılmıştı. Sonunda bana dönüp, "Kısacası bizim için onun zihinsel sağlığı da en az fiziksel sağlığı kadar önemli. Anlatabiliyor muyum?"

"Sanırım. Peki, üniforma giymeli miyim?

"Hayır, kesinlikle hayır." Bacaklarıma bakıp, "Tabii isterseniz daha az açık şeyler giyebilirsiniz."

Üzerimden kayan cekete baktım; sökük kalçama doğru büyük bir kısım meydana çıkmıştı.

"Ben... özür dilerim. Etek söküldü. Aslında benim değil."

Bayan Traynor artık beni dinliyor gibi gözükmüyordu, " Neler yapmanız gerektiğini başladığınız zaman anlatacağım. Will şu sıralar anlaşması kolay bir insan değil Bayan Clark. Bu iş herhangi bir işte sahip olabileceğiniz mesleki beceriler kadar onunla kurduğunuz zihinsel iletişimle de ilgili. Öyleyse yarın başlıyor musunuz?"

"Yarın mı? Onunla tanışmamı istemiyor musunuz?"

"Will bugün pek iyi değil. Sanırım yarın güne başlarken tanışmak daha iyi olur."

Bayan Traynor'ın beni çoktan göndermek istediğini fark edince kalktım.

Annemin ceketini çekerek, "Evet" dedim. "Teşekkürler, yarın 8.00'de görüşürüz."

Annem babamın tabağına patates koyuyordu. Annem iki tane koyunca babam onu savuşturup servis tabağından iki patates daha aldı. Ardından annem, babamın fazladan aldığı patatesleri tekrar servis tabağına koydu ve sonunda babam aynı şeyi tekrar yapmaya kalkınca parmaklarına servis kaşığıyla hafifçe vurdu. Küçük masanın etrafında annem, babam, kardeşim, Thomas, dedem ve Çarşamba günleri akşam yemeğine gelen Patrick vardı.

Annem, dedeme, "Baba, biri eti kesmene yardım etsin mi?" diye sordu. "Treena, dedene yardım eder misin?"

Treena, dedemin tabağına uzanıp becerikli hamlelerle eti kesmeye başladı. Aynı işi diğer tarafta Thomas için yapmıştı bile.

"Bakacağın adamın başına ne gelmiş Lou?"

Babam, "Eğer kızımızın ona bakmasını istiyorlarsa hastalığı çok da kötü olamaz," dedi. O ve Patrick futbol maçını izleyebilsinler diye arkamdaki televizyon açık duruyordu. Ara sıra durup benim etrafımdan dikkatlice bakıyor, yemeklerini çiğnemeyi bırakıp maçtaki pasları ve kaçan topları izliyorlardı.

"Bence bu büyük bir fırsat. Büyük evlerden birinde iyi bir aile için çalışacaksın. Sosyetikler mi canım?"

Bizim mahallede "sosyetik" sözcüğü, ailede antisosyal davranış bozukluğu gösteren bir bireyin olmaması anlamına geliyordu.

"Sanırım."

Babam sırıtarak, "Reverans yapmışsındır umarım," dedi.

Treena meyve suyunu dirseğiyle yere iten Thomas'ı durdurmak için uzanırken, "Hastayla tanıştın mı?" diye sordu. "Nasıl biri?"

"Yarın tanışacağım."

"Garip bir şey. Bütün günü onunla geçireceksin. Günde dokuz saat. Patrick'ten çok onu göreceksin."

"Bu çok zor olmayacak." Masanın karşısında oturan Patrick duymazlıktan gelmişti.

Babam, "Yine de yaşlı birinin cinsel tacizine uğramak gibi bir endişen olmayacak, değil mi?" dedi.

Annem sertçe çıkıştı. "Bernard!"

"Ben herkesin düşündüğünü söylüyorum. Belki de kız arkadaşın için bulabileceğin en iyi patron böyle biridir, değil mi Patrick?"

Masanın karşısındaki Patrick gülümsedi. Annemin çabalarına rağmen patatesleri geri çevirmeye çalışmakla meşguldü. Bu ay karbonhidrat rejimi yapıyor, Mart'ın başındaki maraton için hazırlanıyordu.

"Bak aklıma ne geldi, işaret dili öğrenecek misin? Eğer iletişim kuramıyorsa ne istediğini nasıl anlayacaksın?"

"Konuşamadığını söylemedi anne." Aslında Bayan Traynor'ın ne dediğini hatırlamıyordum. Bir işe girebildiğim için hâlâ belirsiz bir şok halindeydim.

"Belki de bilim adamlarının kullandığı şu aletlerden biriyle konuşuyordur. Simpsonlar'daki herif gibi."

Thomas, "İbne mi?" diye sordu ve Patrick, "Stephen Hawking" diye cevapladı.

Annem bakışlarını Thomas'tan babama doğru çevirerek, "İşte bu senin işin," dedi. Bakışlarıyla önündeki bifteği bile doğrayabilirdi. "Bu küfürleri sen öğretiyorsun."

"Hiç de değil. Nereden öğreniyor bilmiyorum."

Thomas doğrudan dedesine bakarak, "İbne," dedi .

Treena somurttu "Eğer şu ses makinelerinden biriyle konuşuyorsa ben kesin kafayı yerdim. Düşünebiliyor musun? *Bana - bir - bardak - su - ver.*" Babamın da ara sıra mırıldandığı gibi Treena zekiydi, fakat hamile kalmamayı başarabilecek kadar akıllı değildi. Ailemizde üniversiteye giden ilk kişi olsa da Thomas'ın doğumu son senesinde okulu dondurmasına sebep olmuştu. Annemle babam hâlâ Treena'nın bir gün aileye bir servet kazandıracağını ya da en azından etrafında güvenlik teli olmayan bir resepsiyon masasında çalışacağını düşünüyorlardı. Aslında her ikisi de onları mutlu edebilirdi.

"Neden tekerlekli sandalyede oturuyor diye bir Dalek* gibi konuşmak zorunda olsun ki?" diye sordum.

"Zamanla ona yakınlaşmak zorunda kalacaksın. En azından ağzını sileceksin ya da bir şeyler yedirip içireceksin."

"Ne olmuş yani? Çok zor bir şey değil."

"Eskiden Thomas'ın bezini değiştiren kadın da böyle diyordu."

---

* İngiliz bilim kurgu dizisi *Doctor Who*'da başkarakterin düşmanı olan bir uzaylı ırkı.

"Sadece bir kez öyle bir şey oldu."

"Hayır, iki kez. Üstelik sen da Thomas'ın altını sadece üç kere değiştirmişsindir."

Tabağıma biraz taze fasulye alıp olduğumdan daha neşeli görünmeye çalıştım.

Otobüsle eve dönerken bu düşünceler beynimin içinde uğuldamaya başlamıştı bile. Onunla ne konuşacaktık? Bütün gün kafası yana düşmüş bir biçimde bana bakarsa ne olacaktı? Keçileri kaçırır mıydım? Ne istediğini anlamazsam ne yapacaktım? Bir şeylere bakmak konusundaki beceriksizliğim efsaneydi. Bu yüzden evde artık bitki barındırmıyorduk. Kırmızı balık Randolph'ün, *hamster*'ın ve kanatsız böceklerin başına gelenlerden sonra bir daha hayvan da almamıştık. Ayrıca o otoriter annesi sürekli ortalıkta olacak mıydı? Sürekli gözetlenme fikrinden hiç hoşlanmamıştım. Bayan Traynor bakışlarıyla insanın bütün hevesini kırabilirdi.

"Peki, sen ne düşünüyorsun Patrick?"

Patrick koca bir yudum su içip omuz silkti.

Dışarıda yağmur pencereyi dövüyor, tabak çanak sesine rağmen duyulabiliyordu.

"İyi para veriyorlar Bernard. Her halükârda geceleri tavuk fabrikasında çalışmaktan iyidir."

Masada mırıltılar şeklinde yükselen bir uzlaşma hali vardı.

Ben de, "Ne güzel, yeni kariyerim hakkında söyleyeceğiniz en iyi şey bu işin bir uçak hangarındaki tavuk cesetlerini toplamaktan daha iyi olduğu," dedim.

Babam, "Burada çalışırken bir yandan da forma girip Patrick'in yanında kişisel antrenörlük işleri yapabilirsin.

"Forma girmek mi? Teşekkürler baba." Tabağıma biraz daha patates almak üzereyken vazgeçtim.

"Neden olmasın ki?" Annem bir an gerçekten oturacakmış gibi baktı ve herkes kısa bir an durdu. Ama hayır, yine ayaktaydı ve dedemin tabağına sos servisi yapıyordu. "İlerisi için akılda tutmaya değer. Sende kesinlikle bir geveze yeteneği var."

Babam, "Bence onda biraz tombulluk yeteneği var," diye homurdandı.

"Farkında mısınız bilmem ama daha yeni bir *iş buldum.*" "Üstelik bir öncekinden daha yüksek maaşa."

Patrick, "Ama bu iş geçici," deyip araya girdi. "Baban haklı. Bence bir yandan çalışırken aynı zamanda şekle girmeye başla. Biraz çaba gösterirsen iyi bir antrenör olabilirsin."

Sırıtan Patrick'e doğru baktım. "Ben antrenör olmak istemiyorum. Öyle hoplayıp zıplayamam." Treena, "Lou ayaklarını uzatıp bir yandan pipetle *Ironside*'ı* beslerken televizyon izleyebileceği bir iş istiyor," dedi.

"Evet, çünkü solmuş yıldız çiçeklerini su dolu kovalara koymak büyük bir fiziksel ve zihinsel gayret gerektiriyor, değil mi Treena?"

Babam çay kupasını kaldırarak, "Takılıyoruz sana tatlım," dedi. "Bir iş bulman harika. Seninle hep gurur duyduk. Bahse girerim, o büyük evdeki işine alışır alışmaz o ibneler senden asla vazgeçmek istemeyecekler."

Thomas, "İbne," dedi.

Daha annem tek kelime etmeden babam bir yandan yemeğini çiğneyip bir yandan, "Ben öğretmedim," diye kendini savundu.

---

* 1967 ve 1975 yılları arasında Amerika'da yayımlanan polisiye dizideki başkahramana takılan ve "cengâver" anlamına gelen lakap.

3

"Burası da müştemilat. Eskiden ahır olarak kullanılıyordu, ama tek katlı olması sebebiyle buranın Will için evden daha uygun olduğunu düşündük. Nathan da gerektiğinde bu boş odada kalıyor. İlk zamanlar geceleri yardımcı olarak birine daha fazla ihtiyaç duyuyorduk.

Bayan Traynor koridorda hızlıca yürüyor, el kol hareketleri yaparak arkasına bakmadan ilerliyordu. Yüksek topukları kayrak taşlarının üzerinde tıkırdamaktaydı. Sanki benim de devam ettirmem gereken bir umut hissi var gibiydi."Arabanın anahtarları da burada. Seni bizim sigortamıza kaydettirdim. Bana verdiğin bilgilerin doğru olduğuna inanıyorum. Nathan sana engelli rampasının nasıl çalıştığını gösterecek. Yapman gereken tek şey Will'i düzgün bir şekilde yerleştirmek. Gerisini araç halleder. Zaten şimdilik bir yerlere gitmeye pek hevesli değil.

"Hava biraz serin zaten," diye ekledim.

Fakat Bayan Traynor beni duymuş gibi gözükmüyordu.

"Kendine mutfakta çay ya da kahve yapabilirsin. Malzemeler bittikçe ben yenisini getiririm. Banyo da şu tarafta..."

Bayan Traynor kapıyı açınca küvetin üzerinde duran beyaz metal ve plastikle kaplı hasta kaldıracına baktım. Duşun altında açık, ıslak bir bölge vardı ve kenarında katlanmış tekerlekli sandalye duruyordu. Köşedeki cam yüzeyli kabinin ardından düzenli bir şekilde şeffaf plastikle kaplanmış paketler görünüyordu. Olduğum yerden ne olduklarını ayırt edemesem de ağır dezenfektan kokusunu almıştım. Bayan Traynor kapıyı kapatıp bana bakmak üzere döndü. "Tekrarlamam gerekirse, Will'in yanında birinin sürekli durması gerekiyor. Bir önceki bakıcı bir keresinde arabasını tamir ettirmek için saatlerce ortadan kaybolmuştu ve o yokken Will... kendine zarar verdi." Olayı tekrar yaşamışçasına yutkundu.

"Ben bir yere kaybolmam."

"Tabii ki arada... dinlenmeye ihtiyacın olacak. Sadece şunu belirtmek isterim ki Will'i uzun süre, mesela on ya da on beş dakikadan fazla yalnız bırakmamalısın. Eğer mutlaka çıkman gerekirse ya diyafonu çaldır ya da beni cepten ara; eşim Steve de evde olursa gelebilir. İzin alman gerektiğinde mümkün olduğu kadar erken haber verirsen sevinirim. Yerine bakacak birini bulmak her zaman kolay olmuyor."

"Tabii."

Ardından Bayan Traynor salondaki dolabı açtı. İyi prova edilmiş bir konuşmayı ezberden okur gibiydi.

Bir an, kim bilir benden önce kaç bakıcı çalışmıştır, diye düşündüm.

"Will bir şeylerle meşgul olurken sen de bazı basit ev işlerini yapabilirsen çok iyi olur. Örneğin nevresimleri yıkamak, etrafı şöyle bir süpürmek gibi şeyler. Temizlik malzemeleri lavabonun altında. Will seni her zaman yakınında istemeyebilir. İletişim şeklinizi sen ve o birlikte belirleyeceksiniz."

Bayan Traynor beni ilk defa görüyormuş gibi kıyafetlerime baktı. Babamın ne zaman giysem beni devekuşuna benzettiği o kabarık yeleğimi giymiştim. Gülümsemeye çalıştım, fakat biraz zoraki göründü.

"Açıkçası birbirinizle iyi geçinmenizi... umut ediyorum. Onun seni maaşlı bir çalışandan çok bir arkadaş olarak benimsemesi çok iyi olur."

"Tabii. Neler yapmaktan hoşlanır?"

"Film izler. Bazen radyo ya da müzik de dinliyor. Şu dijital makinelerden biri var. Eline yakın bir yere koyarsan kendisi çoğu zaman ayarlayabilir. Parmaklarını az da olsa hareket ettirebiliyor, ama sıkmakta güçlük çekiyor.

Birden canlandığımı hissettim. Eğer film izlemeyi ve müzik dinlemeyi seviyorsa mutlaka ortak bir nokta bulabilirdik. Birlikte Hollywood komedilerine güldüğümüz, ben etrafı süpürürken onun müzik dinlediği bir kare gözümün önünden geçti. Belki de her şey yolunda gider, sonunda arkadaş olurduk. Daha önce hiç engelli arkadaşım olmamıştı; sadece Treena'nın arkadaşı David vardı, ama o da sağırdı. Engelli olduğunu söylerseniz sizinle güreş tutmaya kalkışıyordu.

"Başka sorunuz var mı?"

"Hayır."

"O zaman sizi tanıştırayım." Saatine baktı. "Nathan onu giydirmiştir."

Kapıda bir an duraksadık. Bayan Traynor kapıya vurdu. "Orada mısın? Bayan Clark'ı seninle tanıştırmaya getirdim."

Cevap veren olmadı.

"Will? Nathan?"

Yeni Zelanda aksanlı biri, "Müsaitiz, Bayan Traynor," diye seslendi.

Bayan Traynor kapıyı iterek açtı. Müştemilata ait oturma odasının büyüklüğü aldatıcıydı ve duvarlardan biri kır manzarasına bakan cam kapıdan oluşuyordu. Köşede usul usul yanan bir odun sobası vardı ve geniş, düz ekran bir televizyonun karşısında üzerine yünlü bir örtü atılmış bej bir kanepe bulunuyordu. Odada İskandinav bekâr evlerini anımsatan zevkli ve huzurlu bir hava vardı.

Odanın ortasında bir koltuk ve sırtı koyun postu minderle kaplanmış siyah bir tekerlekli sandalye duruyordu. Beyaz, kolsuz önlük giymiş iri yapılı bir adam yere eğilmiş Will'in ayaklarını tekerlekli sandalyenin ayaklık bölümüne yerleştiriyordu. Biz odaya girince tekerlekli sandalyedeki Will kabarık ve dağınık saçlarının altından yukarı doğru baktı. Göz göze geldikten kısa bir süre sonra tüyler ürpertici bir şekilde inledi. Sonra ağzı oynadı ve korkunç bir çığlık daha attı.

Bayan Traynor'ın gerildiğini hissettim.

"Will, buna bir son ver."

Will ona bakmadı bile. Göğsüne yakın bir yerden tarih öncesi çağlardan kalma bir başka ses çıktı. Dehşet içinde kıvranan bir sesti bu. Kaçıp gitmemek için çaba sarf ettim. Will suratını ekşitiyordu; bana buruşuk yüzüyle bakarken kafası yana yatmış, omuzlarının içine gömülmüştü. Garip ve oldukça sinirli görünüyordu. Çantamı o kadar sıkmıştım ki parmak boğumlarım beyaza dönmüştü.

"Will, lütfen." Annesinin sesinde histerik bir bıkkınlık belirtisi vardı. "Lütfen yapma şunu."

Tanrım, diye düşündüm. *Ben bu iş için hiç uygun değilim.* Zar zor yutkundum. Adam hâlâ bana bakıyordu; bir şey yapmamı bekler gibiydi.

"Be-Ben Lou." Sesim şaşılacak bir biçimde titreyerek çıkıp sessizliği böldü. Bir an elimi uzatsam mı diye düşündüm, ama sonra sıkamayacağını hatırlayıp hafifçe salladım. "Louisa'nın kısaltılmışı."

Sonra şaşkınlıkla yüzünün belirginleşip açığa çıktığını, kafasının omuzlarının üstünde doğrulduğunu gördüm.

Will Traynor sabit bir şekilde bana bakıyordu; bir an yüzünde oldukça zayıf bir gülümseme belirip kayboldu. "Günaydın Bayan Clark. Duyduğuma göre son bakıcım sizmişsiniz."

Nathan ayaklığı ayarlama işini bitirdi. Kalkarken kafasını salladı. "Siz kötü bir adamsınız Bay T. Çok kötü." Sırıtarak büyükçe elini bana uzattı ve ben de hafif bir şekilde sıktım. Nathan daima soğukkanlı bir tavır sergiliyordu. "Korkarım biraz önce Will'in en iyi Christy Brown* taklidini izlediniz. Ona alışacaksınız; havlayan köpek ısırmaz."

Bayan Traynor ince, beyaz elleriyle boynundaki haçı tutuyor, gerginlik içinde altın zincirinin ucunda bir ileri bir geri oynatıyordu. Yüzü kaskatıydı. "Birbirinizle tanışmanız için sizi yalnız bırakayım. Eğer yardıma ihtiyacınız olursa diyafonla arayın. Nathan size Will'in günlük işleri ve kullandığı araç gereçler hakkında bilgi verecek."

"Ben buradayım anne. Ben yokmuşum gibi konuşmak zorunda değilsin. Beynim sakatlanmadı, en azından şimdilik."

"Evet Will, eğer kabalaşacaksan Bayan Clark'ın doğrudan Nathan'la konuşması daha iyi olur." Annesinin konuşurken ona bakmadığı gözümden kaçmamışıtı. Bir metre geriye, zemine bakıyordu. "Bugün evde çalışıyorum. O yüzden öğlen yanınıza gelebilirim Bayan Clark."

"Tamam." Sesim viyaklar gibi ince çıkmıştı.

Bayan Traynor ortadan kayboldu. Ana binaya doğru ilerleyen ve yavaş yavaş duyulmaz hale gelen topuk seslerinin tıkırtılarını dinlerken sessiz kaldık.

---

* Hayatı *Sol Ayağım* adlı kitaba ve filme konu olmuş, beyin felci ile dünyaya gelmiş İrlandalı yazar ve ressam. (ç. n.)

Sonra Nathan sessizliği bozdu. "Gidip Bayan Clark'a ilaçların hakkında bilgi versem olur mu Will? Televizyonu açayım mı? Ya da biraz müzik dinler misin?"

"Dördüncü kanal lütfen Nathan."

"Hay hay."

Mutfağa doğru yürüdük.

"Daha önce engellilerle çalışma deneyiminiz olmamış, değil mi? Bayan T. öyle söyledi."

"Doğru."

"Tamam. Bugün çok basit şeyler anlatacağım. Burada Will'in günlük işleri ve acil telefon numaralarıyla ilgili bilmeniz gereken hemen hemen her şeyin bulunduğu bir dosya var. Boş zamanınız varsa okumanızı tavsiye ederim, en fazla birkaç dakika sürer."

Nathan belinden bir anahtar çıkarıp içi ilaç şişeleri ve plastik kutularla dolu kilitli bir dolabın kapısını açtı. "Bu daha çok benim işim, ama acil durumlar için neyin nerede olduğunu bilmelisin. Duvarda günün hangi saatinde hangi ilacı aldığını gösteren bir zaman çizelgesi var. İlaveten bir şey verecek olursan işaretlersin," diyerek eliyle gösterdi. "Fakat en azından bu aşamada her şeyden Bayan T.'yi haberdar etmen iyi olur."

"İlaç işlerine bakacağımı bilmiyordum."

"Hiç zor değil. Zaten çoğu zaman ne alması gerektiğini o biliyor. Ama yutarken biraz yardıma ihtiyaç duyabilir. Biz bu ölçek kabını kullanıyoruz. İstersen havanda ezip bir içeceğin içine de atabilirsin."

Kutulardan birini aldım ve eczane dışında herhangi bir yerde bu kadar çok ilaç görüp görmediğimi düşündüm.

"Tansiyon için iki ilacı var. Bu yatarken tansiyonun düşürmek ve bu da kalkarken yükseltmek için. Bunlar ise kas ağrılarını bastırmak için oldukça sık kullandığı ilaçlar; birini sabah geç saatte ve diğerini de akşama doğru alıyor. İnce kaplandıkları için rahatlıkla yutabilir. Bunlar da safra kesesi ağrıları ve reflü için. Bu ilaçlara bazen yemek yedikten sonra kendini rahatsız hissederse ihtiyaç duyuyor. Bir de sabah kullandığı antihistaminik ve burun spreyleri var, ama ben bunu akşam çıkmadan önce yapıyorum, sen dert etme. Ağrısı varsa parasetamol verebilirsin. Ayrıca garip bir uyku ilacı var, ama bu onu gün içinde daha da sinirli yapıyor, o yüzden azaltmaya çalışıyoruz.

Başka bir şişe gösterip, "Bunlar sondası iki haftada bir değiştirilirken kullandığı antibiyotikler. Bunlarla ben ilgileniyorum, ama olmadığım zamanlarda daha açık bir bilgilendirme notu bırakırım. Oldukça güçlü ilaçlardır. Eğer onu temizlemen gerekirse bunlar da plastik eldiven kutuları. Bir yerinde yara çıkarsa krem de var, ama havalı yatak aldığımızdan beri bu açıdan bir sorun yaşamadık."

Ben orada dikilirken Nathan elini cebine sokup bana başka bir anahtar uzattı ve, "Bu da boş odanınki," dedi. "Başka kimseye vermemelisin. Will'e bile, tamam mı? Ölümüne koru."

"Hatırlayacak çok şey var," diyerek iç çektim.

"Hepsi yazılı. Bugün unutmaman gerekenler sadece spazm giderici ilaçlar. İşte burada. Beni araman gerekirse bu da cep telefonu numaram. Burada olmadığım zamanlarda ders çalışıyorum, o yüzden çok sık aranmayı tercih etmem, ama işleri tam olarak öğrenene kadar istediğin an arayabilirsin."

Önümdeki dosyaya bakınca hazırlanmadığım bir sınava girecek gibi hissettim. "Ya tuvalete gitmek isterse ne olacak?" Lavaboyu düşündüm. "Anlarsın ya, onu kaldıramam." Yüzümdeki ifadenin endişemi ele vermemesine gayret ettim.

Nathan kafasını salladı. "Böyle bir şey yapmak zorunda değilsin. Sondası o işi hallediyor. Sondayı değiştirmek için ben öğle yemeği vaktinde gelmiş olurum. Sen fiziksel ihtiyaçları için burada değilsin."

"Peki, neden buradayım?"

Nathan bana bakmadan önce zemini inceledi. "Onu biraz neşelendirmeye çalış. Biraz aksi. İçinde bulunduğu koşulları düşünürsen bu gayet anlaşılır. Oldukça dayanıklı olmalısın. Sabah oynadığı skeç senin dengeni bozmak içindi.

"O yüzden mi yüksek maaş veriyorlar?"

"Ah, evet. Rahat bir öğle arası bile yok, değil mi?" Nathan omzuma hafifçe vurdu. Bedenimin ileri geri oynadığını hissettim. "Ha, yine de iyidir. Seni kedi gibi etrafında dolandırmaz." Duraksadı. "Severim onu."

Sanki böyle hisseden tek kişi kendisiymiş gibi konuşmuştu.

Nathan'ı oturma odasına kadar takip ettim. Will Traynor'ın sandalyesi pencere kenarına taşınmıştı ve sırtı bize dönüktü. Dışarıyı seyrediyor ve radyoda bir şeyler dinliyordu.

"Benim işim bitti Will. Gitmeden önce yapmamı istediğin bir şey var mı?"

"Hayır, teşekkürler Nathan."

"Seni Bayan Clark'ın yetenekli ellerine bırakıyorum öyleyse. Öğle yemeğinde görüşürüz ortak."

Kibar yardımcının, ceketini telaşla giymesini izledim.

"İyi eğlenceler arkadaşlar." Nathan bana göz kırptı ve sonra gitti.

Ellerim ceplerimde, ne yapacağımı bilmez bir halde odanın ortasında durdum. Will Traynor sanki ben yokmuşum gibi pencereden bakmaya devam ediyordu.

Sonunda sessizlik can sıkıcı bir hal almaya başlayınca, "Bir fincan çay ister misiniz?" diye sordum.

"Ah, evet. Çaycı kız. Yeteneklerinizi göstermek istemeniz ne kadar zaman alacak diye merak ediyordum ben de. Hayır. Hayır, teşekkürler."

"Peki ya kahve?"

"Şimdilik sıcak içecek almayayım Bayan Clark."

"Bana Lou diyebilirsiniz."

"İşe yarar mı?"

Ağzımı aralayıp gözlerimi kırpıştırdım. Fark edince hemen ağzımı kapattım. Babam bunun beni olduğumdan daha aptal gösterdiğini söylerdi. "Öyleyse... Sizin için yapabileceğim bir şey var mı?"

Bana bakmak için döndü. Çenesi haftalardır tıraş olmadığı için sakalla kaplıydı ve gözlerinden bir şey anlaşılmıyordu. Sonra dönüp gitti.

"Ben..." Odaya bir göz attım. "Yıkanacak bir şey var mı bir bakayım öyleyse."

Odadan çıktım; kalbim güm güm atıyordu. Mutfak daha güvenli olduğundan cep telefonumu çıkarıp kız kardeşime mesaj attım.

Bu korkunç bir şey. Benden nefret ediyor.

Cevap bir iki saniye içinde geldi.

Sadece bir saattir oradasın.

Seni ödlek! Annemle babam para konusunda

çok endişeli. Kendine gel ve bir saatte ne kadar

kazandığını düşün. X

Telefonumu hızla kapatıp yanaklarımı şişirdim. Banyodaki çamaşır sepetini çekip yıkanacakların küçük bir miktarını kaldırdım ve makinenin yıkama talimatlarını gözden geçirdim. Yanlış programlamak ya da Will ve Bayan Traynor'un bana yine aptalmışım gibi bakmalarını teşvik edecek herhangi bir şey yapmak istemiyordum. Çamaşır makinesini çalıştırdım ve daha başka gerçekten ne yapabilirim diye yavaş yavaş düşünmeye çalıştım. Koridordaki dolaptan süpürgeyi çıkardım ve ailem beni böyle görse hatıra fotoğrafı çektirmem konusunda ısrar ederlerdi diye düşünerek koridorla iki yatak odasını süpürdüm. Boş oda otel odası gibiydi ve hiçbir şey yoktu. Nathan'ın geceleri pek sık kalmadığını düşündüm. Bunun için onu suçlayamazdım.

Will Traynor'ın yatak odasının kapısında durakladım ve oranın da süpürülmesi gerektiğine karar verdim. Bir tarafta duvar boyunca gömme raf sistemi vardı ve üzerinde de yirmi kadar çerçeve duruyordu.

Yatağın etrafını süpürürken fotoğraflara bakmak için kısa bir süre durdum. Kayalık bir yerde *bungee jumping* yaparken kollarını İsa heykeli gibi iki yana açmış bir adam, ormanlık yerde bir adam; hatta belki de Will. Erkeklerin papyon takıp smokin giydiği ve kollarını birbirlerinin omuzlarına attığı, sarhoş arkadaşlarının arasında Will... Will bir fotoğrafta kayak pistinde koyu renk gözlük takmış, uzun sarı saçlı bir kızın yanında duruyordu. Kar gözlükleri takmış haline daha iyi bakmak için eğildim. Güzelce tıraş olmuştu ve parlak ışıkta bile yüzünde senede üç kere tatile giden zengin insanların sahip olduğu o pahalı ışıltı vardı. Geniş, kaslı omuzları kayak montundan bile fark ediliyordu. Fotoğrafı dikkatlice masanın üstüne koydum ve yatağın arkasını süpürmeye devam ettim. Sonunda süpürgeyi kapattım ve kordonunu sarmaya başladım. Fişi prizden çıkarmak için eğildiğimde gözüme bir şey takıldı; fark edince sıçrayıp küçük bir çığlık attım. Will Traynor kapı aralığından beni izliyordu.

"Courchevel. İki buçuk yıl önce."

Kızardım. "Özür dilerim. Ben sadece..."

"Önemli değil, sadece fotoğraflarıma bakıyordun. Böyle bir hayat yaşarken bir topala dönüşmenin ne kadar berbat bir şey olduğunu merak ediyor olmalısın."

"Hayır." Yanaklarım cayır cayır yanıyordu.

"Eğer merakını yine yenemezsen fotoğraflarımın devamı en alttaki çekmecede." Sonra hafif bir gıcırtıyla tekerlekli sandalye sağa döndü ve kayboldu.

Sabah uzamış, yıllarca sürmeye karar vermişti. Dakikaların en son ne zaman sonsuza dek uzadığını hatırlayamadım. Kendimi oyalayabilmek için olabildiğince çok iş çıkarmaya ve oturma odasına olabildiğince az girmeye çalıştım. Korkak davrandığımın farkındaydım, ama bu umurumda bile değildi.

11.00'de Nathan'ın rica ettiği gibi Will Traynor'a geniş ağızlı büyük bardakla su ve ağrı kesici götürdüm. Yine Nathan'ın gösterdiği gibi ilacını dilinin üstüne koyup bardağı uzattım. Soluk ve renksiz bir plastik bardaktı, Thomas'ın kullandıklarına benziyordu, ama bunun üzerinde Tamirci Bob yoktu. Biraz zorlanarak yuttu ve onu yalnız bırakmam için bana işaret etti.

Gerekmediği halde bazı rafların tozunu aldım, hatta bazı pencereleri silmeyi bile düşündüm. Müştemilatta etraf sessizdi ve sadece Will'in oturduğu odadaki televizyonun kısık sesi duyuluyordu. Henüz mutfaktaki radyodan müzik dinleyecek kadar kendimi rahat hissetmiyordum. Müzik seçimime laf etmek için kırıcı bir şeyler söyleyecek gibime geliyordu.

12.30'da Nathan geldi. Beraberinde dışarıdaki soğuk havayı da getirmişti. Bir kaşını kaldırarak, "Her şey yolunda mı?" diye sordu.

Birini gördüğüme hayatımda hiç bu kadar mutlu olmamıştım.

"Yolunda."

"Harika. Öyleyse yarım saat ara verebilirsin. Bizim Bay T.'yle günün bu saatinde halletmemiz gereken bazı işler var."

Ceketimi neredeyse koşarak kaptım. Öğle yemeği için dışarı çıkmayı planlamıyordum, ama o evden çıkıp ferahlamak için can atıyordum. Ceketimin yakasını kaldırıp çantamı omzuma taktım ve sanki gitmeye çalıştığım bir yer varmışçasına giriş yolundan aşağı hızlı hızlı yürümeye başladım. Aslında yarım saat boyunca sadece boynuma sıkı sıkı sardığım atkıya ılık nefesimi vererek etraftaki sokaklarda yürümüştüm.

Kasabanın bu ucunda bir kafe yoktu; artık Buttered Bun da kapandığından oturacak bir yer kalmamıştı. Şato da ıssızdı. Bir şeyler atıştırabileceğim en yakın yer yemek servisi de yapan bir birahaneydi, ama bırakın basit bir öğle yemeğini, bir şeyler içmeye bile paramın yeteceğinden emin değildim. Otoparktaki bütün arabalar büyük ve pahalıydı Ve hepsinin plakası da yakın yerlere aitti.

Evden gözükmeyeceğime emin olup şatonun otoparkında durdum ve kız kardeşimi aradım. "Selam."

"Çalışırken konuşamıyorum, biliyorsun. İşi bırakıp gitmedin değil mi?"

"Hayır, sadece tanıdık bir ses duymak istedim."

"O kadar kötü mü?"

"Treen, benden gerçekten *nefret* ediyor, pis bir şeymişim gibi bakıyor. Ve çay bile içmiyor. Ondan saklanıyorum."

"Bunu duyduğuma inanmıyorum."

"Ne?"

"Onunla konuşmalısın Lou. Tabii ki çok mutsuz, berbat bir tekerlekli sandalyeye mahkûm. Ve sen büyük ihtimalle hiçbir işe yaramıyorsun. Sadece konuş onunla. Tanımaya çalış. En kötü ne olabilir ki?"

"Bilmiyorum... Dayanabileceğimden emin değilim."

"Yarım günde işi bırakacağını anneme söyleyemem. Sana hak vereceklerini de hiç sanmam Lou. Bunu yapamazsın. Bunu kaldıramayız."

Haklıydı. O an kız kardeşimden nefret ettiğimi fark etmiştim.

Kısa bir sessizlik oldu. Treen'in sesi hiç olmadığı kadar uzlaşmacı bir ton almıştı. Bu gerçekten üzücüydü, çünkü dünyadaki en kötü işe sahip olduğumu bildiği anlamına geliyordu. "Bak," dedi. "Sadece altı ay. Bu altı ayı bitir; böylelikle özgeçmişinde işe yarar bir şey olur. Sonra yine sevdiğin bir iş bulabilirsin. Hem bir de işin şu tarafından bak; en azından tavuk fabrikasında çalışmayacaksın, öyle değil mi?

"Kıyaslamaya kalkarsan tavuk fabrikasındaki geceler onun yanında tatil gibi..."

"Kapatıyorum Lou. Sonra görüşürüz."

"Bu öğleden sonra bir yerlere gitmek ister misiniz? Arabayla bir yerlere gidebiliriz isterseniz."

Nathan gideli neredeyse yarım saat olmuştu. Çay kupalarını yıkamayı olabildiğince insani ölçüde uzattım ve bu sessiz evde bir saat daha geçirirsem kafamın patlayabileceğini düşündüm.

Başını bana çevirdi. "Mesela nereye gidebiliriz?"

"Bilmem. Bir kır gezintisi yapabiliriz." Böyle şeyleri bazen Treena'yı taklit ederek yapıyordum. Her durumda sakin ve yetenekli olduğu için kimse onun işine karışmazdı ve şimdi kendi sesim de bana tecrübeli ve neşeli gelmişti.

Sanki bunu düşünüyormuş gibi, "Kır," dedi. "Peki, ne göreceğiz? Birkaç ağaç ya da biraz gökyüzü mü?"

"Bilmem. Genelde ne yaparsın?"

"Ben bir şey *yapmam* Bayan Clark. Artık hiçbir şey yapamıyorum. Öylece oturuyorum. Sadece nefes alabiliyorum."

"Tekerlekli sandalyeye uygun bir araban olduğu söylenmişti."

"Her gün kullanılmazsa bozulur diye mi korkuyorsun?"

"Hayır, ama ben..."

"Bana dışarı çıkmam gerektiğini mi söylüyorsun?"

"Ben sadece..."

"Arabayla biraz gezmenin bana iyi geleceğini düşündün. Biraz temiz hava..."

"Sadece yardım etmeye..."

Will, "Bayan Clark, Stortfold'ın patikalarında arabayla gezince hayatımda önemli bir düzelme olmayacak," deyip arkasını döndü.

Kafası omuzlarının arasına çökünce rahat mı diye merak ettim. Sormanın zamanı değil gibi görünüyordu. Sessizce oturduk.

"Bilgisayarınızı getirmemi ister misiniz?"

"Neden? Katılabileceğim güzel bir kötürümleri destekleme grubu mu bulacağız? *Biz de Sakatız* gibi mesela? Ya da *Teneke Tekerlek Kulübü*?"

Derin bir nefes aldım ve sesimin kendinden emin çıkmasına çabalayarak, "Tamam... Güzel... Uzun bir zamanı birlikte geçireceğimizi düşünerek belki de birbirimiz hakkında bir şeyler öğrenmeye..."

Will'in yüzünde kekelememe sebep olan bir şeyler vardı. Dümdüz duvara bakıyordu. Çenesinde bir tik ortaya çıkmıştı.

"Bu... biriyle vakit geçirmek için oldukça uzun bir zaman. Bütün gün birlikteyiz," diye devam ettim. "Biraz ne yapmak istediğindenizden ya da neleri sevdiğinizden bahsederseniz ben de bir şeyleri sizin istediğiniz gibi yapabilirim."

Bu seferki sessizlik acıklıydı. Sesimin bu sessizlik tarafından yavaş yavaş yutulduğunu duydum ve ellerimi nereye koyacağımı şaşırdım. Treena ve onun usta tavırları uçup gitmişti.

Sonunda tekerlekli sandalye gıcırdadı ve yüzü bana döndü.

"Sizinle ilgili bildiklerim işte burada Bayan Clark. Annem geveze olduğunuzu söylüyor." Bunu bir hastalıkmış gibi söyledi. "Bir anlaşma yapalım mı? Benim etrafımdayken gevezelik etmezseniz nasıl olur?"

Yüzümün kızardığını hissettim.

Tekrar konuşabildiğimde, "Tamam," dedim. "Ben mutfakta olacağım. Bir şeye ihtiyacınız olursa çağırırsınız."

"Hemen bırakamazsın."

Ergenken yaptığım gibi bacaklarımı duvara dayamış, yatağımda enlemesine uzanmıştım. Akşam yemeğinden beri bu şekildeydim ve bu benim için sıra dışı bir durumdu. Thomas doğduktan sonra Treena ve o büyük odaya geçtiler. Ben de ne zaman yarım saatten fazla otursanız klostrofobik olacağınız bu küçük odaya taşındım.

Aşağıda annem ve dedemle oturmak istemiyordum, çünkü annem bana sürekli kaygıyla bakıyor, sanki son yirmi yıl içinde lanet bir işte çalışmış gibi, "Düzelir aşkım, hiçbir işin ilk günü mükemmel değildir," türünden şeyler söylüyordu. Hiçbir şey yapmasam da kendimi suçlu hissediyordum.

"Bıraktığımı söylemedim."

Treena her gün yaptığı gibi kapıyı vurmadan içeri dalmıştı. Buna rağmen ben Thomas'ın uyuma ihtimaline karşı onun kapısını her zaman hafifçe tıklatmak zorundaydım.

"Ayrıca çıplak olabilirdim. En azından seslenebilirdin."

"Merak etme, daha kötüsünü gördüm. Annem senin istifa edeceğini düşünüyor."

Bacaklarımı duvardan çekip oturdum.

"Tanrım! Treena, bu düşündüğümden de kötü. O çok mutsuz."

"Hareket edemiyor. Tabii ki mutsuz olacak."

"Sadece o değil; iğneleyici ve bu konuda çok ciddi. Ne söylesem ya da önersem bana aptalmışım gibi bakıyor ya da bana kendimi iki yaşındaymışım gibi hissettirecek şeyler söylüyor."

"Muhtemelen aptalca bir şey söylemişsindir. Birbirinize alışmanız lazım sadece."

"Gerçekten söylemedim. Çok dikkatliydim. "Dışarı çıkıp biraz arabayla gezelim mi?" ya da "Bir fincan çay ister misin?" dışında pek bir şey söylemedim.

"Belki başlarda, kalıp kalmayacağından emin olana kadar herkese böyle davranıyordur. Eminim ki bir sürü yardımcı gelip gitmiştir."

"Onunla birlikte aynı odada durmamı bile istemiyor. Gerçekten buna dayanabileceğimi sanmıyorum Katrina. Orada olsan anlardın."

Treena hiçbir şey söylemeden bana bir süre baktı. Ardından kalkıp ortalıkta biri var mı diye kontrol eder gibi kapıdan dışarıya göz attı.

Sonunda, "Üniversiteye dönmeyi düşünüyorum," dedi.

"Okul harcı için borç almayı planlıyorum. Ama özel bir burs da kazanabilirim; hem Thomas olduğu üniversite bana indirimli fiyat öneriyor çünkü ..." Omuz silkti, biraz utanmıştı. "Başarılı olabileceğimi düşünüyorlarmış. Öğrencilerden biri işletme derslerini bırakmış; bu sayede beni gelecek dönemin başında alabilecekler."

"Peki, Thomas ne olacak?"

"Kampüste yuva var. Hafta içi kira yardımı yapılan yurtlarda kalabiliriz. Çoğu hafta sonu da buraya geliriz.

"Hımm."

Beni izlediğinin farkındaydım. Yüzümü ne şekle sokabileceğimi şaşırdım.

"Tekrar aklımı kullancağım bir şeyler yapmak için her şeyi göze aldım. Çiçekçilik işi beynimi öldürüyor; ben öğrenmek istiyorum, kendimi geliştirmek istiyorum. Ellerimin soğuk suda sürekli donmasından bıktım."

İkimiz de ellerine baktık; tropikal bir sıcaklığa sahip evimizde bile elleri üşümekten pembeye çalıyordu.

"Ama..."

"Çalışmayacağım Lou. Anneme destek olamayacağım... Hatta onların biraz yardımına bile ihtiyaç duyabilirim." Bu sefer oldukça tedirgin bakıyordu. Benden özür diler gibiydi.

Annem alt katta televizyondaki bir şeye gülüyordu. Dedeme bağırışını duyabiliyorduk. Gereksiz olduğunu söylememize rağmen dedeme sık sık programın konusunu anlatırdı. Konuşamadım. Kız kardeşimin söyledikleri yavaş yavaş, ama engellenemez bir biçimde kafama yerleşti. Kendimi mafyaya kurban gitmiş gibi hissediyordum.

"Bunu gerçekten yapmalıyım Lou. Thomas için, ikimiz için daha fazlasını istiyorum. Bir yerlere erişmemin tek yolu üniversiteye geri dönmek. Benim hayatımda bir Patrick yok. Hayatımda Thomas varken kimsenin benimle ilgilenmediğini düşünürsek bu durumun gelecekte de farklı olacağından emin değilim. Elimden gelenin en iyisini yapmalıyım."

Ben hiçbir şey söylemeyince ekledi: "Ben ve Thomas için."

Başımı salladım.

"Lou, lütfen."

Kız kardeşimin bakışlarını daha önce hiç böyle görmemiştim. Gerçekten rahatsız oldum. Kafamı kaldırdım. Konuşmaya başladığımda çıkan ses kendi sesim gibi değildi.

"Tamam, dediğin doğru. Sadece alışma meselesi. İlk günler daima zordur, değil mi?"

4

İki hafta geçti ve böylelikle işler rutine oturdu. Her sabah saat sekizde eve varıp geldiğimi haber veriyor, Nathan, Will'in giyinmesine yardım ettikten sonra Will'in ilaçları daha da önemlisi ruh hali hakkında bilmem gerekenleri dikkatle dinliyordum.

Nathan gittikten sonra Will için radyo programını ya da televizyonu açıp bazen havanda dövdüğüm ilaçlarını veriyordum. Genelde yaklaşık on dakika sonra varlığımdan bıktığını bana açık açık hissettiriyordu. O zaman müştemilattaki ev işlerini artırıp kirli olmayan el havlularını yıkıyor ya da süpürgenin farklı uçlarıyla duvar kenarlarındaki veya pencere pervazlarındaki küçük kırıntıları temizliyordum. Saçımı kapının öteki tarafında her on beş dakikada bir Bayan Traynor'ın gösterdiği gibi sıkıca toplardım. Ben bunları yaparken Will de sandalyesinde oturup kasvetli bahçeye bakardı.

Sonra belki bir bardak su götürür ya da kilosunu artırmak için içtiği pastel tonda, duvar kâğıdı yapıştırıcısı gibi gözüken kalorisi yüksek içeceklerden içirip yemeğini verirdim. Elini biraz oynatabiliyordu, ama kolunu kıpırdatamadığından ona yemeğini başkasının yedirmesi şarttı. Bu da günün en berbat kısmıydı. Yetişkin bir adamı kaşıkla beslemek nedense bana tuhaf geliyordu ve bu durumdan utanmam beni beceriksiz ve sakar biri yapıyordu. Will bu durumdan o kadar çok nefret ediyordu ki ben bunu yaparken benimle göz göze gelmemeye çalışıyordu.

Saat bir olmadan Nathan gelmiş oluyor, ben de ceketimi alıp sokaklarda yürümek üzere ortadan kayboluyordum. Bazen de öğle yemeğimi otobüs duraklarında yiyordum. Hava soğuktu ve orada tünemiş sandviç yerken muhtemelen acıklı görünüyordum, ama umrumda değildi. Bütün günü o evde geçiremezdim.

Öğleden sonraları bir DVD oynatıcıya bir film koyuyordum. Will'in bir DVD kulübüne üyeliği vardı ve yeni filmler her gün postayla gelirdi. Bense kendisiyle birlikte film izlemem için çağırmadığından ya mutfağa ya da boş odaya gider otururdum. Bir süre sonra yanımda kitap ya da dergi getirmeye başladım, ama tuhaf bir biçimde çalışmadığımı düşünerek suçlu hissettiğim için okuduklarıma yoğunlaşamıyordum. Ara sıra günün sonuna doğru Bayan Traynor gelir, daima, "Evet," cevabını verdiğim, "Her şey yolunda mı?" sorusu nu sorardı.Bayan Traynor, Will'e bir şey isteyip istemediğini sorar, bazen de ertesi gün yapmak isteyebileceği bir şeyler -gezintiye çıkmak ya da arkadaş ziyaretine gitmek gibi- önerirdi. Will eğer düpedüz kaba davranmasa da çoğu zaman bu soruları hafife alarak cevaplıyordu. Bayan Traynor da bunun üzerine incinmiş görünüp parmaklarını o küçük altın zincirle aşağı yukarı oynatarak ortadan kaybolurdu.Will'in babası kilolu ve kibar bir adamdı ve genellikle ben çıkarken gelirdi. Panama şapkasıyla kriket maçı izlerken görebileceğiniz türden bir adamdı ve iyi maaş aldığı şehirdeki işinden ayrıldığından beri şatoyu işletiyordu. Fakat ben bunun iyi kalpli bir toprak sahibinin iş yapıyor gibi gözükmek için toprağa bir tane patates ekmesi gibi bir şey olmasından şüpheleniyordum. İşten her gün akşam beşte dönüp Will'le televizyon izlerdi ve ben çıkarken bazen haberlere yorum yaptığını duyardım.

İlk haftalarda Will Traynor'ı yakından analiz etmeye başladım ve geçmişte olduğu kişi gibi görünmemeye yeminli gözüktüğünü fark ettim. Açık kahverengi saçlarını şekilsiz bir biçimde darmadağın uzatmıştı ve sakalları oldukça bakımsız görünüyordu. Gri gözleri yorgunluktan ya da vücudundaki rahatsızlık yüzünden kısılmıştı (Nathan onun nadiren rahat olduğunu söyledi.) Gözlerinde etrafındaki dünyadan hep bir iki adım uzaklaştırılmış birinin boş bakışları vardı. Bazen bu bir savunma mekanizması mı diye düşünüyordum, çünkü hayatıyla baş edebilmesinin tek yolu tüm bunlar onun başına gelmemiş gibi davranmaktı...

Ona acımak istiyordum ve bunu gerçekten denedim. Pencereden dışarıyı izlediği zamanlar ona baktığımda hayatımda tanıdığım en mutsuz insan olduğunu düşündüm. Zaman geçtikçe durumunun sadece o sandalyeye yapışıp kalmak ve fiziksel özgürlükten mahrum kalmaktan ibaret olmadığını, aynı zamanda bu sonu gelmeyen onur kırıcı durumlara maruz kalmak, acı çekmek, sağlık problemleri yaşamak, tehlike ve rahatsızlıklarla karşı karşıya durmak zorunda olduğunu fark ettim. Sonunda, sanırım Will olsaydım ben de oldukça mutsuz biri olurdum diye düşündüm.

Fakat bana gerçekten de çok kötü davranıyordu; Her lafıma sert bir cevabı vardı. Eğer ona üşüyüp üşümediğini sorsam, başka bir battaniyeye ihtiyaç duyarsa bunu bana söyleyeceğini belirterek hemen cevabı yapıştırırdı. İzlediği filmi bölmek istemediğim için elektrikli süpürge çok gürültü çıkarıyor mu diye sorsam, sessiz çalıştırmanın bir yolunu mu buldun sanki derdi. Ona yemek yedirdiğimde yemeğin ya çok sıcak ya da çok soğuk olduğundan şikâyet eder ya da son uzattığım lokmayı daha bir öncekini yutmadan verdiğimi söylerdi. Söylediğim ya da yaptığım hemen her şeyi aptal gözükmem için çarpıtabilme yeteneğine sahipti.

İlk iki hafta yüzümü ifadesiz tutmakta oldukça başarılıydım. Arkamı dönüp öteki odaya kaçıyor, ortadan kayboluyordum ve onunla mümkün olduğu kadar az konuşuyordum. Artık ondan nefret etmeye başlamıştım ve eminim o da bunun farkındaydı.

Eski işimi her zamankinden daha da çok özleyeceğimi düşünmemiştim. Frank'i ve sabahleyin geldiğimde beni gördüğü zaman suratında beliren memnuniyet ifadesini özlemiştim. Müşterilerime, onların arkadaşlıklarına ve etrafımda sakin bir deniz gibi kabarıp inen sıradan sohbetlere hasret kalmıştım. Bu ev güzel ve lüks olsa da bir morg kadar donuk ve sessizdi. Dayanamadığımda *altı ay* diye nefesimi tutup tekrarladım. Sadece *altı ay*.

Perşembe günü tam Will'in kuşluk vakti içtiği yüksek kalorili içeceği hazırlarken koridorda Bayan Traynor'ın sesini duydum. Başka sesler de geliyordu. Beklerken çatal elimde kaldı. Kulağıma genç ve konuşkan bir kadın sesi geliyordu ve yanında bir de adam vardı.

Bayan Traynor mutfak kapısında belirince ölçek bardağını hızla çalkalayarak meşgulmüş gibi görünmeye çalıştım.

Bayan Traynor bardağa dikkatle bakarak, "60/40 oranında su ve sütle yapılan içecek mi bu?" diye sordu. "Evet, çilekli olan."

"Will'in arkadaşları onu ziyarete geldiler. Sen en iyisi..."

"Burada yapacak o kadar çok işim var ki," dedim. Bir iki saat ona eşlik etmekten kurtulduğum için rahatlamıştım. Ölçeğin kapağını çevirdim. "Misafirleriniz çay ya da kahve isterler mi?"

Şaşkın gözlerle bana baktı. "Evet, kahve çok iyi olurdu. Sanırım ben..."

Bayan Traynor her zamankinden de gergin görünüyordu. Gözlerini hafif mırıltıların geldiği koridora dikmişti. Sanırım Will'in pek misafiri olmuyordu.

"Sanırım onları baş başa bırakacağım," dedikten sonra koridora doğru baktı. Zihni çok uzaklarda gibiydi. Aniden bana dönerek, "Rupert, gelen adam, işyerinden eski bir arkadaşı," dedi.

Ben de bu ziyaretin mühim olduğunu ve Bayan Traynor'ın etrafta sadece ben olsam bile bunu biriyle paylaşmaya ihtiyaç duyduğunu hissettim."Ve Alicia. Bir süre… çok yakınlardı. Çay yaparsanız gerçekten harika olurdu. Teşekkürler Bayan Clark."

Kapıyı açmadan önce bir an duraksadım ve elimdeki tepsiyi dengeleyebilmek için kalçamla ittim.

İçeri girince tepsiyi sehpaya yerleştirip, "Bayan Traynor kahve içeceğinizi söyledi," dedim. Will'in ölçekli bardağını sandalyesinin tutacağına yerleştirirken sadece kafasını döndürerek ulaşabilsin diye pipetini ona doğru çevirdim ve bu arada kaçamak bakışlarla misafirlere baktım.

İlk dikkatimi çeken kadın oldu. Uzun bacaklı, sarı saçlıydı ve teni soluk kahveydi. Baktıkça bu insanların hepsi neden birbirine benziyor diye merak ettiğim kadınlardandı. İnsan ve yarış atı karışımı bir görüntüsü vardı. Bir iki kere bu tip kadınlardan görmüştüm. Genellikle Boden marka kıyafetler giydirdiği çocuklarıyla birlikte şatoya giden tepeyi sekerek çıkar, kafeye gelip, "Harry, sevgilim, kahve ister misin? Bakalım *macchiato* yapıyorlar mı?" diye sorarken sesleri mahcubiyetten uzak bir kristal berraklık kazanırdı. İşte bu tam bir *macchiato* kadınıydı. Baştan aşağı para ve itibar kokuyorlar, hayatlarını parlak bir magazin dergilerinin sayfaları arasındaymış gibi yaşıyorlardı. Sonra ona daha yakından baktım ve şaşırarak Will'in kayak yaparken çektirdiği fotoğraftaki kız olduğunu fark ettim. Ayrıca son derece rahatsız görünüyordu.

Fotoğrafta Will'i yanağından öpüyor, fakat şimdi eğreti bir şekilde gülerek bir adım geride duruyordu. Kuzu derisi kahverengi bir yelek giymişti. Bunu ben giysem kesin Tibet'te yaşayan kar adamlara benzerdim. Boynunda sinirli bir şekilde oynamaya başladığı ve sanki çözüp çözmemeye karar veremediği soluk gri, kaşmir bir eşarp vardı.

Will'e iyi görünüyorsun dedi. Will ise sadece bakıyordu; bakışları daha önce hiç bu kadar anlaşılmaz olmamıştı. Baktığı kişi ben olmadığım için bir an tanrıya şükrettim.

"Yeni bir sandalye aldın, ha?" Adam, Will'in sandalyesinin arkasına vurup çenesini sıkarak sanki en beğendiği spor arabaymış gibi kafası salladı. "Oldukça şık görünüyor. Oldukça... ileri teknoloji."

Ne yapacağımı bilemedim. Will sessizliği bozana kadar ne yöne gideceğimi şaşırıp bir an ayakta kalmıştım.

"Lousia, zahmet olmazsa ateşe biraz daha odun atabilir misiniz? Sanırım biraz harlamak lazım."

İlk defa adımı kullanmıştı.

"Tabii ki," dedim.

Odun sobasının önünde gereğinden fazla oyalanıp ateşi karıştırdım ve sepetten uygun büyüklükteki odunları ayırdım.

Kadın, "Ah, dışarısı çok soğuk," dedi. "Şöminenin böyle güzel yanması ne hoş."

Kapağı kaldırıp elimdeki demirle kızışmış odunları karıştırdım.

"Burası Londra'dan birkaç derece daha soğuk olmalı."

"Evet, kesinlikle."

"Ben de eve bir şey almayı düşünüyordum. Şömineden çok daha iyi ısıtıyorlarmış." Alicia sanki daha önce hiç görmemiş gibi eğilerek sobayı incelemeye başladı.

Adam, "Evet, ben de öyle duydum," dedi.

"Sorup soruşturmam lazım. Alayım diyorum sonra hep..." sesi giderek kısıldı ve bir an durup, "Kahve çok güzel," diye ekledi.

"Ee, neler yapıyorsun Will?" Adamın sesinde zoraki bir neşe vardı.

"Tuhaf ama çok fazla bir şey yapamıyorum."

"Peki, fizik tedavi falan işe yarıyor mu? Herhangi bir iyileşme..."

Will iğneleyici bir ses tonuyla, "Yakınlarda kayabileceğimi sanmıyorum Rupert," dedi.

Kendi kendime güldüm. İşte bu benim tanıdığım Will'di. Ocaktaki külleri süpürmeye başladım. Sanki hepsi beni izliyor gibiydi. Sonra ağır bir sessizlik çöktü. Bir an kazağımın etiketinin dışarı çıkıp çıkmadığını merak ettim ve bunu kontrol etme dürtüsüyle boğuştum.

Will sonunda, "Öyleyse..." dedi. "Teşrifinizi neye borçluyuz? Sekiz ay oldu."

"Ah, biliyorum. Çok üzgünüm. Şey... ben çok yoğundum. Chelsea'de yeni bir işe başladım. Sasha Goldenstein'in butiğini işletiyorum. Sasha'yı hatırlıyor musun? Hafta sonları da çok çalışıyorum. Cumartesi günleri gerçekten çok yoğun oluyor. Boş vakit yaratmak çok güç." Alicia'nın sesi titremeye başlamıştı. "Seni birkaç kez aradım. Annen söyledi mi?"

"Lewins'te işler çok karmaşık. Sen de biliyorsun Will, yeni bir ortağımız var. Herif New York'lu. Dan Bains. Karşılaşmış mıydın hiç?"

"Hayır."

"Lanet adam günde yirmi dört saat çalışabiliyor ve herkesin de öyle yapmasını bekliyor." Kendisini konuşurken rahat hissettiği bir konu bulduğu için adamın yaşadığı rahatlama gözle görülebiliyordu. "Amerikalıların çalışma tarzını bilirsin; uzun öğle araları yoktur, açık saçık şakalar da yapılmaz. Yani ortam tamamen değişti Will."

"Gerçekten mi?"

"Evet, kesinlikle. İnsanlar hastayken bile işe geliyor. Bazen keşke eski işimi bırakmasaydım diyorum."

Odadaki tüm hava vakumlu bir telaşın içinde yok olmuş gibiydi. Ardından biri öksürdü.

Ayağa kalkıp ellerimi pantolonuma sürdüm ve Will'e doğru bakıp, "Ben... biraz daha odun getireyim," diye mırıldandım.

Hemen sepeti alıp odadan çıktım.

Dışarıda dondurucu bir soğuk olsa da biraz oyalandım ve odun seçerken zaman öldürdüm. Tek parmağımı donarak kaybetmek o odaya girmekten daha mı iyidir acaba diye düşünüyordum. Fakat hava çok soğuktu ve dikiş diktiğim işaret parmağım morarınca yenilgiyi kabullendim. Odunları sürükleyerek olabildiğince yavaş bir şekilde müştemilata taşıdım ve koridora doğru yürüdüm. Oturma odasına yaklaşınca kadının aralık kalan kapıdan duyulan sesini işittim.

"Will, aslında buraya gelişimizin başka bir sebebi var. Sana bir haber vereceğiz."

Kapıda durakladım ve sepeti iki elimle sıkıca tuttum.

"Ben düşündüm de... *Biz* senin de bunu bilmeye hakkın olduğunu düşündük. Rupert ve ben evleniyoruz."

Duymamış gibi yaparak dönüp dönemeyeceğimi hesaplarken öylece donup kaldım.

Kadının konuşması duraklayarak da olsa devam etti. "Bak, bunun senin için biraz ani olduğunu biliyorum. İşin doğrusu benim için de öyle oldu. Bu... bizden çok uzun zaman sonra başladı."

Kollarım acımaya başlamıştı. Ne yapmam gerektiğini düşünürken sepete doğru baktım.

"Biliyorsun sen ve ben... biz..."

Yine ağır bir sessizlik çökmüştü.

"Will, lütfen bir şey söyle."

"Tebrikler."

"Ne düşündüğünü biliyorum. Ama böyle bir şey ikimizin de aklından geçmedi. Gerçekten. Oldukça uzun bir süre sadece arkadaştık. Senin için kaygılanıyorduk. Kazadan sonra bana en çok destek çıkan da Rupert oldu."

"Aferin ona."

"Yapma lütfen, bu çok kötü. Sana anlatmaktan hep çok çekindim. İkimiz de çekindik."

Will donuk bir sesle, "Belli," dedi.

Ardından Rupert araya girdi. "Bak, bunları seni önemsediğimiz için anlatıyoruz. Başka birinden duymanı istemedik, ama hayat devam ediyor işte. Bunu unutma. Aradan iki yıl geçti."

Sessizlik çöktü. Daha fazla dinlemek istemediğimi fark ettiğimde yavaşça kapıdan uzaklaşmaya başladım. Sepeti taşımakta zorlandığım için homurtuya benzer sesler çıkarıyordum. Ama Rupert tekrar konuşmaya başlamıştı; onu hâlâ duyabiliyordum.

"Haydi, ama dostum. Biliyorum, tüm bunlar çok güç olmalı... Ama Lisa'yı biraz önemsiyorsan iyi bir yaşam sürmesini istersin."

Lisa, "Bir şey söyle Will. Lütfen," dedi.

Yüzünü gözümün önüne getirebiliyordum. Bakışlarıyla hem anlaşılmaz olmayı hem de soğuk bir küçümseme ifadesi yaydığını görebiliyordum.

Sonunda, "Tebrikler," dedi. "Çok mutlu olacağınıza eminim."

Alicia belli belirsiz bir tepki göstermeye kalkışınca Rupert araya girdi. "Haydi Lissa. Gidelim artık. Will, buraya hayır duanı almaya gelmedik. Saygımızdan buradayız. Bunu bilmen gerektiğini düşündük. Üzgünüm ahbap. Ben... Umarım hayatında bir şeyler düzelir. Bazı şeyler... yoluna girdiğinde bizimle arkadaş kalmaya devam etmeni isterim."

Ardından ayak sesleri duydum ve sanki yeni gelmişim gibi yaparak kütük dolu sepete doğru eğildim. Koridordan geçtikten sonra Alicia önümde belirdi. Gözlerinin kenarları kızarmıştı, ağlamak üzere gibiydi.

"Tuvaleti kullanabilir miyim?" diye sordu. Sesi kalın ve boğuk çıkıyordu.

Yavaşça parmağımı kaldırıp sessizce işaret ettim.

Bana sertçe bakınca büyük ihtimalle hislerimin yüzüme yansıdığını fark ettim. Duygularımı saklamakta hiçbir zaman çok başarılı olamamışımdır.

Bir an durup, "Ne düşündüğünü biliyorum," dedi. "Ama denedim, gerçekten denedim. Hem de aylarca. Ama beni kendinden uzaklaştırdı." Çenesi kasılmıştı ve yüzü garip bir şekilde öfkeliydi. "İşin doğrusu beni burada istemedi ve bunu oldukça açık bir şekilde belli etti."

Bir şey söylememi bekler gibiydi.

Sonunda, "Bu durum beni gerçekten hiç ilgilendirmez," dedim.

Birbirimizin yüzüne bakarak öylece durduk.

Alicia, "Ancak istekli birine yardımcı olabilirsin," dedikten sonra çıkıp gitti.

Birkaç dakika boyunca, onlar gözden kaybolana dek bekledim ve mutfağa gittim. Çay içmek istemediğim halde su kaynattım. Önceden okuduğum bir dergiye göz attım. Nihayet koridora geri dönüp homurdanarak sepeti kaldırdım ve oturma odasına sürükledim. Will geldiğimi anlasın diye girmeden önce sepeti hafifçe kapıya vurdum.

"Yapmamı istediğin bir şey ..." diye söze başladım, ama görünürde kimse yoktu.

Oda boştu.

O an gürültüyü duydum. Koridora doğru koşarken parçalanan camların ardından gelen bir başka gürültü duydum. Ses, Will'in yatak odasından geliyordu. *Aman tanrım, kendine bir şey yapmasına izin verme lütfen.* Paniğe kapıldım; Bayan Traynor'ın uyarısı matkapla beynimi deler gibiydi; Will'i on beş dakikadan fazla yalnız bırakmıştım.

Koridorda koştum ve kapı girişinde durmaya çalışırken kayıp iki elimle kapının kenarlarından tuttum. Will odanın içindeydi. Sandalyesinde dimdik oturuyordu. Baston sandalyenin kol koyma yerinin üzerine duruyordu ve sol tarafa doğru kırk santimlik bir çıkıntı yapmıştı. Uzun raflardaki tüm fotoğraflar yere inmiş, pahalı çerçeveler parça parça yere dağılmıştı ve halı cam kırıklarının ışıltılarıyla doluydu. Will'in kucağında da minik cam parçaları ve ahşap çerçevelerin kırık kenarları vardı. Bir an her şeyi anlayıp kendisine bir zarar vermediğini kavradığımda kalp atışlarımın yavaşça normale döndüğünü hissettim. Yaptığı iş onu yorduğu için Will güçlükle nefes alıyordu.

Tekerlekli sandalyesi yerdeki camları hafifçe çıtırdatarak döndü. O an göz göze geldik. Gözleri son derece yorgun görünüyordu. Sanki benden ona ilgi göstermemi istiyor gibi bakıyordu.

Önce kucağına, sonra zemine ve etrafına baktım. O ve Alicia'nın fotoğrafı gözüme ilişti. Alicia'nın yüzü de şimdi diğer kurbanların arasında, köşeli bir çerçevenin altında kararmıştı.

Fotoğrafa bakarak yutkundum ve yavaşça Will'in gözlerine baktım. O birkaç saniye hayatta hatırladığım en uzun saniyelerdi.

Tekerlekli sandalyeyi işaret ederek, "O şeyin lastikleri delinebiliyor mu?" diye sordum. "Belki bendeki mangırları koyabilmek için kullanabilirim."

Will'in gözleri açıldı. Bir an gerçekten fazla ileri gittiğimi sandım. Fakat Will'in yüzünde minik bir gülümsemenin ışığı yanıp sönmüştü.

"Dur, hareket etme. Gidip süpürgeyi getireyim," dedim.

Bastonu yere düştü. Odadan çıkarken sanki "özür dilerim" gibi bir şeyler söylüyordu.

The Kings Head Perşembe günleri hep kalabalıktır; hele ki birahanenin özel bölmesindeki köşe daha da kalabalık olur. Patrick'in ve düzenli aralıklarla başımın üzerindeki meşe kirişe asılmış pirinçten at armalarıyla kirişlerin arasındaki şato fotoğraflarına bakan, etrafımda dönen vücut yağ oranı ve karbonhidrat diyeti sohbetiyle ilgileniyormuş gibi yapan, adının Rutter olduğunu sandığım bir adam arasına sıkışmıştım.

İki haftada bir yapılan Hailsbury Triatlon Eşkıyaları toplantılarının bir bar sahibi için en kötü kâbus olduğunu düşünmüşümdür. O gün de orada içki içen tek kişi bendim ve boş cips paketim buruşmuş bir halde masada duruyordu. Herkes ya soda içiyor ya da diyet koladaki tatlandırıcı oranını hesaplıyordu. Sonunda yemek siparişi verdiklerinde salataların içinde bir gram yağ ya da derisi kalmış küçük bir tavuk parçası bile olmamasını istediler. Ben de canları bir tane bile çekmiyormuş gibi yapmalarını izleyebilmek için patates kızartması istedim.

"Phil 65 kilometrede yıkıldı. Sesler duymaya başladığını söyledi. Ayakları kurşun gibi ağırlaşmış. Yüzü de mosmordu."

"Ben de şu yeni Japon tenis ayakkabılarından aldım. On beş kilometrelik turlarda bana on beş dakika kazandırdı."

"Yanınızda bisiklet çantası taşımayın. Nigel triatlon kampına öyle bir çantayla gelmişti ve kırmızı mont askısı gibi görünüyordu."

Tiratlon Eşkiyaları toplantılarında eğlendiğimi söyleyemem, ama çalışma saatlerimdeki artış ve Patrick'in antrenman çizelgesi yüzünden bu toplantılar onu görebileceğim birkaç kısıtlı zaman diliminden biriydi. Patrick yanıma oturdu; dışarıdaki dondurucu soğuğa rağmen üzerinde kaslı kalçalarını açığa çıkaran bir şort vardı. Olabildiğince az şey giymek kulübün üyeleri arasında gurur meselesi olmuştu. Erkekler sırım gibiydi; kalın fitilli, az bulunan pahalı spor matlarıyla ve incecik vücutlarıyla ortada dolaşıyorlardı. Kızlar makyaj yapmazdı ve buzla kaplı alanlarda kilometrelerce *jogging* yapmak dışında bir şey düşünmüyorlarmış gibi pembe yanakları olurdu. Bana belli belirsiz bir hoşnutsuzluk ile bakıyor, hatta belki de beni hiç anlamıyorlardı. Bakarken yağ-kas oranımı ölçüp kas oranımı düşük bulduklarına şüphe yoktu.

Masadakiler bana ölümcül bir bakış atmadan *cheesecake* sipariş edebilir miyim diye düşünürken Patrick'e, "Çok kötüydü," dedim."Biri sevgilisi, diğeri de en iyi arkadaşıydı."

Patrick, "Onu suçlayamazsın," dedi. "Eğer boynumdan aşağısı tutmasaydı benden ayrılmayacağını mı söylemeye çalışıyorsun?"

"Tabii ki ayrılmazdım."

"Hayır, ayrılırdın. Ayrıca ben senden kalmanı beklemezdim."

"İyi, ama ben ayrılmazdım."

"Ama ben seni etrafımda istemezdim. Kimsenin bana acıdığı için benimle kalmasını istemem."

"Acıyacağımı nerden çıkardın? Sen yine aynı kişi olurdun."

"Hayır, olmazdım. Hiçbir şekilde aynı insan olmazdım." Yüzünü buruşturdu. "Ölmek isterdim. En ufak şeylerde bile başkalarına muhtaç olmak çok kötü. Poponu başkasının silmesi..."

Saçlarını kazımış bir adam kafasını aramıza soktu. "Pat, yeni jel içeceği denedin mi? Geçen hafta bir tanesi çantamda patladı. Daha önce böylesini görmemiştim."

"Denemedim Trig. Bana günde bir muz ve Lucozade* yetiyor."

"Dazzer, Norseman** triatlonu yaparken diyet kola içti ve birinci kilometrede midesinde ne varsa çıkardı. Tanrım nasıl güldük!"

Gülümsemeye çalıştım.

---

* Bir çeşit enerji içeceği. (ç. n.)

** Yüzme, bisiklete binme ve koşudan oluşan yarış. (ç. n.)

Kel adam ortadan kaybolduktan sonra Patrick bana döndü. Hâlâ Will'in kaderi üzerine kafa yoruyordu. Kafasını sallayarak, "Tanrım! Yapamayacağın onca şeyi düşün..." dedi. "Koşmak yok, bisiklet yok." Ardından jeton yeni düşmüş gibi bana baktı. "*Seks* yok."

"Tabii ki seks yapılabilir. Sadece kadının üstte olması şart."

"Biz mahvolurduk öyleyse."

"Çok komik."

"Fakat boyundan aşağısı tutmuyorsa tahmin ettiğim kadarıyla... takımın da çalışmaması gerekir."

Alicia'yı düşündüm. *Denedim*, demişti. *Gerçekten denedim. Aylarca.*

"Bazı insanlarda böyle bir sorun olmadığına eminim. Neyse, biraz yaratıcı düşündüğünde böyle şeylerin farklı olabileceğini düşünüyorum."

"Hah." Patrick sodasından bir yudum aldı. "O zaman yarın ona sorarsın. Bak, korkunç biri olduğunu söylemiştin. Belki kazadan önce de korkunç biriydi. Kadının ona yol vermesinin gerçek sebebi bu olabilir. Bunu hiç düşündün mü?"

"Bilmem..." Fotoğraf aklıma geldi. "Birlikteyken gerçekten mutlu görünüyorlardı." Ama tek başına bir fotoğraf ne anlam ifade ederdi ki? Evde sanki az önce beni yanan bir binadan kurtarmış gibi Patrick'e bakarken gözlerimin içinin güldüğü bir fotoğraf, ama gerçekte, fotoğraf çekilmeden hemen önce ona, "Eşek herif!" demiştim. O da bana, "Defol git," diye karşılık vermişti.

Patrick konuya ilgisini kaybetmişti. "Jim... Jim yeni çıkan hafif sıklet bisikletleri gördün mü? Güzeller mi?"

Alicia'nın ne söylediğini düşünerek Patrick'in konuyu değiştirmesine izin verdim. Will'in onu uzaklaştırdığını hayal edebiliyordum. Ama esas olan birini sevdiğinizde ondan kopmamak, depresyonu atlatmalarına yardım etmek değil miydi? Hastalıkta ve sağlıkta, her şeyde böyle olmamalı mıydı?

"Bir içki daha ister misin?"

"Votka tonik," dedim ve Patrick kaşlarını kaldırınca, "Şişmanlatmayan tonik," diye ekledim.

Patrick omuz silkip bara doğru ilerledi.

Patronum hakkında bu şekilde tartıştığımız için biraz suçlu hissetmeye başladım. Özellikle buna sürekli katlanmak zorunda olduğunu fark edince kendimi kötü hissetmiştim. Onun hayatının bu mahrem yanlarıyla ilgili konuştuklarımız spekülasyondan öteye gidemezdi. Ben de boş verdim. O sırada ortada İspanya'da hafta sonu antrenmanı yapmak gibi bir laf dolanmaya başladı. Patrick benim oturduğum tarafta belirip beni hafifçe dürtene kadar onları yarım yamalak dinledim.

"Bir düşünsene!"

"Neyi?"

"Yunanistan tatili yerine İspanya'da bir hafta sonu. Eğer altmış beş kilometre bisiklet sürmek istemezsen ayaklarını havuza sokup keyif yapabilirsin. Ucuz bilet de bulabiliriz. Altı hafta vaktimiz var. Artık paran da olduğuna göre..."

Bayan Traynor'ı düşündüm. "Bilmem ki... Bu kadar çabuk izin istememden hoşlanacaklarını sanmıyorum."

"O zaman ben gitsem darılır mısın? Gerçekten ciddi bir antreman yapmak istiyorum. Büyük yarışa katılabilirim."

"Ne yarışı?"

"Triatlon. Ekstrem Viking Programı. Yüz kilometre bisiklet, 30 kilometre koşu ve Kuzey denizlerinde uzun uzun yüzmek."

"Viking kelimesi onlar için büyük bir saygı ifadesiydi. Burada yarışanlar yaralarını uzak diyarlardaki acımasız savaşlarda dövüşmüş gaziler gibi taşırlardı. Patrick cevabımı dört gözle, ağzını şapırdatarak bekliyordu. Erkek arkadaşıma bakınca acaba bir uzaylı olabilir mi diye merak ettim. Açıkçası telefonla satış işinde çalışırken ve benzin istasyonlarının önünden her geçişinde Mars çikolatalarını istiflediği zamanlarda onu daha çok sevdiğimi düşündüm.

"Yarışa katılacak mısın?"

"Neden olmasın? Daha önce hiç bu kadar formda olmamıştım."

Sonra bütün o fazladan antrenmanları, ağırlık, mesafe, sağlık ve dayanıklılık hakkında sonu gelmeyen sohbetleri düşündüm.

Patrick, "Sen de benimle birlikte katılabilirsin," dedi, fakat buna inanmadığını ikimiz de biliyorduk.

"Ben seni yalnız bırakacağım galiba," dedim. "Tabii ki sen katıl."

Ve bir *cheesecake* siparişini verdim.

*

Önceki gün olanların evdeki buzları eriteceğini düşünmem bir hataydı.

Will'i kocaman bir gülümseme ve tatlı bir merhabayla selamladım, fakat o ilgilenip kafasını pencereden bile ayırmaya tenezzül etmemişti.

Nathan ceketini giyerken, "Hiç havasında değil," diye mırıldandı.

O sabah hava kirliydi ve bulutlar yere çok yakındı. Yağmur pencerelere şiddetle çarpıyordu. Güneşin bir daha çıkıp çıkmayacağını kestirmek güçtü ve böyle bir günde ben bile asık suratlıydım. Dolayısıyla Will'in daha kötü olması gerçekten şaşırtıcı değildi.

Sabahları yapılması gereken günlük işlerle çalışmaya başladım ve kendime bu tepkinin hiç de önemli olmadığını söyleyip durdum. Kimse patronunu sevmek zorunda değildir, değil mi? Bir sürü insan birlikte çalıştığı insanı sevmez. Bu düşüncelerle Treena'nın gergin suratlı ve sürekli evlenip boşanan patronunu düşündüm. Kız kardeşim tuvalete kaç kere gidiyor diye onu gözetler, mesanesi normalin üstünde çalıştığında iğneleyici yorumlar yapardı. Öte yandan iki haftam çoktan bitmişti. Bu da geriye sadece beş ay on günüm kaldığını gösteriyordu.

Önceki gün fotoğrafları dikkatli bir şekilde alt çekmeceye yerleştirmiştim, fakat şimdi tekrar çıkarıp yere koymuş, tamir edilebilecek çerçeveleri ayırmaya başlamıştım. Tamirat konusunda oldukça iyiydim ve bunun aynı zamanda vakit öldürmek için de iyi bir yol olduğunu düşünüyordum.

On dakika sonra tekerlekli sandalyenin hafif gıcırtısı bana Will'in geldiğini haber verdi.

Kapı girişinde bana bakarak durdu. Gözlerinin altı torbalanmıştı. Nathan'ın söylediğine göre bazen hiç uyumuyordu. İnsana eşlik eden karanlık düşüncelerden başka hiçbir şeyin olmadığı geceler boyunca yataktan çıkamadan, kapana kısılmış gibi uzanmak nasıl bir şeydir diye düşünmemeye çalıştım.

Çerçevelerden birini havaya kaldırarak, "Bazılarını tamir edebilir miyim diye baktım," dedim. Elimdeki *bungee jumping* yaptığı fotoğraftı. Neşeli görünmeye çalıştım. *Canlı, olumlu birine ihtiyacı var.*

"Neden?"

Gözlerimi kırpıştırdım. "Şey... bazılarının kurtarılabileceğini düşünüyorum. Yanımda ahşap yapıştırıcısı getirdim, eğer bir el atmamı ya da yenisini almamı isterseniz öğle arasında kasabaya uğrayıp bulmaya çalışırım. Veya canınız dışarıya çıkmak isterse birlikte de gidebiliriz..."

"Çerçeveleri tamir etmeni kim söyledi ki?"

Bakışları deliciydi.

"Ben... ben sadece yardım etmeye çalışıyordum."

"Dün kırdığım bir şeyi kalkıp onarmak mı istiyorsun?"

"Ben..."

"Bak Louisa, birileri bir kez olsun benim ne istediğimi önemsese çok hoş olurdu. Ben o çerçeveleri kazara kırmadım. Radikal iç tasarım alanında deneysel bir çalışma falan da yapmıyorum. Bakmak istemediğim için kırdım onları."

Ayağa kalktım. "Özür dilerim. Düşünemedim."

"Doğru olanı bildiğini sanıyorsun. Herkes benim neye ihtiyacım olduğunu bildiğini sanıyor. *Haydi, şu lanet fotoğrafları birlikte yerlerine koyalım da zavallı sakata bakabileceği bir şeyler verelim.* O uğursuz fotoğrafların sürekli bana bakmalarını istemiyorum. Biri gelip beni kaldırana kadar bir yatağa bağlı halde yaşıyorum. Tamam mı? Buna anladın mı?"

Yutkundum. "Alicia'nın olduğu fotoğrafı yapıştırmayacaktım; o kadar aptal değilim... Ben sadece bir süre sonra..."

"Tanrım!" Bana arkasını döndü, sesi kırıcıydı. "Psikologculuk oynamayı kes. Gidip o aptal dedikodu dergilerine bak ya da çay yapmadığın zamanlar ne yapıyorsan onu yap."

Yanaklarım kızarmıştı. Daracık yolda yaptığı manevrayı izledim, ben bile daha ne diyeceğimi düşünmeden sesim çıktı.

"Böyle öküzlük etmek zorunda değilsin."

Kelimeler sessiz odada çınlamıştı.

Tekerlekli sandalye durdu. Uzun bir sessizlikten sonra Will yavaşça sandalyesini döndürdü; böylece bana bakabiliyordu. Eli küçük kumanda kolundaydı.

"Ne?"

Kalbim çarparken ona baktım. "Arkadaşlarına da bok gibi davrandın. Büyük ihtimalle hak ettiler, tamam. Ama ben burada sadece elimden gelenin en iyisini yapmaya çalışıyorum. O yüzden bana herkese davrandığın gibi kötü davranmazsan sevinirim."

Will gözlerini açtı. O konuşmadan önce yine kalbim çarpmaya başlamıştı. "Eğer seni burada istemediğimi söylersem ne yapacaksın?"

"Beni işe alan sen değilsin, annen. O beni burada görmek istemediğini söyleyene kadar da hiçbir yere gitmiyorum. Sana ya da bu saçma işe bayıldığımdan değil. Hayatını öyle ya da böyle değiştirmek istediğim falan yok, ama paraya ihtiyacım var. Tamam mı? Gerçekten ihtiyacım var."

Will Traynor'ın ifadesi görünüşte çok değişmemiş gibiydi. Ama sanırım birilerinin ona karşı gelmesine alışkın olmadığı için şaşırmıştı.

Biraz önce yaptığım şey anlamsız gelmeye başladığında, *Cehennemin dibi*, diye düşündüm. *Bu defa saçmaladın.*

Fakat Will kısa bir süre bana baktı ve gözlerimi kaçırmadığımı görünce tatsız bir şey söyleyecekmiş gibi nefes verdi.

"Peki o zaman. Sen sadece fotoğrafları alt çekmeceye koy, olur mu? Hepsini."

Hafif mırıltıyla ortadan kayboldu.

5

Tamamen yeni bir hayatın içine atılmanın ya da en azından aniden başka birinin hayatına itilmenin –aslında siz de bu hayatın kapısını çalmış olabilirsiniz– en önemli yanı bu deneyimin size kim olduğunuzu yeniden düşündürmesidir. Ya da diğer insanlara nasıl gözüküyor olduğunuzu düşünmeye başlarsınız.

Ebeveynlerime göre dört hafta içinde ilginçlik alanında birkaç basamak daha atlamıştım. Ben artık farklı bir dünyaya açılan yoldum. Özellikle annem her gün çalıştığım ev ve ahalisinin alışkanlıkları hakkında garip sorular soruyor, yeni bir yaratığı ve onun yaşam alanını ciddiyetle inceleyen bir zoolog edasına bürünüyordu. "Bayan Traynor her öğünde keten peçete kullanıyor mu?", "Sence her gün bizim gibi elektrikli süpürgeyi çalıştırıyorlar mı?", "Patatesle neler pişiriyorlar?" Annem hangi marka tuvalet kâğıdı kullandıklarını veya çarşafların polyester-pamuk karışımı olup olmadığını öğrenmem için sabahları beni sıkı sıkıya tembihleyip uğurlardı. Söylediklerini unutup eve gelmem ise onun için çok büyük bir hayal kırıklığı oluyordu. Altı yaşındayken okul arkadaşımın annesinin "toz kaldıracağımız" için evlerinin sokağa bakan odasında oynamamıza izin vermediğini söylediğimden beri annem gizliden gizliye sosyetik insanların domuz gibi yaşadığına ikna olmuştu.

Bunları rapor etmek için eve döndüğümde –evet, köpeğin kesinlikle mutfakta yemek yemesine müsaade edilmişti. Ve hayır, Traynor'lar girişteki basamakları her gün annem gibi ovarak silmiyorlardı– annem dudaklarını büzüp babama doğru yandan bir bakış fırlatmış, sanki ben onun daha üst sınıfların pasaklı hallerinden şüphelenme gerekçelerini doğrulamışım gibi başını zafer edasıyla sallamıştı.

Benim gelirime güvenmeleri ya da işimi gerçekten sevmediğimi biliyor olmaları aynı zamanda evde biraz daha fazla saygı görmem anlamına geliyordu. Aslında bu çok şey değiştirmese de babam artık beni "koca götlü" diye çağırmıyor, annem de eve geldiğimde beni bir fincan çayla karşılıyordu.

Patrick ve kız kardeşim açısından ise bir değişiklik yoktu; hâlâ şakaların hedefi; sarılmaların, öpücüklerin veya dargınlıkların merkezindeydim. Kendimi farklı hissetmiyordum. Zaten hâlâ aynı gözüküyor, aynı giyiniyordum. Hatta Treen'e göre bir hayır kurumu kermesinde güreş turnuvasına katılıyor gibiydim.

İşverenlerimin benim hakkımda ne düşündüğünü ise bilmiyordum. Will'i anlamak mümkün değildi ve Nathan'ın gözünde ben işe alınan bakıcılar silsilesinin son üyesiydim. Nathan yeterince arkadaş canlısıydı, ama bir yandan da ilgisizdi. Orada uzun süre kalmayacağımı düşündüğünü anlamıştım. Bay Traynor koridorda karşılaştığımızda beni başıyla kibarca selamlar, ara sıra da trafiğin nasıl olduğunu ya da işe alışıp alışamadığımı sorardı. Başka bir yerde karşılaşsak beni hatırlar mıydı, emin değilim.

Ama Bayan Traynor'a göre ben gerçekten de dünyanın en aptal ve en sorumsuz insanıydım.

Mesele fotoğraf çerçeveleriyle başladı. Evdeki hiçbir şey Bayan Traynor'un gözünden kaçmıyordu; bu yüzden çerçevelerin paramparça olmasının deprem etkisi yaratacağını bilmem gerekirdi. Tam olarak ne kadar süreyle Will'i yalnız bıraktığım, buna neyin neden olduğu ve dağınıklığı ne kadar sürede temizlediğim hakkında beni sorguya çekti. Aslında beni suçlamamıştı; sesini yükseltirken bile çok kibardı, ama ben sorularını cevaplarken yavaşça gözlerini kırpıştırması ve konuştuğum sırada çıkarttığı "Hımm, Hımm" sesleri bilmem gereken her şeyi bana anlatıyordu. Nathan daha önce söylediği için Bayan Traynor'un bir ceza yargıcı gibi davranması beni şaşırtmamıştı.

Bir dahaki sefere, durum her ne olursa olsun Will'i o kadar uzun süre yalnız bırakmamalıydım, *değil mi?* Ayrıca gelecek sefer toz alırken eşyaları bu kadar kenara koymamalı, böylece eşyaların yanlışlıkla yere düşmesini önlemeliydim. (Bayan Traynor bunun bir kaza olduğunu düşünmeyi tercih ediyor gibiydi.) Bana kendimi birinci sınıf bir aptal gibi hissettirdiği için ben de o etraftayken birinci sınıf bir aptal oldum. Ne zaman yere bir şey düşürsem tam o an gelirdi. Fırının kadranıyla uğraşırken ya da odun toplamaktan döndüğümde, sanki çok süredir ortada yokmuşum gibi hafif sinirli bir ifadeyle koridorda dikilirdi.

Tuhaf bir şekilde Bayan Traynor'ın davranışları beni Will'in kabalıklarından daha çok sinir ediyordu. Birkaç kere ona açıkça bir sorun olup olmadığını sormaya yeltenmiş, beni mesleki yeteneklerimden çok tutumumdan ötürü işe aldığınızı söylediniz, demek istemiştim. Ve gerçekten de her gün Will'in yanında, tam da istediği gibi kanlı canlı dikiliyordum. O halde mesele neydi?

Fakat Camilla Traynor bunları söyleyebileceğiniz bir kadın değildi. Ayrıca korkarım evdeki hiç kimse birbiriyle doğrudan konuşmuyordu.

Bir keresinde, "Senden önce Will'e bakmaya gelen Lily'nin bir tavayı aynı anda iki sebze için kullanmak gibi gayet akıllıca bir alışkanlığı vardı," demişti ve bu, *karmakarışık işler yapıyor*, anlamına geliyordu.

Dahası, "Will, bir fincan çay içmek ister misin?" sorusu da aslında, Sana ne diyeyim bilmem ki, anlamına geliyordu.

"Sanırım düzenlenmesi gereken bazı işlerim var," demekse, *kaba davranıyorsun; buradan gidiyorum,* demekti.

Bu cümleler acı bir ifadeyle telaffuz ediliyor ve narin parmaklar, ucunda haç olan zincirin üzerinde bir aşağı bir yukarı inip çıkıyordu. Bayan Traynor fazlasıyla içine kapanık bir insandı. Benim annem ise onun yanında Amy Winehouse gibi görünürdü. Kibarca gülümseyip bunu fark etmemiş gibi yaptım ve para kazandığım işi yapmaya devam ettim.

Veya en azında denedim diyelim.

"Neden yemeğime gizlice havuç karıştırıyorsunuz?"

Tabağa doğru baktım. Televizyondaki kadın sunucuyu izliyor, saçımı onunki gibi boyatsam nasıl görünürüm diye merak ediyordum.

"Ne? Öyle bir şey yapmadım."

"Yaptınız. Havuçları püre haline getirip sosun içine sakladınız. Sizi gördüm."

Kızardım. Haklıydı. İkimiz de oturmuş dalgın bir şekilde öğle haberlerini izlerken bir yandan da Will'e yemek yediriyordum. Yemekte biftekle patates püresi vardı. Her ne kadar o gün kesinlikle sebze istemediğini belirtmiş olsa da annesi bana tabağına üç çeşit sebze koymamı söylemişti. Bana hazırlatılan yemeklerin hepsinin besin değerleri en ince detayına kadar hesaplanıyordu.

"Neden yemeğime gizlice havuç karıştırıyorsunuz?"

"Karıştırmıyorum."

"O zaman bu yemekte havuç yok öyle mi?"

Gözümü küçük turuncu parçalara diktim. "Peki, tamam..."

Kaşlarını kaldırmış, bekliyordu.

"Şey... Sanırım sebzenin size iyi geleceğini düşündüm."

Havuç eklememin sebebi hem Bayan Traynor'ın dediklerine uymak içindi hem de alışkanlıktandı. Yemeğindeki sebzeleri püre haline getirip patateslerin ya da makarnanın altına saklayarak Thomas'ı beslemeye o kadar alışmıştım ki... Thomas'ın boğazından geçirdiğimiz her parça bir zafer gibi geliyordu.

"Şunu bir açıklığa kavuşturalım. Siz bir çay kaşığı havucun hayat kalitemi arttıracağını mı düşünüyorsunuz?"

Meseleyi bu şekilde anlattığı zaman gerçekten de kulağa çok aptalca geliyordu. Ama Will'in söylediği veya yaptığı herhangi bir şey yüzünden sinmiş gözükmemenin çok önemli olduğunu öğrenmiştim.

Düz bir ses tonuyla, "Ne demek istediğinizi anladım," dedim. "Bir daha yapmam."

Sonra Will Traynor durup dururken güldü. Kahkaha, sanki nefesini tutamamış gibi aniden ağzından çıkmıştı."Tanrı aşkına," diyerek kafasını salladı.

Gözlerimi dikip baktım."Yemeğime başka neler karıştırıyorsunuz? Ben ağzımı kocaman açacağım ve böylece Bay Tren gelip bir sonraki lanet kırmızı istasyona yumuşak Brüksel lahanası tohumlarını bırakabilecek öyle mi?"

Bu teklifin üzerinde bir dakika düşündüm ve asık bir yüzle, "Hayır," dedim. Ben sadece çatal kullanıyorum ve o da Bay Tren'e benzemiyor."

Thomas birkaç ay önce bana kararlı bir şekilde böyle demişti.

"Sizi bu işe annem mi bulaştırdı?"

"Hayır. Özür dilerim Will. Ben... düşünemedim."

"Her zamanki gibi."

"Tamam, tamam. Sizi bu kadar kızdırıyorsa o lanet havuçları yemekten çıkaracağım."

"Beni kızdıran şey o lanet havuçlar değil. Ben havuçların çatal-bıçak takımına Bay ve Bayan Çatal diye seslenen deli bir kadın tarafından yemeğime karıştırılmasına kızıyorum."

"Şakaydı o. İzin ver de havuçları tabağından alıp..."

Will arkasını döndü. "Başka bir şey istemiyorum. Bana bir fincan çay yap yeter." Ben odadan çıktıktan sonra, "Sakın içine kabak karıştırmaya kalkma," diye seslendi.

Ben bulaşığı bitirmek üzereyken Nathan içeri girdi ve ona bir bardak çay uzatırken, "Keyfi yerinde," dedi.

"Öyle mi?" Sandviçlerimi mutfakta yiyordum. Dışarıda keskin bir soğuk vardı ve son zamanlarda ev o kadar da samimiyetsiz gelmiyordu.

"Onu zehirlemeye çalıştığını söyledi. Ama şakayla tabii."

Bu haberle kendimi tuhaf bir şekilde memnun hissettim.

Memnuniyetimi saklamaya çalışarak, "Evet... Güzel," dedim. "Biraz alışmaya başladık."

"Ayrıca bu aralar daha çok konuşmaya başladı. Bazı haftalarda ağzından zar zor bir şey çıkardı, ama son günlerde kesinlikle biraz çene çalmaya hevesli görünüyor."

O an aklıma, Will'in eğer o lanet ıslığı kesmezsem beni ezmek zorunda kalacağını söylemesi geldi. "Sanırım onun çene çalma tanımı ile benimkisi biraz farklı."

"Biz de biraz kriket hakkında lafladık. Ve sana söylemem gereken bir şey var..." Nathan sesini alçalttı. "Bayan T. bir hafta kadar önce senin iyi çalışıp çalışmadığını sordu. Ben de son derece profesyonel olduğunu söyledim, ama onun bunu kastetmediğini biliyorum. Derken dün odama bana geldi ve sizin gülüştüğünüzü duyduğunu söyledi."

Bir önceki akşam aklıma geldi. "*Bana* gülüyordu," dedim. Will benim *pesto* sosun ne olduğunu bilmememi son derece eğlenceli buldu. Ona akşam yemeğinde "yeşil soslu makarna" olduğunu söylemiştim.

"Ama bu Bayan Traynor'ın umrunda değil. Will herhangi bir şeye gülmeyeli epey zaman geçti." Bu doğruydu. Will ve ben beraber vakit geçirmenin kolay yolunu bulmuş gibiydik. Aramızdaki ilişki aslında onun bana kaba davranması ve benim de ara sıra ona kaba bir şekilde cevap vermem etrafında dönüyordu. Bir şeyi yanlış yaptığımı söylediğinde, eğer onun için önemliyse bunu benden nazikçe rica edebileceğini söylüyordum. Ayrıca bana küfür ettiğinde ya da baş belası dediğinde ben de bu baş belası olmadan yaşamaya devam etmeye çalışmasını, bunun ona neye mal olacağını değerlendirmesi gerektiğini anlatıyordum. Bu noktaya biraz zor gelmiştik, ama artık ikimiz için de işe yarıyor gibiydi. Hatta bazen kendisine sert davranmaya, karşı çıkmaya veya korkunç davrandığını yüzüne vurmaya hazır birisi olduğu için onu rahatlatmış görünüyordu. Kazadan beri Will'in sorgulamadan saygı gösterdiği ya da en keskin yorumlarının bile muhtemelen tesir etmediği Nathan hariç, etrafındaki herkesin korku içinde hareket ettiği hissine kapıldım. Fakat Nathan insan biçimde bir zırhlı araç gibiydi.

"Sen sadece şakaların hedefi olmaya devam et, tamam mı?"

Kupamı lavaboya koydum. "Bu konuda zorlanacağımı sanmıyorum."

Evin ortamının yanı sıra bir diğer önemli değişiklik de Will'in onu eskisi kadar yalnız bırakmamı istememesiydi. Hatta bir iki öğleden sonra bana onunla kalıp film izlemeyi isteyip istemediğimi bile sormuştu. Bir keresinde film *Terminatör* olunca serideki bütün filmlerini seyretmiş olmama rağmen çok fazla aldırış etmedim, ama altyazılı bir Fransız filmi gösterince filmin kapağına şöyle bir bakıp, "Sanırım bu sefer pas geçeceğim," dedim.

"Neden?"

Omuz silktim. "Altyazılı filmleri sevmem."

"Bu laf sanki içinde oyuncuların olduğu filmleri sevmiyorum demen gibi bir şey. Saçmalama. Sevmediğin şey nedir? Bir şey izlerken aynı zamanda bir şey okuyor olmak mı?"

"Ben yabancı filmleri gerçekten sevmem."

"*Local Bloody Hero*'dan sonra bütün filmler yabancı film oldu. Hollywood'un Birmingham'da bir kent olduğunu mu düşünüyorsun?"

"Çok komik."

Sahiden de hiç altyazılı film seyretmediğimi itiraf edince bana inanamadı. Annemle babam akşamları uzaktan kumandayı paylaşamazlardı ve Patrick de yabancı film izlemekten pek hoşlanmıyordu. Kasabadaki bize en yakın sinema salonu sadece en yeni vurdulu kırdılı filmleri ya da romantik komedileri gösterirdi ve filmleri ıslıklayan o kadar çok çocuk olurdu ki kasabalıların pek azı film izlemeye giderdi."Bu filmi izlemen gerek Louisa. Daha doğrusu bu filmi izlemeni emrediyorum." Will tekerlekli sandalyesini arkaya doğru hareket ettirdi ve başıyla koltuğu gösterdi. "Oraya... oraya otur ve bitinceye kadar kımıldama. Hiç yabancı film izlememişmiş. Tanrım..." diye homurdandı.

Bu, Fransa'nın sayfiye bölgesinde mirasa konan bir kambur hakkında eski bir filmdi. Will filmin meşhur bir kitaptan uyarlandığını söyledi, ama ben daha önce duymamıştım. İlk yirmi dakikayı biraz huzursuz bir şekilde, altyazıdan sinirlerim bozulmuş, eğer Will'e tuvalete gitmem gerektiğini söylersem acaba huysuzlanır mı diye merak ederek geçirdim.

Ve sonra bir şey oldu. Aynı anda dinlemenin ve okumanın ne kadar zor olduğunu düşünmeyi bırakıp Will'in ilaç saatlerini ve Bayan Traynor'ın benim gevşek davrandığımı düşünüp düşünmeyeceğini unuttum ve vicdansız komşuları tarafından oyuna getirilen zavallı adamla ailesi hakkında endişelenmeye başladım. Kambur Adam öldüğünde sümüğüm elbisemin koluna akarken içli içli ağlıyordum.

Will yanımda belirip, "Eee," dedi ve muzip bir ifadeyle bana baktı. "Filmi hiç beğenmedin, öyle mi?"

Başımı kaldırıp bakınca hayretle dışarıda havanın karardığını fark ettim ve mendil kutusununa uzanırken, "Zevkten dört köşesin değil mi?" diye homurdandım.

"Biraz. Bu yaşa gelmiş olmana rağmen yabancı film izlememene biraz şaşırmıştım... Kaç yaşındaydın?"

"Yirmi altı."

"Yirmi altı yaşına gelmişsin ve tek bir alt yazılı bir film dahi seyretmemişsin..." Gözlerimi silerken bana baktı.

O sırada kâğıt mendile baktım ve gözümdeki rimelin aktığını fark ettim. "Mecbur olduğumu bilmiyordum," diye söyleniyordum.

"Peki, film izlemiyorsan boş zamanını nasıl değerlendiriyorsun Louisa Clark?"

Mendili avucumun içinde buruşturdum. "Burada değilken ne yaptığımı mı soruyorsunuz?"

"Birbirimizi tanımamız gerektiğini söyleyen sendin. Haydi o zaman, bana kendinden bahset."

Sizinle alay etmediğinden tam olarak emin olamadığınız bir konuşma tarzı vardı ve ben de birkaç saat önce ettiğim lafları bana yedirmesini bekliyordum. "Neden?" dedim. "Neden birdenbire öğrenmek istedin?"

"Tanrı aşkına! Sosyal hayatın devlet sırrı değil herhalde!" Asabileşmeye başlamıştı.

"Bilmem ki..." dedim. "Bir içki içmek için bara giderim. Biraz televizyon seyrederim. Erkek arkadaşım koşarken gidip onu seyrederim. Olağandışı bir şey yok."

"Koşarken erkek arkadaşını seyrediyorsun, öyle mi?"

"Evet."

"Sen koşmuyor musun?"

"Hayır. Ben pek..." Aşağıya, göğsüme doğru baktım. "Sanırım ben koşmak için yaratılmadım."

Bu lafım onu gülümsetmişti.

"Başka ne yaparsın?"

"Başka derken?"

"Hobilerin nedir? Gezmek mi? Gitmeyi sevdiğin yerler neresi?"

Eski kariyer danışmanım gibi konuşmaya başlamıştı.

Düşünmeye çalıştım. "Pek hobim yok. Biraz okurum. Kıyafetlerle ilgilenirim."

Will alaycı tonda, "Sıradan," dedi.

"Sen sordun diye anlattım. Ben hobilerden falan pek anlamam." Sesim tuhaf bir şekilde savunmaya geçmiş gibi çıkmıştı. "Fazla bir şey yapmam, tamam mı? Çalışırım ve sonra da eve giderim."

"Nerede yaşıyorsun?

Şatonun öbür tarafında. Renfrew Caddesi."

Boş boş baktı. Tabii öyle bakacaktı. Şatonun bir tarafında yaşayan insanlar kolay kolay diğer tarafa geçmezdi. "Anayolun uzağında. McDonald's'a yakın."

Başını salladı, ama nereden bahsettiğimi gerçekten bilip bilmediğinden pek emin olamadım.

"Peki tatillerde ne yapıyorsun?"

"Patrick'le İspanya'ya gitmiştik. Erkek arkadaşım..." diye ekledim. "Çocukken aslında sadece Dorset'e giderdik. Veya Tenby'e... Teyzem Tenby'de yaşıyor da."

"Peki, ne istiyorsun?"

"Ne mi istiyorum?

"Hayattan ne istiyorsun?"

Gözlerimi kırpıştırdım. "Bu biraz derin bir soru olmadı mı?"

"Sadece genel olarak ne istediğini soruyorum. Senden kendine psikanaliz yapmanı istemedim ki. Sadece ne istersin diye sordum. Evlenmek mi? Çocuk sahibi olmak mı? Rüyalarındaki işi yapmak mı? Dünyayı gezmek mi?"

Uzun bir sessizlik oldu.

Sanırım cevabımı vermeden önce de bunun onu hayal kırıklığına uğratacağını biliyordum. "Bilmiyorum. Daha önce bunun hakkında hiç düşünmedim."

Cuma günü hastaneye gittik. O sabah işe gitmeden önce Will'in randevusunu bilmediğime memnun olmuştum, çünkü bütün gece onu arabayla nasıl götüreceğim diye endişe etmekten uyuyamayacaktım. Evet, araba kullanabiliyorum. Ama araba kullanabiliyorum demem Fransızca konuşabiliyorum demem gibiydi. Evet, gerekli sınava girdim ve geçtim. Ama bu yeteneğimi sınavı geçtikten sonra senede bir kereden fazla kullanmadım. Will'i tekerlekli sandalyeye uygun hale getirilmiş minivana bindirmek ve onu sağ salim komşu kasabaya getirip götürmek içimi büsbütün korkuyla dolduruyordu.

Haftalarca, çalışma saatlerimde uzaklaşmam için bir bahane çıkmasını istemiştim. Şimdi ise binada kalmak için yapmayacağım şey yoktu. Will'in hastane kartını sağlık dosyasına yerleştirdim. Bu büyük dosya ulaşım, sigorta, maluliyetle yaşamak ve randevular adlı bölümlerine ayrılmıştı. Kartı aldım ve üzerinde bugünün tarihi olup olmadığını kontrol ettim. İçimde küçük bir parça Will'in yanılmış olmasını umut ediyordu.

"Anneniz de geliyor mu?"

"Hayır. Doktor randevularıma gelmez."

Şaşkınlığımı gizleyemedim. Annesinin tedaviyi bütün yönleriyle takip edeceğini düşünmüştüm.

Will, "Eskiden gelirdi," dedi. "Fakat artık bir anlaşma yaptık."

"Peki, Nathan geliyor mu?"

Önünde diz çökmüştüm. O kadar gergindim ki öğle yemeğinin bir kısmını kucağına döktüm ve şimdi de boş yere silmeye çalışıyordum, çünkü pantolonunun büyük bir kısmı silerken iyice ıslanıyordu. Will kibarca özür dilemeyi kesmemi rica etmek haricinde hiçbir şey söylemedi, ama bu durum gerginliğimin geçmesine yardımcı olmamıştı.

"Neden sordun?"

"Bir sebebi yok." Ne kadar korktuğumu bilmesini istemedim. O sabahın önemli bir kısmını, yani genelde temizlik yaptığım vakitleri, tekerlekli sandalye kaldıracının kullanma talimatını tekrar tekrar okuyarak geçirmiştim, ama yine de onu yarım metre havaya kaldırma fikri ödümü koparıyordu.

"Haydi ama Clark. Ne oldu sana böyle?"

"Ben sadece... sadece bu seferlik kaldıracı kullanmayı bilen başka birisi olsaydı daha kolay olurdu diye düşündüm."

"Benden daha iyi bilen biri yani."

"Onu kastetmedim."

"Kendi bakımımla ilgili şeyleri bilmemin mümkün olmadığını düşünüyorsun, değil mi?"

Açık açık, "Kaldıracı kullanabiliyor musun?" diye sordum. "Tam olarak ne yapmam gerektiğini söyleyebilirsin değil mi?"

Bana baktı ve bir an kavga çıkarmak istemiş olsa bile fikrini değiştirmiş gibi görünüyordu. "Neyse, boşverelim. Nathan da geliyor. Fazladan bir çift elin faydası olur. Ayrıca Nathan gelirse bu telaşlı havadan çıkarsın diye düşünüyorum."

"Ben iyiyim," diye itiraz ettim.

"Belli."

Hâlâ bir bezle temizlediğim kucağına baktı. Makarna sosunun lekesini çıkarmıştım, ama üstü sırılsıklam olmuştu. "Kendine sahip çıkamayan kişi ben miyim şimdi?"

"Henüz bitirmedim." Saç kurutma makinesini fişe taktım ve kurutucunun ucunu pantolonunun ağına doğru tuttum.

Sıcak hava pantolonuna doğru esmeye başlayınca kaşlarını kaldırdı.

"Aslında cuma günü öğleden sonra yapmayı umduğum şey tam olarak bu değildi."

"Gerçekten gerginsin değil mi?"

Beni incelediğini hissedebiliyordum.

"Kendine gel Clark. Sıcak havayla üreme organları haşlanan benim."

Cevap vermedim. Sesini kurutma makinesinin uğultusu arasında duydum.

"Haydi ama, en kötü ne olabilir ki? Tekerlekli sandalyeye mi mahkum olurum?"

Aptalca gelebilir, ama gülmeme engel olamadım. Will açık açık kendimi daha iyi hissetmem için çabalıyordu.

Dışarıdan bakıldığında araba normal bir taşıt gibi görünüyordu, ama arka yolcu kapısının kilidi açılınca yan taraftan bir rampa çıktı ve zemine kadar alçaldı. Nathan uzaktan bakarken Will'in dışarıda kullandığı tekerlekli sandalyeyi (gezmek için farklı bir sandalyesi vardı) doğru bir şekilde yönlendirip elektrikli kilidi kontrol ettim ve arabaya girmesi için yavaşça kaldırdım. Nathan yolcu koltuğuna geçip Will'in emniyet kemerini taktı ve sandalyenin tekerleklerini sabitledi. Ben de ellerimin titremesini engellemek için el frenini indirdim ve arabayı hastaneye doğru yavaşça sürmeye başladım.

Evden uzaklaşınca Will gözüme biraz ufak görünmeye başlamıştı. Dışarıda hava serindi. Nathan ve ben Will'i kalın paltosu ve kaşkoluyla sarıp sarmalamıştık. Will gitgide sessizleşmiş, çenesi kasılmıştı. Etrafındaki geniş alan sanki onu yutuyordu. Ne zaman dikiz aynama baksam (ki sıklıkla bakıyordum, çünkü Nathan orada olsa da tekerlekli sandalyenin bir biçimde bağlandığı yerden kayma ihtimali beni dehşete düşürüyordu) pencereden dışarıyı izlediğini görüyordum. Yüzündeki ifade anlaşılmazdı. Hatta ne zaman motoru stop ettirsem ya da çok sert fren yapsam, ki bunu sıklıkla yaptım, sadece biraz irkildi ve kendimi toplamamı bekledi.

Hastaneye varıncaya kadar tam anlamıyla kan ter içinde kalmıştım. En geniş yerlere dahi geri viteste park etmeye korktuğumdan iki adamın sabırlarının taşmaya başladığını hissedinceye kadar hastanenin otoparkını üç defa turladım. Sonra nihayet rampayı aşağı indirdim ve Nathan, Will'in tekerlekli sandalyesinin asfalta inmesine yardım etti.

Nathan dışarı çıkarken bir yandan sırtıma hafifçe vurarak, "İyi iş çıkardın," dedi, ama ben öyle olduğuna inanmakta zorlanıyordum.

Tekerlekli sandalyeye bağlı birine eşlik etmeden fark edemeyeceğiniz şeyler vardır. Bir kere kaldırımların çoğunun ne kadar döküntü olduğunu anlarsınız. Kötü kapatıldığı için delik deşik olmuş ya da düpedüz taşları sökülmüştür. Will tekerlekli sandalyesini kullanırken yanında yürüyordum ve her engebeli beton parçasının onun nasıl da acıyla sarsılmasına neden olduğunu fark ettim. Nathan görmezden geldi, ama ben Nathan'ın da Will'i izlediğini görüyordum. Will ise boyun eğmez ve kararlı görünüyordu.

Bir diğeri ise çoğu şoförün ne kadar düşüncesiz olduğuydu. Kaldırımdaki özel alanlara park ediyorlardı ya da araçlar birbirine o kadar yakın duruyordu ki tekerlekli sandalyelerin yolun karşısına geçmesi gerçekten imkânsızlaşıyordu. Şaşkına dönmüştüm, hatta birkaç kere arabaların sileceklerine kaba notlar bırakmaya yeltendim, ama Nathan ve Will bu duruma alışmış görünüyorlardı. Nathan karşıya geçmek için uygun bir yer gösterdi ve her birimiz Will'in iki yanını kuşatarak nihayet karşıya geçebildik.

Diğer yandan evden ayrıldığımızdan beri Will tek kelime etmemişti.

Hastane ışıldayan, birkaç katlı bir binaydı ve kusursuz resepsiyon bölümü daha çok modern tarzda yapılmış bir otele benziyordu; bu belki de özel sigortanın bir göstergesiydi. Will karşılama görevlisine ismini söylerken ben geride durdum ve sonra Nathan'la onu uzun bir koridor boyunca takip ettim. Nathan, Will'in kısa ziyareti sırasında geniş ağızlı bardaklardan tutun, yedek kıyafetlere kadar bir ihtimal ihtiyaç duyabileceği her şeyi içeren büyük bir çanta taşıyordu. Bütün olasılıkları hesaplayarak çantayı sabah gözümün önünde hazırlamıştı. Yüzümdeki dehşeti görünce, "Sanırım bunu çok sık yapmak zorunda olmamamız iyi bir şey," demişti.

Randevusunda ona refakat etmedim. Nathan ve ben muayene odasının önündeki rahat koltuklara oturduk. Hastane kokusu duyulmuyordu ve pencere pervazındaki vazoda taze çiçekler vardı. Bunlar ismini bilmediğim, minimalist bir tarzda bir araya getirilmiş ve maharetle düzenlenmiş kocaman, egzotik şeylerdi.

Hastaneye varmamızın üzerinden yarım saat geçtikten sonra, "İçerde ne yapıyorlar?" diye sordum.

Nathan gözlerini kitabından ayırdı. "Bu sadece altı ayda bir yapılan kontrol."

"Ne için? İyileşip iyileşmediğini görmek için mi?"

Nathan kitabını bıraktı. "Bir iyileşme yok. Omuriliğinde hasar var."

"Ama ona fizik tedavi uyguluyorsun."

"Terapi Will'in fiziksel durumunu korumaya çalışmak ve devam ettirmek için yapılıyor. Kaslarının körelmesini durdurmak, kemiklerinin yoğunluğunu kaybetmesini ve kanın bacaklarında toplanmasını durdurmak için bunu yapmak gerekli. Bu tip şeyler işte."

Tekrar konuştuğu zaman sesi yumuşaktı, beni hayal kırıklığına uğrattığını düşünmüş gibiydi. "Will bir daha yürüyemeyecek Louisa. O sadece Hollywood filmlerinde olur. Bizim tek yaptığımız onun acısını dindirmek ve hareket kabiliyeti ne kadarsa onu korumak."

"Bütün bunları, terapiyi siz istediğiniz için mi yapıyor? Çünkü benim teklif ettiğim hiçbir şeyi yapmak istemiyormuş gibi görünüyordu."

Nathan yüzünü ekşitti. "Terapiyi yapıyor, ama içinden geldiğini sanmıyorum. İlk geldiğimde bayağı kararlıydı. Rehabilitasyonda oldukça ilerlemişti, ama sonuçsuz geçen bir yıldan sonra sanırım buna değmediğini düşünmeye başladı."

"Peki, sen devam etmesi gerektiğini düşünüyor musun?"

Nathan yere baktı. "Dürüstçe söyleyeyim mi? Will'in 5. ve 6. boyun omurları kuadripleji var. Yani buradan aşağısı tutmuyor." Bir elini göğsünün üst kısmına koydu. "Omuriliği iyileştirecek bir tedavi de henüz yok."

Kış güneşinde arabayla hastaneye gelirken gördüğüm yüzle kayak tatilinde suratı sevinçten parlayan adamın yüzünü düşünüp kapıya baktım. "Ama birçok alanda tibbi ilerlemeler var, değil mi? Yani böyle bir yerde bu tür hastalıklar üzerine çalışıyorlardır."

Nathan kayıtsız bir şekilde, "Burası oldukça iyi bir hastane," dedi.

"Çıkmadık candan umut kesilmez, değil mi?"

Nathan bana baktı sonra kitabına döndü. "Tabii." Nathan'a haber verip saat üçe çeyrek kala kahve almaya gittim. Nathan bu tip muayenelerin uzun sürebildiğini ve ben geri dönünceye kadar yerime bakacağını söylemişti. Gazete bayiindeki dergileri karıştırıp çikolata rafında oyalanarak resepsiyonda biraz takıldım.

Koridora dönen yolu bulmaya çalışırken kaybolacağımı önceden tahmin etmem gerekirdi. Birçok hemşireye ne tarafa gitmem gerektiğini sordum; iki tanesi ne cevap vereceğini bile bilmiyordu. Vardığımda elimdeki kahve soğumuştu ve koridor artık boştu. Biraz daha yakına geldiğimde muayene odasının kapısının aralık olduğunu gördüm. Biraz tereddüt ettim, ama Bayan Traynor'ın Will'i yalnız bıraktığım için beni eleştiren sesini duyabiliyordum. İşte yine yapmıştım.

Bir ses, "O halde üç ay sonra görüşürüz Bay Traynor," dedi. "Ağrı kesici ilaçlarını ayarladım ve test sonuçları için birisinin sizi aramasını sağlayacağım. Muhtemelen pazartesi günü..."

Will'in sesini duydum. "Bunları aşağıdaki eczaneden alabilir miyim?"

"Evet. İşte. Size bu ilaçlardan biraz daha fazla verebilirler." Bir kadın sesi duyuldu. "Dosyayı alayım mı?"

Kalkmak üzere olduklarını anladım. Kapıyı çaldığımda birisi beni içeri çağırdı ve iki çift göz bana doğru döndü.

Uzman doktor koltuğundan kalkarken, "Özür dilerim," dedi. "Ben sizin fizyoterapist olduğunuzu düşünmüştüm."

Kapıya dayanarak, "Ben... Will'in yardımcısıyım," dedim. Will tekerlekli sandalyesinde öne doğru eğilmeye çalışırken Nathan onun gömleğini düzeltiyordu. "Üzgünüm; işinizin bittiğini sanmıştım."

Will'in sesi araya girdi. "Bize bir dakika verir misin Louisa?" Mırıldanarak özür dilerken geriye kaçtım; yüzüm yanıyordu.

Beni sarsan Will'in çıplak bedeninin görünüşü, ince ve yaralı haldeki vücudu değildi. Uzman doktorun belli belirsiz bir tedirginliğe sahip bakışları da canımı sıkmamıştı. Bayan Traynor zaten bana her gün öyle bakıyordu. Saat başına normalden fazla bir ücret alsam da bu, bana hâlâ çam deviren bir aptal olduğumu fark ettiren bir bakıştı.

Beni sarsan şey Will'in bileklerindeki morumsu kırmızı çizgiler, Nathan ne kadar süratle gömlek kollarını aşağı çekerse çeksin saklanamayan uzun, dikiş izli yaralardı.

6

Kar o kadar aniden bastırmıştı ki evden masmavi bir gökyüzü eşliğinde çıksam da yarım saat geçmeden kalın ve beyaz bir buz katmanıyla çevrelenmiş, pasta süsüne benzeyen şatoya doğru ilerliyordum.

Yolda güçlükle yürüyordum; adımlarım karla örtülmüştü ve ince, Çin malı ipek paltomun içinde titreyen ayak parmaklarım daha şimdiden uyuşmuştu. Demir grisi bir sonsuzluktan çıkan kalın, beyaz kar taneleri Taylor'ların evini silikleştirerek havada uçuşuyor, sesleri ortadan kaldırarak dünyayı doğal olmayan bir şekilde yavaşlatıyordu. Tertemiz budanmış çitin ötesinde arabalar ihtiyatlı bir şekilde ilerliyor, yayalar kaldırımda kayıp bağrışıyorlardı. Fularımı burnumun üstüne kadar çekip keşke babet ve kadife mini elbiseden daha uygun bir şeyler giyseydim diye düşündüm.

Kapıyı Nathan'ın yerine Will'in babasının açması beni şaşırttı.

Babası verandadan yukarı doğru bir bakarak, "Yatakta," dedi. "İyi değil. Ben de tam doktor çağırsam mı diye düşünüyordum."

"Nathan nerede?"

"Bu sabah izinli. Tam da bu günde izin alacağı tuttu. Gelen lanet hemşire tam altı saniye içinde gitti. Eğer kar böyle devam ederse ne yapacağız bilemiyorum." Sanki bu şeylerin önü alınamazmış gibi omzunu salladı ve koridorda kayboldu. Bu durumdan sorumlu tutulamayacağı için rahatladığı çok belliydi.

"Neye ihtiyacı olduğunu biliyorsunuz, değil mi?" diye omzunun üzerinden seslendi.

Paltomla ayakkabılarımı çıkardım ve Bayan Traynor'un mahkemede olduğunu bildiğimden (Will'in mutfağındaki ajandaya çalıştığı günlerin tarihlerini işaretlemişti) ıslak çoraplarımı kurumaları için radyatörün üzerine koyup Will'in çamaşır sepetinde olan bir çift temiz çorabını giydim. Çoraplar ayağımda gülünç bir şekilde büyük gözüktü, ama ayaklarımın sıcak ve kuru olması bende cennetteymişim gibi bir his uyandırmıştı. Seslendiğimde Will cevap vermedi ve ben de bir süre sonra ona içecek bir şey hazırladım. Kapıya yavaşça vurdum ve başımı içeri doğru uzattım. Loş ışıkta ancak yorganın altındaki şeklini seçebiliyordum. Derin bir uykudaydı.

Geriye doğru bir adım atıp arkamdan kapıyı kapattım ve sabah işleriye meşgul olup çalışmaya başladım.

Derlenip toparlanmış bir ev annemi gözle görülür bir şekilde memnun ederdi. Fakat ben tam bir aydır elektrik süpürgesi kullanıp her gün temizlik yapmama rağmen yine de bu işin cazibesini anlamamıştım. Sanırım bu işleri yapmasam da hayatımda bir şey değişmeyecekti.

Yine de böyle bir günde, Will'in yatağa hapsolduğu ve dışarıda dünyanın durgunlaşır gibi göründüğü bir zamanda, benim gibi müştemilatın bir ucundan diğer ucuna çalışmanın dinginleştirici bir zevk verdiğini anlayabiliyordum. Toz alırken radyoyu odadan odaya yanımda taşıdım ve Will'i rahatsız etmemek için sesini kıstım. Belirli aralıklarla sırf nefes alıp almadığını görmek için kafamı kapıdan içeri uzatıyordum, ama saat bire geldiğinde ve Will hâlâ uyanmadığında biraz kaygılanmaya başlamıştım.

Odun sepetini doldururken birkaç parmak kalınlığına ulaşmış karın artık durulduğunu fark ettim. Will'e taze bir içecek hazırladım ve ardından kapısına vurdum. İkinci kez vurduğumda ise bunu oldukça gürültülü bir şekilde yaptım.

"Evet?" Sesi sanki onu uyandırmışım gibi boğuk geliyordu.

"Benim." Cevap vermeyince, "Louisa. Bir mahsuru yoksa içeri girebilir miyim?"

"Gel, ben de Yedi Tül Dansı* yapıyordum."

Oda gölgeler içindeydi ve perdeler çekiliydi. Gözlerimin ışığa uyum sağlamasına izin verip içeri girdim. Will yatağın kenarındaydı ve bir kolu daha önce içeri baktığımda gördüğüm gibi, sanki kendi kendisini desteklemek için önünde kıvrılmıştı. Tek başına yatakta dönemediğini bazen unutabiliyordum. Saçı bir tarafa yatmıştı ve yorgan da düzgün bir şekilde etrafına sıkıştırılmıştı. Ilık, yıkanmamış erkek kokusu odayı doldurmuştu. Bu nahoş bir koku değildi, ama yine de iş gününün bir parçası olarak biraz sinir bozucuydu.

"Senin için ne yapabilirim? İçeceğini ister misin?"

"Yönümü değiştirmem lazım."

İçeceği komodinin üzerine koyup yatağa doğru yürüdüm. "Ne... ne yapmamı istersin?"

Dikkatlice yutkundu, sanki acı çeker gibiydi. "Kaldırıp döndür ve sonra yatağın arkasını kaldır. İşte..." Daha yakına gelmem için başını öne doğru salladı. "Kollarını benimkilerin altına yerleştirip ellerini sırtımda birleştir ve sonra geri çek. Kalçanı yatağa koy, böylece belini acıtmazsın."

Bu durum tuhaf değilmiş gibi davranamadım. Etrafında dolanırken kokusu burun deliklerime doldu; sıcak teni tenime değiyordu... Ancak kulağını ısırsaydım ona bu kadar yakın ola-

* Yeni Ahit'de Salome'nin üvey babası için yaptığı dans. (yay. n.)

bilirdim. Bu düşünce beni hafifçe heyecanlandırdı, ama kendimi kontrol etmek için mücadele ettim.

"Ne oldu?"

"Yok bir şey." Nefes alıp ellerimi birleştirdim ve onu sımsıkı tuttuğumu hissedinceye kadar pozisyonumu ayarladım. Sandığımdan daha kalıplı ve daha ağırdı. Ardından üçe kadar saydıktan sonra onu geriye çektim.

Will omzumda, "Aman Tanrım," diye haykırdı.

"Ne oldu?" Neredeyse onu düşürüyordum.

"Ellerin buz gibi."

"Evet. Eh, yataktan çıkma zahmetinde bulunsaydın şu an dışarıda kar yağdığını bilirdin."

Bunu yarı şakayla söylemiştim, ama teninin tişörtün altında yandığını fark ettim; derinlerden gelen yoğun bir sıcaklıkla yanıyordu. Onu yastığa dayarken hafifçe inledi ve ben de hareketlerimi mümkün olduğunca yavaş, nazik bir şekilde yapmaya çalıştım. Başını ve omuzlarını havaya kaldırarak uzaktan kumanda cihazını işaret etti ve, "Yine de çok kaldırma," diye mırıldandı, "Biraz sersem gibiyim."

Belli belirsiz itirazını görmezden gelerek başucu lambasını yaktım; böylece yüzünü görebilecektim. "Will, iyi misin?" Bana cevap vermeden önce iki defa sormak zorunda kaldım.

"Hayatımdaki en iyi gün diyemem."

"Ağrı kesici vereyim mi?"

"Evet, kuvvetli olanlarından."

"Parasetamole ne dersin?"

İçini çekerek sırtını serin yastığa doğru yasladı.

Geniş ağızlı bardağı verip ilacı yutmasını izledim.

Will, "Teşekkür ederim," dedikten sonra kendimi birdenbire huzursuz hissettim.

Will bana daha önce herhangi bir şey için bana teşekkür etmemişti.

Gözlerini kapadı ve ben bir süre kapının önünde dikilip onu izledim. Göğsü tişörtünün altında yükselip iniyordu ve ağzı hafif açıktı. Nefes alışı derin değildi ve belki de diğer günlere nazaran biraz daha zor nefes alıyordu. Ama ben onu daha önce hiç tekerlekli sandalyesiz görmemiştim ve bunun yatmanın ağırlığıyla ilgili bir şey olup olmadığından emin değildim.

Sonra, "Git," diye homurdandı.

Çıktım.

Başımı sadece yağan karın evin etrafında birikmesini ve pudramsı manzarada pencerenin pervazlarını yavaşça doldurmasını izlemek için kaldırıp dergimi okudum. Annem saat 12.30'da babamın arabayı yola çıkaramadığını söylediği bir mesaj gönderdi ve, "Eve gelirken önce bize telefon etmeden yola koyulma," diye tembihledi. Ne yapmayı düşündüğünü pek anlamamıştım; babamı bir kızak ve bir Saint Bernard cinsi köpekle buraya mı gönderecekti?

Radyoda yerel haberleri dinledim; beklenmedik kar fırtınasıyla otoyollar tıkanmış, trenler durmuş, okullar tatil edilmişti. Will'in odasına geri gittim ve ona tekrar baktım. Rengini beğenmemiştim. Solgundu ve her iki yanağı da boncuk boncuk terlemişti.

Yavaşça, "Will?" dedim.

Kımıldamıyordu.

"Will?"

Paniklemiş, yavaş yavaş terlemeye başlamıştım. Adını iki kere daha kuvvetlice söyledim, ama cevap yoktu. Sonra üzerine eğildim. Göğsünde ve yüzünde bir hareketlilik göremiyordum. Sonra nefesine baktım. Nefesini hissediyor olmam lazımdı. Nefes alıp verişini anlayabilmek için yüzümü yüzüne yaklaştırdım. Yine bir şey anlayamadığımda elimi uzattım ve yüzüne nazikçe dokundum.

Ürktü ve benimkilerden birkaç santim uzaktaki gözlerini kırpıştırarak açtı.

Geriye zıplayarak, "Özür dilerim," dedim.

Sanki evden çok uzaklarda bir yerdeymişçesine gözlerini odanın etrafında gezdirip kırpıştırdı.

Beni tanıdığından emin olamadığım için, "Benim, Lou," dedim.

Biraz öfkeli bir ifadesi vardı. "Biliyorum."

"Biraz çorba ister misin?"

"Hayır, teşekkür ederim." Gözlerini kapadı.

"Peki, ya ağrı kesici?"

Elmacık kemiğinin üzerinde donuk bir ter parıltısı vardı. Dokunduğumda yorganı sıcak ve terliydi ve bu beni kaygılandırmıştı.

"Yapmam gereken bir şey var mı? Eğer Nathan gelemezse ben yardımcı olabilirim."

"Hayır, ben iyiyim," diye mırıldandı ve gözlerini yeniden kapadı.

Her şeyi tam yapıp yapmadığımı anlamak için gidip dosyaya baktım. İlaç dolabını, lastik eldiven ve gazlı bez kutularını açtım, fakat bunlarla ne yapmam gerektiği hakkında hiçbir fikrim olmadığını fark ettim. Will'in babasıyla konuşmak için diyafonu çaldırdım, ama telefonun sesi boş bir evde kayboldu. Zil sesinin müştemilata ait kapının ötesinde yankılandığını duyabiliyordum.

Arka kapı açılıp kabarık, kat kat kıyafetler, yün bir atkı ve neredeyse başını tamamen saklayan bir şapkayla sarmalanmış Nathan içeri girdiğinde tam Bayan Traynor'a telefon etmek üzereydim. Nathan soğuk havanın uğultusunu ve hafif kar yağışını da beraberinde getirmişti.

Botlarındaki karı silkeleyip arkasındaki kapıyı kapatırken, "Selam," dedi. Evin aniden uyku halinden sıyrıldığını hissettim.

"Tanrı'ya şükür buradasın," dedim. Will iyi değil. Neredeyse bütün sabah uyudu ve zar zor bir şeyler içti. Ne yapacağımı bilemedim."

Nathan paltosunu silkeledi. "Buraya kadar yürümek zorunda kaldım. Otobüsler çalışmıyor."

Ben ona çay yapmaya hazırlanırken Nathan da Will'e bakmaya gitti.

Su daha kaynamadan Nathan yeniden belirdi ve, "Yanıyor," dedi. "Ne kadar zamandır bu durumda?"

"Sabahtan beri. Ben ateşi olduğunu düşündüm, ama o sadece uyumak istediğini söyledi."

"Tanrım! Sabahtan beri mi? Ateşini düşürmek için kendi kendine bir şey yapamaz, değil mi?" Beni iterek yanımdan geçti ve ilaç dolabını didik didik aramaya başladı. "Antibiyotikler. Kuvvetli olanlar." Bir ilaç şişesini alıp içindekini havanın içine boşalttı; bir yandan da kızgın bir şekilde eziyordu.

Ben arkasında çırpınıyordum. "Ona bir parasetamol verdim."

"Meyveli şeker versen daha iyi olurdu."

"Bilmiyordum. Bana kimse bir şey söylemedi. Ben de onu sarıp sarmaladım."

"O lanet dosyanın içinde hepsi yazıyor, bak. Will bizim terlediğimiz gibi terlemez. Aslında hareket ettiremediği hiçbir yerin terlememesi lazım. Bu birazcık soğuk alsa bile ateşinin kontrolden çıkacağı anlamına gelir. Git vantilatörü bul. Will serinleyinceye kadar vantilatörü çalıştıracağız. Ve ensesine koymak için nemli bir bez lazım. Kar duruncaya kadar doktor bulma imkânımız yok. Lanet olası hemşire! Daha sabahtan bunu anlamaları gerekirdi." Nathan'ı şimdiye kadar hiç bu kadar kızgın görmemiştim. Hatta artık benimle konuşmuyordu bile. Ben de vantilatörü almak için koştum.

Will'in ateşinin düşmesi yaklaşık kırk dakika sürdü. Kuvvetli ateş düşürücü ilacın etki etmesini beklerken ben Nathan'ın talimatları gereği Will'in alnına ve ensesine birer havlu yerleştirdim. Onu soyup ince pamuklu bir bezle göğsünü örttük ve çalışması için vantilatörü ayarladık. Kollarındaki yara izleri açık seçik ortaya çıkmıştı. Hepimiz o izleri görmemiş gibi yapıyorduk.

Will tüm bu ilgi ve alakaya Nathan'ın sorularına evet ya da hayır diye cevap vererek sessizce katlanıyordu. Bazen cevapları o kadar belirsizdi ki ben ne dediğini bilip bilmediğinden bile emin değildim. Will'i ışıkta görünce gerçekten adamakıllı hasta olduğunu anladım ve bu durumu kavramayı beceremediğim için kendimi çok kötü hissettim. Nathan artık bana rahatsız edici bir hal almaya başladığını söyleyinceye kadar özür diledim.

Sonunda, "Tamam," dedi. "Ne yaptığımı izlemelisin. Bunu ilerde tek başına yapmak zorunda kalabilirsin."

Kendimi itiraz edebilecek gibi hissetmedim. Ama Nathan, Will'in pijamasını beline kadar indirip solgun bir şeride benzeyen çıplak karnını ortaya çıkarttığında ve karnındaki küçük ince borunun etrafındaki gazlı bezi dikkatlice kaldırıp nazikçe temizledikten sonra gazlı bezi değiştirince midemin bulanmamasının çok zor olduğunu fark ettim. Nathan bana yataktaki idrar torbasının nasıl değiştirileceğini gösterdi ve neden torbanın Will'in vücudundan aşağıda kalmasının şart olduğunu açıkladı.

Sıcak idrar torbasını odadan çıkarırken nasıl bu kadar heyecansız olduğuma şaşırdım. Will'in bunları yaparken beni izlememesine sevinmiştim. Mesele sadece keskin yorumlar yapacak olması değildi. Günlük hayatındaki mahremiyetine şahit olmamın onu bir bakıma utandıracağını hissediyordum.

Nathan, "Ve işte bu kadar," dedi. Sonunda, bir saat sonra, Will temiz, pamuklu çarşafın üzerine uzanmış uyukluyordu ve tam olarak iyileşmese de korkutucu düzeyde hasta görünmüyordu.

"Bırak uyusun. Ama bir iki saat sonra uyandır ve geniş ağızlı bardaktan gerekli içecekleri içmesini sağla. Saat beşte yine ateş düşürücü ilaçlardan vermelisin, tamam mı? Ateşi son saatte muhtemelen tekrar çıkacaktır, ama saat beşten önce pek fazla çıkmaz."

Her şeyi not defterine alelacele yazdım. Herhangi bir şeyi yanlış anlamaktan korkuyordum.

"Şimdi, az önce yaptıklarımızı bu akşam tekrar etmen gerekecek. Tamam mı?" Nathan bir İnuit* gibi kendini sarıp sarmaladı ve karın içine doğru yol aldı. "Dosyayı okuman yeterli. Ve tabii panik yapmaman gerekiyor. Bir sorun çıkarsa beni ararsın, ne yapman gerektiğini anlatırım. Gerçekten gerekirse de buraya tekrar gelirim."

Nathan gittikten sonra Will'in odasında kaldım. Oradan ayrılmaktan korkuyordum. Köşede okuma lambası olan eski bir deri koltuk vardı ve ben de Will'in önceki hayatına ait olabilecek kitaplıktan aldığım bir kısa hikâye kitabıyla koltuğa kıvrılıverdim.

Odada tuhaf bir huzur vardı. Perdelerin arasındaki boşluklardan beyaza bürünmüş sakin ve güzel dünyayı görebiliyordum. İçerisi sıcak ve sessizdi; sadece merkezi ısıtmanın tıkırtıları ve tıslamaları düşüncelerimi bölüyordu. Okudum ve arada sırada

---

* Alaska, Kanada ve Grönland'da yaşayan bir Eskimo topluluğu. (ç. n.)

başımı kaldırıp Will'in sakince uyumasını kontrol ettim. Bunu yaparken hayatımda daha önce sadece sessiz bir şekilde oturup hiçbir şey yapmadığım tek bir anın bile olmadığını fark ettim. Bizimki gibi bir evde, hiçbir zaman susmayan süpürge makinesi ve televizyondan gelen bangır bangır gürültüyle sessizliğe alışarak büyümezsiniz. Televizyonun kapalı olduğu nadir anlarda babam eski Elvis plaklarını koyar ve sesini sonuna kadar açardı. Kafede de daima bir uğultu ve gürültü patırtı olurdu.

Burada kendi düşüncelerimi, neredeyse kendi kalp atışlarımı duyabiliyordum. Bu durum beni şaşırtmış olsa da halimden memnun olduğumu fark etmiştim.

Saat beşte cep telefonuma bir uyarı mesajı geldi. Will kımıldadı ve ben de ses onu rahatsız etmeden telefonu almak için koltuktan sıçradım.

Tren yok. Akşam orada kalman mümkün mü?

Nathan gelemiyor. Camilla Traynor.

Hiç düşünmeden cevabı yazdım.

Sorun değil.

Evi arayıp onlara akşam da Will'in yanında kalacağımı söyledim. Annemin sesi rahatlamış gibi geliyordu. Akşam kalmak için para alacağımı söylediğimde daha da mutlu oldu.

Eliyle telefonun üzerini kapatıp, "Duydun mu Bernard?" dedi. "Şimdi de orada uyuması için para veriyorlar."

Babamın haykırışını duyabiliyordum. "Tanrıya şükür. Rüyalarındaki mesleği buldu."

Patrick'e akşam işte kalmamı istediklerini ve onu sonra arayacağımı bildiren bir mesaj attım. Birkaç saniye içinde cevap geldi.

Bu akşam karda kros koşusuna çıkıyorum.

Norveç için iyi bir alıştırma! X P.

Eksilere ulaşan soğukta atlet ve şortla koşma fikrinin nasıl bu kadar heyecan verici olabildiğini merak ediyordum.

Will uyumaya devam ediyordu. Kendime yiyecek bir şeyler yapıp Will daha sonra acıkır diye çorbanın bir kısmını dışarıda bıraktım. Oturma odasına gidecek kadar iyi hissederse diye soba ateşini canlı tutuyordum. Bir kısa hikâye daha okudum ve kendime bir kitap almayalı ne kadar çok zaman geçti diye düşündüm. Çocukken okumayı severdim, ama o zamandan beri dergilerden başka bir şey okuduğumu hatırlamıyordum. Ailemizde asıl kitap okuyan kişi Treen'di. Kitap seçerken sanki onun alanını istila ediyormuşum gibi hissederdim. O ve Thomas'ın üniversiteye gitmesi hakkında düşündüm ve bunun beni mutlu mu ettiğini, üzdüğünü mü yoksa ikisinin arasında bir şeyler mi hissettiğimi bilemediğimi fark ettim.

Nathan saat yedide telefon etti. Akşam orada kaldığımı duyunca rahatlamış gibiydi.

"Bay Traynor'a ulaşamadım. Sabit telefonu bile aradım, ama doğrudan telesekretere bağlandı."

"Evet. Şey... Sanırım gitti."

"Gitti mi?"

Bütün gece evde Will'le yalnız kalacağımı anlayınca ani ve içgüdüsel bir paniğe kapılmıştım. Bir şeyi tekrar yanlış anlamaktan, Will'in sağlığını tehlikeye atmaktan korkuyordum. "O halde Bayan Traynor'u aramalı mıyım?"

Hattın öteki ucunda kısa bir sessizlik oldu. "Hayır, aramasan daha iyi olur."

"Ama..."

"Bak Lou, Bayan T. şehirde kalınca Bay Traynor da sık sık başka bir yere gider."

Nathan'ın ne söylediğini anlamam bir veya iki dakikamı almıştı.

"Hımm."

"Senin orada bulunman yeterli, hepsi bu. Will'in daha iyi göründüğünden eminsen ben de sabah ilk iş oraya geleceğim."

*

Zaman bazen normal şekilde ilerler, bazen de durup yavaşlar. Sanki hayat, yani gerçek hayat, bir başka yerde akıp gitmektedir. Ben de bu düşüncelerle biraz televizyon seyredip yemek yedim ve mutfağı temizledikten sonra sessizce dolanıp durdum. Ardından da Will'in odasına geri döndüm.

Kapıyı kapatınca başını biraz kaldırarak kımıldadı. "Saat kaç Clark?" Sesi yastık yüzünden boğuk çıkıyordu.

"Sekizi çeyrek geçiyor."

Başını yastığa bıraktı ve kendine geldi. "İçecek bir şey alabilir miyim?"

Artık o sert tavırları ve aksiliği kalmamıştı. Hastalığı sonunda onu savunmasız bırakmış gibiydi. İçeceğini verdim ve başucu lambasını açtım. Yatağının kenarına çöküp tıpkı ben çocukken annemin bana yapmış olabileceği gibi elimi alnına koydum. Hâlâ biraz sıcaktı, ama daha önceki gibi değildi.

"Serin eller."

"Ellerimden daha önce de şikâyet etmiştin."

"Etmiş miydim?" Sesi gerçekten şaşırmış gibi çıktı.

"Biraz çorba ister misin?"

"Hayır."

"Rahat mısın?"

Hiçbir zaman ne kadar rahatsız olduğunu bilemedim, ama en azından göründüğünden daha rahatsız olduğunu anlıyordum.

"Diğer yanıma dönsem iyi olur. Beni çevir yeter. Doğrulmama gerek yok."

Yatağın üstüne çıktım ve onu mümkün olduğu kadar nazik bir şekilde yana kaydırdım. Artık vücudundan o kötü sıcaklık değil sadece uzun zamandır yorgan altında kaldığı için sıradan bir ılıklık yayıyordu.

"Başka ne yapabilirim?"

"Eve gitmen gerekmiyor mu?"

"Sorun değil. Akşam kalıyorum."

Dışarıdaki son ışık da çoktan sönmüştü ve kar hâlâ yağıyordu. Verandanın pencereden ışık alan yeri parlıyor, soluk altın rengi melankolik bir ışıkla ıslanıyordu. Huzurlu bir sessizlik içinde düşen karın hipnotize edici yağışını izleyerek orada öylece oturduk.

Sonunda, "Sana bir şey sorabilir miyim?" dedim. Çarşafın üzerindeki ellerini görebiliyordum. Ellerinin bu kadar normal ve bu kadar kuvvetli görünürken bir işe yaramıyor olması bana çok garip geliyordu.

"Hayır desem de soracak gibisin."

"Ne oldu?" Bileklerindeki izleri merak edip duruyordum ve bu, ona doğrudan soramadığım bir soruydu.

Tek gözünü açtı. "Bu hale nasıl geldim diye mi soruyorsun?"

Başımı salladığımda gözlerini yeniden kapattı. "Motosiklet kazası. Ama kazayı ben yapmadım. Ben kabahatsiz bir yayaydım."

"Kayak ya da *bungee jumping* yüzündendir diye düşünmüştüm."

"Herkes öyle sanıyor. Tanrı'nın küçük bir şakası. Evimin önündeki yolda karşıdan karşıya geçiyordum. Burası değil, Londra'daki evim."

Kitaplığındaki kitaplara baktım. Romanların, sayfa kenarları aşınmış cep kitaplarının arasında iş kitapları da bulunuyordu:

Şirketler Hukuku, *Devir Alma*, adını bilmediğim konulara ait kitap isimleri.

"Çalışmaya devam etmenin bir yolu yok muydu?"

"Yoktu. Evimde yaşamaya, tatillere gitmeye, eski hayatıma devam edemem... Sanırım eski kız arkadaşımla da tanıştın." Sesindeki çatlak acısını gösteriyordu. "Açıkçası minnettar olmalıyım, çünkü bir süreliğine kesinlikle yaşayamayacağımı düşündüler."

"Burada yaşamaktan nefret mi ediyorsun?"

"Evet."

"Peki, yeniden Londra'da yaşayabilmenin herhangi bir yolu var mı?"

"Hayır, bu şekilde olmaz."

"Ama ilerleme gösterebilirsin. Nathan bu tip durumlarda tibbi gelişmeler olduğunu söyledi."

Will gözlerini yeniden kapattı.

Bekledim ve sonra başının arkasındaki yastıkla göğsünün üzerindeki yorganı düzelttim. Başucuna otururken, "Özür dilerim," dedim. "Çok fazla soru sordum. Gitmemi ister misin?"

"Hayır, biraz kal. Konuş benimle." Yutkundu. Gözleri yeniden açıldı ve bakışlarını gözlerime çevirdi. Son derece yorgun görünüyordu. "Bana güzel bir şeyler anlat."

Bir an tereddüt ettim ve sonra onun yanındaki yastıklara yaslandım. Orada, alacakaranlıkta, kısa bir süreliğine aydınlanan kar tanelerinin gecenin siyahında kayboluşuna bakarak oturduk.

Sonunda, "Eskiden bunu babama söylerdim," dedim. "Ama onun ne söylediğini sana söylersem benim deli olduğumu düşünürsün."

"Benden daha mı deli?"

"Kâbus gördüğümde, bir şeye üzüldüğümde ya da bir şeyden korktuğumda bana şarkı söylerdi..." Gülmeye başladım. "Ah! Sanırım anlatamayacağım."

"Devam et."

"Bana Molahonkey şarkısını söylerdi."

"Neyi?"

"Molahonkey şarkısı. Herkes bu şarkıyı sever sanıyordum."

Will, "Hayır, Clark," diye mırıldandı. "Ben Molahonkey şarkısı diye bir şey duymadım."

Derin bir nefes alıp gözlerimi kapattım ve şarkıyı söylemeye başladım.

Keş-keş-keşke yaş-yaş-yaşasaydım Molahonkey top-topraklarında

Doğ-doğ-doğduğum top-top-topraklarda

O zam-zam-zaman çal-çal-çalabilirdim es-es-eski ban-ban-banjomu

Es-es-eski ban-ban-jom kay-kay-kaybolmazdı.

"Aman Tanrım."

Bir nefes daha aldım.

Ban-ban-banjomu reh-reh-rehin dükkânına gö-gö-götürdüm

Ne-ne-ne yap-yapabilirler di-di-diye

De-de-dediler tel-tel-tellerin kop-kop-kopmuş

İş-iş-işe yar-yar-yaramaz ar-artık.

Kısa bir sessizlik oldu.

"Delisin sen. Bütün ailen deli."

"Ama işe yaradı."

"Ve sesin gerçekten korkunç. Umarım babanın sesi seninkinden daha iyidir."

"Sanırım, 'Beni eğlendirmeye çalıştığın için Teşekkür ederim Bayan Clark,' demek istedin."

"Sanırım bu aldığım psikoterapik yardım kadar etkili oldu. Tamam o zaman Clark, bana başka bir şey söyle. Ama şarkı söylemek dışında bir şey olsun."

Biraz düşündüm.

"Hmm... Tamam... Şey, geçen gün ayakkabılarıma bakıyordun değil mi?"

"Bakmamak imkânsızdı."

"Annem bendeki bu tuhaf ayakkabı takıntısının üç yaşında başladığını söylüyor. Bana bir çift açık turkuaz rengi parlak, lastik çizme almıştı ve o zaman için bu ayakkabılar oldukça ilginçti. Çünkü diğer çocuklarda sadece yeşilinden ya da biraz daha şanslılarında kırmızısından oluyordu. Ve annem eve getirdiği günden itibaren o çizmeleri çıkarmamak için elimden geleni yaptığımı söyledi. Onları yatakta, banyoda, kreşte bütün yaz giymişim. En sevdiğim kıyafetim o parlak çizmeler ve eşekarısı külotlu çoraplarımdı."

"Eşekarısı mı?"

"Siyah ve sarı çizgileri vardı"

"Harikulade."

"Bu biraz acımasız oldu."

"Ama doğru. Kulağa gerçekten tiksinç geliyor."

"Sana öyle geliyor olabilir, ama tuhaftır ki Will Traynor, bütün kızlar sadece erkekleri memnun etmek için giyinmezler."

"Saçma!"

"Hayır değil."

"Kadınlar yaptıkları her şeyde erkekleri düşünürler. Herkes yaptığı her şeyde cinselliği düşünür. *Kızıl Kraliçe*'yi okumadın mı sen?"

"Bahsettiğin şey hakkında hiçbir fikrim yok. Ama seni temin ederim ki Molahonkey şarkısını söyleyip yatağına oturmamın amacı seninle işi pişirmeye çalışmak değil. Ve de üç yaşımdayken gerçekten, ama gerçekten çizgili külotlu çorap giymekten hoşlanıyordum."

Will yorum yaptıkça bütün gün süren kaygılı halimin yavaş yavaş azaldığını fark ettim. Artık zavallı bir kötürüme bakmıyor, sıra dışı bir şekilde alaycı bir herifin yanında oturup sohbet ediyordum.

"Haydi devam et, o muhteşem parlak lastik çizmelere ne oldu?"

"Annemin onları çöpe atması gerekti, çünkü ayağımda mantar çıktı."

"Şahane."

"Ve eşekarısı çoraplarımı da attı."

"Neden?"

"Sebebini hiçbir zaman öğrenemedim. Ama kalbim kırılmıştı. Bir daha asla o kadar beğendiğim bir külotlu çorap bulamadım. Artık üretmiyorlar. Üretseler bile yetişkin kadınlara uygun bedenleri yok.

"Bak sen, ne tuhaf."

"Sen dalga geç. Hiç bu kadar çok sevdiğin bir şey olmadı mı?

Artık onu zar zor görüyordum, çünkü oda bir hayli kararmıştı. Tepedeki lambayı açabilirdim, ama bir şey beni durdurdu. Ve o an az önce kurduğum cümleyi söylememiş olmayı diledim.

"Evet," dedi usulca. "Evet, sevdim."

Bir süre daha konuştuk ve ardından Will uyuyakaldı. Ben de onun nefes alışına bakarken uzun saçlarını ve yeni çıkmaya başlayan cılız sakallarını seyrediyordum. Biraz uzandım ve uyanıp benim onu seyrettiğimi fark ederse acaba ne der diye merak ettim, ama kımıldayamadım. Saatler gerçeküstü bir hal alıp zamanın dışında bir ada gibi olmaya başlamıştı. Evde bizden başka kimse yoktu ve hâlâ onu yalnız bırakmaya korkuyordum.

Saat on biri geçerken yeniden terlemeye başladığını, nefes alıp verişinin sıklaştığını fark ettim ve onu uyandırıp ateş düşürücü haplardan verdim. Mırıldanarak teşekkür etmek dışında hiç konuşmadı. Üstteki çarşafla yastık kılıfını değiştirdim ve nihayet tekrar uyuduğunda kendisinden otuz santim kadar uzağına uzandım. Uzun bir zaman sonra ben de uyumuşum.

Adımın söylendiğini duyarak uyandım. Bir sınıfta, sıramın üzerinde uyuyakalmıştım ve öğretmen karatahtayı tıklatarak sürekli benim adımı tekrar ediyordu. Dikkatimi vermem gerektiğini, öğretmenin bu pineklemeyi yıkıcı bir eylem olarak göreceğini biliyordum, ama başımı sıradan kaldıramıyordum.

"Louisa."

"Hımm."

"Louisa."

Sıra son derece yumuşaktı. Gözlerimi açtım. Kelimeler başımın üstünde söylenip uğulduyor, güçlü bir vurguyla heceleniyordu. *Louisa.*

Yataktaydım. Gözlerimi odaklayabilmek için kırpıştırdım ve sonra yukarı bakınca Camilla Traynor'un tepemde dikildiğini anladım. Kalın, yün bir palto giymişti ve çantası omzunda asılıydı.

"Louisa."

Bir hızla kalktım. Will yanımda ağzı hafif açık, dirsekleri önünde dik açılarla bükülmüş bir halde örtülerinin altında uyuyordu. Işık pencereden içeri süzülüyor, soğuk ve parlak bir günü haber veriyordu.

"Ah."

"Ne yapıyorsun?"

Kendimi rezil bir şey yaparken yakalanmışım gibi hissettim ve düşüncelerimi toparlamaya çalışırken yüzümü ovuşturdum. Neden buradaydım? Ona ne diyebilirdim?

"Will'in yatağında ne yapıyorsun?"

Usulca, "Will..." dedim. "Will iyi değildi... Ben sadece ona göz kulak olmam gerektiğini..."

"Ne demek iyi değildi? Koridora gel." Peşinden gelmemi bekleyerek odadan dışarı fırladı. Elbiselerimi düzeltmeye çalışarak onu takip ettim. İçimde makyajımın bütün yüzüme bulaşmış olduğuna dair korkunç bir his vardı.

Bayan Traynor Will'in odasının kapısını arkamdan kapattı.

Karşısında durdum ve saçımı düzeltmeye çalışırken düşüncelerimi toparladım. "Will'in ateşi çıktı. Nathan geldiğinde ateşini indirdi, ama ateşi düşük tutma işini pek bilmediğimden ona göz kulak olmak istedim... Nathan ona göz kulak olmam gerektiğini söyledi." Sesim kalın ve ayarsız çıkıyordu. Tutarlı cümleler kurduğumdan tam olarak emin değildim.

"Neden beni aramadın? Hastalandığında hemen beni araman gerekir. Veya Bay Traynor'ı."

Sanki bir anda tepemde bir ampul aydınlandı. *Bay Traynor. Anıan Allahım.* Hemen saate baktım. Sekize çeyrek vardı.

"Ben aramadım çünkü... Nathan rahat..."

"Bak Louisa. Bu gerçekten uzay bilimi değil. Eğer Will sana göre onun odasında uyumanı gerektirecek kadar hastaysa bu benimle irtibat kurmanı gerektirecek bir şeydir."

"Evet."

Yere doğru bakarken gözlerimi kırptım.

"Neden aramadığını anlamıyorum. Bay Traynor'ı aramayı denedin mi?"

Nathan hiçbir şey söyleme demişti.

"Ben..."

Tam o anda müştemilatın kapısı açıldı ve Bay Traynor kolunun altında katlanmış bir gazeteyle orada dikiliverdi. Omuzlarındaki kar tanelerini silkelerken karısına, "Nihayet gelebilmişsin," dedi. "Gazete ve biraz süt alabilmek için az önce yolda ne mücadeleler verdim. Yollar kesinlikle tehlikeli. Buz parçalarından sakınmak için Hansford Corner'a giden uzun yolu kullanmak zorunda kaldım."

Bayan Traynor ona baktı ve ben bir anlığına onun, Bay Traynor'ın önceki gün aynı gömlek ve kazağı giydiğini fark etti mi diye merak ettim.

"Sen Will'in gece hasta olduğunu biliyor muydun?"

Bay Traynor doğrudan bana baktı. Gözlerimi ayaklarıma çevirdim. Daha önce kendimi bu kadar rahatsız hissedip hissetmediğimden emin değildim.

"Bana ulaşmaya mı çalıştın Louisa? Özür dilerim. Ben hiçbir şey duymadım. Sanırım diyafon bozulmak üzere. Son zamanlarda birkaç defa duymadığım oldu. Ayrıca ben de dün akşam kendimi çok iyi hissetmiyordum. İçim geçmiş."

Ayağımda hâlâ Will'in çorapları vardı. Acaba Bayan Traynor bunun için de beni yargılar mı diye merak ederek çoraplara baktım.

Fakat Bayan Traynor'ın aklı başka yerde gibiydi. "Eve gelmem uzun sürdü. Sanırım... Bu konuyu burada kapatıyorum. Ama yine buna benzer herhangi bir şey olursa beni hemen ara. Anladın mı?"

Bay Traynor'a bakmak istemedim ve, "Evet," deyip mutfağa giderek ortadan kayboldum.

7

Bahar bir gecede geldi ve kış sanki istenmeyen misafirmiş gibi ceketini giyip ansızın, hoşça kal demeden çekip gitti. Her şey yeşile büründü, yollar nemli güneş ışığıyla yıkandı ve hava birden hoş ve güzel kokularla doldu. Havada çiçeksi, insanın içini ısıtan bir şeyler vardı ve fonda kuşlar tatlı tatlı ötüşüyordu.

Fakat ben bunların hiçbirini fark etmedim. Bir önceki gece Patrick'in evinde kalmıştım. İleri düzey antrenörlük eğitimi yüzünden bu hafta içinde onu neredeyse ilk görüyordum, ama Patrick duşta yarım paket banyo tuzu ile kırk dakika geçirdikten sonra öyle yorgun düşmüştü ki benimle zar zor konuşabildi. Nadiren yaptığım ayartma girişimlerinden biriyle sırtını okşamaya başladım, fakat o gerçekten çok yorgun olduğu anlamına gelen bir şeyler mırıldandı ve sanki beni uzaklaştırmak ister gibi eliyle hafifçe vurdu. Hâlâ uyanıktım ve dört saat sonra mutsuz bir şekilde tavana bakıyordum.

Patrick ve ben kafeden önceki ilk işimde çalışırken tanışmıştık. O zamanlar Hailsbury'nin tek üniseks kuaförü olan The Cutting Edge'de çıraktım. Patrick, patronumuz Samantha'nın yoğun olduğu bir gün içeri girip saçını dört numara tıraş ettirmek istedi. Sonrasında yaptığım kesimi o güne kadar, yalnız kendi hayatında değil insanlık tarihinde, gördüğü en kötü saç kesimi diye tarif etmişti. Üç ay sonra kendi saçlarımı kurcalamayı seviyor olmamın, başkalarınınkini de kesebileceğim anlamına gelmediğini anlayıp işten ayrıldım ve Frank'in yanında, kafede çalışmaya başladım.

Çıkmaya başladığımız zaman Patrick satış elemanıydı ve en sevdiği şeyler listesi sırasıyla bira, çikolata, spor ve seksten (yapmak, hakkında konuşmak değil) oluşuyordu. Bizim için dışarıda iyi bir gece geçirmek bu dört maddeden ibaretti. Patrick için yakışıklı denemezdi; sıradan görünümlüydü ve poposu benimkinden yağlıydı, ama yine de bunu seviyordum. Dayanıklılığı ve ona sarıldığımda yaşadığı hisler hoşuma gidiyordu. Babası ölmüştü ve annesine karşı koruyucu ve özenli bir yaklaşımı vardı. Walton'lar gibi dört kardeşlerdi ve birbirlerini çok seviyorlardı. İlk defa randevulaştığımızda içimden bir ses usulca, "*Bu adam seni hiç incitmeyecek*," dedi ve yedi yıl boyunca Patrick bunun aksini düşüneceğim hiçbir şey yapmadı.

Ve sonra bir maratoncuya dönüştü.

Artık Patrick'in göbeğine sokulamıyordum; mobilya gibi sert, acımasız bir şey olmuştu ve artık Patrick tişörtünü yukarı çekip karnına bir şeylerle vurarak ne kadar sıkılaştığını göstermeye bayılıyordu. Sürekli açık havada vakit geçirmekten yüzü süzülüp solmuştu. Kalçaları da sırf kastı. Bunlar kulağa çok seksi gelebilirdi; tabii seks yapmak isteseydi. Ama artık ayda iki kere seks yapıyorduk ve ben de yalvaracak bir tip değildim.

Sanki forma girdikçe kendi dış görünüşüyle ilgili daha takıntılı bir hale gelmiş ve benimle daha az ilgilenmeye başlamıştı. Bir iki kere beni artık arzulayıp arzulamadığını sorduğumda kendinden oldukça emin bir şekilde, "Sen harikasın," demişti. "Ben dengemi kaybettim. Neyse, senin kilo vermeni istemiyorum. Kulüpteki kızları bir araya getirsen adam gibi bir meme elde edemezsin." Bu karmaşık denklemi tam olarak nasıl kurduğunu Patrick'e sormak istesem de cümle kulağa güzel geldiği için sorgulamadım.

Yaptığı işle ilgilenmek istedim, gerçekten. Triatlon gecelerine katıldım, başka kızlarla sohbet ettim, ama kısa zamanda aykırı olduğumu fark ettim. Kimsenin benim gibi bir kız arkadaşı yoktu. Kulüpteki herkes ya bekârdı ya da fiziksel olarak kendileri kadar etkileyici bir sevgilileri vardı. Çiftler birbirlerini antrenmanlar için itekliyor, kısa tayt giydikleri hafta sonu planları yapıyor ve cüzdanlarında birbirlerinin fotoğraflarını taşıyorlardı. Triatlonları el ele bitiriyorlar ya da kendilerini beğenmiş bir havayla birlikte aldıkları madalyaları kıyaslıyorlardı. Gerçekten anlaşılır gibi değildi.

Kız kardeşim anlattıklarımdan sonra, "Neden şikâyet ettiğini anlamıyorum," demişti. "Thomas doğduğundan beri ben sadece bir kez seks yaptım."

"Ne? Kiminle?"

"Bir demet çiçek almak için gelen bir herifle. Sadece hâlâ yapıp yapamadığımı merak ettim."

Treena ağzımın açık kaldığını görünce, "Of, öyle bakma. Çalışma saatleri içinde değildik. Ve çiçekler cenaze içindi. Eğer çiçekleri eşi için almış olsaydı ona kuzgunkılıcı verip dokunmaya kalkmazdım."

Seks delisi olduğumdan sorun çıkarıyor değildim; sonuçta uzun süredir birlikteydik. Sadece içimdeki küçük huysuz, çekici olup olmadığımı sorgulamaya başlamıştı.

Patrick, kendi tabiriyle "yaratıcı" giyinmemi hiçbir zaman sorun etmemişti. Ama ya tamamen doğruyu söylemiyorsa ne olacaktı? Patrick'in bütün işi ve sosyal hayatı artık bedeninin denetimi –bedeni evcilleştirmek, zayıflatmak, inceltmek– etrafında gelişiyordu. Küçük, dar eşofmanlar içindeki popolarla kıyaslandığında benimki birden yetersiz kalmaya başlamış olabilir miydi? Hep şehvetli olduğunu düşündüğüm kıvrımlarım onun zor beğenen gözüne hamur gibi sarkık görünüyor muydu?

Bayan Traynor içeri girip oldukça kararlı bir biçimde Will'le benim dışarı çıkmamızı buyurduğunda bu düşünceler hâlâ kafamda karmakarışık bir biçimde uğulduyordu. "Temizlikçilere gelip adamakıllı bir bahar temizliği yapmalarını söyledim ve siz de onlar buradayken güzel havanın keyfini çıkarırsınız diye düşündüm."

Will hafifçe kaşlarını kaldırınca göz göze geldik. "Bu aslında bir emir, değil mi anne?"

"Ben sadece temiz hava almanın sana iyi geleceğini düşünmüştüm. Rampa yerinde. Louisa, belki yanınızda çay da götürmek istersiniz?"

Bu tamamen saçma bir öneri değildi. Bahçe harikuladeydi ve sanki havanın bir iki derece ısınmasıyla her şey aniden daha yeşil görünmeye karar vermişti. Nergislerin birden nereden ortaya çıktıkları belli değildi ve sararan soğanları açacak çiçekleri şimdiden haber veriyordu. Kahverengi dallarda patlayan tomurcuklar ve uzun ömürlü bitkiler çekingen bir şekilde koyu, çamurumsu toprakta kendilerine yol açıyorlardı. Kapıları açtım ve dışarı çıktık; Will sandalyesini karo taşlarla döşenmiş yolda sürdü. Üzerinde minder olan demir bir bankı gösterdi. Bir süre orada oturup yüzümüzü cansız güneşe çevirerek çitlerde didişen serçeleri dinledik.

"Senin neyin var?"

"Nasıl yani?"

"Sessizsin."

"Sessiz olmamı istediğini söyledin."

"Böyle bir sessizlik değil. Bu beni ürkütüyor."

"İyiyim, iyiyim." dedim. "Eğer gerçekten bilmek istiyorsan söyleyeyim; erkek arkadaş meseleleri."

"Ha, şu koşan adam."

Dalga geçip geçmediğini anlamak için dikkatle baktım.

"Ne oldu? Haydi Will Amca'na anlat."

"Olmaz."

"Annem en az bir saat daha evin etrafında deli gibi koşturacak. Bir şeyler konuşmak zorundasın."

Sırtımı dikleştirip yüzümü ona çevirdim. İnsanlara başlarının hizasında bakabilmek için sandalyesini yükselten bir kontrol butonu vardı. Başını döndürdüğü için çoğu zaman kullanmazdı, ama o an çalıştırmaya karar vermişti. Şimdi ben ona bakmak için kafamı kaldırmak zorundaydım.

Ceketime iyice sarıldım ve gözlerimi kısarak ona baktım. "Devam et öyleyse, ne bilmek istiyorsun?"

"Ne zamandır birliktesiniz?"

"Altı yıldan biraz fazla."

Şaşırmış gibi görünüyordu. "Uzun bir süre."

"Evet, öyle."

Uzanıp üzerine bir örtü örttüm. Güneş verebileceğinden daha fazlasını vaat ederek bizi yanıltıyordu. Patrick'i düşündüm; sabah koşusuna yetişmek için saat 6.30'da çabucak kalkmıştı. Belki ben de onunla birlikte koşmalıydım, böylece biz de o likralı kıyafetler giyen çiftlerden biri olabilirdik. Belki de fırfırlı çamaşırlardan alıp internette seks hakkında ipuçları bakınmalıyım. Tabii ikisini de yapmayacağımı biliyordum.

"Ne iş yapıyor?"

"Antrenör."

"Bu yüzden koşuyor yani."

"Evet, bu yüzden koşuyor."

"Nasıl biri? Eğer bu seni sıkıyorsa üç kelimeyle anlat."

Düşündüm. "Olumlu. Sadık. Yağ oranlarına takıntılı."

"Beş kelime oldu."

"İkisini hediyem say o zaman. O nasıl biri?"

"Kim?"

"Alicia." Ben de onun bana baktığı gibi gözlerimi Will'e diktim. Derin bir nefes aldı ve yukarı bakıp büyük bir çınar ağacını seyretmeye başladı. Saçları gözüne girince öteki tarafa çekmemek için zor tuttum.

"Görkemli. Seksi. Dış görünüşüyle fazla ilgili. Şaşırtıcı bir şekilde güvensiz."

"Neye karşı güvensiz olabilir ki?" Kendimi tutamadan kelimeler ağzımdan çıktı.

Eğlenmiş gibi bakıyordu. "Tuhaf gelebilir, ama Lissa gibi kızlar nasıl göründükleriyle o kadar çok ilgilenirler ki bir süre sonra güzellikten başka bir şeyleri olmadığını düşünmeye başlarlar. Aslında haksızlık ediyorum. Eşyalarla da arası iyidir. Kıyafet, ev eşyası gibi şeyler konusunda zevklidir."

Elmas madeni kadar derin bir cüzdanı olan herkesin birçok konuda zevkli olabileceğini söylememek için kendimi zor tuttum.

"Evin içinde birkaç şeyin yerini değiştirip tamamen farklı görünmesini sağlayabilir. Bunu nasıl yaptığını hiç anlayamadım." Evi göstererek, "İlk taşındığımda müştemilatın içini o yaptı," dedi.

Kendimi mükemmel bir şekilde tasarlanmış oturma odasını gözümün önüne getirmeye çalışırken buldum ve ilk gördüğümde olduğum kadar hayran olmadığımı fark ettim.

"Ne kadar zamandır birlikteydiniz?"

"Sekiz, dokuz ay."

"Çok da uzun değilmiş."

"Benim için uzun."

"Nasıl tanıştınız?"

"Bir akşam yemeği partisinde. Gerçekten de berbat bir partiydi. Ya siz?"

"Kuaförde. Orada çalışıyordum ve Patrick de müşterim oldu."

"Hah, demek hafta sonunda takılacak biriydin."

Boş boş bakmış olmalıyım ki kafasını sallayıp sakince, "Boş ver," dedi.

Süpürgenin içeriden gelen hafif uğultusunu duyabiliyorduk. Temizlik şirketinden dört kadın gelmişti ve hepsinin üstünde aynı önlük vardı. Küçücük binada iki saat boyunca ne yaptıklarını merak etmiştim.

"Alicia'yı özlüyor musun?"

Aralarında konuştuklarını duyabiliyordum. Biri pencereyi açmıştı ve ara sıra dışarıya taşan kahkahaları duyabiliyordum.

Will uzaklarda bir şey izler gibi görünüyordu. "Eskiden özlerdim," dedi. Sonra bana döndü; sesi soğuktu. "Ama düşününce Rupert ve Alicia'nın iyi bir çift olacağına karar verdim."

Başımla onayladım. "Gülünç bir düğün, bir ya da iki tane çocuk yaparlar. Sayfiyede bir ev alırlar ve Rupert beş yıl sonra sekreteriyle yatmaya başlar," dedim.

"Evet, muhtemelen haklısın."

Yavaş yavaş konuya ısınıyordum. "Sonra Alicia niye olduğunu anlamadan onunla sürekli çatışmaya başlar. Tuhaf partilerde onu mahcup etmek için arkadaşlarına şikâyet eder ve Rupert nafaka derdinden dolayı çekip gitmek istemez."

Will bana bakmak için döndü.

"Altı haftada bir seks yaparlar. Onlara bakmak için yardım gerektiğinde oyunbozanlık yapan Rupert çocuklarına tapar. Alicia'nın saçları harika olur, ama hiçbir zaman içinden geçeni söylemediği için yüzü böyle daralacak (ağzımı büzüştürdüm) ve deliler gibi pilates yapmaya başlayacaktır. Belki köpek ya da at alıp aniden binicilik eğitmeninden hoşlanmaya başlar. Rupert kırkına varınca *jogging* yapmaya başlayacak, hatta belki Harley Davidson motor alacak, Alicia da bunu küçümseyecektir. Her gün işe gidip bütün genç çalışma arkadaşlarına bakacak, hafta sonu barda kimlerle öpüştüklerini ve eğlenmek için nereye gittiklerini dinleyecek ve nedense kendini -hiçbir zaman neden öyle olduğundan emin olamayacak- enayi gibi hissedecektir."

Döndüm.

Will bana bakıyordu.

Birkaç saniye sonra, "Özür dilerim," dedim. "Bunlar nerden çıktı bilmiyorum."

"Koşan adam için biraz üzülmeye başladım."

"Bunun onunla bir ilgisi yok. Yıllarca kafede çalışmaktan böyle oldum. Her şeyi görüp dinliyorsun ve insan davranışlarındaki kalıpları anlıyorsun. Neler olup bittiğine şaşarsın."

"O yüzden mi hiç evlenmedin?"

Gözlerimi kırpıştırdım. "Sanırım."

Hiç böyle bir teklif almadığımı söylemek istememiştim.

Birlikte pek bir şey yapmıyormuşuz gibi gözükebilir. Fakat aslında Will'le geçen günler onun ruh haline, daha da önemlisi canının ne kadar acıdığına göre değişiklik gösteriyordu. Bazı günler geldiğimde çenesinin aldığı şekilden benimle ya da herhangi biriyle konuşmak istemediğini anlardım. Böyle olunca ev işleriyle oyalanır, sorarak onu rahatsız etmemek için ihtiyaç duyabileceği şeyleri tahmin etmeye çalışırdım.

Ona acı veren çok fazla şey vardı. Kas kaybından bağlı ağrılar çekiyordu ve Nathan'ın terapilerine rağmen ona iyi gelecek pek az şey vardı. Sindirim problemlerinden dolayı midesinde ülser vardı, omuzları ağrıyordu ve enfeksiyondan dolayı mesanesi de rahatsızdı. Herkes elinden geleni yapsa da açıkçası büyük bir çaresizlik içindeydi.

İlk zamanlar çok fazla ağrı kesici içtiği için midesinde ülser çıkmış, çünkü onları neredeyse şeker gibi yutuyormuş.

Uzun süre aynı pozisyonda oturduğu için vücudunda ara sıra yaralar çıkıyordu. Yaralar iyileşsin diye bir süre yatağa mahkûm yaşadı, ama yüzükoyun yatmaktan da nefret ediyordu. Uzanırken radyo dinler, gözleri zar zor bastırabildiği öfkesiyle parlardı. Başı da ağrıyordu, ama bence bu, öfke ve hayal kırıklığının yan etkileriydi.

Ama en kötüsü el ve ayaklarındaki geçmek bilmez, zonklayan yanma hissinin herhangi bir şeye odaklanmasına izin vermemesiydi. Acısını dindirmek için bir kaba soğuk su koyar, elleriyle ayaklarını ıslatıp etrafını bezle sarardım. Çenesinde bir kas titremeye başlardı ve böyle zamanlarda acıyla baş etmenin tek yolu kendi bedeninden uzaklaşmakmış gibi Will sanki birden yok olurdu. Will'in hayatındaki fiziksel zorluklara şaşırtıcı biçimde alışmıştım. Kullanamadığı ya da hissedemediği halde organlarının ona bu kadar rahatsızlık vermesi haksızlıktı.

Tüm bunlara rağmen Will şikâyet etmiyordu. Bu sebeple acı çektiğini haftalarca hiç fark etmemiştim. Artık gözlerinin etrafındaki kasılmayı ve sessizleştiğinde inzivaya çekildiğini görebiliyordum. Sadece, "Soğuk suyu getirir misin?" ya da "Sanırım ağrı kesici vakti," derdi. Bazen o kadar çok ağrısı olurdu ki yüzünün rengi kaçar, kirece dönerdi. Bunlar en kötü günlerdi.

Ama diğer günlerde birbirimizi oldukça iyi idare ettik. Onunla konuşurken bana eskisi kadar kızmıyordu. Bugün de acısız bir gününde gibiydi. Bayan Traynor temizlikçilerin yirmi dakika daha çalışacaklarını söyleyince ikimiz için içecek bir şeyler hazırladım ve bahçede sakin bir gezinti yaptık. Will taşlı yoldan devam ediyor ben de saten babetlerimin çimenlerin üzerinde lekelenmesini izliyordum.

Will, "İlginç bir ayakkabı seçimi," dedi.

Babetlerim zümrüt yeşiliydi. Hayır kurumlarının mağazalarından birinde bulmuştum. Patrick de bunlarla beni kadın gibi giyinmiş erkek bir İrlanda cücesine benzettiğini söylemişti.

"Buralı bir insan gibi giyinmiyorsun farkında mısın? Bir dahaki sefere nasıl bir çılgın kombinasyonla ortaya çıkacaksın diye merakla bekliyorum."

"Peki, 'buralı bir insan' nasıl giyinmelidir?"

Will yoldaki dallardan kurtulmak için biraz sola kaçtı. "Yünlü şeyler. Ya da annemin tarzındaysan Jaeger ya da Whistles'dan giyinirsin. Sen bu egzotik zevki nerede edindin? Başka nerelerde yaşadın?"

"Başka bir yerde yaşamadım."

"Nasıl yani? Hep burada mıydın? Nerelerde çalıştın?"

"Bir tek burada." Döndüm ve kollarımı kendimi savunurcasına göğsümün üzerinde kavuşturup ona baktım. "Ne olmuş? Bunun nesi garip?"

"Burası çok küçük bir kasaba, çok sınırlı. Sadece bir şatodan ibaret." Yolda durup şatoya baktık; uzakta kubbe biçimindeki garip bir tepenin üzerinde yükseliyordu. Sanki bir çocuk tarafından çizilmiş gibi kusursuzdu. "Bence burası insanların her şeyden bıktıklarında geri dönmek isteyebilecekleri bir yer. Ya da başka bir yere gidebilecek kadar hayal gücü olmayanların."

"Sağ ol."

"Bunda *yanlış* bir şey yok. Ama... çok hareketli bir yer sayılmaz, değil mi? Yeni fikirlerle, ilginç insanlarla ya da fırsatlarla dolup taşmıyor. Burada hediyelik eşya dükkânının yemek servislerine minyatür demiryolunun farklı bir manzara resmi basılırsa bunun yıkıcı bir şey olacağını düşünüyorlar. Gülmeme engel olamadım. Yerel gazetede geçen hafta tam da bu konuda bir makale vardı.

"Yirmi altı yaşındasın Clark. Dışarıda olmalı, 'Dünya benim!' diyebilmelisin; barlarda olay çıkarıp tuhaf giysi dolabını serserilere göstermelisin..."

"Ben burada mutluyum."

"Ama olmamalısın."

"İnsanlara ne yapmaları gerektiğini söylemekten mutlu oluyorsun, değil mi?"

"Sadece haklı olduğumu bildiğim zaman. Bardağımı düzeltir misin? Uzanamıyorum da."

Daha kolay içebilsin diye pipetini ona doğru kıvırdım ve bir yudum içene kadar bekledim. Hava biraz serindi ve kulaklarının ucu pembeleşmişti.

Yüzünü ekşitti. "Tanrım! Bir dönem çay yaparak para kazanmış bir kız için gerçekten çok kötü çay yapıyorsun."

"Sen sadece lezbiyen çayına alışıksın," dedim. "Tütsülenmiş yalancı bitki çayları."

"Lezbiyen çayı mı!" Neredeyse boğulacaktı. "Bu çay ancak merdiven cilasından iyi sayılır. Kaşık neredeyse dik duracak; o kadar koyu."

"Demek çayımı da beğenmiyorsun." Karşısındaki banka oturdum. "Yaptığım her iş ya da söylediğim her şey için fikrini söylüyorsun, ama kimse senin hakkında yorum yapamıyor, buna ne demeli?"

"Peki, Louisa Clark, sen de fikrini söyle bakalım."

"Senin hakkında mı?"

Will teatral bir havayla iç çekerek, "Başka seçeneğim var mı?" dedi

"Saçını kestirebilirsin mesela. Bu halinle serserilere benziyorsun."

"İşte şimdi annem gibi konuştun."

"Gerçekten berbat gözüküyorsun. En azından tıraş olabilirsin. Kaşıntın hep yüzündeki kıllardan başlıyor değil mi?"

Bana yan yan baktı.

"Ama öyle! Bu öğleden sonra sakallarını keseceğim."

"Ah, hayır."

"Evet. Fikrimi sordun ve ben de cevap verdim. Hem senin bir şey yapman gerekmiyor."

"Peki, ya hayır dersem?"

"Yine de keseceğim, çünkü biraz daha uzarsa arasından yemek toplamak zorunda kalırım. Açıkçası öyle bir şey olursa seni işyerinde insanlara yersiz sıkıntı vermekten dava edebilirim."

Güldü; bana onu eğlendirmişim gibi geldi. Kulağa tuhaf gelebilir, ama Will o kadar az gülüyordu ki tek bir gülüşle bile gururdan başım dönüyordu.

"Dinle Clark, bana bir iyilik yapar mısın?" diye sordu.

"Nedir?"

"Kulağımı kaşır mısın? Beni deli ediyor."

"Kaşırsam saçını kesmeme izin verecek misin? Biraz düzelteceğim sadece."

"Şansını zorlama."

"Şşşt. Beni sinirlendirme. Makaslarla aram çok iyi değil."

Jiletleri buldum; bir süredir kullanılmadıklarından banyodaki dolapta bez ve pamuk paketlerinin arkasına tıkılmış gibiydiler. Will'i banyoya taşıyıp lavaboyu sıcak suyla doldurduktan sonra koltuğun başlığını biraz geriye yatırdım ve çenesinin altına bir bez yerleştirdim.

"Bu da ne böyle? Berber mi olacaksın? Bu bez ne için?"

"Bilmem," diye itiraf ettim. Filmlerde öyle yapıyorlar. Biri doğum yaptığında da sıcak su ve bez kullanıyorlar.

Ağzını göremiyordum, ama göz kenarları neşelendiği için hafifçe kırışmıştı. Hep öyle kalsınlar istedim. Mutlu olmasını, yüzündeki tekinsiz ve tedirgin bakışın silinmesini diliyordum. Gevezelik edip fıkralar anlattım ve mırıldanmaya başladım. Zalim görünmeye başlamadan önceki anı uzatmak için her şeyi yapıyordum.

Kollarımı sıyırdım ve çenesinin üstündeki sabunu kulaklarına kadar köpürtmeye başladım. Sonra jiletin kesici kısmı çenesindeyken durdum. "Bu doğru an mı bilemiyorum, ama daha önce jileti bacaklar dışında hiçbir yerde kullanmadığımı söylemeli miyim?"

Will gözlerini kapatıp arkasına yaslandı. Jileti usul usul cildine değdirmeye başladım; sessizliği sadece su dolu tasta jileti durularken çıkan şıpırtılar bozuyordu. Çıt çıkarmadan çalışırken Will'in yüzünü inceledim. Ağız kenarındaki çizgilerin derinliği yaşına göre biraz fazlaydı. Yanağına düşen saçları düzeltirken muhtemelen kazadan kalan dikiş izlerini fark ettim. Gecelerce uykusuz kaldığını anlatan morumsu gölgeleri, dilsiz ağrılarını anlatan kaşlarının arasındaki kırışıklığı gördüm. Teninden ılık, hoş bir koku yükseliyordu. Bu, tıraş kreminin ve Will'e özgü az bulunan, pahalı bir şeylerin kokusuydu. Gitgide yüzü ortaya çıkmaya başladı ve Alicia gibi birinin ilgisini çekmenin onun için ne kadar kolay olduğunu görebildim.

Yavaş ve dikkatlice çalıştım; huzurlu görünmesi beni cesaretlendiriyordu. İnsanların Will'e sadece tıbbi ya da terapi amaçlı dokunduğunu düşününce parmaklarımın teninde hafifçe gezinmesine izin verdim. Hareketlerimin Nathan'ın ve doktorun mekanik sertliğinden uzak olması için çabalıyordum.

Will'i tıraş etmek garip bir mahremiyete bürünmüştü. Tekerlekli sandalyesinin benim için bir engel oluşturacağını, sakatlığının herhangi bir duygusal yakınlaşmaya izin vermeyeceğini düşünerek bu işe devam ettiğimi fark ettim. Fakat gariptir ki öyle olmamıştı. Birine bu kadar yakınken, parmaklarınızın altında teninin sıkılaştığını hissedip onun dışarı verdiği nefesi solurken ve yüzü size sadece birkaç santimetre uzaktayken biraz dengesiz hissetmemek mümkün değildi. Öteki kulağına geçtiğimde sanki görünmez bir sınırı aşmışım gibi tuhaf hissetmeye başlamıştım.

Belki de Will benim dokunuşlarımdaki incelikli değişikliği anlayabiliyor, etrafındaki insanların ruh haline herkesten daha kolay ayak uydurabiliyordu. Ama gözlerini açtığında onları benimkilerin içine bakarken gördüm.

Kısa bir sessizlik oldu ve sonra yüzüme bakarak, "Sakın kaşlarımı da tıraş ettiğini söyleme," dedi.

"Sadece birini," diye cevapladım. Arkamı dönerken yanaklarımdaki rengin silindiğini umut ederek jileti temizledim. "Tamamdır; bu kadarı yeterli mi? Nathan birazdan burada olur."

"Peki, ya saçlarım?"

"Onları da kesmemi istiyor musun gerçekten?"

"Tabii, onları da kesebilirsin."

"Bana güvenmediğini sanıyordum."

Omuzlarını olabildiğince yukarıya doğru kaldırdı. Ancak bu kadar hareket ettirebiliyordu. "Bu bana karışmanı iki üç hafta engelleyecekse çok büyük bir bedel değil."

Bir parça tıraş köpüğünü silerek, "Ah harika! Annen bu işe çok sevinecek," dedim.

"Evet, ama bunun hevesimizi kırmasına izin vermeyelim."

Saçlarını oturma odasında kestik. Işığı yaktım ve bir Amerikan macera filmi koyduk. Omuzlarına bir havlu yerleştirdim. Bu işte biraz köreldiğimi, ama yine de saçının şu anki halinden daha kötü gözükemeyeceğini söyledim.

"Teşekkürler."

Böylece işe giriştim. Bir iki temel kesim şeklini hatırlamaya çalışarak saçlarını parmaklarımın arasına aldım. Will filmi izlerken gevşemiş, hatta keyifli görünüyordu. Ara ara bana filmle ilgili bir şeyler söylüyor, başrol oyuncusunun başka hangi filmlerde oynadığını, filmi ilk nerede izlediğini anlatıyordu. Saçını rezil etmemeye odaklandığım halde söyledikleriyle ilgileniyormuşum gibi davranıyordum – Thomas bana oyuncaklarını gösterdiğinde de öyle yapardım. Sonunda, en zor kısmı bitirdim ve etrafında dönüp nasıl göründüğüne baktım.

Will DVD'yi kapatıp, "Nasıl oldu?" diye sordu.

Doğruldum. "Yüzünün bu kadar ortaya çıkmasının hoşuma gidip gitmediğinden emin değilim. Biraz sinir bozucu."

Will, "Soğuğu daha çok hissediyorum," dedi ve bu hissi daha iyi anlayabilmek için başını soldan sağa çevirdi.

"Dur, sana iki tane ayna getireyim. Ancak o şekilde tam olarak görebilirsin. Ama hareket etme, hâlâ toplamam gereken yerler var; belki kulaklarından birini keserim."

Kapının açıldığını duyduğumda ufak bir ayna aramak için yatak odasında Will'in çekmecelerini karıştırıyordum. Hızlıca atılmış iki adım duydum. Bayan Traynor'ın sesi geliyordu; sinirli ve kaygılıydı.

"Georgina, lütfen."

Oturma odasının kapısı sert bir şekilde açıldı ve ben de aynayı kaptığım gibi odadan çıktım. Yine ortalarda yokken yakalanmaya niyetim yoktu. Bayan Traynor oturma odasının girişinde duruyordu. İki eliyle ağzını kapatmıştı ve belli ki alışık olmadığı bir yüzleşmeye şahit oluyordu.

Genç bir kadın, "Sen hayatta tanıdığım en bencil herifsin!" diye bağırdı. "Buna inanamıyorum Will. Eskiden de bencildin, ama şimdi daha kötüsün."

"Georgina." Ben yaklaşırken Bayan Traynor'ın bakışları bana doğru kaydı. "Dur lütfen."

Arkasından odaya girdim. Will omzunda havlusuyla duruyor, sandalyesinin tekerleklerinde açık kahverengi saç tutamları duruyordu. Genç bir kadın Will'in yüzüne bakmaktaydı ve kadının koyu renk, uzun saçları dağınık bir topuz şeklinde toplanmıştı. Teni bronzdu ve oldukça pahalı eskitilmiş bir kot pantolonla süet bot giymişti. Alicia gibi yüz hatları çok güzel ve düzgündü; dişleri de diş macunu reklamlarındaki kadar beyazdı. Dişlerini görebildim, çünkü yüzü sinirden morarmış bir halde Will'e tıslıyordu. "Buna inanamıyorum. Bunu düşünmüş olmana bile inanamıyorum. Ne yaptığını..."

"*Lütfen*. Georgina." Bayan Traynor'ın sesi sert bir şekilde yükseldi. "Sırası değil."

Will kayıtsız bir yüz ifadesiyle hemen önündeki görünmez bir noktaya bakıyordu.

Sessizce, "Şey... Will, bana ihtiyacın var mı?" diye sordum.

Georgina aniden bana dönerek, "Siz kimsiniz?" diye sordu. O zaman gözlerinin yaşla dolduğunu gördüm.

"Georgina, Louisa Clark ile tanış. Bana bakan arkadaşım ve olağanüstü derecede yaratıcı kuaförüm. Louisa, sen de kız kardeşimle tanış; Georgina. Avustralya'dan buraya onca yolu bana bağırmak için tepmiş gibi görünüyor."

Georgina, "Saf ayağına yatma," dedi. "Annem anlattı, *her şeyi* anlattı."

Herkes donup kalmıştı.

"Sizi biraz yalnız bırakayım mı?" diye sordum.

"Bu iyi bir fikir." Bayan Traynor'ın kanepenin kollarına koyduğu eline bakınca parmak boğumlarının bembeyaz olduğu görülebiliyordu.

Odadan hızla çıktım.

"Aslında öğle tatiline şimdi çıkabilirsin."

Bu durumda benim için bugün otobüs durağı günü demekti. Mutfaktan sandviçlerimi aldım ve arka çıkıştan geçip yola koyuldum.

Çıkarken Georgina Traynor'ın evin içinde yükselen sesini duydum. "Bunun sadece seninle ilgili bir durum olmadığı hiç aklına geldi mi?"

Yaklaşık yarım saat sonra döndüğümde her yer sessizdi. Nathan mutfak lavabosunda bir kupa yıkıyordu.

Beni görünce dönüp, "Nasılsın?" diye sordu.

"Gitti mi?"

"Kim?"

"Kız kardeşi."

Kafasını çevirip bana baktı. "Ha, o mu? Evet, gitti. Ben buraya geldiğimde arabası patinaj çekiyordu. Bir çeşit aile kavgası sanırım."

"Bilmem. Ben Will'in saçını kesiyordum ve bu kadın çıkageldi. Sonra kavga etmeye başladılar. Başka bir kız arkadaşı sandım."

Nathan omuz silkti.

Nathan'ın olanlardan haberi olsa bile Will'in hayatındaki önemsiz ayrıntılarla ilgilenmeyebileceğini fark ettim.

"Will yine de oldukça sakin. Sakalını güzel kesmişsin bu arada. Yüzünü o çalılıktan çıkarman çok iyi olmuş."

Oturma odasına geri döndüm. Will televizyona bakarak oturuyordu ve film odadan ayrılırken bıraktığımız sahnede dondurulmuştu.

"Filmi devam ettirmemi ister misin?"

Will beni bir süre duymamış gibi göründü. Başı omuzlarının arasına çökmüştü; önceki rahat hali bir örtünün arkasına gizlenmiş gibiydi. Tekrar içine kapanmış, müdahale edemeyeceğim bir şeyin arkasına kilitlenmişti.

Sonra sanki beni orada yeni görmüş gibi gözlerini kırpıştırıp, "Tabii," dedi.

*

Onları duyduğumda koridordan aşağı bir sepet çamaşır taşıyordum. Müştemilatın kapısı hafif aralıktı ve Bayan Traynor'la kızının sesi uzun koridor boyunca azalıyor, kısık dalgalar halinde geliyordu. Will'in kız kardeşi şimdi sessizce hıçkırıyordu. Sesindeki öfke yatışmış, neredeyse çocuklaşmıştı.

"Yapabilecekleri bir şeyler mutlaka vardır. Tıbben bir ilerleme olmuştur. Onu Amerika'ya götüremez misiniz? Orada her şey gelişiyor."

"Baban her gelişmeyi yakından takip ediyor. Ama hayır canım, somut bir şey yok..."

"O çok... değişmiş. Sanki herhangi bir şeyin iyi yanını görmemeye yeminli gibi."

"En başından beri öyleydi George. Arada eve geldiğin dönemler haricinde onu hiç görmediğin için böyle düşünüyorsun sanırım. O zamanlar bir şeylerin düzeleceğinden emindi."

Böyle özel bir sohbeti dinliyor olmaktan çok rahatsız olmuştum, ama konuşmalarının tuhaf akışı beni çekiyordu. Kapıya doğru yavaşça yaklaştığımı fark ettim. Ayağımda çorap olduğu için hiç ses çıkmıyordu.

"Bak baban ve ben sana hiç bahsetmedik; seni üzmek istememiştik. Ama o kendini..." Bayan Traynor kelimelerle boğuşuyordu. "Will kendini... öldürmeye çalıştı."

"Ne?"

"Baban buldu onu. Geçen sene Aralık ayında. Korkunç... korkunçtu."

Duyduklarım tahminlerimi doğruluyor olsa da kanımın tamamen çekildiğini hissettim. Boğuk bir çığlık duydum ve bir ses fısıldayarak, "Şşşt," dedi. Bir başka uzun sessizlik daha oldu ve sonra Georgina acıdan kalınlaşan sesiyle bir daha konuştu.

"Peki o kız..."

"Evet, Louisa böyle bir şey bir daha yaşanmasın diye burada."

Durdum. Koridorun diğer ucunda, banyodaki Nathan ve Will'in kısık seslerini duyabiliyordum; birkaç metre ötedeki konuşmadan bihaberdiler. Kapıya doğru bir adım atıp yaklaştım.

Sanırım bileklerindeki yara izlerini gördüğüm andan beri bunu biliyordum. Taşlar sonunda yerine oturuyordu; Bayan Traynor'ın kaygısı, benim Will'i uzun süre yalnız bırakamamam, Will'in benim yanında bulunmamdan duyduğu rahatsızlık ve uzun süredir işe yarar bir şeyler yapmamam... Bana sorsalar bebek bakıcılığı yaptığımı söylerdim, ama Will neden burada olduğumu biliyor ve bunun için benden nefret ediyordu.

Kapatmak için nazikçe kapının koluna uzandım ve Nathan da bunu biliyor muydu diye merak ettim. Sonra acaba Will şimdilerde daha mutlu mu diye düşündüm. Biraz bencilce fikir yürüttüğümü hissetsem de Will'in karşı çıktığı şeyin ben değil, ona göz kulak olmak üzere işe alınan herkes olduğunu anladım. Kafamdan bu düşüncelerle öyle meşgul olmuştu ki bir sonraki konuşmayı neredeyse kaçırıyordum.

"Bunu yapmasına izin veremezsiniz anne. Onu durdurmalısınız."

"Bu bizim seçimimiz değil canım."

"Eğer bunun bir parçası olmanızı istiyorsa tabii ki sizin de seçiminiz." Elim kapının kolunda öylece kalmıştı.

"Bunu onayladığınıza inanamıyorum. Peki, ya inançlarınıza ne oldu? Şimdiye kadar yaptıklarınız boşuna mıydı? Öyleyse son sefer onu ne diye kurtardınız ki?"

Bayan Traynor sesini sakin tutmaya çalışıyordu. "Bu öyle..."

"Ama onu siz götürecekmişsiniz. Bu ne anlama..."

"Ben reddetseydim başkasından isteyecekti, bunu hiç düşündün mü?"

"Ama Dignitas * çok yanlış bir karar. Böyle yaşamanın onun için zor olduğunu biliyorum, ama bu babama ve sana zarar ve-

---

* Ötanazinin yasal olduğu dört ülkeden biri olan İsviçre'deki Dignitas, ölümcül hastalığı olanlara ve hastalığı yüzünden fiziksel ya da zihinsel olarak acı çekenlere intihar etmeleri için yardımcı olan bir kliniktir. (ç. n.)

recek. Ne hissedeceğinizi bir düşün. Ayrıca insanların ne diyeceğini bir düşün! Senin iş çevren, ikinizin itibarı... *Bunu* hiç mi düşünmüyor? Sormak bile bencilce. Nasıl yapabilir? Bunu nasıl yapabilir? *Siz* bunu nasıl yaparsınız?" Tekrar ağlamaya başladı.

"George..."

"Bana öyle bakma. Ben onu önemsiyorum anne. Emin ol. O benim kardeşim, onu seviyorum. Ama buna tahammül edemem. Düşüncesine bile tahammül edemem. O bunu sormakla hata yapmış ve siz de dinlemekle. Eğer bu yolda devam ederseniz zarar vereceği şey sadece kendi hayatı değil."

Pencereden bir adım uzaklaştım. Kulaklarım öyle bir çınladı ki Bayan Traynor'ın cevabının büyük bir kısmını duymadım.

"Altı ay George. Bana altı ay süre verdi. Şimdi bir daha bu konuyu açmamanı rica ediyorum; özellikle de başkalarının yanında. Yapmamız gereken..." Derin bir nefes aldı. "Bu sürede fikrini değiştirecek bir şeyler olması için her gün dua etmeliyiz."

8

Camilla

Hiçbir zaman oğlumun ölümüne yardım edeceğimi düşünmedim.

Bu kelimeleri okumak bile bana tuhaf geliyordu. Gazetelerde ya da temizlikçinin çantasından çıkarıp uzattığı, içi kızları düzenbaz sevgilileriyle kaçan annelerle, insanı hayrete düşüren zayıflama kürleriyle ve iki kafalı bebeklerle dolu korkunç dergilerde gördükleriniz kadar tuhaf.

Başına böyle şeyler gelecek bir insan değildim. Ya da en azından, olmadığımı düşünürdüm. Hayatım oldukça düzenli, modern standartlarda ve sıradan bir hayattı. Otuz yedi yıldır evliydim ve iki çocuk büyütmüştüm. Kariyerime devam edip çocukları okuturken okul aile birliğine destek verdim ve çocuklar artık bana ihtiyaç duymadıklarında hâkim kürsüsüne geçtim.

Hâkim olalı on bir yıl oluyor. Mahkememden geçen her çeşit insanın hayatını izledim. Adliyeye zamanında başvurmayı bile beceremeyen umutsuz, kimsesiz ve evsiz insanlar, mükerrer suçlular, sinirli ve sert ifadeli genç adamlar ve yorgun, borca batmış anneler... Aynı yüzleri ve aynı hataların yapıldığını görmek ve buna rağmen sakin, anlayışlı kalmak oldukça zor. Bazen sesimdeki tahammülsüzlüğü kendim de duyabiliyorum. İnsanların sorumluluk alarak yaşamayı anlamsız bir şekilde reddetmeleri garip bir şekilde şevkimi kırıyor. Ve bizim küçük kasabamız da şatonun güzelliğine, tarihi binalara ve cıvıl cıvıl patikalarına rağmen bundan muaf değildi. Krallık meydanı elma şarabı içen ergenlerle doluydu ve damı samanla kaplanmış kulübeler çocuklarını ve karılarını döven kocaların sesleriyle boğuluyordu. Bazen kendimi kaos ve ürpertici bir yıkım karşısında boş vaazlar veren Kral Knud gibi hissederdim. Ama işimi seviyordum. Bu işi seçtim, çünkü ahlaki kurallara dayanan düzene inanırım. Kulağa eski kafalı gelebilir, ama bir doğru ve yanlışın olduğuna inanırım.

Bu zor günleri bahçem sayesinde atlattım. Çocuklar büyüdüğünde bahçe benim için küçük bir saplantıya dönüşmüştü. Gösterdiğiniz hemen hemen her çiçeğin Latincesini söyleyebilirdim size. Komik olan okulda hiç Latince öğrenmemiş olmamdı. İyi birer eş olabilmemiz için ağırlıklı olarak aşçılık ve nakış eğitimi veren küçük bir kız okulunda okumuştum, ama çiçek adları insanın aklında kalıyordu. Hiç unutmamak için adlarını duymam yeterdi: *Helleborus niger, Eremurus stenophyllus, Athyrium niponicum*. Şimdi bunların adını okulda hiçbir zaman beceremediğim kadar akıcı bir şekilde söyleyebilirim.

Bahçe işlerini ancak belli bir yaşa gelince gerçekten sevebileceğinizi söylüyorlar ve sanırım bunda bir gerçeklik payı var. Bu büyük ihtimalle hayatın o büyük döngüsüyle ilgili. Kışın soğuğundan sonra uyanışın getirdiği o amansız iyimserliğini görmekte büyüleyici bir yan var. Ayrıca doğanın kendini bahçenin her yerinde farklı farklı bir gösterişlilikle sunması insana neşe veriyor. Evlilik hayatım umduğumdan daha karmaşık olmaya başladığı zaman bu bahçe bir sığınak, mutluluk kaynağı oldu.

Gerçekten büyük acı çektiğim zamanlar oldu. Yarattığınız bu yeni alanı güzelleştirmeyi başaramamak ya da bir dizi güzelim *allium* çiçeğinin bazı sümüklüböcekler tarafından mahvedildiğini izlemek kadar insanı hayal kırıklığına uğratan bir şey yok. Yine de bahçenin bakımı için harcanan zaman ve çaba için şikâyet ettiğimde, bir öğleden sonrasını ot yolmak için harcadığım zaman eklemlerim başkaldırdığında ya da tırnaklarım hiç temiz görünmediğinde bile bahçeye tapıyordum. Dışarıda olmanın bana yaşattığı hissi seviyordum. Bahçenin kokusu, parmaklarımın altında hissettiğim dünya, nesneleri yaşarken ve parlarken görmek hoşuma gidiyordu; onların gelip geçici güzellikleri karşısında büyülenmiştim. Will'in kazasından sonra bahçeyle bir yıl ilgilenmedim. Sadece hastanede ve arabayla bir oraya bir buraya giderken harcanan zaman değil, yoğun toplantılarım da çok fazla vakit alıyordu. Ailevi sebepler nedeniyle işten altı ay izin almıştım; ama yine de hiçbir şey için zaman yoktu.

Aniden bu durumun anlamsız olduğunu görerek bahçeyi düzenlemesi için bir bahçıvan tuttum ve yılın büyük bir kısmı gelişigüzel bir şekilde bakmak dışında bahçeyle hiç ilgilenmedim.

Will'i tekrar eve getirdiğimizde ve müştemilat hazır olduğunda bahçeyi tekrar güzelleştirmek benim için bir anlam kazandı. Oğluma bakabileceği bir şeyler vermeliydim. Bir şeylerin değişebileceğini, büyüyebileceğini ya da başarısız olabileceğini, ama hayatın devam ettiğini ona sessizce söylemeye ihtiyacım vardı. Hepimizin o büyük döngünün bir parçası olduğunu, yalnızca Tanrı'nın bu düzeni anlamaya gücünün yeteceğini anlatmak istiyordum. Bunu ona söyleyemezdim tabii ki –Will ve ben hiçbir zaman birbirimizle çok konuşmadık– ama ben ona bunları göstermek istiyordum. Buna sessiz bir umut da diyebilirsiniz. Önümüzde resmin tamamı ve daha parlak bir gelecek vardı.

Steven ateşi körüklüyordu. Bir kısmı yanmış odunları elindeki demirle ustalıkla karıştırıyor, parlayan kıvılcımları bacadan yukarı yolluyor, sonra ortaya yeni bir odun atıyordu. Arkada dikiliyor, her zaman yaptığı gibi sessiz bir memnuniyetle odunların alev almasını izliyor, elindeki tozu kadife pantolonuna sürüyordu. Ben odaya girince döndü. Ona bir bardak uzattım.

"Teşekkürler, George aşağı iniyor mu?"

"Sanırım hayır."

"Ne yapıyor?"

"Televizyon izliyor. Yalnız kalmak istediğini söyledi."

"İner birazdan. Saat farkından yorgun düşmüştür."

"Umarım Steven. Şu aralar bizimle ilgili iyi şeyler düşündüğünü sanmıyorum."

Sessizce ateşi izledik. Oda karanlık ve durgundu; pencereler rüzgâr ve yağmur vurdukça ses çıkarıyordu.

"Çok kötü bir gece."

"Evet."

Köpeğimiz derin bir nefes alarak yumuşak adımlarla odaya girdi ve ateşin önüne yığıldı. Yüzükoyun yatarak ikimize de hayranlıkla bakıyordu.

Steven, "Saçlarını kestirmesiyle ilgili ne düşünüyorsun?" diye sordu.

"Bilmiyorum, umarım hayra alamettir."

"Bu Louisa biraz tuhaf bir kız değil mi?"

Kocamın kendi kendine güldüğünü gördüm. Kendimi, *Ona da mı*, diye kendi kendime söylenirken buldum ve bu düşüncemi bastırdım.

"Evet, evet, sanırım öyle."

"Sence doğru kişi mi?"

Cevap vermeden önce içkimden bir yudum aldım. İki parmak cin, bir dilim limon ve epey tonik. "Kim bilir?" dedim. "Neyin doğru, neyin yanlış olduğu hakkında en ufak bir fikrim yok."

"Onu seviyor. Buna eminim. Geçen akşam haberleri seyrederken iki kere ondan bahsetti. Daha önce böyle bir şey olmamıştı."

"Evet, doğru ama seni umutlandırmak istemem."

"Bunu yapmak zorunda mısın?"

Steven ateşin başından ayrıldı. Beni incelediğini gördüm; belki de gözlerimin etrafındaki yeni çizgileri fark etti ya da ağzımdaki ince şeride yerleşen kaygıyı. Hep boynumda taşıdığım küçük altın haça baktı. Bana öyle bakmasından hoşlanmıyordum. Sanki başka biriyle kıyaslanıyormuşum gibi düşünmekten alıkoyamıyordum kendimi.

"Ben sadece gerçekçi davranıyorum."

"Söylediklerinden böyle bir şeyi uzun zamandır beklediğini anlıyorum."

"Oğlumu tanıyorum."

"Oğlumuzu."

"Evet, oğlumuzu." Kendimi, daha çok benim oğlum, diye düşünmeye başlarken buldum. Çünkü *onu hiçbir zaman düşünmedin. Duygusal bir yakınlık kurmadın. Hep bastırmaya çalıştığı eksikliktin sen.*

Steven, "Fikrini değiştirecektir," dedi. "Önümüzde hâlâ uzun bir yol var."

Orada öylece durduk. İçkimden büyük bir yudum aldım. Ateşten gelen sıcaklıkla içkideki buz tam bir zıtlık oluşturuyordu.

Şömineye yaklaşıp, "Sürekli düşünüyorum..." dedim. "Hâlâ bir şeyleri eksik yaptığımı hissediyorum."

Kocam hâlâ beni izliyordu. Üzerimde bakışlarını hissedebiliyordum, ama gözlerimi onunkilerle buluşturamadım. Belki de o an bana elini uzatmıştı. Ama sanırım böyle şeyler için çok ayrı düşmüştük.

İçkimden bir yudum aldım. Steven, "Sen sadece elinden geldiği kadarını yapabilirsin canım," dedi.

"Bunun farkındayım. Ama yetmiyor, öyle değil mi?"

Tekrar ateşin başına döndü ve ben çıkana dek odunları rastgele karıştırmaya başladı.

O böyle yapınca benim çıkacağımı biliyor gibiydi.

Will ne yapmak istediği şeyi bana ilk söylediğinde iki kere anlatmak zorunda kaldı; eminim ilk anlattığında ne dediğini doğru dürüst duymamıştım bile. Anladığımda son derece sakin bir şekilde durdum ve saçmaladığını söyleyip odadan çıktım. Tekerlekli sandalyeye bağlı bir adamın yanında öylece ayrılabilmek hiç adi değil. Müştemilatla ev arasında iki basamak var ve Will, Nathan'ın yardımı olmadan onları geçemiyor. Ben de kapıyı kapatıp ana binanın koridoruna geçtim. Oğlumun ağzından sakince dökülen kelimeler hâlâ kulağımda çınlıyordu.

Sanırım yarım saat hiç hareket etmedim.

Hiçbir zaman boşvermek istemiyordu; son sözü hep o söylemeliydi. Onu görmeye gittiğimde her defasında isteğini tekrarlıyordu. Artık onun yanına gitmek için kendimi zorlamaya başlamıştım. *Böyle yaşamak istemiyorum anne. Bu benim seçtiğim hayat değil. Benim iyileşmem için bir umut yok, öyleyse bu hayatı benim uygun gördüğüm şekilde sonlandırmak son derece mantıklı bir rica.* Onu dinlerken toplantılara girip çıkan, kariyeriyle zengin ve kibirli bir adama dönüşmüş oğlumun eski halini hayal edebiliyordum. Her şeyden önce Will başkalarının onu dinlemesine alışkındı. Benim bir şekilde onun geleceğini yönetmeme, tekrar *anne* olmama tahammül edemiyordu.

Beni ikna etmek için birçok defa teşebbüste bulundu. Will'in kendi umutsuzluğu yüzünden cehenneme gidecek olması korkunç bir şey olsa da bunu inancım yüzünden istemiyor değildim. Çünkü acılarımızı anlayan ve günahlarımızı affeden sevecen bir tanrıya inanmayı seçmiştim.Anne olmadan hiçbir zaman anlayamayacağınız şey şu; karşınızda elinde otopark fişi, ayağında cilasız ayakkabıları ve karmaşık aşk ilişkileriyle gördüğünüz, paldır küldür yürüyen, tıraşsız gezen ve kötü kokan o inatçı adam aslında bir yetişkin değil, o yaşa gelene kadar büründüğü her karakterin tek bir vücutta toplanmış hali.Will'e bakınca aklıma kollarımda tuttuğum o sersem bebeklik hali geliyor ve kendimden başka bir insan yarattığıma inanamıyorum. Bir baktığımda yeni yeni yürüyen ve elime uzanmaya çalışan bir bebekti ve bir an sonra başka çocuklardan dayak yediği için ağlayan okul çocuğu oldu. Onun kırılgan yanlarını, aşklarını, tüm hayatını gördüm. Yok etmemi istediği şeyler işte bunlardı; küçük bir çocuk, yetişkin bir adam, ona duyduğum sevgi ve geçmiş.

Ve 22 Ocak'ta ben hırsızların, kaskosuz şoförlerin ve ağlayıp dövünen eski eşlerin davalarından sıyrılmaya çalışıyorken Steven müştemilata girdi ve oğlumuzu neredeyse tamamen bilinci kapanmış bir halde buldu. Başı sandalyesinin kolundan sarkmıştı ve koyu, yapışkan bir kan gölü tekerlekli sandalyenin etrafında yüzüyordu. Arka holde alelacele takılmış bir doğramadan çıkan bir, iki santimlik paslı çiviyi bileğine sokup eti lime lime olana kadar ileri geri sürtmüştü. Acıdan kendini kaybetmiş olmasına rağmen bunu yapmaya nasıl devam ettiğini hayal bile edemiyorum. Doktorlar onu ölmesine on beş, yirmi dakika kala bulunduğunu söylediler ve nazik, ancak yetersiz bir açıklamayla Will'in böyle bir şeyi yardım dilemek için yapmadığını belirttiler. Hastanede Will'in hayatta olduğunu söylediklerinde bahçeye çıkıp tüm öfkemi kustum. Tanrıya, doğaya ve ailemizi böyle karanlık bir kuyuya iten kadere lanet ettim. Şimdi dönüp bakıyorum da oldukça delirmiş olmalıyım. O soğuk gecede bahçede durup büyük brendi şişesini bir metre ötedeki *Euonymus compactus* çiçeklerinin içine atıp bağırmıştım. Sesim havayı yarmış, şato duvarlarından sekip uzaklarda yankılanmıştı. Çok hiddetlenmiştim; etrafımdaki her şey hareket ederken ve büyüyüp gelişirken benim hayat dolu, karizmatik, güzel oğlum ne hale gelmişti böyle? Hareketsiz, solgun, kana bulanmış ve acı içindeydi. O an bahçenin güzelliği gözüme iğrenç göründü. Bağırdım, bağırdım ve daha önce bildiğimden habersiz olduğum sözcüklerle küfür edip durdum. Steven gelip elini omzuma koydu ve benim sesimi kestiğimden emin olana kadar öylece kaldı.

Fakat Steven anlamıyordu. Will'in bunu tekrar yapacağını hesap edemiyordu. Hayatımızın sürekli bir uyanıklık halinde, bir dahakinde Will'in kendini nasıl bir nefretle cezalandıracağını bekleyerek geçeceğini görmüyordu. Dünyayı onun gözünden görmeliydik; kullanabileceği zehirler, kesici nesneler, ancak o kahrolası motosikletlinin başlattığı işi bitirmek için üretebileceği yaratıcı fikirler... Hayatımız bu ihtimalin etrafında dönmek için küçülmeye mahkûmdu.

İki hafta sonra Will'e, "Evet," dedim.

Tabii ki böyle diyecektim.

Başka ne yapabilirdim ki?

9

O gece uyumadım. Küçük odamda uzanıp tavanı izledim ve dikkatli bir şekilde son iki ayı şimdi bildiklerim üzerinden yeniden kurguladım. Sanki her şey yer değiştirmiş, parçalanmış ve başka bir yere yerleşmişti. Bunu anlamakta güçlük çekiyordum.

Kendimi kandırılmış hissediyordum; ben sadece ne olup bittiğini anlamayan kalın kafalı bir bakıcıydım. Will'i daha iyi hissettirmek için yaptığım küçük şeylere, ona sebze yedirmeye çalışmama ya da saçlarını kesmeme gizlice güldüklerini düşündüm. Böyle bir durumda bunun ne anlamı vardı ki? Kulak misafiri olduğum sohbet kafamın içinde tekrar edip duruyordu. Duyduklarımı farklı biçimlerde yorumlamayı denedim ve söylediklerini yanlış anladığıma kendimi ikna etmeye çalıştım. Ama Dignitas hayatınız için ufak molalar vereceğiniz yer değildi. Camilla Traynor'ın oğluna bunu yapmayı düşündüğüne inanamıyordum. Evet, onun soğuk biri olduğunu ve Will'in etrafındayken beceriksizleştiğini düşünüyordum. Oğlunu annemin bizi kucakladığı gibi sımsıkı ve neşe dolu bir şekilde, biz bıraksın diye yalvarıp sıyrılana kadar kucakladığını gözümün önüne getiremiyordum. Dürüst olmak gerekirse, üst sınıfa mensup ailelerin çocuklarıyla ilişkilerinin hep böyle olduğunu düşündüm. Ama oğlunun ölümünde aktif olarak ve gönüllülükle rol almak biraz fazla değil miydi?

Bir süre sonra Bayan Traynor'ın tavırları bana daha da soğuk gelmeye başladı. Davranışlarının altında kötü niyetli düşünceler var gibiydi. Ona ve Will'e kızgındım. Beni bu aldatmacanın içine kattıkları için onlara öfkeleniyordum. Ayrıca onun için daha ne yapabilirim, onu nasıl rahat ettirebilirim ya da mutlu edebilirim diye oturup düşündüğüm için sinirleniyordum. Kızgın olmadığım zamanlarda da üzgündüm. Bayan Traynor'ın Geogina'yı teselli etmeye çalışırken sesinin nasıl çatladığını hatırlıyor, onun için üzülüyordum. Çaresiz bir hal içinde olduğunu biliyordum.

Fakat çoğu zaman dehşete düşüyordum, çünkü öğrendiğim şeyler aklımdan çıkmıyordu. Oğlunuzun ölümü için gün sayarak nasıl vakit geçirebilirsiniz ki? O sabah parmaklarımın altında hissettiğim sıcak ve canlı teniyle bu adam nasıl kendini yok etmeyi seçerdi? Altı ay içinde, herkesin onayıyla aynı ten nasıl olur da toprağın altında çürümeye başlardı? Bunu kimseye anlatamadım. İşin en kötü yanı buydu. Artık Traynor'ların sırrına ben de suç ortağı olmuştum. Keyifsiz ve ilgisiz bir tavırla Patrick'i arayıp kendimi iyi hissetmediğimi ve evde oturacağımı söyledim. O da bana, "Sorun değil," cevabını verdi. Zaten büyük ihtimalle dokuza kadar spor kulübünden çıkamayacaktı. Cumartesi günü görüşebilirdik. Patrick'in sesi telaşlı geliyordu, sanki başka bir yerde, efsanevi bir pistte ilerliyordu.

Akşam yemeği yemedim. Düşüncelerim karmakarışık hale gelip artık kaldıramayacağım kadar ağırlaşınca saat sekiz buçuk gibi aşağı indim ve aile içinde bana soru sorma ihtimali bulunmayan tek kişi olan dedemin yanına sokularak sessizce televizyon izledim. En sevdiği koltuğa oturmuş donuk gözleriyle dikkatle ekrana bakıyordu. Televizyon mu izliyordu ya da kafası tamamen başka bir yerde miydi hiç emin olamadım.

Annem, "Sana bir şeyler hazırlamamı istemediğinden emin misin canım?" diyerek elinde bir fincan çayla belirdi. Tahmin edeceğiniz gibi ailemizde bir fincan çayla çözülemeyecek sorun yoktu.

"Hayır, aç değilim. Sağol."

Annemin dedeme bakışını gördüm. Biraz sonra Traynor'ların beni ne kadar ağır çalıştırdıklarına ve böyle bir sakata bakmanın zorluklarına dair kendi aralarında homurdanacaklarını biliyordum. İşi kabul etmem konusunda beni cesaretlendirdikleri için kendilerini suçlayacaklardı.

Haklı olduklarını düşünmelerine izin vermeliydim.

Tuhaf bir biçimde ertesi gün Will'in keyfi yerindeydi; hiç olmadığı kadar konuşkan, dik kafalı ve kavgacı görünüyordu. Konuşup durdu; belki de önceki günlerde konuştuklarından daha fazla konuşuyordu. Sanki benimle ağız dalaşına girmek istiyordu, ama benim oynamak istemediğimi görünce hayal kırıklığına uğradı.

"Peki, bu elindeki iş ne zaman bitecek?"

Oturma odasını düzeltiyordum. Kanepelerin yastıklarını kabartırken kafamı kaldırıp ona baktım. "Efendim?"

"Saçım yarım kaldı. Viktoryen dönemi yetimleri gibiyim ya da Hoxton'ın* mankafaları." Eserimi daha iyi görebileyim diye başını çevirdi. "Tabii bu senin alternatif modellerinden biriyse bir şey diyemem."

"Kesmeye devam etmemi istiyor musun?"

"Eh, saçımı kesmek seni mutlu ediyor gibiydi. Ayrıca tımarhane kaçkını gibi gözükmesem iyi olur."

Sessizce gidip bir havlu ve makas aldım.

"Nathan adama benzediğim için görüntümden çok memnun. Yine de yüzüm eski haline geldiği için artık her gün tıraş olmam şart."

---

* Londra'nın doğusundaki bir muhit. (yay. n.)

"Tabii."

"Senin için sorun olmaz değil mi? Hafta sonları da kirli sakalla idare ederim."

Ona cevap veremedim. Gözlerine bakmak bile gücüme gidiyordu. Erkek arkadaşınızın size sadık olmadığını öğrenmek gibi bir şeydi.

"Clark?"

"Hımm?"

"Yine korkutucu derecede sessizsin. 'Azıcık çenesi düşük' kıza ne oldu?"

"Özür dilerim."

"Maraton Adam mı üzdü seni? Yine ne yaptı? Koşarak kaçmadı değil mi?"

"Hayır." İşaret ve orta parmağımın arasına saçından bir parça alıp makasın keskin tarafıyla kırptım. Elimde kaldılar. Bunu nasıl yapabiliyorlardı? Ona iğne mi yapacaklardı? İlaç mı vereceklerdi? Ya da jilet dolu bir odaya tıkıp bırakıyorlar mıydı?

"Yorgun gibisin. İçeri girdiğinde bir şey demedim, ama gerçekten çok kötü görünüyorsun."

"Öyle mi?"

Uzuvlarını oynatamayan birine kendini öldürmesi için nasıl yardım ediyorlardı? Kendimi bileklerine bakarken buldum. Hep uzun kollu gömlek giyiyordu. Haftalarca bizden daha fazla üşüdüğü için öyle giyindiğini düşünmüştüm. İşte başka bir yalan daha.

"Clark?"

"Efendim?"

Arkasında durduğuma şükrettim. Yüzümü görmesini istemiyordum.

Duraksadı. Ensesi, teninin geri kalan kısmından daha soluktu. Yumuşak, beyaz ve garip bir şekilde zayıf görünüyordu.

"Bak, kız kardeşim adına senden özür dilerim. O... çok sinirlenmişti. Tabii bu ona kaba davranma hakkı vermiyor. Bazen biraz fazla açık sözlü oluyor. Kaç kişiyi boş yere haşladığının farkında değil." Bir an durdu. "Sanırım bu yüzden Avustralya'da yaşamayı seviyor."

"Yani orada insanlar birbirlerine gerçeği söylüyorlar mı diyorsun?"

"Ne?"

"Yok bir şey. Kafanı kaldır lütfen."

Her saç teli kesilip kırpılana ve yerde, ayağının altında toplanana dek düzenli olarak başının etrafında dönüp saçını düzelttim.

Öğleden sonra benim için her şey daha da netleşti. Will babasıyla televizyon izlerken yazıcıdan bir adet A4 kâğıt ve pencere kenarındaki kavanozdan da bir kalem alarak söylemek istediklerimi yazdım. Kâğıdı katlayıp zarfa koydum ve Bayan Traynor'ın adını yazarak mutfağa bıraktım.

Akşam giderken Will'le babası konuşuyorlardı ve Will gülüyordu. Koridorda durdum; çantam omzumda dinliyordum. Neye gülüyordu böyle? Kendi hayatına son vermesine birkaç hafta kala ona neşe veren şey ne olabilirdi ki?

"Ben çıkıyorum," diyerek kapı aralığından seslendim ve yürümeye başladım.

Will, "Baksana, Clark..." diye lafa girdiğinde ben kapıyı çoktan arkamdan kapamıştım.

Kısa otobüs yolculuğunu aileme ne diyeceğimi düşünerek geçirdim. Bana son derece uygun ve karşılığında iyi para verdikleri bir işi bıraktığım için kızacaklardı. İlk şoku atlattıktan sonra annem acı çekiyormuş gibi yapıp beni savunacak, tüm bunların çok ağır olduğunu söyleyecekti. Babam ise büyük ihtimalle neden kız kardeşim gibi olmadığımı soracaktı. Hamile kalıp hayatımın geri kalanını mahvetmediğim ve ailemin maddi desteğine ve bebek bakıcılığına ihtiyaç duymadığım halde bunu soruyu sık sık sorardı. Evde bundan bahsedemezdiniz, çünkü anneme göre bu Thomas'ın bir lütuf olmadığını söylemek anlamına gelirdi. Sık sık *ibne* deseler ve varlıklarıyla ailemizde para kazanabilecek nüfusun gidip iyi bir iş bulmasına engel olsalar bile bütün bebekler Tanrı'nın bir lütfuydu. Onlara gerçeği söylemeyi düşünmüyordum. Will'e ve ailesine hiçbir şey borçlu değildim, ama etraflarındaki meraklı gözlerin onların üzerine dikilmesini istemiyordum.

Otobüsten inip tepeden aşağı yürürken bu düşünceler başıma üşüştü. Sonra sokağımızın köşesini döndüm ve çığlıkları duydum. Havadaki gerginliği hissedebiliyordum ve her şeyi kısa bir süre için unutmuştum.

Evimizin etrafında küçük bir kalabalık toplanmıştı. Hızlıca yürümeye başladım; ilk başta birine bir şey olduğunu düşünüp korktum, ama sonra ailemi verandada gördüm. İlgiyle etrafa bakıyorlardı. Aslında kalabalık bizim evin etrafında toplanmamıştı. Bu, mahalledekilerin evlilik hayatıyla ilgili tipik bir örnek sayılabilecek bir dizi küçük savaşın sonuncusuydu.

Richard Grisham'ın sadakatsizliği mahallede pek de şaşılacak bir şey değildi. Fakat ön bahçelerine bakacak olursak bu sefer karısı bir olay çıkarmıştı

"Benim salak olduğumu sanıyorsun herhalde. Senin tişörtünü giyiyordu! Doğum gününde aldığım tişört!"

"Bebeğim... Dympna... düşündüğün gibi değil."

"Senin için o aptal İskoç yumurtalarından almaya girmiştim! O da orada senin tişörtünü giymiş cesur ve küstah bir biçimde duruyordu! Ben İskoç yumurtasını *sevmem* bile!"

Yürüyüşümü yavaşlattım, Richard'ın DVD oynatıcıyı kafasına yememek için nasıl eğildiğini izleyen kalabalığı yararak bizim kapıya doğru ilerledim. Sonra bir çift ayakkabı fırlatıldı.

"Ne zamandır kavga ediyorlar?"

Önlüğü beline düzgünce bağlayan annem kollarını açıp saatine baktı. "Rahat kırk beş dakika olmuştur. Bernard, sence de kırk beş dakika olmuş mudur?"

"Kavganın başlangıcını nereden saydığına göre değişir; kadının elbiseleri dışarı atması mı yoksa Richard'ın gelip onları bulması mı?"

"Bence Richard'ın gelişini saymalıyız."

Babam düşündü. "O zaman neredeyse yarım saat. İlk on beş dakika camdan epey bir şey atmıştı."

"Dympna onu bu sefer gerçekten evden atarsa baban Richard'ın matkap setini kapmak için bir fiyat teklifi yapacakmış." Kalabalık arttı ve Dympna Grisham kavgayı bitirecek gibi görünmüyordu. Her şey bir yana, artan seyirci sayısı onu cesaretlendirmekteydi.

Dympna bir küvet dolusu dergiyi pencereden atarken, "Pis kitaplarını da al git," diye bağırıyordu.

Tüm bunlar kalabalığın neşesini artırmıştı.

"Bakalım Pazar günü öğleden sonranın yarısını bunlarla *klozette* geçirmene o ne diyecek?" Dympna tekrar içeri girdi ve sonra yine pencerede belirdi. Elindeki çamaşır sepetinin içindekileri çimenlerin üstüne boşalttı. "Ve pis iç çamaşırların. Bakalım her gün bunları yıkayınca seni her zamanki gibi *ateşli* bulacak mı?"

Richard çimlerin üzerine düşen eşyalarını boş yere kucaklamaya çalışıyordu. Pencereye bakıp bağırıyordu, ama genel gürültüden ve ıslıklardan ne dediği anlaşılmıyordu. Sanki kısa bir süreliğine yenilgiyi kabul etmiş gibi kalabalığı itip arabasının kapısını açtı ve kucak dolusu eşyayı arka koltuğa tıkıştırıp arabanın kapısını iterek kapadı. Ne tuhaftır ki CD koleksiyonu ve video oyunları büyük sükse yaparken kirli çamaşırlarına kimse yaklaşmamıştı.

Güüüüüm. Müzik seti yola büyük bir gürültüyle düştü. Richard gözlerine inanamayarak yukarı baktı. "Seni deli kaltak!"

"Sen o hastalıklı, şaşı cüceyle garajda yatıyorsun da *ben* deli kaltak oluyorum, öyle mi?"

Annem babama döndü ve, "Bir fincan çay ister misin Bernard? Hava biraz serinledi," dedi.

Babam kafasını yan kapıdan çevirmeden, "Harika olur sevgilim. Teşekkürler," diye cevapladı.

Annem içeri girince arabayı fark ettim. Bu öylesine beklenmedik bir şeydi ki ilkin onu tanıyamadım. Bayan Traynor'ın koyu mavi, alçak ve hantal Mercedes'i orada duruyordu. Bayan Traynor kaldırımdaki sahneyi izledi ve arabadan çıkmadan önce bir an tereddüt etti. Evlere bakınarak öylece durdu; belki de numaraları kontrol ediyordu. Ve sonra beni gördü.

Verandadan kayarak geçtim ve babam nereye gittiğimi sormadan yola çıktım. Bayan Traynor'ın kalabalığın yanında durduğu ve etraftaki kaosu, Marie Antoinette'in ayaklanan köylülere baktığı gibi izlediği tarafa indim.

"Aile kavgası," dedim.

Bayan Traynor gözlerini kaçırdı; onlara bakıyorken yakalandığı için neredeyse utanmış gibiydi. "Anladım."

"Onların standartlarına göre oldukça yapıcı bir kavga. Evlilik danışmanına gidiyorlar."

Şık yün takımı, incileri ve pahalı bir işlemden geçmiş saç şekliyle Bayan Traynor'ın bizim mahallede eşofman altları ve parlak ve ucuz kumaştan yapılmış zincir mağaza ürünlerinin renkleri arasında ayırt edilmesi çok kolaydı. Will'in odasında uyurken gelip beni bulduğu sabahtan daha sert ve kötü görünüyordu. Aklımın uzak bir köşesine Camilla Traynor'ı özlemeyeceğimi not ettim.

"Biraz konuşabilir miyiz acaba?" Gürültü patırtının arasında duyulabilmek için sesini yükseltmişti. Bayan Grisham o sırada Richard'ın güzel şaraplarını atıyordu. Patlayan her şişe zevkten dört köşe olmuş ciyaklamalarla ve Bay Grisham'ın içten gelen yalvarışlarıyla karşılanıyordu. Kalabalığa ve sonra da arkama dönüp eve baktım. Bayan Traynor'ı oyuncak trenlerle darmadağın olmuş ön odaya alamazdım, dedem televizyonun karşısında sessizce horluyordu. Annem dedemin çorap kokusunu gidermek için etrafa oda spreyi sıkacak, Thomas da yeni misafirimize *ibne* demek için şöyle bir uğrayacaktı.

"Şey... çok uygun bir zaman değil."

"Belki arabada konuşabiliriz. Bak, sadece beş dakikanı alacağım Louisa. Bunu bize borçlusun."

Arabaya binerken bir iki komşumuz benim olduğum tarafa baktı. Grisham'lar bu akşamın yıldızı oldukları için şanslıydım yoksa sohbetlerin konu başlığı ben olabilirdim. Çünkü bizim sokakta pahalı bir arabaya binerseniz ya bir futbolcuya takılıyorsunuz ya da sivil polis sizi tutukladı demektir.

Pahalı kapılar hafif bir *klik* sesiyle kapandı ve aniden sessizlik çöktü. Araba deri kokuyordu ve içinde ben ve Bayan Traynor dışında hiçbir şey yoktu. Şeker kâğıtları, çamur, kayıp oyuncaklar ya da üç ay önce dökülen bir kutu sütün kokusunu bastırmak için asılan parfüm kokulu araba aksesuvarları burada bulunmuyordu.

"Ben Will'le iyi anlaştığınızı sanıyordum." Sanki tam önünde biri varmış gibi konuşuyordu. Ben konuşmayınca, "Parayla ilgili bir sorun mu?" diye sordu.

"Hayır."

"Daha uzun bir öğle tatiline mi ihtiyacın var? Çok kısa olduğunun farkındayım. Nathan'a daha geç..."

"Saat ya da parayla ilgisi yok."

"O zaman..."

"Gerçekten istemiyorum..."

"Bak, aniden bir not bırakıp sorunun ne olduğunu sormamamı bekleyemezsin."

Derin bir nefes aldım. "Geçen gece kızınızla konuşmalarınıza kulak misafiri oldum. Ve bunun... bunun bir parçası olmak istemiyorum."

"Ah."

Sessizce oturduk. Bay Grisham artık hızla vurarak ön kapıdan içeri girmeye çalışıyordu ve Bayan Grisham eline ne geçerse pencereden atmakla meşguldü. Fırlatılan şeyler –tuvalet kâğıdı, tampon kutuları, tuvalet fırçası, şampuan şişeleri– onun banyoda olduğunu gösteriyordu.

Bayan Traynor sakince, "Lütfen gitmeyin," dedi. "Will sizinle çok rahat. Daha önce kimseyle olmadığı kadar... Bunu bir başkasıyla yakalamamız çok güç."

"Ama siz... siz onu insanların intihar ettiği o yere, Dignitas'a götüreceksiniz."

"Hayır, bunu yapmaması için elimden geleni yapacağım."

"Ne gibi, dua etmek gibi mi?"

Bana annemin deyimiyle 'eski moda' bir bakış attı. "Şimdiden bilmen gereken bir şey var, eğer Will kendini insanlardan uzaklaştırmak isterse kimsenin yapabileceği bir şey yok."

"Bunların hepsini düşündüm," dedim. "Ben orada aslında Will'in herkesi kandırıp altı aydan önce bu işi yapmaması için bulunuyorum. Durum bu, değil mi?"

"Hayır, bu değil."

"Bu yüzden işe alırken niteliklerime bile bakmadınız."

"Ben senin akıllı, neşeli ve farklı biri olduğunu düşündüm. Hemşire gibi görünmüyordun. Diğerleri gibi davranmıyordun... Onu neşelendirebileceğini düşündüm. Ve neşelendiriyorsun da Louisa. Dün o berbat sakalının kesildiğini görmek... Ona yaklaşabilen az sayıda insandan birisin."

Yatak takımı pencereden uçup top halinde yere indi ve çarşaflar nazikçe yere çarpmadan önce kısa bir süre için havaya yayıldılar. İki çocuktan biri gidip çarşafı kaldırdı ve küçük bahçenin etrafında başlarına sararak koşuşturmaya başladılar.

"Esasen intihar bekçiliği yaptığımı söylemek doğru olmaz mı sizce?"

Camilla Traynor'ın iç çekişi, bir embesile kibarca bir şeyler anlatmaya zorlandığı zaman çıkardığı sesti. Söylediği her şeyin karşısındaki insana kendini budala gibi hissettirdiğinin farkında olup olmadığını merak ettim. Acaba bu huyu kasıtlı olarak mı geliştirmişti? Mesela ben kimseye kendini değersiz hissettirmeyi becerebilir miyim diye düşünmemiştim.

"Seninle ilk tanıştığımızda durum böyleydi. Will bu süre içinde sözünde duracaktır. Bana altı ay için söz verdi ve ben bu süre içinde elimden geleni yapacağım. Altı ayda bir şeyleri değiştirebiliriz Louisa. Onu bu süre içinde *başka bir yol* olduğuna ikna etmemiz gerekiyor. Planladığı gibi bir hayat olmasa da bu çabaların ona keyif alabileceği bir hayatın var olduğu fikrini aşılayacağını umut ediyorum.

"Ama bütün bunlar yalan. Bana yalan söylediniz; birbirinize de yalan söylüyorsunuz."

Beni duymuyormuş gibiydi. Bakmak için dönüp çantasından bir çek defteri çıkardı. Elinde bir kalem hazır bekliyordu.

"Bak, ne istiyorsun? Maaşını ikiye katlıyorum. Ne kadar istediğini söyle."

"Sizin paranızı istemiyorum."

Araba, ek ücret, ikramiye...

"Hayır."

"O zaman... kararını değiştirmek için ne yapabilirim?"

"Üzgünüm. Ben bunu istemiyorum."

Arabadan inmeye niyetlendim, fakat o eliyle kapıyı kapadı. Elini kolumun üzerine koydu; tuhaf ve tedirgindi. İkimiz de koluna baktık.

"Bir sözleşme imzaladınız Bayan Clark," dedi. "Bizim için altı ay çalışacağınıza dair söz verdiniz. Fakat hesaplarıma göre sadece iki ay çalıştınız. Sizden sadece sözleşmedeki sorumlulukları yerine getirmenizi rica ediyorum."

Sesi incelmişti. Aşağıya, Bayan Traynor'ın eline baktım ve titrediğini gördüm.

Yutkundu. "Lütfen."

Ailem verandadan bizi izliyordu. Çay fincanları ellerinde, havada kalmıştı. Yan kapıdaki tiyatroya bir tek onlar arkalarını dönmüşlerdi. Onları fark ettiğimi görünce beceriksizce geri çekildiler. Görebildiğim kadarıyla babam üzeri lekeli ekose terliklerini giymişti.

Kapının koluna bastırdım. "Bayan Traynor, oturup o günün gelmesini bekleyemem... bu çok tuhaf. Bunun bir parçası olmak istemiyorum."

"Bir kere daha düşün. Yarın Kutsal Cuma.* Eğer gerçekten biraz zamana ihtiyacın varsa Will'e, ailenle olacağını söyleyebilirim. Bu konuda düşünmek için hafta sonundaki resmi tatili de kullanabilirsin. Ama lütfen geri dön. Dön ve ona yardım et."

Arkama bakmadan eve yürüdüm. Oturma odasında oturdum ve ailem beni izlerken televizyona baktım. Karşılıklı bakışıp beni izlemiyormuş gibi yapıyorlardı.

Hemen hemen on bir dakika sonra Bayan Traynor'ın arabasının çalıştığını ve uzaklaştığını duydum.

Kardeşim eve geldikten beş dakika sonra yanıma geldi. Merdivenlerden hızla çıkıp kapıyı kırarcasına açmıştı.

"Evet, girebilirsin," dedim. Yatağıma uzanmış, bacaklarımı duvara dayayarak tavana bakıyordum. Külotlu çorap ve bacaklarımın üst kısmında toplanarak ilgi çekiciliğini kaybetmiş mavi pullu şortumu giymiştim.

Katrina kapı aralığında durdu. "Doğru mu?"

"Dympna Grisham'ın sonunda sadakatsiz, kadın avcısı ve kötü kocasını sokağa attığı mı?"

"Lafı çevirme. İşini soruyorum."

Ayak başparmağımla duvar kâğıdındaki şeklin üzerinden geçtim. "Evet, işten ayrılacağıma dair mektup bıraktım. Ve evet, annem ve babam bu işe pek memnun olmadılar. Evet, evet, evet! Bana şu an soracağın her şeye evet."

---

* İsa'nın çarmıha gerildiği günün yıldönümü. (ç. n.)

Kapıyı arkasından kapatıp yatağımın ucuna oturdu ve kuvvetli bir şekilde küfür etti. "Sana inanmıyorum, lanet olsun!"

Bacaklarımı itince duvardan kayıp yatakta yatar hale geldim ve sonra kalktım. "Off."

Yüzü kararmıştı. "Sana inanmıyorum. Annem kahrolmuş. Babam üzülmemiş gibi yapıyor, ama o da mutsuz. Parasız ne yapacaklar? Babam işi için kaygılanıyor zaten, biliyorsun. Bu kadar iyi bir işi ne diye bırakırsın ki!"

"Bana akıl verme Treen."

"İyi ama biri vermeli. O kadar parayı hiçbir yerde kazanamayacaksın. Ve özgeçmişinde ne yazacak hiç düşündün mü?"

"Ah, sakın bunlar seninle ve senin isteklerinle ilgili değilmiş gibi davranma."

"Ne?"

"Hâlâ gidip başarı dolu kariyerinle ilgilenebildiğin sürece ne yaptığım umurunda değil. Sadece aile ekonomisini toparlamam ve çocuğun bakımını sağlayabilmem için bana ihtiyaç duyuyorsun. Geri kalanın canı cehenneme, değil mi?" Kötü ve edepsiz şeyler söylediğimin farkındaydım, ama kendime hâkim olamadım. Ayrıca bu kadar karmaşık bir durumda olmamızın sebebi kız kardeşimin vaziyetiydi. Yılların öfkesi içimden çıkmaya başlamıştı. "Küçük Katrina kendi hedeflerine ulaşabilsin diye hepimiz nefret ettiğimiz işlere yapışmak zorundayız."

"Bu durum benimle *ilgili* değil."

"Değil mi?"

"Bu senin iyi işe aylardır tutunamamış olmanla ilgili."

"İşim hakkında *hiçbir* fikrin yok tamam mı?"

"Ortalamaya göre iyi maaş veriyorlar. Bilmem gereken tek şey bu."

"Hayatta her şey para demek değil."

"Öyle mi? Bunu aşağı inip annemle babama anlat."

"Yıllardır bu ev için tek kuruş harcamadığın halde bana para hakkında ders vermeye kalkma."

"Thomas yüzünden fazla harcayamıyorum biliyorsun."

Kardeşimi kapıya doğru itmeye başladım. Canını en son ne zaman yaktığımı hatırlamıyorum, ama o an birine öyle bir yumruk atmak istiyordum ki önümde durmaya devam ederse neler yapacağımdan korkmuştum. "Defol Treena, tamam mı? Sadece çık ve beni yalnız bırak."

Kapıyı kız kardeşimin yüzüne kapadım ve sonunda onun merdivenlerden aşağı indiğini duyunca annemlere ne diyeceğini, ailemdeki herkesin bunu benim iyi bir şeyler yapabilme konusunda son derece beceriksiz olduğumun bir göstergesi olarak ele alacağını kafama takmamaya çalıştım. İş Bulma Kurumu'ndaki Syed'i ve hizmetçilik çerçevesi dahilindeki işler arasında en iyi maaşlı olanı bırakma nedenlerimi nasıl açıklayacağımı düşünmemeye gayret ediyordum. Tavuk fabrikasını da düşünmemeye çalıştım; nasıl olsa plastik önlük ve üzerinde hâlâ ismimin bulunduğu o temizlik başlığı bir yerlerde duruyordur.

Arkama yaslandım ve Will'i düşündüm. Kızgınlığını ve üzüntüsünü aklıma getiriyordum. Annesinin dediğine göre ben ona yaklaşabilen pek az insandan biriydim. Parlak kar tanelerinin pencereye vurduğu gece Molahonkey şarkısına gülmemek için kendini zorladığı anı hatırladım. Ilık tenini, yumuşak saçlarını, canlı bir bedene ait ellerini, hiç olamayacağım kadar akıllı ve komik hallerini ve hâlâ kendi hayatına son vermekten daha iyi bir seçenek görememesini düşündüm. Nihayet başım yastığa düştü ve ağlamaya başladım, çünkü hayatım bir anda gözüme daha önce hiç düşünmediğim kadar karanlık ve karmaşık görünüyordu. Keşke en büyük kaygımın Frank olduğu zamanlara ya da yeterince Chelsea çöreği sipariş edip etmediğimden olamadığım günlere geri dönebilseydim.

Kapı çalındı.

Burnumu çektim. "Defol git Katrina."

"Özür dilerim."

Kapıya baktım.

Sesi boğuk geliyordu; sanki dudakları anahtar deliğine yapışmış gibiydi. "Şarabım var. Tanrı aşkına izin ver de içeri gireyim, yoksa annem duyacak. Kazağımın içinde iki tane Tamirci Bob desenli kupa var. Yukarıda içki içtiğimizi duyarsa ne yapar biliyorsun."

Yataktan kalkıp kapıyı açtım.

Yaşlı gözlerime baktı ve arkasından yavaşça kapıyı kapatıp, "Tamam," dedi. Şişenin mantar tıpasını çıkardı ve bana bir bardak şarap koydu. "Ne oldu, hakikaten?"

Kardeşime sert bir bakış atıp, "Sana söyleyeceğim şeyleri kimseye anlatmayacaksın. Babama bile. Özellikle de anneme."

Sonra her şeyi anlattım.

Biriyle paylaşmam gerekiyordu.

Kız kardeşimin sevmediğim birçok yanı vardı. Bu konu üzerine yazdığım listeyi birkaç yıl önce size gösterebilirdim. Kalın telli, düz saçları olduğu için onu sevmiyordum, benimkiler ince telliydi ve omzumu geçtiğinde kırılıyorlardı. Ona bir şey anlatmak imkânsızdı, çünkü o her şeyi çoktan biliyor olurdu. Bütün okul hayatım boyunca sanki onun zekâsı benim sürekli gölgede kalmam anlamına gelmiyormuş gibi öğretmenlerim kısık sesle onun ne kadar zeki olduğunu söylemişlerdi. Yirmi altı yaşında, o gayrimeşru oğlunu büyük yatak odasında büyütebilsin diye yarı müstakil bir evdeki küçücük odada kaldığım için ondan nefret ediyordum. Fakat yine de ara sıra bir kız kardeşim olduğu için çok seviniyordum.

Seviniyordum, çünkü Katrina anlattıklarımı duyunca dehşete düşüp çığlık atmamış, şoka girmiş gibi bakmamış ya da bunu anneme ve babama anlatmam için ısrar etmemişti. Ayrıca çekip gitmekle yanlış yaptığımı söyleyip durmadı.

İçkisinden büyük bir yudum alıp, "Kahretsin," diye mırıldandı. "Evet, aynen öyle."

"Burası yasal bir kurum. Onu durdurabileceklerini sanmıyorum."

"Biliyorum."

"Siktir! Böyle bir şeyi tam olarak hayal bile edemiyorum."

İkimiz de aynı anda bardaklarımızı yere koyduk. Yanaklarıma çöken sıcaklığı hissedebiliyordum. "Onu terk etme fikrinden hoşlanmasam da bunun bir parçası olamam Treen. Yapamam."

"Hımm." Düşünüyordu. Kardeşimin genelde düşünceli bir ifadesi vardı ve bu başkalarının onunla konuşmadan önce duraksamalarına neden oluyordu. Babam benim düşündüğüm zaman yüzümde sanki tuvalete gitmek istediğime dair bir ifadenin belirdiğini söylerdi.

"Ne yapacağımı bilmiyorum."

Bana baktı. Yüzü birden aydınlanmıştı. "Çok kolay."

"Kolay mı?"

Birer içki daha koydu. "Ah, biz bunu çoktan bitirmişiz bile. Evet, kolay. Paraları var değil mi?"

"Paralarını istemiyorum. Bana zam önerdi. Konu bu değil."

"Kapa çeneni. Senin için değil, şapşal. Kendi paraları kendilerine. Zaten kazadan sonra sigorta büyük ihtimalle eşek yüküyle para vermiştir. Onlardan bir bütçe iste ve bunu kalan dört ay içinde Will Traynor'ın fikrini değiştirecek şekilde harca."

"Ne?"

"Fikrini değiştir. Zamanının büyük bir kısmını evin içinde harcıyor demiştin değil mi? Küçük hedeflerle başla ve sonra onu dışarı çıkmaya ikna etmeyi başarınca onun için yapabileceğin her çılgınlığı, ona yaşamayı sevdirecek her şeyi düşün. Maceralar, yurtdışı seyahatleri, yunuslarla yüzmek vesaire... Sana yardım edebilirim. Kütüphanede internetten bir şeyler bakarım. İddiaya girerim ki gerçekleştirmek isteyeceği birçok parlak fikir bulabiliriz. Onu gerçekten mutlu edecek şeyler vardır."

Ona öylece baktım.

"Katrina..."

"Ah, biliyorum," diyerek sırıttı ve gülmeye başladı. "Ben gerçek bir dâhiyim."

10

Biraz şaşırmış görünüyorlardı. Aslında 'şaşırmak' hafif kalır. Bayan Traynor afallamış, sonra da biraz da bozulmuş göründü. Ve ardından yüzü tamamen düşmüştü. Koltukta onun yanına kıvrılmış kızı ters ters bakıyordu. Bu, annemin genellikle beni uyarmak için takındığı bir yüz ifadesiydi. Aslında umduğum kadar coşkulu bir karşılık bulamamıştım.

"Peki, tam olarak ne yapmak istiyorsunuz?"

"Henüz bilmiyorum. Kardeşim böyle şeyleri araştırmakta iyidir. Şu anda felçli hastaların neler yapabileceğini öğrenmeye çalışıyor. Ama benim sizden öğrenmek istediğim şey sizin buna ayak uydurabilip uyduramayacağınız."

Onların salonunda oturuyorduk. Burası benim mülakata alındığım odaydı, ama bu sefer tek fark Bayan Traynor ve kızının uzandığı kanepeye salyalı köpeklerinin de yerleşmiş olmasıydı. Bay Traynor ateşin yanında duruyordu. Ben Fransız köylüsü tarzı, çivit mavisi bir kot ceket; mini elbise ve asker postalı giymiştim. Sonradan planımı daha iyi yansıtacak, daha profesyonel görünümlü bir üniforma seçebilirdim diye düşünüyordum.

Camilla Traynor, "Şunu açığa kavuşturalım," diyerek öne eğildi. "Will'i bu evden götürmek mi istiyorsun?"

"Evet."

"Ve ona bir dizi macera yaşatmak istiyorsun." Bunu sanki Will'in üzerinde amatör bir laparoskopi ameliyatı yapmayı öneriyormuşum gibi söylemişti.

"Evet. Dediğim gibi neyin mümkün olduğunu henüz bilmiyorum. Ama mesele sadece Will'i dışarıya çıkarmak ve ufkunu genişletmekle ilgili. İlk olarak burada yapabileceğimiz bazı aktiviteler olabilir; sonra daha uzak yerlere de gideriz."

"Yurtdışına çıkmaktan mı bahsediyorsun?"

"Yurtdışı mı?" gözlerimi kırpıştırdım. "Ben onu daha çok bir bara götürmeyi düşünüyordum. Veya bir gösteriye; tabii bunlar başlangıç için..."

"Will hastane ziyaretleri dışında iki yıldır bu evden dışarı hemen hemen hiç çıkmadı."

"Şey, evet... Ben bunun aksini yapması için uğraşıp onu ikna edeceğimi düşünüyorum."

Georgina Traynor, "Ve tabii ki sen de bütün bu maceralara onunla beraber gideceksin, değil mi?" diye sordu. "Bakın, bunlar sıra dışı şeyler değil. Başlangıçta onu sadece evden çıkarmaktan bahsediyorum. Şatonun etrafında bir gezinti ya da bir bara girmek. Eğer kendimizi Florida'da yunuslarla yüzerken bulursak bu tabii ki harika olur. Ama ben hakikaten onu evden çıkarmayı ve başka şeyler düşünmesini istiyorum." Will'i tek başına hastaneye götürmeyi düşünmek bile beni hâlâ soğuk soğuk terletmeye yetiyordu, ama bunu onlara söylemedim. Onu yurtdışına götürme düşüncesi benim için maratonda koşmak gibi bir şeydi.

Bay Traynor, "Bence harika bir fikir," dedi. "Bence Will'i dışarı çıkarmak muhteşem olur. Gece gündüz dört duvara bakmanın ona iyi gelmediğini siz de biliyorsunuz."

Bayan Traynor, "Onu dışarı çıkarmaya çalıştık Steven," dedi. "Sanki biz onu burada çürümeye terk etmişiz gibi konuşma. Bunu defalarca denedim."

"Bunu biliyorum hayatım, ama çok da başarılı olamadık, değil mi? Eğer Louisa burada Will'in denemeye hazır olduğu şeyleri planlayabiliyorsa buna ancak sevinebiliriz."

"Evet, 'denemeye hazır olduğu' noktası burada dikkat edilmesi gereken şey."

"Bu sadece bir fikir," dedim. Kendimi birdenbire tedirgin hissetmiştim. Ne düşündüklerini anlayabiliyordum. "Eğer yapmamı istemiyorsanız..."

"... işi bırakır mısın?" Doğrudan bana bakmıştı.

Gözlerimi çevirmedim; artık bakışları beni korkutmuyordu. Çünkü artık onun da benden daha iyi olmadığını biliyordum. Bayan Traynor arkasına yaslanıp oğlunu gözlerinin önünde ölüme bırakan bir kadındı.

"Evet, muhtemelen bırakırım."

"O halde bu bir şantaj."

"Georgina!"

"Lafı eveleyip gevelememek lazım baba."

Biraz daha dik oturdum. "Hayır, şantaj değil. Bu neyin parçası olmaya hazırlandığımla ilgili. Bir kenarda oturup sessizce zamanın geçmesini bekleyerek Will'in..." Sesim azalarak kayboldu.

Hepimiz elimizdeki çay fincanlarına baktık.

Bay Traynor kararlı bir şekilde, "Dediğim gibi," dedi. "Bunun çok iyi bir fikir olduğunu düşünüyorum. Eğer Will'i kabul etmeye ikna edebilirsen ben bunda kesinlikle hiçbir zarar göremiyorum. Tatile gitmesi fikrine de bayıldım. Sadece... sadece bizden ne yapmamızı istiyorsan onu söyle."

"Benim bir fikrim var." Bayan Traynor elini kızının omzuna koydu. "Belki sen de onlarla tatile gidebilirsin Georgina."

"Benim için sorun değil," dedim. Bu doğruydu. Çünkü Will'i tatile çıkarmaya ikna etmekle zihnini ele geçirmek hemen hemen aynı şeydi.

Gerogina Traynor oturduğu yerde rahatsızca hareket etti. "Bunu yapamam. Biliyorsunuz, iki hafta sonra yeni işime başlıyorum. Başladıktan sonra kısa bir süre için bile İngiltere'ye gelmem mümkün değil."

"Avustralya'ya geri mi dönüyorsun?"

"O kadar şaşırmış gibi yapma. Sadece kısa bir süre için burada olduğumu söylemiştim."

"Ben sanmıştım ki... Son... son olaylar ışığında biraz daha uzun kalmak isteyebilirsin diye düşünmüştüm." Camilla Traynor kızına, daha önce ne kadar kabalaşırsa kabalaşsın Will'e bile bakmadığı bir şekilde bakmıştı.

"Bu gerçekten çok iyi bir iş anne. Son iki yıldır burası için çabalıyorum." Babasına doğru bir baktı. "Will'in durumu yüzünden tüm hayatımı bir kenara koyamam."

Uzun bir sessizlik oldu.

"Bu hiç adil değil. Eğer tekerlekli sandalyede ben olsaydım Will'den bütün planlarını bir kenara koymasını isteyebilir miydiniz?"

Bayan Traynor kızına bakmadı. Ben gözlerimi listeme doğru indirdim ve ilk paragrafı tekrar tekrar okudum.

"Benim de bir hayatım var, biliyorsunuz değil mi?" Bu sözler ağzından protesto eder gibi çıkmıştı.

"Bunu başka bir zaman konuşalım." Bay Traynor elini kızının omuzuna koydu ve usulca sıktı.

"Evet, öyle yapalım." Bayan Traynor önündeki kâğıtları karıştırmaya başladı. "Pekâlâ, o zaman şöyle yapmamızı öneriyorum. Planlaman hakkındaki her şeyi bilmek istiyorum." Doğrudan bana bakıyordu. "Bir maliyet hesabı yapmak istiyorum. Eğer mümkünse bana bir takvim ver, böylece sizinle gelmek için boş zaman ayarlamaya çalışabilirim. Kullanmadığım izinlerim var ve..."

"Olmaz."

Hepimiz Bay Traynor'a bakmak için başımızı çevirdik. Köpeğin başını seviyordu ve ifadesi yumuşak olsa da sesi katıydı. "Ben gitmemen gerektiğini düşünüyorum Camilla. Will'in bunu kendi başına yapmasına izin vermeliyiz."

"Will bunu kendi başına yapamaz Stephen. Will nereye giderse gitsin göz önünde bulundurulması gereken çok fazla şey var. Durum karmaşık. Onu tek başına Louisa ile..."

Bay Traynor, "Hayır hayatım," diye tekrar etti. "Nathan yardım edebilir ve Louisa da gayet iyi bir şekilde üstesinden gelebilir."

"Ama..."

"Will'in kendini bir erkek gibi hissetmesi için ona müsaade etmemize ihtiyacı var. Eğer annesi ya da kardeşi her zaman yanında bulunursa bu gerçekleşemez."

O an, kısa bir süre Bayan Traynor adına üzüldüm. Hâlâ o mağrur bakışını takınıyordu, alttan alta kocasının ne yaptığını tam olarak anlayamadığı için biraz kafası karışmış gibi gözüktüğünü fark edebiliyordum. Eli yine kolyesine gitmişti.

"Güvende olmasını sağlayacağım," dedim. Ve yapmayı planladığımız her şeyi önceden bileceksiniz."

Çenesi o kadar gergindi ki elmacık kemiğinin tam altında küçük bir kasın seğirdiği görünebiliyordu. O an benden nefret edip etmediğini merak ettim.

Son olarak, "Ben de sizin gibi Will'in yaşamasını istiyorum," dedim.

Bay Traynor, "Bunu anlıyoruz," dedi. "Ve kararlılığını takdir ediyoruz. Sağduyunu da..." Bu kelimenin Will'le veya başka bir şeyle bir ilişkisinin olup olmadığını merak ettim. Ardından Bay Traynor ayağa kalktı ve ben de bunu dışarı çıkmam için yaptığını anladım. Georgina ve annesi hiçbir şey demeden hâlâ kanepede oturuyorlardı. Odadan çıktığım anda bir sürü tartışmanın yaşanacağı hissine kapıldım.

"Tamam o zaman," dedim. "Bütün bunları kafamda halledince kâğıda dökerim. Çok zamanımı almaz. Zaten pek fazla zamanımız..."

Bay Traynor omzuma hafifçe vurdu ve, "Biliyorum. Ne önereceksen bize bildir yeter," dedi.

Treena üfleyerek tırnaklarını kurutuyor, sanki yürüyormuşçasına ayakları aşağı yukarı istemsizce hareket ediyordu. Maalesef onda benden daha iyi duran koyu yeşil beremi giymişti. Öne eğildi ve cebinden çıkardığı listeyi gösterip uzattı.

Muhtemelen üç numaranın üzerini karalamak veya en azından işe biraz ısınıncaya kadar ertelemek zorunda kalacaksın."

Listeyi kontrol ettim. "Engelliler için basketbol mu? Basketbolu sevip sevmediğinden bile emin değilim."

"Asıl nokta o değil. Lanet olsun, burası çok soğuk!" Bereyi daha aşağıya, kulaklarının üzerine çekiştirdi. "Önemli olan bunun ona neler yapabileceğini görme şansı vermesi. Kendisi kadar kötü durumda olup spor yapan başka insanların olduğunu görebilecek.

"Emin değilim. Bir fincanı bile kaldıramıyor. Bence o insanlar paraplejik felçli olmalılar. Kol kullanmadan top fırlatılabileceğini kafamda canlandıramıyorum."

"Asıl noktayı kaçırıyorsun. Aslında bir şey *yapması* gerekmiyor, ama bunlar onun ufkunu genişletmekle alakalı değil mi? Biz böylece diğer engellilerin neler yaptıklarını görmesini sağlıyoruz."

"Eğer öyle diyorsan..."

Kalabalıktan hafif bir homurtu yükseldi. Koşucular biraz uzakta belirmişlerdi. Parmak uçlarımda yürüyor olsaydım onları –ıslak, gri cadde boyunca güçlükle yol alan ve aşağı yukarı sallanan beyaz noktalardan oluşan küçük kalabalık– vadinin aşağısında, muhtemelen üç kilometre öteden seçebilirdim. Saatime baktım. Burada, adına son derece uygun Rüzgârlı Tepe'nin yamacında neredeyse kırk dakikadır dikiliyorduk ve artık ayaklarımı hissedemez olmuştum.

"Yerel haberlere de baktım. Eğer arabayla çok uzaklara gitmek istemezseniz spor merkezinde, iki hafta sonra bir karşılaşma var. Maç için bahis bile oynayabilir."

"Bahis mi?"

"Böylece oynamasına gerek kalmadan birazcık da olsa oyuna katılabilir. Bak oradalar işte! Sence buraya varmaları ne kadar zaman alır?"

Bitiş çizgisinin yanında duruyorduk. Başımızın üzerinde 'İlkbahar Triatlonu Finiş Çizgisi"ni ilan eden muşamba afiş sert esintide dalgalanıyordu.

"Bilmiyorum. Yirmi dakika var mıdır? Belki de daha fazla. Eğer paylaşmak istersen acil durumlar için bir tane Mars çikolatam var." Elimi cebime götürdüm. Listenin uçmasını tek elle durdurmak imkânsızdı. "Peki, başka neler buldun?"

"Daha uzağa gitmek istediğini söylemiştin, değil mi?" Parmaklarımı gösterdi. "Kendine büyük parçayı aldın."

"O zaman bunu sen al. Sanırım ailesi benim beleşçilik yaptığımı düşünüyor."

"Ne? Onu birkaç gün dışarı çıkarmak istiyorsun diye mi? Ah Tanrım! Birilerinin çaba göstermesine minnettar olmaları gerekir. Kendileri hiçbir şey yapmıyor."

Treena Mars'ın diğer parçasını aldı. "Her neyse. Beş numara bence uygun. Katılabileceği bir bilgisayar kursu var. Kafalarına üzerinde çubuk olan bir şey takıyorlar ve klavyeye dokunmak için başlarını oynatıyorlar. İnternette kuadripleji felçlileri için bir sürü grup var. Bu şekilde bir sürü yeni arkadaş edinebilir. Bu aslında evden sürekli çıkmasına gerek kalmayacağı anlamına geliyor. Hatta söyleşi odalarında bir çiftle konuştum. Tatlı insanlara benziyorlardı. Oldukça *normallerdi*." Perişan haldeki koşucuların yakınlaşmasını izlerken sessizce yarım çikolatalarımızı yedik. Patrick'i göremedim. Onu hiçbir zaman göremiyordum. Kalabalıkta birden görünmez hale gelen bir yüzü vardı.

Treena, kâğıt parçasını gösterdi.

"Her neyse, kültürel bölüme geçelim. Burada özellikle engellilere özel bir konser var. Onun kültürlü olduğunu söylemiştin değil mi? İşte, orada öylece oturup müzikle yolculuğa çıkabilir. Bu kendinden geçmek demek, değil mi? İşyerindeki bıyıklı Derek bana bundan bahsetmişti. Engelliler biraz bağırdığı için hafif gürültülü olabileceğini söylemişti, ama eminim Will yine de keyif alacaktır."

Burnumu büktüm. "Bilmiyorum Treen..."

"Kültür dediğim için ürktün. Ama sadece onunla birlikte oturman gerekecek. Ve de cips paketiyle boğuşmaman lazım. Aslında keşke biraz arsız bir şeyden hoşlansaydın..." Bana bakarak pis pis güldü. "Bir tane de striptiz kulübü var. Bunun için onu Londra'ya götürebilirdin."

"İşverenimi striptiz izlemeye mi götüreyim?"

"Eh, onun için başka her şeyi yaptığını söyledin. Temizleme, yemek yedirme... Will sertleşirken onun yanında oturmaman için bir neden göremiyorum."

"Treena!"

"Eh, bence bunu özlüyor olmalı. Hatta ona kucak dansı bile yapabilirsin."

Kalabalığın içinde, etrafımızdaki birçok insan başlarını çevirdiler. Kız kardeşim gülüyordu. Sanki bir eğlence biçimiymiş gibi seks hakkında rahatça konuşabiliyordu... Onun için böyle şeyler önemli değildi. Ve sonra, sırada daha büyük seyahatler var. Ne hayal ettiğini bilmiyorum, ama Loire'da şarap tadabilirsiniz... Başlangıç için çok uzak bir yer değil."

"Kuadripleji hastaları sarhoş olabilir mi?"

"Bilmem, bunu ona sor."

Kaşlarımı çatarak listeye baktım. "Yani... Gidip Traynor'lara intihar eğilimli kötürüm oğullarını sarhoş edeceğimi, paralarını striptizcilere ve kucak dansçılarına harcayacağımı ve ardından da Engelliler Olimpiyatları'na sandalyesini iterek götüreceğimi söyleyeyim..."

Treena listeyi elimden kaptı. "Eh, *sen* daha çok ilham veren bir şeyler bulduysan göster."

"Ben sadece sandım ki... Bilmiyorum." Burnumu ovuşturdum. "Dürüst olmak gerekirse kendimi biraz cesareti kırılmış hissediyorum, çünkü onu bahçeye çıkmaya bile ikna etmekte zorlanıyorum."

"Eh, bu da bir şeydir, değil mi? Hey, bak. İşte geliyorlar. Gülümsesek iyi olur."

İte kaka kalabalığın ön tarafına doğru ilerledik ve tezahürata başladık. Soğukta dudaklarımızı zar zor oynatırken gereken motive edici sesleri çıkarmak oldukça zordu.

O sırada yorgun bedenler denizi içinde başı eğik, yüzü terden parıldayan, boynundaki her kas grubu gerilmiş ve sanki bir tür işkenceye dayanıyormuşçasına yüzü ıstırap dolu Patrick'i gördüm. Aynı yüz, sanki ancak dibe vurduğunda yükselebildiğini gösterir gibi, bitiş çizgisini geçer geçmez tamamen aydınlanacaktı. Fakat o beni görmedi.

Zayıf bir sesle, "Haydi Patrick," diye bağırdım.

Ve Patrick yıldırım gibi bitiş çizgisine doğru gitti.

Treena, hazırladığı "Yapılacaklar" listesine gerekli isteklili̇ği göstermediğim için iki gün benimle konuşmadı. Ailem bu durumu fark etmemişti; sadece işimi bırakmama kararı aldığımı duymaktan çok memnunlardı. Yönetim hafta sonu için babamı mobilya fabrikasında yapılacak bir dizi toplantıya çağırmıştı ve babam kendisinin de işten çıkartılacaklar arasında olacağına inanıyordu. Kırk yaşın üstündeki hiç kimse henüz ıskartaya çıkarılmaktan kurtulamamıştı.

Annem o kadar çok, "Evle ilgilendiğin için minnettarız bir tanem," demişti ki artık rahatsız olmaya başlamıştım.

Eğlenceli bir hafta olmuştu. Treena okulu için eşyalarını toplamaya başladı ve benim de her gün önceden topladığı bavulları karıştırıp yanında benim eşyalarımdan hangilerini götürmeyi planladığına bakmak için üst kata gizlice çıkmam gerekti. Elbiselerimin çoğu güvendeydi ve şimdiye kadar bir saç kurutucusunu, sahte Prada güneş gözlüklerimi ve üzerinde limonlar olan en sevdiğim makyaj çantamı kurtarmıştım. Eğer bunlardan birini götürmesi için karşı çıkarsam omuz silker ve sanki asıl konu gerçekten buymuşçasına, "Eh, sen bunları hiç kullanmıyorsun ki," derdi.

İşte Treena hep böyleydi. Kendinde her hakkı görüyordu. Thomas dünyaya geldikten sonra bile ailenin gözbebeği olma hissini –kökü derinlerde olan, bütün dünyanın kendi etrafında döndüğü düşüncesini– asla kaybetmedi. Biz ufakken bana ait bir şeyi isteyip yaygarayı kopardığında annem sırf evde biraz huzur olsun diye, 'Bırak onun olsun,' deyip bana yalvarırdı. Üzerinden neredeyse yirmi yıl geçti ve hâlâ pek bir şey değişmedi. Treena dışarı çıkabilsin diye Thomas'a bakıcılık yapmamız, endişelenmesin diye onu beslememiz, doğum günlerinde ve Noel'de daha güzel hediyeler almamız gerekiyordu, "Çünkü Thomas onun her şeyden yoksun kalması," anlamına geliyordu. Fakat benim lanet olasıca limonlu makyaj çantam olmadan da gidebilirdi. Kapıma "Benim eşyalarım bana aittir. UZAK DUR" yazan bir not yapıştırdım. Treena notu yerinden söküp anneme benim şimdiye kadar karşılaştığı en büyük çocuk olduğumu ve Thomas'ın küçük parmağıyla bile benden daha fazla olgunluk göstereceğini söyledi.

Ama aklıma bir şeyler gelmişti. Bir gece Treena akşam dersleri için dışarı çıktıktan sonra annem, babamın gömleklerini ütülemek için ayırırken mutfakta oturdum.

"Anne..."

"Efendim bir tanem."

"Sence Treena gittikten sonra onun odasına taşınabilir miyim?"

Annem yarım katlanmış bir gömlek göğsüne yaslı dururken durakladı. "Bilmem. Gerçekten bunu hiç düşünmedim."

"Yani, eğer o ve Thomas burada olmayacaklarsa benim daha büyük bir yatak odasında kalmama müsaade edilmesi uygun olur. Odanın onlar yokken öylece boş kalması bana tuhaf geliyor."

Annem başını salladı ve gömleği dikkatlice çamaşır sepetine yerleştirdi. "Sanırım haklısın."

"Ve haklara gelirsek... Ben daha büyük olduğum için o oda zaten benim olmalıydı. Sadece Thomas olduğu için her şeyi o aldı."

Annem lafımın nereye vardığını anlayabiliyordu. "Doğru. Treena'yla konuşurum.".

Sanırım bu konuyu önce kız kardeşime açsam daha iyi bir iş yapmış olurdum. Treena üç saat sonra kızgın bir ifadeyle, alevler saçarak oturma odasına girdi.

"Bakıyorum arkamdan hemen işler çevirmeye başlamışsın."

Büyükbabam koltuğundan sıçrayarak uyandı; eli refleks olarak göğsünü tutuyordu.

Gözlerimi televizyondan ayırdım. "Neden bahsediyorsun sen?"

"Peki, hafta sonları ben ve Thomas nereye gideceğiz? Küçük odaya ikimiz beraber sığamayız. İki yatak için yeterli yer yok orada."

"Aynen öyle. Ve ben beş yıl oraya tıkıldım."

İlk defa az da olsa haksız olduğumu bilmek sesimin beklediğimden daha huysuz bir şekilde çıkmasına neden olmuştu.

"Odamı alamazsın. Bu adil değil."

"İçinde olmayacaksın bile!"

"Ama o odaya ihtiyacım var! Ben ve Thomas'ın o küçük odaya sığmasına imkân yok. Baba, söylesene şuna!"

Babam çenesini göğsüne gömdü ve kollarını göğsünde kavuşturdu. Kavga etmemizden nefret ederdi ve meselenin çözümünü her zaman anneme bırakırdı. "Sesinizi biraz alçaltın kızlar."

Büyükbabam, sanki biz onun için tamamen anlaşılmaz insanlarmışız gibi başını salladı. Bugünlerde başını pek çok şeye sallıyordu.

"Sana inanmıyorum. Gitmeme bu kadar yardımcı olmana şaşmamalı."

"Ne? İşi bırakmamam için yalvarman, böylece sana ekonomik olarak yardım edebilmem de kötü niyetli planımın bir parçası, öyle mi?"

"*Ne kadar* ikiyüzlüsün."

"Katrina sakin ol." Annem kapıda belirdi; lastik eldivenlerinden akan köpüklü sular oturma odasının halısına damlıyordu. "Bunu sakince konuşabiliriz. Büyükbabanızın tansiyonunu çıkarmanızı istemiyorum."

Tıpkı küçükken istediğini elde edemediği zamanlarda olduğu gibi Katrina'nın yüzü kızarmış, leke leke olmuştu. "Benim gerçekten gitmemi istiyor; durum bundan ibaret. Gitmemi bekleyemiyor bile, çünkü benim hayatımda gerçekten bir şeyler yapıyor olmamı kıskanıyor. O yüzden benim eve tekrar gelmemi zorlaştırmak istiyor."

"Hafta sonları eve geleceğinin garantisi bile yok," diye bağırıp laf soktum. "Bir yatak odasına ihtiyacım var, yüklüğe değil. Sırf gidip hamile kalacak kadar salak olduğun için bunca zamandır en iyi odaya sahip oldun."

Annem, "Louisa!" dedi.

"Evet, tabii. Düzgün bir iş bulamayacak kadar kalın kafalı olmasaydın kendi evin olurdu. Yaşın da geldi artık. Yoksa ne oldu? Patrick'in sana hiçbir zaman evlenme teklif etmeyeceğini nihayet anladın mı?

"Yeter!" Babamın gürlemesi sessizliği sağladı. "Sizi dinleyemem! Treena mutfağa git. Lou, sen de otur ve sesini kes. Birbirinize mart kedileri gibi bağırmalarınızı dinleyemeyeceğim. Hayatımda yeterince gerginlik var."

Treena, annem onu kapının dışına iteklerken, "Eğer hâlâ o aptal listene yardım edeceğimi düşünüyorsan avucunu yalarsın," diyerek bana tısladı.

"Güzel. Ben de zaten senin yardımını istemiyordum *asalak*." dedim ve ardından babam kafama *Radio* Times dergisinin bir sayısını fırlattığında başımı çabucak eğdim.

*

Cumartesi sabahı kütüphaneye gittim. Muhtemelen okul bittiğinden beri buraya uğramamıştım – 7. sınıfta kaybettiğim Judy Blume kitabını hatırlarlar ve terli, resmi bir el ben Victoria dönemine ait sütunlu kapıdan geçtiğim anda uzanır ve 3.853 sterlin tutarında ceza talep ederler diye korkuyordum.

Kütüphane hatırladığım gibi değildi. Kitapların yarısının yerini CD'ler ve DVD'ler almıştı ve büyük kitap rafları sesli kitaplarla ve hatta sehpalar da tebrik kartlarıyla doluydu. Ayrıca sessiz de değildi. Bir anne ve çocuk grubunun tam havasında olduğu çocuk kitapları köşesinden şarkı ve el çırpma sesleri geliyordu. İnsanlar dergi okuyor, sessizce sohbet ediyorlardı. Eskiden yaşlı insanların kafalarını ücretsiz gazetelerin üzerine koyup uyuyakaldıkları bölüm kaybolmuş, onun yerini ortasında bilgisayarların dizildiği geniş, oval bir masa almıştı. Kimsenin bakmadığını umarak bir tanesinin başına temkinli bir şekilde oturdum. Bilgisayarlar tıpkı kitaplar gibi kız kardeşimin alanıydı. Fakat şansıma, oradakiler benim gibi insanların hissettiği katışıksız korkuyu önceden görmüşe benziyorlardı. Bir kütüphane memuresi masama uğrayıp bana bir kart ve üzerinde kullanma talimatları bulunan, üzeri kaplanmış bir kâğıt uzattı. Başımda dikilmedi ve sadece daha fazla yardıma ihtiyacım olursa masasında olacağını mırıldandı. Böylece geriye sadece ben, çürük ve taşınabilir sandalye ve boş ekran kalmıştı.

Yıllardır herhangi bir şekilde ilişki kurduğum tek bilgisayar Patrick'inkiydi. O da bilgisayarı sadece zinde kalma programları indirmek için veya Amazon'dan sporla ilgili kitapları sipariş etmek için kullanıyordu. Eğer bilgisayarda yaptığı başka şeyler varsa da bu konuda bir şey bilmek istemiyorum. Kütüphane memuresinin verdiği talimatları her aşamayı iki kere kontrol ederek takip ettim ve şaşırtıcı biçimde işe yaradı. Sadece işe yaramakla kalmamıştı; ayrıca *kolaydı.*

Dört saat sonra listemin başlangıç kısmını hazırlamıştım.

Ayrıca kimse bana *Judy Blume*'dan bahsetmiyordu ve muhtemelen bu durum kız kardeşimin kütüphane kartını kullanmamdan kaynaklanıyordu.

Eve dönerken aceleyle kırtasiyeye girdim ve bir takvim satın aldım. Bu her ay için bir sayfa vardı. Arka sayfayı çevirip Justin Timberlake'in yeni bir fotoğrafını veya dağ midillilerini gösteren takvimlerden değildi. Bu, herhangi bir ofiste bulabileceğiniz, üzerine tükenmez kalemle çalışanların izin günlerinin işaretlendiği bir duvar takvimiydi. Takvimi, hayatta en sevdiği şey idari işlere gömülmek olan biri gibi, büyük bir kararlılıkla almıştım.

Evdeki küçük odamda takvimi açıp kapımın arkasına dikkatlice iğneledim ve Traynor'larda işe başladığım günü, yani Şubat'ın başını işaretledim. Ardından ileri doğru sayarak 12

Ağustos gününü işaretledim ki bu da günümüzden neredeyse dört ay sonrasını gösteriyordu. Neyin habercisi olduğunu göstermesi için bu günü siyah bir halkayla işaretledim ve bir adım geri giderek takvime bir süre gözümü dikerek baktım. Bakarken neyin sorumluluğunu üstlendiğimi anlamaya başlamıştım.

O küçük beyaz dikdörtgenleri mutluluk, memnuniyet, doyum ya da sevinç üretebilecek, hayata dair şeylerle doldurmak zorundaydım. Hepsi, güçsüz kolları ve bacaklarıyla bunları bir daha kendi başına gerçekleştiremeyecek bir erkek için toparlayabileceğim bütün iyi deneyimlerle dolu olmalıydı. Dört aydan daha kısa olan bu süre zarfında gezilere, ziyaretlere, öğle yemeklerine ve konserlere gitmeliydik. Bunları gerçekleştirmek için kolay yollar bulmalı ve bu yolların başarısız olmamasını sağlamak için yeterince araştırma yapmalıydım.

Ve tabii ki Will'i bunları yapmaya ikna etmeliydim.

Takvimime gözümü diktim, kalem hâlâ elimde duruyordu. Bu küçük kâğıt parçası birdenbire bir sorumluluk yığınına dönmüştü.

Will'i yaşamaya bir sebebi olduğuna ikna etmek için tam yüz on yedi günüm vardı.

11

Bazı yerlerde mevsim değişimlerini göç eden kuşlar veya med-cezir sayesinde anlarsınız. Bizim küçük kasabamızda ise bu durum turistlerin dönüşüyle anlaşılırdı. İlk olarak turistler yavaş yavaş kasabaya gelmeye başlar, parlak renkli yağmurlukları, ellerinde rehberleri ve Kültürel Mirası Koruma üyeliği kartlarıyla tren ya da arabalardan inerlerdi. Sonra mevsim ilerleyip hava ısınınca rehberlerinin ıslıkları ve yönlendirmeleri eşliğinde dışarı dökülüp ana caddeyi tıkarlar, Amerikalılar, Japonlar ve bir yığın yabancı öğrenci şatonun etrafına yayılırdı.

Kışın pek az dükkân açık olurdu. Daha varlıklı mağaza sahipleri tatillerini geçirdikleri evlerine giderek bu uzun, kasvetli ayların keyfini çıkarırken dükkânlarını açık tutmaya kararlı olanlar Noel etkinliklerine ev sahipliği yapar, açık alanlarda ara sıra ilahi konserleri ya da el sanatları fuarı düzenleyip kazanç sağlarlardı. Ama havalar ısınınca şatonun otoparkları arabalarla dolup taşar, öğlenleri yerel lokantalarda çiftçi yemeği yemek için talep artardı. Birkaç güneşli pazar gününden sonra biz de miskin bir panayır kasabasından geleneksel ve turistik bir İngiliz semtine dönüşürdük. Bu mevsimde erkenden kalkıp sentetik kumaştan bel çantaları ve iyice yıpranmış rehberleriyle şatoda bahar anıları yakalamak için fotoğraf makinelerini ayarlayan turistlerin yanından geçip gittim. Birkaçına gülümsedim ve bana verdikleri makinelerle fotoğraflarını çekmek için durdum. Bazı kasaba sakinleri turizm mevsiminden ve bu mevsimle birlikte gelen trafikten, tıka basa dolu umumi tuvaletlerden ve Buttered Bun'daki tuhaf yemek taleplerinden (Suşi yapmıyor musunuz? El sarması bile yok mu?) şikâyet ederdi fakat benim için bir sorun yoktu. Kasabaya gelen bu yabancı havayı solumayı, benden çok uzaktaki hayatları anlık da olsa yakından görmeyi seviyordum. Yabancı aksanları duymayı ve konuşanların nereden geldiklerini tahmin etmeyi, daha önce Next markasının kataloğunu hiç görmemiş ya da beşli paketteki Marks and Spencer külotlardan almamış insanların kıyafetlerini incelemeyi seviyordum.

Çantamı hole bırakırken Will, "Neşeli görünüyorsun," dedi. Bunu sanki beni kırmak istediği için söylemişti.

"Çünkü o gün bugün."

"Hangi gün?"

"Gezi günü. Nathan'ı at yarışı izlemeye götüreceğiz."

Will ve Nathan birbirlerine baktılar. Neredeyse gülüyordum. Havanın açık olması beni öylesine rahatlatmıştı ki güneşi görünce her şeyin yolunda gideceğinden emin oldum.

"At yarışı mı?"

"Evet, Nathan hiç gitmemiş."

Ben de bu vesileyle mavi kapitone mini elbisemi giymiş, boynuma kenarlarına minik atlar dikili fularımı takmış ve ayağıma deri binici çizmelerimi geçirmiştim.

Will dikkatlice beni inceledi ve sonra sandalyesini döndürüp Nathan'a bakmak için başını çevirdi. "Uzun zamandır bunu yapmak istiyordun, öyle mi Nathan?"

Nathan'a uyaran bir bakış attım.

Nathan, "Evet," deyip gülümsedi. "Evet, öyle. Haydi atları görmeye gidelim."

Tabii daha önce onu ne söyleyeceği konusunda bilgilendirmiş, cuma günü arayıp ne zaman müsait olduğunu sormuştum. Traynor'lar da Nathan'ın fazladan çalışacağı saatler için ödeme yapmayı kabul etmişti (Will'in kız kardeşi Avustralya'ya dönmüştü ve Will'in ailesi mantıklı birinin bana eşlik edeceğinden emin olmak istiyordu), ama pazar gününe kadar at yarışına ne zaman gideceğimizden emin değildim. Dışarıda geçirilecek güzel bir gün ve yarım saat kadar sürecek bir araba gezintisi mükemmel bir başlangıç olacaktı.

"Peki, ya gitmek istemediğimi söylersem?"

"O zaman bana kırk sterlin borçlanırsın."

"Kırk sterlin mu? Neden kırk sterlin veriyorum?"

"Kazanacağım paralar için. Sekiz yarıştan her biri için beş sterlin vereceksin." Omuzlarımı silktim. "Man Oh Man adındaki at kesin birinci gelecek."

Kafasını karıştırmış gibiydim.

Nathan ellerini dizlerine vurarak, "Kulağa harika geliyor. Ayrıca havalar da bu iş için çok uygun," dedi. "Öğlen için atıştıracak bir şeyler hazırlayayım mı?"

"Hayır, çok güzel bir restorana gideceğiz. Benim atım birinci olacağına göre öğle yemeği de benden."

Will, "Sen uzun zamandır yarışıyorsun galiba?" dedi.

Sonra Will'in daha fazla konuşmasına izin vermeden aceleyle ceketini giydirdik ve ben dışarı koşup arabayı geri vitese aldım.Gördüğünüz gibi her şeyi planlamıştım. Güzel, güneşli bir günde hipodroma gidiyorduk. Parlak tüylü, değnek gibi incecik bacaklı safkan atlar ve başarılarıyla gururlanıp göğüsleri kabarık bir şekilde yürüyen jokeyleri görecektik. Ayrıca bir, iki bando takımı da olacaktı. Tribünler neşeli insanlarla dolup taşacak, biz de kazanan bahis kuponlarımızı sallayacak bir yer bulacaktık. Will'in rekabetçi ruhu uyanacak ve büyük ihtimalle bahis farklarını hesaplayıp hepimizden daha fazla kazanmak için hırslanacaktı. Bunların hepsini düşünmüştüm. Ve ardından atları izlemeye doyduğumuzda meşhur hipodrom restoranına gidip birinci sınıf bir yemek yiyecektik.

Babamı keşke daha önce dinleseydim. Her zaman, "Kötü deneyimlere rağmen hâlâ bir umut olduğunu görmek istiyorsan dışarı ailecek geçirilecek eğlenceli bir gün ayarla," derdi.

Her şey otoparkta başladı. Oraya kadar olaysız gitmiştik. Ben yirmi beş kilometrenin üzerine çıkınca Will'i devirmeyeceğime dair güvenim yerine gelmişti. Gidiş yolunu daha önce kütüphanede incelemiş, oraya varana kadar neşeli ve şakacı bir havaya bürünmüştüm. Güzelim mavi gökyüzüne, kırlara ve trafik sıkıntısının olmadığı boş yollara övgüler düzüyordum. Yarış alanına girişte kuyruk yoktu. Hipodrom hiç kuşkusuz benim beklediğimden biraz daha küçüktü ve otopark direkt göze çarpıyordu.

Ama hiç kimse beni otoparkın zemininin çim olabileceği konusunda uyarmamıştı ve yağışlı bir kış boyunca çimin üzerinden binlerce araç geçmişti. Bir yer bulup park ettik; otopark yarı yarıya boş olduğundan hiç zorluk çekmemiştim, ama arabanın tekerlekli sandalye için açılan rampası iner inmez Nathan'ın yüzü asıldı.

"Toprak çok yumuşak, sandalye çamura saplanır."

Tribünlere baktım. "Onu yaya yoluna çıkarabilirsek bu sorunu halletmiş oluruz."

"Sandalye çok ağır ve gösterdiğin yer de on, on iki metre uzaklıkta."

"Haydi ama! Bence bu sandalyeleri biraz yumuşak toprağa dayanabilir şekilde üretmişlerdir."

Dikkatli bir şekilde Will'in sandalyesini arkadan destekleyerek aşağı indirdim ve sonra tekerleklerin çamura birkaç santim gömülmesini izledim.

Will hiçbir şey söylemedi. Rahatsız görünüyordu ve yarım saatten az süren araba yolculuğu boyunca da hiç konuşmamıştı. Yanında durup kontrollerini yaparak oyalandık. Hafif bir rüzgâr çıkınca Will'in yanakları pembeleşti.

"Tamam, sandalyeyi biz itebiliriz. Yaya yoluna çıkmak kolay olacak," dedim.

Will'i arkaya eğdik ve sandalyenin bir kolundan ben, bir kolundan da Nathan tuttu. Böylece Will'i yola doğru sürükledik. Yavaş ilerliyorduk, çünkü kollarım ağrıdığı ve eski model çizmelerim çamurlandığı için arada duruyordum. Sonunda yola varınca Will'in battaniyesinin yarısının yere değdiğini gördüm; nasıl olduysa tekerleklere takılmış, bir köşesi yırtılıp çamurlanmıştı.

Will soğuk bir tonla, "Üzülme," dedi. "Altı üstü kaşmir."

Onu duymazlıktan geldim. "*Tamam*. Hallettik. Haydi, şimdi biraz eğlenelim."

Ah evet, biraz eğlence! Peki, hipodroma turnike koymak kimin aklına gelmiş olabilir ki? Gerçekten kalabalığı kontrol etmeye ihtiyaçları var mıydı? Tezahüratlar yapan at yarışı hayranları, Charlie's Darling ilk üçe girmezse buranın altını üstüne getireceğini haykıran izleyiciler, ağıla kapatılıp hipodroma girmesine izin verilmemesi gereken gürültücü ahır çalışanları yoktu ki zaten! Önce turnikeye sonra da Will'in sandalyesine bakıp en son Nathan'la birbirimize bakakaldık.

Nathan bilet gişesine yaklaşıp içerideki kadına durumumuzu izah etti. Kadın Will'e bakmak için başını yana eğip bize tribünün en sonunu gösterdi.

"Engelliler için giriş oradan."

Engelli sözcüğünü diksiyon yarışmasına katılan biri gibi söylemişti. Fakat giriş en az 200 metre ötedeydi. Oraya vardığımızda hava birdenbire kapandı ve ani bir sağanak başladı. Tabii ki şemsiye getirmemiştim. Sürekli bu olanların ne kadar komik ve saçma olduğunu yineliyordum. Sesim kendime bile titrek ve sinir bozucu gelmişti.

Will sonunda, "Clark," dedi. "Moralini bozma, tamam mı? Yorucu oluyorsun."

Tribüne girmek için bilet alıp nihayet oraya vardığımızda Will'i korunaklı bölüme, ana tribünün kenarına götürdüm. Nathan, Will'in ilaçlarını hazırlarken yarışların başlamasını bekleyen adamlara baktım.

Arada düşen bir iki yağmur damlasına rağmen tribünün alt tarafında durmak aslında oldukça keyifliydi. Üst tarafta, camlı balkonlarda takım elbiseli erkekler balo kıyafetleri giymiş kadınlara şampanya sunuyorlardı. Hepsi hoş ve rahat görünüyordu; sanırım bilet gişesinde astronomik fiyata kiralanan Özel Loca'da bulunuyorlardı. Ayrıca yakalarında özel olduklarını belli eden kırmızı, küçük kartlar vardı. Bir an bizim mavileri başka bir renge boyamamız mümkün mü diye düşünmüştüm, ama sonra tekerlekli sandalyenin bile bizi yeterince belirgin kıldığına karar verdim.

Etrafımızda plastik bardaklarda kahve içen veya cep matarası taşıyan, tüvit takım elbiseli adamlar ve vatkalı şık montlar giymiş kadınlar vardı. Onlar daha orta halliydi ve mavi yaka kartı takıyorlardı. Çoğunun eğitmen, seyis ya da bir şekilde atlarla ilgilenen insanlar olduklarını düşündüm.

Aşağıda, beyaz tahtanın olduğu ön tarafta bayrak hakemleri duruyor, kollarıyla anlayamadığım işaretler yapıyorlardı. Yeni şekiller ve kombinasyonlar çizip gömleklerinin kollarıyla tekrar tekrar siliyorlardı.

Toplumsal sınıflara değinen parodilerde olduğu gibi, geçit alanının etrafında çizgili gömlekli, ellerinde biraları olan ve gezintiye çıkmış gibi görünen bir grup insan vardı. Sıfıra vurulmuş kafaları orduda oldukları izlenimini veriyordu. Durup durup şarkı söylemeye başlıyor ya da birbirlerine gürültülü şakalar yapıyor, itişip kakışıyor, sarhoş kafayla birbirlerine vuruyor ve kollarını birbirlerinin boynuna doluyorlardı. Tuvalete giderken kısa eteğime de laf atılar; bütün tribünde etek giyen tek kişi bendim. Ben de onlara el hareketi çektim. Yedi sekiz at birbiri etrafında dolanarak bir sonraki yarışa hazırlanmak üzere yavaş yavaş, fakat ustalıklı bir şekilde tribünlere doğru ilerliyordu.

Etrafımızdaki kalabalık gürlemeye başlayıp atlar *start* kulübesinden fırlayınca ben de yerimde zıpladım. Durup atların koşuşunu izlerken birden çakılı kalmıştım; arkalarında dalgalanan kuyrukları ve sırtlarındaki renkli kıyafetler giymiş jokeyleriyle öne geçmek için itişerek gösterdikleri çılgın gayretleri bende engellenemez bir heyecan uyandırmıştı. Kazanan bitiş çizgisini geçtiğinde mutlu olmamak mümkün değildi.

Sisterwood Kupası'nı ve sonra da Maiden Stakes yarışını izledik. Nathan oynadığı küçük plase bahisle altı sterlin kazanmıştı, fakat Will oynamak istemiyordu. Her yarışı sessizce izlemiş, başı yüksek yakalı ceketine gömülmüştü. O kadar uzun zamandır dışarı çıkmamıştı ki biraz garip hissetmesinin doğal olduğunu düşünüp ona teslim olmamaya karar verdim.

Nathan ekrana bakarak, "Bence bu Hempworth Kupası senin yarışın," dedi. "Kime oynamıştım dedin? Man Oh Man mi? Atları koşarken izleyip bahis oynamanın bu kadar keyifli olduğunu bilmiyordum."

Nathan'a, "Biliyor musun, sana söylemedim ama ben de daha önce yarış izlemeye hiç gelmemiştim," dedim.

"Dalga geçiyorsun."

"Hiç ata da binmedim. Annemin atlardan ödü kopar. Beni ahıra bile götürmezdi."

"Kız kardeşimin Christ Kilisesi'nin kapısında duran iki atı var. Onlara bebekler gibi bakıyor ve tüm parası onlara gidiyor." Nathan omuz silkti. "Yani büyüdüklerinde onları *yiyecek* olsa neyse diyeceğim."

Bunun üzerine Will'in sesi geldi. "Uzun zamandır heves ettiğin amaca ulaşman için daha kaç yarış izlemeliyiz?"

"Huysuzluk yapma. Hayatta her şeyi en az bir kere denemelisin derler."

"O halde at yarışları da ensest ve Morris Dansı* kategorisine giriyor."

"Bana ufkumu geliştirmemi söyleyen sensin. Bence inat etme, yarışlar senin de hoşuna gitti," dedim.

Atlar koşmaya başladı. Man Oh Man üzerinde sarı elmaslar bulanan mor renkli ipek kumaş içindeydi. Bariyerleri dönerken atı izledim, kafası öne doğru uzanıyor, jokeyin bacakları inip kalkıyor, kolları atın boynunda ileri geri oynuyordu.

"Haydi dostum!" Nathan ağır duruşuna rağmen ruhunu oyuna kaptırmıştı. Yumruğunu sıkmıştı ve gözleri pistin uzağında hızlanan bulanık bir grup hayvana kilitlenmişti.

Ben de "Haydi Man Oh Man!" diye bağırdım. "Sayende akşama biftek yiyeceğiz!" Atın boş yere öne geçmeye çalıştığını gördüm; burun delikleri açılmış, kulakları kafasına yapışmıştı. Yüreğim ağzıma gelmek üzereydi. Atlar son düzlüğe geldikle-

---

* Sopa, kılıç ya da mendil gibi nesneler kullanılan İngiliz köylü dansı. (ç. n.)

rinde sesim iyice kesildi. "Tamam, bence kahve de olur. Kahve ısmarlayabilirim," dedim.

Tribünler bağırış çağırış içindeydi. İki koltuk önümüzdeki kız yerinde zıplayıp duruyordu ve çığlık atmaktan sesi kısılmıştı. Sonra gözlerim aşağı kaydı; Will'in gözleri kapanmıştı ve ince bir çizgi kaşlarını ayırıyordu. Yarışla ilgilenmeyi bırakıp diz çöktüm.

Ona yaklaşarak, "Will, iyi misin?" diye sordum. "Bir şeye ihtiyacın var mı?" Gürültünün içinde kendimi duyurmam için bağırmam gerekiyordu.

"Viski. Büyük bir viski," dedi.

Ona baktım; gözlerini yukarı kaldırmış bana bakıyordu. Gerçekten çok sıkılmışa benziyordu.

Nathan'a, "Haydi gidip yemek yiyelim," dedim.

O dört ayaklı sahtekâr Man Oh Man bitiş çizgisini altıncı olarak geçti. Ardından başka bir sevinç çığlığı duyuldu ve hoparlörden spikerin sesi geldi: *Bayanlar, baylar... Love Be A Lady açık arayla birinci, ardından Winter Sun ikinci ve Barney Rubble iki boy arayla üçüncü olmuştur.*

Ricalarıma tepki vermeyenlerin ayaklarını ezerek Will'in sandalyesini insanların arasında ittim.

Will'in sesini duyduğumda asansörün kapısındaydık. "Öyleyse bu bana kırk sterlin borcun olduğu anlamına mı geliyor Clark?"

Restoranın içi yenilenmişti ve yemekleri televizyona da çıkan bir şef yapıyordu. Yarış alanının her yerinde posterleri asılıydı. Menüye önceden bakmıştım.

"Buranın özel yemeği portakal soslu ördek," dedim. "Anlaşılan yetmişlere dönüş yapıyoruz."

Will, "Senin kıyafetin gibi," deyip cevabı yapıştırdı.

Soğuktan ve kalabalıktan kaçıp içeri girince Will biraz daha neşelenmişti. Issız dünyasına kapanmak yerine etrafına bakınmaya koyuldu. Benim de karnım guruldamaya başlamıştı; saatlerdir sıcak ve güzel bir öğle yemeğinin hayalini kuruyordum. Will'in annesi bize harcamamız için seksen sterlin vermişti. Ben kendi yemeğimi kendim öderim diye düşünmüştüm ve Bayan Traynor'a da fiş götürecektim. Bu sebeple menüde istediğim yemeği –fırında ördek ya da başka bir şey– sipariş edebilirdim.

"Dışarıda yemek yemeyi sever misin Nathan?" diye sordum.

Nathan, "Ben daha çok bira ve paket servis adamıyım," dedi. "Ama bugün buraya geldiğimiz için mutluyum."

"Will peki sen en son ne zaman dışarıda yemek yedin?" diye sordum.

Nathan ve Will birbirlerine baktılar. Nathan, "Ben ona baktığımdan beri bir yere çıkmadık," dedi.

"Ne tuhaftır ki ben yabancıların önünde kaşıkla beslenmekten çok hoşlanmıyorum."

"O zaman odayı arkana alacağın bir masaya oturabiliriz," dedim. Bunu akıl etmiştim. "Ama ünlü birileri gelirse kaçırmış olacaksın."

"Tabii, mart ayında çamurlu ve ikinci sınıf bir at yarışı alanı ünlülerle kaynar değil mi?"

Asansörün kapısı açılırken, "Günümüzü mahvetmene izin vermeyeceğim Will Traynor," dedim. "En son dışarıda yemek yediğimde dört yaşındaki çocuklar için verilen bir doğum günü partisinde, Hailsbury bovling salonundaydım ve etrafta hamurla kaplanmamış hiçbir şey kalmamıştı; çocuklar bile hamurla kaplıydı."

Halı serili koridorda ilerledik. Restoran cam bir duvarın ardında dikdörtgen şeklinde uzanıyordu. Birçok masanın boş olduğunu gördüm. Karnım zil çalıyordu.

Resepsiyon masasına yaklaşarak "Merhaba," dedim. "Üç kişilik bir masa istiyoruz." Kadını gözlerimle, *Rica ederim Will'e bakmayın,* diye uyardım. *Kendini zavallı biri gibi hissetmesin. Bugün eğlenmesi çok önemli.*

"Kartınız lütfen."

"Efendim?"

"Özel Loca kartı."

Kadına boş boş baktım.

"Bu restoran sadece Özel Loca üyeleri içindir."

Arkama dönüp Nathan ve Will'e baktım. Beni duyamıyorlardı; Nathan Will'in ceketini çıkarmasına yardım ediyordu.

"Hımm... İstediğimiz yerde yemek yiyemeyeceğimizi bilmiyordum. Bizim mavi kartımız var."

Kadın gülümsedi. "Üzgünüm, burada sadece özel kartı olanlar yemek yiyebilir. Tüm tanıtım broşürlerimizde bu belirtilmiştir."

Derin bir nefes aldım. "Tamam. Burada başka restoran var mı?"

"Korkarım hafif akşam yemeği restoranımız olan Weighing Room şu sıralar yenileniyor, ama ahırların bulunduğu yerde stantlar var, sanırım oralarda yiyecek bir şeyler bulabilirsiniz." Kadın yüzümün asıldığını görünce, The Pig In a Poke da çok iyidir. Oradan kuzu çevirmeli sandviç alabilirsiniz. Elmalı sos da yapıyorlar."

"Orası da stant mı?"

"Evet."

Ona doğru eğildim. "Lütfen, çok uzaktan geldik ve soğuk arkadaşıma hiç iyi gelmedi. Burada bir masaya oturmamızın hiç yolu yok mu? Onu sıcak bir yere oturtmamız şart. İyi vakit geçirmiş olması da çok önemli."

Burun kıvırdı. "Gerçekten çok üzgünüm. Kuralları uygulamazsam başım belaya girer. Ama aşağıda kapıları kapayıp oturabileceğiniz engellilere özel bir yer var. Yarış pistini oradan göremezsiniz, ama oldukça rahattır. Isıtıcısı da var. Orada yemek yiyebilirsiniz."

Ona baktım. Bacaklarımdan yukarı doğru bir gerginlik hissinin yükseldiğini hissediyordum. Sanırım tamamen katılaşmış olmalıyım.

Yaka kartından ismini okuyup, "Sharon, henüz masalarınız dolmaya başlamamış. Bu masaların boş kalmasındansa daha çok insanı misafir etmeniz daha iyi olmaz mı? Bu ayrımcılığı yapmak zorunda mısınız?"

Kadının gülüşü zayıf ışığın altında parladı. "Hanımefendi, size durumu açıkladım. Kuralları sizin için bozarsak herkes için bozmak zorunda kalırız."

"Ama bu çok saçma," dedim. "Yağmurlu bir pazartesi günü ve öğle yemeği saati. Boş masalar da var. Ve biz de yemek yemek istiyoruz. Peçeteler ve diğer her şeyle düzgün, pahalı bir yemek yiyeceğiz. Ne kadar rahat olursa olsun manzarası olmayan bir vestiyerde domuz etli sandviç yemek istemiyoruz."

Diğer müşteriler dönüp bize bakmaya başlamışlardı. Kapıdaki tartışmayı merak ediyorlardı. Will'in artık utanarak baktığını görebiliyordum. Nathan ve o bir şeylerin yolunda gitmediğini fark etmişlerdi.

"O zaman korkarım Özel Loca kartı almak zorundasınız."

"Tamam," diyerek çantama uzandım ve cüzdanımı bulmak için çantanın içini arayıp taramaya başladım. "Özel Loca kartı ne kadar?" Peçeteler, eski otobüs biletleri ve Thomas'ın Hot Wheels oyuncak arabalarından biri çantamdan düşmüştü. Fakat artık umurumda bile değildi. Will'e bu restoranda gösterişli bir öğle yemeği yedirecektim. "Buyurun. Ne kadar? Başka bir onluk daha mı gerekiyor? Yirmilik?" Kadına doğru bir avuç dolusu kâğıt para fırlattım.

Kadın aşağıya, elime baktı. "Üzgünüm hanımefendi, burası restoran. Bilet gişesine geri gitmeniz gerekiyor."

"Yarış alanının öbür tarafındaki gişeyi mi kastediyorsunuz?"

"Evet."

Birbirimize baktık.

Will araya girdi. "Louisa, haydi gidelim."

Birden gözlerimin yaşla dolduğunu hissettim. "Hayır," dedim. "Bu çok saçma. Bu kadar yol geldik. Sen burada bekle, ben Özel Loca kartlarımızı alıp geliyorum. Sonra da yemeğimizi yeriz."

"Louisa, ben aç değilim."

"Bir yemek yiyebilsek her şey daha iyi olacak. Atları ve diğer her şeyi izleyebileceğiz. Güzel olacak."

Nathan bana doğru yaklaşıp bir elini omzuma koydu. "Louisa, sanırım Will'in tek isteği eve gitmek."

Artık bütün restoranın ilgi odağıydık. Yemek yiyenlerin bakışları bizi taradı ve gözleri gezinerek benden Will'e geçti. Ona bir parça acıma ve tiksintiyle bakıyorlardı. Onun adına bunu hissetmiştim. Tam anlamıyla başarısız olmuştum. En azından Will konuşmaya başladığı için bir parça utanma zarafetini gösteren kadına baktım.

"Çok teşekkürler, kahrolası yardımlarınız için çok teşekkürler."

"Clark!" Will'in sesi uyarı tonundaydı.

"Anlayışlı davrandığınız için çok memnunuz. Tanıdığım herkese burayı tavsiye edeceğim."

"Louisa!"

Çantamı kapıp kolumun altına tıkıştırdım.

Nathan'ın benim için açtığı kapıdan hızla geçerken kadın, "Küçük arabayı unuttunuz," diye arkamdan bağırdı.

"Neden? Arabanın da mı o lanet kartlara ihtiyacı var?" deyip Nathan'la Will'i asansöre kadar takip ettim.

Tek bir laf etmeden aşağı indik. Kısa asansör yolculuğunun çoğunu ellerimin sinirden titremesine engel olmaya çalışarak geçirdim.

Alttaki salona ulaşınca Nathan mırıldanarak, "Belki de şu stantların birinden yiyecek bir şeyler almalıyız. En son birkaç saat önce yemek yedik." Aşağı bakarak Will'i işaret etti; böylece kimi kastettiğini anlamıştım.

Canlanarak, "Olur," dedim ve küçük bir nefes aldım. "Ben güzel bir atıştırmaya hayır demem. O zaman eski usul domuz çevirme yemeye gidelim."

Üç adet domuz etli ve elma soslu sandviç söyledik. Sandviçlerimizi yerken çizgili tentenin altında oturduk. Küçük bir çöp kutusunun üzerine geçtim, böylece Will'le aynı seviyede oturabiliyordum. Ayrıca etini gerektiğinde parmaklarımla parçalayıp ısırarak yemesine yardımcı olabildim.

Tezgâhın arkasında servis yapan iki kadın bize bakmıyormuş gibi yaptılar. Gözlerinin ucuyla Will'i izlediklerini görebiliyordum. Bizim onlara bakmadığımızı düşündükleri anlarda birbirlerine mırıldanıyorlardı. Ne dediklerini hemen hemen duyabiliyordum. *Zavallı adam, ne kötü bir hayat.* Onlara Will'e böyle baktıkları için meydan okuyarak sert bir bakış attım. Will'in ne hissediyor olabileceği üzerine çok düşünmemeye çalışıyordum.

Yağmur dinmişti, ama rüzgârlı yarış pisti aniden soğumuş, kahverengi ve yeşil yüzeyi yere atılmış bahis biletleriyle dolmuştu. Ufuk hareketsiz ve boştu. Otopark yağmurdan sonra boşalmıştı ve başka bir yarış gürleyip geçerken biz sadece hoparlörün bozuk sesini duyabiliyorduk.

Nathan ağzını silerken, "Bence geri dönelim artık," dedi. "Her şey çok güzeldi. Şimdi gidersek trafikten de kurtulmuş oluruz, ne dersiniz?"

"Olur," dedim ve kâğıt peçeteyi yırtıp çöpe attım. Will de sandviçinin kalanını kenara itti.

Nathan, Will'in sandalyesini otların üzerinden geçirirken kadınlardan biri, "Beğenmedi mi?" diye sordu.

"Bilmem. Belki meraklı gözler eşliğinde yemek zorunda olmasa daha çok sevebilirdi," deyip artanları sertçe çöp kutusuna attım.

Arabaya gelip Will'i rampadan yukarı sürüklemek pek kolay olmadı. Yarış alanında geçirdiğimiz birkaç saat boyunca arabalar gelip gitmiş ve otopark çamur deryasına dönmüştü. Nathan'ın etkileyici gücü ve benim harika omzumla bile sandalyeyi henüz çimden arabaya giden yolun yarısına kadar bile götürememiştik. Tekerlekler patinaj yapıp vınladılar. Sandalyeyi son birkaç santimlik alanı geçebilecek kadar kaldırmak bile mümkün değildi. Ayaklarımız pabuçlarımızdan yukarı sıçrayan çamurda kayıyordu.

Will, "Böyle olmayacak," dedi.

Onu dinlemedim. Bugünün böyle biteceği fikrine katlanamazdım.

Nathan, "Sanırım biraz yardıma ihtiyacımız olacak. Sandalyeyi yola geri çıkaramadım bile. Saplandı," dedi.

Will duyabileceğimiz şekilde derin bir nefes aldı. Şimdiye kadar onu hiç bu kadar bıkkın görmemiştim.

"Ön koltuğu biraz eğip seni kaldırarak arabaya oturtabilirim Will. Sonra Louisa'yla birlikte sandalyeyi içeri sokup sokamayacağımıza bakarız."

Gıcırdayan dişlerinin arasından Will'in sesi geldi. "Umarım günüm bir itfaiyeci asansöründe sona ermez."

"Üzgünüm ahbap, ama Lou ve ben bunu tek başına beceremeyiz. Bak Lou, sen benden çok daha sevimlisin. Git ve yardım edebilecek bir iki kişi bul olur mu?"

Will gözlerini kapayıp dişlerini sıktı ve ben de tribünlere doğru koştum.

Çamura saplanmış bir tekerlekli sandalyeyi taşımak için mini etekli ve en tatlı gülümsemesiyle yardım isteyen bir kızı çok fazla insanın geri çevirebileceğine inanmazdım. Yabancılarla çoğu zaman aram iyi değildi, ama umutsuzluk beni korkusuz kılmıştı. Yarış için gelen grupların her birine bana birkaç dakika için yardım edip edemeyeceklerini sordum. Bana ve kıyafetime bakıp bir iş çevirdiğimi düşünmüşlerdi.

"Tekerlekli sandalyede biri için," dedim. "Çamura saplandı."

"Bir sonraki yarışı bekliyoruz," dediler. Ya da, "Üzgünüm," veya, "14.30'a kadar beklemeli. Bu yarışa bahis oynadık," cevabını veriyorlardı.

Bir iki jokeyi durdurmayı bile düşündüm. Ama çitlere yaklaşınca onların benden de ufak olduklarını fark ettim.

Geçit alanına varınca öfkemi bastırmaya çalıştığım için alev gibi yanıyordum. Sanırım artık insanlara gülmüyor, hırlıyordum. Ve nihayet en eğlenceli olay da çizgili gömlek giymiş delikanlılar olmuştu. Gömleklerinin arkasında, "Marky'nin Son Direnişi" gibi şeyler yazıyordu ve Pilsener ya da Tennent's marka bira içiyorlardı. Aksanlarından Kuzeydoğu'dan geldikleri belli oluyordu. Ayrıca son yirmi dört saattir aralıksız içki içtiklerine emindim. Ben yaklaştıkça gülmeye başladılar ve onlara yine el hareketi yapmamak için kendimi zor tuttum.

Biri domuz gibi elini omzuma indirip kelimeleri ağzında yuvarlayarak konuştu. "Haydi bize bir gülücük ver bebeğim. Bu hafta sonu Marky'nin bekârlığa veda partisini kutluyoruz." Çekinerek, "Bugün pazartesi," dedim. Alttan almaya çalışıyordum.

"Şaka yapıyorsun, pazartesi oldu mu?" Arkaya doğru yalpaladı. "Olsun, ona bir öpücük vermelisin."

"Aslında ben sizden yardım istemeye geldim."

"Sana her türlü yardıma hazırım bebeğim." Bu cümlelerin ardından şehvetli bir göz kırpma hareketi gelmişti.

Diğerleri de suda yaşayan bitkiler gibi hafif hafif sallanıyorlardı.

"Hayır, gerçekten. Arkadaşım için yardım istemeye geldim. Otoparkta kendisi."

"Ahh çok üzgünüz, o halde size yardım edemeyiz!"

"Hey Marky! Bir sonraki yarış başlamak üzere. Sen bahis oynamış mıydın? Ben para koymuştum sanırım."

Piste doğru ilerlemeye başlamışlardı ve bana olan ilgilerini çoktan kaybetmişlerdi. Kafamı omuz hizamdan çevirip otoparka baktım ve Will'in kamburlaşmış bedenini gördüm. Nathan boşu boşuna sandalyenin kollarından çekiyordu. Eve döndüğümüzde ateş pahası sandalyeyi otoparkta bıraktığımızı Will'in ailesine söylerken kendimi hayal ettim ve birden askeri bandonun trompet sesini duydum.

Yüksek sesle, "O bir asker," dedim. "Eskiden askerdi."

"Tek tek geri döndüler."

"Irak'ta yaralandı. Tek isteğimiz ona güzel bir gün yaşatmaktı. Ama kimse bize yardım etmiyor." Konuşurken gözlerim yaşla dolmuştu.

"Eski asker mi? Dalga mı geçiyorsun? Nerede?"

"Otoparkta. Bir sürü insana sordum, ama yardım etmek istemediler."

Dediklerimi anlamaları bir ya da iki dakikalarını almıştı. Sonra birbirlerine şaşkınlık içinde baktılar.

Ardından, "Haydi arkadaşlar. Bunu yapmalıyız," diyerek serseri tavırlarla beni takip ettiler. Aralarında öfkelenerek mırıldandıklarını duyabiliyordum, "Lanet siviller... Böyle bir şey hiç..."

Nathan, Will'in yanında duruyordu. Will'in kafası, Nathan ikinci battaniyeyi de sardığı halde soğuktan iyice ceketine gömülmüştü.

"Bu kibar beyefendiler bize yardım edecekler," dedim.

Nathan, teneke kutulardaki sarı biralara baktı. Şövalye zırhlarını görmek için çok güçlü bakmak gerektiğini kabul etmeliyim.

İçlerinden biri, "Onu nereye taşımak istiyorsunuz?" diye sordu.

Diğerleri Will'in etrafında durup başlarını sallayarak onu selamladılar. Biri ona bira ikram etti; belli ki Will'in kutuyu tutamayacağının farkında değildi.

Nathan arabaya doğru hareket etti. "Arabanın arkasına taşıyacağız. Ama önce onu standın üzerine yerleştirip arabayı ona doğru çevirmeliyiz.

Biri Nathan'ın sırtına vurarak, "Bu şart değil," dedi. "Biz onu taşırız değil mi çocuklar?"

Diğerleri de koro halinde onaylayıp Will'in sandalyesinin etrafında yerlerini aldılar.

Tedirgin bir şekilde kımıldadım. "Bilmem ki... Onu taşımak için uzun bir yol. Hem sandalye de çok ağır."

Aşırı derecede sarhoştular. Bazıları bira kutularını zar zor tutabiliyordu. Biri birasını elime tutuşturdu.

"Üzülme bebek. Asker dostumuz için her şeyi yaparız. Öyle değil mi arkadaşlar?"

"Seni burada bırakmayız ahbap. Biz kimseyi yarı yolda bırakmayız, değil mi?"

Nathan'ın yüzünü gördüm ve soru sormaya hazırlanan ifadesi karşısında kızgınlıkla kafamı sallayarak karşılık verdim. Will'in ise söyleyecek bir şeyi yoktu. Sadece suratsız görünüyordu. Sonra adamlar etrafında toplanıp bir haykırışla sandalyeyi kaldırınca biraz telaşlandı.

"Hangi alaydansın?"

Zorla gülümsedim ve kafamdan bir isim uydurmaya çalıştım.

"Tüfekler," dedim. "11. Tüfekler alayı."

Başka biri, "11. Tüfekler alayını hiç duymamıştım," dedi.

"Bu çok yeni bir alay," diye kekeledim. "Gizli bilgi, Irak'ta kuruldu."

Elebaşları çamurda kayınca kalbim yerinden çıkacak gibi oldu. Will'in sandalyesi yerden birkaç santim yukarıdaydı.

Nathan da Will'in çantasını çıkarmak ve arabayı açmak için önden koşuyordu.

"Bu çocuklar Catterick'te* mi alıştırma yapıyorlar?"

"Evet, öyle," deyip konuyu değiştirdim. "Peki, hanginiz evleniyor?"

---

* İngiltere'de bir hipodrom. (ç. n.)

Birbirimizin telefonunu aldıktan sonra Marky ve arkadaşlarından sonunda kurtuldum. Bize Will'in iyileşmesi için kırk sterlinluk bir yardım yapmayı önerdiler, ama bizim yerimize içki içerlerse çok mutlu olacağımızı söyleyince zor da olsa ısrar etmekten vazgeçtiler. Her birini tek tek öpmek zorunda kaldım. Bitirdiğimde duman kokusundan neredeyse başım dönmüştü. Tribüne doğru kaybolurken onlara el sallamaya devam ediyordum ki Nathan arabaya girmem için kornaya bastı.

Kontağı çevirirken sevinçle, "Çok yardımseverler değil mi?" diye sordum.

Will, "Uzun olan birasını sağ bacağıma döktü," dedi. "Bira fabrikası gibi kokuyorum."

Ben sonunda ana kapıya doğru yönelirken Nathan, "Buna inanmıyorum," dedi. "Bak burada engelliler için kocaman bir otopark alanı varmış, tribünün yanında. Ayrıca zemin de asfalt."

Günün geri kalan kısmında pek bir şey konuşmadık. Nathan'ı eve bırakıp hoşça kal dedikten sonra büyüyen sessizlik, şatoya çıkan yolda ısı düştüğü için daha da derinleşmişti. Nihayet eve varıp arabayı müştemilatın dışına park ettim.

Will'in sandalyesini indirip onu içeri soktum ve ılık bir içecek hazırladım. Ayakkabılarını ve pantolonunu değiştirdim, pantolonu bira koktuğu için çamaşır makinesine attım ve ısınsın diye sobayı yaktım. Televizyonu açıp perdeleri kapattım; böylece odanın içi daha konforlu bir hal almıştı. Belki de dışarıda soğuk havada uzun süre vakit geçirdiğimiz için şu anda burası bize her zamankinden rahat geliyordu. Fakat oturma odasında oturup çayımı yudumlarken Will'in benimle konuşmadığını fark ettim, yorgunluktan ya da televizyon izlemek istediğinden değil, sadece konuşmuyordu.

Yerel haberlerle ilgili üçüncü yorumuma karşılık bir şey söylemeyince, "Bir şey mi oldu?" diye sordum.

"Bunu sen söyle Clark."

"Ne söyleyeyim?"

"Benimle ilgili bilinmesi gereken her şeyi bilen sensin. Sen söyle."

Ona baktım ve sonra, "Üzgünüm," dedim. "Biliyorum bugün pek planladığım gibi geçmedi. Ama güzel bir geziydi yine de. Ben senin eğleneceğini düşünmüştüm."

Sırf inat olsun diye aksileştiğini söylemedim, onun eğlenmesi için neler yaptığım hakkında hiçbir fikri yoktu ve iyi vakit geçirmek için çaba göstermiyordu. O aptal kartlardan almama izin verseydi belki de çok güzel bir yemek yiyecek ve her şeyi unutacaktık.

"Bu benim bileceğim bir şey."

"Ne?"

"Ah! Sen de ötekilerden farksızsın."

"O ne demek?"

"Eğer bana sormayı düşünseydin daha farklı olurdu Clark. Eğer bana sadece bir kez olsun 'eğlenceli gezimiz' dediğin şeyi, danışmayı düşünseydin sana anlatabilirdim. Atlardan ve at yarışından hep nefret etmişimdir. Ama sen bana sormaya tenezzül etmedin. Benim neyden hoşlanmam gerektiğine karar verip bildiğini okudun."

Yutkundum.

"Öyle olsun istemedim..."

"Ama oldu."

Sandalyesini çevirip bana arkasını döndü ve birkaç dakikalık sessizlikten sonra işten çıkarıldığımı fark ettim.

12

Size tam olarak ne zaman cesur olmaktan vazgeçtiğimi anlatacağım.

Neredeyse yedi yıl önce, sıcaktan buharlaştığımız temmuz ayının son günlerinde, şatonun etrafındaki dar caddeler turist kaynarken, hava boş boş gezinen turistlere ait ayak sesleriyle ve tepenin üzerinde sıralanıp her daim orada bekleyen dondurma arabalarının zil sesiyle dolduğu zamanlarda yaşanmıştı bu. Anneannem geçirdiği zor ve uzun hastalıktan sonra ölmüş ve üzerinden bir ay geçmişti. Bu yüzden yazın üstü ince bir keder tabakasıyla örtülüydü. Bu durum benim ve kız kardeşimin planlarını baltalamıştı. Her yaz çıktığımız kısa tatilleri iptal etmiş, bir iki günlük gezilere bile çıkmamıştık. Annem çoğu zaman gözyaşlarını bastırmaya çalışarak sırtı kamburlaşmış bir şekilde bulaşık leğeninin başında dikiliyor, babam her sabah işe gidip olağanüstü derecede kararlı bir ifadeyle ortadan kaybolup saatler sonra sıcaktan parlayan bir yüzle geri dönüyor ve bir bira açmadan konuşamıyordu. Kız kardeşim üniversitedeki ilk yılının sonunda eve gelmişti ve kafası şimdiden bizim küçük kasabamızdan uzakta, başka bir yerdeydi. Bense yirmi yaşındaydım ve üç aydan kısa bir süre sonra Patrick'le tanışacaktım. Mutlak özgürlüğümüzü yaşayabildiğimiz ender yazlardan bir tanesindeydik. Ekonomik sorumluluk, borç ya da hiç kimseye zaman ayırma zorunluluğu yoktu. Mevsimlik bir işte çalışıyordum ve makyaj tazelemek, babamın yüzünü buruşturduğu topuklu ayakkabıları giymek ve kim olduğumu kısmen de olsa anlamak için dünya kadar zamanım vardı.

O günlerde normal giyiniyordum. Daha doğrusu kasabadaki diğer kızlar gibiydim; omzumun üzerine dökülen uzun saçlar, çivit mavisi kot pantolon, ince bellerimizi ve dik göğüslerimizi gösterecek kadar dar tişörtler. Dudak parlatıcılarımızın ve buğulu göz makyajımızın tonunu mükemmelleştirmek için saatler harcıyorduk. Her elbisenin içinde iyi gözüksek de olmayan selülitlerimizden ve görünmeyen cilt kusurlarımızdan şikâyet ederek saatler geçiriyorduk.

Ve tabii ideallerim, yapmak istediğim şeyler vardı. Okuldan tanıdığım çocuklardan bir tanesi dünya seyahatine çıkmış, her nasılsa mesafeli ve anlaşılması imkânsız biri olarak dönmüştü. Sanki iki ders üst üste Fransızca olduğu zaman ağzından baloncuklar çıkaran on bir yaşındaki sersem çocuk o değildi. Ben de bir merak uğruna Avustralya'ya gitmek için ucuz bilet ayırtmıştım ve benimle gelebilecek birini bulmaya çalışıyordum. Gezilerinin ona verdiği egzotik ve anlaşılmaz hava hoşuma gitmişti. Daha geniş bir dünyanın yumuşak esintileriyle çıkıp gelmişti ve bu tuhaf bir şekilde baştan çıkarıcıydı. Diğer yandan benim hakkımdaki her şey herkes tarafından biliniyordu. Ayrıca Treena gibi bir kız kardeşle bunlardan herhangi birini unutmama asla imkân yoktu.

O gün günlerden cumaydı ve zamanımı okuldan tanıdığım bir grup kızla, gelen ziyaretçileri şatodaki alanlardan birinde gerçekleşen el sanatları sergisine yönlendirerek ve park alanında görevli olarak geçirdim. Koca günü kızgın güneşin, mavi gökyüzünün ve binalardan yansıyan parlak ışığın altında, kahkahalar eşliğinde bir şeyler içerek noktalamıştık. O gün bana gülümsemeden geçen tek bir turist bile olduğunu sanmıyorum. İnsanlar neşeli, kıkır kıkır gülen bir grup kıza gülümsememek için kendini çok zor tutmalı. İş karşılığı 30 sterlin almıştık ve organizasyonu yapanlar katılımdan o kadar memnun kaldılar ki her birimize fazladan beşer sterlin daha verdiler. Biz de bunu misafir binasının otoparkında çalışan bazı delikanlılarla birlikte sarhoş olarak kutladık. Hoşsohbettiler, ragbi formaları giyiyorlardı ve kabarık saçlıydılar. Birinin adı Ed'di ve iki tanesi üniversiteye gidiyordu - hâlâ hangi üniversite olduğunu hatırlayamıyorum. Onlar da tatil parası biriktirmek için çalışıyorlardı. Bütün bir hafta yer göstericilik yaparak çokça para kazanmışlardı ve bizim paramız bittiğinde, saçlarını savurup birbirinin kucağına oturan, çığlık atıp şakalaşan ve diğerlerine "züppe" diye seslenen kasabanın uçarı kızlarına memnuniyetle içki ısmarladılar. Değişik bir dilde konuşuyor, eğitime ara verip Güney Amerika'da geçirdikleri yıllardan, sırt çantasıyla Tayland'a yaptıkları seyahatten ve yurtdışına staj yapmaya gideceklerinden bahsediyorlardı. Biz onları dinleyip içki içerken kız kardeşimin çimenliğine sere serpe uzandığımız bira bahçesine uğradığını hatırlıyorum. Dünyanın en eski kapüşonlu ceketini giyiyordu ve makyajsızdı. Ben de onunla buluşacağımızı unutmuştum. Ondan annemle babama otuz yaşımdan sonra bir ara eve geleceğimi söylemesini istedim ve her nedense bu söylediğimin son derece eğlenceli olduğunu düşünmüştüm. Kız kardeşim kaşlarını kaldırdı ve sanki bu dünyaya gelmiş en sinir bozucu insanmışım gibi kızarak yürüdü gitti.

Red Lion kapanınca hepimiz gidip şatodaki labirentin ortasına oturduk. Birisi kapının üstünden geçmeyi başardı ve birçok kere oraya buraya çarpıp kıkırdadıktan sonra hepimiz orta alana giden yolu bulduk. Hem aramızda esrarlı sigara döndürüyor hem de sert bir elma şarabı içiyorduk. Yıldızlara baktığımı, etrafımdaki zemin büyük bir geminin güvertesi gibi usulca dalgalanıp sallanırken kendimi onların sonsuz derinliklerinde kaybolmuş gibi hissettiğimi hatırlıyorum. Birisi gitar çalıyordu ve uzun çimler arasında saplanıp kalan, geri dönüp aramadığım yüksek topuklu, pembe ve saten bir ayakkabı giyiyordum. Galiba evrene hükmettiğimi sanıyordum.

Sonra birden diğer kızların çoktan gittiğini anladım.

Kız kardeşim beni bir süre sonra, gece bulutları yıldızların üstünü kapattıktan çok sonra, labirentin ortasında buldu. Dediğim gibi kız kardeşim oldukça zekidir. Ya da en azından benden daha zekidir.

Kendisi labirentten çıkış yolunu sağ salim bulabilen, şu ana kadar tanıdığım tek insan.

"Bak, işte bu seni güldürecek. Kütüphaneye üye oldum."

Will CD koleksiyonun başındaydı. Tekerlekli sandalyesini kendi ekseni etrafında döndürdü ve ben içeceğini bardak tutacağına koyuncaya dek bekledi. "Gerçekten mi? Ne okuyorsun?"

"Önemli bir şey değil, sen sevmezsin. Bir erkek ve bir kadının ilişkisini anlatan hikâyeler. Ama bence keyifli."

"Geçen gün benim Flannery O'Connor'ımı okuyordun." Bardağından bir yudum aldı. "Hasta olduğum zaman."

"Kısa hikâyeleri mi? Bunu fark ettiğini düşünmemiştim."

"Fark etmeden edemedim. Kitabı yere bırakmışsın. Uzanıp alamadım da."

"Ah!"

"O zaman saçma şeyler okumayı bırak da O'Connor hikâyelerini eve götür. Onun yerine bu hikâyeleri oku."

Tam, *Hayır*, demek üzereydim ki neden itiraz ettiğimi tam olarak bilmediğimi fark ettim. "Peki. Bitirir bitirmez geri getiririm."

"Benim için biraz müzik açar mısın Clark?"

"Ne istersin?"

Bulunduğu yer rahat değildi; başıyla işaret ederek ne istediğini anlattı ve ben de buluncaya kadar CD'lere göz atmaya devam ettim.

"Albert Symphonia'da başkemancı olarak çalan bir arkadaşım var. Gelecek hafta buraya yakın bir yerde çalacağını söylemek için telefon açtı. Bu çalan parçayı... biliyor musun?"

"Klasik müzik hakkında hiçbir şey bilmiyorum. Yani bazen babam radyoda yanlışlıkla Klasik FM'i ayarlardı ama..."

"Daha önce hiç konsere gitmedin mi?"

"Hayır."

Gerçekten şaşkına dönmüş gibi bakıyordu.

"Aslında bir defasında Westlife'ı görmeye gitmiştim. Ama bu sayılır mı pek emin değilim. Kız kardeşimin tercihiydi. Ha, bir de yirmi ikinci yaş günümde Robbie Williams'ı görmeye niyetlenmiştim, ama zehirlendim."

Will bana o meşhur bakışlarından birini fırlattı. Birinin hücresinde uzun yıllar kilitli kalmış olabileceğimi ima eder gibiydi.

"Gitmen gerekir. Arkadaşım benim için bilet ayırmış. Konser gerçekten güzel olacak. Anneni de alıp gidersin."

Güldüm ve başımı salladım. "Pek sanmıyorum. Annem çok dışarı çıkmaz ve klasik müzik de benim *tarzım* değil."

"Altyazılı filmlerin de *tarzın* olmaması gibi mi?"

Kaşlarımı çatarak ona baktım. "Ben senin eserin değilim Will. Bu *My Fair Lady** değil."

"*Pygmalion*."

"Ne?"

---

* İngiliz yazar George Bernard Shaw'ın *Pygmalion* adlı tiyatro oyunundan uyarlanan müzikal. (yay. n.)

Bahsettiğin oyunun adı *Pygmalion. My Fair Lady, Pygmalion*'dan uyarlanmıştır. Ona ters ters baktım. Hiçbir şey işe yaramıyordu. CD'yi koydum. Başımı çevirdiğimde hâlâ kafasını sallıyordu.

"Korkunç derecede ukalasın Clark."

"Ne? *Ben* mi?"

"'Ben o tarz birisi değilim,' diyerek kendini her türlü deneyimden mahrum bırakıyorsun."

"Ama değilim."

"Nereden biliyorsun? Hiçbir şey yapmadın, hiçbir yere gitmedin. Nasıl bir insan olduğuna dair en ufak bir fikre nasıl sahip olabiliyorsun?"

Asıl onun gibi biri, benim gibi biri olmanın ne demek olduğuna dair en ufak bir ipucuna dahi sahip olamazdı. Bunu anlamadığı için ona darılmıştım. "Haydi artık, aç kendini biraz."

"Olmaz."

"Neden?"

"Çünkü rahatsız olurum. Şey gibi hissederim... Sanki anlayacaklarmış gibime gelir."

"Kim? Neyi anlayacak?"

"Diğer herkes oraya ait olmadığımı anlayacak."

"Ben nasıl hissediyorum sanıyorsun?"

Birbirimize baktık.

"Clark, şimdiye kadar gittiğim her yerde insanlar bana sanki oraya ait değilmişim gibi bakıyorlar."

Müzik başlayıncaya kadar sessizce oturduk. Will'in babası telefonla konuşuyordu ve boğuk kahkaha sesi müştemilata kadar sanki uzak bir yoldan gelir gibi ulaşıyordu. Hipodromdaki kadın Will sanki değişik bir canlı türüymüş gibi, *Engelli girişi şu taraftan,* demişti. CD'nin kapağına gözlerimi diktim. "Benimle gelirsen giderim."

"Ama yalnız başına gitmezsin."

"Hayatta gitmem."

"Tanrım! Sen tam bir baş belasısın," dediğinde orada öylece oturuyorduk

"Evet, durmadan söylüyorsun."

Bu sefer bir plan yapmamıştım ve hiçbir beklentim yoktu. Sadece yarış fiyaskosundan sonra Will'in evden ayrılmak istemesini umut ediyordum. Arkadaşı olan başkemancı, bize ayırdığı hediye biletleri konser salonuna dair bilgiler içeren bir broşüre iliştirerek göndermişti. Salon arabayla kırk dakikalık mesafedeydi. Ev ödevimi yapıp engelli otoparkının konumunu kontrol ettim ve Will'in tekerlekli sandalyesini oturacağımız yere ulaştırmanın en iyi yolunu belirlemek için konser salonuna gitmeden önce telefon ettim. Bizi, benim de katlanabilir bir sandalyeyle Will'in yanına oturabileceğim şekilde, en öne oturtacaklardı.

Bilet gişesindeki kadın neşeli bir şekilde, "Aslında oturulacak en güzel yer," dedi. "Orkestraya yakın olduğunuzda konserden daha çok etkileniyorsunuz. Ben de hep oraya oturmaya özenmişimdir."

Görevli kadın bizi park yerinde karşılayıp koltuklarımıza kadar bize eşlik etmesi için birini isteyip istemediğimi bile sordu. Will'in çok fazla göze çarptığını hissetmesinden korkarak kadına teşekkür ettim ve hayır dedim.

Gece yaklaştıkça Will mi daha fazla gerilmişti yoksa ben mi, bilmiyorum. Önceki çıkışımızda yaşadığım başarısızlığı şiddetli bir şekilde hissettim. Ayrıca Bayan Traynor konserin nerede, ne zaman gerçekleşeceğini ve tam olarak ne yaptığımızı teyit etmek için müştemilata on dört defa girip çıkarak bize pek de yardımcı olmuyordu.

Bayan Traynor, "Will'in akşam rutinlerinin biraz fazla zaman alıyor." dedi. Birinin ona yardım etmek için orada olmasını istiyordu, fakat Nathan'ın başka planları vardı. Görünen o ki Bay Traynor da akşam dışarıda olacaktı. Bayan Traynor, "Konser en az bir buçuk saat sürer," dedi.

Will de, "İnanılmaz derecede sıkıcı olacak," dedi.

Will'in gitmemek için bir bahane aradığının farkına vardım ve, "Ben yaparım," dedim. "Eğer Will bana ne yapmam gerektiğini söylerse yardımcı olmak için yanında kalırım, sorun değil." Bu cümleyi söyleyerek neyi kabul ettiğimi sonradan anladım.

Will annesi odadan çıktıktan sonra somurtarak, "Eh, bu bizim ikimizin de dört gözle beklediği bir şeydi," dedi. "Sen benim güzel kıçımı göreceksin, bense çıplak beden görünce yere yığılan birinin beni temizlemesine katlanacağım."

"Ben çıplak beden görünce yere falan yığılmıyorum."

"Clark, daha önce insan bedeninden senin kadar rahatsız olan birini görmedim. Sanki radyoaktif maddeymiş gibi davranıyorsun."

"O zaman annen yapsın," diye cevabı yapıştırdım.

"Evet, bu dışarı çıkma fikrini çok daha fazla çekici hale getiriyor, değil mi?"

Ardından da elbise sorunu başladı. Ne giyeceğimi bilmiyordum.

Yarışlara gitmek için yanlış şeyi giymiştim. Yeniden aynı hatayı yapmayacağımdan nasıl emin olabilirdim? Neyin en uygun olacağını Will'e sordum ve o da bana adeta deliymişim gibi baktı. "Işıklar sönmüş olacak," diye açıkladı. "Hiç kimse sana bakmayacak. Herkes müziğe odaklanacak."

"Kadınlar hakkında *hiçbir şey* bilmiyorsun," dedim.

En sonunda üzerimde denemek için babamın eski takım elbise çantasına koyduğum dört farklı kıyafeti otobüse kadar taşıyıp getirdim. Kendimi konsere gitmeye ancak bu şekilde ikna edebilmiştim.

Nathan vardiya değişimi için 17.30 gibi geldi ve Will'in yanına gittiği sırada ben de hazırlanmak için banyoya giderek ortadan kayboldum. Önce "sanatsal" bulduğum, üzerine boncuklar takılmış yeşil büzgülü, kehribar rengi kıyafeti giydim. Konserlere giden ve oldukça sanatsever görünürken aynı zamanda da göz alıcı olabilen insanları hayal ettim. Will ve Nathan'ın ikisi de oturma odasına girdiğim anda gözlerini bana dikmişlerdi.

Will doğrudan, "Hayır," dedi.

Nathan'ın yorumu da, "Bu biraz annemin giyeceği bir şey gibi duruyor," oldu.

Will, "Annenin Nana Mouskouri olduğunu bana hiç söylemedin," dedi.

Tekrar banyoya gittiğimde her ikisinin de kıkırdadığını duyabiliyordum.

İkinci kıyafetim verevine kesilmiş, üzerine beyaz bir yaka ve manşetler dikili ağır siyah bir elbiseydi. Bunu kendim dikmiştim. Bana göre hem şıktı hem de parizyen bir görünüşe sahipti.

Will, "Dondurma servisi yapacakmış gibi gözüküyorsun," dedi.

Nathan da onu onaylayarak, "Ah arkadaşım! Senden iyi hizmetçi olur," dedi. "Bunu gündüzleri giymekten çekinme. Gerçekten."

"Bir dahaki sefere Lou'dan süpürgeliklerin tozunu almasını istersin."

"İyi oldu söylediğin... Biraz *tozlular* gerçekten."

Onlara, "İkiniz de yarın çayınızda Mr Muscle içeceksiniz," dedim.

Üç numaralı kıyafeti Will'in, Rupert Bear* göndermelerini önceden hesaplayarak -geniş paçalı sarı bir pantolondu- ıskartaya çıkardım ve onun yerine sonuncusunu, klasik model koyu kırmızı saten elbisemi giydim. Bu kıyafet daha tutumlu bir kuşak için tasarlanmıştı ve her giydiğimde fermuar belimden yukarı çıkabilsin diye gizlice dua etmek durumunda kalıyordum. Yine de bu elbise bana 1950'lerdeki genç aktrislerinin görünümünü veriyordu. Bu içinde kendinizi rahat hissedeceğiniz "kurtarıcı" bir elbiseydi. Omuzlarımı gümüş rengi bir boleroyla örttüm göğüs dekoltesini kapatmak için boynuma gri ipekten bir eşarp sarıp uygun bir ruj kullandım ve oturma odasından içeri girdim.

Nathan hayranlıkla, "A-ha!" dedi.

Will'in gözleri elbisemin üzerinde bir yukarı bir aşağı geziniyordu. Tam o anda gömlek ve takım elbise giydiğini fark ettim. Tıraşlı hali ve düzgünce taranmış saçlarıyla şaşırtıcı derecede yakışıklı görünüyordu. Onu görünce gülümsememe engel olamadım. Nasıl göründüğüne değil, çaba göstermiş olmasına gülmüştüm.

Will, "İşte bu," dedi. Sesi tuhaf bir biçimde ölçülü ve ifadesizdi. Yakamı düzeltmek için elimi boynuma götürdüğümde, "Ama omzundakini çıkar," dedi.

Haklıydı. Bolero giymenin çok da iyi bir seçim olmayacağını biliyordum. Çıkardım ve sandalyenin arkasına astım.

"Eşarbı da çıkar."

Elim hızla boğazıma doğru gitti. "Eşarbı mı? Neden?"

---

* İngiliz karikatürist Mary Tourtel'in yarattığı, çocuklar için çıkarılan çizgi roman ve hikâyelerde kullanılan ayı karakteri. (yay. n.)

"Uyumlu değil. Ayrıca altında bir şey saklamaya çalışıyormuşsun gibi görünüyor."

"Ama... çıkarırsam sadece göğüs çatalından ibaret olacağım."

Will, "Eee?" diyerek omuz silkti. "Bak Clark, bunun gibi bir elbise giyeceksen kendine güvenerek giymen gerekiyor. İçini fiziksel olduğu kadar zihinsel olarak da doldurman şart."

"Will Traynor, bir kadına bir elbiseyi nasıl giyeceğini ancak sen söyleyebilirsin," dedim ve eşarbı da çıkardım. Nathan, Will'in çantasını hazırlamaya gitti. Ben ne kadar tepeden bakan birisi olduğu hakkında daha ne söyleyebilirim diye ince ince düşünürken arkamı döndüğümde hâlâ bana baktığını gördüm.

Usulca, "Harika görüküyorsun Clark," dedi. "Gerçekten."

Sıradan insanlarda –Camilla Traynor'ın muhtemelen "işçi sınıfı" diye adlandıracağı insanlar– Will'in durumuna gösterdikleri tepkiler açısından birkaç temel eğilim gözlemliyordum. Çoğu ona bakakalıyordu. Birkaçı sempatik bir şekilde gülümseyip iyi niyetini ifade edebiliyor ya da bana dönüp fısıldayarak ne olduğunu sorabiliyorlardı. Çoğunlukla, sırf tepkilerini görmek için, "MI-6* ile talihsiz bir anlaşmazlığa düştük," diye cevap vermek isterdim, ama bunu asla yapmadım.

Orta sınıf insanlar ise bakmıyormuş gibi yapıyor, ama bakıyorlardı. Gerçekten dik dik bakmak için çok fazla kibarlardı. Onun yerine kendi görüş alanlarına giren Will'e bir an bakıp ardından kararlı bir şekilde ona *bakmamak* gibi garip bir şey yapıyorlardı. Will yanlarından geçerken bakışları hızlı bir biçimde ona doğru kayıyordu, fakat o sırada başkalarıyla konuşmaya da

* İngiltere'nin gizli haber alma teşkilatı. (ç. n.)

devam edebiliyorlardı. Yine de onun hakkında konuşmuyorlardı, çünkü bu kabalık olurdu.

Bir ellerinde çantaları ve program broşürleri, diğer ellerinde cin tonikleriyle şık giyimli insanların ayakta dikildikleri fuayeden konser salonuna geçtiğimizde yumuşak bir dalga halinde aralarında dolaşan bu tepkilerin bizi orkestra bölmesine kadar takip ettiğini gördüm. Will fark etti mi, bilmiyorum. Bence böyle şeylerle başa çıkabilmenin tek yolu bazen hiçbirini görmüyormuş gibi yapmaktı Orta koltuk bloğunun en ön sırasında sadece biz oturuyorduk. Sağımızda kendisini iki taraftan kuşatan iki kadınla keyifli bir şekilde muhabbet eden tekerlekli sandalyeli bir adam daha vardı. Will'in de fark edeceğini umarak onlara baktım. Fakat Will sanki görünmez olmaya çalışıyormuş gibi başını omuzlarının arasına gömmüş önüne bakıyordu.

Kısık bir sesle, "Bu iş olmayacak," dedi.

"Bir şey mi oldu?" diye fısıldadım.

"Hayır," diyerek başını salladı ve yutkundu. "Aslında var. Yakamın içinde bir şey batıyor."

Ona doğru eğildim ve parmağımı yakasından içeri soktum. Yakasında naylon bir etiket kalmıştı. Koparırım diye umut edip çekiştirdim, ama etiket inatçı bir biçimde ne kadar dayanıklı olduğunu ispatladı.

"Yeni gömlek. Gerçekten rahatsız ediyor mu?"

"Hayır. Sadece eğlence olur diye söyledim."

"Çantada makasımız var mı?"

"Bilmiyorum Clark. İster inan ister inanma, ama genelde kendi çantamı hazırlayamıyorum."

Makas yoktu. Arkama baktım; dinleyiciler hâlâ koltuklarına yerleşiyor, mırıltılar halinde konuşup ellerindeki programı inceliyorlardı. Eğer Will rahatlamayıp müziğe odaklanmazsa gezi boşa gidecekti ve ben ikinci bir felaketi göze alamazdım.

"Kımıldama," dedim.

"Neden?"

Daha cümlesini bitiremeden üzerine eğilip gömleğin yakasını boynunun yan tarafından kıvırdım. Ağzımı boynuna yaklaştırıp o lanet etiketi ön dişlerimin arasına yerleştirdim. Etiketi koparmam birkaç saniyemi almıştı. Temiz erkek kokusunu, teninin benim tenime değdiğini ve yaptığım şeyin yersizliğini yok saymaya çalışarak gözlerimi kapattım. Sonra nihayet etiketin ayrıldığını hissettim. Yırtılan etiket ön dişlerimin arasındaydı. Muzaffer bir edayla başımı geri çektim ve gözlerimi açtım.

Etiketi dişlerimin arasından alıp tek hareketle koltukların arasına gönderirken, "Çıkardım," dedim.

Will gözlerini bana dikmiş bakıyordu.

"Ne?"

Birdenbire programlarını son derece büyüleyici bulan dinleyicilerin bakışlarını yakalamak için koltuğumda arkaya döndüm ve ardından başımı tekrar Will'e çevirdim.

"Haydi ama, sanki daha önce bir kızın bir adamın yakasını kemirdiğini hiç görmediler sanki..."

Onu kısa bir süre için susturmuş gibiydim. Will onaylamaz bir tavırla gözlerini kırpıştırdı.

O an biraz kızardığını fark edip neşelendim.

Eteğimi düzeltirken, "Her neyse," dedim, "Sanırım ikimiz de etiketin pantolonunda olmadığına şükretmeliyiz."

O cevap vermeden önce orkestra üyeleri resmi ceketleri ve kokteyl elbiseleriyle sahneye gelince dinleyiciler sustular. Kalbimin biraz pır pır ettiğini hissettim. Ellerimi kucağımda birleştirip dik oturdum. Akort yapmaya başladılar ve dinleme salonu aniden tek bir sesle doldu; bu o ana kadar duyduğum en canlı, en gerçek şeydi. Tüylerim diken diken oldu ve boğazım düğümlendi.

Will yan yan bana baktı, yüzü hâlâ bir dakika öncesinin neşesini taşıyordu. İfadesi, *Tamam, bu kez keyif alacağız,* diyordu. Orkestra şefi öne çıkıp kürsüsünün üzerine iki kere hafifçe vurdu ve etrafa büyük bir sessizlik çöktü. Sükûneti, salondaki canlılığı ve sabırsızlığı hissettim. Şef batonunu indirdi ve bir anda her şey saf sesten ibaret oldu. Müziği fiziksel bir şeymiş gibi algıladım; sadece kulaklarıma yerleşmekle kalmamış, aynı zamanda içime akıp etrafımı çevrelemiş ve duygularıma dokunmuştu. Tenimi gıdıklayıp avuçlarımı terletiyordu. Will hiç bu şekilde tarif etmemişti. Daha önce sıkılabileceğimi düşündüğüme inanamıyordum. Bu, o ana kadar duyduğum en güzel şeydi.

Hayalimde beklenmedik şeyler canlandı ve kendimi oraya oturduğum andan itibaren yıllardır düşünmediğim şeyleri düşünürken buldum. Eski duygular üzerimden aktı gitti, sanki algım esniyormuşçasına yeni düşünceler ve fikirler benden çekilip çıkarıldı. Konserin bitmemesini, sonsuza dek orada oturmayı istedim. Will'e şöyle bir baktım; o da kendinden geçmiş, birdenbire doğallaşmıştı. Başımı öbür tarafa çevirdim, nedense ona bakmaya çekinmiştim. Hissedebilecekleri beni korkutuyordu; kaybının derinliğinden, korkularının büyüklüğünden ürkmüştüm. Will Traynor'un şu ana kadar yaşadıkları benim deneyimlerimin çok ötesindeydi. Ben kim oluyordum da ona nasıl yaşamayı istemesi gerektiğini söylüyordum?

Will'in arkadaşı konser sonrasında sahne arkasına gitmemizi ve onu görmemizi rica eden bir not bırakmış, fakat Will gitmek istememişti. Bir kere ısrar ettim, ama çenesinin aldığı şekilden görebildiğim kadarıyla fikrini değiştirmeyecekti. Onu suçlayamazdım; eski iş arkadaşlarının o gün ona nasıl baktıklarını -acıma, iğrenme ve kaderin bu kendine özgü sillesinden kurtulmuş oldukları için duydukları derin rahatlama- hatırlıyordum. Sanırım bu da katlanamadığı birçok buluşmadan biriydi.

Salon boşalıncaya kadar bekledik. Ardından Will'i dışarı çıkardım ve asansörle otoparka indirip sorunsuz bir şekilde arabaya bindirdim. Çok fazla bir şey konuşmadım; müzik hâlâ kafamda çınlıyordu ve ben bunun sürüp gitmesini istiyordum. Will'in arkadaşının çaldığı parçada nasıl böyle kaybolduğunu tekrar tekrar düşünüp durdum. Müziğin içinizdeki bazı kilitleri açabildiğini, sizi kompozitörün bile öngörmediği yerlere götürebileceğini fark etmemiştim. Havada, sanki salondan ayrıldığınızda bile kalıntılarını hâlâ etrafınızda taşıyormuşsunuz gibi bir etki bırakıyordu. Dinleyiciler arasında ilerlerlerken bir ara Will'in yanımda olduğunu bile unutmuştum.

Arabayı müştemilatın önüne çektik. Önümüzde sadece duvarın üzerinden gözükebilen, dolunayın altında aydınlanmış, tepenin üzerindeki konumundan aşağıyı sakince izleyen şato oturuyordu.

"Demek klasik müzik sevmiyorsun."

Dikiz aynasından arkaya baktım. Will gülümsüyordu.

"Zerre kadar keyif almadım."

"Anlamıştım zaten."

"Özellikle sona doğru çalan kısmı sevmedim; hani şu kemanın kendi başına çaldığı kısım."

"O kısımdan hoşlanmadığını anlamıştım. Öyle nefret ettin ki gözlerin doldu."

Pis pis sırıtıp, "Gerçekten çok sevdim," dedim. Klasik müziği *bütünüyle* sevebilir miyim emin değilim, ama sanırım bu harikuladeydi." Burnumu ovuşturdum. "Teşekkür ederim. Beni götürdüğün için çok teşekkür ederim."

Şatoya uzun uzun bakarak sessizce oturduk. Normalde geceleri şato, duvarının etrafını bezeyen ışıklarla birlikte bir çeşit turuncu kızıllıkla yıkanırdı. Ama bu gece dolunayın ışığı altında ilahi bir maviliğe bürünmüş gibi gözüküyordu.

"Sence orada ne tarz müzikler çalmışlardır?" diye sordum. "Bir şeyler dinlemişlerdir mutlaka."

"Şatoda mı? Ortaçağ tarzı şeyler işte. Lavta, yaylılar. Benim *tarzım* değil, ama eğer istersen sana ödünç verebileceğim bazı CD'ler var. Eğer gerçekten tam olarak nasıl bir şey olduğunu deneyimlemek istiyorsan kulaklıklarını takıp şatonun etrafında bir yürüyüşe çıkmalısın."

"Ah, hayır. Şatoya gitmek hiç hoşuma gitmiyor."

"Böyle yerlere yakın yaşadığında hep öyle olur."

Onu kaçamak bir şekilde cevapladım. Motorun tıkırtısının sessizliğe doğru geçişini dinleyerek biraz daha oturduk.

Kemerimi çözerken, "Tamam," dedim. "İçeri girsek iyi olur. Akşam işleri bizi bekler."

"Bir dakika daha bekle, Clark."

Arkamı döndüm. Will'in yüzü gölgede kalmıştı, net göremiyordum.

"Bekle biraz, sadece bir dakikalığına."

"İyi misin?" Bir yerlerinin sıkışmış veya takılmış olmasından, bir şeyi yanlış yapmış olmaktan korkarak sandalyesine baktığımı fark ettim.

"İyiyim. Ben sadece..."

Açık tondaki yakasının, koyu renk ceketiyle yarattığı renk zıtlığını seçebiliyordum.

"Henüz içeri girmek istemiyorum. Sadece burada oturmak ve bazı şeyleri düşünmemek..." yutkundu.

Yarı karanlıkta bile çaba gösterdiğini anlayabiliyordum.

"Ben sadece... kırmızı elbiseli bir kızla konsere giden adam olmak istiyorum. Sadece birkaç dakika daha."

Kapının mandalını bıraktım.

"Tabii."

Gözlerimi kapatıp başımı koltuğun başlığına dayadım; orada beraber, zihnimizden silinmeyen müzikte kaybolmuş ve mehtapla aydınlanmış tepedeki şatonun gölgesinde yarı saklanmış bir şekilde biraz daha oturduk.

Ben ve kız kardeşim o gece labirentte olanlarla ilgili bir daha hiç konuşmadık. Söyleyecek sözümüz var mıydı pek emin değilim. Bana biraz sarıldı ve ardından bir süre elbiselerimi bulmama yardım ederek biraz zaman geçirdi. Sonra uzun çimler arasında, ta ki ben ona çok da önemli olmadığını söyleyinceye kadar boş yere ayakkabılarımı aradı. Bir daha o ayakkabıları giymeyecektim zaten. Sonra yavaşça eve yürüdük. Benim ayaklarım çıplaktı ve Treena kolunu benim koluma dolamıştı. En son okula başladığım ilk yıllarda annem onun kolunu hiç bırakmamam için ısrar ederdi. Biz de bu şekilde yürüdük.

Eve vardığımızda verandada durduk. Kız kardeşim saçımı ve ardından gözlerimi ıslak mendille sildi. Sonra ön kapıyı açıp hiçbir şey olmamış gibi içeri girdik.

Babam hâlâ ayaktaydı, futbol maçı izliyordu. "Biraz geç kaldınız kızlar," diye seslendi. "Biliyorum bugün Cuma, ama yine de..."

İkimiz de, "Tamam baba..." diye seslendik.

O zamanlar, şimdi dedemin kaldığı oda benimdi. Çabucak üst kata çıktım ve kız kardeşim tek kelime edemeden kapıyı arkamdan kapattım.

Ertesi hafta saçımı kısacık kestirdim ve uçak biletimi iptal ettim. Bir daha eski okulumdan kızlarla birlikte dışarı çıkmadım. Annem beni fark etmeyecek kadar kendi derdine düşmüştü ve babam da evimizdeki her türlü ruh hali değişimini ve yeni yeni ortaya çıkan kendimi odama kilitleme alışkanlığımı "kadın sorunları" diye adlandırıyordu. Nihayet kim olduğumu bulmuştum; bulduğum kişi yabancılarla sarhoş olan o şen şakrak kızdan çok daha farklıydı ve davetkâr olarak yorumlanabilecek şeyler giyen birisi değildi. Red Lion'a giden erkek tipine cazip gelecek elbiseleri hiç mi hiç giymiyordu.

Sonra hayat normale döndü. Önce kuaförde, sonra da Buttered Bun'da çalışmaya başladım ve her şeyi arkamda bıraktım.

O günden beri herhalde şatonun oradan beş bin kere geçmişimdir.

Fakat o günden sonra labirente bir daha hiç gitmedim.

13

Patrick koşu pistinin kenarında duruyor, olduğu yerde *jogging* yapıyordu. Yeni Nike marka tişörtü ve şortu hafif nemli bedenine yapışmıştı. Merhaba demek için uğramıştım ve o akşam birahanede yapılacak Triatlon Eşkıyaları toplantısına katılamayacağımı söyleyecektim. Nathan yoktu ve her zamanki akşam işlerini yapmak için Will'in yanında ben kalacaktım.

"Bu kaçırdığın üçüncü toplantı."

"Öyle mi?" Parmaklarımla saydım. "Evet, sanırım."

"Gelecek hafta gelmen şart. Ekstrem Viking seyahatinin planları yapılacak. Ayrıca doğum gününde ne yapmak istediğini bana söylemedin." Ardından kas uzatma hareketlerine geçti, bacağını yukarı kaldırıp göğsünü dizine dayıyordu. "Belki sinemaya gideriz diye düşündüm. Yemekli bir parti düşünmedim, çünkü antrenman döneminde olmaz."

"Annemle babam özel bir akşam yemeği düşünüyorlardı."

Dizini büküp topuğunu tutarak esnedi.

Bacaklarının gittikçe tuhaf bir şekilde güçlendiğini görmekten kendimi alamadım.

"Gece dışarı çıkmak daha iyi olurdu ama."

"Sinemaya gitmek de pek dışarı çıkmak sayılmaz. Neyse, bunu yapmam gerektiğini düşünüyorum Patrick. Annemin bu aralar morali bozuk."

Treena önceki hafta taşınmıştı (Limon desenli makyaj çantamın kaybolduğunu da gitmeden önceki gece fark ettim). Annem harap olmuştu, Treena'nın ilk defa yakınlardaki bir üniversiteye kayıt yaptırdığı zamankinden çok daha kötüydü. Thomas'ın yokluğunu bir organı eksilmiş gibi hissediyordu. Bebekliğinden beri oturma odasını darmadağın eden oyuncakları kutulara konup kaldırılmıştı. Dolaptaki parmak çikolatalar ya da küçük meyve suyu kutuları da yok olmuştu. Annemin öğleden sonraları üçü çeyrek geçe okula yürümesi için hiçbir sebep kalmamıştı. Artık eve dönerken yaptığı kısa yolculuklarda konuşacak kimsesi de yoktu. Thomas'ı okula götürüp getirmek annemin ev dışında vakit geçirdiği tek zaman dilimiydi ve şimdi babamla yaptığı haftalık market alışverişi dışında hiçbir yere gitmiyordu.

Üç gün boyunca evin içinde kendini kaybetmiş gibi dolaştı ve sonra dedemi bile korkutacak kadar büyük bir enerjiyle bahar temizliğine girişti. Annem, dedemin üzerinde oturduğu sandalyenin altını süpürmeye çalıştığı için ya da toz beziyle omzuna hafifçe vurduğu için dişsiz ağzıyla homurdanarak annemi protesto ediyordu. Treena ilk iki, üç hafta Thomas'ın alışması için, eve hiç uğramayacağını söylemişti. Her akşam arayıp annemle konuşuyor, sonrasında annem tam yarım saat yatak odasında ağlıyordu.

"Bu aralar hep geç saate kadar çalışıyorsun. Seni hiç göremiyorum."

"Ama sen de hep antrenmandasın. Ne yapalım, iyi para veriyorlar Patrick. Fazla mesaiye hayır diyebilecek durumda değilim."

Patrick buna karşılık bir şey diyemedi.

Hayatımda hiç kazanmadığım kadar çok para geçiyordu elime. Aileme verdiğim parayı iki katına çıkarmıştım ve bir kısmını da her ay hesabıma yatırıyordum. Buna rağmen yine de geriye kalanın hepsini harcayamıyordum. Bunun bir sebebi de Granta Evi'nde geç saatlere kadar çalıştığım için dışarı çıktığımda bütün mağazaların kapanmış olmasıydı. Diğer sebep ise çok daha basitti; gerçekten para harcama isteğim yoktu.

Boş zamanlarımı kütüphanede geçirmeye başlamıştım. İnternette bir şeyler araştırıyordum.

Bilgisayarın başına geçtiğimde katman katman önüme serilen koskoca bir dünya vardı ve artık benim için tehlike çanları çalmaya başlamıştı.

Her şey bir teşekkür mektubuyla başladı. Konserden birkaç gün sonra Will'in keman çalan arkadaşına mektup yazıp teşekkür etmemiz gerektiğini söyledim.

"Gelirken çok güzel bir kartpostal aldım," dedim. "Ne söylemek istiyorsan bana söyle de yazayım. En iyi yazan kalemimi bile getirdim."

Will, "Bunu yapmayacağım," dedi.

"Ne?"

"Beni duydun."

"Neyi *yapmayacaksın*? O adam bize en öndeki biletlerden verdi. Mükemmel bir konser olduğunu sen kendin söyledin. En azından ona teşekkür edebilirsin."

Will'in dudakları kilitlenmişti ve hareket etmiyordu.

Kalemimi yere koydum. "Ya da insanların sana bir şeyler –karşılık verme zorunluluğu hissetmediğin şeyler– vermesine mi alışıksın?"

"Kendi sözlerini bir başkasının yazmasına muhtaç olmak nasıl bir şey bilmiyorsun Clark. *Will'in adına* ifadesi çok küçültücü."

"Öyle mi? Bence koca bir hiçten daha iyidir," diye söylendim. "Yine de *ben* ona teşekkür edeceğim. Bu konuda gerçekten kabalaşmak istiyorsan senin adını geçirmem."

Kartı ben yazdım ve bu konuyu bir daha hiç açmadım. Ama o akşam Will'in sözleri hâlâ kafamın içinde yankılanırken kendimi kütüphaneye doğru yol alırken buldum. Boş bir bilgisayar arayıp internete girdim. Will'in kendi kendine yazı yazabilmesi için başka cihazlar var mı diye arama yaptım. Bir saat içinde üç tane benzer alet buldum. Bir adet ses tanıma programı, retina tanımlamasıyla çalışan başka bir program ve kız kardeşimin de bahsetmiş olduğu, Will'in kafasına takacağı kayıt cihazı.

Tahmin edileceği üzere Will kafaya takılan cihaza burun kıvırdı, ama ses tanıma cihazının işlevsel olabileceğini kabul etti. Nathan'ın yardımıyla bir hafta içinde cihazı bilgisayarına kurduk ve bilgisayarı da Will'in sandalyesine monte edince kendisi için başkasının bir şey yazmasına gerek kalmadı. Başlangıçta biraz çekinmişti, ama, "Kâğıt kalemi elinize alın Bayan Clark," diye ona şakayla takıldıkça yavaş yavaş alıştı.

Bayan Traynor bile şikâyet edecek bir şey bulamamıştı. Bunun tamamen iyi bir şey olabileceğine pek inanmıyormuş gibi dudaklarını büzerek, "Eğer işe yarayacağını düşündüğün başka bir ekipman varsa bize söyle," dedi. Will sanki aleti çenesiyle kırabilirmiş gibi ona sinirli bir şekilde baktı.

Üç gün sonra işe gitmeye koyulurken postacı elime bir mektup tutuşturdu. Uzaktan bir kuzenimin yolladığı, erken doğum günü kartı olduğunu düşünerek açtım. Bilgisayarda yazılmış metin şöyle diyordu:

Sevgili Clark,

Bu mektup benim tamamen kaba biri olmadığımı göstermek

için yazıldı. Çabalarını takdir ediyorum.

Teşekkürler.

Will

Öyle sesli gülmüşüm ki şoför bana piyangoyu tutturup tutturmadığımı sordu.

*

Yıllarca küçük bir odada yaşayıp kıyafetlerimi holdeki raylı elbise askısına yerleştirdikten sonra Treena'nın yatak odası bana saray gibi gelmişti. İlk gece kollarımı iki yana açarak, aynı anda iki duvara da dokunamamanın lüksünü yaşayıp odanın etrafında fırıl fırıl döndüm. Ev eşyaları satan mağazaya gidip boya ve yeni jaluziler, yatak komodini için abajur ve birkaç raf aldım. Hepsini kendim monte ettim. Bu işlerde iyi olduğumdan değil, sadece yapıp yapamadığımı görmek istiyordum.

Odamı yeniden dekore etmeye girişmiştim. İşten dönünce akşamları bir saat duvar boyuyordum. Hafta sonu babam bile iyi iş çıkardığımı kabul etmek zorunda kaldı. Duvar boyasını kontrol edip kendi kendime taktığım jaluzileri elledi ve omzuma dokunup, "İyi iş çıkarmışsın Lou," dedi.

Büyük bir çarşaf takımı, kilim ve bir, iki tane de büyük minder -biri uğrayıp tembellik etmek ister diye- aldım. Gerçi kimsenin uğradığı da yoktu. Yeni boyanmış kapının ardındaki takvim ilerlerken bunu benden başka kimse fark etmiyordu. Zaten kimse ne olduğunu anlayamazdı.

Thomas'ın kamp yatağını Treena'nın yatağının kenarına koyduğumuzda yerde hiç boş alan kalmadığını görünce biraz kötü hissettim, ama artık gerçekten burada yaşamadıklarını düşününce bu hissi hemen kafamdan çıkardım. Küçük oda sadece uyuyacakları bir yer olacaktı. Geniş odanın haftalarca boş kalması için bir sebep yoktu.

İşe her gün Will'i başka nerelere götürebileceğimi düşünerek gidiyordum. Etraflıca bir planım yoktu, ama sürekli onu dışarı çıkarmanın yollarını bulmaya odaklanıyor, onu mutlu etmeye çalışıyordum.

Bazı günler kolları ve bacakları sızlardı ya da enfeksiyon onu yatağa düşürdüğünde ağrıdan perişan bir şekilde, ateşler içinde yatardı. İşte bunlar en kötü günleriydi. Ama iyi olduğu zamanlar birçok defa onu bahar güneşinde gezintiye çıkarmayı başarmıştım. Artık Will'in en nefret ettiği şeylerden birinin yabancıların ona acıması olduğunu anlamıştım. Bu yüzden onu arabayla bir saat uzaklıkta bulunan, sadece ikimizin olduğu kasabanın kırsal alanlarını gezmeye götürdüm. Düzenlediğim piknik günlerinde kırların en ücra köşelerine kadar gidip meltemin ve müştemilattan uzak olmanın keyfini çıkarırdık.

Bir gün öğleden sonra peynirli ve turşulu sandviçini onun için bölerken, "Erkek arkadaşım seninle tanışmak istiyor," dedim.

Arabayı kasabadan epey uzağa, tepelerden birine sürmüştük. Aramızda kuzuların dolaştığı tarlalarda vadinin karşısındaki şatoyu görebiliyorduk.

"Neden?"

"Gece geç saatlere kadar kiminle vakit geçirdiğimi bilmek istiyor."

Garip bir şekilde söylediğim şeyi neşeyle karşıladığını gördüm.

"Koşan Adam."

"Sanırım ailem de seni tanımak istiyor."

"Bir kız beni ailesiyle tanıştırmak isteyince çok geriliyorum. Annen nasıl bu arada?"

"Aynı."

"Babanın işi ne oldu? Haber var mı?"

"Yok. Haftaya haber çıkar diyorlar. Neyse, cuma günkü doğum günü yemeğime seni de davet etmemi söylediler. Ama merak etme... Gelmek istemeyeceğini söyledim."

"Gelmek istemediğimi kim söyledi?"

"Yabancılardan hoşlanmıyorsun. İnsanların önünde yemek yemeyi sevmiyorsun. Ayrıca erkek arkadaşımdan da hoşlanmıyorsun. O yüzden seni davet etmem budalalık olur."

Artık onu tanıyordum. Will'e bir şeyler yaptırmanın en iyi yolu onun bunu istemeyeceğini önceden bildirmekti. İnatçı, aksi ve hâlâ tahammülsüzdü.

Bir iki dakika düşünüp taşındı. "Hayır, doğum gününe geleceğim. Hiç olmazsa annenin ilgisini çekecek bir şey olur."

"Gerçekten mi? Aman Tanrım, ona söylediğimde akşam her yerin tozunu alıp parlatmaya başlayacak."

"Onun biyolojik annen olduğuna emin misin? Aranızda bazı genetik benzerliklerin olması gerekmez mi? Sandviç alabilir miyim Clark? Biraz daha turşu olsun lütfen."

Yarı şaka, yarı ciddi konuşuyordum. Engelli birini misafir edeceği için annem gerçekten paniğe kapılmıştı. Sanki Will ben bunları söyledikten bir iki dakika sonra kapıdan içeri girecekmiş gibi ellerini yüzüne götürüp şifonyeri düzeltmeye başladı.

"Peki, ama ya tuvalete gitmek isterse? Aşağıda banyomuz yok. Babanın onu yukarı taşıyabileceğini sanmıyorum. Ben yardım edebilirdim ama... elim ayağıma karışır benim. Patrick yapar mı acaba?"

"İşin bu kısmıyla ilgili endişelenme anne."

"Peki, ne yiyecek? Her şeyi püre haline mi getireceğiz? Yiyemediği bir şey var mı?"

"Hayır, sadece yediklerini bölmek gerekiyor."

"Onu kim yapacak."

"Ben yaparım anne, rahat ol. Will tatlı biri, onu seveceksin."

Böylece her şey ayarlandı. Nathan, Will'i arabayla getirecekti. Ardından iki saat sonra tekrar gelip eve geri götürecek, sonra da gece işlerine koşturacaktı. İkisi de doğum günümde saçlarımı açık bırakmam konusunda ısrar ediyorlardı. Tam yedi buçukta kapıyı açtığımda Nathan ve Will'i ön verandada buldum. Will çok şık bir gömlek ve ceket giymişti. Onun gösterdiği çabaya sevinmeli miydim yoksa annem gecenin ilk iki saatini yeterince şık giyinmediği için kaygılanacağından üzülmeli miydim, bilemiyorum."Ah, geldiniz demek."

Babam arkamdan hole çıktı. "Rampa olmuş mu gençler?" Bütün öğleden sonrayı dışarıdaki basamaklara dayamak için tahtadan rampa yapmaya ayırmıştı.

Nathan, Will'in sandalyesini dikkatlice dar koridora doğru geçirdi ve kapıyı arkasından kapatırken, "Çok güzel, hastanedekiler bu kadar iyi değil," dedi kapıyı arkasından kaparken.

Babam, "Bernard Clark," diyerek elini uzattı ve Nathan'la el sıkıştı. Sonra elini Will'e uzattı, ama aniden kızararak geri çekti. "Bernard. Pardon, şey... nasıl el sıkışacağız bilemedim..." diyerek kekelemeye başladı.

"Reverans yapmanız yeterli."

Babam ona baktı ve Will'in şaka yaptığını anlayınca rahatlayarak kahkahayı patlattı. "Ha, şöyle!" diyerek Will'in omzuna yavaşça vurdu. "Evet, reverans iyi fikir!"

Böylece gerginlik ortadan kalkmıştı. Nathan el sallayıp göz kırparak gitti ve ben de Will'in sandalyesini mutfağa doğru iterek götürdüm. Tanrıya şükür, annem ellerinde eldiveniyle güveç tuttuğu için heyecanı çok göze batmıyordu.

"Anne, bu Will. Will, bu da annem Josephine."

"Josie deyin lütfen." Will'e bakarken gözlerinin içi gülüyordu. Fırın eldivenleri dirseklerine kadar uzanmıştı.

Will, "Tanıştığımıza memnun oldum," dedi. "İşinizi bölmeyeyim."

Annem yemeği masaya bıraktı ve elleri saçlarına gitti. Bu hareket annem için hep iyiye işarettir. Fakat yazık ki eldivenini çıkarmayı unutmuştu.

"Özür dilerim. Rosto yaptım. Tam zamanında çıkarmak gerek, bilirsiniz."

Will, "Pek bilmem," dedi. "İyi bir aşçı değilim, ama iyi yemek severim. O sebeple bu geceyi iple çekiyordum."

Babam, "Öyleyse..." diyerek dolabın kapağını açtı. "Nasıl yapalım? Özel bir bira bardağın falan var mı Will?"

Will'e, "Eğer yerinde babam olsaydı tekerlekli sandalyeden önce durumuna uygun özel bir bira bardağı edinir," diye anlatmıştım.

Babam, "Öncelikleri belirlemek lazım öyle değil mi?" dedi. Geniş ağızlı bardağını bulana kadar Will'in çantasını didik didik ettim.

"Bira iyi olur, teşekkürler."

Will birasından bir yudum aldı. Mutfakta durdum ve aniden 80'li yılların duvar kâğıtlarıyla kaplı küçük ve eski evimizi fark ettim. Kırıp dökülmüş mutfak dolaplarımız vardı. Will'in eviyse zevkli döşenmişti; az ve güzel eşyalar vardı. Bizim evdeki eşyaların yüzde doksanı ise bir milyoncu dükkânlardan alınmış gibiydi. Duvardaki her boşluğu Thomas'ın köpek resimleri süslüyordu. Will bunu fark ettiyse de bir şey söylemedi. O ve babam hemen konuşacak bir konu bulmuşlardı; benim işe yaramazlığım. Ama umursamadım. Sohbet onları mutlu ediyordu.

"Biliyor musun, bir keresinde geri geri giderken bir mantar bariyere çarpıp bunun mantarın hatası olduğunu söylemişti."

"Onu bir de benim rampamı alçaltırken görmelisiniz. *Ski Sunday*'in* bazen bizim arabada çekildiğini sanırsınız."

Babam kahkahayı bastı.

Onları baş başa bıraktım. Annem telaşlı bir şekilde peşimden geldi. Yemek masasına bir tepsi bardak bıraktı ve sonra saate baktı. "Patrick nerede?"

"Antrenmandan sonra doğrudan buraya gelecekti," dedim. "Belki bir işi çıkmıştır."

"Senin doğum günün için erteleyemez miydi? Biraz daha geç kalırsa bu tavuk buz gibi olacak."

"Merak etme, her şey yolunda anne."

Tepsiyi yerleştirene kadar bekledim ve sonra kollarımı uzatıp ona sarıldım. Gerginlikten kaskatı olmuştu. Bir an içimi ona karşı bir sevgi dalgası sardı. Annem olmak hiç de kolay değildi.

"Gerçekten endişelenme anne, her şey yolunda."

Kollarımı çözüp alnımı öptü ve ellerini önlüğüne sildi. "Keşke kız kardeşin de burada olsaydı. Onsuz bir kutlama yapmak hiç içime sinmiyor."

Benim içinse durum farklıydı. İlk defa ilgi odağı olmanın keyfini çıkarıyordum. Kulağa çocukça gelebilirdi, ama doğruydu.

---

* BBC'de yayınlanan ve kış sporlarını konu eden bir televizyon programı. (yay. n.)

Will ve babamın benim hakkımda konuşup gülmesi hoşuma gitmişti. Masadaki her şeyin –rosto tavuk ve çikolatalı mus– benim en favorilerim arasından seçilmiş olmasına bayılmıştım. Eskiden bana kim olduğumu hatırlatan kız kardeşimin sesi yokken artık kendim olabildiğimi gördüğümde iyi hissetmiştim.

Kapı çalınca annem el çırptı. "İşte geldi. Lou, sen de servise başla."

Patrick'in yüzü spor yapmaktan hâlâ kırmızıydı. Eğilerek beni öperken, "Mutlu yıllar, bebek," dedi. Cildi tıraş losyonu, deodorant ve ılık, yeni yıkanmış ten kokuyordu.

"Hemen içeri gir." diye başımla oturma odasını gösterdim. "Anneme göre her şey gecikti."

Patrick saatine bakıp, "Ah," dedi. "Özür dilerim zamanın geçtiğini fark etmemişim."

"Başka zamanlarda fark edebiliyorsun ama?"

"Ne?"

"Boş ver."

Babam açılıp kapanan büyük masayı oturma odasına getirmişti. Ayrıca benim uyarımla kanepeyi Will odaya daha rahat girebilsin diye diğer duvara dayamıştı. Will sandalyesini gösterdiğim yere doğru döndürdü ve herkesle aynı seviyede olabilmek için biraz yükseltti. Soluna oturdum; Patrick de karşımıza oturdu. Patrick, Will ve dedem birbirleriyle selamlaştılar. Will'in elini sıkmaması için Patrick'i önceden uyarmıştım. Otururken bile Will'in Patrick'i incelediğini hissedebiliyordum. Bir an Will, aileme olduğu kadar erkek arkadaşıma da cana yakın davranacak mı diye merak ettim.

Will kafasını bana doğru yaklaştırarak, "Sandalyenin arkasına bakarsan akşam yemeği için küçük bir şey bulacaksın," dedi.

Arkaya uzandım ve elimi çantasının alt kısmına doğru soktum. Tekrar karıştırdım ve bir şişe Laurent-Perrie marka şampanyayla karşılaştım.

"Doğum gününde her zaman şampanya olmalı."

Annem tabakları getirirken, "Ah, şuna bak," dedi. "Ne hoş! Ama bizim şampanya bardağımız yok ki."

Will, "Bunlar da olur," dedi.

"Ben açayım." Patrick uzanıp şişenin telini çözdü ve başparmağını mantarın altına soktu. Yukarıdan Will'e bakmaya devam ediyordu. Sanki Will hiç de beklediği gibi biri çıkmamıştı.

Will, Patrick'i izlerken, "Eğer öyle yaparsan her yere sıçrayacak," dedi. Kolunu birkaç santimetre kaldırıp belli belirsiz hareket ettirdi. "Bence mantarı tutup şişeyi çevirirsen daha güvenli bir şekilde açmış olursun."

Babam, "İşte kendi şampanyasını tanıyan adam," dedi. "Haydi Patrick. Şişeyi çevir dedin değil mi? Eh, kim bilebilirdi ki?"

Patrick, "Biliyordum, öyle yapacaktım zaten," dedi.

Şampanya sorunsuz şekilde patlatılıp bardaklara kondu ve doğum günüm şerefine içildi.

Dedem büyük ihtimalle, "Duydum, duydum," diye seslenmişti.

Ayağa kalkıp başımı eğerek herkesi selamladım. 1960'larda moda olan etek kısmı kabarık, sarı renkli mini bir elbise giymiştim. Bunu da hayır kurumunun mağazasından almıştım. Satan kadın markasının *Biba* olabileceğini söyledi, ama etiketi yırtılmıştı.

Babam, "Bu sene Lou'nun sonunda büyüdüğü bir yıl olsun," dedi. "Umarım hayatında önemli bir şeyler yapar diyecektim, ama nihayet yaptı gibi görünüyor. Şunu belirtmeliyim ki Will, sizinle çalıştığından beri Lou kendini buldu."

Annem, "Onunla gurur duyuyoruz," dedi. "Ve size de minnettarız. Onu işe aldığınız için yani."

Will yandan bana bakarak, "Esas ben minnettarım," diye karşılık verdi.

"Sana ve başarının devamına Lou," dedi babam.

Annem de, "Ve şu an burada olmayan aile üyelerine," diye ekledi.

"Vay canına!" dedim. "Daha sık doğum günüm olmalı. Çoğu zaman beni sadece azarlıyorsunuz."

Sonra konuşmaya başladılar. Babam annemi ve kendini yüksek sesle güldürecek aleyhimde başka başka hikâyeler anlattı. Onları gülerken görmek güzeldi. Babam son haftalarda öyle yorgun görünüyordu ki... Annem de etrafa boş gözlerle ve şaşkınlıkla, sanki gerçek benliği başka bir yerdeymiş gibi bakıyordu. Bu anların keyfini çıkarmaya baktım; karşılıklı yapılan şakalar ve aile saadeti içinde onlar da dertlerini unutmuşlardı. Bir an Thomas'ın ya da Treena'nın burada olmasının sorun yaratmayacağını düşündüm.

Kendi düşüncelerime o kadar dalmıştım ki Patrick'in yüz ifadesini fark etmem bir dakikamı aldı. Dedeme bir şey söylerken bir yandan da Will'i besliyordum; parmaklarımla bir parça somon fümeyi kıvırıyor, Will'in dudakları arasına koyuyordum. Bu iş günlük hayatımın sorgulamadığım bir parçası olmuştu, ama hareketin gerektirdiği yakınlığı ancak Patrick'in yüzündeki sarsılmayı gördüğümde anlamıştım.

Will babama bir şey söylerken ben de bakışlarına bir son vermesini dileyerek Patrick'e gözümü diktim. Sol tarafta dedem açgözlü bir keyifle tabağındakileri 'yemek gürültüsü' adını verdiğimiz, mutluluktan çıkardığı küçük homurtu ve mırıltılar eşliğinde didiklemeye başlamıştı.

Will anneme, "Somon çok lezzetli," dedi. "Gerçekten harika bir tat."

Annem gülerek, "Her gün yaptığımız bir şey değil," dedi. "Ama bugün özel olsun istedik."

Bakmayı kes, dedim Patrick'e sessizce.

Sonunda göz göze geldiğimizde Patrick bakışlarını kaçırdı. Tepesi atmıştı.

Will'in ağzına yeni bir parça koydum; sonra bana baktığını görünce biraz da ekmek verdim. O an, Will'in ihtiyaçlarına uyum sağladığımı, ne istediğini anlamam için sadece ona bakmamın yeterli olduğunu fark ettim. Patrick karşımda başını önüne eğmiş yemeğini yiyor, somon fümeyi küçük parçalara ayırıyor ve çatalına saplıyordu. Ekmeğini yemedi.

Will belki de rahatsızlığımı fark ederek, "Ee, Patrick," diye söze girdi. "Louisa bana senin kişisel antrenör olduğunu söyledi. Bu işin içeriği nedir tam olarak?"

Bunu sormamış olmasını öyle çok isterdim ki... Patrick bir satış uzmanı edasıyla kişisel motivasyon ile sağlıklı zihnin sağlıklı bir bedende yer alabileceğine dair uzun konuşmalarından birine başladı. Sonra kendi eğitim programını sırayla anlatmaya girişti; Ekstrem Viking, Kuzey Denizi'nin ısı dereceleri, maraton koşmak için gerekli olan yağ oranları ve bunların her birinde ne kadar başarılı olduğu. Bu noktada ilgimi kaybetmeye başladım; artık tek düşündüğüm Will'in yanında bu tür bir konuşma yapmanın ne kadar uygunsuz olduğuydu. Neden öylesine bir cevap verip geçiştirmedi ki?

"Aslında Lou geleceğini söylediğinde sana tavsiye edebileceğim bir iki fizik tedavi hareketi var mı diye kitaplarıma bakmayı düşündüm."

Şampanyamı yudumlarken tıkandım. "Bu oldukça uzmanlık gerektiren bir durum Patrick. Sen bu konu için doğru kişi değilsin."

"Ben de uzmanlar kadar biliyorum bu işi. Spor yaralanmalarına bakıyorum. Tıbbi eğitim aldım."

"Ama bu bilek burkulması değil, Pat."

"Birkaç yıl evvel belden aşağısı tutmayan bir müşteriyle çalıştım. Şimdi neredeyse tamamen iyileştiğini söylüyor. Triatlon dâhil her şeye katılıyor."

"Hayal gibi," dedi annem.

"Bana Kanada'daki yeni bir araştırmadan bahsetti. Kaslar bir önceki hareketin anımsanmasıyla ilgili bir eğitime tabi tutuluyormuş. Kaslarını her gün yeterince çalıştırırsan tıpkı beyin sinapsı gibi onlar da geri dönebilirmiş. Bahse girerim sana uygulayacağımız iyi bir diyet programı eşliğinde kas hafızanda değişiklik yapabilirsin. Hem Lou'nun söylediklerine bakılırsa önceleri oldukça hareketli bir adammışsın."

Yüksek sesle, "Patrick," dedim. "Bu konu hakkında hiçbir şey bilmiyorsun."

"Ben sadece yardımcı olma..."

"Lütfen, *olma*. Gerçekten."

Masa sessizliğe gömüldü. Babam öksürdü ve sonrasında özür diledi. Dedem masada olanları ihtiyatlı bir sessizlikle anlamaya çalışıyordu.

Annem herkese biraz daha ekmek ikram edecek gibi oldu, ama sonra vazgeçmiş gibi görünüyordu.

Patrick tekrar konuştuğunda ses tonunda mağdur olmuş gibi bir hava vardı. "Yardımcı olabileceğini düşündüğüm bir araştırmaydı yalnızca, ama konuyla ilgili bir daha bir şey söylemeyeceğim."

Will kafasını kaldırıp gülümsedi. Yüzü ifadesiz ve nazikti. "Mutlaka aklımın bir köşesinde tutacağım."

Tabakları temizlemek için ayağa kalktım; masadan kaçmak istiyordum. Fakat annem oturmamı söyleyerek beni azarladı.

Sanki daha önce bir şeyler yapmamıza izin veriyormuş gibi, "Bugün senin doğum günün," dedi. "Bernard, neden gidip tavuğu getirmiyorsun?"

"Hahah! Dua edelim de tavuk etrafta kanat çırpmayı bırakmış olsun." Babam gülerken kırışıklarla dolu yüzünde tek kalan dişi ortaya çıkmıştı.

Yemeğin devamı olaysız geçti. Ailemin Will'e fazlasıyla hayran kaldığını görebiliyordum. Patrick ise pek öyle değildi. O ve Will ancak bir iki kelime daha ettiler. Konu değiştiğinde annem fırın patatesleri servis ederken –babam her zamanki gibi fazladan patates almaya çalışıyordu– endişelenmeyi bıraktım. Babam kazadan önceki hayatı ve hatta kazanın kendisi hakkında Will'e türlü türlü sorular soruyor, Will de ona doğrudan cevap verecek kadar rahat görünüyordu.

Aslında ben de bu sayede bana daha önce anlatmadığı birçok şey öğrenmiş oldum. Mesela her ne kadar önemsemediği bir şeymiş gibi anlatsa da kulağa önemli bir işi varmış gibi geliyordu. Şirket satın alıp satıyormuş ve bu şekilde kâr etmeye çalışıyormuş. Will'in en sonunda yedi sekiz kat kâr ettiğini açıklaması için babamın ona birkaç kez aynı soruyu ısrarla sorması gerekti. O an Will'in anlattığı acımasız kişiyle benim tanıdığım adamı kafamda uzlaştırmaya çalıştım. Babam mobilya fabrikasını devralan şirketten bahsetti ve Will de üzülerek bahsi geçen şirketi tanıdığını söyledi. Ayrıca bu durumla ilgileneceğini de ekledi. Fakat Will'in ses tonundan babamın işi için pek umut olmadığı anlaşılıyordu.

Annem Will'le tatlı tatlı konuşuyor, onun üzerine titriyordu. Bir ara annemin gülen yüzünü izlerken Will'in masadaki yakışıklı adam rolünü aldığını fark ettim. Patrick'in buna çok sinirlendiğine şüphe yoktu.

Büyükbabam, annem bulaşıkları toplarken, "Doğum günü pastası yok mu?" diye sordu.

Bunu o kadar ani bir şekilde sormuştu ki babam ve ben şaşkınlıktan bakakaldık.

Masanın etrafında dolaşıp dedemin yanına gittim ve onu öperek, "Hayır, dede. Üzgünüm, ama çikolatalı mus var. Sen seversin."

Dedem onaylayarak başını salladı. Annemin neşeli hali kimsenin gözünden kaçmıyordu. Hiçbirimizin bundan daha iyi bir hediye alabileceğini sanmıyordum.

Tatlıyla birlikte masaya kare şeklinde büyük, telefon rehberi ebadında bir kutu kondu.

Patrick, "Hediye zamanı, değil mi?" diye sordu. "İşte benimkisi." Hediyesini masanın ortasına yerleştirirken bana gülümsedi.

Ben de ona gülümsedim. Kavga etmenin sırası değildi.

Sonra babam, "Haydi aç," dedi.

Önce onların hediyesini kâğıdı yırtmamak için dikkatlice açtım. Bu bir fotoğraf albümüydü ve her sayfasında geçen her yıllara ait bir fotoğrafım vardı. Bebekliğim, tombul yanaklı ve ciddi halimizle Treena ve ben, ortaokuldaki ilk günüm, tokalar, kocaman etekler... Daha yakın zamana ait Patrick ve benim bir fotoğrafımız da vardı. Bu, ona defolup gitmesini söylerken çekildiğim bir fotoğraftı. Ve gri eteğimle yeni işime başladığım ilk gün de albümdeydi. Sayfaların arasında Thomas'ın yaptığı bazı resimler, annemin sakladığı, okul gezilerinden gönderdiğim, el yazısıyla kumsal günlerini, kaybolan dondurmaları ve hırsız martıları anlattığım mektuplar... Albümü karıştırırken sadece uzun ve koyu renk saçları geriye taranmış kızı görünce bir an duraksadım ve sonra hemen sayfayı çevirdim.

Will, "Bakabilir miyim?" diye sordu.

Ben sayfaları gösterirken annem Will'e, "Bu senenin... çok iyi geçtiğini söyleyemeyeceğim," dedi. "Tanrı'ya şükür, şimdi iyiyiz. Ama işte bilirsin bazı şeyler... Sonra dedesi televizyonda kendi hediyelerimizi hazırlayabileceğimiz bir program gördü ve ben de, işte ne bileyim... gerçekten anlamlı bir şey olacağını düşündüm."

"Gerçekten de anlamlı anne." Gözlerim dolmuştu. "Çok beğendim. Çok teşekkürler."

"Bazı fotoğrafları deden seçti."

Will, "Çok güzel," dedi.

Ben de tekrar, "Çok beğendim," dedim.

Babamla annemin büyük bir iç rahatlığıyla bakışması ise gördüğüm en acı sahneydi.

Patrick masaya küçük bir kutu iterek, "Şimdi sıra bende," dedi. Yavaşça açtım ve bir an nişan yüzüğü olabileceğini düşünerek belli belirsiz bir paniğe kapıldım. Buna hazır değildim. Kendime ait bir yatak odasına bile yeni kavuşmuştum. Küçük kutuyu açtım; koyu mavi kadifenin içinde ince, altın bir zincir ve ucunda sallanan bir yıldız vardı. Çok zarif, narindi ve hiç bana göre değildi. Hiçbir zaman öyle bir şey takmamıştım.

Ne söyleyeceğimi düşünürken kolyeye bakıp durdum ve, "Çok güzel," dedim. Patrick masaya uzanıp kolyeyi boynuma taktı.

Patrick, "Beğendiğine sevindim," dedi ve beni dudaklarımdan öptü. Beni daha önce ailemin önünde asla o şekilde öpmemişti.

Will de beni izliyor, kayıtsızca bakıyordu.

Babam, "Peki, şimdi de puding zamanı," dedi. "Ortam daha fazla ısınmadan yiyelim." Kendi söylediklerine yüksek sesle güldü. Şampanya onu müthiş derecede canlandırmıştı.

Will sessizce,"Benim çantamda da senin için bir şey var," dedi. Sandalyemin arkasında. Turuncu kâğıda sarılı."

Hediyeyi Will'in sırt çantasından çekip çıkardım.

Annem elinde servis kaşığıyla durdu. "Lou'ya hediye mi aldın Will? Çok naziksin. Öyle değil mi Bernhard?"

"Kesinlikle."

Hediye paketinin üzerinde parlak turuncu renkte kimono desenleri vardı. Paketi saklayacağımı bildiğim için bakmam gerekmiyordu. Belki de bu desenleri kullanacağım bir kıyafet tasarlayabilirdim. Önce kurdeleyi, sonra da içindeki ince dokulu kağıdı çıkardım. Oldukça tanıdık siyah-sarı renkli şeritler bana bakıyordu.

Kumaşı paketin içinden çıkardım; elimde bir adet siyah-sarı renkli külotlu çorap vardı. Yetişkin ölçülerindeydi, parıltısız kumaştandı ve öyle yumuşak bir şeye sarılıydı ki neredeyse parmaklarımdan kayıyordu.

"İnanmıyorum," deyip gülmeye başladım. Bu çok keyifli ve beklenmedik bir hediyeydi. "Aman Tanrım! Nereden buldun bunu?"

Babam ve Patrick hep bir ağızdan, "Külotlu çorap mı?" diye seslendi.

"Evet, dünyanın en güzel külotlu çorabı."

Annem dikkatle hediyeme baktı. "Biliyor musun Louisa, çocukken böyle bir külotlu çorabın olduğuna eminim."

Will ve ben bakıştık.

Neşemi saklamayı beceremedim. "Şimdi giymek istiyorum," dedim.

Babam kafasını iki yana sallayarak, "Aman Tanrım, arı kovanındaki Max Wall* gibi gözükecek," dedi. "Ah Bernard, bugün onun doğum günü. Tabii ki istediğini giyecek."

Dışarı koşup koridorda çorapları giydim ve parmaklarımı hareket ettirdim. Gülünçlüğüne hayran kalmıştım. Hayatımda hiçbir hediye beni bu kadar mutlu etmemişti.

Geri döndüm. Will küçük bir tezahürat yaptı ve dedem elleriyle masaya vurdu. Annemle babam gülmekten öldüler. Patrick ise sadece bakıyordu.

"Bunları ne kadar sevdiğimi anlatmam olanaksız," dedim. "Teşekkürler. Çok teşekkürler." Bir elimi uzatıp sırtına dokundum. "Gerçekten teşekkürler."

Will, "İçinde bir de kart var," dedi. "Başka bir zaman açarsın."

O gittikten sonra evdekiler Will hakkında konuşmaya başladılar.

Babam oldukça sarhoştu; beni işe aldığı için Will'e teşekkür etti ve bir daha gelmesi için söz aldı. "Eğer işten çıkarılırsam belki bir gün gelip seninle ragbi izlerim."

Will, "Çok hoş olur," dedi, fakat daha önce ragbi maçlarını izlediğini hiç görmemiştim.

Annem kalan tatlıyı saklama kabına koyup ısrarla Will'e verdi. "Eh, madem çok beğendin."

Patrick koridora geldi; elleri belki de Will'in elini sıkma dürtüsünü engelleyebilmek için dibine kadar ceplerine sokuluydu. En azından ben iyi niyetimden öyle düşünmek istiyordum. Will, "Seninle tanıştığıma memnun oldum Patrick," dedi. "Ve... önerin için teşekkürler."

---

* İngiliz komedyen ve aktör. (ç. n.)

"Sadece kız arkadaşıma işini en iyi şekilde yapabilmesi için yardımcı olmaya çalıştım. O kadar." Kız arkada-şım derken son heceyi net bir vurguyla söylenmişti. Will, Nathan onu dışarı çıkarırken, "Çok şanslı bir adamsın," dedi. "Gerçekten çok iyi hasta banyosu yaptırıyor." Will bunu öyle çabuk söylemişti ki Patrick onun ne dediğini anlayana kadar kapı kapanmıştı bile.

"Ona hasta banyosu yaptırdığını bana daha önce söylememiştin."

Patrick'in kasabanın dışında bulunan yeni yapılmış apartmandaki dairesine gitmiştik. Çatı katı rezidanslar olarak pazarlansa da daire otoparka bakıyordu ve bina sadece üç katlıydı.

"Bu ne anlama geliyor? Penisini mi temizliyorsun?"

"Penisini falan temizlemiyorum." Patrick'in evinde bulundurmama izin verdiği nadir eşyadan biri olan yüz temizleme sütüyle makyajımı temizlemeye başladım.

"Fakat biraz önce yıkadığını söyledi."

"Sana takılmak için söyledi. Eskiden ne kadar *hareketli* bir adam olduğuyla ilgili o kadar çok konuştun ki onu suçlayamam."

"Öyleyse onunla ne yapıyorsun? Belli ki bana her şeyi anlatmıyorsun."

"Bazen onu yıkıyorum evet, ama sadece iç çamaşırına kadar."

Patrick'in bakışları çok şey söylüyordu. Sonunda, gözlerini benden kaçırdı ve çoraplarını çıkarıp çamaşır sepetine fırlattı. "Senin işin bu değildi. Tıbbi ya da mahrem şeyler yapmaycaktın. Bu iş tanımında yoktu." Aniden bu konu üzerinde düşünmeye başlamıştı. "İş koşullarını değiştirdiklerine göre ona dava açabilirsin ya da kötü muamele yüzünden işten ayrılabilirsin."

"Komik olma lütfen. Nathan her zaman orada olamadığı için yapıyorum bunu. Tamamen yabancı birinin şirketten gelip onunla ilgilenmesi Will için korkunç bir şey. Öte yandan ben alıştım, gerçekten rahatsız olmuyorum."

Ona bir bedenin insana bu kadar yakın gelebileceğini nasıl anlatabilirdim ki? Will'in tüplerini ustalaşmış bir profesyonellikle değiştirebiliyor, çıplak bedeninin üst tarafını sohbete ara vermeden banyo süngeriyle temizleyebiliyordum. Artık yara izleri bile beni ürpertmiyordu. Uzun bir süre boyunca görebildiğim tek şey her an gerçekleşebilecek intihar girişimiydi. Şimdiyse karşımda sadece ben Eliza Doolittle taklidi yaptığımda karşılık olarak Profesör Higgins karakterine bürünen, insanı çileden çıkaran, değişken, akıllı ve komik Will vardı. Bedeni, onunla kurduğum ilişkinin bir parçasıydı yalnızca; sohbete ara verdiğimiz anlarda ilgileneceğimiz bir şey haline gelmişti ve artık bana hiç de ilginç gelmiyordu.

"İnanamıyorum... Yaşadığımız onca şey... sana yaklaşmama izin verene kadar geçen zamanı düşününce... Şimdi bir yabancıyla ne kadar kolay yakınlaşabiliyorsun."

"Bu gece bundan bahsetmesek olmaz mı Patrick? Bugün benim doğum günüm."

"Konuyu açan ben değilim; hasta banyoları ve o tuhaf işler..."

"Will yakışıklı olduğu için mi bunu yapıyorsun?" diye sordum. "Bu yüzden mi? *Tam* bir hıyar olsa senin için çok daha kolay olur muydu?"

"Yakışıklı *olduğunu* düşünüyorsun yani."

Elbisemi kafamdan çekip çıkardım ve çorabımı da bacaklarımdan dikkatlice sıyırdım. Canlı ruh halimden arta kalanlar da yavaş yavaş buharlaşıyordu. "Bunu yaptığına inanamıyorum. Onu kıskandığına inanamıyorum."

"Onu kıskandığım falan yok," dedi küçümseyerek. "Sakat bir adamı ne diye kıskanayım ki?"

O gece Patrick'le seviştik. Aslında 'sevişmek' biraz iddialı bir ifade olabilir. O yüzden seks yaptık diyelim. Yaptığımız şey Patrick'in atletik yapısını, gücünü ve enerjisini göstermeye kararlı olduğu bir maraton gibiydi ve saatlerce sürdü. Eğer beni bir avizede sallandırabilme imkânı olsaydı sanırım bunu da yapardı. Büyük bir kısmını ayrı geçirdiğimiz aylardan sonra Patrick'in ilgi odağı olmak ve böyle arzulanmak çok güzeldi. Ama tüm bunlar olurken küçük bir parçam yaptığımız şeye ilgisiz kaldı. Bunun benimle ilgisi olduğundan emin değildim. Sonra durumu kısa sürede çözmüştüm. Bu küçük şov Will yüzünden gerçekleşmişti.

Bana sarılıp alnımdan öperek, "Nasıl, güzel miydi?" diye sordu. Tenimiz terden birbirine yapışmıştı.

"Harikaydı."

"Seni seviyorum tatlım."

Halinden gayet memnun olan Partick bir kolunu başının üzerine koyup döndü; bir iki dakika içinde uykuya dalmıştı bile.

Uykum hâlâ gelmediği için aşağı inip çantamı aradım. İçini karıştırıp Flannery O'Connor'ın kısa hikâyelerinin olduğu kitabı ararken yere bir zarf düştü.

Baktım. Will'in verdiği karttı bu, masadayken açmamıştım. İçinde yumuşak bir şeyler vardı sanki. Kartı dikkatlice zarfından çıkarıp açtım. İçinde on adet, gıcır gıcır 50 sterlinluk banknot vardı. İki kere saydım; gördüğüm şeye inanamıyordum. Zarfın içinde şöyle yazıyordu:

Doğum günün için ikramiye. Abartmaya kalkma. Yasal zorunluluktan. W.

14

Mayıs gerçekten tuhaf geçmişti. Gazeteler ve televizyon kanalları "ölüm hakkı" denilen konuya dair manşetlerle dolup taşıyordu. Dokularında bozulmaya yol açan bir hastalığa sahip bir kadın, kanunların kocasınını himaye altına alması ve ağrıları çok arttığında onu Dignitas'a götürebilmesi için netleştirilmesini istiyordu. Ailesini kendisini Dignitas'a götürmesi için ikna eden genç bir futbolcu da intihar etmişti. İşe polis de karışmıştı. Lordlar Kamarası'nda konuyla ilgili bir tartışma yürütülüyordu.

Haberlerde yaşam savunucularının ve saygın ahlak felsefecilerinin resmi açıklamalarını izledim; hangi tarafta olduğumu bilemiyordum. Tuhaf bir şekilde bunların hiçbirinin Will'le bir alakası yokmuş gibi geliyordu.

Bu arada biz de yavaş yavaş Will'in gezintilerini ve gideceği mesafeyi artırıyorduk. Morris dansçılarını izlemek için yolun aşağısındaki tiyatroya gittik (Will zil ve mendilleri ciddiyetini bozmadan izledi, ama çaba sarf etmekten yüzü pembeleşmişti. Bir akşam da arabayla muhteşem bir malikânenin yakınında yer alan bir açık hava konserine –bu benden çok onun tercihiydi– gittik. Bir keresinde ise sinema salonuna gidip yeterince iyi araştırmadığım için sonunda ölümcül bir hastalığa yakalanan bir kızın hikâyesini anlatan bir film izlemiştik.

Onun da bu manşetleri gördüğünü biliyordum. Yeni programı yüklediğimizden beri bilgisayarı daha fazla kullanıyordu ve başparmağıyla dizüstü bilgisayarın dokunmatik faresini hareket ettirmeyi öğrenmişti. Bu zahmetli egzersiz sayesinde internetten günlük gazeteleri okuyabiliyordu. Bir sabah ona bir fincan çay götürdüğümde genç futbolcuyla ilgili haberi okuduğunu gördüm; oyuncunun kendi ölümüne adım adım hazırlanışını anlatan detaylı bir inceleme yazısına bakıyordu. Arkasında olduğumu fark edince ekranı kapadı. Bu küçük olay göğsümde bir yere yumruk gibi oturdu ve geçmesi tam yarım saatimi aldı.

Aynı yazıya kütüphanede ben de baktım. Artık gazete okumaya başlamıştım. Hangi tartışmaların derinleşeceğini ve verilen bilgilerin her zaman gerçekleri yansıtmadığını biliyordum.

Futbol oyuncusunun ailesi gazetelerin saldırısına uğramıştı. Manşetler, Ölmesine Nasıl Göz Yumarlar! diye bas bas bağırıyordu. Onlarla aynı şeyi düşünmemek elimde değildi. Leo McInerney yirmi dört yaşındaydı. Bu hastalıkla üç yıl yaşamıştı; yani Will'den daha çok çekmişti. Tabii ki yaşamak için hiçbir sebebin kalmadığına karar veremeyecek kadar gençti. Sonra Will'in de okuduğu şeyi gördüm. Bu yazı bir fikir beyan etmeden genç adamın hayatında gerçekten ne olduğunu etraflıca anlatıyordu. Belli ki yazarı aileye ulaşmayı başarmıştı.

Leo'nun üç yaşından beri futbol oynadığı yazıyordu. Tüm hayatı futboldan ibaretti. Oyunculardan biriyle çarpışınca sakatlanmıştı ve bu milyonda bir gerçekleşen bir kazaydı. Ona moral vermek, hayatının hâlâ değerli olduğunu hissettirmek için her şeyi yapmışlardı, ama o depresyona girmişti. Sadece koşamayan bir atlet değil, birinin yardım olmadan hareket edemeyen, bazen nefes bile alamayan biriydi. Hiçbir şeyden zevk almıyordu. Hayatı acı doluydu ve sakatlık onu mahvetmişti. Arkadaşlarını özlüyor, ama onları görmeyi reddediyordu. Kız arkadaşıyla da görüşmeyi kesmişti. Artık ailesine her gün yaşamak istemediğini söylüyordu.

Başka insanların onun adına bir şeylere karar verdiğini görmeye tahammül edemediğini, işkence çektiğini söylüyordu.

Hastanelik olana kadar hiçbir şey yemeyip iki kere intihar etmeye kalkışmıştı ve eve döndüklerinde ailesine kendisini uykudayken boğmaları için yalvarıyordu. Bunu okuyunca kütüphanede oturdum ve hıçkırmadan nefes alabilmek için yumruklarımı sıktım.

Bu arada babam da işten çıkarıldı. Ama bu konuda oldukça cesurdu. O öğleden sonra eve gelip gömleğiyle kravatını değiştirdi ve bir sonraki otobüse atlayıp kasabaya, İş Bulma Kurumu'na kaydolmaya gitti.

Uzun yıllardır deneyimli usta olarak çalışmasına rağmen anneme önüne ne iş gelirse kabul edeceğini söylemişti. Annemin itirazlarına rağmen, "Şu aralar pek seçici olamayız," demişti.

Fakat ben bile bu kadar zor iş bulduysam 55 yaşında, hayatı boyunca aynı işte çalışmış bir adamın iş bulması daha da güçtü. Umutsuzca yaptığı birkaç görüşmeden sonra eve dönünce, "Depo sorumlusu ya da güvenlik görevlisi olarak bile işe alınmadım," demişti. Onun yerine on yedi yaşında, güvenilmez bir sümüklüyü işe almışlardı, çünkü devlet onların maaşını karşılıyordu. Bu sebeple yaptığı iş ortada olan, orta yaşlı bir adamı işe almıyorlardı. İki hafta direndikten sonra annemle birlikte geçici olarak yoksulluk maaşına başvurmayı kabul ettiler. Akşamları anlaşılmaz, elli sayfalık formlar dolduruyorlardı. Çamaşır makinesini kaç kişi kullanıyor, en son ne zaman yurtdışına çıktınız (Babam en son 1988'de çıkmış olabileceğini söyledi) gibi sorular vardı. Will'in doğum günümde verdiği parayı mutfak dolabındaki para kutusuna koydum. Küçük bir güvenceleri olduğunu bilmeleri onları iyi hissettirir diye düşünmüştüm. Sabah uyandığımda paranın zarf içinde kapımın altından atıldığını gördüm.

Sonra turistler geldi ve kasaba dolmaya başladı. Artık Bay Traynor ortalıkta çok daha az görünüyordu. Şatonun ziyaretçi sayısı arttıkça onun da çalışma saatleri uzamıştı. Bir gün kuru temizlemeciden çıkıp eve giderken onu kasabanın çarşısında gördüm. Bu kadarı garip değil tabii; kolu kızıl saçlı bir kadının omzundaydı ve bu kadın kesinlikle Bayan Traynor değildi. Bay Traynor beni görünce sıcak bir patatesi elinden düşürür gibi kadını itti.

Geri dönüp bir mağazanın vitrinine bakar gibi yaptım; onları gördüğümü bilmesini isteyip istemediğimden emin değildim ve bu konu hakkında bir daha düşünmemek için epey çaba harcadım.

Babamın işten çıkarıldığı cuma günü, Will'e Alicia ve Rupert'ın evlilik davetiyesi geldi. Aslında davetiye Albay Dewar ve Bayan Dewar'dan, yani Alicia'nın ailesinden gelmişti. Will'i kızlarının düğününe çağırıyorlardı. Ağır, parşömen kâğıdından bir zarf içinde kutlamaların programı ve hiç adını duymadığım mağazalardan alınabilecek hediye listesi katlanıp konulmuştu.

Karttaki yaldızlı harflere, altın rengiyle çerçevelenmiş kenarlara bakıp, "Kafayı yemiş olmalı," dedim ve, "Atayım mı?" diye sordum.

"Nasıl istersen." O an Will'in tüm bedeninde kararlı bir umursamazlık okunuyordu.

Hediye listesine baktım. "*Couscoussier* de ne Tanrı aşkına?"

Belki hızla dönüp bilgisayar klavyesiyle meşgul olmaya başladığı, belki de ses tonu ciddi olduğu içindi bilmiyorum, ama davetiyeyi kaldırıp atmadım ve dikkatli bir şekilde mutfakta duran dosyasına koydum.

Will bana kısa hikâyelerin olduğu başka bir kitap verdi; Amazon'dan sipariş etmişti. Bununla birlikte bir de *Kızıl Kraliçe* vardı. Bana göre bir kitap olmadığını en baştan anlamıştım. Arka kapağa bakıp, "Bir hikâyesi bile yok," dedim.

Will, "Ne olmuş yani?" diye karşılık verdi. "Biraz değiş artık."

Böylece okumaya başladım. Genetik bilimine ilgim olduğundan değil, ama okumasaydım Will sürekli üstüme gelecek ve ben buna tahammül edemeyecektim. Gerçekten de zorbalık ediyordu. Rahatsız edici bir şekilde, okuyup okumadığımdan emin olmak için beni sözlü sınava kaldırırmış gibi okuduğum yerden soru sorardı.

Ben de, "Sen benim öğretmenim değilsin," diyerek söylenirdim.

Abartılı bir ifadeyle bana, "Tanrı'ya şükür değilim," diye cevap verirdi.

Bu kitap –aslında şaşırtıcı bir şekilde kolay okunabiliyordu– hayatta kalabilmek için verilen bir mücadeleyi anlatıyordu. Kadınların, erkekleri aslında onlara âşık oldukları için seçmediğini, dişi türün kendi çocuklarına en iyi fırsatı sunmak için en güçlü erkeğin peşinden gittiği üzerinde duruyordu. Bu kadınların bilerek yaptığı bir şey değildi; sadece doğaları böyleydi.

Bense buna inanmıyordum; kitaptaki iddialardan hoşlanmamıştım. Will'in beni ikna etmeye çalıştığı şeyin altında rahatsız edici bir mana vardı. Will yazarın söyledikleri düşünülecek olursa fiziksel olarak zayıf, hasarlıydı. Bu bakış açısına göre o biyolojik bir atık oluyordu ve hayatı değersizdi.

Ben söylenmeye başlayınca Will öğleden sonra uzun bir süre bu konudan bahsetti. "Matt Ridley adlı herifin hesap etmediği bir şey var," dedim.

"Ya genetik olarak üstün olan erkek aslında malın tekiyse?"

Mayıs'ın üçüncü haftası, cumartesi günü Treena ve Thomas eve geldiler. Onlar daha caddedeki yolu yarılamadan annem bahçeyi geçip kapının dışına varmıştı bile. Anneme göre Thomas âdeta onun üstüne atlamıştı ve görüşmediğimiz süre içinde birkaç santim daha uzayıp değişmiş, neredeyse küçük bir adam olmuştu. Treena saçını kestirmiş, garip bir biçimde sofistike bir görünüme kavuşmuştu. Üzerinde daha önce hiç görmediğim bir ceket, ayaklarında da şeritli sandaletler Vardı. Kendimi cimri insanlar gibi parayı nereden bulduğunu merak ederken yakaladım.

Annem Thomas'ı bahçenin etrafında gezdirip küçük göldeki kurbağaları gösterirken, "Nasıl gidiyor?" diye sordum. Babam dedemle birlikte futbol maçı izliyor, kaçırılan pozisyonlara hafif bir hüsranla itiraz ediyordu.

"Harika. Gerçekten iyi gidiyor. Thomas'a bakan birinin olmaması kötü tabii; kreşe alışması biraz zaman aldı." Sonra eğilerek, "Yine de sen bunu anneme anlatma, ona her şeyin yolunda olduğunu söyledim," dedi.

"Ama dersler hoşuna gidiyor değil mi?"

Treena'nın yüzü bir gülümsemeyle aydınlandı. "İşin en güzel yanı da o. Anlatamam Lou, sadece beynimi kullanmanın keyfini anlatamam. Sanki kafamın büyük bir kısmı yıllardır boş durmuş gibi hissediyorum... Şimdi onu tekrar dolduruyor gibiyim. Söylediklerim kulağa saçma mı geliyor?"

Başımı salladım. Onun adına mutlu olmuştum. Kütüphaneden, bilgisayarlardan ve Will için yaptıklarımdan bahsetmek istedim, ama sonra bugün onun günü olmalı diye düşündüm. Yırtık pırtık güneşliğin altında açılıp kapanan sandalyelere oturduk ve çayımızı yudumladık. Parmaklarının rengi düzelmişti.

"Sizi özlüyor," dedim.

"Artık çoğu hafta sonu burada olacağız. Sadece biraz yalnız kalmaya ihtiyacım vardı Lou... Yalnızca Thomas alışsın diye değildi yani. Her şeyden kısa bir süre olsun uzak kalmak istedim. Farklı biri olmak için zamana ihtiyacım vardı."

Gerçekten de biraz faklı görünüyordu. Tuhaftır ki evden birkaç hafta uzak kalmak birine duyduğunuz aşinalık hissini silip götürebiliyordu. Treena da tanımadığım biri olma yolunda ilerliyormuş gibime geldi. Garip bir şekilde geride kalmış hissediyordum.

"Annem senin şu sakat adamın akşam yemeğine geldiğini söyledi."

"Sakat adam değil, adı Will."

"Özür dilerim, Will. İşin iyi gidiyor diyebilir miyiz o zaman? Şu bizim ölmeden önce yapmanız gereken yüz şey listesine hâlâ karşı çıkıyor mu?"

"Şöyle böyle diyelim. Bazı geziler diğerlerine göre daha başarılı oldu." Ona at yarışını, keman konserindeki beklemediğim başarıyı ve pikniklerimizi anlattım. Doğum günü yemeğimi anlatınca güldü.

"Sence, şey..." Treena'nın bunu doğru şekilde söylemenin yolunu aradığını fark ettim. "Sence kazanacak mısın?"

Sanki bu bir tür yarışma gibiydi.

Bir tane hanımeli filizi çekip yapraklarını koparmaya başladım. "Bilmem. Sanırım oyunu biraz zorlaştırmam gerekiyor." Bayan Traynor'ın yurtdışına gitmek konusunda söylediklerini anlattım.

"Yine de keman konserine gittiğinize inanamıyorum. Özellikle de senin!"

"Aslında hoşuma gitti."

Treena bir kaşını kaldırmıştı.

"Öyle bakma, gerçekten de dokunaklıydı."

Treena beni dikkatlice inceledi. "Annem gerçekten hoş biri olduğunu söyledi."

"Evet, öyle."

"Yakışıklıymış da."

"Belkemiğinde hasar var diye Quasimodo'ya* benzemesi gerekmiyor."

İçimden, *Ne olur sen de onun kimseye faydası olmayan bir canlı olduğunu söyleme,* diye geçirdim. Fakat sanırım kız kardeşim sandığımdan daha akıllıydı. "Yine de annem onu görünce gerçekten şaşırmış. Sanırım kendini Quasimodo'ya hazırlamıştı."

Çayımın geri kalanını çiçekliğe döküp, "Sorun da bu ya Treena," dedim. "Herkes bu şekilde düşünüyor."

Annem o akşam yemekte çok neşeliydi. Treena'nın en sevdiği yemek olduğu için lazanya pişirdi; ayrıca Thomas'ın geç saatlere kadar oturmasına da izin verilmişti. Yemek yiyip konuştuk, güldük ve futbol takımlarından, işimden ve Treena'nın öğrenci arkadaşları gibi tasasız konulardan bahsettik. Annem sanki bir kenarda ona verebilecek parası varmış gibi Treena'ya tek başına her şeyi halledip halledemediğini, Thomas'ın bir şeye ihtiyacı olup olmadığını yüz kere sormuştu. Tanrı'ya şükür Treena'yı daha önceden annemlerin parasız olduğu konusunda uyarmıştım. Böylece Treena da zarif ve ikna edici bir şekilde hiçbir şeye ihtiyacı olmadığını söyledi.. Gerçekten bir şeye ihtiyacı olup olmadığını sormak ancak sonradan aklıma gelmişti.

Gece yarısı bir ağlama sesiyle uyandım. Küçük odadan Thomas'ın sesi geliyordu. Treena'nın onu rahatlatmaya çalıştı-

* Victor Hugo'nun *Notre Dame'ın Kamburu* adlı eserinde herkesin görüntüsü nedeniyle korkup uzak durduğu kambur karakter. (yay. n.)

ğını, ışığın yanıp söndüğünü ve yatağın yeniden toplandığını duyabiliyordum. Karanlıkta uzanmış, jaluzimin deliklerinden yeni boyanmış tavanıma süzülen ışığı izliyor, gürültünün bitmesini bekliyordum. Ama gece ikide Thomas tekrar ağlamaya başladı. Bu sefer koridordan geçen annemin hafif ayak seslerini ve mırıldanarak konuştuğunu duydum. Sonunda Thomas'ın sesi kesilmişti.

Saat dörtte kapımın gıcırtısına uyandım. Sersemlemiş bir halde gözlerimi kırpıştırıp ışığa döndüm. Thomas'ın gölgesi kapı aralığına yansımıştı. Üzerine büyük gelen pijamaları bacağından sarkmıştı ve uyku tulumunun yarısı yerde sürünüyordu. Yüzünü göremiyordum, ama Thomas olduğu yerde kararsızca, ne yapacağını bilmeden duruyordu.

"Gel buraya," diye fısıldadım. Yarı uykulu, yarı uyanık bir halde bana doğru adım attı. Adımları tereddütlüydü; başparmağını ağzına sokmuş, çok değerli tulumunu bir eliyle sıkı sıkı tutuyordu. Ben yorganı açınca Thomas yatağa çıktı ve dağınık saçlarıyla öteki yastığa gömülüp cenin pozisyonuna geçti. Yorganı üstüne çektim ve hemen uykuya dalmasına hayran kalıp ona bakarak uzandım.

"İyi geceler tatlım," diye fısıldayarak alnından öptüm. Küçük, tombul bir el yanından ayrılmayacağımdan emin olmak için yorganın altından çıkarak tişörtümden bir parçayı avucuna aldı.

*

"Şimdiye kadar gittiğin en güzel yer neresiydi?"

Sundurmada oturmuş aniden bastıran sağanağın dinmesini bekliyorduk. Şatonun arka bahçelerinde yürüyüş yapacaktık. Will orta alana çıkmayı sevmiyordu, çünkü orada bir sürü insan ona bön bön bakıyordu. Çok az insanın ziyaret ettiği sebze bahçeleri onun gizli hazinesiydi. Gizli bostanlar ve meyve bahçeleri nohut büyüklüğünde sevimli çakıl taşlarından yapılmış yollarla birbirinden ayrılmıştı ve Will'in sandalyesi bu yollardan rahatlıkla geçebiliyordu.

"Ne açıdan? Neden sordun?"

Küçük bir mataradan çorba doldurup kaşıkla Will'e uzattım. "Domates çorbası."

"Ah Tanrım! Çok sıcakmış. Bir dakika." Gözlerini kısarak uzaklara baktı. "Otuzuma girdiğimde Kilimanjaro Dağı'na tırmanmıştım. İnanılmayacak derecede güzeldi."

"Yüksekliği neydi?"

"Uhuru Zirvesi beş bin sekiz yüz metreden biraz fazla. Söylendiği gibi, son bin metreyi daha çok sürünerek tırmanmıştım. Yükseklik insanı fena çarpıyor."

"Soğuk muydu?"

Gülümseyerek, "Hayır..." dedi. "Everest gibi değil. En azından benim gittiğim mevsimde öyle değildi." Bir an uzaklara bakarak anılarına daldı. "Çok güzeldi. Oraya Afrika'nın çatısı diyorlar. İnsan zirveye tırmanınca neredeyse dünyanın öteki ucunu görür gibi oluyor."

Will bir an sessiz kaldı. Nereye daldığını merak ederek onu izledim. Onunla böyle sohbetler ederken kendisini çeşitli maceralara atıp bizden uzaklaşan sınıf arkadaşım aklıma gelirdi.

"Peki, başka nereleri sevdin?"

"Mauritius'taki Trou d'Eau Douce koyu. Çok sevimli insanları, güzel kumsalları, harika dalış merkezleri vardır. Bir de... Kenya'daki Tsavo Milli Parkı. Kızıl toprakları ve yabani hayvanlarıyla harika bir yer. Kaliforniya'daki Yosemite de çok güzeldi. Kayalar o kadar yüksekti ki aklın almaz.

Kaya tırmanışı yaparken nasıl sabahladığını anlattı; metrelerce yüksekteki kaya tabakasına tünemiş ve kendini uyku tulumuna dikip kayanın üzerine sabitlemiş. Aksi takdirde uykuda yuvarlanılabiliyormuş.

"Sanırım en kötü kâbusumu anlatmış oldun."

"Aslında büyük şehirleri de seviyorum. Mesela Sidney çok hoşuma gitti. Kuzey ülkelerini de çok severim; mesela İzlanda. Orada havaalanına çok yakın bir yerde, volkanik kaynaklarda yüzebileceğin yerler var. Çok garip, âdeta nükleer bir manzara gibi. Hah! Bir de Güney Çin'de ata bindim. Oraya da Siçuan eyaletinden iki gün at üstünde giderek vardım. Yerliler beni görünce çığlığı basmışlardı; daha önce beyaz ırktan birini hiç görmemişler."

"Gitmediğin yer kaldı mı?"

Bir kaşık daha çorba içti. "Kuzey Kore'ye gitmedim sanırım." İyice düşünüp, "Hah, bir de Disneyland'e hiç gitmedim, o sayılır mı? Avrupa'daki Disneyland'e bile gitmedim."

"Ben de bir defasında Avustralya'ya bilet ayırtmıştım, ama gitmedim."

Şaşırarak dönüp bana baktı.

"Bir şeyler engel oldu. Olsun, belki bir gün giderim."

"Lütfen 'belki' deme. Buradan kurtulmalısın Clark. Hayatının geri kalanını bu hareketsiz, gülünç yerde geçirmeyeceğine dair bana söz ver."

"Söz mü? Neden ki?" Sesimi yükseltmemeye çalıştım. "Sen nereye gidiyorsun ki?"

"Ben sadece... sonsuza kadar buraya yapışıp kaldığını düşünmek istemiyorum," diyerek yutkundu. "Sen çok zekisin, çok ilginç birisin." Gözlerini benden kaçırdı. "Bu dünyaya bir kere geliyoruz. Onu dolu dolu yaşamak senin görevin."

Yavaşça, "Tamam," dedim. "Nereye gitmem gerektiğini söyle o zaman. Eğer istediğin herhangi bir yere gidebilecek olsaydın nereye giderdin?"

"Şimdi mi?"

"Evet, şimdi. Ama Kilimanjaro deme şansın yok. Benim de gidebilmeyi hayal ettiğim bir yer olmalı."

"Will'in yüzü gevşedi; oldukça farklı biri gibi görünüyordu. O an yüzüne bir gülümseme oturdu ve gülümserken gözlerini kıstı. "Paris. Le Marais'deki bir kafede dışarı oturur, kahve içer ve bir tabak tuzsuz tereyağlı ve çilek reçelli sıcak kruvasan yerdim."
"Le Marais mi?"

"Paris'in merkezinde küçük bir semt. Arnavutkaldırımlı bir sürü sokak, yıkılmak üzere olan binalar, eşcinseller, Ortodoks Museviler ve bir zamanlar Brigitte Bardot gibi gözüken, belli bir yaşın üstünde kadınlar... Paris'te kalınacak tek yer burasıdır."

Yüzüne bakmak için ona döndüm ve sesimi alçaltarak, "Birlikte gidebilirdik," dedim. "Eurostar* aracılığıyla halledebiliriz. Çok kolay olur. Nathan'ın gelmesi bile gerekmez. Ben daha önce Paris'e hiç gitmedim, çok güzel olurdu. Gerçekten de gitsek ne iyi olur. Özellikle oraları bilen biriyle gitmeyi çok isterdim. Ne dersin Will?"

Kendimi o kafede hayal ettim. Orada, o masada, belki aklım şık ve küçük bir butikte satılan yeni bir çift Fransız ayakkabıda kalmış bir şekilde otururdum ya da tırnakları Parisli kadınlarınki

* Londra, Paris ve Brüksel şehirlerini birbirine bağlayan hızlı tren sistemi. (yay. n.)

gibi kırmızıya boyalı parmaklarımla küçük tatlılardan atıştırırdım. Kahvenin tadına bakar, yan masadan gelen Gauloises marka sigaranın dumanını içime çekerdim.

"Olmaz."

"Ne?" Kendimi yolun kenarındaki kafeden çekip çıkarmam bir dakikamı aldı.

"Hayır."

"Ama biraz önce bana dedin ki..."

"Anlamıyorsun Clark, ben oraya bu şekilde gitmek istemiyorum." Sandalyesini gösterdi, sesi kısılmıştı. "Ben oraya *ben* olarak gitmek istiyorum. Üzerimde en sevdiğim kıyafetlerimle, orada oturan herhangi bir erkeğe yapacakları gibi bana da bir bakış atacak tatlı Fransız kızların gelip geçtiği bir kafede sandalyeme yaslanmak istiyorum. Çocuk arabasına yerleştirilmiş bir azman olduğumu fark edip hemen kafalarını çevirmelerini görmek istemiyorum."

Bir daha şansımı zorlayıp, "Ama deneyebiliriz," dedim. "Öyle olmak..."

"Hayır, hayır. Olmaz. Şu an gözümü kapattığımda Franc Bourgeois Sokağı'nda olmak nasıl bir his anlayabiliyorum. Bir elimde sigara, önümde soğuk uzun bir bardakta üzüm suyu, birilerinin pişirdiği biftek-patates kokusu, uzaklardan gelen bir motosiklet sesi... Orada yaşayabileceğim bütün hisleri biliyorum."

İç çekti. "Gittiğimiz zaman, ben bu acayip aletin içinde masanın arkasına geçme mücadelesi verip Paris kaldırımlarında bir aşağı bir yukarı turladığımda, taksi şoförleri bizi almayı reddettiğinde ve lanet sandalyemin motoru Fransız prizlerinde şarj olmadığında o anılar, duygular silinip gidecekler. Tamam mı?"

Sesi kuvvetlenmişti. Termosun kapağını kapattım. Dikkatlice ayakkabılarımı incelemeye başladım, çünkü yüzümü görmesini istemiyordum.

"Tamam."

Will, "Tamam," deyip derin bir nefes aldı.

Aşağıda bir yolcu otobüsü şatonun kapıları önünde yeni bir ziyaretçi kümesini indirmek üzere durdu. Ziyaretçilerin başka bir çağdan kalma harabeleri görmek üzere hazırlanarak tek sıra halinde ve itaatkâr bir şekilde araçtan inmelerini sessizlik içinde izledik.

Will biraz durgun olduğumu fark etmiş olmalı ki bana biraz daha yaslandı. Sesi de yumuşamıştı. "Yağmur dinmiş gibi görünüyor Clark. Bu öğleden sonra nereye gidiyoruz? Labirente ne dersin?"

"Hayır." Bu cevap ağzımdan öyle hızlı çıkmıştı ki tavrımı ben bile yadırgadım. Will'in bana baktığını fark etmiştim.

"Klostrofobik misin?"

"Öyle de denebilir." Eşyalarımızı toplamaya başladım. "Hadi artık eve dönelim."

Bir sonraki hafta, gece yarısı su içmek için aşağı inmiştim. Uyumakta güçlük çekiyordum ve bir girdabın içindeki karışık düşüncelerimi yatakta yatarak kovalamaya çalışmaktansa kalkmanın daha iyi olacağını anladım.

Geceleri uyanık olmayı sevmezdim. Nedense şatonun öteki tarafında Will de uyanık mıdır diye merak etmeye başladım ve hayalimde kendimi onun düşüncelerine girmeye zorladım. Oldukça karanlık bir yerdi.

Gerçek şuydu: Onunla bir yere varamıyorduk ve zamanımız azalıyordu. Onu Paris'e gitmeye bile ikna edememiştim ve öne sürdüğü sebepler karşı koyabileceğim gerekçeler değildi. Ona önerdiğim her uzun yolculuk teklifini geri çevirmek için hep iyi bir nedeni vardı ve onu neden uzaklara götürmek konusunda istekli olduğumu ona söylemediğim halde üzerimde az da olsa bir baskı hissediyordum.

Bir gece evde, oturma odasının önünden geçerken boğuk bir öksürme sesi, belki de bir inilti duydum. Durdum, sesi takip ettim ve kapı girişinde kaldım. Sonra kapıyı kibarca açtım. Kanepe minderleri oturma odasının zeminine gelişigüzel bir şekilde dizilip yatak haline getirilmişti ve üzerinde annemle babam yatıyordu. Sobayla aynı hizadaki kafaları yorganın ucundan gözüküyordu. Yarı ışıkta bir süre birbirimize baktık; bardağım elimde donup kalmıştı.

"Siz... siz orada ne yapıyorsunuz?"

Annem dirseklerine dayanarak kalkıp, "Şşşt, sesini yükseltme," dedikten sonra babama baktı. "Bir değişiklik yapalım dedik."

"Ne?"

"Bir değişiklik yaptık dedim ya." Annem desteklemesi için tekrar babama baktı.

Babam, "Yatağımızı Treena'ya verdik," dedi. Omzu sökük, eskimiş, mavi renkli bir tişört giymişti ve saçı da bir yana yatmıştı. "Thomas'la birlikte küçük odada çok iyi anlaştıkları söylenemez. Biz de ona bizim odayı verdik."

"Ama burada uyuyamazsınız! Böyle rahat edemezsiniz."

Babam, "Biz iyiyiz tatlım," dedi. "Bir sorun yok."

Orada öylece durup ne olduğunu anlamaya çalışırken babam, "Sadece hafta sonlarında böyle olacak, ayrıca sen de o küçük odada kalamazsın. Uykunu alman lazım, üstelik evde tek..." diyerek yutkundu. "Üstelik evde tek çalışan sensin."

Babam, o koskoca adam gözlerime bakamamıştı.

"Yatağına git Lou. Haydi. Biz iyiyiz." Annem neredeyse beni kovacaktı.

Çıplak ayaklarımla halının üzerinde sessizce ilerleyerek merdivenlerden çıktım; aşağıda geçen kısa ve mırıltılı konuşmanın bir kısmını duyabiliyordum.

Babamla annemin odasının önünden geçerken daha önce duymadığım bir ses duyarak duraksadım. Thomas hafif bir şekilde horluyordu. Sonra yavaşça kendi odama geçmek üzere geri yürüdüm ve kapıyı arkamdan dikkatlice kapadım. Gereğinden büyük yatağıma uzanıp güneşin ilk ışıkları bana birkaç saatlik paha biçilmez bir uyku verene dek caddedeki sokak lambalarını izledim.

Takvimime göre yetmiş dokuz günüm kalmıştı. Yine kaygılanmaya başlamıştım ve bu konuda yalnız değildim.

Bayan Traynor bir öğle vakti Nathan'ın Will'le ilgilendiği esnada, ona büyük eve kadar eşlik etmemi istedi. Beni oturma odasına alıp işlerin yolunda gidip gitmediğini sordu.

"Artık daha çok dışarı çıkıyoruz."

Bayan Traynor da onaylarcasına başını salladı.

"Eskisine göre daha çok konuşuyor."

Bana, "Sadece seninle," diye cevap verip yarım ağızla güldü; tabii buna gülmek denilebilirse. "Ona yurtdışına gitmekten hiç bahsettin mi?"

"Hayır, henüz değil. Ama edeceğim. Sadece... Onun böyle durumlarda nasıl davrandığını siz de biliyorsunuz."

Bayan Traynor, "Eğer bir yere gitmek istiyorsanız benim için gerçekten bir mahsuru yok," dedi. "Başlangıçta bu konuda sana pek destek veremedik, ama sonra çok düşündük. İkimiz de bu konuda hemfikiriz..."

Sessizce oturduk. Bana fincan ve fincan tabağıyla birlikte kahve servisi yaptı. Kahveden bir yudum aldım. Tabağını kucağıma koyarak fincanda kahve içtiğimde kendimi hep altmış yaşında hissederim.

"Will bana senin evine geldiğini söyledi."

"Evet, doğum günümdü. Ailem bana özel yemekli bir davet verdi."

"O nasıl davrandı?"

"Gerçekten de çok iyiydi. Annemle çok iyi anlaştı." Hatırlayınca elimde olmadan güldüm. "Annem... kız kardeşim ve kız kardeşimin oğlu evden gittiği için biraz mutsuz, onları çok özlüyor. Will de sanırım... onu rahatlatmak istedi."

Bayan Traynor şaşırmıştı. "Ne kadar düşünceli..."

"Annem de öyle düşündü."

Bayan Traynor kahvesini karıştırdı. "Will en son ne zaman bizimle akşam yemeğine katıldı hatırlamıyorum."

Benden biraz daha bilgi almaya çalıştı. Tabii ki sorularını doğrudan sormuyordu; bu onun tarzı değildi. Ama onun istediği cevapları veremiyordum. Bazı günler Will'in daha mutlu olduğunu düşünüyordum; sorunsuz bir şekilde dışarıya çıkıyorduk, benimle dalga geçiyor, zihinsel konularda yüreklendiriyordu. Müştemilatın dışındaki dünyayla biraz daha meşgul gibi görünüyordu, ama kafasından neler geçtiğini tam olarak nasıl bilebilirdim? Will'in yanındayken ona ait geniş bir iç dünyanın varlığını hissediyordum, fakat Will bu dünyaya kısa bir bakış atmama bile izin vermiyordu. Son birkaç haftadır bu iç dünyanın gitgide büyüdüğünü hissediyordum ve bu da beni rahatsız ediyordu.

"Biraz daha mutlu," dedi Bayan Traynor. Sanki kendini rahatlatmaya çalışıyordu.

"Sanırım."

"Onu birazcık olsun eskisi gibi gördüğüm için..." bana bakarken bakışları titredi, "...şükrediyorum. Tüm bu gelişmelerin senin sayende olduğunun gayet farkındayım."

"Hepsi değil."

"Ben ona ulaşamadım, yaklaşamadım."

Fincanını ve tabağını dizine koydu. "Will aykırı bir insan Ergenliğe adım attığından beri onun gözünde hep yanlış bir şey yaptığım duygusuyla boğuşmak zorunda kaldım, ama ne olduğundan tam olarak hiçbir zaman emin olamadım." Gülmeye çalışsa da beceremedi. Kısa bir süre bana baktı ve sonra gözlerini başka yöne çevirdi.

Fincanımda hiçbir şey kalmadığı halde kahvemi yudumluyor gibi yaptım.

"Sen annenle anlaşabiliyor musun Louisa?"

"Evet. Beni sinir eden kişi genellikle kız kardeşim oluyor."

Bayan Traynor pencereden dışarı, sevgili bahçesinin çiçek açmaya başladığı yere baktı. Çiçekler pembe, leylak ve mavi renklerin uçuk ve zevkli bir karışımını yansıtıyordu.

"Sadece iki buçuk ayımız kaldı." Başını hiç çevirmeden benle konuşmaya devam etti.

Fincanı ses çıkarmasın diye özenerek masaya koydum. "Elimden geleni yapıyorum Bayan Traynor."

"Biliyorum, Louisa," diyerek başını salladı.

Kendimi dışarı attım.

Leo McInerney İsviçre'de, meçhul bir dairenin odasında 22 Mayıs'ta öldü. Üzerinde en sevdiği futbol tişörtü, yanında da ailesi vardı. Küçük kardeşi gelmeyi reddetse de sonradan kimsenin kardeşi kadar çok sevilmediği ve desteklenmediğini söyleyen bir demeç vermişti. Leo saat 3.47'de, süt kıvamındaki öldürücü uyku ilacını içmişti. Ailesi birkaç dakika içinde derin bir uykuya daldığını söyledi. O öğleden sonra, 4'ü bir ya da iki dakika geçe bir müşahit tarafından öldüğü resmen açıklandı. Onun yanı sıra bir video kamera yanlış bir şey yapılmasını engellemek amacıyla bütün süreci kayıt altına alıyordu.

Annesi, "Çok huzurlu görünüyordu," diyordu. "Beni ayakta tutan tek şey bu."

O ve babası üç defa polis tarafından sorguya çekilip kovuşturma tehdidiyle karşı karşıya kalmışlardı. Evlerine nefret kusan mektuplar geliyordu. Annesi olduğundan yirmi yaş daha yaşlı görünüyordu. Yine de konuştuğu zaman ifadesinde başka bir şey daha vardı; acı, kızgınlık, kaygı ve bitkinliğin yanı sıra derin mi derin bir rahatlama.

"Sonunda yine eski Leo gibi bakıyordu."

15

“Eee Clark... Bu akşamki planların arasında heyecanlı etkinlikler var mı ?”

Bahçedeydik. Nathan Will’in fizik tedavisini uyguluyor, dizlerini nazik bir şekilde göğsüne doğru aşağı yukarı hareket ettiriyordu. Will yüzünü güneşe dönmüş, güneşleniyormuş gibi kollarını iki yana açarak battaniyenin üzerine uzanmıştı. Ben de onların yanında çimenlere oturdum ve sandviçimi yedim. Artık öğle yemeğinde nadiren dışarı çıkıyordum.

“Neden sordun?”

“Meraktan. Burada olmadığında zamanını nasıl geçirdiğini merak ediyorum.”

“Bu akşam ileri dövüş sporları müsabakasının ardından bir helikopter beni akşam yemeği için Monte Carlo’ya götürecek. Ve ardından eve dönmeden önce Cannes’da bir kokteyl içebilirim. Eğer saat gece iki sularında yukarı bakarsan dönüş yolundan sana el sallarım,” dedim. Sandviçimi iyice aralayıp içindekilere baktım. “Muhtemelen kitabımı bitireceğim.”

Will, Nathan’a bir bakış atıp sırıtarak, “Onluğumu isterim,” dedi. Nathan elini cebine götürdü ve, “Her zaman,” dedi.

Onlara dik dik baktım. Nathan parayı Will’in avucuna sıkıştırırken, “Her zaman olan nedir?” diye sordum. “Will senin kitap okuyacağını ben de televizyon seyredeceğini iddia etmiştim. Fakat Will her zaman kazanıyor”

Sandviçim dudaklarımda dondu kaldı. "Her zaman mı? Hayatımın ne kadar sıkıcı olduğu hakkında iddiaya mı giriyorsunuz?"

"Biz o kelimeyi kullanmazdık," dedi Will. Gözlerindeki hafif suçlu bakış ise bana aksini söylüyordu.

Oturduğum yerde doğruldum. "Şunu açıklığa kavuşturalım; siz ikiniz, bir cuma akşamı benim kitap mı okuyacağım yoksa televizyon mu seyredeceğim hakkında gerçekten parayla iddiaya mı giriyorsunuz?"

"Hayır," dedi Will. "Aslında pistte Koşan Adam'la buluşacağını düşünüyordum."

Nathan, Will'in bacağını bıraktı ve kolunu çekip düzleştirerek bileğinden yukarı doğru masaj yapmaya başladı.

"Peki, ya tamamen farklı bir şey yaptığımı söyleseydim?"

"Ama hiç yapmıyorsun," dedi Nathan.

"Ben şunu bir alayım," deyip onluğu Will'in elinden çektim. "Çünkü bu gece kaybettiniz."

"Kitap okuyacağını söylemiştin!" diye karşı çıktı Will.

Elimdeki onluk banknotu sallayarak, "Artık bu var," dedim. "Sinemaya gideceğim. İşte! İstem dışı sonuçlar ya da adına her ne deniyorsa o."

Ayağa kalkıp parayı cebime koydum ve öğle yemeğimden kalan artıkları kahverengi kese kâğıdının içine tıkıştırdım. Yanlarından ayrıldığımda gülümsüyordum, ama tuhaftır ki o an anlamadığım bir nedenden ötürü gözlerim yaşlanıp karıncalanmıştı.

O sabah Traynor'ların evine gelmeden önce bir saatimi takvim üzerinde çalışarak geçirmiştim. Bazı günler elimde keçeli kalemle otururur, Will'i nereye götürebilirim sorusunun üzerinde çalışarak yatağımdan takvime boş boş bakardım. Will'i daha uzak yerlere götürebileceğimi henüz sanmıyordum ve Nathan yardım etse dahi geceleri konaklayacağımız geziler gözümü korkutuyordu.

Futbol maçlarına ve yerel festivallere bakarak yerel gazeteleri taradım, ama at yarışı fiyaskosundan sonra Will'in tekerlekli sandalyesinin çimenlere takılabileceğinden korkuyordum. Ayrıca kalabalıkların Will'i korunmasız hissettirebileceğine dair endişelerim vardı. Atlara ilişkin bütün seçenekleri elemem gerekiyordu ki bu durum bizimkisi gibi bir bölgede şaşırtıcı sayıda açık hava aktivitesi anlamına geliyordu. Patrick'in antremanlarını seyretmek istemeyeceğini biliyordum; ayrıca kriket ve ragbi de hoşuna gitmiyordu. Bazı günler yeni fikirler geliştiremediğim için kendimi berbat hissediyordum.

Belki de Will ve Nathan haklıydı. Belki de sıkıcı biriydim. Sanırım Will'in yaşam arzusunu alevlendirebilecek şeyleri bulmayı deneyebilecek insanlar içinde en az donanımlı olan bendim.

Ya kitap okur ya da televizyon izlerdim. Böyle söylenince bir farklılık olacağına inanmakta zorlanıyordum.

Nathan gittikten sonra Will beni mutfakta buldu. Küçük masada oturmuş akşam yemeği için patates soyuyordum. Tekerlekli sandalyesini kapının ağzına kadar ilerletti, ama dönüp ona bakmadım. Kulaklarım pembeleşinceye kadar uzun bir süre, ayrıntıyla beni izledi.

Sonunda, "Biliyorsun," dedim. "Sana orada çok kötü davranabilir, senin de hiçbir şey yapmadığını söyleyebilirdim."

"Nathan'ın benim dışarı çıkıp dansa gitmem üzerine bahse gireceğinden pek emin değilim," dedi Will.

Uzunca bir patates kabuğunu kenara koyduğum sırada, "Bunun bir şaka olduğunu biliyorum," diye devam ettim. "Ama bok gibi hissetmeme neden oldun. Eğer benim sıkıcı hayatım üzerine bahse giriyorsanız beni bundan haberdar etmeniz gerekiyor muydu? Sen ve Nathan bunu kendi aranızdaki bir şaka olarak saklayamaz mıydınız?"

Will bir süre hiçbir şey söylemedi. Nihayet kafamı kaldırdığımda bana bakıyordu. "Üzgünüm," dedi.

"Üzgün görünmüyorsun."

"Şey... tamam. Belki senin de bunu duymanı istedim. Ne yaptığın hakkında düşünmeni istedim."

"Ne? Hayatımın kayıp gitmesine izin verdiğimi mi söylüyorsun?"

"Aslında, evet."

"Tanrım, Will. Keşke bana ne yapmam gerektiğini söylemeyi bıraksan. Ya ben televizyon izlemeyi seviyorsam? Ya kitap okumaktan başka bir şey yapmak istemiyorsam?" Sesim tizleşmişti. "Ya işten eve gittiğimde yorgun oluyorsam? Ya günlerimi çılgınca etkinliklerle doldurmaya ihtiyacım yoksa?"

"Ama bir gün bunları yapmış olmayı dileyebilirsin," dedi sakince. "Senin yerinde olsam ne yapardım biliyor musun?"

Kabuk soyma bıçağını kenara koydum. "Sanırım istemesem de anlatacaksın."

"Evet. Ve bunu sana söylemekten hiçbir şekilde rahatsızlık duymayacağım. Yerinde olsam bir akşam okuluna giderdim. Terzilik, moda tasarımcılığı veya gerçekten sevdiğin şeyle ilgili alabileceğin eğitim neyse o eğitimi alırdım." Eliyle bir zamanlar dedeme ait perdelerin kumaşından dikilmiş Emilio Pucci tarzı, altmışlardan esinlenilmiş mini elbisemi işaret etti.

Babam bunu ilk gördüğünde beni gösterip, "Hey Lou, kendine bir çekidüzen ver!" diye bağırmış, gülmesi tam beş dakika sürmüştü.

"Ben olsam çok pahalıya mal olmadan ne yapabiliyorsam onu bulup ortaya çıkarmaya çalışırdım. Fitness dersleri, yüzme, gönüllü projeler ve daha bir sürü şey. Kendi kendime müzik öğrenir, başkasının köpeğiyle uzun yürüyüşlere çıkar veya... "

Ters ters, "Tamam, tamam, mesajı aldım," dedim. "Ama ben, sen değilim Will."

"Bunun için şanslısın."

Bir süre orada oturduk. Will tekerlekli sandalyesini içeri sürdü ve boyunu yükseltti. Böylece masada birbirimize bakarak konuşabiliyorduk.

"Tamam," dedim. "Peki, sen işten başka ne yaptın? Bu kadar değerli olan şey nedir?"

"Aslında işten geriye pek vakit kalmıyordu, ama her gün bir şey yapmayı deniyordum. Kapalı bir merkezde kaya tırmanışı ve duvar tenisi yaptım, konserlere gittim, yeni restoranlar denedim..."

"Paran varsa bunları yapmak kolay," diye itiraz ettim.

Ben tek kaşımı kaldırmış ona bakarken, "Ve koşmaya giderdim; evet, gerçekten," dedi. "İleride gidebileceğim yeni ülkeler için yeni diller öğrenmeye çalıştım. Arkadaşlarımın veya arkadaşım olduğunu zannettiklerimin..." Bir an tereddüt etti. "Ve yolculuk planları yaptım. Daha önce gitmediğim yerler aradım, beni korkutacak veya sınırlarımı zorlayacak şeylerin peşine düştüm. Bir keresinde Manş Denizi'ni geçtim. Yamaç paraşütü yaptım. Dağlara çıktım ve aşağıya kayarak indim. Evet..." dedi ben sözünü kesmeye kalktığımda, "biliyorum, bunların çoğu para gerektiriyor, ama bir kısmı da gerektirmiyor. Ayrıca nasıl para kazandığımı sanıyorsun?"

"Şehirdeki insanları soyarak mı?

"Beni neyin mutlu edeceğini ve ne yapmak istediğimi fark edip bunları gerçekleştirebileceğim bir iş yapmak için kendimi geliştirdim."

"Çok kolay şeylermiş gibi söylüyorsun."

"Çok kolay tabii. Olay şu ki aynı zamanda çok sıkı çalışmak gerekiyor. Ama insanlar çalışmaya çok fazla vakit harcamak istemiyorlar."

Patatesleri bitirmiştim. Kabuklarını çöp kutusuna attım ve tavayı daha sonrası için hazır olsun diye ocağın üzerine koydum. Döndüm ve kollarımdan destek alarak bacaklarımı sarkıtıp masaya oturdum. Yüzüm Will'e dönüktü.

"Güzel bir yaşamın oldu, değil mi?"

"Evet, öyle." Bana biraz daha yakınlaştı ve koltuğunu yükseltti; böylece neredeyse göz göze gelmiştik. "Bu yüzden beni deli ediyorsun Clark. Çünkü yeteneği görüyorum, tüm bu..." Omzunu silkti. "Bu enerjiyi, parıltıyı ve... "

"Potansiyel deme..."

"... potansiyel, evet. Potansiyel. Ayrıca benim için nasıl böyle küçük bir hayat yaşamaya razı olabildiğini anlayamıyorum. Bu hayat hepi topu sekiz km yarıçapında bir alanda geçtiği için seni şaşırtıp zorlayacak, başını döndürecek ya da gece uyumana engel olacak şeyler gösterecek kimseyi içermeyecek."

"Bana patates soymaktan çok daha değerli bir şey yapmam gerektiğini bu yüzden mi söylüyorsun?"

"Ben sana dışarıda koskocaman bir dünya olduğunu söylüyorum. Ama önce bana biraz daha patates pişirirsen çok müteşekkir olurum." Will gülümsedi ve ben de ona gülümsemekten kendimi alamadım.

"Hiç düşünmüyor musun..." diye söze başladım ve ardından birdenbire durdum.

"Devam et."

"Tüm bunları gerçekleştirdiğin için bu şekilde... Bu şekilde yaşamaya daha zor uyum sağladığını düşünmüyor musun?"

"Bana bu bahsettiklerimi hiç yapmamış olmayı dilememi mi söylüyorsun?"

"Ben sadece her şey senin için çok daha kolay olabilir miydi diye merak ettim. Eğer daha küçük bir hayat yaşamış olsaydın ya da benim gibi olsaydın..."

"Yaptığım şeylerden asla ve asla pişmanlık duymayacağım, çünkü eğer bunlardan bir tanesine yapışıp kalırsan elinde kalan tek şey hafızanda yolculuk edebileceğin yerler oluyor," diyerek gülümsedi. Gülüşü sanki ona bir şeye mal olmuşçasına gergindi. "Dolayısıyla, eğer bana mahalle bakkalından bakınca şatonun ya da kavşak boyunca dizilmiş sevimli dükkânların nasıl göründüğünü hatırlamayı tercih eder miydim diye soruyorsan o zaman cevabım hayır. Benimkisi çok daha iyi bir hayat oldu."

Masadan aşağıya kayarak indim. Nasıl olduğundan emin değildim, ama bir kez daha kendimi bir şekilde tartışmada köşeye sıkışmış hissettim. Bulaşıklıktaki kesme tahtasına uzandım.

"Lou, özür dilerim. Bahis meselesi için..."

"Sorun değil." Döndüm ve kesme tahtasını lavaboda durulamaya başladım. "Bunun onluğunu geri getireceğini düşünme ama."

İki gün sonra Will enfeksiyon nedeniyle hastanelik oldu. Çok acı çektiğini herkes görebiliyordu, ama önlem almaları gerektiğini söylediler. Bazı kuadripleji hastaları duyularını tamamen yitirebiliyordu, ama Will ateşe karşı hassasiyetini kaybetmiş olsa da göğsünden aşağısı hem acıyı hem teması hissedebiliyordu. Müzik ve güzel yemekler götürüp ona eşlik etmeyi önererek onu iki kez görmeye gittim, ama Will'in fazladan ilgi göstermemi istemediğini fark ettim. Bana eve gitmemi ve kendi başıma iyi vakit geçirmemi söyledi.

Bir yıl önce olsa boş günlerimi anlamsızca harcar, mağazaların altını üstüne getirirdim. Ya da belki de öğle yemeğinde Patrick'le buluşmaya giderdim. Muhtemelen gündüz vakti televizyon seyrederdim ve belki de elbiselerimi düzenlemek için boş bir girişimde bulunurdum. Ayrıca gereğinden fazla uyurdum.

Oysa bu kez kendimi tuhaf bir şekilde huzursuz ve sarsılmış hissediyordum. Erken kalkmak için bir nedenimin ya da bir amacımın olmasını özlemiştim.

Bu zamanın faydalı bir şekilde değerlendirebileceğimi anlamam neredeyse sabah vaktinin yarısını aldı. Öğlen kütüphaneye gittim ve araştırmaya başladım. Kuadripleji hastalarıyla ilgili bulabildiğim bütün internet sitelerine baktım ve Will iyileştiği zaman yapabileceğimiz şeyler üzerine çalıştım. Her etkinlik için göz önünde bulundurmam gereken alet veya eşyaları sınıflandırdığım listeler hazırlıyordum. Omurilikleri hasarlı olanlar için sohbet odaları keşfettim ve dışarıda tıpkı Will gibi, Londra'da, Sidney'de, Vancouver'de veya yolun aşağısında gizli hayatlar sürdüren, arkadaşları veya aileleri tarafından yardım gören ya da içler acısı derecede yalnızlık çeken binlerce kadın ve erkek olduğunu fark ettim.

İnternet siteleriyle ilgilenen tek bakıcı ben değildim. Dışarı çıkmaları için erkek arkadaşlarının güvenini nasıl kazanacaklarını soran genç kızlar ya da en yeni tıbbi gelişmelerle ilgili tavsiye arayan kocalar da internet siteleriyle ilgileniyorlardı. Kumda veya arazide gidebilen tekerlekli sandalye reklamları, akıllı kaldıraçlar veya şişirilebilir lastik banyo havuzlarının reklamları vardı.

Bu tartışmaların bazı kodları vardı. Örneğin OİY'nin omurilik yaralanması, SV'nin sağlıklı vücut, İYE'nin idrar yolları enfeksiyonu olduğunu anladım. C4/5 omurlarındaki yaralanmanın C11/12 yaralanmalarından çok daha ciddi olduğunu, fakat çoğunun yine de kollarını ve gövdelerini kullanabildiğini gördüm. Aşk ve kayıp üzerine hikâyeler okudum ve eşlerin hem engelli eşlerine hem de çocuklarına nasıl baktığını anladım. Kocalarından bir daha dayak yememek için dua ettikleri için kendilerini suçlu hisseden kadınlar vardı. Sonunda kocaları onları dövemeyecek duruma gelmişti. Ayrıca engelli karılarını terk etmek isteyen, ama toplumun tepkisinden çekinen kocalar da bulunuyordu. Bitkinlik, çaresizlik, sonda torbalarının patlaması, diğer insanların iyi niyetli aptallıkları veya sarhoş olup yaşanan talihsizlikler gibi çokça kara mizah da vardı. Tekerlekli sandalyeden düşmekse ortak bir sorun gibi gözüküyordu. Tabii bir de intihar meselesi vardı. İntihar etmek isteyenler, intihar etmek isteyenlere biraz daha beklemelerini söyleyenler, yaşamlarına başka bir yönden bakmayı öğrenmeleri için onlara cesaret verenler de bulunuyordu. Her başlığı okudum ve okurken Will'in beyninin nasıl çalıştığına dair gizli bilgiler ediniyormuşum gibi hissettim.

Öğle arasında kütüphaneden ayrıldım ve kafamı toplamak için kasabanın etrafında kısa bir yürüyüşe çıktım. Kendime karidesli bir sandviç ısmarladım ve duvarın üstüne oturup şatonun aşağısındaki gölde yüzen kuğuları izledim. Hava sıcaktı; ceketimi çıkardım ve yüzümü güneşe doğru çevirdim. Kendi dertlerine dalmış dünyanın geri kalanını izlemekte garip bir huzur vardı. Bütün sabahı eve kapanıp sıkışıp kalmış dünyamda geçirdikten sonra dışarıda yürüyüp güneşin altında öğle yemeği yerken kendimi özgür hissetmiştim.

Yemeğim bitince kütüphaneye dönüp yine bilgisayarın başına oturdum. Derin bir nefes alıp bir mesaj yazdım.

Selam - Ben 35 yaşındaki bir C5/6 kuadripleji hastasının arkadaşı ve bakıcısıyım. Geçirdiği kazadan önce çok başarılı ve hareketli biriymiş; dolayısıyla yeni yaşantısına uyum sağlamakta zorlanıyor. Aslında artık yaşamak istemediğini biliyorum ve fikrini değiştirmek için bazı çareler bulmaya çalışıyorum. Bunu nasıl yapabileceğim hakkında biri bana yardımcı olabilir mi? Keyif alabileceği şeyler hakkında veya daha farklı düşünmesini sağlayabilecek her türlü fikir ya da tavsiye makbule geçer.

Kendime Çalışkan Arı ismini takmıştım. Ardından sandalyeme yaslandım, biraz başparmağımın tırnağını kemirdim ve nihayet 'Gönder' tuşuna bastım.

Ertesi sabah bilgisayarın başına oturduğumda on dört cevap gelmişti. Sohbet odasına girdim ve isim listesini görünce gözlerimi kırpıştırdım. Dünyanın dört bir yanından gündüz ve gece boyunca mesajlar gelmişti. İlki şöyle diyordu:

Sevgili Çalışkan Arı,

Aramıza hoş geldin. Eminim birinin arkadaşınla ilgileniyor olması onu büyük ölçüde rahatlatıyordur.

Tabii ben bundan çok emin değildim.

Sanırım buradaki çoğu insan hayatının bir noktasında her şeyi sona erdirmeyi düşünmüştür. Arkadaşınız da muhtemelen o durumda. Sizi kendinden uzaklaştırmasına izin vermeyin. Olumlu düşünün ve ona bu dünyaya ne zaman gelip bu dünyadan ne zaman gideceğimizin kararının ona ait olmadığını, buna ancak Tanrı'nın karar verebileceğini hatırlatın. Arkadaşının hayatını değiştirmeye karar veren de O. O'nun irfanı sayesinde alınacak bir ders vardır, O'nun...

Bir sonraki mesaja geçtim.

Sevgili Arı,

Kuadripleji insanı bezdirir, bundan kaçmanın bir yolu yok. Seninki zamanında spor yapmışsa bu ona daha da zor gelecektir. Bana yardımcı olan şeyler şunlar: İstemediğim zamanlarda bile bolca arkadaşlık, iyi yemek, iyi doktorlar, iyi ilaçlar ve gerektiğinde depresyon ilaçları. Nerede oturduğunuzdan bahsetmemişsin, ama eğer arkadaşını OİY Topluluğu'ndan diğer insanlarla konuşturabilirsen bir faydası olabilir. Ben ilk başta oldukça isteksizdim (sanırım bir parçam gerçekten kuadripleji hastası olduğumu kabul etmek istemiyor) ama yalnız olmadığını bilmek faydalı oluyor.

Ah, bir de *Kelebek ve Dalgıç* gibi filmleri SAKIN SEYRETTİRME. Çok moral bozuyor.

Nasıl gittiğini bize bildir.

En iyi dileklerimle,

Ritchie

Kelebek ve Dalgıç filmini araştırdım. Filmin felç geçirdikten sonra kötürüm kalan bir adamın dış dünyayla iletişim kurma çabalarıyla ilgili olduğu söyleniyordu. Will'in izlemesini engellemek için mi, yoksa tek başımayken izlemeyi hatırlamak için mi bilmiyorum, ama filmin adını bloknotuma yazdım.

Sonraki iki cevap Yedinci Gün Adventist Kilisesi* mensuplarına aitti. Will'i iş sözleşmemin kesinlikle öngörmediği metotlarla neşelendirebileceğim yollar öneren bir adam vardı. Yüzüm kızardı ve arkamdan birisi ekranı görebilir diye korkarak sayfayı hızla aşağıya kaydırdım. Bir sonraki cevaba da tereddüt ederek baktım.

---

* Hz. İsa'nın ikinci kez doğumunun yakın olduğuna inanan Hıristiyanlık mezhebi. (ç. n.)

Selam Çalışkan Arı,

Neden arkadaşının fikrini değiştirmen gerektiğini düşünüyorsun? Eğer haysiyetli bir şekilde ölmenin yolunu bulabilsem ve eğer ailemi harap edeceğimi bilmesem ben de o yolu denerdim. Sekiz yıldır tekerlekli sandalyeye mahkûmum, hayatım daimi bir aşağılanma ve hayal kırıklığı döngüsünden ibaret. Kendini gerçekten onun yerine koyabiliyor musun? Bağırsaklarını bile yardım almadan boşaltamamanın nasıl bir his olduğunu biliyor musun? Peki, ya bundan sonra her zaman yatağa mahkûm olduğunu bilmenin, birinin yardımı olmadan yemek yiyememenin, giyinememenin, dış dünyayla iletişim kuramamanın ne demek olduğunu anlıyor musun? Bir daha asla seks yapamamak ne demek bir düşün. Olası ağrılarla, bozuk bir sağlıkla ve hatta solunum cihazlarıyla yüzleşebilir miydin? İyi bir insana benziyorsun ve eminim iyi niyetlisin. Ama gelecek hafta onunla ilgilenen sen olmayabilirsin. Onu mutsuz eden veya hatta ondan çok da hoşlanmayacak birisi de gelebilir senin yerine. Bu tıpkı diğer her şey gibi onun denetimi dışında. Biz OİY'ler, pek çok şeyin bizim irademizin dışında geliştiğini biliriz. Bizi besleyenler, giydirenler, yıkayanlar ve ilaçlarımızı belirleyenler de bir başkasıdır. Bu bilgiyle yaşamak çok zor.

Bu nedenle soruyu yanlış sorduğunu düşünüyorum. SV'ler kim oluyorlar da bizim hayatımızın ne şekilde sürmesi gerektiğine karar veriyorlar? Eğer bu arkadaşınız için yaşanılası bir hayat değilse sorunun şöyle olması gerekmez mi: Hayatını sona erdirmek için ona nasıl yardım edebilirim?

En içten dileklerimle,

Gforce, Missouri, Birleşik Devletler

Mesaja uzun uzun baktım, parmaklarım kısa bir süre klavyenin üzerinde donup kaldı. Sonra sayfayı aşağıya kaydırdım. Sıradaki birkaç mesaj Gforce'u karamsar ifadelerinden ötürü eleştiren, ilerleme kaydettiklerini, hayatlarının yaşamaya değer olduğunu belirterek itiraz eden diğer kuadripleji hastalarından gelmişti ve Will'le pek ilgisi olmayan kısa bir tartışma geçmişti.

Ardından konu benim istediğim noktaya geri geldi. Antidepresanlar, masaj teknikleri ve mucizevi tedavi önerileriyle üyelerin kendi hayatlarına nasıl yeniden değer kattıklarının hikâyesi anlatılıyordu. Aralarında az da olsa pratik öneriler de vardı: şarap tadımı, müzik, sanat ve özel klavyeler.

Birmingham'da yaşayan 31 yaşındaki Grace, "Bir sevgili," diyordu. "Eğer içinde aşk varsa devam edebileceğini hissedebilir. Aşk olmasaydı şimdiye kadar çoktan bitmiştim."

Bu cümle kütüphaneden çıktıktan sonra uzun süre kafamın içinde yankılanıp durdu.

Will hastaneden perşembe günü çıktı. Onu özel arabasıyla alıp eve getirdim. Solgun ve bitkindi; yol boyunca pencereden dışarıya uzun uzun kayıtsızca baktı.

Ona iyi olup olmadığını sorduğumda, "Bu tip yerlerde uyuyabilmek mümkün değil," dedi. "Yandaki yatakta hep inleyen birisi oluyor."

Ona iyileşmek için önünde hafta sonu olduğunu, ama ondan sonrası için bir dizi gezi planladığımı söyledim ve tavsiyesini dinleyip yeni şeyler denediğimi ve benimle gelmek zorunda olduğunu anlattım. Vurguda ince bir değişiklik yaptım, çünkü ancak bu şekilde gelmesini sağlayabilirdim.

Gerçekten de önümüzdeki bir iki hafta için ayrıntılı bir program tasarlamıştım. Takvimimde her etkinlik siyah kalemle, belirgin bir şekilde işaretlenmişti. Kırmızı kalemle işaretlenenler almam gereken önlemleri, yeşil olanlar ihtiyaç duyacağım eşyaları ana hatlarıyla belirliyordu. Kapımın arkasına her bakışımda -hem iyi organize olmuştum hem de bu etkinliklerden biri Will'in dünyaya bakışını gerçekten değiştirebilecek şey olabilirdi- bir nebze heyecan hissediyordum.

Babamın her zaman söylediği gibi kız kardeşim ailemizin beyniydi.

Sanat galerisine yaptığımız gezi yirmi dakikadan biraz daha az sürdü. Ayrıca uygun bir park yeri bulmak için binanın etrafında üç defa dönmek de bu süreye dâhildi. Sonunda salona ulaştık, ama daha ben kapıyı arkasından kapatmadan bütün eserlerin korkunç olduğunu söyledi. Nedenini sorduğumda eğer bunu kendim görememişsem bana açıklayamayacağını belirtti. Sinemada da bizden özür dileyerek asansörlerinin bozuk olduğunu söylediler, bu yüzden oradan çıkmak zorunda kaldık. Diğer etkinlikler ise daha fazla zaman ve organizasyon gerektirdiğinden başarısızlıkla sonuçlanmıştı. Örneğin yüzmeye yeltendiğimizde havuza önceden telefon etmemiz ve fazladan mesai için Nathan'ı aramış olmamız gerektiğini fark ettik. Oraya gittiğimizde Will içeri girmeyi kesinlikle reddettiği için dinlence merkezinin otoparkında hiç konuşmadan cep şişesinden sıcak çikolata içtik.

Bir sonraki çarşamba akşamı Will'in bir keresinde New York'ta canlı izlediği bir şarkıcıyı dinlemeye gittik. Bu güzel bir gezi olmuştu. Müzik dinlediğinde ifadesinden kuvvetli bir şekilde odaklandığı anlaşılıyordu. Çoğu zaman sanki bir parçası acıyla, hatıralarla ya da karanlık düşüncelerle mücadele ediyormuş gibi Will bütünlüğünü kaybederdi. Fakat söz konusu müzik olduğunda durum farklıydı.

Ertesi gün, Will'i bir üzüm bağının özel şarap mağazasında reklam etkinliğinin bir parçası olarak düzenlenen şarap tadımına götürdüm. Nathan'a onu sarhoş etmeyeceğime dair söz vermek zorunda kalmıştım. Koklaması için her bardağı Will'e uzattım ve daha tatmadan ne şarabı olduğunu bildi. Will geniş ağızlı büyük bardağa tükürdüğünde kahkahayı basmamak için kendimi zor tuttum, gerçekten komik görünüyordu; bana kaşlarının altından bakıp tam bir çocuk olduğumu söyledi. Tekerlekli sandalyesi olan bir adamın mağazasında bulunmasından ötürü tuhaf bir şekilde canı sıkkın gözüken mağaza sahibi yavaş yavaş Will'den etkilenmeye başlamıştı. Akşama doğru oturup Will'le bölgelere göre üzümler hakkında tartışarak başka şişeleri de açmaya başladı. Etiketlere bakarak bir yukarı bir aşağı geziniyor, açıkçası biraz sıkılıyordum.

Başıyla yanına oturmamı işaret ederek, "Haydi Clark. Sen de bir şeyler öğren," dedi.

"Yapamam. Annem bana tükürmenin ayıp olduğunu söyledi."

İki adam sanki deli olan benmişim gibi birbirlerine baktılar. Ancak Will'in her defasında tükürmediğini gördüm. Öğleden sonra tuhaf bir şekilde çenesi açıldı; gülmek için can atıyordu ve hatta her zamankinden daha kavgacıydı.

Eve dönüş yolunda hiç geçmediğimiz bir kasabanın içinden ilerliyorduk. Sıkışık trafikte öylece otururken başımı çevirdiğimde Dövme ve Piercing Salonu'nu gördüm.

"Hep bir dövmem olsun istemişimdir," dedim.

Will varken böyle şeyleri laf olsun diye söyleyemeyeceğimi artık biliyor olmam gerekirdi. O öylesine konuşmaz ya da çene çalmazdı. Bu yüzden neden şimdiye kadar bir tane yaptırmadığımı hemen öğrenmek istedi.

"Ah... Bilmem. Herkes ne der düşüncesiyle yaptırmadım sanırım."

"Neden? Ne derler ki?"

"Babam nefret eder."

"Pardon, ama yaşın kaçtı acaba?"

"Ayrıca Patrick de nefret eder."

"O senin hoşlanmayabileceğin şeyleri *hiç* yapmıyor mu?"

"Kendimi klostrofobik hissedebilirim. Bir kere yapıldıktan sonra fikrimi değiştirebilirim."

"O zaman lazerle çıkartabilirsin, değil mi?

Dikiz aynasından ona baktım. Gözleri neşeyle bakıyordu.

"Haydi o zaman," dedi. "Ne yaptırmak istersin?"

Gülümsediğimi fark ettim. "Bilmem. Yılan olmaz. Herhangi birinin ismi de olmaz."

"Ben de üzerinde 'anne' yazılı bir kalp beklemiyordum zaten."

"Gülmeyeceğine söz vermemiş miydin?"

"Bunu yapamayacağımı biliyorsun. Aman Tanrım! Sanskrit harfleriyle yazılmış bir Hint atasözü falan yaptırmayacaksın değil mi? *Beni öldürmeyen şey beni güçlendirir.*"

"Hayır. Bir arı yaptıracağım. Sarı-siyah, küçük bir arı. Bayılıyorum onlara."

Sanki istenecek en akla uygun şey buymuşçasına başını salladı. "Peki, nereye yaptıracağını öğrenebilir miyim bir mahsuru yoksa?"

Omuz silktim. "Bilmem. Omzuma ya da belime olabilir."

Will birden, "Kenara çek," dedi.

"Neden? İyi misin ?"

"Haydi, kenara çek. Orada bir park yeri var. Bak, solunda."

Arabayı kaldırım kenarına yaklaştırdım ve arkaya dönüp Will'e baktım. "Haydi, git," dedi. "Bugün yapacak başka bir şeyimiz yok."

"Nereye gideyim?"

"Dövmeciye."

Gülmeye başladım. "Evet, tabii."

"Neden olmasın?"

"Sen tükürmek yerine *içiyordun* herhalde."

"Soruma cevap vermedin."

Arkama dönüp baktım. Ciddiydi.

"Öyle pat diye gidip dövme yaptıramam. O kadar kolay değil."

"Neden olmasın?"

"Çünkü..."

"Çünkü erkek arkadaşın hayır der. Çünkü yirmi yedi yaşında olsan bile hâlâ uslu bir kız olmak zorundasın. Çünkü bu çok korkutucu. Haydi ama Clark. Hayatını yaşa. Seni alıkoyan nedir?"

Yoldan aşağıya, dövme dükkânının önüne baktım. Hafif kirli pencerede büyük neon ışıklı bir kalp ile Angelina Jolie ve Mickey Rourke'un birkaç tane çerçevelenmiş fotoğrafı vardı.

Will içimden yaptığım konuşmaları bölerek, "Tamam. Sen yaptırırsan ben de yaptırırım." dedi.

Ona doğru döndüm. "Dövme mi yaptıracaksın?"

"Eğer seni ikna edecekse sadece bir kereliğine, küçük kutundan tırmanıp çıkabilmen için yaptırabilirim."

Motoru durdurdum. Oturup motorun sesinin azalmasını, yanımızda dizilen arabaların o tekdüze homurtularını dinledik.

"Kalıcı olacak."

"Ona şüphe yok."

"Patrick bundan hiç hoşlanmayacak."

"Bunu söyleyip durma."

"Ve biz de o kirli iğnelerden muhtemelen hepatit kapacağız. Sonra yavaşça, korkunç bir şekilde, acı içinde öleceğiz." Will'e döndüm. "Muhtemelen şimdi yapamayacaklardır. Hemen olmaz ki."

"Büyük ihtimalle. Ama gidip bir kontrol etsek?"

İki saat sonra dövmeciden çıktık, ben kırk kilo kaybetmiştim ve belimin üstünde, altındaki mürekkebin halen kurumakta olduğu gazlı bir bez vardı. Dövmeci seçtiğim dövmenin görece ufak olduğunu ve bir seferde çizdirip boyatabileceğimi söylemişti. Hazır oradayken yaptırabilirmişim. Ve böylece bitmişti; Artık bir dövmem vardı. Ya da Patrick'in kesinlikle söyleyeceği üzere yaşam boyu damgalanmıştım. Beyaz elbisenin altında, dövmecinin içeri girdiğimizde bize uzattığı lamine kapaklı, telli resim dosyasından seçtiğim şişman bir yabanarısı oturuyordu. Heyecandan neredeyse kontrolümü kaybetmek üzereydim Will beni uyarana kadar arkama bakmaya çalışıp durdum; neredeyse bir eklemim yerinden çıkacaktı.

İşin garibi Will içeride rahatlamıştı ve halinden memnundu. Ona dönüp ikinci bir defa daha bakmamışlardı. Söylediklerine göre birkaç kuadripleji hastasına dövme yapmışlardı ve bu yüzden rahatlardı. Will onlara iğneyi hissedebildiğini söylediğinde oldukça şaşırdılar. Altı hafta önce bir parapleji hastasının tek bacağına baştan aşağı göz yanılması olan bir dövme yapmışlardı.

Kulağı küpeli dövmeci Will'i yandaki odaya götürdü. Benim dövmecimin yardımıyla onu özel bir masaya yatırdı; bu yüzden sadece bacaklarının aşağısını görebiliyordum. Dövme iğnesinin vızıltısı arasında iki adamın mırıldanmalarını ve gülüşmelerini duyabiliyor, antiseptiğin keskin kokusunu burun deliklerimde hissedebiliyordum.

Will ciyaklamamı duymasın diye iğne derime battığı an dudağımı ısırdım. Aklım yan odadaydı. Sohbete kulak misafiri olmaya çalışıyor ne dövmesi yaptırdığını merak ediyordum. Nihayet ortaya çıktığında ve benim işim bittikten sonra dövmesini görmeme izin vermedi. Alicia ile ilgili bir şey olabileceğinden şüphelendim.

Arabanın kapısını açıp rampayı aşağı indirirken, "Üzerimde lanet bir etkin var, Will Traynor," dedim. Sırıtmaktan kendimi alamıyordum.

"Haydi göster bana."

Yoldan aşağıya doğru baktım ve sonra arkamı dönüp kıyafetimi kalçamdan aşağı biraz çekiştirdim.

"Harika. Küçük arını beğendim. Gerçekten güzel."

"Hayatımın sonuna kadar ailemin yanında yüksek belli pantolon giymek zorunda kalacağım." Tekerlekli sandalyesini rampaya çıkarmasına yardım ettim ve ardından rampayı yükselttim. "Dinle bak, eğer annen senin de bir tane yaptırdığını duyacak olursa..."

"Ona toplu konutlardaki kızın beni ayarttığını söyleyeceğim."

"Tamam o zaman Traynor, sen de seninkini göster."

Hafifçe gülümseyerek gözlerimin içine baktı. "Eve gittiğimizde bana yeni kıyafetlerimi giydirirken göreceksin zaten."

"Evet. Sanki hiç yapmıyoruz. Haydi ama! Sen gösterinceye kadar arabayı çalıştırmıyorum."

"Gömleğimi kaldır o halde. Sağa doğru, senin sağına."

Ön koltukların arasından arkaya eğildim ve gömleğini çekiştirdim. Ardından altındaki gazlı bezi kaldırdım. Solgun cildi üzerindeki karartı siyah-beyaz boyanmış çizgili bir dikdörtgendi. O kadar ufaktı ki ne yazdığını anlamak için iki defa baktım.

Son kullanma tarihi: 19 Mart 2007

Dövmeye bakıp yarım yamalak güldüm ve ardından gözlerim yaşla doldu. "Bu şey..."

"Kaza geçirdiğim tarih, evet." Gözlerini havaya kaldırdı. "Tanrı aşkına Clark, sulu gözlülük yapma. Komiklik olsun diye yaptım."

"Evet, çok komik. Boktan bir şaka."

"Nathan çok beğenecek. Haydi ama, öyle bakma. Kusursuz bir bedeni bozuyor değilim ya!"

Will'in gömleğini indirip önüme döndüm ve kontağı çevirdim. Ne diyeceğimi bilmiyordum. Bunun ne anlama geldiğini anlamamıştım. Kendi durumuyla yüzleşmeye mi çalışıyordu? Ya da bu sadece kendi bedenini hor görmesinin bir başka yolu muydu?

Tam hareket etmek üzereyken, "Clark baksana, bana bir iyilik yapar mısın?" dedi. "Lütfen sırt çantama bir bak. Fermuarlı göze."

Dikiz aynasına baktım ve el frenini yeniden çektim. Ön koltukların arasından arkaya eğildim ve elimi çantaya götürüp verdiği talimatlara göre çantayı didik didik aramaya başladım.

"Ağrı kesici mi istiyorsun?" Yüzü yüzüme birkaç santim uzaktaydı. Hastaneden geldiğinden beri yüzüne hiç bu kadar renk gelmemişti. Bende bir tane..."

"Hayır. Bakmaya devam et."

Bir kâğıt parçası çektim ve yerime oturdum. Bu katlanmış on sterlinlik bir banknottu.

"İşte bu. Acil durum onluğu."

"Yani?"

"Senin işte."

"Ne için?"

"Dövme için." Bana bakıp pis pis güldü. "Sen o koltuğa oturuncaya kadar dövmeyi gerçekten yaptıracağına bir saniye olsun inanmamıştım."

16

Başka yol kalmamıştı. Uyumak için yapılan düzenlemeler işe yaramıyordu. Treena her hafta sonu eve geldiğinde Clark ailesi geceleri uzun süren, müzikal bir yatak hazırlama oyununa başlıyordu. Cuma akşamı yemekten sonra annem ve babam yatak odalarını feda ediyor, Treena da annem onun içini rahatlattıktan sonra bu teklifi kabul ediyordu. Hayır, ona birazcık bile gücendikleri yoktu. Hem Thomas'ın bildiği bir odada uyuması iyi olurdu. Bu şekilde herkes iyi bir uyku çekebilirdi.

Ama annem aşağıda uyuyarak kendisinin ve babamın başına iş açmış oldu. Kendi yorganlarına, yastıklarına, çarşaflarına ihtiyaç duyuyorlardı ve annem yatağı istediği gibi olmadığı sürece rahat uyuyamıyordu. O yüzden akşam yemeğinden sonra Treena'yla birlikte yataklarına yeni bir çarşaf seriyor, olur da Thomas bir yaramazlık yapar diye altına da yatak korucusunu koyuyordu. O sırada annemle babamın yatak çarşaf takımı katlanıp oturma odasının bir köşesine konur, Thomas takımın üzerine atlayıp çarşafı masanın kenarındaki sandalyelerin üzerine gerererek kendine bir çadır yaratırdı.

Dedem de kendi odasını önermişti, ama kimse istemedi. Odası sararmış *Racing Post* ve *Old Holborn* paketleri kokuyordu ve temizlemek bütün bir hafta sonunu alırdı. Kendimi bu durumdan dolayı bazen suçlu hissediyordum; sonuçta hepsi benim yüzümdendi, ama yine de küçük odaya geri dönmeyi teklif etmedim. Orası benim için hayaletimsi bir yerdi. Burası havasız, penceresiz, ufacık bir odaydı. Yeniden orada uyuduğumu düşündükçe göğsüm daralıyordu. Yirmi yedi yaşındaydım ve ailenin para kazanan tek üyesiydim. Kutu gibi bir yerde uyuyamazdım.

Bir hafta sonu Patrick'te kalacağımı söylediğimde herkes için için sevindi. Ben yokken Thomas yapış yapış elleriyle yeni jaluzimde izler bırakmış, tükenmez kalemle yorgan kılıfımın üstünü çizmişti. Bu noktada babam ve annem benim odamda uyumaya karar vermiş, Treena ve Thomas da onların odasına geçmişti. Açıkçası onlar için tükenmez kalem lekesinin bir önemi yoktu.

Tüm çarşafları kaldırma ve çamaşır işlerine giriştikten sonra benim cuma veya cumartesi akşamlarını Patrick'in evinde geçirmemin pek bir anlamı olmadığını annem kabul etmişti.

Ve tabii Patrick. O artık tamamen saplantılı bir adamdı. Ekstrem Viking Yarışı'nı yiyor, içiyor, soluyor, onunla yaşıyordu. Dairesi az sayıda eşyayla döşenmişti ve tertemizdi. Her yanda antrenman programları ve diyet listeleri asılıydı. Aldığı yeni hafif sıklet bisiklet koridora yerleştirilmişti ve benim dokunmam yasaktı. Hafif sıklet yarış sistemine göre ayarlanmış özelliklerini bozabilirdim.

Cuma ve cumartesi akşamları bile nadiren evde oluyordu. Onun antrenman saatleriyle benim çalışma saatlerim çakıştığından birlikte daha az zaman geçirmeye alışmıştık. Onu pistte bulup zorunlu olarak koşması gereken kilometreye erişinceye kadar kendini bir çemberin etrafında sürüklemesini bekler ya da evde kalıp geniş deri kanepesinin bir köşesine kıvrılarak kendi kendime televizyon izlerdim. Dolapta hindi göğsü dilimleri ve kurbağa yumurtası kıvamındaki lezzetsiz enerji içecekleri dışında hiçbir şey olmazdı. Treena ve ben bunlardan bir kere deneyip tükürmüş, çocuklar gibi abartılı bir şekilde öğürmüştük.

Aslında Patrick'in evini hiç sevmiyordum. Burayı annesinin tek başına yaşayabileceğine karar verip bir sene önce almıştı. İşleri yolundaydı ve bana birimizin malvarlığı edinmeye başlamasının iyi olacağını söylemişti. Bu, birlikte yaşayıp yaşamayacağımız üzerine konuşmamız gerektiğini gösteren önemli bir işaretti, ama nedense öyle bir konuşma hiç olmadı. İkimiz de konuşmaktan biraz olsun rahatsız hissettiğimiz konuları açan tiplerden değildik. Uzun lafın kısası, onca yıllık beraberliğimize rağmen o dairede bana dair hiçbir şey yoktu. Ona bunu anlatmayı hiçbir zaman beceremedim, ama bütün gürültü patırtısına rağmen o ruhsuz, otopark için tahsis edilmiş alanlarıyla ve şatonun yönetim binasına bakan manzarasıyla bu niteliksiz bekâr barınağında kalmaktansa kendi evimde yaşamayı tercih ederdim.

Ve her şey bir yana, orası bana yalnız hissettiriyordu.

Bunu ona söylesem, "Programa uymak zorundayım hayatım," derdi. "Eğer oyunun bu aşamasında günde otuz altı kilometreden daha az koşarsam programı asla yakalayamam." Sonra da bana bacağındaki yaralarla ilgili son bilgileri verir, ağrı kesici spreyi uzatmamı rica ederdi.

Antrenman yapmadığında takım arkadaşlarıyla sonu gelmez toplantılara katılır, araç gereçlerini hazırlar, gezi planına son şeklini verirdi. Onların arasında oturmak Koreli konuşmacılardan oluşan bir grubun içinde olmak gibi bir şeydi. Söylediklerinden tek kelime anlamıyordum ve aralarına girmek gibi bir isteğim hiç yoktu.

Yedi hafta sonra onlarla Norveç'e gitmeyi planlıyordum, fakat Patrick'e Traynor'lardan o tarih için izin istemediğimi nasıl söyleyeceğimi henüz düşünmemiştim. Nasıl isteyebilirdim ki? Ekstrem Viking başladığında kontratımın bitmesine bir haftadan az bir zaman kalmış olacaktı. Sanırım bu konuyla ilgilenmeyi çocukça erteliyordum. Açıkçası hayatımdaki tek şey Will ve akıp giden zamandı. Yine de kayda değer bir şey olduğu yoktu.

En komiği de Patrick'in evinde doğru düzgün uyuyamamamdı. Neden bilmiyorum, ama oradan işe gittiğimde sanki cam kavanoza konuşuyormuş gibi hissediyordum ve iki gözüm de yumruk yemiş gibi görünüyordu. Göz altlarıma sanki süsleme yapar gibi üstünkörü bir şekilde kapatıcı sürmeye başlamıştım.

Will bir gün, "Senin neyin var Clark?" diye sordu

Gözlerimi açtım. Will tam yanımdaydı; başını bir tarafa yaslamış beni izliyordu. Bir süredir orada olduğunu hissettim. Salyam akmasın diye elim otomatikman ağzıma gitmişti.

İzlediğimiz film sona ermiş, jenerik akmaya başlamıştı.

"Yok bir şey. Özür dilerim, burası çok ısınmış da," diyerek doğruldum.

"Üç gün içinde iki kere uyuyakaldın." Yüzümü inceliyordu. "Ayrıca berbat görünüyorsun."

Ben de ona her şeyi anlattım. Kız kardeşimden ve uyuma düzenimizden bahsedip bu konuda sesimi çıkarmadığımı, çünkü babama her baktığımda ailesine hep beraber uyuyabilecekleri bir ev bile sağlayamadığı için zar zor saklayabildiği umutsuzluğu görebiliyordum.

"Hâlâ bir iş bulamadı mı?"

"Hayır. Sanırım yaşı yüzünden. Ama bu konuda konuşmuyoruz. Bu..."

"Bu herkes için konuşulması zor bir konu."

Filmin bitmesini bekledik. Oynatıcının yanına gidip DVD'yi çıkardım ve kutusuna yerleştirdim. Will'e kendi dertlerimi anlatmak yanlış gelmişti. Bunlar, onunkilerin yanında ıvır zıvır şeylerdi.

"Alışacağım, her şey düzelecek. Gerçekten."

Will tüm öğleden sonra meşgul göründü. Bulaşıkları yıkadım ve sonra bilgisayarını kurdum. Ona içecek bir şeyler getirdiğimde sandalyesini bana doğru çevirdi.

Sanki bir konuşmanın ortasındaymışız gibi, "Çok basit," dedi. "Hafta sonları burada kalabilirsin. Boş bir oda da var, hem kullanılmış olur."

Elimde geniş ağızlı bardakla durdum. "Bunu yapamam."

"Neden? Burada olduğun ekstra saatler için sana ödeme yapacak değilim."

Bardağı sandalyesinin tutacağına yerleştirdim. "Ama annen ne düşünür?"

"Hiçbir fikrim yok."

Tedirgin gözükmüş olmalıyım ki, "Tamam, seni taciz etmem," dedi.

"Ne?"

"Seni baştan çıkarmak için sinsi planlarım olduğunu düşünüyorsan sandalyemin motorunu kapatman yeterli."

"Çok komik."

"Gerçekten, bir düşün bence. Yedek bir yer olarak aklında bulunsun. Bazı şeyler senin sandığından daha erken gelişebilir. Belki kız kardeşin her hafta sonunu evde geçirmek istemeyebilir. Ya da belki başka biriyle tanışır. Bir sürü şey olabilir."

İçimden ona, Ve sen de iki ay sonra buralarda olmayabilirsin, dedim ve bunu düşündüğüm için hemen kendimden nefret ettim.

Odadan çıkmak üzere giderken, "Söylesene, neden Koşan Adam seni yanına çağırmıyor?"

"Çağırdı," dedim.

Bana baktı. Sanki konuşmayı devam ettirecek gibiydi.

Ama sonra fikrini değiştirdi ve omzunu silkerek, "Dediğim gibi, ben teklifimi yaptım," dedi.

İşte bunlar Will'in sevdiği şeylerin bir listesi:

1. Film izlemek; özellikle de altyazılı yabancı filmleri. Ara sıra heyecanlı bir aksiyon filmine hatta destansı bir aşk filmini bile kabul edebilir, ama romantik komediye asla katlanamaz. Eğer ben izlemeye cesaret edecek olsam benim için komedi namına hiçbir şey kalmayana kadar 120 dakika boyunca alay eder, oflayıp puflar ya da filmdeki büyük klişeleri gösterir.
2. Klasik müzik dinler ve bu konuda korkunç bir bilgiye sahiptir. Bazı modern tarzları da beğenir, ama ona göre caz çoğu zaman iddialı bir martavaldır. Bir öğleden sonra benim MP3 çalarımdaki listeyi görünce öyle yüksek sesle güldü ki neredeyse tüplerinden biri yerinden çıkıyordu.
3. Bahçede oturmak. Hem hava da artık ısınmıştı. Bazen pencere kenarına oturur onu izlerdim. Kafasını arkaya yatırır, yüzüne vuran güneşin keyfini çıkarırdı. Sabit bir şekilde durabilmesinden ve anın keyfini çıkarabilme yeteneğine sahip olmasından –bu benim hiç beceremediğim bir şeydi– bahsettiğimde elini kolunu oynatamadığı için çok fazla seçeneğinin olmadığını söyledi.
4. Bana kitap ya da dergi okutup okuduklarım üzerine konuşmak. *Bilgi güçtür Clark*, derdi. Önceleri bundan nefret etmiştim, çünkü kendimi okulda gibi hissediyordum. Sanki hafızam teste tabi tutuluyordu. Ama bir süre sonra fark ettim ki Will'in nazarında yanlış cevap diye bir şey yoktu. Onunla tartışmamdan hoşlanıyordu. Gazetede gördüklerim hakkında ne düşündüğümü sorar, kitaplardaki karakterler

üzerine söylediklerime katılmazdı. Hemen hemen her şey hakkında bir fikri vardı. Hükümet ne yapıyordu, bir şirket diğerini almalı mıydı, bahsettiği kişiye hapis cezası verilmeli miydi... Eğer tembellik edip ailemin ya da Patrick'in ne düşündüğünü papağan gibi tekrar edecek olsam doğrudan, "Hayır, bu yeterince iyi bir açıklama değil," derdi. Konuştuğu konu hakkında hiçbir fikrim olmadığını söylediğimde öylesine hayal kırıklığına uğramış görünürdü ki ben de onun ne soracağını öngörmeye çalışır, otobüsle işe giderken yolda gazete okuyup hazırlık yapardım. "İyi tespit Clark," dediğinde kendimi zeki hissederdim, ama sonra Will'in büyüklük taslamasına izin verdiğim için kendime kızardım.

5. Tıraş olmak. Artık her iki günde bir ağız çevresini sabunla köpürtüp onu insan içine çıkabilir hale getiriyordum. Eğer kötü gününde değilse sandalyesinin arkasına yaslanır, gözlerini kapardı. Yüzüne fiziksel hazza çok yakın bir duygunun yayıldığını görürdüm. Belki de bunu ben uyduruyor, görmek istediğim şeyi görüyordum. Ben jileti çenesinin etrafında usul usul oynatıp sakalını temizlerken ve sonra da cildini yumuşatırken sessizce beklerdi. Gözlerini açtığında sanki oldukça doyurucu bir uykudan uyanmışçasına ifadesi yumuşamış olurdu. Artık dışarıya çıktığı için yüzüne kan gelmişti ve kolayca bronzlaşan bir teni vardı. Jiletleri banyo kabininde yüksek bir yerde saklıyor, büyük bir saç kremi şişesinin arkasına tıkıyordum.
6. Erkek muhabbeti yapmak. Özellikle de Nathan'la. Ara sıra akşam işlerinden önce bahçenin dibine giderlerdi ve Nathan orada birkaç bira açardı. Bazen ragbi hakkında tartıştıklarını ya da televizyonda gördükleri bazı kadınlar hakkında şakalaştıklarını duyardım. Duyduğum adamı Will'e hiç benzetemezdim. Ama buna ihtiyaç duyduğunu anlamıştım. Sadece

erkek erkeğe takılabileceği birine ihtiyaç duyuyordu. Onun garip ve aykırı hayatı böylece biraz olsun "normal" oluyordu.

7. Benim kıyafetlerime laf etmek. Aslında daha çok kıyafetlerime tek kaşını kaldırarak bakmak demeliyim. Tabii siyah-sarı çizgili taytım hariç. Sadece iki kez giydiklerime laf etmemiş, sanki dünyada yolunda giden bir şeyler varmışçasına sadece başını sallamıştı.

"Geçen gün kasabada babamı gördün mü?"

"Ah, evet." Çamaşırları ipe diziyordum. İp Bayan Traynor'ın deyimiyle Mutfak Bahçesi olarak adlandırdığı yerin içine gizlenmişti. Otlardan oluşan bahçe sınırının görüntüsünü kirletir diye çamaşırlık gibi dünyevi bir şeyi istememişti sanırım. Annemse tam tersine beyazları bir çeşit gurur kaynağı olarak bahçenin ortasına asardı. Bu komşulara karşı bir meydan okuma gibiydi: *Daha beyazı yok hanımlar!* Bu işe ancak babam ön tarafa bir çamaşır kurutma makinesi koyarsa engel olunabilirdi. "Bu konuda bana bir şey söyleyip söylemediğimi sordu."

"Haa." Özellikle ifadesizce baktım. Sonra da cevap vermemi beklediği için, "Belli ki söylememişim," dedim.

"Biriyle birlikte miydi?"

Son mandalı da mandal kutusuna koydum ve çantayı sarıp boş çamaşır sepetine yerleştirdim. Sonra ona döndüm.

"Evet."

"Bir kadınla mı?"

"Evet."

"Kızıl saçlı mı?"

"Evet."

Will bunu bir süre düşündü.

"Sana söylemiş olmam gerektiğini düşünüyorsan özür dilerim, ama beni ilgilendirmez diye düşündüm."

"Ve bu üzerine kolayla konuşabileceğimiz bir şey değil."

"Evet."

Will, "Seni iyi hissettirecekse söyleyeyim Clark, bu ilk değil," dedi ve eve doğru yöneldi.

Ben kafamı kaldırıp bakmadan önce Deirdre Bellows iki kere adımı seslendi. Bloknotuma yer isimleri, soru işaretleri, artılar ve eksiler gibi bir şeyler karalıyordum ve otobüste olduğumu çoktan unutmuştum. Will'i tiyatroya götürmenin bir yolunu arıyordum. Yakınlardaki tek tiyatro arabayla iki saat uzaklıktaydı ve orada da *Oklahama* oynuyordu. Will'in *Oh What A Beautiful Morning*'e* eşlik edeceğini düşünmek çok güçtü. İyi oyunların hepsi Londra'da sergileniyordu ve Londra'ya gitmek bizim için hâlâ çok uzak bir ihtimaldi.

Aslında Will'i evden dışarı çıkarabiliyordum, ama çevrede bir saatte dolaşılabilecek her yeri görmüştük ve daha uzağa gitmek konusunda onu nasıl ikna edeceğimi bilemiyordum.

"Kendi küçük dünyana dalmışsın yine Louisa."

"Ah, merhaba Deirdre." Koltukta yana kayarak ona boş yer açtım.

Deirdre ve annem çocukluklarından beri arkadaştı. Deirdre'nin döşemelik kumaş dükkânı vardı ve üç kere evlenip boşanmıştı. Saçları öyle gürdü ki peruk sanırdınız. Bir de kiloluydu ve hâlâ beyaz atlı prensinin gelip onu götürmesini özlemle bekleyen birine ait üzgün bir yüzü vardı.

* "Ne Güzel Bir Sabah" anlamına gelen, *Oklahama* müzikalinin açılış şarkısı. (yay. n.)

"Genelde otobüse binmiyorum, ama arabam serviste. Nasılsın? Annen bana yeni işinden bahsetti. Kulağa *çok* ilginç geliyor."

Küçük bir kasabada büyümek tam da böyle bir şeydi. İnsanlar hayatınızdaki her detaydan haberdar olurdu. Gizli hiçbir şey kalmazdı. On dört yaşındayken kasaba dışındaki marketin otoparkında sigara içerken yakalanmış olmam ve babamın aşağıdaki tuvaletin fayanslarını değiştirmesi de buna dâhildi. Gündelik hayatın önemsiz detayları Deirdre gibi kadınlar için değerli oluyordu.

"Evet, iyi bir iş."

"Ve iyi bir maaş."

"Evet."

"Buttered Bun meselesinden sonra senin adına çok sevindim. Kafeyi kapatmış olmaları çok üzücü. Bu kasabada işe yarayan her dükkân kapanıyor. Bir zamanlar, hatırlıyorum, yukarı mahallede bir manavımız, fırınımız ve kasabımız vardı. Hiçbir şeye ihtiyaç duymuyorduk."

"Hımm." Listeme göz attığını görünce bloknotumu kapadım. " Yine de hâlâ perde alabileceğimiz bir yer var. Mağazada işler nasıl gidiyor?"

"Ah, evet... İyi... O nedir? İşle ilgili bir şey mi?"

"Will'in hoşuna gidebilecek şeyler üzerinde çalışıyorum."

"Şu senin sakat adam mı?"

"Evet, patronum."

"Patronun. Böyle ifade etmen daha doğru tabii," diyerek dirseğiyle beni dürttü. "Peki, ya akıllı kız kardeşin neler yapıyor üniversiteye gittiğinden beri?"

"İyi, Thomas da yanında."

"Sonunda ülkeyi yönetecek. Yine de ondan önce senin evden ayrılmamış olmana şaşırdığımı söylemeliyim Louisa. Biz hep senin akıllı ve küçük bir fırlama olduğunu düşünürdük. Hâlâ da öyle düşünüyoruz."

Kibarca gülümsedim. Başka ne yapabilirdim bilemiyorum.

"Ama yine de bunu biri yapmalı değil mi? Annenin birinizin evde kalmaktan memnun olduğunu söyleyebilmesi ne hoş."

Ona karşı çıkmak istedim, ama son yedi yıl içinde sokağımızın sonundan daha ileriye hareket etmek istediğime dair ne bir heves ne de küçük bir istek duymamıştım. Otobüsün yorgun motoru altımızda uğuldayıp sallanıyorken ve aniden zamanla yarışır bir hıza erişiyorken ben de kendimi zamanla yarışıyormuş gibi hissettim. Aynı yol üzerinde bir ileri bir geri gidip gelirken sanki zamanımı boşa harcıyordum. Şatonun etrafında dönüp dur, Patrick'in pisti turlamasını izle, ufak tefek endişelerle uğraş. Hep aynı rutin.

"Ah, ben ineceğim yere geldim." Deirdre rugan çantasını omzuna takıp yanımdan ağır ağır kalktı. "Annene sevgilerimi ilet. Yarın uğrayacağımı da söyle."

Gözlerimi kırpıştırarak aniden, "Dövme yaptırdım," dedim. "Arı dövmesi."

Deirdre koltuğun kenarından tutarak bir an ne diyeceğini şaşırdı.

"Kalçamda, hem de gerçek dövme. Kalıcı yani."

Deirdre otobüsün kapısına doğru baktı. Biraz kafası karışmıştı. Sonra kanımca beni rahatlatmak için gülümsedi.

"Gerçekten çok hoş Louisa. Dediğim gibi, yarın uğrayacağımı söylersin annene."

Her gün o televizyon izlerken ya da başka bir şeyle ilgilenirken Will'in bilgisayarının başına geçer, hangi sürpriz aktivitenin Will'i mutlu edebileceği üzerinde çalışırdım.

Fakat zaman geçtikçe yapamayacağımız şeylerin ya da gidemeyeceğimiz yerler listesinin yapabileceklerimizden çok daha kabarık olduğunu fark ettim. Bu durumda bilgisayarın başına geçip sohbet odalarına girdim ve insanlara ne önerdiklerini sordum.

Ritchie, *Merhaba*! dedi. *Bizim dünyamıza hoş geldin Arı.*

Konuşmalardan sonra ortaya çıkan sonuç, tekerlekli sandalyede sarhoş olmanın kendine has tehlikeleri olduğunu gösteriyordu. Sonda kazaları, kaldırımdan düşmek, diğer sarhoşlar tarafından yanlış eve götürülmek gibi. Hiçbir yerde insanlar kuadripleji hastalarına daha iyi ya da daha kötü davranmıyordu, ama Paris dünyada en az tekerlekli sandalye seven yer olarak öne çıkıyordu. Bu, oraya gidebileceğimize dair beslediğim küçük umudumu da kırmıştı.

Ben de yeni bir liste hazırladım. Kuadripleji hastasıyla yapamayacağınız şeyler listesi.

1. Metroya binmek (birçok metro istasyonunda asansör yok). Bu durum, eğer taksiye para saymak istemiyorsak Londra'daki etkinliklerin yarısına gidemeyeceğimiz anlamına geliyordu.
2. Yüzmeye gitmek ek bir yardım olmadan imkânsızdı. Bir de hava bir iki dakika içinde başlayan istemsiz bir titremeye sebebiyet vermeyecek kadar ılık olmalıydı. Eğer bir yük asansörü yoksa engelliler için soyunma odasının da bir işlevselliği kalmıyordu. Gerçi Will'in yük asansörüne de bineceği yoktu ya...
3. Sinemaya gitmek. En önde bir yer olmadığında ve Will'in ağrıları arttığı zaman bunu yapmak imkânsızdı. *Arka Pencere*'nin en az yirmi dakikasını Will'in dizlerinde aniden baş gösteren

kasılma sonucunda havaya uçan patlamış mısırları toplamak için ellerimin ve dizlerimin üzerinde izledim.

4. Tekerlekli sandalye büyük tekerleklere uyumlu olmadığı sürece -ki Will'in ki değildi- kumsala gitmek.
5. Uçağa binmek. Engelli kontenjanı her zaman dolu oluyordu.
6. Mağazalar yasalar açısından koymaları zorunlu kılınan rampaları olmadığında alışverişe çıkmak. Şatonun etrafındakiler, tarihi bina kapsamına girdiği için dükkânlara rampa koyamadıklarını söylüyorlardı. Bazıları bu konuda gerçekten haklıydı.
7. Çok sıcak ya da soğuk bir yere gidemezdik, çünkü ateşi çıkabilirdi.
8. Hiçbir yere aniden çıkamazdık. Toplanması gereken çantalar ve engellilerin ulaşabileceği yerler bulmak zordu.
10. Yemeğe çıkmak. Başkasının ona yemek yedirmesinden rahatsız olduğu ve sondasının değişmesi gerektiğinde restoranın tuvaletinin bir kat aşağıda olması dışarıda yemek yemeyi imkânsız hale getiriyordu.
11. Uzun tren yolculuklarına çıkmak. Ağır otomatik sandalyeyi trene kimsenin yardımı olmadan kaldırıp yerleştirmek hem çok güç hem de yorucuydu.
12. Yağmur yağdığında saçını kesmek. Böyle zamanlarda bütün saç parçaları sandalyenin tekerine yapışıyordu. Garip bir şekilde bundan ikimiz de iğrenmiştik.
13. Rampaları olmayan arkadaşların evlerine gitmek. Birçok evin merdiveni vardı, ama rampası yoktu. Bizim ev onun için bir istisnaydı. Zaten Will kimseyle görüşmek de istemiyordu.
14. Çok yağmur yağdığında şatodan aşağı yürümek. Sandalyenin frenleri çok sağlam değildi ve sandalye ve benim tutamayaca-

ğım kadar ağırdı. Sarhoş insanların olduğu herhangi bir yere gitmek. Will onları mıknatıs gibi üzerine çekiyordu. Eğilip bütün sigara dumanını ona üflüyor, sempatik görünmek için gözlerini sonuna kadar açıyorlardı. Bazen sandalyesini itmek istiyorlar ve bunu yapmaya kalkışabiliyorlardı.

15. Kalabalık olabilecek herhangi bir yere gitmek. Bu da hava güzelleştikçe şatonun etrafında gezinmenin zorlaşacağı anlamına geliyordu. Ayrıca gidebileceğimiz yerlerin sayısı –festivaller, açıkhava tiyatroları, konserler– yarıya iniyordu. Kafamda bu fikirlerle boğuşurken internetten diğer kuadripleji hastalarına yapmaktan en çok zevk aldıkları şeyi sordum. Gelen cevapların hemen hemen hepsi 'seks yapmak' oldu. Bu konuda istemediğim kadar çok detay sayıp dökmüşlerdi.

Bu fikrin bana hiçbir yardımı olmamıştı. Önümüzde sekiz hafta daha vardı ve fikirlerim tükeniyordu.

Çamaşır ipinin altındaki tartışmadan birkaç gün sonra eve döndüğümde babam koridorda dikiliyordu. Bu tuhaf bir andı. Son haftalarda gündüz vakti kanepesine çekiliyor, sözüm ona dedeme arkadaşlık ediyordu. Üzerinde ütülü bir gömlek vardı, tıraş olmuştu ve bütün koridor *Old Spice* kokuyordu. O tıraş losyonu şişesinin 1974'ten beri durduğuna emindim.

"Geldin sonunda."

Kapıyı arkamdan kapattım. "Evet, geldim."

Yorgun ve sinirliydim. Eve gelirken bütün otobüs yolculuğu boyunca cep telefonunda turizm acentesinden biriyle Will'i götürebileceğim yerler hakkında konuşuyordum, ama ikimiz de afallamıştık. Onu evden uzaklaştırmam gerekiyordu, ama şatodan 5-10 kilometre uzaklıkta bir yerlere gitmeye niyeti yok gibiydi.

"Bugün çayını tek başına içsen olur mu?"

"Tabii. Sonra belki Patrick'le bara giderim. Neden?" Ceketimi askıda boş bir yer bulup astım. Treena ve Thomas gittiğinden beri askı çok daha rahattı.

"Bu akşam anneni yemeğe götürüyorum."

Hemen kabaca hesap yaptım. "Doğum gününü mü kaçırdım?"

"Hayır, kutlama yapıyoruz." Sanki bir sırrı paylaşır gibi sesi kısılmıştı. "Artık bir işim var."

"İnanmıyorum!" Ondaki değişimi görebiliyordum. Sanki tüm vücudu aydınlanmıştı. Yine dik duruyordu ve yüzünde gülümseme çizgileri belirmişti. Çok daha genç görünüyordu.

"Bu harika bir haber baba."

"Biliyorum, annen de havalara uçtu. Treena gittikten sonra çok zor günler geçirdi. Deden ve başka şeyler de onu üzüyordu. O yüzden onu bu gece dışarı çıkarmak istiyorum. Biraz değişiklik olur."

"İş nedir?"

"Bakım onarım şefi oldum. Yukarıda, şatoda."

Gözlerimi kırpıştırdım. "Ama orası..."

"Bay Traynor, evet. Beni aradı ve birine ihtiyacı olduğunu söyledi. Will ona benim iş aradığımı söylemiş. Bu öğleden sonra gittim ve neler yapabileceğimi gösterdim. Bir ay deneyelim dediler. Cumartesi başlıyorum."

"Will'in babasıyla mı çalışacaksın?"

"Prosedür gereği bir ay deneme süresi varmış, ama Bay Traynor işe alınmamam için bir sebep olmadığını söyledi."

"Harika o zaman," dedim. Bu haber tuhaf bir şekilde dengemi bozmuştu. "Birini aradıklarını bile bilmiyordum."

"Ben de. Olsun, yine de harika. Kaliteden anlayan bir adam, Lou. Ben ona yeşil meşelerden bahsedince o da bana bir önceki adamın yaptıklarını gösterdi. Görsen inanmazsın, korkunçtu. Benim işimi çok takdir ettiğini söyledi."

Babam âdeta dirilmişti. Aylardır görmediğim kadar iyiydi.

Annem yanında belirdi. Ruj sürmüş, topuklu ayakkabılarını giymişti. "Ona bir de minibüs vermişler, kendi minibüsü olacak. Maaşı da güzel Lou. Hatta mobilya fabrikasında aldığından biraz daha fazla."

Annem ona sanki dünyayı fethetmiş bir kahraman gibi bakıyordu. Yüzünü bana dönerek aynı şeyi yapmam gerektiğini sessizce ifade etti. Annemin yüzü milyonlarca mesaj verebilirdi ve bu seferki de babamın işin keyfini çıkarmasına izin vermemi söylüyordu.

"Çok iyi. Gerçekten çok güzel." Babama doğru yürüyüp sarıldım.

"Asıl Will'e teşekkür etmelisin. Ne mükemmel bir adam... Beni düşündüğü için ona minnettarım."

Evden çıkmalarını dinledim. Koridordaki aynanın karşısında annem gereksiz yere telaş ediyor babam da ona tekrar tekrar ne kadar hoş gözüktüğünü söyleyip her zamanki kadar güzel olduğuna inandırarak iltifat ediyordu. Babamın ceplerini karıştırıp anahtar, cüzdan ve bozuk para aradığını duydum. Sonra da kısa bir kahkaha sesi geldi. En sonunda kapı kapandı. Arabanın giderken çıkardığı uğultuyu duydum ve sonra geriye sadece dedemin odasından, derinlerden gelen televizyon sesi kaldı. Merdivenlere oturup telefonumu çıkardım ve Will'in numarasını çevirdim.

Cevap vermesi biraz zaman almıştı. Ellerini kullanmadan konuştuğu telefona yaklaştığını, başparmağıyla düğmeye bastığını hayal ettim. "Alo."

"Bunu sen mi yaptın?"

Kısa bir an durdu. "Clark, sen misin?"

"Babama sen mi iş buldun?"

Nefes nefese kalmış gibiydi. Bir an dik oturup oturmadığını merak ettim.

"Mutlu olursun sandım."

"Mutlu oldum. Sadece... Bilmiyorum. Tuhaf hissettim."

"Hissetmemelisin. Senin babanın işe, benim babamın da yetenekli bir bakım onarım şefine ihtiyacı vardı."

"Gerçekten mi?" sesimdeki şüpheci tonu silemiyordum.

"Ne demek istiyorsun?"

"Bunun geçen gün bana sorduğun şeyle, baban ve öteki kadınla bir ilgisi yok değil mi?"

Uzun bir sessizlik oldu. Onu hayal edebiliyordum; oturma odasında Fransız tipi pencerelerden dışarı bakıyordu.

Sesi oldukça temkinli geliyordu. "Babama, senin babana iş vermesi için şantaj yaptığımı mı düşünüyorsun?"

Böyle söyleyince kulağa alakasız geliyordu tabii.

Tekrar oturdum. "Özür dilerim. Bilmiyorum, bu çok garip. Zamanlaması yani. İkisi de hemen hemen aynı zamanlarda oldu."

"O zaman buna memnun ol Clark. Bu iyi bir haber, baban için çok iyi olacak. Ve bu demek oluyor ki..."

"Ne demek oluyor?

"...bir gün annenler sen olmadan kendilerine nasıl bakarlar diye düşünmeden çıkıp gidebileceksin." Tereddüt etti.

Sanki bana bir yumruk atmıştı. Nefes alamadığımı fark ettim.

"Lou?"

"Efendim?"

"Çok sessizsin."

"Ben..." yutkundum. "Özür dilerim, dikkatim dağıldı da. Dedem beni çağırıyor. Ama ona yardımcı olduğun için teşekkür ederim." Telefonu kapamak zorundaydım. Boğazıma koca bir yumru oturmuştu ve daha fazla konuşamayacaktım.

*

Bara kadar yürüdüm. Havada keskin bir çiçek kokusu vardı ve insanlar yanımdan geçerken bana selam veriyorlardı. Hiçbirine karşılık veremedim. Kafamda bu düşüncelerle o evde yalnız kalamayacağımı biliyordum. Triatlon Eşkiyaları'nın hepsi bira bahçesindeydi ve ışıklandırılmış köşeye iki masa atmışlardı. Masaların köşelerinden kolları ve ayakları etrafa saçılıyordu. Birkaçı kafalarını sallayarak (hiçbiri kadın değildi) nezaketen selam verdiler. Patrick ayakta duruyordu ve ben gelince yanında küçük bir yer açtı. O an Treena'nın yanımda olmasını gerçekten istediğimi fark ettim.

Barın bahçesi ağzına kadar doluydu. Özellikle de bağırıp çağıran öğrenciler ve gömleklerinin kollarını sıvamış pazarlamacılar vardı. Burası turistlerin en gözde barıydı. İngiliz İngilizcesi dışında farklı aksanlar da –İtalyan, Fransız, Amerikan– duyuluyordu. Bahçenin batıya bakan duvarından şatoyu görebiliyorlardı ve her yaz yaptıkları gibi uzaklardaki şatoyu arkalarına alıp fotoğraf çektirmek için sıraya giriyorlardı.

"Seni beklemiyordum. Bir içki alır mısın?"

"Biraz sonra." Sadece oturmak, başımı Patrick'in omzuna dayamak istiyordum. Eskiden olduğu gibi normal ve sıkıntısız hissetmek istiyordum. Ölümü düşünmek istemiyordum.

"Bugün rekor kırdım. 79,2 dakikada 24 km."

"Harika."

Biri, "Bekledin bekledin turnayı gözünden vurdun," dedi.

Patrick her iki elini yumruk yapıp hızını artıran bir motor gibi gürledi.

"Gerçekten çok iyi." Onun adına sevinmiş gibi yaptım.

Bir içki aldım, sonra bir tane daha. Kilometre hesaplarını, dizlerindeki sıyrıkları ve hipotermi yüzme sürelerini dinledim. Sonra sohbetten kopup bardaki diğer insanları izlemeye başladım ve onların hayatlarını merak ettim. Her birinin başından kim bilir neler geçmişti – sevilen ve kaybedilen bebekler, karanlık sırlar, büyük neşeler ve trajediler. Onlar bu olaylardan uzaklaşıp bir barın bahçesinde güneşli bir akşamın keyfini çıkarabiliyorsa bunu benim de yapabilmem gerekiyordu.

Patrick'e babamın işini anlattım. Yüzü benimkine benzer bir hal almıştı. Doğru duyduğundan emin olmak için söylediklerimi tekrar ettirdi.

"Bu... çok hoş. Artık ikiniz de onun için çalışıyorsunuz."

Ona gerçekten anlatmak istedim. Will'i yaşatmak için verdiğim mücadelede çok fazla şeyin birbirine bağlı olduğunu ona açıklamak istedim. Ona, Will'in bana özgürlüğümü hediye etmeye çalışmasından çok korktuğumu söylemek istedim. Ama hiçbir şey söyleyemeyeceğimi biliyordum. Geri kalan süreyi de kimseye bir şey söylemeden geçirebilirdim.

"Şey... Sadece bu değil. Evdeki yatak problemi çözülene kadar istediğim zaman müştemilattaki boş odada kalabileceğimi söyledi." Patrick bana baktı. "Onun evinde mi kalacaksın?"

"Bence olabilir. Bu iyi bir teklif Pat. Evin durumunu biliyorsun. Sen de hiç yoksun. Evine gelmeyi seviyorum ama... dürüst olmak gerekirse orada evimde gibi hissetmiyorum."

Hâlâ bana bakıyordu. "Öyleyse evin burası olsun."

"Ne?"

"Bana taşın. Eşyalarını getir. Elbiselerini hazırlayıp gel. Birlikte yaşamamızın zamanı geldi."

Sonradan düşününce bunu söylerken aslında gerçekten mutsuz göründüğünü fark ettim. Yanında sevgilisi olmadan yaşayamayan ve hayatlarımızı birleştirip keyifli bir birliktelik yürütmeyi isteyen bir adam gibi değildi. Daha çok köşeye sıkışmış birine benziyordu.

"Gerçekten buraya taşınmamı istiyor musun?"

"Evet. Tabii." Kulağını kaşıdı. "Yani evlenelim demiyorum. Ama söylediğim şey mantıklı değil mi?"

"Ne kadar da romantiksin!"

"Ciddiyim, Lou. Artık zamanı geldi. Belki de çoktandır zamanı gelmişti, ama ben başka şeylere dalmıştım. Bana taşın. Her şey iyi olacak." Bana sarıldı. "Gerçekten iyi olacak."

Etrafımızdaki Triatlon Eşkiyaları diplomatik bir şekilde kaldıkları yerden sohbete devam ettiler. Bir grup Japon turist fotoğraf çektirince küçük ve neşeli bir bağrışma yükseldi. Kuşlar ötüyor, güneş batıyor, dünya dönüyordu. Ben de bunun parçası olmak istiyordum. Sessiz bir odaya tıkılıp tekerlekli sandalyeli bir adam için endişelenmek istemiyordum.

"Evet," dedim. "Bu iyi olacak."

17

Bakıcılığın en kötü tarafı tahmin ettiğiniz şey değil. Hastayı kaldırıp temizlemek, onun ilaçları ya da ıslak mendilleri, uzaklardan gelen ama her zaman hissedilen dezenfektan kokusu hiç değil. Hatta çoğu insanın başka bir şey yapamayacak kadar akıllı olmadığınız için bu işi yapmak zorunda kaldığınızı düşünmesi bile değil. Bu işin en kötü yanı tüm günü biriyle gerçekten yakın temas içinde geçirdiğinizde onun ruh halinden ya da kendinizinkinden kaçmanızın mümkün olmaması.

Will ona planlarımdan bahsettiğim için sabahtan beri bana mesafeli davranıyordu. Bu dışarıdan birinin fark edebileceği bir şey değildi, ama bugün daha az şaka yapıyordu ve hatta daha az sohbet ediyorduk. Günlük gazetelerin başlıkları hakkında da hiçbir şey sormamıştı.

"Yapmak istediğin şey... bu mu?" Kirpikleri titreşmişti, ama yüzünden hiçbir şey anlaşılmıyordu.

Omuzlarımı silktim ve sonra daha anlayışlı bir şekilde başımla onayladım. Verdiğim tepkide çocuksu bir tarafsızlık olduğunu hissettim. "Gerçekten de zamanı geldi," dedim. "Artık yirmi yedi yaşındayım."

Yüzümü inceleyip çenesini sıktı.

Aniden dayanılmaz bir yorgunluk hissettim. Üzgün olduğumu ve niye emin olmadığımı söylememek için kendimi zor tuttum.

Başını hafifçe salladı ve yüzünde bir gülümseme belirdi. "Fikirlerinin netleşmesine sevindim," deyip tekerlekli sandalyesini mutfağa doğru sürdü.

Ona gerçekten kızmaya başladığımı hissediyordum. Daha önce hiç kimse beni o an Will'in yargıladığı gibi yargılamamıştı. Erkek arkadaşımla daha sağlam bir ilişki yaşamaya karar vermiş olmam sanki beni onun gözünde daha az ilginç kılıyordu. Sanki artık onun küçük ev hayvanı olamayacaktım. Elbette bunların hiçbirini ona söyleyemedim. Ama tıpkı onun bana davrandığı gibi ben de ona mesafeli davranıyordum.

Bu gerçekten de çok yorucuydu.

Öğleden sonra arka kapı çaldı. Koridoru hızla koşup kapıyı açtım. Ellerimden hâlâ bulaşık suları damlıyordu. Karşımda koyu renk takım elbisesi ve elinde bavuluyla bir adam duruyordu.

Kararlı bir şekilde, "Yok yok. Biz Budistiz," dedim. Ben kapıyı kapatmaya çalışırken adam itiraz etti.

İki hafta önce iki Yehova Şahidi arka kapıda on beş dakikadan uzun bir süre boyunca Will'i esir almıştı. Bu sırada Will tekerlekli sandalyesini yerinden çıkmış paspasın üzerinde geri döndürmeye çalışıyordu. Sonunda kapıyı kapattığımda posta deliğinden ölümden sonra yaşamı dört gözle beklemenin ne demek olduğunu "herkesten daha çok onun" anlaması gerektiğini söylemişlerdi.

Adam, "Şey... Bay Traynor'la görüşmek istemiştim," dedi. Ben de yavaşça kapıyı açtım. Evde geçirdiğim bunca zamanda arka kapıdan Will'i görmeye gelen hiç kimse olmamıştı.

Will arkamda belirerek, "İçeri al," dedi. "Gelmesini ben istedim." Orada durmaya devam ettiğimi görünce de ekledi. "Sorun yok Clark, o... bir arkadaşım."

Adam eşikten içeri bir adım atıp bana elini uzattı ve "Michael Lawler," dedi.

Bir şey daha diyecekti ki Will sandalyesini aramıza doğru sürdü ve daha fazla sohbet etmemizi başarılı bir şekilde engelledi.

"Salonda oturacağız. Kahve getirip bizi biraz yalnız bırakabilir misin?"

"Hım... Peki."

Bay Lawler biraz garip bir şekilde gülümsedi sonra Will'i takip ederek salona girdi. Birkaç dakika sonra tepside kahvelerle içeri girdiğimde kriket hakkında sohbet ediyorlardı. Bacaklar ve koşular üzerine dönen sohbet artık kulak misafirliği için herhangi bir sebebim kalmayıncaya kadar sürdü. Eteğimdeki görünmez tozları silkeleyerek ayağa kalktım ve, "Evet, ben sizi baş başa bırakayım," dedim.

"Sağ ol, Louisa."

"Başka bir şey istemediğinize emin misiniz? Bisküvi getireyim mi?"

"Sağ ol, Louisa."

Will beni hiçbir zaman Louisa diye çağırmazdı ve daha önce beni uzaklaştırmaya çalıştığı da olmamıştı.

Bay Lawler bir saate yakın kaldı. Ben ev işlerini yaptım sonra da kapıyı dinleyecek kadar cesur olup olmadığımı düşünerek mutfakta oyalanıp durdum. Hayır, bu kadar cesur değildim. Oturup iki Burbon şekeri yedim, tırnaklarımı kemirdim, uzaktan gelen konuşma mırıltılarını dinledim ve on beşinci kez Will'in neden bu adamdan arka girişi kullanmasını istediğini merak ettim.

Adam bir doktora ya da danışmana benzemiyordu. Finans danışmanı olabilirdi, ama nedense o havayı da vermiyordu. Fizik tedavi uzmanına, mesleki terapiste veya diyetisyene de benzemiyordu. Will'in sürekli değişen ihtiyaçlarını değerlendirmek üzere belediye tarafından gönderilmiş yüzlerce adamdan biri de olamazdı. Onları bir kilometre öteden fark ederdiniz. Her zaman yorgun gözükür, ama enerjik ve neşeli görünmeye çalışırlardı. Yumuşak renkli yünlüler giyerler, güzel ayakkabıları olurdu. Ayrıca dosya ve malzeme kutularıyla dolu tozlu steyşın arabalar kullanırlardı. Bay Lawler'ınsa lacivert bir BMWsi vardı. BMW 5 serisinden parıltılı arabası küçük bir yerel üretim araca benzemiyordu.

Sonunda Bay Lawler göründü. Çantasını kapatıp ceketini koluna taktı. Artık garip görünmüyordu.

Birkaç saniye içinde koridordaydım.

"Ah! Banyonun ne tarafta olduğunu gösterebilir misiniz lütfen?"

Sessizce banyoyu gösterdim ve çıkana kadar kıpırdanarak bekledim.

"Peki. Öyleyse şimdilik bu kadar."

"Sağol Michael." Will bana bakmıyordu. "Senden haber bekliyorum."

Bay Lawler, "Hafta sonuna doğru arayacağım," dedi.

Will, "En azından şimdilik mektup yerine e-postayı tercih ederim," dedi.

"Evet. Tabii."

Arka kapıyı açarak onu yolcu ettim. Sonra Will salona girip gözden kaybolunca onu bahçeye kadar uğurlayıp kısık bir sesle, "Yolunuz çok uzun mu?" diye sordum.

Kıyafetinin kesimi çok güzeldi. Belli ki terziliği titizlikle yapılmış, kumaşı pahalıya patlamıştı.

"Maalesef Londra'ya gidiyorum. Neyse, umarım akşamın bu saatinde trafik çok sıkışık değildir."

Onu izleyerek dışarı çıktım. Güneş tepedeydi ve onu görebilmek için gözlerimi kısmam gerekiyordu. "Londra'da nerede oturuyorsunuz?"

"Regent Caddesi."

"Regent Caddesi mi? Ne güzel ."

"Evet. Yaşamak için pek de fena bir yer sayılmaz. Peki. Kahve için teşekkürler Bayan ..."

"Clark. Louisa Clark."

Bay Lawler durup bir an için bana baktı. Ben de onun kim olabileceğiyle ilgili yetersiz çabalarımı fark edip etmediğini düşündüm.

Bir an sonra profesyonel gülümsemesi çabucak geri gelmişti. "Hah! Bayan Clark," dedi. "Neyse, teşekkürler."

Çantasını dikkatli bir şekilde arka koltuğa koydu ve arabaya binip gitti.

O gece Patrick'e giderken kütüphaneye uğradım. Onun bilgisayarını kullanabilirdim, ama bunun için izin almam gerektiğini hissediyordum. O sebeple kütüphane bana çok daha kolay geldi. Masaya oturdum ve arama motoruna "Michael Lawler" ve "Regent Street, Londra" yazdım. İçimden, Bilgi güçtür Will, diye geçiriyordum.

3920 sonuç çıktı. İlk üçü hukukçu, vasiyet uzmanı, vasiyetname onay ve vekâlet yetkisi olan Michael Lawler hakkındaydı. Sokak adı da tutuyordu. Birkaç saniye ekrana bakıp ismini tekrar arattım ve bu defa görsellerde baktım. İşte karşımdaydı; yuvarlak bir masanın etrafında yapılan toplantıda, koyu renk takım elbisesiyle vasiyetname uzmanı Michael Lawler. Will'le bir saat geçiren adamın aynısı.

O gece bir buçuk saat içinde işlerim bitti ve Patrick'e taşındım. Yatağım ve yeni panjurlarım dışındaki her şeyi almıştım. Patrick arabasıyla gelince eşyalarımı çöp torbalarına koyduk. İki turda hepsi bitmiş, okul kitaplarım da tavan arasına gitmişti.

Annem ağladı. Beni evden gitmek zorunda bırakmış gibi hissediyordu.

Babam ona, "Tanrı aşkına hayatım. Artık gitme zamanı geldi, o artık yirmi yedi yaşında," dedi.

Annem bir yandan iki kalıp meyveli kekle bir torba temizlik malzemesini koltuğumun altına sıkıştırarak, "O hâlâ benim bebeğim," dedi.

Ona ne diyeceğimi bilmiyordum. Meyveli keki sevmezdim bile.

Eşyalarımı Patrick'in dairesine sığdırmak şaşırtıcı bir şekilde kolay oldu. Neredeyse hiç eşyası yoktu ve ben de küçük odada geçirdiğim yıllar boyunca hiçbir şey biriktirememiştim. Üzerinde tartıştığımız tek şey CD koleksiyonum oldu. Benimkiler ancak arkaları etiketlenirse alfabetik sırayla onunkilerin arasına katılabilecekti.

Sanki misafirmişim gibi, "Kendini evinde hisset," deyip duruyordu. İkimiz de gergindik ve birbirimize çok garip davranıyorduk. İlk randevularına çıkmış bir çift gibiydik. Eşyalarımı boşaltırken bana çay getirip, "Bu senin kupan olabilir diye düşündüm," dedi. Mutfakta her şeyin yerini gösterdi ve sonra da birkaç kez, "Tabii sen nereye istersen koy. Benim için fark etmez," dedi.

Boş odadaki dolabı ve iki çekmeceyi boşaltmıştı. Diğer iki çekmece onun spor kıyafetleriyle doluydu. Bu kadar çok çeşit likralı ve yünlü kumaş olduğunu bilmiyordum. Benim çılgın renkli elbiselerimi yerleştirdikten sonra hâlâ bir sürü boş yer kalmıştı. Tel askılar hüzünlü ve boş bir şekilde sallanıyorlardı.

Dolaba bakarak, "Bunları doldurmam için daha fazla bir şeyler almam gerekecek," dedim.

Patrick gerginlikle güldü. "O nedir?"

Duvardaki takvimime baktı. Yapılabilecekler yeşille ve gerçekten planlanmış olanlar da siyahla işaretlenmişti. Bir şeyi gerçekleştirdiğimde –müzik, şarap tatma gibi– yanına gülen surat koyuyordum. Gerçekleşmediğimde ise –at yarışı, resim sergisi– boş kalıyordu.

Gelecek iki hafta için çok az şey işaretlenmişti. Will yakındaki yerlerden sıkılmıştı, ama onu daha uzaktaki alanları keşfetmeye ikna edememiştim. Patrick'e baktım. Onun da 12 Ağustos tarihine baktığını görebiliyordum. Tarihin altı çizilmiş ve siyahla ünlemler konulmuştu.

"İşle ilgili bir şeyler işte."

"Kontratını yenilemeyecekler mi?"

"Bilmiyorum Patrick."

Patrick kalemini alıp bir sonraki aya baktı ve 28. haftanın altına "iş aramaya başlama zamanı" diye karaladı.

"Ne olursa olsun burada güvendesin," dedikten sonra beni öptü ve orada bıraktı.

Kremlerimi dikkatli bir şekilde banyoya yerleştirdim. Jiletlerimi, nemlendiricimi ve tamponlarımı aynalı dolaba düzgün bir şekilde koydum. Bazı kitaplarımı düzgün bir sırayla camın altındaki boşluğa yerleştirdim ve Will'in benim için Amazon'dan sipariş ettiği yeni kitapları da oraya koydum. Patrick boş zamanı olduğunda birkaç raf daha takacağını söylemişti. Sonra o koşuya gittiğinde oturdum ve dışarıya, şatoya doğru uzanan sanayi bölgesine bakarak sessizce *evim* kelimesini söyleme denemeleri yaptım.

Sır saklamak konusunda berbatımdır. Treena yalan söylemeyi düşündüğüm anda burnuma dokunduğumu söylüyor. Bu yüzden foyam hemen meydana çıkar. Annemler okulu astığımda kendim için yazdığım mazeret mektuplarıyla hâlâ dalga geçiyorlar. "Sevgili Bayan Trowbridge. Kadın meseleleri yüzünden sıkıntı çektiğim için Louisa Clark'ı bugünkü derslerden lütfen muaf tutun." Babam bunu gördüğünde beni azarlaması gerekse bile ifadesiz bir surat takınmaya çalışmıştı.

Will'in planını ailemden saklamak da büyük bir sorundu. Ailemden sır saklamak konusunda iyiydim; sonuçta büyürken öğrendiğimiz şeylerden biri de buydu, ama kaygımla baş etmek bambaşka bir şeydi.

Sonraki birkaç geceyi Will'in neyin peşinde olduğunu anlamaya çalışarak ve onu nasıl durdurabileceğimi düşünerek geçirdim. Düşüncelerim birbiri ardına akıyordu. Patrick'le sohbet ederken, küçük mutfakta beraber yemek pişirirken bile (şimdiden onun hakkında yeni şeyler keşfediyordum; mesela hindi göğsüyle yüz farklı yemek pişirmeyi gerçekten biliyordu) düşünüyordum. Geceleri sevişiyorduk. Bu neredeyse bir zorunluluk gibiydi; sanki özgürlüğümüzü sonuna kadar kullanmamız gerekiyordu. Sanki Patrick, Will'le sürekli fiziksel bir yakınlık içinde olduğum için ona bir şeyler borçlu olduğumu hissediyor gibiydi. Ama o uykuya dalar dalmaz ben yine düşüncelerimde kayboluyordum.

Yedi haftadan sadece biraz fazla bir zaman kalmıştı.

Ve ben yapmasam bile Will planlar yapıyordu.

Bir sonraki hafta Will düşünceli olduğumu fark ettiyse de bir şey söylemedi. Günlük rutinimize devam ettik. Onu kısa süreliğine şehre götürüyor, yemek pişiriyor, onunla ilgileniyordum. Ayrıca Artık Koşan Adam hakkında espriler de yapmıyordu.

Ona, bana önerdiği son kitaplardan bahsettim: İngiliz Hasta (çok sevmiştim) ve bir İsveç gerilim romanı (bunu sevmemiştim). Birbirimize karşı dikkatli ve neredeyse abartılı bir şekilde nazik davranıyorduk. Kabalığını ve huysuzluğunu özlemiştim; bunların artık olmayışı tepemde asılı duran tehdit duygusunu daha da artırıyordu.

Nathan sanki yeni bir türü inceler gibi ikimizi de izliyordu. Bir gün mutfakta marketten taşıdığım alışveriş torbalarını boşaltırken, "Tartıştınız mı siz?" diye sordu. "Kendisine sorsana," dedim.

"O da tam olarak böyle söyledi."

Nathan bana yandan bir bakış attı ve ecza dolabının kilidini açmak için banyoya doğru gitti.

Bu arada Michael Lawler'ın ziyaretinin üzerinden üç gün geçmişti, Bayan Traynor'ı aradım. Ona ev dışında bir yerde buluşup buluşamayacağımızı sordum ve şatonun bahçesine açılan küçük bir kafede buluşmaya karar verdik. Ne gariptir ki bu kafe işimi kaybetmeme neden olan yerdi.

Kafenin ortamı Buttered Bun'dan daha hoştu. Kireçlenmiş meşeden ve beyazlatılmış ahşaptan masa ve sandalyeler vardı. Taze sebzelerden yapılmış ev yapımı çorba ve şahane kekler de satılıyordu. Sıradan kahvelerden içmek mümkün değildi. Burada sadece latte, *cappuccino* ve *macchiato* vardı. İnşaat ustaları ya da kuaförde çalışan kızlar da bulunmuyordu. Bir yandan çayımı içiyor bir yandan da Karahindiba Hanım'ın tüm sabahı burada geçirdiğini, gazete okuyacak kadar rahat edip etmeyeceğini merak ediyordum. "Louisa, özür dilerim geciktim." Camilla Traynor çantasını koltuğunun altına sıkıştırmıştı. Çabucak içeri girdi. Üzerinde gri ipek gömlek ve lacivert pantolon vardı.

Ayağa kalkmamak için kendimi zor tuttum. Onunla konuşurken hep iş görüşmesindeymiş gibi hissederdim.

"Adliyeden çıkamadım."

"Üzgünüm. Sizi de işinizden alıkoydum. Sadece... bu acil bir konuydu."

Elini kaldırdı ve garsona bir şeyler söyledi. Birkaç saniye içinde *cappuccino* gelmişti. Sonra karşıma oturdu. Sanki bakışları beni delip geçiyordu.

"Will eve bir avukat çağırdı," dedim. "Anladığım kadarıyla kendisi vasiyetnameler konusunda uzman." Sohbete başlamak için daha kibar bir yol bulamamıştım.

Sanki suratına bir tokat atmışım gibi bakıyordu. Ona iyi haberlerim olduğunu düşünerek geldiğini fark ettim.

"Avukat mı? Emin misin?"

Gereksiz bir şekilde, "İnternetten araştırdım. Yeri Regent Caddesi'nde. Londra'da," diye ekledim. "İsmi Michael Lawler."

Bu bilgiyi hazmedebilmek için zar zor gözlerini kırpıştırdı. "Bunu sana Will mi söyledi?"

"Hayır. Bilmemi istediğini sanmıyorum. Ben... Ben sadece ismini duydum ve araştırdım."

Kahvesi gelmişti. Garson kız fincanı masaya, tam önüne koydu ama Bayan Traynor bunu fark etmiş gibi gözükmüyordu.

"Başka bir isteğiniz var mıydı?" dedi kız.

"Hayır, teşekkürler."

"Bugün özel ikramlarımız arasında havuçlu kek var. Kendimiz yapıyoruz. Çok güzel bir kreması var."

Bayan Traynor sert bir şekilde, "*Hayır*," dedi. "Teşekkürler."

Kız bu davranıştan rahatsız olduğunu fark ettirecek kadar uzun süre kaldıktan sonra sipariş defterini elinde dikkat çekecek biçimde sallayarak uzaklaştı.

"Üzgünüm," dedim. "Önemli bir şey olursa sizi haberdar etmem gerektiğini söylemiştiniz. Bütün gece söyleyip söylememek konusunda düşünüp uyuyamadım."

Yüzü neredeyse bembeyaz kesilmişti.

Nasıl hissettiğini biliyordum.

"Peki, o nasıl peki? Onunla ilgili yeni planların var mı? Dışarı çıkıyor mu?"

"Çok hevesli değil." Ona Paris hikâyesini ve yaptığım listeleri anlattım.

Ben konuşurken aklının benden önce çalıştığını görebiliyordum. Hesap yapıyor, değerlendiriyordu. Sonunda, "Nereye olursa olsun," dedi. "Ben karşılarım. Nereye gitmek isterseniz ben öderim. Nathan için de geçerli. Sadece...sadece onu ikna etmeye bak."

Başımı salladım.

"Aklına başka bir şey gelirse... Bize zaman kazandıracak herhangi bir şey. Altı aydan sonra da maaşını ödemeye devam edeceğim."

"Bu... bu gerçekten sorun değil."

İkimiz de sessizce kahvelerimizi bitirdik. Düşüncelere dalmıştık. Onu gizlice izlerken fark ettim ki kusursuz görünen saçlarında griler vardı ve gözleri de benimkiler kadar gölgeliydi. Ona bunları anlatıp artan kaygımı ona da bulaştırdığım için daha da kötü hissettiğimi fark ettim, ama başka çarem var mıydı ki? Risk her geçen gün daha da artıyordu. Saat ikiyi vurunca Bayan Traynor daldığı düşüncelerden uyandı.

"Sanırım işe dönsem iyi olacak. Lütfen aklına herhangi bir şey gelirse beni ara Louisa. Bu konuşmaları müştemilattan uzakta yapmamız daha iyi olabilir."

Ayağa kalkıp, "Size yeni numaramı vereyim, taşındım da," dedim. Bayan Traynor kalem almak için çantasına uzandığında, "Patrick'in yanında taşındım... Erkek arkadaşım," diye de ekledim. Bu haberin onun niye bu kadar şaşırttığını anlamadım, ama afallamış gibi görünüyordu. Kalemini bana uzattı.

"Bir erkek arkadaşın olduğunu bilmiyordum."

"Size söylemem gerektiğini hiç düşünmedim."

Ayağa kalktı ve bir elini masaya dayayarak, "Will geçen gün senin... müştemilata taşınmayı düşündüğünü söylemişti. Hafta sonları için."

Patrick'in ev numarasını karaladım.

"Aslında Patrick'in yanına taşınırsam her şeyin daha yerli yerinde olacağını düşündüm." Kâğıt parçasını ona uzattım. "Ama çok uzağa gitmedim. Sanayi bölgesinin hemen yanında. Saatlerimi etkilemeyecek, geç kalmam merak etmeyin."

Orada öylece durduk. Bayan Traynor gergin gözüküyordu. Elleriyle saçını düzeltiyor, boynundaki zincirle oynuyordu. Sonunda, sanki kendisini daha fazla tutmayı becerememiş gibi, "Biraz daha beklemek çok mu zordu? Sadece birkaç hafta daha bekleyemez miydin?" deyiverdi.

"Nasıl?"

"Will... Bence Will sana çok düşkün." Dudağını ısırdı. "Anlamıyorum... Bunun işleri nasıl kolaylaştıracağını gerçekten anlamıyorum."

"Bir dakika. Erkek arkadaşımın yanına taşınmamam gerektiğini mi söylüyorsunuz?"

"Sadece çok iyi bir zamanlama olmadığını söylüyorum. Will çok hassas bir durumda. Hepimiz onun hayata iyimser bakması için elimizden geleni yapıyoruz. Ve siz..."

"Ben ne?" Garson kızın bizi izlediğini görebiliyordum. Not defteri elinde sabit duruyordu. "Ben ne? İş dışında bir hayatım olmamalı mı?"

Bayan Traynor sesini alçalttı. "Louisa bu şeyi durdurmak için elimden geleni yapıyorum. Karşı karşıya olduğumuz şeyi biliyorsun. Sadece diyorum ki onun senden ne kadar hoşlandığını düşünecek olursak... Keşke taşındığın için ne kadar mutlu olduğunu söylemeden önce biraz daha bekleseydin."

Kulaklarıma inanamıyordum. Yüzümün giderek daha da kızardığını hissettim ve tekrar konuşmaya başlamadan önce derin bir nefes aldım.

Kızgınlıkla, "Will'in duygularını incitecek bir şey yaptığımı nasıl söylersiniz? Ben onun için her şeyi yaptım," dedim. "Yapabileceğim her şeyi yaptım. Yeni fikirler önerdim, onu dışarı çıkarttım, onunla konuştum, ona kitap okudum, her şeyiyle ilgilendim." Son sözlerim göğsümden patlayarak çıkmıştı. "Onu temizleyip lanet sondasını bile değiştirdim. Onu güldürdüm. Ailenizin yaptıklarından çok daha fazlasını yaptım."

Bayan Traynor hareketsiz bir şekilde duruyordu. Vücudunu dikleştirdi ve çantasını kolunun altına sıkıştırdı. "Sanırım bu sohbet burada bitti Bayan Clark."

"Evet. Evet, Bayan Traynor. Sanırım bitti."

Arkasını döndü ve sert adımlarla oradan uzaklaştı.

Kapı arkasından çarparak kapandığında ben de titriyordum. Bayan Traynor'la yaptığımız sohbet, birkaç gün boyunca zihnimde dolaşıp durdu. Sözleri aklımdan çıkmıyordu. *Mutluluğumu onun yüzüne vurmuştum.* Will'in benim yaptığım herhangi bir şeyden etkilenebileceğini hiç düşünmemiştim. Will, Patrick'e taşınma fikrime sıcak bakmadığında bunu, bana karşı duygular beslediğine değil, Patrick'ten hoşlanmamasına bağlamıştım. Daha da önemlisi mutlu gözüktüğümü hiç düşünmemiştim.

Evde de bu kaygılı halden kurtulamadım. Sanki içimden düşük devirli bir elektrik akımı geçiyor, yaptığım her şeye değiyordu. Patrick'e, "Kız kardeşimin odama ihtiyacı olmasaydı yine de bunu yapar mıydık?" diye sordum.

Aptalca bir şey söylemişim gibi bana baktı. Eğilip beni kendine çekti ve alnımdan öptü. Sonra da aşağı eğildi. "Bu pijamaları giymek zorunda mısın? Pijamalı halinden nefret ediyorum."

"Ama rahat ediyorum."

"Annemin giyeceği tarz bir şeye benziyor."

"Sırf sen mutlu olacaksın diye her gece jartiyer giyemem. Ayrıca soruma cevap vermedin."

"Bilmiyorum. Belki. Evet."

"Ama bu aramızda konuştuğumuz bir şey değildi, değil mi?"

"Lou, çoğu insan birlikte yaşamaya başlar, çünkü mantıklı olan budur. Hem birlikte olduğun insanı sevdiğin için hem de maddi ve pratik avantajları için."

"Ben sadece... seni buna zorladığımı düşünmeni istemem. Ben ısrar ettim diye birlikte oturduğumuz fikrine kapılmak istemiyorum."

Derin bir nefes aldı ve arkasına yaslandı. "Neden kadınlar her zaman bir olayın üzerinden onu sorun haline getirinceye kadar tekrar tekrar geçerler? Seni seviyorum, sen de beni seviyorsun. Neredeyse yedi yıldır birlikteyiz ve annenlerin evinde artık yer yok. Aslında her şey çok basit."

Ama ben basitmiş gibi hissetmiyordum.

Ummadığım bir hayatı yaşamaktan başka şansım olmadığını hissediyordum.

O cuma günü tüm gün yağmur yağdı. Sanki tropik ülkelerdeymişiz gibi ılık, sağanak bir yağmur vardı... Yağmur oluklarda çağıldıyor, filizlenen fundaların gövdeleri sanki yalvarıyormuş gibi eğiliyordu. Will yürüyüşe çıkarılmayan bir köpek gibi pencereden dışarı bakıyordu. Nathan başının üzerindeki naylon torbayla gelip gitti. Will penguenler hakkında bir belgesel izledi ve sonra konuşmak zorunda kalmayalım diye o bilgisayarına bakarken ben de kendime yapacak bir şeyler buldum. Birbirimize karşı duyduğumuz rahatsızlığı açık açık hissediyordum ve onunla sürekli aynı odada olmak işleri daha da zorlaştırıyordu.

Sonunda temizlik yapmanın rahatlatıcı tarafını anlamaya başlamıştım. Yerleri siliyor, camları temizliyor, yorganları değiştiriyordum. Sürekli hareket halindeydim. Hiçbir toz zerresi gözümden kaçmıyor, hiçbir çay molası zili dikkatimi dağıtamıyordu. Tam banyo askılarını sirkeye batırılmış süngerle (annemden öğrendiğim bir püf noktası) ovuyordum ki Will'in sandalyesinin sesini duydum.

"Ne yapıyorsun?"

Banyo küvetine eğilmiştim. Arkamı dönmedim. "Askılarını temizliyorum."

Beni izlediğini hissedebiliyordum.

Will biraz sonra, "Tekrar söyle," dedi.

"Ne?"

"Tekrar et."

Ayağa kalktım. "Neden? Duyma problemin mi var? Askılarının kireçlerini söküyorum işte."

"Hayır, sadece ne söylediğini duymanı istedim. Askıları ovman için hiçbir sebep yok Clark. Annem fark etmez ve benim de hiç umurumda değil. Ayrıca banyo balık lokantası gibi kokuyor. Dışarı çıkmak istiyorum."

Yüzüme düşen saçları düzelttim. Doğru söylüyordu. Havada ağır bir mezgit kokusu vardı.

"Haydi, sonunda yağmur durdu. Biraz önce babamla konuştum. Beşten sonra turistler gidince şatonun anahtarını bize vereceğini söyledi."

Bahçede yürüyüş yapıp kibar kibar sohbet etme fikri pek de hoşuma gitmemişti. Ama müştemilattan uzaklaşmak kulağa çekici geliyordu.

"Tamam. Bana beş dakika ver. Ellerimden sirke kokusunu çıkarmayı deneyeceğim."

Ben ve Will arasındaki yetiştirilme tarzımızdan kaynaklanan fark, onun her şeye sahip olmaya hakkı olduğunu düşünmesiydi. Sanırım onunki gibi bir ortamda, zengin bir aileyle, güzel bir evde büyüyüp kaçınılmaz olarak iyi okullara gidip iyi lokantalarda yemek yediğinizde hayatınız boyunca tüm güzel şeyleri önünüzde bulacağınızı düşünürsünüz. Toplumdaki konumuz da buna doğal olarak yüksek bir yerlerde olmalıdır.

Will çocukluğu boyunca bana şatonun boş bahçesine nasıl kaçtığını anlattı. Babası orada dolaşmasına izin verir, herhangi bir şeye dokunmayacağına dair ona güvenirdi. Akşam beş buçuktan sonra son turistler de gittiğinde, bahçıvan ortalığı temizleyip düzeltmeye başlarken temizlikçiler çöpleri boşaltıp boş içecek kutuları ve şekerleme artıklarını süpürür, orası Will'in özel oyun bahçesi olurmuş. Bana bunu söylediğinde Treena ve bana yanımızda kimse olmadan şatoya girme özgürlüğü verilse ne olacağını düşündüm. Herhalde inanmayarak havayı yumruklar, etrafı birbirine katardık.

Çakıl taşlı patikada yürürken, "Bir kızı ilk defa o asma köprünün önünde öpmüştüm," dedi ve o tarafa doğru bakmak için yavaşladı.

"Buranın sana özel bir yer olduğunu da söylemiş miydin?"

"Hayır. Belki de söylemeliydim. Bir hafta sonra Minimart'ta çalışan bir çocuk için beni terk etti."

Şaşkınlıkla ona dönüp baktım. "Terry Rowlands olmasın o? Koyu renkli saçlarını arkaya tarayan, dirseklerine kadar dövmeli çocuk mu?"

Tek kaşını kaldırdı. "Evet o."

"Hâlâ orda çalışıyor biliyor musun? Minimart'ta. Belki bu seni daha iyi hissettirir."

Will, "Onun da benim vardığım noktayı çok kıskanacağını sanmıyorum," dedi ve ben yine sustum.

Şatoyu bu şekilde görmek garipti. Her yer sessizdi ve uzaktaki garip bahçıvan dışında ikimizden başka kimse yoktu. Turistleri izleyip onların aksanları ve yabancı hayatlarına dikkatimi yöneltmek vermek kendimi belki de ilk defa şatoya bakarken, tarihinin bir parçasını özümsemeye başlarken buldum. Tarihi duvarlar 800 yıldan fazla bir süredir orada duruyordu. İnsanlar orada doğmuş ve ölmüşlerdi. Aşklar yaşanmış, kalpler kırılmıştı. Şimdi sessizlikte onların sesini, yoldaki ayak seslerini duyar gibiydim.

Sonra, "Peki, şimdi itiraf zamanı," dedim. "Hiç buralarda yürüyüp gizli gizli bir savaşçı prens olduğunu hayal ettin mi?"

Will bana yandan yandan baktı. "Doğruyu söyleyeyim mi?"

"Tabii ki."

"Evet. Hatta bir keresinde Büyük Salon'un duvarlarından bir kılıç bile ödünç aldım. Neredeyse bir ton çekiyordu. Aldığım yere geri koyamayacağım diye ödüm kopmuştu."

Tepenin yüksek kısmına gelmiştik. Hendeğin önünde sınırı belirleyen yıkık duvara doğru uzanan uzun otları görebiliyorduk. Arkasında şehir uzanıyordu. Neon tabelalar, trafik sıkışıklığı, kasabalılar için iş çıkışı olduğunu gösteren bir koşuşturma vardı. Buradaysa kuşlar ve Will'in sandalyesinin hafif gıcırtısı dışında hiç ses yoktu.

Sandalyesini durdurdu ve aşağıya bakabilelim diye döndürdü. "Daha önce hiç tanışmamış olmamıza şaşırıyorum," dedi. "Yani küçükken demek istiyorum. Yollarımız bir yerlerde kesişmiş olmalı."

"Neden ki? Pek de aynı çevrelerde değildik. Ayrıca sen kılıcını sallayıp geçerken ben henüz yanından geçtiğin çocuk arabasındaki bir bebek olmalıyım."

"Doğru. Unutmuşum, sana göre oldukça antika sayılırım."

"Sekiz yıl seni kesinlikle 'daha yaşlı' bir adam yapar," dedim. "Ergenlik dönemimde bile babam benden büyük bir adamla çıkmama asla izin vermedi."

"Kendi şatosu olsa bile mi?"

"Hımm... Tabii bu durumu değiştirebilirdi."

Yürürken etrafımızda tatlı bir çimen kokusu yükseliyordu. Will'in tekerlekleri yoldaki temiz su birikintilerinin içinden geçerken gıcırdıyordu. Rahatlamış hissediyordum. Sohbetimiz şimdiye kadarkilerden farklı olmuştu, ama buna şaşırmamak gerekiyordu. Bayan Traynor haklıydı. Will için başkalarının hayatlarına devam ettiklerini görmek her zaman zor olmalıydı. Hareketlerimin onun hayatında nasıl bir etki yaptığını anlamak için daha dikkatli düşünmeye karar vermiştim. Artık ona kızmak istemiyordum.

"Haydi labirente girelim. Bunu yıllardır yapmadım."

Daldığım düşüncelerden sıyrılmıştım. "Ah, hayır. Teşekkürler." Bir anda nerede olduğumuzu anlayarak etrafıma bakınmaya başladım.

"Kaybolmaktan neden korkuyorsun? Haydi ama Clark. Bu senin için de bir meydan okuma olacak. İçeri girdiğinde izlediğin yolu ezberlemeye çalış ve sonra da tersine giderek dışarı çık. Zaman tutacağım. Eskiden hep yapardım."

Dönüp eve baktım. "Gerçekten yapmasam daha iyi." Sadece düşüncesi bile mideme kramplar sokmuştu.

"Off. Yine güvenli sularda yüzüyorsun."

"Öyle değil."

"Tamam, sorun değil. Sıkıcı küçük yürüyüşümüzü yapar sonra da sıkıcı küçük evimize döneriz."

Şaka yaptığını biliyordum. Ama sesinin tonundaki bir şey bana çok dokunmuştu. Otobüsteki Deirdre'yi düşündüm; kızlardan birinin evde kalmasının ne kadar iyi olduğu söylemişti. Benimkisi küçük bir hayat olacak, hırslarım küçücük kalacaktı.

Labirente, karanlık ve içe içe geçmiş kutularına baktım. Saçmalıyordum. Belki de yıllardır saçmalıyordum. Sonuçta her şey bitmişti. Hayatıma devam ediyordum.

"Sadece nereden döndüğünü hatırlaman gerekiyor. Sonra da tersten giderek dışarı çık. Göründüğü kadar zor değil. Gerçekten."

Düşünmeden, onu yolda bırakarak içeri daldım ve bir nefes aldım. "Çocuklar ebeveynleri olmadan giremez" yazılı levhanın yanından geçtim ve çabucak karanlık, nemli çitin yanından hızla yürüdüm. Çit hâlâ yağmur damlalarıyla parlıyordu.

O kadar da kötü değil, o kadar da kötü değil, diye mırıldanıyordum. *Sadece birkaç eski çit.* Sağa döndüm, sonra çitin içinden sola. Bir daha sağa saptım, sonra yine sola. Yola devam ettikçe kafamda geldiğim yolun tersinin provasını yapıyordum. *Sağ. Sol. Ara. Sağ. Sol.*

Kalbim biraz hızlı çarpmaya başladı. Kulaklarımda kalp atışlarımı duyabiliyordum. Çitin öte tarafında Will'in saatine bakarak durduğunu düşünmeye zorluyordum kendimi. Bu aptal bir testten başka bir şey değildi. Artık o saf ve genç kadın değildim. Yirmi yedi yaşındaydım. Erkek arkadaşımla yaşıyordum. Sorumlu olduğum bir işim vardı. Farklı bir insandım.

Döndüm, düz devam ettim ve tekrar döndüm.

Sonra durup dururken, nereden geldiğini anlamadığım bir panik duygusu tüm benliğimi kapladı. Çitin sonundan bir adamın çıktığını görür gibi oldum. Kendime bunun bir hayal ürünü olduğunu söylememe rağmen kendimi rahatlatmaya çalışırken dönüş yolunu tutturamadım. *Sağ. Sol. Ara. Sağ. Sağ?* Yanlış taraftan mı gidiyordum? Nefesim tıkanıyordu. Devam etmeye zorladım kendimi, ama tek düşündüğüm yolumu kaybettiğimdi. Durup etrafımdaki gölgelerin yönüne bakarak hangi tarafın batı olduğunu anlamaya çalıştım.

Orada dururken artık yapamayacağımı anladım. Bunun içinde kalamazdım. Geri döndüm ve güneye doğru yürümeye başladım. En azından yürüdüğüm yönün güney olduğunu düşünüyordum. Dışarı çıkacaktım. Yirmi yedi yaşındaydım. Her şey yolundaydı. Ama sonra onların sesini duydum. Baştan çıkarmaya çalışan ıslıklar, alaycı kahkahalar... Onları görüyordum, çitin arkasından bir görünüp bir kayboluyorlardı. Ayaklarımın yüksek topuklu ayakkabılar üzerinde sağa sola kaydığını hissediyordum. Çitin sivri köşeleri ben onların üstüne düştükçe ve kendimi toplamak için tutunmaya çalıştıkça batıyordu.

Ağzımda bir şeyler geveleyip, "Artık çıkmak istiyorum," demiştim onlara. "Bu kadarı yeter beyler."

Hepsi kaybolmuştu. Labirent sessizdi. Sadece çitin diğer ucundan fısıltılar geliyordu. Belki de bunlar rüzgârdan hışırdayan yaprakların sesi.

Kendi sesimden bile emin olamayarak, "Artık çıkmak istiyorum," demiştim. Gökyüzüne bakınca uçsuz bucaksız, karanlıkla süslenmiş göğün altında bir an için dengemi kaybettiğimi sandım. Sonra biri bileğimden yakalayınca zıpladım. Koyu renk saçlı, Afrika'ya gitmiş olan çocuktu bu.

"Henüz gidemezsin," demişti. "Oyunu bozacaksın."

O zaman fark ettim; bileğimdeki elinin dokunuşundan anlamıştım. Dengemiz bozulmuş, hareketlerimizdeki kısıtlama uçup gitmeye başlamıştı. Sanki her şey bir şakaymış gibi, bildiğimi anlamasın diye ellerini itmiştim. Sonra arkadaşlarını çağırdığını duydum. Bir anda koşmaya başlayarak ondan kurtuldum ve çıkışa doğru yolumu bulmaya çalışarak ayaklarım ıslak çimenlere bata çıka koştum. Her yanımda onları duyuyordum. Seslerini yükseltmişlerdi. Bedenleri görünmüyordu ve boğazım panikten kupkuru olmuştu. Nerede olduğumu anlayamayacak kadar yön duygumu kaybetmiştim. Uzun çitler üzerime üzerime geliyordu. Gitmeye devam ediyordum, köşelerden dönerek yolu bulmaya çalışıyor, takılıyor, açık yollara dalıyor, seslerden uzaklaşmaya çalışıyordum. Ama çıkışa hiç ulaşamadım. Nereye dönsem bir çit ve bir alaycı ses vardı.

Bir çıkışa girdim. Kısa bir süre için özgürlüğe çok yaklaştığımı düşünmüştüm. Ama sonra tekrar merkeze, başladığım yere döndüğümü anladım. Sanki beni bekliyorlarmış gibi orada durduklarını gördüğümde sendeledim.

Bir tanesi, "İşte geldin," deyip kolumu yakaladı. "Yapacağını söylemiştim. Haydi Lou-lou, bir öpücük verirsen sana yolu gösteririm." Sesi yumuşaktı ve ağır ağır konuşuyordu.

"Bize bir öpücük verirsen hepimiz sana yolu gösteririz."

Yüzleri bulanıktı."Ben sadece... Tek istediğim..."

"Haydi ama Lou. Benden hoşlanıyorsun, değil mi? Bütün öğleden sonra kucağımda oturdun. Bir öpücük istiyorum. Ne kadar zor olabilir ki?"

Bir gülme sesi duydum.

"Sonra nasıl çıkacağımı gösterecek misiniz?" Sesim kendime bile acınası geliyordu.

"Sadece bir tane." Yakınlaştı.

Ağzını ağzımda hissettim. Bir el kalçamı sıkıyordu.

Sonra uzaklaştı. Nefesinin tonunun değiştiğini duydum. "Ve şimdi de sıra Jake'te."

Sonra ne dediğimi hatırlamıyorum. Biri kolumu tuttu. Bir kahkaha duydum ve saçımda bir el hissettim. Ağzımda bir ağız daha vardı. Daha ısrarcı, daha zorlayıcı ve sonra...

"*Will...*"

Eğilip ağlamaya başlamıştım. "*Will...*" İsmini söylüyordum. Sesim hırpalanmış bir şekilde tekrar tekrar göğsümün derinliklerinden çıkıyordu. Labirentin dışında uzaklarda bir yerlerden onun sesini duydum.

"Louisa? Louisa, neredesin? Ne oldu?"

Köşedeydim. Çitin olabilecek en uzak köşesinde duruyordum. Ağlamaktan gözlerim bulanıklaşmıştı. Kollarım bedenimi sımsıkı sarıyordu. Dışarı çıkamamıştım. Artık sonsuza dek burada kalacaktım. Kimse beni bulamayacaktı.

"Will..."

"Neredesin?"

İşte karşımdaydı, önümde duruyordu.

Yukarıya bakarak, "Üzgünüm," dedim, yüzüm buruşmuştu. "Üzgünüm. Yapamıyorum..."

Kollarını uzatabileceği kadar biraz uzatabildi... "Aman Tanrım, ne oldu? Buraya gel Clark." Öne hareket etti ve öfkeyle koluna baktı. "Lanet olası işe yaramaz şey... Geçti. Sadece nefes al. Buraya gel. Sadece nefes al. Yavaş yavaş."

Gözlerimi sildim. Onu görünce paniğim yatışmaya başlamıştı. Sendeleyerek ayağa kalktım, yüzümü toparlamaya çalıştım. "Üzgünüm ben... ne olduğunu bilmiyorum."

"Klostrofobik misin sen?" Yüzü benimkinden birkaç santim uzaktaydı ve endişeyle bakıyordu. "İçeri girmek istemediğini anlamıştım. Ben sadece... sanmıştım ki..."

Gözlerimi kapadım. "Sadece gitmek istiyorum."

"Elimi tut. Dışarı çıkalım."

Birkaç dakika içinde beni çıkarmıştı. Labirentten çıkışı biliyordu. Biz yürürken yolu bana anlattı. Sesi sakin ve güven vericiydi. Küçük bir oğlan çocuğuyken yolunu bulmak için çok uğraşmıştı. Parmaklarımı onunkilere kenetledim ve elinin sıcaklığını hissederek rahatladım. Bu kadar zaman boyunca çıkışa ne kadar yakın olduğumu fark ettiğimde kendimi aptal gibi hissettim.

Dışarıdaki bir bankta mola verdik ve sandalyesinin arkasındaki çantada mendil aramaya başladım. Orada sessizce oturduk. Bankın ucunda, onun yanındaydım. İkimiz de hıçkırığımın geçmesini bekliyorduk.

Arada bir bana bakıp duruyordu.

Sonra, "Eee?" dedi. Artık kendimi kaybetmeden konuşmaya başlayabilecek durumda görünüyor olmalıydım. "Neler olduğunu bana anlatmak ister misin?"

Mendili ellerimde buruşturdum. "Yapamam."

Ağzını kapadı.

Yutkundum ve çabucak, "Seninle ilgili değil," dedim. "Bununla ilgili kimseyle konuşmadım. Bu... bu aptalca bir şey. Ve uzun zaman oldu. Böyle olacağını düşünmemiştim... Böyle..."

Gözlerini üzerimde hissediyor, keşke bana bakmasa diye içimden geçiriyordum. Ellerimin titremesi durmuyordu, sanki midemde milyonlarca düğüm vardı.

Kafamı salladım. Konuşamayacağım şeyler olduğunu anlatmaya çalışıyordum.

Bir kez daha eline uzanmaya çalıştım, ama yapamayacağımı hissettim. Bakışlarının farkındaydım. Söze dökmediği sorularını duyar gibiydim.

Aşağıda iki araba kapının kenarına yanaşmıştı. İçlerinden iki kişi çıktı. Kim olduklarını görmek mümkün değildi. Birbirine sarıldılar. Birkaç dakika orada durdular. Belki de konuşuyorlardı. Sonra da arabalarına binip ters yönlere gittiler. Onları izliyordum, ama düşünemiyordum. Zihnim donmuş gibiydi. Artık herhangi bir şey hakkında ne söyleyeceğimi bilmiyordum.

Sonunda Will, "Peki. Şöyle yapalım," dedi. Ona baktım, ama o bana bakmıyordu. "Sana daha önce kimseye söylemediğim bir şey söyleyeceğim. Tamam mı?"

"Tamam." Mendili elimde top gibi yuvarlayarak bekledim.

Derin bir nefes aldı.

"Bu işin nasıl devam edeceğiyle ilgili gerçekten, ama gerçekten korkuyorum." Bu cümleyi sindirmemiz için biraz bekledi ve sonra da alçak, sakin bir sesle devam etti. "Çoğu insanın benim gibi yaşamanın olabilecek en kötü şey olduğunu düşündüklerini biliyorum. Ama daha kötüsü de olabilirdi. Kendi kendime nefes alamayabilirdim, konuşamayabilirdim. Dolaşım yollarıyla ilgili sorunlar çıkabilirdi. Belki bacaklarımın kesilmesi gerekebilirdi. Belirsiz bir süre için hastaneye yatmam gerekebilirdi. Buna yaşamak diyemeyiz, Clark. Ama ne kadar daha kötü olabilirdi diye düşündüğümde bazı geceler yatağımda uzanıp gerçekten nefes alamadığım zamanlar oluyor."

Yutkundu. "Ve biliyor musun? Kimse bunları duymak istemez. Kimse korkularından, acından veya aptal bir enfeksiyondan ölmekten korktuğunu duymak istemez. Kimse bir daha sevişemeyeceğini bilmenin nasıl bir şey olduğunu bilmek istemez. Kendi ellerinle yaptığın yemeği yiyemeyecek olmanın, kendi çocuğunu tutamayacak olmanın nasıl bir şey olduğunu bilmek istemez. Kimse bazen ne kadar klostrofobik hissettiğimi bilmek istemez. Bu sandalyede otururken bir günü daha onunla geçireceğimi düşününce bazen deli gibi bağırmak istiyorum. Annemle ilişkim pamuk ipliğine bağlı ve hâlâ babamı sevdiğim için beni affetmiyor. Kız kardeşim onu gölgede bıraktığım için bana öfkeleniyor ve hastalığım yüzünden benden eskisi gibi nefret edemiyor. Babam sadece her şeyin geçmesini istiyor. Sonuçta işe iyi tarafından bakmak istiyorlar. Benim de olaylara iyi tarafından baktığımı görmeye ihtiyaçları var."

Durdu. "İyi bir tarafın *olduğuna* inanmaya ihtiyaçları var."

Karanlığa doğru baktım ve sessizce, "Ben de mi böyle yapıyorum?" dedim.

Ellerine bakıp, "Sen, Clark," dedi. "Bu kahrolası duruma düştüğümden beri konuşabileceğimi hissettiğim tek kişisin."

Ve ben de ona anlattım.

Eline uzandım ve beni labirentten çıkaran eline, sonra da doğruca ayaklarıma baktım. Derin bir nefes aldım ve ona bütün geceyi anlattım. Bana nasıl güldüklerini, sarhoş ve dumanlı halimle nasıl dalga geçtiklerini, nasıl kendimden geçtiğimi, sonra kız kardeşimin bayılmış olmama sevindiğini, ne yaptıklarını hatırlamasam da bilmediğim o yarım saatin o günden beri peşimi bırakmadığını... O yarım saatlik boşluğu kahkahalarıyla, bedenleriyle ve kelimeleriyle doldurdum. Oraya kendi aşağılanmışlığımı yerleştirdim. Kasabanın dışında bir yerlere gittiğimde onların yüzlerini gördüğümü anlattım. Patrick'in, annem, babam ve bu küçük hayatımın tüm sorunları ve sınırlarıyla benim için yeterli olduğunu söyledim. Bunlar beni güvende hissettiriyorlardı.

Konuşmamız bittiğinde hava kararmıştı ve cep telefonumda nerede olduğumuzu merak eden on dört mesaj vardı.

Sessizce, "Senin suçun olmadığını söylememe gerek yok," dedi.

Üstümüzde gökyüzü sonsuz ve uçsuz bucaksız görünüyordu.

Elimdeki mendili buruşturdum. "Evet, öyle ama hâlâ biraz şey hissediyorum... Sorumlu. Gösteriş yapmak için çok içmiştim. Herkesle saçma sapan flört ediyordum. Ben..."

"Hayır. Bundan sorumlu olan onlardı."

Bu kelimeleri kimse bana yüksek sesle söylememişti. Treena'nın sempati dolu bakışında bile sessiz bir yargı vardı. *Eğer sarhoş olacaksan ve adamların yanında budalaca davranırsan neler olacağını bilemezsin...*

Eliyle parmaklarımı sıktı. Bir an bunu yapabilmişti.

"Louisa, bu senin suçun değildi."

O zaman ağladım. Bu defa hıçkırarak değil. Gözyaşları sessizce akıp gidiyordu ve bu bir şeylerin daha benden akıp gittiğini anlatıyordu. Suçluluk, korku ve henüz adlandıramadığım birkaç şey daha... Başımı yavaşça omzuna dayadım ve o da başını benimkine değinceye kadar başını eğdi.

"Peki. Beni dinliyor musun?"

Evet diye mırıldandım.

"Öyleyse sana iyi bir şey söyleyeceğim," dedi ve bir an bekledi. Sanki dikkatimi ona verdiğimden emin olmak istiyordu.

"Bazı hatalar... diğerlerinden daha büyük sonuçlar doğurur. Ama o gecenin seni tanımlamasına izin vermene gerek yok."

Başını benimkine yasladığını hissedebiliyordum.

"Her şey senin elinde Clark, bunun olmamasını sağlamak senin elinde."

Ondan sonra benden uzun bir iç çekme sesi geldi ve titredim. Kelimelerin hazmedilmesini bekleyerek orada sessizce oturduk. Bütün gece orada kalabilirdim. Tüm dünya arkamızda, Will'in elinin sıcaklığı avucumda, en kötü tarafımın yavaş yavaş benden uzaklaştığını hissederek...Sonunda, "Artık geri dönsek iyi olacak," dedi. "Annemler bizi araması için bir ekip göndermeden gidelim."

Elini bıraktım ve biraz duraksayarak, biraz da gönülsüzce ayağa kalktım. Tenimde serin bir ürperti hissediyordum. Sonra oldukça rahatlamış bir şekilde kollarımı yukarıya uzatarak esnettim. Parmaklarımın akşam havasına doğru uzanmalarına izin verdim. Haftaların, ayların hatta belki yılların gerginliğini biraz geride bırakarak derin bir nefes aldım.

Arkamda şehir ışıkları parlıyor, aşağıdaki karanlık sayfiye yerlerinde ışıktan bir çember oluşturuyorlardı. Dönüp ona baktım. "Will?"

"Evet?"

Onu karanlıkta zar zor seçebiliyordum, ama beni izlediğini biliyordum. "Teşekkür ederim. Beni almaya geldiğin için teşekkür ederim."

Will başını salladı ve sandalyesini yola doğru çevirdi.

18

“Bence Disneyland olabilir.”

“Size söyledim, lunaparka gidemeyiz.”

“Söylediğinizi biliyorum, ama orada sadece hız trenleri ve dönen fincanlar yok ki. Florida’da film stüdyoları ve bir bilim merkezi bile var. Aslında oldukça eğitici bir yer.”

“35 yaşında, eski bir şirket sahibinin eğitime ihtiyacı olduğunu sanmıyorum.”

“Her köşede engelliler için tuvaletler var ve çalışanlar da son derece ilgili. Hiçbir sorun çıkmıyor.”

“Şimdi de özellikle engelliler için binicilik dersleri verildiğini söyleyeceksiniz, değil mi?”

“Orada herkese göre yapılacak bir şeyler var. Neden Florida’yı denemiyorsunuz Bayan Clark? Eğer beğenmezseniz Deniz Dünyası’na da gidebilirsiniz. Hem hava da şahanedir şimdi.”

“Will mi katil balina mı diye bir tercih yapmamı isterseniz cevabım hazır.”

Beni duymamış gibiydi. “Engelliler için çalışmalar yürüten en iyi firmalar orada. Ölmek üzere olan kişiler için Bir Dilek Tut kampanyasına benzeyen şeyler yapıyorlar, biliyorsunuz değil mi?”

“O ölmüyor.” Will içeri girdiğinde seyahat acentesinin yüzüne telefonu kapattım. Ahizeyle uğraşıp yerine oturtmaya çalıştım ve not defterini çabucak kapadım.

"Her şey yolunda mı Clark?"

İçten bir gülümsemeyle, "Evet," dedim.

"İyi. Güzel bir elbisen var mı?"

"Ne?"

"Cumartesi günü ne yapıyorsun?"

Heyecanla bekliyordu. Düşüncelerim hâlâ katil balina mı yoksa acenta görevlisini mi diye sorusunun etrafında dönüyordu.

"Hımm... Hiçbir şey. Patrick gün boyu eğitimde olacak. Neden sordun?"

Söylemeden önce birkaç saniye durdu. Sanki beni şaşırtmak ona zevk veriyordu.

"Düğüne gidiyoruz."

Will'in, Alicia ve Rupert'ın düğünü konusunda neden fikir değiştirdiğini hiç anlamadım. Sanırım bu kararında da her zamanki gibi aksi davranmaya çalışmasının önemli bir payı vardı. Kimse, özellikle de Alicia ve Rupert, düğünde bulunmasını hiç beklemiyordu. Will belki sonunda olanların üstesinden gelmişti. Yine de bana kalırsa son birkaç aydır Alicia için üzülmeyi bırakmıştı.

Nathan'ın yardımı olmadan bunu becerebileceğimize karar verdik. Mekânın Will'in tekerlekli sandalyesi için uygun olup olmadığını kontrol ettim. Alicia daveti geri çevirmediğimizi duyduğunda paniklemiş görünüyordu. Anlaşılan o ki bize verdiği abartılı, kabartmalı davetiye göstermelik bir hareketten ibaretti.

"Hımm... Salona girişte küçük bir basamak var, ama sanırım onu koyanlar, bir rampa ayarlayabileceklerini söylemişlerdir." Sesi giderek daha az çıkıyordu.

"Bu çok güzel olur. Teşekkürler," dedim. "O gün görüşürüz artık."

Düğün hediyesini internetten seçtik. Will gümüş bir resim çerçevesine 120 sterlin ve "baştan aşağıya bayağı" diye nitelendirdiği bir vazoya 60 sterlin verdi. Bu kadar parayı sevmediği biri için harcaması beni çok şaşırtmıştı, ama Traynor'ların evinde bir çalışan olarak geçirdiğim kısa sürede para harcamak konusunda farklı davrandıklarını anlamıştım. Çek defterlerine dört haneli rakamları bir an bile düşünmeden yazabiliyorlardı. Bir keresinde Will'in banka hesap cetvelini görmüştüm. Bakması için mutfak masasının üzerine bırakılmıştı. Bizim evi iki kez satın alacak kadar büyük bir miktar yazıyordu ve bu sadece tek bir hesabına aitti.

Kırmızı elbisemi giymeye karar vermiştim. Will'in de elbiseyi sevdiğini biliyordum (Bugün moralini yükseltecek şeylere ihtiyaç duyduğunu fark etmiştim). Ama esasen böyle bir buluşmada giymeye cesaret edebileceğim başka bir elbisem olmadığından bunu tercih etmiştim. Will'in ise bırakın bana yardım etmeyi, bir sosyete düğününde hissedeceğim korkuya dair en ufak bir fikri bile yoktu. Kulak tırmalayan sesleri, bizi baştan aşağı süzecek bakışları her düşündüğümde günü Patrick'in daireler çizerek koştuğu pisti izleyerek geçirmeyi tercih ediyordum. Belki de buna kafayı takmak benim ahmaklığımdı, ama elimde değildi. Misafirlerin ikimize bakacaklarını düşündükçe mideme ağrılar giriyordu.

Will'e bir şey söylemesem de onun için korkuyordum. İnsanın eski sevgilisinin düğününe gitmesi zaten yeterince mazoşist bir eylemdi. Bir de bu kadar büyük bir buluşmaya, eski arkadaşlar ve meslektaşlarıyla dolu bir yere gitmek ve Alicia'yı eski arkadaşıyla evlenirken görmek depresyona yelken açmak demekti. Evden ayrılmadan bir gün önce ona bu konuyu biraz açmaya çalıştım, ama o beni geçiştirdi.

"Eğer benim için sorun yoksa senin için de olmamalı diye düşünüyorum Clark." Treena'yı arayıp durumu anlattım.

Tek söylediği, "Şarbon ya da silah var mı diye tekerlekli sandalyesini kontrol et," oldu.

"Onu evden ilk defa bu kadar uzağa götürüyorum ve sanırım çok kötü geçecek."

"Belki de kendisine ölümden daha kötü şeyler olduğunu hatırlatmak istiyordur."

"Çok komik."

Beni yarım yamalak dinliyordu. "İş dünyasının gelecekteki potansiyel liderlerine" verilecek bir seminer için hazırlanıyordu ve Thomas'ın bakımı için annemle bana ihtiyacı vardı. "Harika olacak," dedi. İş dünyasının en ünlü isimlerinden bazıları orada olacaktı. Hocası da onu önermişti ve kurs boyunca kendi ücretini ödemek zorunda kalmayan tek kişi oydu. Benimle konuşurken bir yandan da bilgisayarda bir şeyler yaptığını, klavyeden gelen tıkırtıları duyabiliyordum.

"Senin için çok sevindim," dedim.

"Oxford'da bir üniversitede olacak," dedi. "Eski teknik üniversitede bile değil. Rüyalar şehri Oxford'da"

"Harika."

Bir an durdu. "İntiharı düşünmüyor değil mi?"

"Will mi? Her zamankinden daha fazla değil."

"Eh, bu da bir şey." Bilgisayarına bir e-postanın geldiğini duydum.

"Gitmem lazım Treen."

"Peki, iyi eğlenceler. Ha, bir de o kırmızı elbiseyi giyme. Dekoltesi fazla."

Düğün sabahı hava ışıltılı ve yumuşaktı. Zaten içten içe böyle olacağını biliyordum. Alicia gibi kızlar için işler hep yolunda gider. Herhalde hava tanrılarıyla iyi geçiniyorlar.

Bunu Will'e söylediğimde, "Çok kabasın Clark," dedi.

"Eh, işi ustasından öğrendim."

Nathan, Will'i hazırlamak için erken gelmişti. Dokuzda evden çıkmamız gerekiyordu. İki saatlik bir yoldu ve mola yerlerini en rahat edeceğimiz yere göre seçmiştim. Banyoda hazırlandım ve yeni tıraşladığım bacaklarımın üzerine külotlu çorabımı çektim. Önce makyaj yaptım, fakat sonra misafirlerin beni telekızlara benzeteceklerini düşünerek birazını sildim. Boynuma eşarp almadım, ama çok fazla müstehcen olduğumu düşünürsem kullanabileceğim bir şal getirmiştim.

"Hiç fena olmadı, ne dersin?" Nathan bir adım geri attı. Will koyu takım elbisesi içinde, peygamber çiçeği mavisi gömleği ve kravatıyla karşımda duruyordu. Tıraş olmuştu ve yüzünde hafif bir bronzluk vardı. Gömleği, gözlerini tuhaf bir şekilde canlandırmıştı. Birdenbire güneşin ışıltısını taşıyor gibi bakmaya başlamıştı.

"Fena değil," dedim ve garip bir şekilde aslında ne kadar yakışıklı göründüğünü söylemek istemedim. "O domuz yağı tenekesiyle evlendiği için pişman olacağı kesin."

Will yukarıya doğru baktı. "Nathan, çantaya her şeyi koydun mu?"

"Evet. Her şey hazır, yola çıkabilirsiniz." Nathan, Will'e döndü ve, "Nedimelere sarılıp öpmek yok," dedi.

"Sanki çok isterdi de," dedim. "Hepsi turta hamuru yakalıklarını takacak ve at gibi kokacaklar."

Will'in annesiyle babası onu görmek için dışarı çıkmışlardı. Biraz önce kavga etmiş olduklarından şüphelendim, çünkü Bayan

Traynor farklı ülkelerde olsalar bile kocasından bu kadar uzak durmayı beceremezdi. Will'i arabaya bindirmek için döndürdüğümde bile kollarını sıkıca birbirine kavuşturmuş bekliyordu. Bir kere bile bana bakmadı.

Will'in omuzlarından aslında var olmayan iplik parçalarını silerken, "Çok içmesine izin verme Louisa," dedi.

Will, "Neden ki?" diye sordu. "Şoför ben değilim."

Babası, "Çok haklısın Will," dedi. "Bir düğünden sağ salim çıkabilmek için daima bir ya da iki tek atmak gerekir."

Bayan Traynor, "Kendininkinde bile," diye mırıldandı. Sonra daha duyulabilir bir sesle ekledi: "Çok hoş görünüyorsun hayatım." Eğildi ve Will'in pantolonunun kenarlarını düzeltti. "Gerçekten çok hoşsun."

Bay Traynor göz ucuyla beni göstererek, "Sen de öyle," dedi. Tam şoför koltuğuna yerleşmek üzereydim. "Oldukça göz kamaştırıcı. Şöyle bir dönsene Louisa."

Will sandalyesini çevirdi. "Zamanı yok baba. Haydi yola koyulalım Clark. Gelinin arkasından tekerlekli sandalye sürmek zorunda kalarak salona girmek istemeyiz değil mi?"

Rahatlamış bir şekilde arabaya döndüm. Will'in sandalyesini güvenli bir şekilde arkaya yerleştirdik ve şık ceketini buruşmayacak şekilde koltuğa astıktan sonra yola çıktık.

Alicia'nın ailesine ait evin nasıl bir şey olacağını daha oraya varmadan söyleyebilirdim. Aslında tahminlerim o kadar yerindeydi ki arabayı yavaşlattığımda Will bana neden güldüğümü sordu. Burası büyük, Georgia tipi bir papaz eviydi. Yüksek pencerelerinin bir bölümü mor salkımlarla bezenmiş, karamel rengi ve bezelye büyüklüğünde çakıl taşlarıyla döşenmiş yoluyla tam albaylara yaraşır bir evdi. Şimdiden bu evin içinde nasıl büyüdüğünü hayal edebiliyordum. Saçlarını düzgün bir şekilde iki yandan toplanmış, çimenlerin üstündeki ilk şişman midillisine bacaklarını ayırarak binmişti.

Düşünceli görünen cüppeli iki adam trafiği, evle yanındaki kilise arasındaki alana doğru yönlendiriyordu.

Pencereyi açtım. "Kilisenin yanında arabayı park edebileceğimiz bir yer var mı?"

"Konuklarımızı bu tarafa alıyoruz hanımefendi."

"Evet, ama bizim bir tekerlekli sandalyemiz var ve buradaki çimene gömülebilir," dedim. "Hemen kilisenin yanına gitmemiz gerekiyor. Bakın, şuraya gideceğim."

Birbirlerine bakıp aralarında bir şeyler mırıldandılar. Başka bir şey demelerine fırsat vermeden arabayı kilisenin yanındaki boş alana doğru sürdüm ve park ettim. Kontağı kapatırken kendi kendime, *İşte başlıyor,* dedim ve o an aynadan Will'in gözlerini yakaladım.

"Sakin ol Clark. Her şey güzel olacak," dedi.

"Gayet sakinim. Neden sakin olmadığımı düşündün ki?"

"Hemen kendini ele veriyorsun. Ayrıca arabayı sürerken dört tırnağını yedin."

Park edip dışarı çıktım, şalımı düzelttim ve rampayı alçaltacak düğmeleri açtım. Will'in tekerlekleri yere değdiğinde, "Tamamdır," dedim. Konuklar yolun karşı tarafında büyük, Alman yapımı arabalarından iniyorlardı. Uzun tuvaletler giymiş kadınlar topukları çimene battıkça kocalarına sızlanıyorlardı. Hepsinin uzun bacakları ve açık, pastel renkli kıyafetleri vardı. Rujumun fazla kaçıp kaçmadığını merak ederek saçımı düzelttim. Plastik domates şeklindeki ketçap şişelerine benzediğimden şüphe ediyordum.

"Söyle bakalım, bugün nasıl bir karaktere bürüneceksin?"

Will kafamdakileri anlamak ister gibi baktı. "Dürüst olayım mı?"

"Evet, bunu bilmem lazım. Lütfen şaşkınlık ve dehşet uyandıracağım deme. Çok mu korkunç bir şey planladın?"

Will'in mavi, derin gözleri benimkiyle buluştu. Mideme küçük bir kelebek sürüsü konuvermişti.

"İnanılmaz derecede kibar olacağız Clark."

Kelebekler sanki göğüs kafesimde kıstırılıp kalmışlar gibi çılgınca kanat çırpmaya başlamışlardı. Konuşmaya başladım, ama o sözümü kesti.

"Bak, eğlenmek için ne gerekiyorsa yapacağız," dedi.

Eğlenmek. Sanki eski sevgilinin düğününe gitmek kanal tedavisinden daha az acılı olabilirmiş gibi... Ama Will'in seçimi buydu; bu Will'in günüydü. Derin bir nefes aldım ve kendimi toparlamaya çalıştım.

Omuzlarımdaki şalı on dördüncü kez düzeltirken, "Tek isteğim var," dedim."Neymiş?"

"Christy Brown taklidi yapmayacaksın. Eğer yaparsan eve dönerim ve sen de buradaki sivri zekâlılarla kalırsın."

Will dönüp kiliseye doğru giderken sanırım, "Mızıkçı," diye mırıldandı.

Tören boyunca olay çıkarmadan durduk. Alicia tam tahmin ettiğim gibi inanılmaz güzel görünüyordu. Yüzüne açık karamel rengi bir makyaj yapılmıştı ve incecik narin bedeni için titizlikle dikilmiş ipek gelinliği üstüne tam oturmuştu. Koridordan ilerlerken ona bakıp bu kadar uzun boylu ve uzun bacaklı olmak nasıl bir şey acaba diye düşündüm. Bu çoğumuzun sadece reklam panolarında görebileceği bir görüntüydü. Saçını ve makyajını acaba bir uzman ordusu mu yaptı diye de merak ettim. Korse giymiş midir diye kendime soruyordum. Elbette giymemiştir.

Vücudu toparlayıcı şeylere gereksinim duymayan kadınların kullandığı dantelli, ince bir iç çamaşırı vardır ve muhtemelen benim haftalık maaşımdan fazla ediyordur.

Papaz homurdanmaya devam edip babetler giymiş nedimeler ayaklarını sürüyerek sıralarına geçerken etrafımdaki diğer konuklara baktım. Hepsi şık bir magazin dergisinin sayfalarında görebileceğiniz şekilde giyinmişti. Kıyafetlerine mükemmel bir şekilde uyum sağlayan ayakkabıları daha önce hiç giyilmemiş gibiydi. Genç kadınlar sekiz, dokuz santimlik topukların üstünde tüm zarafetleriyle duruyorlardı ve ayak tırnaklarındaki pedikür muntazamdı. Daha yaşlı olanlar da daha alçak topuklar ve şık kıyafetler giymişler, ipek astarları ve karpuz kolları birbirine kontrast renkte olan elbiseleriyle ve yerçekimine karşı çıkan şapkalarıyla dizilmişlerdi.

Fakat erkeklere bakmak o kadar ilginç değildi. Ama hemen hemen hepsinde bazen Will'de de yakaladığım bir hava vardı: zenginlik, etiket ve hayatın sizin etrafınızda istediğiniz gibi şekilleneceği duygusu. Yönettikleri şirketleri, yaşadıkları dünyaları düşündüm. Benim gibi insanları, çocuklarına bakan veya restoranlarda onlara hizmet eden kişileri fark edip etmediklerini düşündüm. İş Bulma Kurumu'nda yaptığım görüşmeleri hatırlayınca şu an onlar için sırık dansı yapıyor olabilirdim diye içimden geçirdim. Benim gittiğim düğünlerde genellikle gelin ve damadın aileleri birbirlerine söyledikleri sözlerden dolayı olay çıkmasın diye ayrı tutulurdu.

Will ve ben kilisenin arkasında yerlerimizi almıştık. Will'in sandalyesi benim sağ tarafımdaki sıranın yanındaydı. Alicia gelirken kısa bir süre için kafasını kaldırdı ve onun dışında yüzü hep karşıya dönüktü. İfadesinden hiçbir şey anlaşılmıyordu. Kırk sekiz koro sanatçısı –saydım– Latince bir şeyler söylediler. Rupert smokinin içinde terliyor, kaşlarını hem mutlu hem de biraz aptal gibi hissettiğini gösterircesine kaldırıyordu. Karı koca ilan edildiklerinde kimse alkışlamadı veya tezahürat yapmadı. Rupert biraz biçimsiz görünüyordu. Sanki elma yakalama yarışmasında eşine doğru koşmuş, fakat kadının ağzını kaçırmıştı. Üst sınıfların kilise mihrabında tıkılıp kaldıkları için sıkılıp sıkılmadıklarını merak ettim.

Sonunda bitti. Will çıkışa doğru yola koyulmuştu bile. Onu arkadan izledim. Dimdik ve tuhaf bir şekilde ağırbaşlı duruyordu. Ona düğüne gelmemizin bir hata olup olmadığını, Alicia için hâlâ bir şeyler hissedip hissetmediğini sormak istemiştim. Ne kadar güzel olursa olsun o karamel rengi tenli aptal kadın için fazla iyi olduğunu söyleyebilmeyi diledim... Bunlardan başka ne diyeceğimi bilemiyordum.

Sadece onun için her şeyin daha iyi olmasını arzu ettim. Ona yetişerek, "İyi misin?" diye sordum.

Sonuçta damadın yerinde o olmalıydı.

Birkaç kez gözlerini kırpıştırıp, "İyiyim," dedi. Sanki bir süredir tuttuğu nefesini bırakmıştı. Sonra da bana baktı. "Haydi, gidip bir içki alalım."

Çardak, duvarlarla çevrili bir bahçenin ortasındaydı ve dövme demirden yapılmış kapı açık pembe çiçeklerle süslenmiş çelenklerle donatılmıştı. Diğer uçta kalan bar şimdiden kalabalıklaşmıştı. Bu yüzden gidip bir içki alırken Will'e dışarıda beklemesini önerdim. Beyaz kumaşlar örtülü masaların arasından geçtim. Masalarda hayatımda görmediğim kadar çok çatal bıçak takımı ve kadeh vardı. Sandalyelerin sırt kısımları defilelerde görebileceğiniz yaldızlarla kaplanmıştı. Masanın ortasına konmuş süsen çiçeği ve zambakların üstünde beyaz fenerler asılıydı. Havada neredeyse insanı boğacak kadar ağır olduğunu düşündüğüm çiçek kokuları vardı.

Bara vardığımda barmen, "Pimm's?" diye sordu. "Hımm..." Etrafıma bakındığımda verilen tek içeceğin o olduğunu anladım. "Peki, iki tane lütfen."

Barmen gülümsedi. "Daha sonra başka içkiler de çıkacak, ama Bayan Dewar herkesin Pimm's ile başlamasını istedi." Bana biraz kötücül bir bakış attı. Kaşlarını kaldırmasından ne düşündüğünü anlayabiliyordum.

Pembe, limonatalı içeceğe baktım. Babam cimrilikte kimsenin zenginlerle yarışamayacağını söylerdi, ama düğüne alkolle başlamamaları beni çok şaşırtmıştı. "Öyleyse bunlarla idare edeceğiz," deyip bardakları aldım.

Will'i bulduğumda bir adamla konuşuyordu. Genç ve gözlüklü bir adamdı. Hafifçe çömelmiş, bir kolunu Will'in sandalyesine dayamıştı. Güneş şimdi tam tepedeydi ve onları görebilmek için gözlerimi kısmam gerekiyordu. Birden şapkaların neden o kadar geniş olduğunu anlamıştım.

"Seni tekrar görmek öyle güzel ki Will," diyordu. "Ofis sensiz eskisi gibi değil. Belki bunları söylemem... Neyse, sadece hiçbir şey aynı değil işte."

Genç bir muhasebeciye ya da sadece takım elbisesi içindeyken rahat olabilecek adamlardan birine benziyordu.

"Çok naziksin."

"Bu öyle garip bir şey ki. Sanki bir uçurumdan düşmek gibi. Bir gün oradaydın, her şeyi yönetiyordun ve ertesi gün..."

Orada durduğumu fark edince bana doğru baktı. Gözlerinin dekolteme kilitlendiğini hissediyordum. "Ah, merhaba."

"Louisa Clark, Freddie Derwent ile tanış."

Will'in bardağını yerine yerleştirip genç adamın elini sıktım.

Gözlüklerini düzeltip bir kez daha, "Ah," dedi. "Siz..."

"Will'in bir arkadaşıyım," dedim ve sonra bunu tam olarak neden yaptığımı anlamadan elimi Will'in omzuna koydum.

Freddie Derwent öksürüğe benzer bir şekilde gülerek, "Hayat o kadar da kötü değil öyleyse," dedi ve konuşurken biraz kızardı. "Her neyse... Artık kalabalığa karışsam iyi olacak. Bu işleri bilirsin, bu tür davetleri çevreyi genişletme fırsatı olarak görmemiz gerekiyor. Ama seni gördüğüme sevindim Will, gerçekten. Ve sizi de Bayan Clark."

Oradan uzaklaşırken, "İyi birine benziyor," dedim. Elimi Will'in omzundan çektim ve içkimden büyük bir yudum aldım. Aslında göründüğünden daha lezzetliydi. Salatalık tadı beni biraz şaşırtmıştı.

"Evet. Evet, iyi çocuktur."

"O kadar da tuhaf karşılanmadın."

"Evet." Will'in gözleri benimkilerle buluştu. "Hiç tuhaf karşılanmadım."

Sanki Freddie Derwent öncülük etmiş gibi herkes bir sonraki saat boyunca gelip Will'le merhabalaştı. Bazıları biraz daha uzak duruyordu. Sanırım böylece el sıkışabilme sorunundan kurtuluyorlardı. Bazıları pantolonlarını dizlerine çekerek neredeyse onun ayaklarına kapanıyorlardı. Will'in yanında durdum ve çok az konuştum. İki arkadaşı yaklaşırken biraz gerildiğini gözledim.

Elinde puro olan iri, kaba saba bir adam Will'in önüne geldiğinde ne diyeceğini bilemiyor gibiydi ve, "Oldukça güzel bir düğün değil mi? Gelin şahane görünüyordu," dedi. Alicia'nın Will'le olan geçmişini bilmiyor olmalı diye düşündüm.

Diğeriyse Will'in iş dünyasından bir rakibi gibi görünüyordu. Daha diplomatik bir giriş yaptı, ama dik bakışlarında ve Will'in durumu hakkında sorduğu doğrudan sorularda Will'i geren bir şeyler olduğunu gördüm. Birbirlerinin etrafında dolanan iki köpek gibiydiler ve dişlerini gösterip göstermeyeceklerine karar vermeye çalışıyorlardı.

Sonunda adam el sallayarak yanımızdan ayrıldığında Will, "Eski şirketimin yeni CEO'su," dedi. "Sanırım sahneye tekrar çıkıp çıkmak istemediğimden emin olmak istiyor."

Güneş iyice yükselmişti. Bahçe hoş kokulu bir kuyu haline gelmiş, insanlar ağaç gölgelerine sığınmışlardı. Will'i büyük çadırın kapısına götürdüm. Ateşinin yükselmesinden endişeleniyordum. Tepemizde tembel tembel dönüp duran geniş vantilatörler vardı ve biraz uzakta, yazlık bir evin çardağında bir yaylı dörtlüsü çalıyordu. Filmden bir kare gibiydi.

Alicia bahçenin etrafında insanlara uzaktan öpücükler gönderiyor, küçük çığlıklar atarak süzülüyordu. Yakınımıza bile gelmedi.

Will'in iki bardak Pimm's içtiğini görmüş, buna içten içe memnun olmuştum.

Öğle yemeği saat 16.00'da verildi. Bence öğle yemeği için oldukça garip bir zamandı, ama Will'in de söylediği gibi bu bir düğündü. Uzayan ve anlamsız bir hal alan zaman, sonsuz içkiler ve dolambaçlı sohbetlerle bulanıklaşıyordu. Sıcaktan mı yoksa ortamdan mı bilmiyorum, ama masamıza oturduğumda neredeyse sarhoştum. Solumda oturan yaşlıca adama saçma sapan sözler söylediğimi fark ettiğimde gerçekten sarhoş olduğumu anladım.

Tuzluğun içindekileri kucağıma dökmeyi başardıktan sonra, "Şu Pimm's denilen şeyin içinde alkol mü var?" diye sordum.

"Bir bardak şaraptaki kadar."

Dehşetle ona baktım. Artık iki tane Will görüyordum. "Dalga geçiyorsun. İçinde meyve vardı! Ben alkolsüz sanıyordum. Seni nasıl eve götüreceğim şimdi?"

"Senin bakıcılığın da buraya kadarmış." Tek kaşını kaldırdı. "Anneme söylemezsem karşılığında bana ne verirsin?"

Will'in gün boyunca verdiği tepkiler karşısında donakalmıştım. Ketum, alaycı ya da en azından sessiz bir Will bekliyordum. Ama o herkesi büyülemişti. Öğle yemeğinde gelen çorba bile moralini bozmadı. Sadece masadakilere kibarca çorba karşılığında ekmekleri değiş tokuş etmeyi isteyen olup olmadığını sordu ve masanın öbür ucundan, buğdaya alerjileri olduğunu söyleyen iki kız ekmeklerini ona doğru neredeyse fırlatarak gönderdiler.

Benim ayılmak konusundaki kaygım arttıkça Will neşeleniyor, daha da vurdumduymazlaşıyordu. Sağında oturan yaşlı kadın engelli hakları ile ilgili kampanyalar yürütmüş eski bir milletvekili çıktı. Will'le en ufak bir rahatsızlık hissetmeden konuşabilen nadir kişilerden biriydi. Bir ara onu Will'e et sarma yedirirken bile gördüm. Kadın kısa bir süre için masadan ayrıldığında Will onun bir keresinde Kilimanjaro'ya tırmandığını fısıldadı. "Onun gibi yaşlı kuşları severim," dedi. "Yanında birkaç sandviçle ve bir katırla tırmandığını hayal edebiliyorum. Eski toprak."

Solumda oturan adam yüzünden ben Will'den daha şanssızdım. Benimle sadece dört dakika konuştu ve bu sürede hayatımın en kısa sözlü sınavını verdim. Kimsin, nerede yaşıyorsun ve burada kimleri tanıyorsun sorularından sonra onun ilgisini çekecek herhangi bir şey söyleyemeyeceğimi anladı. Solundaki kadına döndü ve ben de yemeğimin geri kalan kısmına sessizce devam ettim. Bir an, cidden yalnız hissettiğim bir sırada Will'in kolunun sandalyesinden yanıma düştüğünü ve elinin kolumun üstünde kaldığını hissettim. Ona baktım ve o da bana göz kırptı. Elini tuttum ve sıktım. Yalnız kaldığımı gördüğü için ona müteşekkirdim. Sonra sandalyesini biraz geri çekip beni Mary Rawlinson'la yaptığı sohbete kattı.

Bayan Rawlison, "Will ona sizin baktığınızı söyledi," dedi. Delici mavi gözleri ve cilt bakım kremlerinin sonuç vermediği bir hayat yaşadığını gösteren kırışıklıkları vardı.

Ona bakarak, "Deniyorum," dedim.

"Hep bu alanda mı çalıştınız?"

"Hayır. Önceden... bir kafede çalışıyordum." Bu düğünde yaptığım işi başka birine söyleyeceğimi sanmıyordum, ama Mary Rawlinson onaylarcasına başını salladı.

"Bunun hep ilginç bir meslek olduğunu düşünmüşümdür. İnsanları seviyorsan, hele ki bir de her işe burnunu sokmaya meraklıysan ki ben öyleyim..." Gözleri parlıyordu.

Will kolunu tekrar sandalyesine koydu. "Louisa'ya başka bir şeyler yapması, ufkunu genişletmesi konusunda ısrar ediyorum."

Bayan Rawlinson, "Düşündüğün bir şeyler var mı?" diye sordu.

Will, "Henüz bilmiyor," dedi. "Louisa hayatımda gördüğüm en zeki insanlardan biri, ama kendi potansiyelini görmesini sağlayamıyorum."

Mary Rawlinson ona sert bir bakış fırlattı. "Ona patronluk taslama hayatım. Herhalde kendi adına cevap verebilir."

Gözlerimi kırpıştırdım.

Ardından, "Bence herkes bunu anlamalı," diye de ekledi.

Will bir şey söyleyecekmiş gibi durdu, fakat sonra çenesini kapattı. Masaya bakıp başını salladı, ama gülümsüyordu.

"Evet Louisa, şu anki işin sanırım bayağı kafa yorucu bir iş. Ayrıca bu adamın da en kolay hastalardan biri olduğunu sanmıyorum."

"Doğru söze ne denir."

"Ama Will de potansiyelini fark etmen konusunda haklı. İşte benim kartım. Yeniden eğitime dönmek isteyenler için çalışan bir yardım kuruluşunun yönetim kurulundayım. Belki ileride farklı bir şeyler yapmak istersen beni ara."

"Will'le çalışmaktan çok memnunum, teşekkürler."

Yine de uzattığı kartı aldım. Bu kadının benim ne yaptığımla ilgilenmesi karşısında şaşırıp kalmıştım. Ama kartı alırken bile bir sahtekâr gibi hissediyordum. Ne okumak istediğimi bilsem bile işi bırakmamın imkânı yoktu. Tekrar okula dönecek koşullara sahip değildim. Ayrıca benim önceliğim Will'i yaşatmaktı. Düşüncelerimde öyle kaybolmuştum ki ikisinin arasında geçen konuşmaları duymaz oldum.

"...işin en zor kısmını atlatmış olman çok iyi. Bu kadar büyük değişikliklerden sonra hayatını yeni beklentiler etrafında sil baştan düzenlemek çok zordur, bilirim."

Tabağımdaki somon buğulamadan arta kalanlara baktım. Daha önce hiç kimse Will'le bu şekilde konuşmamıştı.

Will masaya doğru bakarak kaşlarını çattı ve sonra ona dönerek sessizce, "Zor kısmını atlattığımdan emin değilim," dedi.

Mary onu bir süre süzdü ve sonra bana baktı.

Acaba yüzüm beni ele veriyor mu diye düşündüm.

Bayan Rawlison elini Wll'in koluna koyup, "Her şey zamanla olur Will," dedi. "Senin kuşağın bunu anlamakta zorlanıyor. Her şeyin hemen istediğiniz gibi olmasını bekleyerek büyümüşsünüz. Hepiniz seçtiğiniz yaşamları yaşamayı umuyorsunuz. Hele senin gibi başarılı ve genç bir adam olunca... Ama her şeyin bir zamanı var."

Will, "Bayan Rawlinson... Mary, ben iyileşmeyi beklemiyorum," dedi.

Kadın, "Fiziksel iyileşmeden bahsetmiyorum," dedi. "Yeni bir hayatı kucaklamayı öğrenmekten bahsediyorum."

Sonra tam Will'in ne söyleyeceğini beklerken kadehe vurulan bir kaşık sesi duyuldu ve odadaki herkes yapılacak konuşmalar için susturuldu.

Neredeyse hiçbir şey duyamadım. Penguen kostümlü adamlar birbiri ardına çıkıyor, tanımadığım insanlar ve yerler hakkında bir şeyler söylüyor, insanlara nazik kahkahalar attırıyorlardı. Yerimde oturdum ve masalara gümüş tepsiler içinde sunulan koyu çikolatalı tatlılardan yedim ve arda arda üç fincan kahve içerek sadece sarhoşluğumdan değil, yorgunluk ve bitkinliğimden de sıyrılmaya çalıştım. Will ise hareket etmeden duruyordu. Oturup konukların eski kız arkadaşını alkışlamalarını, Rupert'in onun ne kadar mükemmel ve harika bir kadın olduğuna dair bitmek bilmeyen övgülerini dinledi. Kimse Will'den bahsetmiyordu. Bunu, onun duygularını incitmemek için mi yoksa varlığı sıkıntı yarattığı için mi yapmadılar bilmiyorum. Sonunda Mary Rawlinson ona eğilip kulağına bir şeyler fısıldadı ve Will de başıyla onayladı.

Konuşmalar bittiğinde bir garson ordusu gelerek salonun ortasını dans için boşaltmaya başladı. Will de bana eğilerek, "Mary yolun yakınlarında çok iyi bir otel olduğunu söyledi. Onları arayıp yer olup olmadığını sor," dedi.

"Ne?"

Mary elime üzerinde bir isim ve telefon yazılı bir peçete tutuşturdu.

Will onun duymayacağı kadar kısık bir sesle, "Sorun yok Clark," dedi. "Ben öderim. Haydi, ne kadar içtiğin için endişelenmeyi de bırak. Çantamdan kredi kartımı kap. Büyük ihtimalle numarasını isteyeceklerdir."

Kartı ve cep telefonumu alarak bahçenin ücra köşelerinden birine gittim. Zemin katta iki boş odaları vardı ve biri tek diğeri de çift kişilikti. Engellilerin giriş çıkışına da uygundu. "Harika," dedim, ama sonra fiyatı söylediklerinde yutkundum. Yine de Will'in kredi kartı numarasını verdim. Numaraları okurken midemde belli belirsiz bir bulantı hissediyordum.

Will beni görünce, "Eee ne oldu?" diye sordu.

"Yaptım, ama..." İki odanın kaça patladığını ona söyledim.

"Sorun yok," dedi. "Şimdi seninkini arayıp bu gece dönemeyeceğini söyle ve sonra da bir içki daha al. Hatta altı tane daha al. Bu iş Alicia'nın babasına ne kadar pahalıya patlarsa o kadar hoşuma gider."

Ben de söylediği gibi yaptım.

O akşam bir şey oldu. Işıklar kısılmış, küçük masamız daha az dikkat çekici hale gelmişti. Yoğun çiçek kokuları akşam rüzgârıyla etrafa yayılıyordu. Belki burası akla gelen en son yerdi, ama hepimiz müzik, şarap ve dans eşliğinde gerçekten de keyif almaya başlamıştık. Will'i hiç bu kadar rahat görmemiştim. Mary ve benim aramda duruyor, onunla konuşuyor, gülümsüyordu. Hayatından öyle memnun görünüyordu ki ona yönelebilecek acı dolu ya da olumsuz bakışları kendisinden uzaklaştırıyordu. Şalımı omuzlarımdan indirmemi ve dik oturmamı söyledi. Ben de onun ceketini çıkarıp kravatını gevşettim ve ikimiz de dans edenlere bakarken kıkırdamamak için kendimizi zor tuttuk. Bu şatafatlı insanların danslarını görünce nasıl rahatladığımı anlatamam. Gerçekten elektrik verilmiş gibiydiler. Kadınlar yıldızlara doğru parmaklarını uzatıp küçük hareketler yapıyor, kıvırırken bile olağanüstü derecede kontrollü görünüyorlardı.

Mary Rawlinson birkaç kez, "Aman Tanrım," diye mırıldandı ve bana doğru baktı. İçtikçe dili daha da dolaşıyordu. "Sen de çıkıp maharetlerini göstermek istemez misin, Louisa?"

"Tanrım, hayır!"

"Çok haklısın. Genç Çiftçiler Kulübü diskosunda bile bundan iyi dans ediyorlar."

Saat 21.00'de Nathan'dan bir mesaj geldi.

Her şey yolunda mı?

Evet. Belki inanamayacaksın ama her şey çok güzel. Will harika zaman geçiriyor.

Gerçekten de öyleydi. Mary'nin söylediği şeylere kahkahalarla gülerken onu izledim. İçimde garip ve çok güçlü bir his doğmuştu. Bu bana her şeyin mümkün olduğunu göstermişti. Mutlu olabilirdi. Eğer doğru insanlarla birlikte olursa, eğer Tekerlekli Sandalyedeki Adam yerine sadece Will olmasına izin verilirse mutlu olabilirdi.

Saat 22.00'de daha ağır danslar başladı. İzleyicilerin kibar alkışları eşliğinde Rupert'ın Alicia'yı pistte döndürmesini izledik. Alicia'nın saçı bozulmaya başlamıştı ve kollarını Rupert'ın boynunda kenetleyerek desteğe ihtiyacı varmış gibi bir izlenim bırakıyordu. Rupert'ın kolları da ona dolanmıştı ve belinin üstünde duruyordu. Alicia çok güzel ve varlıklı görünse de onun için biraz üzüldüm. Sanırım kaybettiğinin ne olduğunu anladığında çok geç olacaktı.

Şarkının yarısında başka çiftlerin de piste çıkmasıyla gözden kayboldular. Mary'nin bakıcıların ödenekleri konusunda yaptığı konuşmalarla dikkatim dağılmıştı. Aniden başımı kaldırdığımda Alicia'nın karşımda durduğunu gördüm. Beyaz, ipek kumaştan gelinliğiyle manken gibiydi. Yüreğim ağzıma geldi.

Alicia başıyla Mary'yi selamladı ve müziğin sesi yüksek olduğu için Will de onu duyabilsin diye biraz eğildi. Yüzü biraz gergindi; sanki yanımıza gelmek için hazırlanmışa benziyordu.

"Geldiğin için gerçekten teşekkür ederim Will," dedi. Gözucuyla bana baktı, ama bir şey söylemedi.

Will nazikçe, "Benim için zevkti," dedi. "Çok güzel görünüyorsun Alicia. Harika bir gündü."

Alicia'nın yüzünde bir şaşkınlık dalgası belirdi. Sonra da belli belirsiz bir hüzünle dolmuştu. "Gerçekten mi? Gerçekten böyle mi düşünüyorsun? Ben düşünmüştüm ki... Söylemek istediğim o kadar çok şey var ki..."

Will, "Gerçekten," dedi. "Buna hiç gerek yok. Louisa'yı hatırladın mı?"

"Evet."

Sonra kısa bir sessizlik oldu.

Rupert'ın arkada dolaşıp durduğunu görebiliyordum, gözü bizdeydi. Alicia dönüp ona baktı ve sonra elini sallar gibi uzattı. "Evet... Neyse, teşekkürler Will. Gecenin yıldızı sensin. Bu arada şey için de teşekkürler..."

"Ayna."

"Evet, tabii. Aynaya bayıldım." Ayağa kalktı ve kocasının yanına döndü. O da gelmiş ve koluna girmişti bile.

Dans pistini geçerken onları izledik.

"Ona ayna almadın ki."

"Biliyorum."

Hâlâ konuşuyorlardı ve Rupert dönüp dönüp bize bakıyordu. Will'in tamamen nazik davranmış olmasına inanamıyor gibiydi. Aslına bakarsanız ben de inanamıyordum.

"Rahatsız oluyor musun... Rahatsız oldun mu?" diye sordum.

Gözlerini onlardan ayırıp, "Hayır," dedi ve bana gülümsedi. İçkinin de etkisiyle gülümsemesi biraz kaymıştı. Gözleri biraz üzgün ve aynı zamanda düşünceli görünüyordu.

Bir sonraki dans için pist boşaldığında kendimi, "Ne dersin Will? Beni bir iki kez döndürmek ister misin?" derken buldum.

"Ne?"

"Haydi ama! Şu adilere konuşacak bir şeyler verelim."

Mary kadehini kaldırarak, "Ah harika olur!" dedi. "Şahane hareket."

"Haydi. Hazır müzik yavaşken gidelim. Bu müzikte zıplayacak halin yok ya."

Ona seçme şansı bırakmamıştım. Dikkatli bir şekilde Will'in kucağına oturdum ve kollarımı boynuna dolayıp kendimi yerleştirdim. Bir dakika durup gözlerimin içine baktı, sanki beni reddedip reddedemeyeceğini düşünüyordu. Sonra şaşırtıcı bir şekilde bizi dans pistine sürdü ve aynalı toplardan yansıyan ışıkların altında küçük daireler çizmeye başladı.

Bir yandan ne yaptığının farkındaydım, bir yandan da çılgın gibi hissediyordum. Öyle bir açıyla oturuyordum ki elbisem neredeyse kalçalarıma kadar açılmıştı.

Will kulağıma, "Bırak kalsın," diye fısıldadı.

"Bu biraz..."

"Haydi, Clark. Beni yarı yolda bırakma."

Gözlerimi kapadım ve kollarımı boynuna doladım. Yanağım onunkine yaslanmıştı. Tıraş losyonunun limon kokusunu içime çekiyordum. Müzikle beraber mırıldandığını hissedebiliyordum.

Will, "Hepsi dehşete düştü mü?" diye sordu. Bir gözümü açtım ve loş ışığa doğru baktım.

Birkaç kişi cesaret verici şekilde gülümsüyordu, ama çoğu ne yapacağını bilemez haldeydi. Mary kadehiyle beni selamladı. Sonra Alicia'nın bize baktığını gördüm. Yüzü asılmaya başlamıştı. Benim baktığımı görünce yüzünü çevirdi ve Rupert'e bir şeyler mırıldandı. Rupert da sanki çok münasebetsiz bir şey yapıyormuşuz gibi başını salladı.

Yüzümde afacan bir gülümseme belirmişti. "Ah, evet," dedim.

"Öyle mi? Biraz daha yaklaşsana, nefis kokuyorsun."

"Sen de öyle. Yalnız biraz daha sola dönmeye devam edersen kusacağım."

Bunun üzerine Will yönünü değiştirdi. Boynundaki kollarımı gevşettim ve ona bakmak için biraz geri çekildim, artık ne yaptığımın farkında değildim. Göğüslerime doğru baktı. Ama haksızlık etmemeliyim, çünkü bulunduğum pozisyonda bakabileceği başka bir yer yoktu. Bakışlarını çekti ve tek kaşını kaldırdı. "Biliyor musun, şu tekerlekli sandalyede olmasaydım o göğüslere bu kadar yaklaşmama asla izin vermezdin," diye mırıldandı.

Ona dik dik baktım. "Tekerlekli sandalyede olmasaydın asla göğüslerime bakmazdın bile."

"Ne? Tabii ki bakardım."

"Hayır bakmazdın. Sonsuz uzunluktaki bacaklarıyla kırk adım öteden nefis kokular saçan o uzun boylu, kabarık saçlı sarışın kızlara bakmakla meşgul olurdun. Ve zaten ben de burada olmazdım. Şurada içki servisi yapanlardan biri olurdum. Görünmez olanlardan."

Gözlerini kırpıştırdı.

"Evet? Haklıyım, değil mi?"

Will önce bara doğru baktı, sonra da bana. "Evet. Ama itiraf etmeliyim ki Clark ben de götün tekiydim."

Öyle yüksek sesli bir kahkaha attım ki daha da fazla insan bize doğru bakmaya başladı.

Ardından kendimi toparlamaya çalıştım. "Affedersin," diye mırıldandım. "Sanırım iyice histerik bir hal aldım."

"Ne var biliyor musun?"

Bütün gece yüzüne, göz kenarlarındaki kırışıklıklara, boynunun omuzlarında birleştiği yere bakabilirdim. "Neymiş?"

"Bazen sabahları uyanmak istememin tek nedeni sen oluyorsun Clark."

"O halde bir yerlere gidelim." Kelimeler ağzımdan ne demek istediğimi anlayamadan dökülüvermişti.

"Ne?"

"Bir yere gidip sadece eğleneceğimiz bir hafta geçirelim. Sen ve ben. Tüm bu şeyler olmadan…"

Bekledi. "Götler mi?"

"Hah, götler. Evet de Will. Haydi."

Gözlerini benimkilerden ayırmıyordu.

Ona ne dediğimi bilmiyordum. Söylediğim şeylerin nereden çıktığını da anlamamıştım. Sadece eğer bu gece bu yıldızlar, süsen çiçekleri, bu kahkahalar ve Mary varken ona evet dedirtemezsem bir daha asla şansım olmayacağını biliyordum.

"Lütfen."

Bana cevap vermeden önce geçen saniyeler sanki bir asır sürdü.

Sonra, "Peki," dedi.

19

Nathan

Anlamayacağımızı sandılar. Düğünden ancak ertesi gün öğle yemeği saatinde dönebildiler. Bayan Traynor o kadar öfkeliydi ki zar zor konuşuyordu.

"Telefon edebilirdiniz," dedi.

Sağ salim geri döndüklerinden emin olmak için orada kalmıştı. Sabah sekizden, yani geldiğimden beri yan dairenin koridorunda bir aşağı bir yukarı yürüdüğünü duyabiliyordum.

"İkinizi de on sekiz kez aradım ve mesaj attım. Ancak Dewar'ların evine ulaştıktan sonra "tekerlekli sandalyeli adam"ın bir otele gittiğini ve yolda korkunç bir kazaya kurban gitmediğinizden emin olabileceğimi söylediler."

Will, "*Tekerlekli sandalyedeki adam*. Bu iyiymiş," dedi.

Ama Will'in bu sözden rahatsız olmadığını kolayca fark edebilirdiniz. Tamamen rahatlamış görünüyordu, biraz acı çektiğini hissetsem de akşamdan kalma hissini gülerek taşıyordu. Ama annesi Louisa'ya da saldırmaya başlayınca gülümsemesi kesildi. Araya girip eğer söyleyecek bir şeyi varsa ona söylemesi gerektiğini söyledi. Gece otelde kalma fikri tamamen ona aitti ve Louisa ona sadece eşlik etmişti.

"Ve bence anne, 35 yaşında bir adam olarak geceyi otelde geçirme kararım için kimseye hesap vermem gerekmez. Aileme bile."

Annesi ikisine de bir bakış fırlattı ve "nezaket gereği" der gibi bir şeyler mırıldanıp odayı terk etti.

Louisa biraz sarsılmış görünüyordu. Will yanına gidip ona bir şeyler mırıldandı ve işte o an anladım. Louisa biraz kızardı ve güldü. Bu, gülmemen gerektiğini bildiğin halde bir anda çıkan bir gülüştü ve gizli bir şeyler döndüğünü anlatıyordu. Sonra Will ona döndü ve günün geri kalan kısmını kendine ayırmasını söyledi. "Eve gidip üstünü değiştir. Belki biraz uyursun."

"Tek gecelik ilişkiden çıktığı belli olan biriyle şatonun etrafında dolaşamam," dedi.

"Tek gecelik ilişki mi?" Sesimdeki şaşkınlığa hâkim olamamıştım.

Louisa, "Öyle değil," diyerek şalıyla bana hafifçe vurdu ve ceketini alıp çıkmaya hazırlandı.

Will arkasından, "Arabayı al," diye bağırdı. "Geri dönmen daha kolay olur."

Will'in onu arka kapıya kadar nasıl izlediğini gördüm.

Sadece o bakıştan bile her şey anlaşılıyordu.

Louisa gittikten sonra küçük bir iç çekiş duydum. Sanki annesi ve Louisa müştemilatı terk edene kadar nefesini tutmuştu. Artık onu dikkatlice izliyordum ve yüzündeki gülümseme kaybolunca ifadesini beğenmediğimi fark ettim. Derisi biraz kızarmış ve kabarmış gibiydi. Kimsenin bakmadığını düşündüğü bir anda iki kez yüzünü buruşturdu ve olduğum yerden tüylerinin diken diken olduğunu görebiliyordum. Beynimin içinde uzaktan da olsa tehlike çanları çalmaya başlamıştı.

"İyi misin Will?"

"İyiyim. Abartma."

"Nerenin ağrıdığını söylemek ister misin?"

Bunun üzerine onun aklını okuyabildiğimi biliyormuş gibi biraz teslim oldu. Çok uzun süredir birlikte çalışıyorduk.

"Tamam. Biraz baş ağrısı ve... tüplerimin değişme zamanı geldi. Hem de hemen."

Onu sandalyesinden kaldırıp yatağına koydum ve sonra da aletleri bir araya getirdim. "Lou bu sabah kaçta değiştirdi?"

"Değiştirmedi." İrkildi. Biraz da suçlu görünüyordu. "Dün gece de değiştirmedi"

"Ne?"

Nabzını ölçtüm ve hemen tansiyon aletini kaptım. Tabii ki çok yükselmişti. Elimi alnına koyduğumda elim ter içinde kaldı. Ecza dolabına gittim ve damarları genişleten bir ilaç buldum. Suyla birlikte içirdim ve her birini içtiğinden emin oldum. Sonra bacaklarını yatağın kenarına yerleştirerek onu hafifçe kaldırdım ve çabucak tüplerini değiştirdim; bunları yaparken dikkatle izliyordum.

"OD mi?"

"Evet. Hiç akıllıca bir hareket olmamış, Will."

Otonomik disrefleksi en kötü kâbusumuzdu. Bu, Will'in bedeninin acı ve rahatsızlığa ya da boşaltılmamış bir sondaya gösterdiği tepki, yani zedelenmiş sinir sisteminin kontrolü kaybetmemek için gösterdiği nafile bir çabaydı. Durup dururken ortaya çıkabilir ve bedenini mum gibi eritebilirdi. Solgun görünüyor, hızla nefes alıp veriyordu.

"Derin nasıl?"

"Biraz acıyor."

"Peki ya görüşün?"

"İyi."

"Ah dostum! Yardım çağırmamı ister misin?"

"Bana on dakika ver Nathan. Zaten gereken her şeyi yaptın. Bana on dakika ver."

Gözlerini kapadı. Tansiyonunu bir kez daha ölçtüm. Ambulans çağırmadan önce ne kadar beklemeliyim diye düşünüyordum. OD ödümü patlatıyordu, çünkü nasıl ilerleyeceğini hiçbir zaman bilemezdin. Onunla ilk çalışmaya başladığımda bunu bir kez yaşamıştık ve iki gün hastanede yatması gerekmişti.

"Eğer başımızın dertte olduğunu düşünürsem sana söylerim, bana güven Nathan."

Derin bir nefes aldı. Onu geriye doğru yatırdım.

Bana Louisa'nın çok sarhoş olduğunu ve o durumda aletlere dokunmasına izin verme riskini almak istemediğini söyledi. "Tanrı bilir o lanet tüpleri nereye takardı." Bunu söylerken yarım ağızla güldü. Onu tekerlekli sandalyeden çıkarıp yatağa koyması bile yarım saatten fazla zaman almıştı. Ayrıca iki kez yere yuvarlanmışlardı. "Neyse ki ikimiz de o kadar sarhoştuk ve canımızın acıdığını hissetmedik." Lou sonunda resepsiyonu aramayı akıl etmiş, onlar da bir görevliden Will'i kaldırmasını istemişlerdi. "İyi bir adamdı. Hayal meyal Louisa'ya adama 50 sterlin bahşiş vermesi için ısrar ettiğimi hatırlıyorum. Louisa bunu yapmayı kabul edince onun da zil zurna sarhoş olduğunu anladım."

Will, Louisa'nın odadan çıkınca kendi odasına varamayacağından korkmuştu. Merdivenlerde küçük, kırmızı bir top gibi yığılmış hali gözlerinin önüne geliyordu.

O an Louisa Clark hakkındaki görüşlerim biraz daha az olumlu olmaya başlamıştı.

"Will, dostum, belki gelecek sefer kendin için de endişelenmeyi düşünebilirsin ha?"

"İyiyim ben Nathan. İyiyim. Çok daha iyi hissediyorum."

Nabzını kontrol ederken gözleri üzerimdeydi.

"Gayet ciddiyim, Bu onun suçu değildi."

Tansiyonu düşmüştü. Rengi de normale dönüyordu. Sonunda tuttuğumun farkında bile olmadığım nefesimi bıraktım.

Biraz sohbet ettik ve her şey normale dönene kadar zaman geçirip bir önceki günün olaylarından bahsettik. Eski sevgilisi hakkında en ufak bir rahatsızlık duymuyor gibiydi. Çok fazla konuşmadı, ama apaçık belli olan yorgunluğu dışında iyi görünüyordu.

Bileğini bıraktım. "Bu arada dövmen güzelmiş."

Bana alaycı bir bakış attı.

"Dikkat et de son kullanma tarihin geçmesin."

Tere, acıya ve enfeksiyona rağmen aklında onu yiyip bitiren şeyden başka bir şey daha olduğu anlaşılıyordu. Eğer Bayan Traynor bunu bilseydi bu kadar sert davranmazdı. Öğlen olanlar hakkında Bayan Traynor'a bir şey söylemedik ve Will söylemeyeceğime dair bana söz verdirdi. Lou o akşam eve döndüğünde oldukça sessizdi. Solgun görünüyordu. Saçları yıkanmış ve arkadan toplanmıştı. Sanki iyi görünmek için çabalıyor gibiydi. Nasıl hissettiğini tahmin edebiliyordum. Bazen gece boyunca dağıttığınız zaman sabah da iyi hissetmeye devam edersiniz, çünkü halen biraz sarhoşsunuzdur. Gecenin kalıntıları sizinle oyun oynuyor, saldıracak zaman arıyordur. Sanırım Lou için bu saldırı öğle yemeği sırasında başlamıştı.

Ancak bir süre sonra ona sıkıntı veren şeyin sadece gecenin kalıntıları olmadığı anlaşıldı.

Will neden o kadar sessiz olduğunu sorup duruyordu ve sonunda Lou, "Fark ettim ki erkek arkadaşınla aynı evde daha yeni yaşamaya başlamışken bütün geceyi dışarıda geçirmek pek de akıllıca bir fikir değilmiş," dedi.

Bunu söylerken gülümsüyordu, ama bu zoraki bir gülümsemeydi. Will de ben de aralarında ciddi konuşmalar geçtiğini biliyorduk.

Adamı suçlayamazdım. Elleri ve kolları felçli olsa bile ben de sevgilimin bütün geceyi bir herifle dışarıda geçirmesini pek hoş karşılamazdım. Üstelik çocuk Will'in Lou'ya nasıl baktığını henüz görmemişti.

O akşam fazla bir şey yapmadık. Louisa, Will'in sırt çantasını boşalttı. Alabildiği bütün bedava otel şampuanı, saç kremi, küçük dikiş seti ve boneyi almıştı. "Gülmeyin," dedi. "O fiyatlara bir şampuan fabrikası satın alınabilirdi." Will'in akşamdan kalmalar için mükemmel bir seçim olduğunu söylediği bir Japon animasyon filmi izledik ve ben de onlarla takılmaya devam ettim. Tansiyonuna göz kulak olmak için kalmak istemiştim, ama dürüst olmak gerekirse biraz da muzırlık yapıyordum. Onlarla kalacağımı söylediğimde Will'in vereceği tepkiyi görmek istemiştim.

Will, "Gerçekten mi?" dedi. "Miyazaki sever misin?"

Bunu söyledikten sonra hemen kendini topladı ve, "Tabii ki seversin, harika bir filmdi," diye mırıldandı. Will kendini ele veriyordu, fakat bir taraftan onun için seviniyordum. Bu adamın uzun bir süredir düşündüğü tek bir şey olmuştu.

Böylece filme başladık. Perdeleri indirip telefonun fişini çektikten sonra bu garip çizgi filmi izledik. Film, iyi mi yoksa kötü mü olduğunu anlamadığınız bazı garip yaratıklarla kendini paralel evrende bulan bir kız hakkındaydı. Lou hemen Will'in yanına oturup ona içeceğini verdi ve gözüne bir şey kaçtığında onu sildi. Aslında çok tatlıydılar, ama bir yanım tüm bunların nereye varacağını merak ediyordu.

Sonra Louisa perdeleri açıp hepimize çay yaptı. İkisi birbirlerine bakarak beni sırlarına ortak edip etmeyeceklerine karar verdiler ve sonra buradan gitmeyi düşündüklerini söylediler. On günlük bir seyahate çıkacaklarmış. Nereye gidecekleri kesin değildi, ama büyük ihtimal uzak bir yeri tercih edeceklerdi. Bu gerçekten güzel olacaktı. Gelip onlara yardım edip etmeyeceğimi sordular.

Böyle bir teklife hayır denebilir miydi? Bu kız kızın önünde şapka çıkarılırdı. Dört ay önce Will'i uzun bir tatile çıkarmak şöyle dursun, evden dışarı çıkartacağımızı söyleseniz birkaç tahtanızın eksik olduğunu söylerdim. Elbette gitmeden önce Will'in tıbbi bakımı konusunda Lou'yla konuşacaktım. Seyahat esnasında da aynı şeyle karşılaşırsak altından kalkamazdık.

Louisa tam gitmek üzereyken Bayan Traynor şöyle bir uğradı ve planlarını ona da anlattılar. Will bunu sanki şatonun etrafında yürüyüşe çıkacakmış gibi rahatlıkla söyleyiverdi.

İtiraf etmeliyim ki bu olanlar beni çok memnun etmişti. İnternetteki lanet olası poker sitesi bütün paramı yemişti ve bu sene tatil yapmayı bile planlamıyordum. Ona gerçekten çok kızgın olsam da Louisa'nın, Will'in tüplerini değiştirmeyi ihmal edecek kadar aptal olmasını bile affetmiştim. Her şey yolunda görünüyordu ve ben de beyaz kumlar ve mavi denizin hayaliyle ceketimi giyerken ıslık çalmaya başlamıştım. Hatta bu sayede Auckland'a, ailemin yanına kısa bir ziyaret de yapabilir miyim diye merak ediyordum.

Sonra onları gördüm. Bayan Traynor arka kapıda duruyordu ve Lou arabayı çalıştırmak üzereydi. Tam olarak ne konuştuklarını bilmiyorum, ama ikisinin de suratı asıktı.

Sadece son cümleyi yakalamıştım, ama dürüst olmak gerekirse bu bile benim için yeterli olmuştu.

"Umarım ne yaptığını biliyorsundur Louisa."

20

"Ne dedin?"

Ona söylediğimde şehrin dışına henüz çıkmıştık ve tepeye doğru ilerliyorduk. Patrick yirmi beş millik bir koşu parkurunun yarısına gelmişti ve onu arkadan bisikletle takip ederken zaman tutmamı istiyordu. Parçacık fiziğinde ne kadar iyiysem bisiklet sürme konusunda da o kadar iyi olduğum için ağız dolusu küfür ediyordum ve o da hiddetle bana bağırıyordu. Aslında Patrick yirmi sekiz kilometrelik bir koşu yapmak istemişti, ama ben bunu kaldıramayacağını söylemiştim. Ayrıca birimiz eve döndükten sonra haftalık alışverişi yapmak zorundaydı. Diş macunu ve kahvemiz bitmişti. Doğrusunu söylemek gerekirse kahveyi isteyen sadece bendim, çünkü Patrick bitki çayı içiyordu.

Sheepcote Tepesi'ne vardığımızda oflayıp pufluyordum. Bacaklarım kurşun gibi ağırdı ve bisikleti oracıkta bir kenara karar vermiştim. Fakat Patrick'in keyfinin yerine gelmesi için eve kadar bir on altı kilometre daha kat etmek gerektiğini fark etmiştim.

"Ben Ekstrem Viking'e gelemiyorum."

Koşmayı bırakmadı ama bana doğru yaklaştı. Yüzünü bana çevirdi. Bacakları hâlâ hareket halindeydi ve o kadar şaşırmış görünüyordu ki neredeyse ağaca toslayacaktım.

"Ne? Neden?"

"Ben... çalışıyorum."

Yola dönüp hızlandı. Tepeye varmıştık ve onu geçmemek için frenleri biraz sıkarak ilerlemem gerekiyordu.

"Peki, ne zaman bu karara vardın?" Alnında ter damlacıkları vardı ve bacaklarındaki tendonlar görünüyordu. Onlara uzun süre bakamıyordum, içimi bir ürperti alıyordu.

"Hafta sonu karar verildi, ama emin olmak için biraz bekledim."

"Ama biletleri ayırtmıştık."

"Ucuz biletlerden almıştık. Çok rahatsız oluyorsan 39 sterlinini veririm."

"Sorun o değil. Bana destek olacağını sanmıştım. Yanımda olacağını söylemiştin."

Patrick uzun süre surat asabilirdi. Beraber olmaya başladığımızda onunla bu konuda dalga geçer, Bay Asık Surat derdim. Bu durum beni güldürür, o ise giderek daha çok sinirlenir ve sonunda sadece ben susayım diye surat asmayı keserdi.

"Ah, haydi ama yapma! Şu anda sana destek olmuyor muyum? Bisiklet sürmekten nefret ediyorum Patrick. Bunu hiç sevmediğimi biliyorsun. Ama burada sana yardım ediyorum."

Tekrar konuşmaya başlamadan önce bir kilometre daha gittik. Aslında benden çıkması gereken ses, Patrick'in yola vurduğu ayaklarından çıkıyordu. Artık kasabanın üzerine çıkmıştık. Ben oflayarak yokuş yukarı pedal çeviriyor, her araba geçtiğinde kalbim yerinden fırlamasın diye uğraşıyor, ama başarısız oluyordum. Annemin eski bisikletini kullanıyordum –Patrick onun muhteşem yarış bisikletinin yanına yaklaşmama bile izin vermezdi– ve bir vitesi bile yoktu. Bu yüzden sürekli arkasında kalıyordum.

Patrick arkasına baktı ve ona yetişmem için hızını düşürdü. "Peki, neden başka birini bulamıyorlar?"

"Başka biri mi?"

"Traynor'ların evine gitmesi için diyorum. Altı aydır oradasın, artık bir izin hakkın olmalı."

"O kadar basit değil."

"Nedenmiş? Orada çalışmaya başladığında hiçbir şey bilmiyordun."

Nefesimi tuttum. Bisiklet kullanmaktan neredeyse tamamen nefessiz kalmıştım. "Çünkü bir yolculuğa çıkması gerekiyor."

"Ne?"

"Will'in bir yolculuğa çıkması gerekiyor. Ve ona yardım etmek için bana ve Nathan'a ihtiyaçları var."

"Nathan mı? Nathan da kim?"

"Tıbbi bakımını yapan kişi. Will annemlere geldiğinde tanıştığın adam."

Patrick'in bunu kafasına taktığını görebiliyordum. Gözlerinden akan teri sildi.

"Ve sen sormadan söyleyeyim," diye ekledim. "Nathan'la bir ilişkim yok."

Asfalta bakarak yavaşladı ve hızlı tempoda yürüyüş yapmaya devam etti. "Neden böyle oluyor Lou? Çünkü... çünkü bana kalırsa işle normal hayat arasındaki çizgi bulanıklaşmaya başladı."

"Bu normal bir iş değil, biliyorsun."

"Ama bugünlerde Will Traynor her şeyin önüne geçmiş gibi."

"Öyle mi? Peki bu ne?" Ellerimi gidondan çektim ve hareket eden ayaklarını gösterdim.

"Bu aynı şey değil. O çağırdığı an koşarak gidiyorsun."

"Sen de koşmaya başladığın an, koşarak geliyorum." Gülümsemeye çalıştım.

"Çok komik." Yüzünü çevirdi.

"Altı ay oldu Pat. Tam altı ay. Bu işi almam gerektiğini söyleyen sendin. İşimi ciddiye aldığım için beni suçlayamazsın."

"Bence bu... bu artık işle ilgili değil. Bence bana söylemediğin bir şey var."

Bir an duraksadım. "Bu doğru değil."

"Ama Viking'e gelmiyorsun."

"Sana söyledim. Ben..."

Sanki beni iyi duyamıyormuş gibi hafifçe başını salladı. Sonra yokuş aşağı koşmaya başladı ve giderek benden uzaklaştı. Sırtının duruşundan ne kadar öfkeli olduğunu görebiliyordum.

"Haydi ama Patrick. Bir dakika durup bunu konuşamaz mıyız?"

Sesinin tonu katır gibi inatçıydı. "Hayır. Zamanımı boşa harcayamam."

"O zaman saati durduralım. Sadece beş dakika için."

"Hayır. Gerçek bir yarıştaymışım gibi çalışmalıyım."

Daha hızlı koşmaya başladı. Sanki ona güç katan bir şeyler vardı.

"Patrick," diye bağırdım. Bir anda ona yetişmek için çabalamaya başlamıştım. Ayağım pedaldan kayınca bir küfür savurdum ve pedalı geri çevirip yeniden sürmeye çalıştım. "Patrick! Patrick!"

Ona baktım ve nasıl çıktığını bilmeden kelimeler ağzımdan dökülüverdi. "Peki, söyleyeyim. Will ölmek istiyor. Kendini öldürmek istiyor. Ve bu yolculuk onun fikrini değiştirmek için son şansım."

Patrick'in adımları git gide yavaşladı. Öylece durdu. Sırtı dikti ve hâlâ yüzü bana dönük değildi. Yavaş yavaş kafasını çevirdi. Sonunda durmuştu.

"Ne dedin?"

"Ağustos'ta Dignitas'a gitmek istiyor, ama ben fikrini değiştirmeye çalışıyorum. Bu benim son şansım."

Patrick bana bakıyor, inanıp inanmayacağına karar vermeye çalışıyordu.

"Kulağa çılgınca geldiğinin farkındayım. Ama fikrini değiştirmek zorundayım. O yüzden... o yüzden Viking'e gelemem."

"Bunu neden daha önce bana söylemedin?"

"Ailesine kimseye söylemeyeceğime dair söz verdim. Eğer bu bilgi yayılırsa çok kötü olur. Bu korkunç bir şey. O bile benim bildiğimi bilmiyor. Bu mesele çok hassas. Üzgünüm." Ona elimi uzattım. "Söyleyebileceğim bir şey değildi."

Bana bir cevap vermedi. Dağılmış gözüküyordu. Sanki çok korkunç bir şey yapmışım gibi bakmıştı. Kaşları belli belirsiz çatılmıştı ve iki kez zar zor yutkundu.

"Pat..."

"Hayır. Sadece... Şu anda koşmam lazım Lou. Tek başıma." Elleriyle saçlarını düzeltti. "Tamam mı?"

Yutkundum. "Tamam."

Bir an için orada ne yaptığımızı bile unutmuş gibi göründü. Sonra tekrar yola koyuldu ve önümde uzanan yolda kaybolana dek onu izledim. Başı dimdik önüne bakıyor, bacakları altındaki yolu yiyip bitiriyordu.

Düğünden döndüğümüz günün ertesi günü şu soruyu sordum.

Felçlilerin macera yaşayabileceği güzel bir yer bilen var mı? Güçlü kuvvetli bir adamın yapabileceği bir şeyler arıyorum. Depresif bir arkadaşımın, hayatının sınırlandığını bir süreliğine unutmasına yarayacak bir şeyler... Ne aradığımı bilmiyorum, ama bütün önerilere açığım. Bu durum oldukça acil. Meşgul Arı.

Siteye tekrar girip ekrana baktığımda gözlerime inanamıyordum. Seksen dokuz yanıt vardı. Ekranı aşağı yukarı kaydırarak cevapların hepsi benim mesajıma karşılık veriyor olabilir mi diye düşünmeye başladım. Sonra kütüphanedeki diğer bilgisayar kullanıcılarına bakındım. Keşke biri dönüp baksaydı da ona söyleyebilseydim... Seksen dokuz yanıt! Tek bir soruya!

Felçliler için *bungee jumping*, yüzme, kano ve hatta özel bir çeşit aletle ata binme maceraları bile vardı. İnternetteki videoyu izlediğimde biraz hayal kırıklığına uğramıştım, çünkü Will atlara tahammül edemediğini söylemişti. Oysa bu muhteşem bir şeye benziyordu. Yunuslarla yüzme ve destekleyicilerle skuba dalışı da vardı. Balık tutmaya yarayan yüzen koltuklar, arazi sürüşü yapmalarını sağlayacak bisikletler bile bulunuyordu. Bazıları bunları yaparken çektirdikleri fotoğrafları koymuşlardı. Bazıları da -ki Ritchie de bunlardan biriydi- daha önce attığım mesajları hatırlamış ve arkadaşımın nasıl olduğunu öğrenmek istemişti.

İşler yolunda gidiyordur umarım. Daha iyi hissediyor mu?

Ona hemen yanıt verdim:

Sanırım. Ama ben bu seyahatin büyük bir fark yaratacağını umuyorum.

Ritchie de kısa sürede cevap yazdı

Bravo sana! Eğer para işini halledebiliyorsan tek sınırın gökyüzü olur!

Scootagirl de şöyle yazmıştı:

Bungee jumping'de çektirdiğiniz fotoğraflarını buraya koymayı ihmal etme. Baş aşağı dururken yüzlerindeki ifadeye bayılıyorum!

Bu sitedeki insanlara bayılıyordum. Cesaretlerine, cömertliklerine ve hayal güçlerine hayrandım. O öğleden sonra iki saatimi verilen önerileri not etmekle geçirdim. Denedikleri aktivitelerle ilgili internet sitelerine girdim ve hatta sohbet odalarında birkaç kişiyle sohbet bile ettim. İşim bittiğinde gidecek bir yer bulmuştum: Kaliforniya'daki The Four Winds Çiftliği'ne, internet sitesine göre "Yardıma ihtiyacınız olduğunu unutturacak bir şekilde" destek sunan deneyimli ve özel bir merkeze gidecektik. Bu çiftlik Yosemite yakınlarındaki bir ormanın içine, alçak kirişli, ahşap bir binanın etrafına kurulmuştu. Çiftliğin kurucusu daha önce dublörlük yapmıştı ve felç olduktan sonra yapabileceklerinin sınırlandığı düşüncesini reddediyordu. Sitedeki ziyaretçiler bölümü mutlu ve müteşekkir tatilcilerin yorumlarıyla doluydu. Ziyaretçiler buranın kendileri ve kendi yetersizlikleri hakkındaki duygularını değiştirdiğini düşünüyorlardı. Sohbet odasında yazanların en az altısı oraya gitmişti ve hepsi de bu deneyimin hayatlarını değiştirdiğini söylüyorlardı.

Tekerlekli sandalye kullananlar için çok uygundu ve lüks bir otelden beklediğiniz her şeyi sunuyordu. Dış mekânda gömme havuzlar, gizli vinçler ve uzman masörler vardı. Eğitimli, tıbbi yardımda bulunan kişiler de vardı ve normal koltukların yanında tekerlekli sandalyeler için de boş bölümleri olan bir sineması bulunuyordu. Dışarıda oturup yıldızları seyredebileceğiniz sıcak bir jakuzisi bile vardı. Orada bir hafta geçirecek, sonra birkaç gün Will'in sahilde yüzebileceği ve gezinebileceği bir otelde kalacaktık. En önemlisi, bu tatili Will için unutulmaz kılacak bir şey sürpriz düşünmüştüm: Felçlilere yardım eden uzman paraşüt eğitimcilerinin eşliğinde onun için bir atlayış planlamıştım. Will'i kendilerine bağlayacak özel araç gereçleri vardı. Elbette en önemli şey Will'in dizleri havaya kalkıp yüzüne çarpmasın diye bacaklarını sabitlemekti.

Ona otel planlarımı anlatacak, fakat bu son aktiviteden bahsetmeyecektim. Oraya gittiğimizde bunu gösterip sonra da nasıl yaptığını izleyecektim. Bu birkaç değerli dakika boyunca Will hafif ve özgür olacaktı. Lanet olası sandalyesinden ve yerçekiminden kurtulacaktı.

Bütün bilgilerin çıktısını alıp kâğıdı en üste koydum. Ona ne zaman baksam içimde bir heyecan dalgası yükseliyordu. Hem hayatımın ilk uzun mesafeli yolculuğuna çıkacağım için hem de bunun işe yarayabileceğini düşündüğüm için mutluydum.

Bu, Will'in düşüncesini değiştirebilirdi.

Ertesi sabah planlarımı Nathan'a gösterdim, mutfakta bir yandan kahvelerimizi yudumluyor, bir yandan da çok gizli bir şeyler yapıyormuş gibi konuşuyorduk. Çıktısını aldığım kâğıtları gözden geçirdi.

"Atlayışla ilgili diğer kuadripleji hastalarıyla konuştum. Yapamaması için herhangi bir tıbbi engel yok. *Bungee jumping*'e gelince. Omurgasında oluşabilecek basıncı engellemek için özel koşumları var."

Nathan'ın yüzünü kaygıyla inceledim. Will'in sıhhati söz konusu olduğunda Nathan'ın benim yeteneklerime pek güvenmediğini biliyordum. Bu yüzden planladığım şeyin onu memnun etmesi çok önemliydi.

"İhtiyacımız olan her şey burada var. Eğer arayıp önceden doktorun reçetesini de gönderirsek ihtiyacımız olan ilaçları sağlayabileceklerini söylediler. Böylece ilaçsız kalmayacağımızdan emin oluyorlar."

Nathan kaşlarını çattı ve sonunda, "İyi görünüyor," dedi. "Harika bir iş çıkarmışsın."

"Sence hoşuna gider mi?"

Omuzlarını silkti. "Hiçbir fikrim yok. Ama..." Nathan kâğıtları bana geri verdi. "Şimdiye kadar bizi hep şaşırttın Lou." Yüzünde şakacı bir gülümseme vardı. "Bunu bir daha yapamaman için bir sebep yok."

Akşam ayrılmadan önce planlarımı Bayan Traynor'a da gösterdim.

Arabasıyla henüz eve gelmişti. Will'in penceresinden bakıp geldiğini görünce yanına gitmeden önce duraksadım. "Biliyorum pahalı," dedim. "Ama... harika görünüyor. Bence bu Will için hayatının en güzel günleri olacak. Siz de ne demek istediğimi anlamışsınızdır."

Bayan Traynor sessizce kâğıtları inceledi ve sonra da hazırladığım hesaplara baktı.

"İsterseniz ben kendi masraflarımı karşılarım. Otel ve yol masraflarını ben ödeyebilirim. Kimsenin yanlış bir şey düşünmesini istemem..."

Bayan Traynor beni bölerek, "Sorun yok," dedi. "Ne yapman gerekiyorsa yap. Eğer onu ikna edebileceğine inanıyorsan yerlerinizi ayırt."

Ne dediğini anlamıştım. Kaybedecek zaman yoktu.

"Onu ikna edebileceğini düşünüyor musun?" dedi.

"Yani... Eğer ben... eğer bunun benim için de iyi olacağını söylersem ikna edebilirim. O benim hayatımı iyi değerlendiremediğimi düşünüyor. Sürekli yolculuk yapmam gerektiğini söyleyip duruyor. Bir şeyler yapmam gerektiğini..."

Bayan Traynor bana dikkatle baktı ve başını salladı. "Evet. Bu düşünce tam da Will'i yansıtıyor." Sonra kâğıtları bana geri verdi.

"Ben..." Bir nefes aldım ve sonra şaşırtıcı bir biçimde konuşamadığımı fark ettim. İki kez zorla yutkundum. "Daha önce söylediğiniz şey. Ben..."

Konuşmamı beklemek istemiyor gibiydi. Başını eğerek sözlerimi savuşturdu ve ince parmakları boynundaki zincire uzandı.

"Evet. Sanırım artık içeri gitsem iyi olacak. Will'in cevabını bana da bildir lütfen."

O akşam Patrick'e gitmedim. Gitmeyi düşünüyordum, ama bir şeyler beni sanayi bölgesinden uzaklaştırmıştı. Bunun yerine caddenin karşısına geçtim ve eve giden otobüse bindim. Eve kadar 180 adım yürüyüp içeri girdim. Ilık bir akşamdı ve rüzgâr içeri girsin diye bütün pencereler açık bırakılmıştı. Annem mutfakta yemek pişiriyor, şarkı söylüyordu. Babam koltukta elinde bir fincan çayla oturuyordu. Büyükbabamım başı kenara düşmüştü ve sandalyesinde uyukluyordu. Thomas da büyük bir özenle ayakkabılarına keçeli kalemle siyah çizgiler çiziyordu. Merhaba deyip yanlarından geçtim. Artık buraya ait olmama hissinin nasıl bu kadar çabuk geliştiğini merak etmiştim.

Treena da benim odada çalışıyordu. Kapıyı çaldım. İçeri girdiğimde masasında bir yığın kitabın üzerine eğilmiş, burnunun ucundaki gözlükleriyle oturuyordu. Onu kendim için seçtiğim eşyaların arasında görmek şaşırtıcı olmuştu. Thomas'ın resimleri şimdiden özenle boyadığım duvarları kaplamıştı. Kalemle çizdiği yerler hâlâ perdenin kenarından görülüyordu. Bir an öfkelenmemek için düşüncelerimi toplamam gerekti.

Treena dönüp omzunun üzerinden bana baktı ve, "Annem beni mi çağırıyor?" diye sordu. Sonra saate baktı. "Thomas'ın yemeğini yedirecekti."

"Onunla birlikte zaten. Balık kroket yiyor."

Treena bana baktı ve sonra gözlüğünü çıkardı. "Sen iyi misin? Bok gibi görünüyorsun."

"Sen de öyle."

"Biliyorum. Şu aptal detoks diyetine girdim. Sanırım kurdeşen döküyorum." Elini çenesine götürdü.

"Diyet yapmana gerek yok ki."

"Evet, ama muhasebe 2 dersinde hoşlandığım bir adam var. Onun için denemeye değer diye düşündüm. Bütün suratım kızarıklarla kaplanırsa da çok hoş görünürüm, değil mi ama?"

Yatağa oturdum. Kuştüyü yorganıma bayılıyordum, ama Patrick'in nevresim takımımımdaki çılgın geometrik desenlerinden nefret edeceğini de biliyordum. Fakat Katrina'nın bunu sorun etmemesine şaşırmıştım.

Kitabını kapatıp arkasına yaslandı. "Evet, neler oluyor?"

Dudağımı ısırdım. Bir süre durduktan sonra Treena aynı soruyu tekrarladı.

"Treen, sence yeniden okula dönebilir miyim?"

"Okula mı? Ne olarak?"

"Bilmiyorum. Modayla ilgili bir şeyler. Tasarım. Ya da belki de sadece terzilik."

"Böyle bölümler var tabii. Hatta benim üniversitemde olduğundan eminim. İstersen bir bakabilirim."

"Ama benim gibi insanları, yeterli özelliklere sahip olmayanları kabul ederler mi?"

Treena kalemini havaya atıp yakaladı. "Yaşı ilerlemiş öğrencilere bayılıyorlar, özellikle de iş ahlakına sahipse. Ama bir hazırlık dersi alman gerekebilir. Olmaması için hiçbir neden göremiyorum. Neden? Neler oluyor?"

"Bilmiyorum. Will bir süre önce böyle bir şey söylemişti. Hayatımla ilgili bir şeyler yapmamı söylüyordu."

"Ve?"

"Ve ben de düşünüp duruyorum... Belki benim de senin yaptığını yapma zamanım geldi. Artık babam kendi kendine geçinebildiğine göre belki ben de işe yarar bir şeyler yapabilirim."

"Bunun için para lazım."

"Biliyorum. Biraz biriktirdim."

"Sanırım biriktirebildiğinden biraz daha fazlası gerekecektir."

"Burs başvurusu yapabilirim ya da kredi için başvurabilirim. Bir süre beni idare edebilecek kadar param da var. Bana yardım edebilecek bir kurumla bağlantısı olan bir milletvekiliyle tanıştım. Bana kartını verdi."

Katrina sandalyesini döndürerek, "Dur biraz," dedi. "Tam anlayamadım. Will'le beraber kalmak istediğini sanıyordum. Tüm bunların sebebinin onu hayatta tutup onunla beraber çalışmaya devam etmek olduğunu sanıyordum."

"Öyle, ama..." Tavana baktım.

"Ama ne?"

"Biraz karışık."

"Şu an çalıştığım nicel gevşeme dersi de çok zor. Ama yine de para basmayla ilgili bir şey olduğunu anlıyorum."

Treena sandalyesinden kalktı ve yatak odasının kapısını kapattı. Kimse duymasın diye sesini alçaltmıştı.

"Başaramayacağını mı düşünüyorsun? Sence düşündüğü şeyi yapacak mı?"

Hemen, "Hayır," dedim. "Yapmayacağını umuyorum. Bazı planlarım var. Büyük planlarım. Sana göstereceğim birazdan. Ama..."

Parmaklarımı birbirine kenetleyip kollarımı yukarı doğru uzattım ve gerindim. "Ama Will'den çok hoşlanıyorum."

Treena beni inceledi. Yine o düşünceli ifadesini takınmıştı. Doğrudan size yönelmişse kız kardeşimin düşünceli ifadesinden daha korkutucu bir şey yoktur.

"Aman tanrım!"

"Yapma..."

"Bak *bu çok ilginç işte,*" dedi.

"Biliyorum." Kollarımı düşürdüm.

"Bir iş istiyorsun. Böylelikle..."

"Bilgisayarda sohbet ettiğim diğer felçliler böyle söylüyor. İkisi birden olamazmışım. Hem bakıcı hem de..." Ellerimle yüzümü kapadım.

Gözlerinin üzerimde olduğunu biliyordum.

"O biliyor mu?"

"Hayır. *Kendim* biliyor muyum, ondan bile emin değilim. Ben sadece..." Kendimi yüzüstü Treena'nın yatağının üstüne attım. Thomas kokuyordu. Altta da belli belirsiz bir Marmite* kokusu vardı. "Ne düşündüğümü bilmiyorum. Tek bildiğim zamanımın çoğunu başkasıyla değil onun yanında geçirmek istediğim."

"Patrick de dahil, değil mi?"

İşte kendime bile itiraf etmekten korktuğum gerçeği söylemişti.

Yanaklarımın kızardığını hissediyordum. Yorgana doğru dönerek, "Evet," dedim. "Bazen, evet."

Bir, iki dakika sonra Treena, "Kahretsin," dedi. "Ben de hayatını karmaşık bir hale sokmaktan hoşlanan kişinin *ben* olduğumu sanıyordum."

---

* Maya özütünden yapılan ve genellikle ekmeğin üzerine sürülerek yenen sos kıvamındaki yiyecek. (yay. n.)

Yatağa gelip yanıma uzandı ve beraber tavana bakmaya başladık. Alt katta büyükbabamın tuhaf bir tonda ıslık çaldığını duyabiliyorduk. Onun sesine Thomas'ın bir öne bir arkaya hareket ettirerek süpürgeliğe çarptığı uzaktan kumandalı arabanın gürültüsü de karışıyordu. Açıklayamadığım bir nedenle gözlerim doldu. Bir dakika sonra kız kardeşimin kollarının bana dolandığını hissettim.

Treena, "Seni deli kadın," deyince ikimiz de gülmeye başladık.

Yüzümdeki yaşları silerek, "Merak etme," dedim. "Aptalca bir şey yapmayacağım."

"İyi. Çünkü düşündükçe bu durumun hassasiyetini fark ediyorum. Bu gerçek değil, acıklı bir durum olduğu için böyle hissediyorsun."

"Ne?"

"Sonuçta bu bir ölüm kalım meselesi ve sen de her gün bu adamın hayatına kilitlenmiş durumdasın. Bu garip sırrın içine hapsediliyorsun. Bunun aslında var olmayan bir yakınlık yaratması kaçınılmaz. Ya da garip bir Florence Nightingale kompleksine kapılmış olmalısın."

"İnan bana söylediğin gibi değil."

Uzanmış tavana bakıyorduk.

"Ama biraz delice değil mi? Yani birini sevmek ve onunla şey yapamayacağını... Biliyorsun işte, o sana karşılık veremeyecek. Belki de bu sadece Patrick'le sonunda aynı eve taşınmış olmanın getirdiği panik duygusuna karşı bir tepkidir."

"Biliyorum. Belki de haklısın."

"Patrick'le uzun süredir birliktesiniz. Başkalarından hoşlanmanız çok doğal."

"Özellikle de Patrick Maraton Adam olmaya kafayı takmışken."

"Ayrıca Will'e karşı hissettiklerin de değişebilir. Bir ara götün teki olduğunu düşünüyordun."

"Bazen hâlâ öyle düşünüyorum."

Kız kardeşim bir peçete alıp gözlerimi sildi ve sonra parmağıyla yanağıma dokundu.

"Ne olursa olsun üniversite fikri güzel. Dürüst olmak gerekirse, Will'in başına bir iş gelsin ya da gelmesin, doğru düzgün bir işe ihtiyacın olacak. Ömrünün sonuna dek hasta bakıcılık yapmak istemezsin."

"Will'in başına bir iş gelmeyecek. O... o iyi olacak."

"Tabii ki olacak."

Annem Thomas"ı çağırıyordu. Mutfaktan şarkı söyleyen sesini duyabiliyorduk." *Thomas. Tomtomtomtom Thomas ...*"

Treena derin bir nefes aldı ve gözlerini ovuşturdu.

"Bu gece Patrick'e gidecek misin?"

"Evet."

"Spotted Dog'da bir tek atmaya ne dersin? Hem tatil planlarını da gösterirsin. Annemden Thomas'ı yatırmasını isteyeyim, bakalım kabul edecek mi. Ama içkiler senden, üniversiteye gitmeyi kafaya koyduğuna göre..."

Patrick'in evine geldiğimde ona çeyrek vardı.

Tatil planlarım şaşırtıcı bir şekilde Katrina'dan tam not almıştı. Hatta her zaman yaptığı gibi, "Evet, ama şöyle yapsan daha iyi olmaz mı?" tarzında cümleler de kurmamıştı. Bir ara bunu kibarlıktan yapıp yapmadığını merak ettim, çünkü çılgın fikirlere kapıldığım çok açıktı. Ama o durmadan, "Vay be, bunu bulduğuna inanamıyorum! *Bungee jumping* yaparken bir sürü fotoğrafını çekmelisin," ya da "Paraşütle atlamaktan bahsettiğinde yüzünün alacağı şekli düşünsene! Harika olacak," deyip durdu.

Barda bizi seyreden biri birbirini çok seven iki arkadaş olduğumuzu sanabilirdi.

Kafam hâlâ bunlarla meşgulken sessizce eve girdim. Ev dışarıdan karanlık gözüküyordu ve Patrick'in yoğun antrenman programının bir gereği olarak erkenden uyuyup uyumadığını merak ettim. Çantamı yere bıraktım ve oturma odasının kapısını açtım. İçeri girerken odanın ışığını benim için açık bırakmasının hoş bir davranış olduğunu düşündüm.

Sonra onu gördüm. Ortasına mum konmuş, iki kişi için hazırlanmış bir sofrada oturuyordu. Kapıyı kapattığımda ayağa kalktı. Mum neredeyse sönmek üzereydi.

"Özür dilerim," dedi.

Ona baktım.

"Aptallık ettim, haklısın. Bu iş sadece altı ay sürecek ve ben bir çocuk gibi davranıyorum. Bu kadar değerli bir şey yaptığın ve işini bu kadar ciddiye aldığın için seninle gurur duymalıyım. Ben sadece biraz... bir köşeye itilmiş hissettim. Özür dilerim. Gerçekten."

Elini uzattı. Ben de tuttum.

"Ona yardım etmeye çalışman çok güzel. Takdire değer."

"Teşekkür ederim," deyip elini tuttum.

Patrick kısa bir nefes aldıktan sonra tekrar konuşmaya başladı. Sanki provası yapılmış bir konuşmayı başarılı bir şekilde tamamlayabilmenin rahatlığı içindeydi. "Akşam yemeği hazırladım, ama korkarım yine salata." Yanımdan geçerek buzdolabına gitti ve iki tabak çıkardı. "Söz veriyorum, şu Viking işi biter bitmez sana dışarıda şahane bir yemek ısmarlayacağım. Veya karbonhidrat yemeye başladığımda da olabilir. Ben sadece..." Yanaklarını şişirip püfledi. "Sanırım son zamanlarda başka bir şey düşünemez oldum. Sorun biraz da bundan kaynaklanıyor. Ayrıca haklısın, arkamdan gelmen için bir sebep yok. Bu tamamen benim işim. Gelmek yerine çalışmayı seçmen en doğal hakkın."

"Patrick..." dedim.

"Seninle tartışmak istemiyorum, Lou. Beni affettin mi?"

Gözleri kaygılıydı ve üzerinden parfüm kokusu geliyordu. Bu iki gerçek yavaşça üzerime bir ağırlık gibi çöktü.

"Neyse, haydi otur," dedi. "Yemeğimizi yiyelim, sonra da... Ne bileyim. Keyfimize bakalım, başka şeylerden bahsedelim. Koşmak dışında bir şeyler konuşalım." Zoraki bir kahkaha attı.

Oturdum ve masaya baktım.

Sonra gülümsedim. "Bu gerçekten çok güzel." Patrick hindi göğsüyle gerçekten de 101 çeşit yemek hazırlayabiliyordu.

Yeşil salata, makarna salatası ve deniz ürünleri salatası yedik. Sonra da sıra tatlı olarak egzotik meyve salatasına geldi. Ben beyaz şarap içtim, o da soda. Bu biraz zaman almıştı, ama sonunda rahatlamaya başladık. Karşımda uzun süredir görmediğim bir Patrick duruyordu. Esprili ve ilgiliydi. Koşu veya maratonlar hakkında bir şey söylememek için çok dikkatli davranıyor, konuşmanın o yöne kaydığını yakaladığı anda gülüyordu. Masanın altında ayaklarının benimkilerle buluştuğunu hissettim. Sonra bacaklarımız birbirine dolandı. Göğsümde yavaş yavaş kaskatı ve rahatsız bir duygunun uyanmaya başladığını hissetmiştim.

Kız kardeşim haklıydı. Hayatım tanıdığım herkesten uzak ve kopuk bir hale gelmişti. Will'in durumu ve sırları beni içine çekiyordu. Artık kendimi tamamen kaybetmediğimden emin olmalıydım.

Birkaç saat önce kız kardeşimle yaptığım sohbetle ilgili suçluluk duymaya başlamıştım. Patrick ayağa kalkmama, hatta bulaşıkları yıkamasına yardım etmeme bile izin vermiyordu. On biri çeyrek geçe kalktı ve tabak çanakları mutfağa götürüp bulaşık makinesini doldurmaya başladı. Ben de oturup koridordan benimle konuşmasını dinledim. Boynumla omzumun birleştiği noktayı ovalıyor, düğüm düğüm olmuş yerleri rahatlatmaya çalışıyordum. Gözlerimi kapatıp rahatlamaya çalıştım ve sohbetin durduğunu ancak birkaç dakika sonra fark ettim.

Gözlerimi açtığımda Patrick elinde tatil dosyamı tutmuş, kapının ağzında duruyordu. Sayfaları kaldırıp gösterdi. "Bütün bunlar nedir?"

"Onlar... seyahatle ilgili. Sana bahsettiğim yolculuk."

Kız kardeşime gösterdiğim kâğıtları gözden geçirmesini izledim. Programa, resimlere, Kaliforniya sahillerine bakıyordu.

"Ben sanmıştım ki..." Sesi garip bir şekilde boğuk çıkıyordu. "Lourdes'e gidersiniz diye tahmin etmiştim."

"Ne?"

"Ya da ne bileyim... Stoke Mandeville gibi bir yer olur diye düşünmüştüm. Gelemeyeceğini söylediğinde işin gereği gerçekten ona yardım etmen gerektiğini sanmıştım. Fizik tedavi, ruhsal rahatlama ya da buna benzer bir şeyler... Ama bu daha çok şeye benziyor..." İnanamayarak başını sallıyordu. "Bu hayatının tatiline benziyor."

"Evet... aslında öyle. Ama benim için değil. Onun için."

Patrick suratını ekşitti ve başını sallayarak, "Tabii canım," dedi. "Senin niye hoşuna gitsin ki! Yıldızların altında sıcak su küvetleri, yunuslarla yüzme... Şuna bak, beş yıldızlı lüks otel ve yirmi dört saat oda servisi yazıyor." Başını kaldırıp bana baktı. "Bu bir iş gezisi değil. Bu kahrolası bir balayı!"

"Haksızlık ediyorsun!"

"Ama öyle! Sen... sen gerçekten burada oturup bir başka adamla *böyle* bir tatile gitmeni izlememi mi bekliyorsun?"

"Bakıcısı da geliyor."

"Ah, evet tabii, *Nathan*. O zaman sorun yok."

"Patrick, haydi ama. Bu karmaşık bir durum."

"O zaman bana açıkla." Kâğıtları bana doğru attı. "Bunu bana açıkla Lou. Anlayabileceğim bir şeyler söyle."

"Will'in yaşamak istemesi, geleceğinde güzel şeyler görmesi benim için önemli."

"Ve bu güzel şeylerin içinde sen de varsın öyle mi?"

"Bu haksızlık. Bak, ben senden hiç sevdiğin işi bırakmanı istedim mi?"

"Benim işimde yabancı adamlarla jakuziye girmek yok."

"İyi, olsa da benim için fark etmezdi. Yabancı adamlarla istediğin kadar sıcak küvete girebilirsin! Hem de istediğin zaman! Oldu mu?" Onun da gülümseyeceğini umarak gülümsemeye çalıştım.

Ama işe yaramamıştı. "Sen nasıl hissederdin Lou? Neşelenmeye ihtiyacı var diye Eşkıyalar Kulübü'nden Leanne'le formda kalma kampına gideceğimi söylesem nasıl hissederdin?"

"Neşelenmeye mi?" Leanne'i, sarı kıvırcık saçlarını ve mükemmel bacaklarını düşündüm. Ayrıca ilk aklına gelen ismin neden onunki olduğunu da merak ettim.

"Ve sana kamp boyunca birlikte yemek yiyeceğimizi, belki sıcak su küvetinde oturacağımızı, gündüzleri gezeceğimizi söylesem nasıl hissederdin? Altı bin mil uzakta bir yerlerde, sadece biraz morali bozuk olduğu için bunları yapsak Bu seni rahatsız etmezdi öyle mi?"

"Onun morali biraz bozuk değil Pat. Kendini öldürmek istiyor. Dignitas'a gidip hayatına son vermek istiyor." Kalp atışlarımı kulaklarımda duyabiliyordum. "Bunu böyle yorumlayamazsın. Will'e kötürüm diyen sendin. Senin için bir tehdit olamayacağını söyleyen de sendin. Mükemmel bir patron demiştin. Hani endişelenmeye bile değecek biri değildi?"

Dosyayı masanın üstüne koydu.

"O halde söyleyeyim Lou... Artık endişeleniyorum."

Yüzümü ellerimin içine gömüp bir süre o şekilde kaldım. Koridordaki yangın kapısının sallandığını duyabiliyordum. Bir kapı açılmış ve içeri giren insanların sesleri kapanan kapının ardında kaybolmuştu.

Patrick elini mutfak dolaplarının kenarında yavaşça bir öne bir arkaya kaydırıyor, çenesindeki bir kas titriyordu. "Nasıl hissediyorum biliyor musun Lou? Sanki koşuyor, ama hep biraz geride kalıyor gibiyim. Öyle hissediyorum ki..." Kendisini toparlamaya çalışarak derin bir nefes aldı "Öyle hissediyorum ki köşeyi döndüğümde kötü bir şey var ve benim dışımda herkes onun ne olduğunu biliyor."

Gözlerini kaldırıp bana baktı. "Saçmaladığımı düşünmüyorum. Gitmeni istemiyorum. Viking'e gitmek istememen umurumda değil, ama bu şeye gitmeni istemiyorum. Onunla bu tatile gidemezsin."

"Ama ben..."

"Neredeyse yedi yıldır birlikteyiz. Ve sen bu adamı tanıyıp işi alalı beş ay oldu. Beş ay. Eğer şimdi onunla gidersen ilişkimiz hakkında ve bizimle ilgili ne hissettiğin hakkında da bir şeyler söylüyorsun demektir."

"Ama bu haksızlık! Niye bizim hakkımızda bir şey söylüyor olsun ki?"

"Eğer ben bunları söylüyorsam ve sen yine de gidiyorsan bu sadece tek bir anlama geliyor demektir."

Bu küçük dairede sanki etrafımızdaki her şey donmuştu. Yüzüme daha önce görmediğim bir ifadeyle bakıyordu.

Sesim tekrar bir fısıltı halinde çıktı. "Ama onun bana ihtiyacı var."

Bu sözleri söyler söylemez kelimelerin havada salınıp bir araya geldiklerini işittim ve eğer aynı şeyi o bana söyleseydi ne hissedeceğimi anladım.

Yutkundu ve söylediklerimi anlamakta zorlanıyormuş gibi başını salladı. Sonra elini mutfak tezgâhının kenarına dayayıp bana baktı.

"Sana ne söylesem fark etmeyecek, değil mi?"

Patrick'in bir özelliği de buydu. Hep sandığımdan daha akıllıca davranıyordu.

"Patrick, ben..."

Bir an için gözlerini kapattı. Sonra döndü ve oturma odasından çıktı. Son boş tabakları masanın kenarında bırakmıştı.

21

Steven

Kız hafta sonu bize taşındı. Will ve Camilla bana bir şey söylememişti, ama Cumartesi sabahı pijamayla müştemilata gidip Will"in yardıma ihtiyacı olup olmadığına baktım, çünkü Nathan geç kalmıştı. işte kız oradaydı; bir elinde kâse dolusu mısır gevreği, diğer elinde de gazeteyle koridorda yürüyordu. Beni görünce kızardı. Neden bilmiyorum; sabahlığımı giymiştim ve gayet edepli görünüyordum. Sonra bir zamanlar sabahları Will'in yatak odasından kaçar gibi, sessizce çıkan güzel genç kızları gördüğümde hiç şaşırmadığımı hatırladım.

"Will'e mektuplarını götürüyordum," dedim ve zarfları elimde salladım.

"Henüz uyanmadı. Ona seslenmemi ister misiniz?" Eli göğsüne gitti ve gazeteyle önünü kapattı. Üzerinde Minnie Mouse tişörtü ve eskiden Hong Kong'daki Çinli kadınların üzerinde görebileceğiniz işlemeli bir pantolon vardı.

"Yo, hayır. Uyuyorsa seslenme. Bırak dinlensin."

Bunu Camilla'ya söylediğimde memnun olacağını düşünmüştüm. Sonuçta kızın, erkek arkadaşının yanına taşınmasına çok bozulmuştu. Ama haberi alınca sadece biraz şaşırmış göründü ve sonra da yüzünde, kafasında tatsız şeyler kurduğunu gösteren o gergin ifade belirdi. Çok fazla bir şey söylememişti, ama Louisa Clark'a pek de bayılmadığını anlayabiliyordum. Yine de o günlerde Camilla'nın onayladığı herhangi bir kimse var mıydı, onu da bilmiyordum. Camilla'nın tek yaptığı şey *onaylamamaktı.*

Louisa'nın burada kalmasının altında yatan nedenleri hiçbir zaman öğrenemedik. Will sadece "aile meseleleri" demişti. Louisa sürekli bir şeylerle meşguldü. Will'e bakmadığı zamanlar etrafta dolanıyor, temizlik yapıyor ya da bir şeyler yıkıyordu. Seyahat acentesine ve kütüphaneye gidip geliyordu. O kadar dikkat çekiciydi ki kasabada nerede görsem onu tanırdım. Tropik ülkelerdeki insanlar dışında, hayatımda gördüğüm en parlak renkli elbiseleri giyiyordu. Taşlı elbiseleri ve garip görünümlü ayakkabıları vardı.

Camilla'ya onun buraya bir renk kattığını söylemek isterdim. Ama artık ona bu tip yorumlar yapamıyordum.

Will ona bilgisayarını kullanabileceğini açık açık söylemişti, ama kız bunu istemeyip kütüphanedekileri kullanmayı tercih ettiğini söyledi. Ondan faydalanıyor gibi gözükmekten mi yoksa her ne yapıyorsa görülmesinden mi korkuyordu bilmiyorum.

Sebebi ne olursa olsun, o ortalarda olduğunda Will biraz daha mutlu görünüyordu. Birkaç kez açık kalan penceremden sohbetlerine tanık olmuştum. Will'in güldüğünü duyduğuma eminim. Bu düzenlemeden memnun olduğundan emin olmak için Bernard Clark'la konuştum. O da kızının uzun süredir birlikte olduğu erkek arkadaşından ayrılmasının biraz garip olduğunu ve evlerinde her şeyin biraz belirsizleştiğini söyledi. Ayrıca Louisa eğitimine devam etmek için bazı hazırlık okullarına başvurmuş. Bunu Camilla'ya söylememeye karar verdim. Bunun ne anlama gelebileceğini düşünmesini istemiyordum. Will onun moda ve benzeri şeylere ilgi duymaya başladığını söylemişti. Göze hitap ettiği kesindi ve hoş bir vücudu vardı, ama dürüst olmak gerekirse onun giydiği şeyleri kim alırdı hiç emin değilim.

Pazartesi akşamı Louisa Camilla ve beni Nathan'la birlikte ek binaya davet etti. Masanın üzerine broşürleri, takvimleri, sigorta dokümanlarını ve internetten çıktısını aldığı diğer dosyaları yaymıştı. Her birimiz için naylon dosyalarda hazırlanmış birer kopya vardı. Her şey en ince detayına kadar organize edilmişti. Tatil için planlarını bizlere sunmak istediğini söyledi. Öncesinde Camilla'yı uyarmış ve ona tatilin bütün güzelliklerinden kendisinin yararlanacağını söyleyerek Will'i ikna edebileceğini söylemişti, ancak rezervasyon detaylarını gösterdiğinde Camilla'nın gözlerinde beliren duygusuz bakışı görebiliyordum.

Bu her türlü aktivitenin olduğu olağanüstü bir yolculuk olacaktı. Will'in kazadan önce bile yapmayı hayal bile edemeyeceği şeyler vardı, ama Louisa yeni bir aktiviteden her bahsettiğinde *-rafting, bungee jumping* ve diğerleri- dokümanı Will'e doğru kaldırıyor, ona diğer engellilerin yaptıklarını gösteriyor ve şöyle söylüyordu: "Eğer yapmam gerektiğini söyleyip durduğun bu şeyleri deneyeceksem, sen de benimle birlikte yapmak zorundasın."

Kabul etmeliyim ki içten içe ondan etkilenmiştim. Bu ufaklık çok becerikliydi.

Will de onu dinliyordu. Louisa'nın önüne serdiği dokümanları okuduğunu görebiliyordum.

Sonunda, "Tüm bu bilgileri nereden buldun?" diye sordu.

Louisa ona doğru kaşlarını kaldırdı ve, "Bilgi güçtür Will," dedi.

Ve benim oğlum bu lafın üzerine sanki çok zekice bir şey söylenmiş gibi gülümsedi.

Tüm sorular bittikten sonra Louisa, "Evet..." dedi. "Sekiz gün içinde gidiyoruz. Memnun musunuz, Bayan Traynor?" Bunu söyleyişinde hafif bir meydan okuma vardı, sanki Camilla'ya, *Hele bir hayır de,* der gibi.

Camilla, "Eğer yapmak istediğiz buysa benim için de bir sorun yok," dedi.

"Nathan? Hâlâ var mısın?"

"Hiç şüphen olmasın."

"Ve... Will?"

Hepimiz dönüp ona baktık. Kısa bir süre önce bu aktivitelerden herhangi biri üzerine düşünmesi bile mümkün değildi. Birkaç ay öncesine kadar Will sadece annesini üzmek için bile hayır demekten mutlu oluyordu. Bu hep böyle olmuştu; oğlumuz doğru olanın tersini yapmak konusunda çok becerikliydi ve bunu sırf boyun eğiyormuş gibi görünmemek için yapardı. Bu huyunun, insanları altüst etme isteğinin nereden geldiğini bilmiyorum. Belki de onu bu kadar yetenekli bir işadamı yapan da buydu.

Dönüp bana baktı. Gözlerinden hiçbir şey okunmuyordu ve ben çenemdeki kasların gerilmeye başladığını hissettim. Sonra kıza dönüp baktı ve gülümsedi.

"Neden olmasın? Clark'ın kendini coşkun sulara atmasını görmek için sabırsızlanıyorum."

Kız fiziksel olarak rahatlamış göründü. Sanki bir tarafı hayır demesini bekliyor gibiydi.

Kabul etmeliyim ki bu kız hayatımıza ilk girdiğinde biraz şüphelenmem yersizdi. Will esip gürlemesine rağmen kırılgan bir haldeydi ve ona kötü muamele edilmesinden korkuyordum. Sonuçta genç ve zengin bir adamdı ve Alicia'nın arkadaşlarından biriyle kaçmış olması ona kendini değersiz hissettirmişti. Kim olsa öyle hissederdi.

Ama sonra Louisa'nın ona bakışını gördüm. Yüzünde gurur ve şükran karışımı bir ifade vardı. Bir anda bu kızın bizimle olmasından mutluluk duyduğumu anladım. Hiçbirimiz itiraf edemesek de oğlumuz bir insanın başına gelebilecek en kötü şeylerden birini yaşamıştı. Fakat bu kız her ne yapıyorsa, onu bu durumdan biraz olsun uzaklaştırabiliyordu.

Birkaç gün boyunca evde belli belirsiz bir bayram havası esti. Camilla kabul etmese de sessiz bir umut havasına bürünmüştü. Aklından neler geçtiğini biliyordum. Bunca şeyden sonra kutlanacak ne kaldı ki diye düşünüyordu. Onu gece geç vakitlerde Georgina'yla konuşurken duydum; bu plana onay verdiği için kendini haklı çıkarmaya çalışıyordu. Anasının kızı Georgina, Louisa'nın Will'in durumundan faydalanmak için nasıl yollar bulabileceğini aramaya başlamıştı bile.

Camilla, "Kendi masraflarını karşılamayı önerdi Georgina," dedi. "Hayır hayatım. Başka şansımız olduğunu sanmıyorum. Çok az zamanımız kaldı ve Will de bu teklifi kabul etti. O yüzden Will için en iyisini ummaktan başka yapabileceğim bir şey kalmadı. Bence sen de öyle yapmalısın."

Louisa'yı korumanın, ona iyi davranmanın bile Camilla için zor olduğunu biliyordum. Ama bu kıza katlanıyordu, çünkü benim gibi o da oğlumuzu biraz olsun mutlu etmenin tek yolunun Louisa olduğunu biliyordu.

Hiçbirimiz bunu açıkça söylemese de Louisa Clark, Will'i hayatta tutabilmemiz için elimizde kalan tek şansımızdı.

*

Dün gece Della'yla bir şeyler içmeye gittim. Camilla kız kardeşine ziyarete gitmişti. Biz de dönüş yolunda nehir kıyısında yürüyüşe çıktık.

Ona, "Will tatile çıkıyor," dedim.

"Ne güzel," dedi.

Zavallı Della. Geleceğimiz hakkında bana soru sormamak için kendini zor tuttuğunu görebiliyordum. Bu beklenmedik gelişme kimbilir bizi nasıl etkileyecekti. Ama tüm bunlar çözüme kavuşana dek bana böyle şeyler soracağını sanmıyordum.

Kuğuları izleyerek yürüdük. Akşam güneşinde kayıklardan suya atlayan turistlere gülüyorduk. Della tüm bunların Will için ne kadar harika olacağını ve bunun artık duruma alıştığının bir göstergesi olduğunu söyledi. Aslında bunları söylemesi çok hoştu, çünkü bir taraftan her şeyin sona ermesini istiyor olabilirdi. Sonuçta birlikte bir hayat kurma planlarımız Will'in kazasıyla suya düşmüştü. İçten içe günün birinde Will'e karşı sorumluluklarımın bitip benim özgür kalacağımı umuyor olmalıydı.Onun yanında yürüyor, elini kolumun üstünde hissediyordum. Şarkı söyler gibi çıkan sesiyle konuşmasına bayılıyordum. Ona sadece birkaçımızın bildiği gerçeği söyleyemezdim. Ben ancak bu kızın çiftlik, *bungee jumping* ve jakuzi planları işlemezse özgür kalacaktım. Çünkü ailemi bırakmamın tek yolu Will'in İsviçre'deki cehenneme gitmeye kesin olarak karar vermesiydi.

Bunu biliyordum, Camilla da biliyordu. Kendimize itiraf etmesek de durum buydu. Seçtiğim hayatı yaşamam için tek yol oğlumun ölümüydü.

Della yüzümdeki ifadeyi yakalayarak, "Yapma," dedi.

Sevgili Della. Henüz ben bile bilmiyorken o ne düşündüğümü anlayabiliyordu.

"Bunlar güzel haberler, Steven. Gerçekten. Hiç belli olmaz, bu Will için yeni ve özgür bir hayatın başlangıcı olabilir."

Ellerimi, ellerinin üzerine koydum. Daha cesur bir adam olsaydım gerçekten ne düşündüğümü ona söylerdim. Daha cesur bir adam olsaydım çok daha önce onun, hatta belki karımın gitmesine izin verirdim.

Zoraki bir gülümsemeyle, "Haklısın," dedim. "Umalım ki *bungee* halatlarına ve gençlerin birbirlerine anlatıp durduğu tüm o korkunç maceralara geri dönsün."

Koluyla beni dürttü. "Şatoya da bir halat taktırırsa görürsün."

"Belki hendeklerde de *rafting* yapar," dedim. "Gelecek yaz sezonunda şatoyu daha da çekici kılmak için hazırlıklara başlayayım."

Pek de mümkün olmayan bu fikir üzerine ara ara gülüşerek kayıkhaneye kadar yürüdük.

Ve sonra Will zatürre oldu.

22

Hastanenin acil bölümüne koşarak girdim. Geniş koridorlarla benim berbat yön duygum birleştiğinde yoğun bakım ünitesini bulmak oldukça uzun bir zaman almıştı. Biri bana doğru yolu gösterinceye kadar üç kez sormak zorunda kaldım. Sonunda nefes nefese C12'nin kapılarını açtığımda Nathan'ı oturmuş gazete okurken buldum. Ona yaklaşırken bana baktı.

"Nasıl?"

"Oksijen verdiler. Durumu aynı."

"Anlamıyorum. Cuma gecesi iyiydi. Cumartesi sabahı biraz öksürüyordu, ama bu ne şimdi? Ne oldu?"

Kalbim çarpıyordu. Bir an oturdum ve nefesimi düzene sokmaya çalıştım. Bir saat önce Nathan'dan mesaj aldığımdan beri koşuyordum. Nathan doğrulup gazetesini katladı.

"Bu ilk defa olmuyor Lou. Ciğerlerine biraz bakteri girince öksürme mekanizması çalışması gerektiği gibi çalışmıyor ve hızla kötüleşiyor. Cumartesi akşamı ona bazı temizleme teknikleri uygulamaya çalıştım, ama çok acı çekiyordu. Durup dururken ateşi yükseldi ve sonra da göğsüne bıçaklar saplanıyormuşçasına acı çekmeye başladı. Cumartesi gecesi ambulans çağırmak zorunda kaldık."

Eğilerek, "Kahretsin," dedim. "Kahretsin, kahretsin, kahretsin! İçeri girebilir miyim?"

"Çok bitkin. Pek bir şey söyleyebileceğini sanmıyorum. Bayan T. de onunla."

Çantamı Nathan'a bırakıp anti-bakteriyel losyonla ellerimi yıkadım ve sonra kapıyı açıp içeri girdim.

Will hastane yatağının ortasında yatıyordu ve vücudu mavi bir örtüyle kaplanmıştı. Etrafı serum boruları ve kesik kesik öten çeşitli makinelerle çevrilmişti. Yüzü kısmen oksijen maskesiyle kaplanmıştı ve gözleri kapalıydı. Derisinin maviye çalan gri rengini görünce canım çok sıkıldı. Bayan Traynor onun yanında oturuyordu ve tek eli Will'in örtünün altındaki kolunun üstündeydi. Karşıdaki duvara doğru bakıyor, beni görmüyordu.

"Bayan Traynor," dedim.

Kafasını çevirdi. "Ah! Louisa."

"Nasıl... nasıl oldu?" Gidip Will'in diğer elini tutmak istedim, ama oturabilecek gibi hissetmiyordum. Kapının orda bekleyip durdum. Bayan T.'nin suratında öyle bir hüzün vardı ki sadece o odada olmak bile ona özel bir alana izinsiz girmişim gibi hissettiriyordu.

"Biraz daha iyi. Çok güçlü antibiyotikler verdiler."

"Benim... yapabileceğim bir şey var mı?"

"Sanmıyorum, hayır. Biz... sadece beklemek zorundayız. Doktor bir saat içinde kontrole gelecek. Umarım bize daha fazla bilgi verir."

Dünya durmuş gibiydi. Orada biraz daha durdum ve makinelerin aynı tonda çıkardığı seslerin bilincimde bir ritme dönüşmesini dinledim.

"İsterseniz yanında biraz ben kalayım. Siz de dinlenmiş olursunuz."

"Hayır. Sanırım kalsam daha iyi."

Bir tarafım Will'in beni duymasını umuyordu. Gözlerini açıp o plastik maskenin üzerinden, "Clark. Tanrı aşkına gelip otur. Etrafı dağınık gösteriyorsun," diye mırıldanmasını istiyordum.

Ama Will orada kıpırdamadan yatıyordu.

Elimle yüzümü sildim. "Peki... içecek bir şeyler getirmemi ister misiniz?"

Bayan Traynor kafasını kaldırdı. "Saat kaç?"

"Ona çeyrek var."

"O kadar oldu mu?" İnanamayarak başını salladı. "Sağol, Louisa. Bu... bu çok iyi olur. Sanırım uzun zamandır buradayım."

Cuma günü biraz da Traynor'lar izin kullanmam konusunda ısrar ettikleri için evden çıkmıştım. Ama bunun bir nedeni de trenle Londra'ya gidip Petty France'te kuyruğa girmek dışında pasaport almanın başka bir yolu olmamasıydı. Cuma gecesi dönerken evlerine uğramış, Will'e kendi pasaportumu gösterip onunkinin hâlâ geçerli olup olmadığını kontrol etmeye karar vermiştim. Biraz sessiz olduğunu fark etmiştim, ama bunda sıra dışı bir şey yoktu. Bazı günler daha rahatsız hissedebiliyordu. O gün de böyle olduğunu sanmıştım. Dürüst olmak gerekirse zihnim yolculuk planlarımızla o kadar meşguldü ki başka bir şey düşünecek halim kalmamıştı.

Cumartesi sabahını babamla beraber Patrick'in evindeki eşyalarımı toparlamakla geçirdik. Öğleden sonra da annemle beraber mayo ve bazı tatil ihtiyaçlarımı almak için ana caddede alışverişe çıktık. Cumartesi ve pazar gecesi annemlerde kaldım. Treena ve Thomas'la gerçekten sıkışık iki gece geçirmiştik. Pazartesi sabahı 7.00'de kalktım; 8.00'de Traynor'larda olmayı planlıyordum. Oraya vardığımda her yer kapalı, ön ve arka kapılar kilitliydi. Hiçbir not yoktu. Verandanın ön tarafında durup Nathan'ı aradım. Üç kez çaldı, ama açan olmadı. Bayan Traynor'ın telefonu telesekretere bağlanıyordu. Sonunda, merdivenlerde kırk beş dakika boyunca oturduktan sonra Nathan'ın mesajı geldi.

Bölge hastanesindeyiz. Will zatürre oldu. Koğuş C12.

Nathan gittikten sonra Will'in kapısının önünde bir saat daha kaldım. Birinin masaya bıraktığı 1982'den kalma bir dergiye göz attım ve sonra çantamdan bir kitap çıkartıp okumaya çalıştım, ama odaklanabilmek imkânsızdı.

Doktor geldi, ama Will'in annesi oradayken onu dinleyebileceğimi sanmıyordum. On beş dakika sonra çıktığında Bayan Traynor da doktorun arkasından gitti. Sadece biriyle konuşması gerektiği için mi yoksa orada olan tek kişi ben olduğum için mi bilmiyorum, ama döndüğünde rahatlamış bir ses tonuyla, doktorun enfeksiyonu kontrol altına aldığını söyledi. Fakat Will öldürücü nitelikte bir enfeksiyon kapmış, tam zamanında hastaneye gelmesi çok iyi olmuştu. Cümlenin "Yoksa..." kısmı aramızdaki sessizlik içinde havada asılı kaldı.

"Peki, şimdi ne yapıyoruz?" dedim.

Omuzlarını silkti. "Bekliyoruz."

"Size öğle yemeği için bir şeyler getirmemi ister misiniz? Ya da ben Will'le kalayım siz de gidip bir şeyler yiyin..."

Tam o sırada Bayan Traynor ve ben birbirimizi biraz olsun anlar gibi hissetmiştik. Bayan Traynor'ın yüzü kısa bir an için yumuşadı ve o alıştığım sert ifade olmayınca bir anda ne kadar yorgun gözüktüğünü fark ettim. Sanırım onlarla birlikte çalıştığım zaman içinde on yıl yaşlanmıştı.

"Teşekkürler, Louisa," dedi. "Eğer onunla kalabilirsen gidip üzerimi değiştirmeyi çok isterim. Şu anda Will'in yalnız kalmasını istemiyorum."

O gittikten sonra içeri girip kapıyı kapattım ve yanına oturdum. Garip bir şekilde Will orada yok gibiydi. Sanki tanıdığım Will kısa bir yolculuğa çıkmış, kabuğunu yatağın üzerine bırakmıştı. Kısa bir süre için insan ölünce böyle mi oluyor diye merak ettim. Sonra kendime ölüm hakkında düşünüp durmayı kesmem gerektiğini telkin ettim.

Oturdum ve saatin ilerleyişini izledim. Dışarıdan gelen konuşmaları duydum ve zemin döşemesinin üzerinde yürüyenlerin yumuşak ayakkabı gıcırtılarını dinledim. İki kez hemşire gelip birkaç değeri kontrol etti, düğmelere bastı ve ateşini ölçtü ama Will hâlâ canlanmamıştı.

"O... iyi, değil mi?" diye sordum.

Beni rahatlatmaya çalışarak, "Uyuyor," dedi. "Şu anda onun için en iyi şey uyumak. Endişelenmemeye çalışın."

Söylemesi kolay. Ama hastane odasında düşünecek çok zamanım oldu. Will hakkında, onun nasıl korkutucu bir hızla tehlikeli bir hastalığa yakalanabildiğini düşündüm. Sonra aklım Patrick'e gitti. Dairesinden eşyalarımı toplarken, duvar takvimimi çıkarıp rulo yaparken, dolaplarına özenle yerleştirdiğim elbiselerimi katlayıp paketlerken bile o kadar da üzülüp sarsılmadığımı düşündüm. Çaresiz, ezilmiş ya da yıllardır birlikte olduğunuz birinden ayrılırken hissedeceğiniz türden şeyler hissetmemiştim.

Oldukça sakindim ve biraz üzgündüm. Belki de biraz suçlu hissediyordum. Hem ayrılmamızda benim payım olduğunu düşünüyor hem de hissetmem gereken şeyleri hissetmediğim için suçluluk duyuyordum. Ona iki mesaj gönderdim ve gerçekten ama gerçekten üzgün olduğumu, Ekstrem Viking'in iyi geçmesini canı gönülden dilediğimi yazdım. Ama cevap vermedi.

Bir saat sonra öne eğilip Will'in kolunun üzerindeki örtüyü kaldırdım. Kahverengi bir tona bürünmüş eli işte orada, beyaz çarşafın üstünde duruyordu. Kolunun arkasında ameliyat bandıyla yapıştırılmış bir sonda vardı. Kolunu çevirdim ve bileklerindeki izleri fark ettim. Bir süre bu izlerin silinip silinmeyeceğini düşündüm. Yoksa yapmaya çalıştığı şeyi ona her zaman hatırlatacaklar mıydı?

Parmaklarını yavaşça benimkilerinin içine alıp kapattım. Yaşayan birinin parmakları gibi sıcaklardı. Onları kendi ellerim içinde tutarken garip bir şekilde rahatlıyordum. Parmaklarına baktım. Ömür boyu hiç masa başında oturmadığını gösteren nasırları, hep bir başkası tarafından kesilmesi gerekecek olan açık pembe tırnakları vardı.

Will'in elleri iyi bir adamın elleriydi. Güzel ve düzgün, köşeli parmakları vardı. Onlara bakıp güçsüz kaldıklarına inanmak zordu. Artık masadan bir şey kaldıramayacak olmalarına, bir kolu okşamayacaklarına veya yumruklarını sıkamayacaklarına inanmak güçtü.

Parmağımı eklemlerinin üzerinde gezdirdim. Tam o anda Will gözlerini açsa utanır mıydım diye düşündüm, ama öyle hissetmedim. Bir şekilde elinin benimkinin içinde olmasının onun için iyi olduğuna emindim. Bütün o ilaçlar yüzünden daldığı uykusunda bunu biliyor olmasını umdum. Gözlerimi kapadım ve bekledim.

Will sonunda dördü biraz geçerken uyandı. Koridorda sandalyelerin üstüne uzanmış, kenara bırakılmış bir gazete okuyordum. Bayan Traynor gelip beni çağırdığında yerimde zıpladım. Konuşmaya başladığını ve beni görmek istediğini söylerken biraz daha hafiflemiş görünüyordu. Aşağıya inip Bay Traynor'ı arayacağını söyledi.

Sonra da sanki kendisini tutamıyormuş gibi ekledi: "Lütfen onu yorma."

"Tabii ki," dedim ve sevimlilikle gülümsedim. Kapıdan başımı uzatıp, "Selam," dedim.

Yüzünü yavaşça bana çevirdi ve "Sana da selam," dedi.

Sesi kısık çıkıyordu; otuz altı saati uyuyarak değil de bağırarak geçirmiş gibiydi. Oturdum ve ona baktım. Aşağıya doğru bakan gözleri titreşti.

"Bir dakika için maskeyi kaldırmamı ister misin?"

Başını salladı. Maskeyi aldım ve dikkatli bir şekilde başının üstüne kaydırdım. Derisiyle birleştiği yerde ince bir çizgi oluşmuştu. Bir mendil alıp hafifçe yüzünde gezdirdim.

"Peki, nasıl hissediyorsun?"

"Daha iyiyim."

Davetsiz bir şekilde gelip boğazıma oturan yumrunun geçmesini bekledi. "Bilemiyorum. Sen dikkat çekmek için her şeyi yaparsın Will Traynor. Bahse girerim bunlar..."

Gözlerini kapatıp cümlemi yarıda kesti. Tekrar açtığında bakışlarında özür diler gibi bir hava vardı. "Affedersin Clark. Bugün pek havamda değilim."

Öylece oturduk. Ben konuştum ve sesimin açık yeşil renkli odada yayılmasını dinledim. Patrick'ten eşyalarımı aldığımı anlattım ve ısrarla doğru düzgün bir şekilde yerleştirmemizi istediği için CD'lerimi onun koleksiyonundan çıkarmanın nasıl kolay olduğunu söyledim.

Sözlerimi bitirdiğimde, "İyi misin?" diye sordu. Gözleri anlayış doluydu. Sanki gerçekten daha fazla canımın yanmasını bekliyor gibiydi.

Omuzlarımı silkerek, "Evet, tabii," dedim. "Gerçekten o kadar kötü değil. Düşünecek başka şeylerim var zaten."

Will sessizdi. Sonunda, "Sorun şu ki yakın zamanda *bungee jumping* yapabileceğimi hiç sanmıyorum," dedi.

Bunu biliyordum. Nathan'dan mesajı alır almaz böyle bir şeyin olabileceğini anlamıştım. Ama bunu onun ağzından duyunca tokat yemiş gibi oldum.

Sesimi aynı tonda tutmaya çalışarak, "Boş ver," dedim. "Sorun değil. Başka zaman gideriz."

"Üzgünüm. Bu yolculuğu çok istediğini biliyorum."

Elimi alnına koyup saçını düzelttim. "Şşşt. Gerçekten önemli değil. Sen sadece iyileş."

Yavaşça gözlerini kapadı. Gözlerinin etrafındaki o çizgilerin, o her şeyden vazgeçmiş ifadenin ne söylediğini biliyordum. Başka bir zaman olmayacağını, bir daha asla iyileşmeyeceğini düşündüğünü söylüyorlardı.

Hastaneden dönerken Traynor'ların evinde durdum. Will'in babası beni içeri aldı. O da Bayan Traynor kadar yorgun görünüyordu. Tam kapıdan çıkacakmış gibiydi. Elinde deri ceketi vardı. Ona Bayan Traynor'ın Will'le birlikte olduğunu, antibiyotiklerin işe yaradığını ama Bayan Traynor'un bu gece de hastanede kalacağını söylememi istediğini belirttim. Bunu niye kendi söylemedi bilmiyorum. Belki de düşünecek çok fazla şeyi vardı.

"O nasıl görünüyor?"

"Bu sabah biraz daha iyiydi," dedim. "Ben ordayken bir şeyler içti. Hah, bir de hemşirelerden biri hakkında kaba bir şeyler söyledi."

"Hâlâ çekilmez bir adam."

"Evet, hâlâ çekilmez bir adam."

Bir an için Bay Traynor'ın ağzının aralandığını ve gözlerinin parladığını gördüm. Pencereden dışarı baktıktan sonra bana döndü. Benim de o sıralarda uzaklara bakmamı tercih eder miydi bilmiyorum.

"Üçüncü kez. İki yıl içinde üçüncü kez."

Anlamam birkaç dakikamı aldı. "Zatürre mi?"

Başıyla onayladı. "Kahrolası şey... Will bayağı cesur aslında. Tüm bu zorluğa rağmen..." Yutkundu ve sanki kendi kendine konuşur gibi başını salladı. "Bunu anlayabilmen çok iyi, Louisa."

Ne yapacağımı bilemiyordum. Elimi uzatıp koluna dokundum ve, "Anlıyorum," dedim.

Bay Traynor belli belirsiz kafasını salladı sonra koridordaki askıdan hasır şapkasını aldı. "Teşekkür ederim" ya da "Hoşça kal" benzer bir şeyler mırıldanarak önümden geçti ve ön kapıdan çıktı.

Müştemilat Will'in yokluğunda garip bir sessizliğe bürünmüştü. Motorlu sandalyesinin öne arkaya giderken çıkardığı sese, yan odada Nathan'la yaptığı mırıltılı konuşmalarına ve radyonun kısık sesine ne kadar alışmış olduğumu fark ettim. Şimdi çıt çıkmıyor, hava etrafımda bir boşluk gibi duruyordu.

Geceleyin isteyebileceği her şeyi bir çantaya koydum: temiz elbiseler, diş fırçası, saç fırçası, ilaçlar, müzik dinleyecek kadar kendini iyi hissederse diye kulaklığı... Tüm bunları yaparken içimde garip ve giderek artan bir panik duygusu hissediyordum. İçimdeki küçük huzursuz ses aynı şeyi söyleyip duruyordu: Ölseydi *de böyle hissedecektin işte.* Bu sesten kurtulmak için radyoyu açtım ve müştemilatı tekrar canlandırmaya çalıştım. Sonra biraz temizlik yaptım, Will'in çarşaflarını değiştirdim ve bahçeden biraz çiçek toplayıp oturma odasına koydum. Her şeyi hazırladıktan sonra bakışlarım masanın üzerine kaydı; tatil dosyası orada duruyordu.

Bir sonraki günü rezervasyon yaptığım her yolculuğu, her aktiviteyi ve her otel odasını iptal ederek kâğıt üzerinde yapılması gereken işlerle geçirdim. Will'in bunları tekrar ne zaman yapabileceğini bilmiyorduk. Doktor ısrarla dinlenmesi gerektiğini söylemişti. Antibiyotiklerine düzenli bir şekilde devam etmesi, sıcak ve kuru bir yerde kalması gerekiyordu. İyileşme programının içinde *rafting* ve skuba dalışı yoktu.

Dosyalarıma baktım; onları bir araya getirmek için ne çok çaba, emek ve hayal gücü harcanmıştı! Kuyruklarda bekleyip aldığım pasaporta baktım ve sonra şehre giderken bindiğim trende bile ne kadar heyecanlandığımı hatırladım. Planlarıma başladığımdan beri ilk kez gerçekten ümitsizliğe kapılmıştım. Gitmemize sadece üç hafta kalmışken bunu gerçekleştirmeyi başaramamıştım. Anlaşmamız bitmek üzereydi ve Will'in fikrini değiştirebilmek için gözle görülür bir ilerleme kaydedememiştim. Bayan Traynor'a bundan sonra nasıl bir yön çizeceğimizi sormaya bile korkuyordum. Bir an boğulduğumu hissettim. Başımı ellerimin arasına alıp o sessiz ve küçük evde öylece kalakaldım.

"İyi akşamlar."

İrkilerek başımı kaldırdım. Nathan orada durmuş tüm mutfağı kaplıyordu. Omzunda çantası asılıydı.

"Will döndüğünde hazır olsun diye birkaç ilacını bırakmaya geldim. Sen... iyi misin?"

Gözlerimi hızla sildim. "Evet. Affedersin. Sadece... tüm bu şeyleri iptal etmek zorunda kalmak biraz umudumu kırdı."

Nathan çantasını omzundan indirip karşıma oturdu ve, "Boktan bir durum, orası kesin," dedi. Dosyayı aldı ve göz gezdirmeye başladı, "Yarın sana yardım etmemi ister misin? Beni hastanede istemiyorlar, sabah bir saatliğine uğrayabilirim. Seninle birlikte telefon açıp yardım edebilirim."

"Çok naziksin. Ama gerek yok. Ben hallederim. Herhalde hepsini ben yaparsam daha kolay hallolur."

Nathan çay yaptı ve karşılıklı oturup içtik. Sanırım Nathan ve ben ilk defa, en azından aramızda Will olmadan, karşılıklı sohbet ediyorduk. Bana bir önceki hastasından bahsetti, C3/4 nefeslik takan bir felçliyle çalışmıştı ve onunla çalıştığı süre boyunca hastası ayda en az bir kez hastalanıyordu. Bana Will'in önceki zatürre ataklarını anlattı. Birincisi onu neredeyse öldürüyordu ve iyileşmesi haftalar almıştı.

"Gözlerine şu garip bakış yerleşiyor," dedi. "Gerçekten hastalandığında bayağı korkutucu oluyor. Sanki... inzivaya çekilmiş gibi. Sanki orada yokmuş gibi."

"Biliyorum. O bakıştan nefret ediyorum."

"O bir..." diye söze başladı. Sonra birden gözlerini benden kaçırdı ve ağzını kapadı.

Kupalarımızı tutarak oturuyorduk. Gözucuyla Nathan'ı inceledim; arkadaş canlısı apaydınlık yüzü bir anlığına kararmış gibiydi. Ve cevabını zaten bildiğim bir soruyu sormak üzere olduğumu fark ettim.

"Biliyorsun, değil mi?"

"Neyi?"

"Ne yapmak istediğini."

Oda bir anda yoğun ve ani bir sessizlikle kaplandı.

Nathan bana çok dikkatli bir şekilde baktı; sanki nasıl cevap vereceğini tartıyor gibiydi.

"Biliyorum," dedim. "Bilmemem gerekiyor, ama biliyorum. Bu tatil bu yüzden ayarlandı. Tüm o geziler bunun içindi. Onun fikrini değiştirmeye çalışıyordum."

Nathan kupasını masanın üstüne koydu. "Ben de merak ediyordum," dedi. "Sanki... bir amacın var gibiydi."

"Vardı. Hâlâ var."

Başını salladı. Vazgeçmememi söylemek için mi yoksa artık hiçbir şeyin yapılamayacağını söylemek için mi bu hareketi yaptı emin değildim.

"Ne yapacağız Nathan?"

Tekrar konuşmaya başlamadan önce birkaç dakika geçti. "Biliyor musun Lou? Will'i gerçekten seviyorum. Sana bunu söylememde bir sakınca yok, bu adamı seviyorum. Onunla iki yıldır birlikteyim. En kötü hallerini, iyi günlerini gördüm ve sana tek söyleyebileceğim şey dünyanın tüm malını mülkünü önüme yığsalar onun yerinde olmak istemezdim."

Çayından bir yudum daha aldı. "Onunla beraber kaldığım zamanlar oldu. Gecenin bir yarısı bağırarak uyanıyordu, çünkü rüyasında yürüdüğünü, kayak yaptığını, başka şeylerle uğraştığını görüyordu. O birkaç dakika boyunca tüm savunma mekanizmaları gevşediğinde ve kazanın hemen ertesinde bunları bir daha yapamayacak olma düşüncesine gerçekten katlanamıyordu. Buna dayanamıyor. Orada onunla oturdum, ama ona diyebileceğim hiçbir şey yoktu. İyi hissetmesi için söylenebilecek hiçbir şey yok. Eline olabilecek en kötü kâğıtlar gelmiş. Ve biliyor musun? Dün gece ona baktım ve hayatını, ileride nasıl olacağını düşündüm. O koca adamın mutlu olmasından daha çok isteyeceğim hiçbir şey yok, inan ama ben... ben onu yapmak istediği şey için suçlamıyorum. Bu onun seçimi, onun seçimi olmalı."

Nefesim boğazımda tıkanmaya başladı. "Ama... bu daha önceydi. Hepiniz bunun benim gelişimden önce olduğunu kabul ettiniz. O artık farklı. Benimle daha farklı, değil mi?"

"Tabii, ama..."

"Ama biz onun daha iyi hissedebileceğine, hatta iyileşebileceğine dair bir inanç taşımasak, o iyi bir şeyler olabileceğine nasıl inansın ki?

Nathan kupasını masaya koydu ve gözlerini gözlerimin içine dikti.

"Lou. O iyileşmeyecek."

"Bunu bilemezsin."

"Biliyorum. Kök hücre araştırmalarında çığır açan bir şeyler olmadığı sürece Will bir on yıl daha o sandalyede olacak. En az on yıl. Ailesi kabul etmek istemese bile Will bunu biliyor. Sorunun bir kısmı da bundan kaynaklanıyor. Annesi ne pahasına olursa olsun onu hayatta tutmaya çalışıyor. Bay T. ise bir noktaya kadar onun karar vermesine izin vermemiz gerektiğini düşünüyor."

"Tabii ki o karar verecek Nathan. Ama gerçek seçeneklerinin ne olduğunu görmeli."

"O zeki bir adam. Seçeneklerinin ne olduğunu çok iyi biliyor."

Sesim küçük odayı kapladı. "Hayır, yanılıyorsun. Ben gelmeden önce aynı yerde sayıp durduğunu söylüyordun. Şimdi ben geldikten sonra bakış açısında en ufak bir değişiklik bile olmadığını mı söylüyorsun?"

"Kafasının içini okuyamam, Lou."

"Will artık eskisi gibi düşünmüyor. Sen de biliyorsun."

"Evet. Seni mutlu edecek hemen her şeyi yapacağını biliyorum."

Ona baktım. "Bazı şeyleri sadece beni mutlu etmek için mi yapıyor?" Nathan'a çok öfkeliydim. Hepsine çok öfkeliydim. "Eğer bunların hiçbirinin işe yaramayacağını düşünüyorsan niye bizimle geliyordun ki? Neden bu yolculuğa çıkmak istedin? Sadece güzel bir tatil olsun diye mi?"

"Hayır. Ben onun yaşamasını istiyorum."

"Ama..."

"Ama bunu eğer *o* da istiyorsa istiyorum. Eğer istemiyorsa onu devam etmeye zorlayamayız. Onu ne kadar seversek sevelim Will'i zorlarsak senin ve benim, onun elinden seçimlerini alan diğer insanlardan farkımız kalmaz."

Nathan'ın kelimeleri sessizlikte yankılandı. Yanağımdaki tek damla gözyaşını sildim ve kalp atışlarımın normale dönmesi için çabaladım. Nathan gözyaşlarımı görünce ne yapacağını şaşırmış bir halde, anlamsızca boynunu kaşıdı ve birkaç dakika sonra sessiz bir şekilde peçeteyi uzattı.

"Bunun olmasına izin veremem Nathan."

Hiçbir şey demedi.

"Bunu yapamam."

Masanın üzerinde duran pasaportuma baktım. Korkunç bir fotoğraftı. Tamamen başka birine benziyordu. Yaşamı ve hayat tarzı benimkine hiç benzemeyen birinin resmi gibiydi. Ona bakarak düşündüm.

"Nathan?"

"Efendim?"

"Doktorların da kabul edeceği başka bir yolculuk ayarlayabilirsem yine gelir misin? Yine bana yardım eder misin?"

"Tabii ki ederim." Ayağa kalkıp kupasını yıkadı ve çantasını arkasına attı. Mutfaktan çıkmadan önce yüzünü bana döndü. "Ama dürüst olmak zorundayım Lou. Bu defa becerebileceğinden emin değilim."

23

Tam on gün sonra Will'in babası bizi Gatwick Havalimanı'nda, arabadan gönülsüzce indirdi. Nathan el arabasına bagajları yerleştirmek için boğuşuyordu ve ben Will'in rahat olup olmadığını tekrar tekrar kontrol ediyordum. Sonunda o bile sinir oldu.

Bay Traynor bir elini Will'in omzuna koyarak, "Kendinize dikkat edin, iyi yolculuklar," dedi. "Fazla haylazlık yapmayın." Bunu söylerken bana göz kırpmıştı.

Bayan Traynor işten ayrılamadığı için gelememişti. Bense iki saatini arabada kocasıyla geçirmek isteyip istemediğinden kuşkulanmıştım.

Will başını salladı, ama bir şey söylemedi. Arabada fazlasıyla sessizdi. Nathan ve ben trafikten ve şimdiden unuttuğumuzu fark ettiğimiz şeylerden konuşurken sanki bizim varlığımızdan bihabermiş gibi pencereden dışarı sert bakışlar atıyordu.

Kalabalığa karıştıktan sonra bile doğru şeyi yapıp yapmadığımızdan emin değildim. Bayan Traynor gitmesini hiç istememişti. Ama Will benim değişen planımı onayladığından beri Bayan T.'nin ona bir şey söylemeye korktuğunu biliyordum. Bayan Traynor son bir haftadır hepimizle konuşmaktan bile korkuyor gibiydi. Will'le sessizce oturuyor, sadece doktorlarla konuşuyordu. Ya da bahçede kendine yapacak bir şeyler buluyor, korkutucu bir hızla bir şeyleri kesip buduyordu.

Kayıt masasına doğru giderken elimdeki kâğıtları karıştırıp, "Havayolları bizi karşılayacak. Oraya vardığımızda bizimle buluşacaklar," dedim.

Nathan, "Sakinleş. Kimseyi kapıdan çevirecek değiller," dedi.

"Ama sandalye 'kırılacak tıbbi cihaz" olarak götürülmeli. Kadınla telefonda üç kez konuştum. Bir de Will'in uçaktaki tıbbi malzemeleriyle ilgili sorun çıkmayacağından emin olmalıyız."

İnternetteki kuadrileji topluluğu bana bir ton bilgi, uyarı, hukuki haklar ve kontrol listeleri göndermişti. Havayollarını üç kez aramıştım. Bölmeli koltuklarımız olacağına, ilk uçağa alınacak kişinin Will olacağına ve biz kapıya gelene kadar tekerlekli sandalyesinin kaldırılmayacağına dair söz almıştım. Nathan yerde kalacak, kumanda kolunu çıkartacak ve elle yönetilir hale getirecekti. Sonra dikkatli bir şekilde destek pedallarını sağlama alarak sandalyeyi bağlayacaktı. Son olarak da alet zarar görmesin diye uçağa bindirilmesi esnasında bizzat orada bulunacaktı. Sandalyenin üzerine çok dikkatli taşınması gerektiği anlaşılsın diye pembe etiketler yapıştırılacaktı. Aynı sırada üç koltuğumuz olmuştu ve Nathan sürekli Will'i gözetleyerek etrafına bakmaya ihtiyaç duymadan, gerekirse ona rahatlıkla tıbbi müdahalede bulunabilecekti. Havayolları bana koltukların kollarının kaldırılacağı konusunda da teminat vermişti. Böylece Will sandalyesinden koltuğa aktarılırken bir yeri zarar görmeyecekti. Will'i yolculuk boyunca aramızda oturtacak ve uçaktan ilk biz inecektik.

Tüm bunlar "havaalanında yapılacaklar" listesinin maddeleriydi. Bu sayfa, "otelde yapılacaklar" listesinin önünde, "gitmeden önceki gün yapılacaklar" listesinin ve seyahat programının arkasında duruyordu. Fakat tüm önlemlere rağmen ben pek de iyi hissetmiyordum.

Will'e her baktığımda doğru şeyi yapıp yapmadığımı merak ediyordum. Will seyahat için gerekli izni doktorundan sadece bir gece önce almıştı. Çok az yemek yemiş, günlerini genellikle uyuyarak geçirmişti. Sadece hastalıktan bitap düşmüş gibi gözükmüyordu. Hayattan, bizim müdahalelerimizden, onu eğlendirmek için sohbet etme çabalarımızdan ve her şey daha iyi olsun diye didinmemizden de yorulmuştu. Bana katlanıyordu, ama genellikle yalnız kalmayı tercih ettiğini hissediyordum. Ama o bunun yapamayacağım tek şey olduğunu bilmiyordu.

"İşte havayolu şirketinden bir kadın," dedim. Karşıdan yüzünde parlak gülümsemesi ve panosuyla üniformalı bir kız hızla bize doğru geliyordu.

Nathan, "Yolculuk sırasında bizim için çok yorulacak," diye mırıldandı. "Ama donmuş karidesi bile yerinden kaldıramazmış gibi görünüyor."

"Hallederiz," dedim. "Biz kendi aramızda hallederiz."

Ne yapmak istediğime karar verdiğimden beri sloganım bu olmuştu. Müştemilatta Nathan'la yaptığımız sohbetten beri hepsine yanıldıklarını göstermek için yepyeni bir coşkuyla dolmuştum. Sırf planladığımız tatili yapamıyoruz diye Will başka hiçbir şey yapamayacak değildi ya.

Hemen bilgisayardaki mesaj panolarını soru yağmuruna tutmuştum. Çok daha zayıf düşmüş Will'i iyileştirmek için en iyi mekân neresi olurdu? Gidebileceğimiz başka bir yer var mıydı? Beni esas düşündüren hava sıcaklılığıydı. İngiltere'nin iklimi çok değişkendi ve yağmurlu bir havada İngiltere kıyılarındaki dinlenme tesislerinde olmak kadar depresif bir şey yoktu. Ayrıca temmuz ayının sonlarına doğru Avrupa'nın büyük bir kısmı fazlasıyla sıcak oluyordu. Bu da İtalya, Yunanistan, Güney Fransa ve diğer sahil bölgelerini liste dışı bırakıyordu. Gördüğünüz gibi tek bir hayalim vardı. Will'i deniz kenarında dinlenirken görmek istiyordum. Sorun şu ki bunu birkaç gün içinde planlamak ve yola çıkmak gerekiyordu, çünkü gerçekleştirme şansım giderek azalmaktaydı.

Pek çok kişiden teselli mesajları geldi ve pek çok zatürre hikâyesi paylaşıldı. Bu kahrolası hortlak, hepsinin peşine düşmüş görünüyordu. Gidebileceğimiz yerler hakkında birkaç öneri gelmiş, ama hiçbiri beni heyecanlandırmamıştı. Ya da daha önemlisi, hiçbirinin Will'i heyecanlandıracağına inanmıyordu. Yapmak istediği şey Spa ya da kendisi gibi insanları görebilmek değildi. Gerçekten ne istediğimi de bilmiyordum, ama onların önerileriyle yaptığım listeye baktıkça hiçbir şeyin uygun olmadığını biliyordum.

Sonunda yardımıma koşan, sohbet odasından Ritchie oldu. Will'in hastaneden çıktığı gün şöyle yazdı:

Bana e-posta adresini ver. Kuzenim seyahat acentesinde çalışıyor. Sana yardımcı olabilir.

Verdiği numarayı çevirdim ve Yorkshire aksanlı orta yaşlı bir adamla konuştum. Adam aklındakini anlattığında hafızamın derinliklerinde küçük bir zil çaldı ve iki saat içinde planı yaptık. O kadar minnettar kalmıştım ki neredeyse ağlayacaktım.

"Merak etme tatlım," dedi. "Seninkinin iyi vakit geçireceğinden emin olabilirsin."

Bunu duyduktan ve yola koyulduktan sonra ben de neredeyse Will kadar yorgun düşmüştüm. Felçlilerle yolculuk yaparken düşünülmesi gereken incelikleri öğrenmek için günlerce uğraşmıştım ve gideceğimiz günün sabahına kadar Will'in yolculuğa çıkacak kadar iyi olabileceğinden emin değildim. Şimdi çantalarla otururken ona baktım. Canlı ve hareketli havaalanında kendi halinde, solgun rengiyle oturuyordu. Hata mı ediyorum diye düşünüp bir an paniğe kapıldım. Ya yeniden hastalanırsa? Ya at yarışında olduğu gibi seyahatin de her anından nefret ederse? Ya ben her şeyi yanlış değerlendirdiysem? Ya Will'in ihtiyacı olan şey muhteşem gibi bir yolculuk değil de yatağında geçireceği on günlük bir dinlenmeyse?

Ama bizim harcayacak on günümüz yoktu ve şimdi tam zamanıydı. Bu benim tek şansımdı.

Nathan *duty free*'den gelirken, "Bizim uçuşu anons ediyorlar," dedi. Sonra bana baktı. Tek kaşını kaldırınca derin bir nefes aldım.

"Tamam," dedim. "Gidelim."

Havada on iki saat geçirmemize rağmen yolculuk korktuğum gibi geçmedi. Nathan bir örtünün altından Will'in rutin değişimlerini el çabukluğuyla hallederek ne kadar becerikli olduğunu kanıtladı. Hostesler dikkatli ve tedbirli ve sandalyeye karşı özenliydiler. Söz verildiği gibi önce Will uçağa bindirildi ve hiçbir yeri morarmadan koltuğuna oturtulup aramıza yerleştirildi.

Havada bir saat geçirdikten sonra garip bir şekilde, bulutların üstünde koltuğu yeterince sabit bir konumda tutulunca Will'in kabindeki herhangi birinden farksız göründüğünü anladım. Bir ekranın önüne oturtulup herhangi bir yere hareket edemeden ve herhangi bir şey yapamadan 30,000 fit yükseklikte kalınca onu diğer yolculardan ayıran hiçbir şey kalmamıştı. Yemek yiyip film izledi ve genellikle uyudu.

Nathan ve ben birbirimize bakıp çekinerek gülümsedik. Her şeyin iyi ve yolunda gittiğini birbirimize göstermeye çalışıyorduk. Ben pencereden dışarı bakıyordum. Düşüncelerim aşağıdaki bulutlar kadar allak bullak bir haldeydi. Bu giriştiğim şeyin sadece lojistik bir sınav değil aynı zamanda bir macera olduğu gerçeğine henüz alışamamıştım. Ben, Lou Clark, dünyanın öbür ucuna doğru gidiyordum. Ama bunu algılayamıyordum. Gözüm

Will'den başka hiçbir şey görmüyordu. Kız kardeşimin, Thomas'ı ilk doğurduğunda hissettiği gibi hissediyordum. Yeni doğan bebeğine bakarken, "Bir borunun içinden bakmak gibi bir şey bu," demişti. "Dünya sadece ben ve ondan ibaret."

Treena havaalanındayken bana mesaj atmıştı.

Bunu yapabilirsin. Seninle gurur duyuyorum

Bu mesajı okurken bir an çok duygulanmıştım. Belki de seçtiği kelimeler beni etkilemişti. Ya da belki sadece yorgundum ve korkuyordum. Bu noktaya kadar geldiğime bile inanamıyordum. Sonunda düşüncelerimi durdurmak için önümdeki küçük ekranı açtım ve etrafımızı saran gökyüzü kararana kadar izleyemesem de bir Amerikan komedi dizisine bakmaya başladım.

Sonra uyandım ve yanımızdaki hostesin kahvaltı servisi yaptığını gördüm. Will az önce izledikleri bir film hakkında Nathan'la konuşuyordu. Şaşırtıcı bir şekilde, tüm güçlüklere rağmen üçümüz Mauritius'tan sadece bir saat uzaklıktaydık.

Sanırım uçak Sir Seewoosagur Ramgoolam Uluslararası Havalimanı'nda yere değene kadar bunların gerçekleşmiş olduğuna inanamadım. Sendeleyerek giriş kapısından geçtik. Havada geçirdiğimiz saatlerin gerginliği hâlâ üzerimizdeydi ve bizim için özel olarak hazırlanmış taksiyi gördüğümde yaşadığım rahatlamadan sonra ağlayacak gibi oldum. O sabah taksi şoförü bizi kalacağımız yere götürürken adanın küçük bir kısmını hafızama kaydettim. Gerçekten de renkler İngiltere'den daha parlak gözüküyordu ve gökyüzü daha berraktı. Gökyüzünde henüz ortadan kaybolmakta olan açık mor rengi sonsuzluğa doğru daha da derinleşiyordu. Adanın şekerkamışı tarlalarıyla bezeli, bereketli ve yemyeşil olduğunu görebiliyordum. Deniz, volkanik tepelerin arasında civa şeridi gibi uzanıyordu. Havaya hafif bir duman ve zencefil kokusu yayılıyordu. Güneş gökyüzünde öyle yükselmişti ki beyaz ışığa gözlerimi kısarak bakmak zorunda kaldım. O yorgun halimle sanki biri beni içinde uyuyakaldığım derginin parlak sayfalarında uyandırmıştı.

Duyularım tanıdık olmayan şeyleri anlamaya çalıştığı halde bir gözüm sürekli Will'deydi. Onun solgun ve yorgun yüzüne, başının omzunun üzerindeki tuhaf duruşuna bakıyordum. Sonra palmiyeli yola girip alçak pencereli bir binanın dışında durduk ve şoför dışarı çıkıp çantalarımızı çıkarmaya başladı.

Buzlu ve otelin etrafında bir tur atma teklifini geri çevirdik. Will'in odasını bulduk, çantalarını odaya koyduk ve onu yatağına yerleştirdik ve biz daha perdeleri açmadan o yine uykuya dalmıştı. İşte oradaydık, başarmıştım. Odasından çıktım. Sonunda derin bir nefes alabilmiştim. Nathan ise pencereden dışarıya, mercan kayalıklarına vuran köpüklü dalgalara bakıyordu. Yolculuktan mı yoksa buranın hayatımda gördüğüm en güzel yer olduğundan mı bilmiyorum, ama bir anda gözlerim yaşlarla doldu.

Nathan yüzümdeki ifadeyi fark ettiğinde, "Her şey yolunda," dedi. Ve sonra tamamen beklenmedik bir şekilde, bana doğru yürüdü ve kocaman kollarıyla beni sardı. "Rahatla Lou. Her şey yolunda. Gerçekten. İyi iş çıkardın."

Ona inanmam için üç günün geçmesi gerekmişti. Will ilk kırk sekiz saatin büyük çoğunluğunda uyudu ve sonra şaşırtıcı bir şekilde daha iyi görünmeye başladı. Derisi eski rengine kavuşmuştu ve gözlerinin etrafındaki morluklar yok oldu. Spazmları azaldı ve tekrar yemek yemeye başladı. Sonsuz uzunluktaki koca büfeye yavaşça sandalyesini sürerek tabağında neler olmasını istediğini bana söylemeye başladı. Beni asla yemeyeceğim şeyleri yemeye zorladığında iyileşmeye başladığını anlamıştım. Baharatlı kreole körisi ve isimlerini bile bilmediğim deniz ürünlerini yememi istiyordu. Burada benden çok daha rahat hissediyor gibiydi. Bu aslında hiç de şaşırtıcı değildi. Will'in hayatının büyük bir bölümünü buralarda geçirdiğini kendime hatırlatmam gerekiyordu. Will eskiden bu dünyada, bu vahşi sahillerde yaşıyordu; şatonun gölgesindeki küçük bir müştemilatta değil.

Otel, söz verdiği gibi bize geniş tekerlekli özel bir sandalye tahsis etmişti. Çoğu sabah Nathan, Will'i bu sandalyeye oturtuyordu ve üçümüz birlikte sahile iniyorduk. Güneş rahatsız eder diye bir de güneş şemsiyesi taşıyordum. Ama hiç gerekmedi, çünkü adanın güney kısmı deniz esintileriyle meşhurdu ve mevsim dışında sahil sıcaklıklarının yirmileri aştığı nadiren görülürdü. Ana otelin gözden kaybolduğu küçük bir sahilde, kayalık bir çıkıntıda duruyorduk. Sandalyemi açmıştım ve bir palmiye ağacının altında Will'in yanına oturuyordum. Birlikte Nathan'ın sörf ve su kayağı yapma denemelerini izliyorduk. Ara sıra olduğumuz yerden ona cesaret verici şeyler söylüyor, bazen de küfürler savuruyorduk.

Otel çalışanları başta Will için fazla ihtimam göstermeye çalıştılar. Sandalyesini itmek istiyorlar, dakikada bir ellerinde soğuk içeceklerle başında beliriyorlardı. Bunlara gerek duymadığımızı söylediğimizde neşeli bir şekilde geri çekildiler. Yine de onunla beraber olmadığım zamanlarda oda görevlilerinin ve resepsiyon çalışanlarının onunla sohbet ettiklerini görmek ya da gitmemiz için yeni yerler önerdiklerini duymak güzeldi. Nadil adında uzun boylu, genç bir adam vardı ve Nathan ortalarda olmadığında Will'in gayriresmî bakıcısı rolünü üstlenmiş görünüyordu. Bir gün onu bir arkadaşıyla birlikte Will'i hafifçe sandalyesinden kaldırıp "ağacımızın" yanındaki minderli güneş yatağına yerleştirirken gördüm.

Başparmağını bana doğru yukarı kaldırarak, "İşte şimdi oldu!" dedi. Kumsalda onlara doğru yürüyordum. "Bay Will sandalyesine geri dönmek isterse beni çağırın yeter."

Onlara karşı çıkıp onu hareket ettirmemeleri gerektiğini söyleyecektim, ama Will gözlerini kapatmıştı ve öyle beklenmedik bir memnuniyetle uzanıyordu ki dilimi tutup başımla onayladım.

Bana gelince, Will'le ilgili kaygım azaldıkça yavaş yavaş hakikaten cennette olduğumdan şüphelenmeye başlamıştım. Hayatımda hiçbir zaman böyle bir yerde zaman geçireceğim aklıma gelmezdi. Her sabah sahile vuran dalgaların, ağaç dallarında cıvıldayan bilmediğim kuşların sesleriyle uyanıyordum. Tavana bakıp güneş ışığının yapraklar arasından oynayışını izliyordum. Yan kapıdan gelen mırıltılardan Will ve Nathan'ın benden çok önce uyandıklarını anlıyordum. Deniz elbisemi ve mayomu giyip omuzlarıma ve sırtıma vuran ılık güneşin tadını çıkarıyordum. Derim çil çil olmuş, tırnaklarım beyazlamıştı ve burada tadını çıkardığım keyiflerden –sahilde yürümek, bilmediğim yemekler yemek, ılık ve temiz sudaki volkanik kayaların altından utangaç utangaç bakan kara balıkları arasında yüzmek veya ufka doğru kızıllaşarak batan güneşi izlemek– az bulunur bir mutluluk duymaya başlamıştım. Yavaş yavaş geçmiş ayların izi silinip gidiyordu. Bunu söylemeye utanıyordum, ama Patrick'i neredeyse hiç düşünmüyordum.

Günlerimiz belirli bir düzene oturmuştu. Havuzun etrafında, hafifçe gölgede kalmış masalarda üçümüz beraberce kahvaltı ediyorduk. Will genellikle ona ellerimle yedirdiğim meyve salatasını tercih ediyor, bazen de iştahı açıldıkça muzlu kek yiyordu. Sonra sahile iniyor, orada kalıyorduk. Ben kitap okuyordum ve Will de müzik dinliyordu. Nathan ise su sporları alanındaki becerilerini geliştirmekteydi. Will benim de bir şeyler denememi söyleyip duruyordu, ama ona *hayır* dedim. Sadece onun yanında kalmak istiyordum. Will ısrar edince bir sabahı rüzgâr sörfü ve kayak yaparak geçirmiştim, ama en mutlu olduğum zamanlar onun yanında olduğum zamanlardı.

Zaman zaman Nadil etraftaysa ve sahil sessizse o ve Nathan, Will'i daha küçük bir havuzun ılık sularına sokuyorlardı. Nathan, Will'i kafasının altından tutuyordu ki yüzeyde kalabilsin. Onlar bunu yaptıklarında pek sesini çıkarmıyordu, ama sessiz bir memnuniyet içinde gibiydi. Sanki bedeni uzun süredir unutulmuş duyuları hatırlıyordu. Uzun zamandır solgun olan teni altın rengine dönmüştü. Artık yara izleri de geçmeye başlamıştı. Gömlek giymeden de rahat edebiliyordu.

Öğle yemeğinde sahildeki üç lokantadan birine gidiyorduk. Kompleksin zemininin tamamı parkeyle kaplanmıştı. Sadece birkaç tane basamak ve yokuş vardı. Bunun anlamı Will'in sandalyesini tamamen bağımsız bir şekilde hareket ettirebilmesiydi. Bu küçük bir ayrıntıydı, ama birimizin eşlik etmesine gerek kalmadan kendisine bir içki alabilmesi beni ve Nathan'ı rahatlatıyordu, çünkü bu, Will'in gündelik sıkıntılarından birinin, yani bütünüyle diğer kişilere bağımlı olmasının ortadan kalkması demekti. Böylelikle hiçbirimizin fazla hareket etmesi gerekmiyordu. Sahil, havuz başı ya da *spa*'da olun, her yerde gülümseyen garsonlardan biri hoşunuza gideceğini düşündüğü bir içkiyle yanınızda beliriveriyordu. İçkiniz genellikle mis kokulu pembe bir çiçekle süslenmiş oluyordu. Kumsalda uzanırken bile yanımızdan küçük bir araba geçer ve gülümsemeyen bir garson bize su, meyva suyu veya daha sert bir şeyler ikram ederdi.

Öğleden sonraları sıcaklık en tepeye ulaştığında Will odasına dönüp birkaç saat uyuyordu. Ben de bu arada havuzda yüzerdim ya da kitabımı okurdum. Öğleden sonra yine buluşup akşam yemeği için bir sahil lokantasına giderdik. Kısa sürede kokteyl uzmanı olmuştum. Nadil, Will'e doğru ölçülerde bir kamış ve bardak tutucusuna uzun bir bardak konduğunda Nathan ve benim müdahale etmeme hiç gerek kalmadığını keşfetmişti. Akşam karanlığı çöktüğünde üçümüz çocukluk anılarımızdan bahsediyorduk. İlk sevgililerimizi, ilk işlerimizi, ailelerimizi, çıktığımız tatilleri anlatıyorduk. Yavaş yavaş Will'in yeniden doğduğunu fark ediyordum.

Bu Will gerçekten de farklıydı. Burası ona uzun zamandır eksik kaldığı huzuru veriyor gibiydi.

Nathan benimle büfede buluştuğunda, "Keyfi yerinde, değil mi?" diye sordu.

"Evet, sanırım öyle."

"Biliyor musun..." Nathan bana doğru eğilmişti ve Will'in onun hakkında konuştuğumuzu görmediğinden emin olmak ister gibiydi. "Bence çiftlik planı ve tüm o maceralar da harika olacaktı, ama şimdi buranın ona daha iyi geldiğini düşünmeden edemiyorum."

Ona ilk gün neler düşündüğümü, otele giriş yaptığımızda midemin kaygıdan düğüm düğüm olduğunu ve eve dönüş için kaç gün kaldığını hesaplamaya başladığımı söylemedim. O on günde neden orada olduğumuzu unutmaya çalışmak zorundaydım. Altı aylık kontratı, titizlikle hazırladığım takvimi ve ondan önce yaşanan her şeyi unutmalıydım. Şimdi sadece anı yaşamak ve Will'i de aynısını yapması için cesaretlendirmek zorundaydım. Will'in de mutlu olacağını umarak mutlu olmak zorundaydım.

Bir dilim kavun daha alıp gülümsedim. "Evet, bu akşamki plan nedir? Karaoke yapıyor muyuz? Yoksa kulaklarınız dün geceden sonra toparlanamadı mı?"

Dördüncü gece Nathan hafif bir utangaçlıkla randevusu olduğunu söylemişti. Karen yan otelde kalan Yeni Zelandalı bir kızdı ve Nathan onunla şehre inmeyi kabul etmişti.

"Yani başına bir iş gelmesin diye gittim, biliyorsunuz... Kadınların tek başına gitmeleri için uygun bir yer değil gibiydi."

Will başını ağırbaşlı bir şekilde sallayarak, "Evet, değil," dedi. "Çok centilmence bir davranış Nate."

"Bence de çok sorumluluk sahibi bir davranış olmuş. Tam bir vatandaşlık örneği," diyerek onayladım.

"Nathan'ın düşünceliliğini her zaman takdir etmişimdir. Özellikle de kadınlar söz konusu olduğunda."

Nathan, "Gidin başımdan," deyip sırıtarak gözden kaybolmuştu.

Kısa süre içinde Karen'la buluşmaya başladı. Nathan çoğu akşam onunla birlikte yok oluyor, geç saatlerdeki görevleri için geri gelse de zamanını güzel geçirebilmesi için elimizden geleni yapıyorduk.

Ayrıca bu durum gizliden gizliye benim de hoşuma gidiyordu. Nathan'ı seviyordum ve geldiği için ona minnettardım, ama Will'le baş başa kalmayı tercih ediyordum. Etrafta kimseler olmadığında ikimiz arasında gelişen dil hoşuma gidiyordu ve aramızda oluşan yakınlığı seviyordum. Yüzünü çevirip neşe içinde bana bakmasına bayılıyordum. Sanki bir şekilde bende beklediğinden çok daha fazlasıyla karşılaşmıştı.

Sondan bir önceki gece Nathan'a, Karen'ı kaldığımız yere getirebileceğini, bunun beni rahatsız etmeyeceğini söyledim. Geceler boyunca onun otelinde kalmıştı ve Will'in son bakımını yapmak için gidip geldiğinde yirmişer dakika yol yürümek zorunda kaldığını biliyordum.

"Benim için sorun yok. Eğer siz... biraz daha yalnız kalmak isterseniz."

Çoktan önünde uzanan gecenin keyfine dalmış olan Nathan bir hayli neşeliydi ve heyecanla, "Sağ ol dostum," deyivermesi bende de doğru kararı verdiğim duygusunu pekiştirmişti.

Will, bunu ona söylediğimde, "Ne kadar ince bir insansın," dedi.

"Ne kadar ince bir insanım demek istedin herhalde," dedim. "Bunun için senin odanı feda ettim."

O gece Will'i benim odama taşıdık. Nathan, Will'i yatağa yatırıp ona gece ilaçlarını verdi ve bu arada Karen barda bekliyordu. Ben banyoda üstümü değiştirip tişörtümle kısa pantolonumu giydim ve banyonun kapısını açarak koltuğumun altında yastığımla koltuğa doğru ilerledim. Will'in gözlerini üzerimde hissedebiliyordum ve garip bir şekilde utandım. Oysa geçen haftayı önünde bikiniyle dolaşarak geçirmiştim. Yastığımı koltuğun kenarına koydum.

"Clark?"

"Ne?"

"Gerçekten orada uyumana gerek yok. Bu yatak bir futbol takımını alacak kadar geniş."

Sorun şu ki bu aklıma bile gelmemişti. O zamana kadar her şey normaldi. Belki de sahilde yarı çıplak dolaşıp durduğumuz günler hepimizi biraz gevşetmişti. Belki de duvarın diğer tarafında Nathan ve Karen'ın birbirlerine dolanmış bir koza haline geldiği düşüncesinden etkilenmiştik. Belki de sadece onun yanında olmak istemiştim. Yatağa doğru yürüdüm ve sonra ani bir gök gürültüsüyle irkildim. Işıklar yanıp söndü ve dışarıda biri bağırdı. Yan kapıdan Nathan ve Karen'ın kahkahalarla güldüğünü duyduk.

Pencereye gidip perdeyi kapattım, bir anda serinleyen hava ürpermeme neden olmuştu. Dışarıda, denizde bir fırtına kopmuştu. Şimşekler gökyüzünü delip dramatik bir şekilde aydınlatıyordu ve bir an sonra küçük bungalovumuzun çatısına bir anda bardaktan boşalırcasına yağmur yağmaya başladı. Öyle şiddetliydi ki her sesi bastırıyordu.

"Panjurları kapatsam iyi olacak," dedim.

"Hayır, kapatma."

Döndüm."Kapıları aç." Will dışarıya doğru bakıyordu. "Dışarıyı görmek istiyorum."

Duraksadım ve sonra yavaşça terasa açılan cam kapıları açtım. Yağmur otelin üstüne deli gibi yağıyordu ve yağmur damlaları çatımızdan damlayarak terasta biriken suları denize taşıyordu. Yüzümde ıslaklığı ve havadaki elektriği hissettim. Kolumdaki tüyler diken diken olmuştu.

Will arkamdan, "Hissedebiliyor musun?" diye sordu.

"Âdeta dünyanın sonu gibi."

Orada durdum ve dışarıdaki akımın bedenimden geçmesine izin verdim. Beyaz şimşekler gözkapaklarımda iz bırakıyorlardı. Nefesim kesilmiş gibiydi.

Geri dönüp yatağa yürüdüm ve kenarına oturdum. Will dışarıyı izlerken öne eğildim ve güneşten yanmış boynunu kendime çevirdim. Artık onu nasıl hareket ettireceğimi, ağırlığını, sert bedenini ve bana ne şekilde ayak uyduracağını biliyordum. Onu kendime yakın tutarak üstüne eğildim ve omuzlarının arkasına kalın bir beyaz yastık koyarak Will'i tekrar yumuşaklığın kollarına bıraktım. Güneş kokuyordu; sanki güneş teninin derinliklerine işlemişti ve kendimi sanki nefis bir lezzet karşısındaymışım gibi onun kokusunu içime çekerken buldum.

Sonra hâlâ biraz ıslak olmama rağmen onun yanına yattım. Öyle yakınlaşmıştım ki bacaklarım onunkilere değiyordu. Birlikte şimşekler dalgalara çarparken çıkan mavi-beyaz renkli alevimsi ışığı, yağmurun gümüş çubuklar halinde yağmasını, yüz metre ötedeki turkuaz renkli manzarayı izledik.

Etrafımızdaki dünya küçüldükçe küçüldü. Sadece fırtınanın sesi, leylak rengi mavi-siyah deniz ve hafifçe uçuşan ince perdeler kaldı. Gece esintisiyle yayılan nilüfer kokusunu içime çektim. Biraz öteden bardakların çınlama sesleri, aceleyle toparlanan sandalyelerin çıkardığı gürültü ve uzaklardaki bir kutlamanın müzikleri duyuluyordu. Doğa tüm engellerden kurtulmuştu ve bir patlama halindeydi. Uzanıp Will'in elini aradım ve kendi elimin içine aldım. Kısa bir süre için bir daha hiçbir zaman dünyaya ve başka bir insana o saniyelerde hissettiğim kadar bağlı olamayacağımı düşündüm.

Will sessizliğe doğru, "Fena değil, ne dersin Clark?" dedi. Fırtınaya rağmen yüzü sakin ve hareketsizdi. Bir an döndü ve bana gülümsedi. O an gözlerinde bir şey vardı; heyecanlı bir şey.

"Evet," dedim. "Hiç fena değil."

Orada hareketsizce uzanıp yavaş ve derinden gelen nefesini, arkasındaki yağmurun sesini ve benimkilere kenetlenmiş sıcak parmaklarını hissettim. Eve dönmek istemiyordum. Bir daha hiç eve dönmeyebileceğimi düşünüyordum. Burada, küçük cennetimizin içinde Will ve ben güvendeydik. İngiltere'ye dönüşü her düşündüğümde korku pençesini mideme geçiriyor, sıktıkça sıkıyordu.

Her şey iyi olacak. Nathan'ın sözlerini kendi kendime tekrarlamaya çalışıyordum. *Her şey iyi olacak.*

Sonunda denize sırtımı verip yana döndüm ve Will'e baktım. O da soluk ışıkta bana bakmak için başını döndürdü ve onun da aynı şeyi söylediğini hissettim. *Her şey iyi olacak.* Hayatımda ilk kez geleceği düşünmemeye çalışıyordum. Sadece orada olmaya çalıştım ve akşamın getirdiklerinin içimde dolaşmasına izin verdim. Yalnızca birbirimize bakarak ne kadar süre geçirdik bilmiyorum, ama Will'in gözkapakları yavaş yavaş ağırlaştı ve özür dileyip, "Galiba biraz..." diye mırıldandı. Nefesi daha da derinleşip uykuya daldı. Artık sadece ben onun yüzünü izliyordum. Kirpiklerinin gözlerinin köşelerinde titreyişini seyrettim ve burnunda beliren yeni çillere baktım.

Kendi kendime, Her şey iyi olmalı, dedim. *Her şey iyi olmalı.*

Gece yarısı gelmeden fırtına dindi ve denizin uzak noktalarından birinde kayboldu. Şimşekler soluklaştı ve sonunda tümden yok oldular. Zalim havayı kim bilir hangi görünmez yerlere götürüyorlardı. Hava yavaş yavaş sakinleşti, perdeler duruldu ve son su damlaları da çağıldayarak aktı. Sabahın erken saatlerinde uyanıp yavaşça elimi Will'in elinden çektim ve Fransız pencereleri kapattım. Oda sessizliğe gömülmüştü. Will uyuyordu. Huzurlu, sakin bir uykudaydı. Evde nadiren böyle dinlenebiliyordu.

Fakat ben uyumadım. Orada uzandım ve onu izledim. Hiçbir şey düşünmemeye çalışıyordum.

Son gün iki şey oldu. İlk olarak, Will'in baskılarına dayanamayarak skuba dalışını denemeyi kabul ettim. Günlerdir beni ikna etmeye çalışıyor, onca yolu gelip denizin altını görmemenin kabul edilemez olduğunu söylüyordu. Sörf konusunda ise gerçekten umutsuz vakaydım. Yelkeni kaldırmayı bile becerememiştim ve su kayağı denemelerim de sahil boyunca ilerlemekten öteye geçmemişti. Ama Will ısrar ediyordu ve bir gün önce öğle yemeğine geldiğinde beni yeni başlayanlar için yarım günlük bir dalma kursuna yazdırdığını söyledi.

Pek de iyi bir başlangıç yapmamıştım. Will ve Nathan havuzun kenarında oturup beni izlerken dalgıç hocası suyun altında nefes alabileceğim konusunda beni ikna etmeye çalışıyordu. Beni izlediklerini bildiğim için umutsuzluğa kapılıyordum. Aptal değildim; sırtımdaki oksijen tüpünün ciğerlerimi çalıştırmaya devam edeceğini anlıyordum ve boğulmayacaktım. Ama başım suyun altına her girdiğinde panikliyor, öksürerek yüzeye fırlıyordum. Sanki bedenim Mauritius'un en kaliteli kloruyla dolu binlerce litre suyun altında hâlâ nefes alabileceğine inanmayı reddediyordu.

Yedinci kez öksürüklerle yüzeye çıktığımda, "Sanırım yapamayacağım," dedim.

Eğitmenim James arkamdan Will ve Nathan'a baktı.

Sinirli bir sesle, "Yapamam," dedim. "Bana göre değil."

James sırtını iki adama dönüp omzuma bir, iki kez vurdu ve açık denizi işaret ederek sessizce, "Aslında bazıları için bu iş orada daha kolay oluyor," dedi.

"Denizde mi?"

"Bazıları en derinde daha iyidir. Haydi. Tekneyle çıkalım."

Kırk beş dakika sonra denizin altında gözlerden uzak, parlak renkli manzaraya bakıyordum. Oksijensiz kalmak umurumda değildi; aksi kanıtlanmış olsa bile en dibe batıp boğulacağıma olan sarsılmaz inancım uçup gitmişti. Korktuğumu bile unutmuştum. Yeni bir dünyanın sırlarıyla büyülenmiştim. Sessizlikte sadece kendi nefesimin sesini duyarken minik yanardöner balık sürülerini ve bana meraklı gözlerle bakan daha büyük siyah ve beyaz balıkları izledim. Hafif hafif salınan denizşakayıkları balıkların görünmez rotalarını bölüyorlardı. Uzaklarda, karadan iki kat daha parlak ve çeşitli bir manzara yatıyordu. İçinde bilinmez yaratıkların pusuda beklediği mağara ve boşluklar gördüm. Uzaktaki şekiller güneş ışınlarının altında parlıyordu. Yukarı çıkmak istemiyordum. Orada, o sessiz dünyada sonsuza dek kalabilirdim. Ancak James kendi oksijen tankında kalan oksijeni gösterdiğinde çıkmaktan başka çarem kalmadığını anladım.

Sahilde Will ve Nathan'a doğru yürürken zar zor konuşabiliyordum. Zihnim gördüklerimle dopdoluydu ve kollarımla ayaklarım sanki hâlâ suyun altındaymışım gibi beni öne doğru itiyorlardı.

Nathan, "Güzel değil mi?" dedi.

Will'e, "Neden daha önce söylemedin?" diye bağırdım ve paletlerimi kumun üstüne önüne doğru fırlattım. "Neden daha önce yaptırmadın? Tüm o şeyler oradaydı! Hemen burnumun dibindeydi!"

Will bana dik dik baktı. Hiçbir şey söylemedi, ama yüzüne yavaş, büyük bir gülümseme yayılıyordu. "Bilmiyorum, Clark. Bazıları laftan anlamıyor."

O gece sarhoş olana dek içtim. Sadece bir sonraki gün gideceğimiz için değil, ilk kez Will'in iyi olduğunu ve bu sebeple artık gerçekten rahatlayabileceğimi hissediyordum. Beyaz, penye bir elbiseyle –tenim bronzlaştığı için beyaz giymek beni kefene sarılmış bir cesede döndürmemişti– gümüş rengi sandaletlerimi giydim ve Nadil bana bir gelincik çiçeği verip saçıma takmamı söylediğinde bir hafta önce olsa yapacağım gibi onunla dalga geçmedim.

Onlarla barda buluştuğumda Will, "Vaay! Merhaba, Carmen Miranda," dedi. "Göz kamaştırıyorsun."

Tam alaycı bir cevap verecektim ki bana gerçekten büyük bir mutlulukla baktığını fark ettim.

"Teşekkür ederim," dedim. "Siz de hiç fena değilsiniz."

Otelin diskosu vardı ve gece 22.00'de, Nathan, Karen'la buluşmak için yanımızdan ayrılmadan önce kulaklarımızda ezgilerle ve üç kokteylin verdiği çakırkeyiflikle sahile doğru ilerledik.

Böyle bir güzellik olamazdı. Gece ılıktı ve uzaktan rüzgârla birlikte mangal kokuları, vücuda sürülen losyonlar ve denizin belli belirsiz tuz kokusu geliyordu. Will ve ben en sevdiğimiz ağacın yanında durduk. Biri sahilde ateş yakmış, belki de bir şeyler pişirmek istemişti ve geriye sadece parıldayan bir köz yığını kalmıştı.

Karanlığa doğru bakıp, "Eve gitmek istemiyorum," dedim.

"Buradan ayrılmak zor."

Ona doğru dönerek, "Böyle yerlerin filmler dışında var olduğunu düşünmezdim," dedim. "Artık bana daha önce söylediklerin de doğru mu değil mi diye düşünüyorum."

Gülümsüyordu. Yüzünden rahatlığı anlaşılıyordu ve mutlu gözüküyordu. Bana bakarken göz kenarları kırışıyordu. Ona bakarken ilk kez içimde beni yiyip bitiren o korkunun kalmadığını hissettim.

Çekinerek, "Geldiğin için memnunsun, değil mi?" dedim.

Başını salladı. "Ah, evet."

"Haha!" Havaya bir yumruk savurdum.

Sonra birisi barda müziği açınca sandaletlerimi fırlatıp dans etmeye başladım. Belki kulağa aptalca geliyor olabilir. Bunlar başka bir gün olsa yapmaktan utanacağınız davranışlardır. Ama orada, koyu lacivert gecede uykusuzluktan, ateşten ve uçsuz bucaksız denizden ve gökyüzünden yarı sarhoş bir halde, kulağımızda müzik, Will'in gülümseyişi ve kalbimin bilmediğim nedenle gümbür gümbür atmasıyla sadece dans etmek istiyordum. Dans ettim; gülerek, bilincimi kaybetmiş bir şekilde dans ediyordum. Bizi gören birinin olup olmaması umurumda değildi. Will'in gözlerini üzerimde hissediyordum ve o da bunun farkındaydı. Bu on günden sonra yapılacak en güzel şey buydu. *Son altı ayın canı cehenneme*! Şarkı bitti ve nefessiz kalmış bir şekilde ayaklarının dibine düştüm.

"Sen..." dedi.

"Ne?" Gülümseyişimde bir yaramazlık vardı. Akıcı ve hareketli hissediyordum. Artık kendimi kaybetmiştim.

Başını salladı.

Yavaşça ayağa kalktım ve çıplak ayakla sandalyesine doğru yürüyüp kucağına oturdum. Yüzü yüzümden birkaç santim uzaktaydı. Bir önceki günden sonra bunu yapmak o kadar da büyük bir hareket gibi gelmemişti.

"Sen..." Ateşin ışığıyla parlayan mavi gözleri benimkilere kilitlenmişti. Bedeninden güneş, kumsal ateşi ve keskin narenciye karışımı gibi bir koku yayılıyordu.

İçimde, çok derinlerde bir şeyin hareket ettiğini hissettim.

"Sen... başka türlü bir şeysin Clark."

O an düşünebileceğim tek şeyi yaptım ve öne eğilip dudaklarımı onunkilerin üzerine koydum. Bir an duraksadıktan sonra o da beni öptü. Bir an için her şeyi, bunu yapmamam için var olan milyon tane nedeni, korkularımı ve orada olma sebebimizi unuttum. Teninin kokusunu içime çekerek, parmak uçlarımda yumuşak saçlarını hissederek onu öptüm. O da beni öptüğünde tüm bu engeller ortadan kayboldu. Sadece Will ve ben vardık. Hiçliğin ortasındaki bir adada, parlayan binlerce yıldızın altındaydık.

Ve sonra Will kendini çekti. "Ben... üzgünüm. Olmaz..."

Gözlerimi açtım. Elimi yüzüne doğru kaldırıp güzel kemiklerinin üzerinde gezdirdim. Parmak uçlarımda belli belirsiz tuz taneciklerini hissedebiliyordum. "Will..." dedim "Yapabilirsin. Sen..."

"Hayır." Bu kelime demir gibi ağırdı. "Yapamam."

"Anlamıyorum."

"Bundan bahsetmek istemiyorum."

"Hımm... Sanırım bahsetmek zorundasın."

"Bunu yapamam çünkü..." yutkundu. "Seninleyken olmak istediğim adam olamam. Ve bunun anlamı da..." başını kaldırıp bana baktı "Bu bana hep olamadığım kişiyi hatırlatacak."

Yüzünü ellerimin arasından bırakmadım. Alnımı alnına dayadım, nefeslerimiz karıştı ve sessizce, sadece onun duyabileceği bir şekilde, "Senin ne yapıp ne yapamadığın umurumda değil... Her şey siyah ve beyaz değil. Gerçekten. Ben seninle aynı durumda olan başka insanlarla konuştum ve... mümkün olan şeyler var. İkimizin de mutlu olacağı şeyler var..." Artık dilim dolaşmaya başlamıştı. Bu konuşmayı yapıyor olmak bile bana garip hissettiriyordu. Yüzümü kaldırıp gözlerinin içine baktım ve yavaşça, "Will Traynor," dedim. "Beni dinle, bence..."

"Hayır Clark."

"Bence pek çok şeyi yapabiliriz. Bunun alışılmış bir aşk hikâyesi olmadığını biliyorum. Bunları söylemememi gerektiren bin türlü sebep olduğunu da biliyorum. Ama seni seviyorum, gerçekten seviyorum. Bunu Patrick'ten ayrıldığımda da biliyordum. Ve bence sen de beni biraz olsun seviyorsundur."

Konuşmadı. Gözleri benimkileri aradı; içlerinde büyük bir hüznün ağırlığı vardı. Şakaklarındaki saçları arkaya doğru düzelttim. Sanki üzüntüsünü atabilirmişim gibi o da başını kaldırıp avucumun içine koydu ve orada kaldı.

Sonra yutkundu. "Sana söylemem gereken bir şey var."

"Biliyorum," diye fısıldadım. "Her şeyi biliyorum."

Kelimeler Will'in ağzında kaldı. Etrafımızdaki hava durmuş gibiydi.

"İsviçre olayını biliyorum. Neden altı aylık bir kontratla işe alındığımı biliyorum."

Başını elimden uzaklaştırdı ve önce bana, sonra da gökyüzüne bakmaya başladı. Omuzları çöktü.

"Her şeyi biliyorum Will. Aylardır biliyordum. Will, lütfen dinle beni..." Sağ elini elime aldım ve göğsüme götürdüm. "Bunu yapabileceğimizi biliyorum. Elinde olsa böyle olmasını istemezdin tabii, ama seni mutlu edebileceğimi de biliyorum. Tüm söyleyebileceğim senin beni... daha önce hayal bile edemeyeceğim bir insana dönüştürdüğün. Kendini berbat hissettiğinde bile beni mutlu ediyorsun. Seninle olmak istiyorum. Sen artık eksik olduğunu düşünsen de ben başka kimseyle olmak istemiyorum."

Parmaklarının benimkilere iyice kenetlendiğini hissettim ve bu beni cesaretlendirdi.

"Eğer senin için çalışıyor olmam sana çok garip geliyorsa ayrılıp başka bir yerde çalışabilirim. Sana ne zamandır söylemek istiyordum; bir üniversiteye hazırlık kursuna yazıldım. İnternette binlerce araştırma yaptım ve başka felçli kişilerle de konuştum; çok şey öğrendim. Bu ilişkiyi mümkün kılabilecek çok şey biliyorum. Bunu yapabilirim ve sadece seninle birlikte olabilirim. Anlıyor musun? Her şeyi düşündüm, her şeyi araştırdım. Ben artık böyle bir insanım ve bu senin suçun. Beni sen değiştirdin." Neredeyse gülüyordum. "Beni kız kardeşime benzettin. Tabii kıyafet konusunda ondan daha fazla zevk sahibiyim...."

Will gözlerini kapatmıştı. İki elimi de onunkinin üstüne koyup ellerini dudaklarıma götürdüm ve onları öptüm. Teninin benimkine değdiğini hissedebiliyordum; gitmesine izin veremeyeceğimi dünyadaki her şeyden çok daha iyi biliyordum.

"Ne diyorsun?" diye fısıldadım.

Sonsuza dek gözlerine bakabilirdim.

O kadar sessiz konuştu ki bir an için onu doğru duyduğumdan emin olamadım.

"Ne?"

"Hayır Clark."

"Hayır mı?"

"Üzgünüm. Bu yeterli değil."

Elini aşağı indirdim. "Anlamıyorum."

Konuşmadan önce bekledi. Sanki ilk kez doğru kelimeleri bulmakta zorlanıyor gibiydi. "Bu benim için yeterli değil. Bu dünya içinde sen olsan da bana yetmiyor. Ve inan bana Clark, sen geldiğinden beri hayatım güzelleşti. Ama bunlar benim için yeterli değil, istediğim hayat bu değil."

Şimdi geri çekilme sırası bendeydi.

"Sorun şu ki güzel bir hayatım olabileceğini anlıyorum. Hatta sen yanımda olduğun sürece muhteşem bir hayatım olabileceğini bile düşünüyorum. Ama bu *benim* hayatım değil. Ben konuştuğun o insanlara benzemiyorum. Bu benim istediğim türden bir hayata benzemiyor, yakınından bile geçmiyor." Duraksıyor, sesi kesiliyordu. İfadesi beni korkutmuştu.

Yutkundum ve başımı salladım. "Sen... sen bir keresinde labirentteki o gecenin beni tanımlayamayacağını söylemiştin. Beni tanımlayacak şeyi seçme şansım olduğunu anlatmıştın. Öyleyse sen de o sandalyenin seni tanımlamasına izin verme."

"Ama bu beni tanımlıyor Clark. Beni tanımıyorsun, gerçekten tanımıyorsun. Bu şeyden önce beni hiç görmedin. Hayatımı seviyordum Clark. Gerçekten seviyordum. İşimi, yaptığım seyahatleri, kendimi, hareketli bir insan olmayı seviyordum. Motosiklete binmeye, binaların arasından savrulmaya bayılıyordum. İş dünyasındaki insanları alt etmeyi, seks yapmayı seviyordum. Hem de çok. *Büyük bir hayatım* vardı." Artık sesi yükselmişti. "Bu şeyin içinde var olmak için yaratılmadım ben. Ama şimdi nereden bakarsan bak beni o tanımlıyor. Beni yalnızca o tanımlıyor."

"Ama hiç şans vermiyorsun," diye fısıldadım. Sesim göğsümden çıkmak istemiyor gibiydi. "*Bana* bir şans vermiyorsun."

"Bu sana şans verip vermeme meselesi değil. Altı ayda nasıl tamamen farklı bir insan haline geldiğini izledim ve kendi potansiyellerini henüz görmeye başlayan birine dönüştüğünü gördüm. Bunun beni ne kadar mutlu ettiğini tahmin bile edemezsin.

Seni bağlamak istemiyorum; hastane randevularıma, hayatımın sınırlılıklarına bağlı kalmanı istemiyorum. Başka birinin sana verebileceklerinden mahrum kalmanı istemiyorum ve belki bencilce ama bir gün bana bakıp ufacık da olsa bir pişmanlık veya da acıma duymanı istemiyorum."

"Böyle bir şeyi *asla* yapmam!"

"Bunu bilemezsin Clark. Bunun nasıl olacağı hakkında hiçbir fikrin yok. Altı ay sonra nasıl hissedeceğin hakkında hiçbir fikrin yok. Ben de her gün sana bakıp, seni çıplak görüp, seni müştemilatta çılgın kıyafetlerle dolaşırken izleyip sonra da seninle yapmak istediğim şeyleri yapamadan yaşamak istemiyorum. Clark, şu anda sana neler yapmak istediğimi bir bilseydin! Ve ben... bu hisle yaşayamam. Yapamam. Bu ben değilim. Öyle bir adam olamam, sessizce *kabullenemem*."

Sandalyesine baktı ve sesi çatlayarak, "Bunu asla kabul edemem," dedi

Ağlamaya başladım. "Lütfen Will. Lütfen böyle söyleme. Bana sadece bir şans ver. Bize bir şans ver."

"Şşşt. Dinle. Beni özellikle sen dinlemelisin. Söyleyeceklerime kulak ver. Bu gece... benim için yapabileceğin en harika şeydi. Bana söylediklerin, beni buraya getirmek için yaptıkların... Ben başından beri lanet bir şekilde davrandığım halde aşk için bir yol bulman ve en azından bunu başarmış olman gözlerimi kamaştırıyor. Ama..." Parmaklarının benimkilerin üzerine kapandığını hissettim. "Burada bitmesine ihtiyacım var. Artık sandalye istemiyorum. Zatürre ve acı veren eklemler istemiyorum. Acı ve yorgunlukla, tüm bunların sona ermesini umarak bir güne daha uyanmak istemiyorum. Geri döndüğümüzde İsviçre'ye gideceğim. Ve eğer beni seviyorsan Clark, söylediğin kadar seviyorsan, beni bu dünyada her şeyden daha mutlu edecek şey benimle gelmendir."

Beynimden vurulmuşa dönmüştüm.

"Ne?"

"Hiçbir şey bundan daha iyi olmayacak. Büyük ihtimalle giderek daha fazla kötüleşeceğim ve zaten küçücük kalmış hayatım daha da küçülecek. Doktorlar da aynı şeyi söyledi. Hatta beni yeni sorunlar bekliyor. Bunu hissedebiliyorum. Artık acı çekmek, bu şeye sıkışıp kalmak istemiyorum. Birine bağımlı kalmak, korkmak istemiyorum. O yüzden eğer hissettiğini söylediğin şeyleri gerçekten hissediyorsan bunu benim için yap. Benimle ol. Arzuladığım sonu bana ver."

Ona dehşet içinde baktım; nabzım âdeta kulaklarımda atıyordu. Zorlukla nefes alıyordum.

"Bunu benden nasıl istersin?"

"Biliyorum, bu..."

"Ben sana seni sevdiğimi, seninle bir gelecek kurmak istediğimi söylüyorum ve sen de gelip kendini öldürmeni seyretmemi istiyorsun."

"Üzgünüm. Kulağa bu kadar duygusuz gelmesini istemezdim. Ama fazla zamanım yok."

"Ne? Neden, yoksa zaten rezervasyonunu yaptırdın mı? Kaçırmaktan korktuğun bir randevun mu var?"

Oteldeki insanların durup bize baktığını görebiliyordum. Belki de yükselen seslerimizi duymuşlardı, ama umurumda değildi.

Will bir an için durduktan sonra, "Evet," dedi. "Evet, böyle bir şey var. Konsültasyonlar yapıldı. Klinik onlar için uygun bir vaka olduğumu söylüyor. Annemle babam da Ağustos'un on üçü için onay verdiler. Bir gün öncesinde de uçuyoruz."

Başım dönmeye başlamıştı. Önümde bir haftadan az bir süre vardı.

"Buna inanmıyorum."

"Louisa."

"Ben sanmıştım ki... Ben fikrini değiştirmeyi başardığımı sanmıştım."

Will başını yana eğip bana baktı. Sesi yumuşak, bakışları nazikti. "Louisa, hiçbir şey fikrimi değiştiremez. Aileme altı ay için söz verdim ve sözümde durdum. Sen bu zamanı tahmin edemeyeceğin kadar değerli kıldın ve bunu bir dayanıklılık testi olmaktan çıkardın..."

"Yapma!"

"Ne?"

"Tek kelime daha söyleme." Tıkanmıştım. "O kadar bencilsin ki Will. O kadar aptalsın ki... Seninle İsviçre'ye gelmem için en ufak bir olasılık olsa bile... Bunu yapabileceğimi düşünsen bile... Senin için yaptığım onca şeyden sonra bana söyleyebileceklerin bu kadar mı? Önünde tüm kalbimi paramparça ettim. Ve şimdi tüm söyleyebileceğin, 'Hayır, sen benim için yeterli değilsin ve şimdi de hayal edebileceğin en korkunç şeyi, öğrendiğinden beri seni dehşete düşüren şeyi izlemeni istiyorum,' mu? Benden ne istediğinin farkında mısın?"

Giderek öfkeleniyordum. Önünde durup çılgın bir kadın gibi bağırdım. "Siktir git Will Traynor! Siktir git! Keşke bu aptal işi hiç kabul etmeseydim. Keşke seni hiç tanımasaydım." Hıçkırarak ağlamaya başladım ve sahilden yukarı çıkıp odama, ondan uzağa doğru koştum.

Kapıyı kapadıktan sonra uzun bir süre sonra bile beni çağıran sesi kulaklarımda çınladı.

24

O akşam orada bulunanlar için tekerlekli sandalyesinde, aslında ona bakıyor olması gereken bir kadına yalvaran bir adam görmek kadar rahatsız edici bir şey yoktur. Size emanet edilmiş engelli bir kişiye bu kadar öfkeli davranmak pek de hoş bir görüntü yaratmaz.

Özellikle de bu kişi hareket edemiyor ve kibarca, "Clark. Lütfen. Haydi buraya gel. *Lütfen,*" diyorsa.

Ama ben yapamadım. Ona bakamadım. Nathan, Will'in eşyalarını toplamıştı ve ben de bir sonraki sabah onlarla lobide buluşmuştum. Nathan akşamdan kalmış olmanın etkisiyle sersem gibiydi. Tekrar bir araya geldiğimiz andan itibaren Will'le en ufak bir iletişim kurmayı reddettim. Çok kızgın ve perişan bir haldeydim. Başımın içinde sürekli dolaşan öfkeli ses, Will'den mümkün olduğu kadar uzak durmamı söylüyordu. Eve gitmeli, onu bir daha asla görmemeliydim.

Nathan arkamda belirerek, "İyi misin?" diye sordu.

Havalimanına varır varmaz onlardan uzaklaşıp *check-in* masasına gittim.

"Hayır," dedim. "Ve bu konuda konuşmak istemiyorum."

"Akşamdan kalma mısın?"

"Hayır."

Kısa bir sessizlik oldu.

"Bu düşündüğüm şey anlamına mı geliyor?" Nathan bir anda kasvetli bir havaya bürünmüştü.

Konuşamadım. Başımla onayladım ve Nathan'ın çene kaslarının bir anda gerildiğini gördüm. Nathan benden güçlüydü, sonuçta o bir profesyoneldi. Birkaç dakika içinde Will'in yanına döndü; dergide gördüğü bir şeyi ikisinin de bildiği bir futbol takımıyla ilgili bir yorumu gösteriyordu. Onları görseydiniz az önce verdiğim bilgiye dair en ufak bir ize bile rastlamazdınız.

Havalimanındaki bekleme süresi boyunca kendimi meşgul edecek bir şeyler buldum. Kendime binlerce küçük iş yarattım. Bavullara isim etiketleri hazırladım, kahve aldım, gazeteleri dikkatle okudum, tuvalete gittim ve ona bakmak zorunda kalmayacağım her şeyi yaptım. Onunla konuşmayacaktım. Ama ikide bir Nathan ortadan yok oluyordu ve biz de baş başa kalıyor, yan yana tek kelime etmeden birbirimizi suçluyorduk.

"Clark..."

"Hayır," diye sözünü kestim. "Seninle konuşmak istemiyorum."

Ne kadar soğuk durabildiğime kendim de hayret ettim. Kesinlikle hostesleri de şaşırtmıştım. Uçuş sırasında Will'e sert bir şekilde sırtımı dönüp kulaklıklarımı taktığımda veya kararlı bir şekilde camdan dışarı baktığımda hosteslerin birbirlerine eğilerek bir şeyler mırıldandıklarını gördüm.

Fakat Will bir kez bile öfkelenmedi. Sanırım en kötüsü de buydu. Öfkelenmedi ve dalga geçmedi. Yalnızca giderek neredeyse hiç konuşmayacak kadar sessizleşmişti. Sohbeti devam ettirmeye çalışmak da zavallı Nathan'a kalmıştı. Çay-kahve içmeyi ya da fıstık paketlerini saklamayı öneriyor, üzerimizden atlayıp tuvalete giderse rahatsız olup olmayacağımızı soruyordu.

Kulağa çocukça geliyor olabilir, ama bu sadece gurur meselesi değildi. Dayanamıyordum. Onu kaybedeceğim düşüncesine dayanamıyordum. Bu kadar inatçı olmasına, güzel şeyleri görmemek için bu kadar kararlı ve sabit fikirli davranmasına katlanamıyordum. Sanki yemin etmiş gibi tek bir tarihe takılmıştı. Beynimin içinde binlerce tartışma sessizce dönüp duruyordu. *Bu neden senin için yeterli değil? Neden ben senin için yeterli değilim? Neden bana güvenemedin? Eğer daha fazla zamanımız olsaydı her şey daha farklı olur muydu?* Arada sırada kendimi onun bronz ellerine bakarken yakalıyordum. O köşeli parmakları benimkilerden sadece birkaç santim uzaktaydı. Parmaklarımızın nasıl kenetlendiğini, sıcaklığını, o yanılsamayı, hareketsizlikte bile bir çeşit gücü olduğunu hatırlıyordum ve boğazım düğüm düğüm oluyordu. Nefes alamayacakmışım gibi geliyordu. Tuvalete koşuyor, ikaz ışıkları yanana dek lavaboya eğilip ağlıyordum. Will'in yapmayı düşündüğü şeyi düşündüğüm birkaç anda bağırmamak için kendimi zor tuttum. Sanki aklımı yitirmek üzereydim. Koridora oturup biri gelip beni durdurana kadar feryat edecekmişim gibi geliyordu. Birileri onun bunu yapamayacağına dair beni ikna edene kadar bağırmak istiyordum.

Will'le konuşması, ona bakması ve onu beslemesi gereken kişi olarak kabin görevlilerine dünyanın en kalpsiz ve çocuksu kadını gibi görünmeme rağmen o orada yokmuş gibi davranmanın, bu zorunlu yakınlık içindeki saatlerle baş etmek için yegâne yol olduğunu biliyordum. Eğer Nathan'ın tek başına halledebileceğine inansaydım hiç tereddüt etmeden uçuşumu değiştirir, hatta aramızda birkaç santimetre değil, bir kıta olduğundan emin olana kadar uzaklara giderdim.

Nathan ve Will uyuyunca biraz rahatladım; gerginliğe kısa bir mola verilmiş oldu. Televizyon izledim ve eve yaklaştığımız her an yüreğimin daha da ağırlaştığını, kaygımın daha da arttığını hissettim. Bu sadece benim başarısızlığım değildi; Will'in anne ve babası da perişan olacaklardı. Tabii büyük ihtimalle beni suçlayacaklardı. Will'in kız kardeşi beni dava edecekti. Ve Will için de bu benim için bir başarısızlıktı. Onu ikna etmeyi başaramamıştım. Ona verebileceğim her şeyi, kendimi bile sunmuştum. Fakat bunların hiçbiri onu yaşamaya ikna edebilmek için yeterli olmamıştı.

Kendi kendime, belki benden daha iyisini, daha akıllı bir kadını hak ediyordu dedim. Belki de yerimde Treena olsa daha iyi bir şeyler düşünebilirdi. Ona yardımcı olabilecek henüz duyulmamış bir tıbbi araştırma bulabilir, onun fikrini değiştirebilirdi. Ömrümün sonuna kadar bu hatırayla yaşamak zorunda olacağımı düşündükçe bayılacak gibi oluyordum.

"Bir şey içmek ister misin Clark?" Will'in sesi düşüncelerimi böldü.

"Hayır, teşekkür ederim."

"Dirseğim seni rahatsız ediyor mu?"

"Hayır. Sorun yok."

Sadece son saatlerde, karanlıktayken ona bakabildim. Gözlerim parlayan televizyondan yavaş yavaş kayıp kabinin loş ışığında gizli gizli ona yönelmişti. Bronz ve yakışıklı yüzünü öyle huzur içinde uyurken görünce kocaman bir damla yaş yanağımdan süzüldü. Belki de bir şekilde onu incelediğimi fark eden Will hareketlenmişti, ama uyanmadı. Kabin ekibinin ve Nathan'ın görmediği bir anda battaniyesini yavaş yavaş boynuna kadar çektim ve havalandırmanın serinliği onu üşütmesin diye kenarlarını dikkatli bir şekilde katladım.

Varış kapısında bizi bekliyorlardı. Orada olacaklarını tahmin etmiştim. Will'i pasaport kontrolü için koridordan geçirirken içimde giderek büyüyen berbat bir his vardı. Memur işini hızlı hızlı yaparken ben bizi bekletmeleri için saatlerce, hatta günlerce bitmeyecek kuyruklarda kalalım diye dua ediyordum. Ama hayır, ben bagaj arabasını, Nathan da Will'i iterek linolyum yer döşemelerinin üzerinden geçtik. Camdan kapılar açıldığında karşımızda onlar da bariyerlerin arkasında, az rastlanır bir birlik ve uyum içinde yan yana duruyorlardı. Bayan Traynor'ın Will'i görünce yüzünün aydınlandığını gördüm ve dalgın dalgın, *Artık mutlu olmuştur*, diye düşündüm. Ayıp olur diye düşünmeden güneş gözlüklerimi taktım. Amacım yorgunluğumu saklamak değil, onlara söylemek zorunda kalacağım şeyden dolayı yüzümdeki boş ifadeyi fark ettirmemekti.

Bayan Traynor, "Şuna bak!" diye bağırdı. "Will, harika görünüyorsun. Gerçekten harika."

Will'in babası öne eğilmiş, gülücükler dağıtarak Will'in sandalyesine, dizlerine ve yüzüne dokunuyordu. "Nathan bize her gün sahilde olduğunuzu söylediğinde inanamadık. Yüzmüşsünüz bile! Su nasıldı, ılık mıydı? Burada felaket yağmur yağdı. Ağustos işte!"

Tabii ya. Nathan onlara mesaj atıyor ya da arıyordu. Bu kadar zaman boyunca iletişim kurmadan bizi bırakırlar mıydı.

Nathan "Gerçekten... gerçekten muhteşem bir yer," dedi. O da sessizleşmişti, ama her zamanki gibi gülümsemeye çalışıyordu.

Bense donmuş gibiydim. Elim pasaportuma yapışmıştı; sanki başka bir yere gitmek üzereydim. Kendime arada nefes almayı hatırlatmam gerekiyordu.

Will'in babası, "Peki, biz de özel bir akşam yemeği hoşunuza gider diye düşünmüştük.," dedi. "Intercontinental Otel'de hoş bir restoran var. Şampanyalar da bizden. Ne diyorsunuz? Annen ve ben güzel bir karşılama olur diye düşündük."

Will, "Tabii olur," dedi. Gülümsüyordu ve annesi de bu gülümsemeyi sonsuza dek saklamak ister gibi ona bakıyordu. Ona,

Nasıl yaparsın? diye bağırmak istiyordum. *Ona neler yapacağını bile bile nasıl bu şekilde bakarsın?*

"Haydi o zaman. Arabayı engelliler parkında bıraktım. Buraya çok yakın. Eminim hepiniz biraz sersemlemişsinizdir. Nathan, o valizlerden birkaçını ben alayım mı ?"

Sesim sohbeti böldü. Bavulumu çekmeye başlamıştım bile. "Aslında," dedim. "Sanırım ben burada ayrılacağım. Her şey için teşekkürler."

Çantama odaklanmıştım ve bilerek onlara bakmamaya çalışıyordum, ama havalimanının uğultusunda bile sözlerimin bir anlık sessizliğe neden olduğunu fark etmiştim.

Bu sessizliği ilk bozan Bay Traynor'ın sözleri oldu. "Haydi ama Louisa. Küçük bir kutlama yapalım. Maceralarınızı duymak istiyoruz. Ada hakkında her şeyi bilmek istiyorum. Söz veriyorum *her şeyi* de anlatmak zorunda değilsiniz." Neredeyse kıkırdıyordu.

"Evet." Bayan Traynor'ın sesinde hafif bir sertlik vardı. "Lütfen gel Louisa."

"Hayır." Yutkundum ve kibarca gülümsemeye çalıştım.

Gözlüklerim benim için bir kalkan gibiydi. "Teşekkür ederim. Gerçekten gitsem daha iyi olacak."

Will, "Nereye?" diye sordu.

Ne demek istediğini anlamıştım. Gidecek bir yerim yoktu.

"Annemlerin evine. Böylesi daha iyi."

"Bizimle gel," dedi. Sesi son derece yumuşaktı. "Gitme Clark, lütfen."

O an ağlamak istedim. Ama herhangi bir şekilde Will'in yakınında olmamam gerekiyordu. "Hayır, teşekkür ederim. Umarım akşam yemeğiniz güzel geçer," deyip çantamı omzuma astım ve kimseye bir şey söyleyemeden onlardan uzaklaşıp terminalin kalabalıkları içine daldım.

Onu duyduğumda neredeyse otobüs durağına varmıştım. Camilla Traynor topuklarını kaldırıma vura vura bana doğru yürüyor, hatta koşuyordu.

"Dur Louisa! Lütfen bekle."

Döndüm ve bir grup sırt çantalı genç turisti Musa'nın dalgaları yardığı gibi yararak bana doğru ilerlediğini gördüm. Havalimanının ışıkları saçlarını aydınlatıyor, bakır bir ışıltı katıyordu. Kaliteli, gri bir kaşmir şal hoş bir şekilde tek omzundan sarkmıştı. Birkaç sene öncesine kadar kim bilir ne kadar güzel bir kadındı diye düşündüm.

"Lütfen. Lütfen dur."

Durdum. Arkamda uzanan yola bakıyor, otobüsün gelip beni alarak uzaklara götürmesini umuyordum. Ya da belki küçük bir deprem olmasını bekliyordum

"Louisa?"

"İyi zaman geçirdi." Sesim kesik kesik çıkıyordu. Garip bir şekilde *onun sesi gibi* diye düşünürken buldum kendimi.

"Gerçekten iyi görünüyor, o gayet iyi." Orada kaldırımda durmuş bana bakıyordu. Etrafındaki insan seline rağmen bir anda hareketsiz kalmıştı.

Konuşmadan durduk.

"Bayan Traynor, size söylemem gereken bir şey var. Ben... Ben artık gelemeyeceğim. Bana herhangi bir borcunuz yok. Aslında bu ayın parasını da istemiyorum. Hiçbir şey istemiyorum. Ben sadece..."

O zaman rengi sarardı. Yüzünün renginin solduğunu, bu sabah güneşi altında ayakta durmakta zorlandığını gördüm. Bay

Traynor da arkasından gelmişti. Adımlarını hızlı hızlı atıyor, bir eliyle başındaki hasır şapkayı sıkıca tutuyordu. Kalabalıkları yararak gelirken bir taraftan da etrafındakilerden özür diliyordu. Gözleri hareketsiz bir şekilde duran karısının ve benim üzerime kilitlenmişti. Aramızda birkaç adımlık mesafe vardı.

"Sen... onun mutlu olduğunu söylemiştin. Bunun onun fikrini değiştirebileceğini söylemiştin." Sesi çaresizdi; sanki bana başka bir şey söylemem, duymak istediklerini söylemem için yalvarır gibiydi.

Fakat konuşamadım. Ona baktım ve yapabildiğim tek şey hafifçe başımı iki yana sallamak oldu.

"Üzgünüm," diye fısıldadım. Sesim o kadar az çıkmıştı ki beni duyması imkânsızdı.

Bayan Traynor tam yere düşerken Bay Traynor geldi. Sanki bacakları yok olmuş gibiydi. Bay Traynor'ın sol kolu uzanıp onu yakaladı ve büyük bir "Ah" nidasıyla kocasının kucağına doğru yığıldı.

Bay Traynor'ın şapkası kaldırıma düştü. Bana baktı; kafası karışmış görünüyordu. Ne olduğunu henüz tam kavrayamamış gibiydi.

Bense daha fazla bakamadım. Döndüm ve donmuş bir şekilde yürümeye başladım; adımlarım birbirini izliyor, bacaklarım kontrolüm dışında hareket ediyordu. Havalimanından uzağa, nereye gideceğimi bilmeden ilerliyordum.

25

Katrina

Louisa tatilden döndükten sonra otuzaltı saat boyunca odasından çıkmadı. Pazar günü akşamüstü geç bir saatte havalimanından döndü. Bronzlaşmış tenine rağmen bir hayalet gibi solgun görünüyordu ve henüz neler olduğunu anlayamamıştık. Kesin bir şekilde pazartesi sabahı konuşuruz demişti. *Sadece uyumaya ihtiyacım var*, dedikten sonra kendini odaya kapatıp yattı. Bu bize biraz garip gelmişti, ama ne yapabilirdik ki? Lou doğduğundan beri hep biraz garipti.

Annem sabah ona bir fincan çay götürdü, ama Lou hareket etmiyordu. Akşam yemeğinde biraz endişelenmeye başlamış ve bu onu sarsmıştı; yaşayıp yaşamadığını anlamaya çalışıyor gibiydi. Annem bazen böyle melodramatik olabiliyordu, ama hakkını da yemeyeyim, balıklı tart yapmıştı ve Lou'nun bunu kaçırmamasını istiyordu. Ama Lou yemedi, hiç konuşmadı ve aşağıya da inmedi. Yastığına gömülerek, *Sadece biraz burada kalmaya ihtiyacım var anne*, demişti. Ve sonunda annem onu yalnız bıraktı.

Annem, "Kendinde değil," dedi. "Sence Patrick'le ayrıldığı için şimdi üzülüyor olabilir mi?"

Babam, "Patrick umurunda bile değil," dedi. "Patrick'in bizi arayıp Viking zımbırtısında 157. olduğunu haber verdiğini söyledim, ama hiç ilgilenmedi." Çayından bir yudum aldı. "Şunu da söylemeliyim ki ona hak vermemek elde değil. 157. olmasını ben bile pek heyecan verici bulmadım."

"Sence hasta mı? Korkunç derecede solgun görünüyor ve durmadan uyuyor. Bu onun normal hali değil. Belki de kötü bir tropik hastalığa yakalandı."

"Sadece saat farkından dolayı sersemlemiş," dedim. Annem ve babamın, hiçbirimizin pek de bir şey bilmediği konularda bana uzman gözüyle baktıklarını bildiğim için bunu biraz da otoriter bir ses tonuyla söylemiştim.

"Sersemlemiş mi! Uzun uçuşlar insanı bu hale getiriyorsa ben hep Tenby'de kalmayı tercih ederim. Sen ne diyorsun, Josie, hayatım?"

Annem başını sallayarak, "Bilmiyorum... Tatilden sonra insan nasıl bu kadar hasta gibi görünür ki?" dedi.

Akşam yemeğinden sonra yukarı çıktım, ama kapıyı çalmadım. (Sonuçta, açık konuşmak gerekirse orası halen benim odamdı.) Odanın içinde ağır ve bayat bir hava vardı. Jaluziyi çekip bir pencere açtım. Lou sersem gibi yorganının altında döndü ve gözlerini ışıktan, etrafında uçuşan toz taneciklerinden korudu.

"Ne olduğunu bana söyleyecek misin?" Yanındaki masaya bir fincan çay koydum.

Lou bana bakıp gözlerini kırpıştırdı.

"Annem sende Ebola virüsü olduğunu düşünüyor. Şu anda PortAventura'daki Bingo kulübüne gitmek üzere bilet ayıran komşularımızı uyarmakla meşgul."

Bir şey söylemedi.

"Lou?"

Sessizce, "İşten ayrıldım," dedi.

"Neden?"

"Sence neden?" Doğruldu ve ağır ağır fincana uzanıp büyük bir yudum çay aldı.

Mauritius'ta iki hafta geçirmiş biri için berbat görünüyordu. Gözleri küçülmüş ve kızarmıştı. Bronzlaşmış olmasaydı daha da fena görünürdü. Saçları bir tarafta toplanmıştı ve sanki yıllardır uyumamış gibiydi. Ama her şeyden çok üzgün görünüyordu. Kız kardeşimi hiç bu kadar mutsuz görmemiştim.

"Gerçekten düşündüğünü yapacak mı?"

Başıyla onayladı ve zar zor yutkundu.

"Kahretsin. Ah, Lou. Gerçekten çok üzüldüm."

Gidip onu kenara ittim ve yanına yattım. Bir yudum daha çay aldı ve sonra başını omzuma dayadı. Benim tişörtümü giyiyordu. Hiçbir şey demedim. Onun için o kadar çok üzülüyordum ki.

"Ne yapacağım Treen?"

Sesi çocuk gibi çıkıyordu, Thomas'ın canı acısa da cesur davranmaya çalıştığında çıkardığı bir sesti bu. Dışarıda, yan bahçede, komşunun köpeğinin bir yukarı bir aşağı koşup kedileri kovaladığını duyabiliyorduk. Arada sırada tuhaf bir havlama sesi duyuyorduk; başını çitin üzerinden uzatıp gözleri öfkeden çılgına dönmüş bir şekilde havlıyor olmalıydı.

"Yapabileceğin bir şey olduğunu sanmıyorum. Tanrım, onun için hazırladığın onca şey. Onca çaba..."

"Onu sevdiğimi söyledim," dedi. Sesi artık fısıltıyla çıkıyordu. "Ve bana tek söylediği şey bunun yeterli olmadığıydı." Gözleri kocaman açıldı, kasvetle bakıyordu. "Bununla nasıl yaşayacağım?"

Ailede her şeyi bilen kişi benim. Herkesten çok okurum. Üniversiteye gidiyorum. Bütün cevapları bilmesi gereken kişi benim.

Ama kız kardeşime baktım ve başımı salladım. "Hiçbir fikrim yok."

Sonunda bir sonraki gün yataktan çıkıp duş aldı ve temiz kıyafetler giydi. Annemle babama tek kelime bile etmemelerini söyledim. Erkek arkadaş meselesi olduğunu ima edince babam kaşlarını kaldırdı ve sanki bu her şeyi açıklıyormuş gibi bir yüz ifadesi takındı. Başımıza niye bu kadar dert açtığımızı ancak Tanrı bilirdi. Annem Bingo Kulübü'ndekileri arayıp havayoluyla seyahat etmenin riskleri hakkında fikrini değiştirdiğini haber verdi.

Lou bir parça tost yedi, fakat öğle yemeği istemedi. Sonra kocaman bir güneş şapkası taktı ve Thomas, o ve ben şatoya yürüyüp ördekleri besledik. Bence dışarı çıkmayı pek de istemiyordu, ama annem hepimizin biraz temiz havaya ihtiyacı olduğu konusunda ısrar etti. Bu, annemin sözlüğünde yatak odasını havalandırıp çarşafları değiştirmek için artık daha fazla bekleyemeyeceği anlamına geliyordu. Thomas zıplayıp hoplayarak önümüzden ilerliyordu. Elindeki torbanın içinde ekmek kırıntıları vardı. Biz de yılların verdiği tecrübeyle sırt çantalı turistlerin arasında yolumuzu buluyor, poz veren çiftlerin yanından geçerken ayrılıp diğer tarafta tekrar birleşiyorduk. Şato yaz sıcağının altında kavruluyordu. Toprak çatlamış, çimenler sararmıştı; sanki kelleşen bir adamın kafasında kalan son saç telleri gibiydi... Küçük fıçıların içindeki çiçekler biraz solgun gözüküyor, sanki sonbahara hazırlanıyorlardı. Lou ve ben fazla konuşmadık. Söylenecek ne vardı ki?

Turistlerin park alanının yanından geçerken Lou'nun Traynor'ların evine gözucuyla baktığını gördüm. Ev tüm zarafetiyle ve kırmızı tuğlalarıyla ayaktaydı. Uzun ve boş pencereleri şu anda bile içeride yaşanan büyük dramı örtüyor gibiydi.

"İstersen gidip onunla konuşabilirsin," dedim. "Ben burada beklerim."

Yere bakıp kollarını göğsünde kavuşturdu ve yürümeye devam ettik. "Gerek yok," dedi. Cümlenin geri kalanını söylemese de ne diyeceğini biliyordum. *Zaten orada değildir.*

Şatonun etrafında küçük bir tur attık. Thomas'ın tepenin dik tepelerinden yuvarlanmasını ve ördekleri beslemesini izliyorduk. Ördekler yılın bu mevsiminde o kadar iyi besleniyorlardı ki yanımıza ekmek almak için gelmeye tenezzül bile etmiyorlardı. Yürürken kız kardeşimi izledim; kararmış omzunu, kamburlaşmış sırtını ve henüz o bunu bilmese de onun için her şeyin değiştiğini fark ettim. Will Traynor'la arasında ne geçerse geçsin, artık burada kalmayacaktı. Artık havası değişmiş, üzerine yeni bir bilgelik gelmişti. Gördüğü, gittiği yerler ona bir bilgelik katmıştı. Kız kardeşimin sonunda yeni ufukları olmuştu.

Şatonun kapılarına doğru giderken, "Hah, bu arada," dedim. "Sana bir mektup geldi. Üniversiteden, sen yokken ulaştı. Affedersin, ama açtım. Bana geldiğini sanmıştım."

"Açtın mı?"

Bir burs için haber bekliyordum.

"Seni mülakata çağırıyorlar."

Gözlerini kırpıştırdı, sanki çok eskilerden bir haber alıyor gibiydi.

"Evet. Asıl haber şu, görüşme yarın," dedim. "Düşündüm de belki bu gece birkaç soru üzerinden prova yapabiliriz."

Başını iki yana salladı. "Yarın mülakata falan gidemem."

"Bu ne demek Treen?"

Üzgün bir şekilde, "Yapamam Treen," dedi. "Böyle bir zamanda nasıl başka bir şey düşünebilirim?"

"Dinle Lou. Aptallık etme. Mülakat ayarlamak ördeklere ekmek atmaya benzemez. Bu büyük bir şey. Senin pek de genç olmayan bir öğrenci olduğunu biliyorlar. Yanlış bir zamanda başvurmana rağmen yine de seninle görüşmeyi kabul ediyorlar. Onları oyalayamazsın."

"Umurumda değil. Şu anda bunu düşünemem."

"Ama sen..."

"Beni rahat bırak Treen. Tamam mı? *Yapamam.*"

"Hey!" dedim. Daha fazla ilerlemesin diye önüne geçmiştim. Biraz ileride Thomas bir güvercinle konuşuyordu. "Düşünmen gereken zaman tam da bu zaman. Hoşuna gitsin ya da gitmesin, tam da bundan sonra ne yapacağını düşünmenin zamanı."

Yolu kapatıyorduk. Şimdi etrafımızdan dolaşarak yoluna devam etme sırası turistlere geçmişti. Başları yerdeydi ve tartışan kardeşlere gözucuyla merakla bakarak yanımızdan geçiyorlardı.

"Yapamam."

"Unutmuşsundur diye söyleyeyim, artık bir işin yok. İşleri yoluna koyacak bir Patrick de yok. Ve eğer bu mülakatı kaçırırsan iki gün sonra İş Bulma Kurumu'na gidip para kazanmak için tavuk fabrikasında işçi mi yoksa kucak dansçısı mı olacağına, yoksa birinin kıçını mı temizleyeceğine karar vermen gerekecek. İster inan ister inanma, artık otuzlarına yaklaştığın için hayatının bundan farklı bir yere gideceği de yok. Tüm bunlar, geçen altı ay içinde öğrendiğin her şey zaman kaybından başka bir şey olmayacak. Hepsi boşa gidecek."

Lou bana baktı; yüzünde haklı olduğumu bildiği ve cevap veremediği zamanlarda yaptığı gibi sessiz bir öfke vardı. Thomas yanımıza gelmişti ve elimi çekiştiriyordu.

"Anne, *kıç* dedin."

Kız kardeşim hâlâ bana bakıyordu. Düşündüğünü görebiliyordum.

Oğluma döndüm. "Hayır tatlım, *saç* dedim. Artık eve dönüp çay içeceğiz, değil mi Lou? Ve *saç*larımız kirlenmiş mi diye bakacağız. Sonra da anneannen seni yıkayacak ben de Lou teyzene ödevinde yardım edeceğim."

Bir sonraki gün kütüphaneye gittim ve annem de Thomas'a baktı. Lou da otobüse binip mülakata gitti. Çay saatine kadar onu görmeyeceğimi biliyordum. Mülakatla ilgili büyük umutlar taşımıyordum, ama ona başka bir seçeneği düşünmesi için izin vermedim.

Kulağa bencilce gelebilir, ama derslerimde geri kalmaktan pek hoşlanmam. Bu yüzden Lou'nun perişanlığından biraz olsun uzaklaşmak bana iyi gelmişti. Etrafınızda bunalımlı biriyle dolaşmak pek de hoş değildir. Onlar için üzülürsünüz, ama bir an önce toparlanmalarını söylememek için de kendinizi zor tutarsınız. Ailem, kız kardeşim ve onun içine girdiği büyük karmaşanın hepsi için zihnimde bir dosya açtım ve içine bunları doldurup dosyayı kapatarak katma değer vergisi üzerine yoğunlaştım. Muhasebeden senenin en yüksek ikinci notunu almıştım ve gelir gider sisteminin çılgınlıkları yüzünden notumu düşürmeye hiç niyetim yoktu.

Eve vardığımda saat altıya çeyrek vardı. Dosyalarımı holdeki sandalyenin üstüne koydum. Herkes mutfak masasının etrafında toplanmış, annem yemekleri dağıtmaya başlamıştı. Thomas üstüme atlayıp bacaklarını belime sardı. Ben de onu öptüm ve küçük oğlumun güzeller güzeli kokusunu içime çektim.

Annem, "Otur, otur," dedi. "Baban da şimdi geldi."

Babam ceketini sandalyenin arkasına asarken, "Kitaplarınla aran nasıl?" diye sordu. Onlardan hep "kitapların" diye söz ederdi. Sanki kendilerine ait bir hayatları varmış da çekidüzen verilmesi gerekiyormuş gibi konuşuyordu.

"İyi, sağ ol. Muhasebe 2 modülünün dörtte üçünü bitirdim sayılır. Yarın da şirket yasası çalışacağım." Thomas'ı kaldırıp yanımdaki sandalyenin üzerine oturttum ve bir elimi yumuşak saçlarının arasından geçirdim.

"Duydun mu Josie? Şirket yasası." Babam tabaktan bir patates çaldı ve annem görmeden ağzına tıkıştırdı. Sanki sözcüğün kulağa gelişini seviyormuş gibi söylemişti. Sonra derslerim üzerine biraz sohbet ettik. Babamın işi hakkında çoğunlukla da turistlerin nasıl her şeyi kırdığı hakkında konuştuk. Bakım yapıp tamir etmek bile yeterli olmuyordu. Araba parkının kapısındaki tahta kazıkların bile birkaç haftada bir değişmesi gerekiyordu, çünkü aptallar 10 metre boşluk olmasa arabalarını aradan geçiremiyorlardı. Bana kalsa onarım bedelini bilet fiyatının üstüne eklerdim, ama böyle düşünen sadece bendim.

Annem yemek servisini bitirip sonunda oturdu. Thomas kimsenin fark etmediğini düşünerek parmaklarını yaladı ve pis pis sırıtarak ağzının içinden *kıç* diye geveledi. Dedem sanki tamamen farklı bir şey düşünüyormuş gibi yukarı bakarak yemeğini yedi. Lou'ya baktım. Tabağına bakıyor, fırında tavuğu ileri geri itip çekiyordu. *Eyvah*, diye düşündüm.

Annem de benim baktığım yöne doğru bakarak, "Aç değil misin, hayatım?" diye sordu.

"Pek değilim."

"Tavuk biraz fazla sıcak," diyerek sorumluluğu biraz üzerine aldı. "Biraz canlanmaya ihtiyacın olur diye düşündüm."

"Eee... Mülakat nasıl geçti anlatmayacak mısın?" Babamın ağzına götürdüğü çatalı yarı yolda kalmıştı.

"Ha, o mu?" Lou sanki beş yıl önceki bir olaydan bahsediyormuşuz gibi dağılan dikkatini toplamaya çalıştı.

"Evet, o."

Bir parça tavuk aldı. "İyiydi."

Babam bana baktı.

Omuzlarımı hafifçe oynattım. "Hepsi bu mu? Nasıl geçtiğiyle ilgili bir şeyler söylemiş olmalılar."

"Kabul edildim."

"Ne?"

Hâlâ tabağına bakıyordu. Yemeyi bıraktım.

"Benim tam da aradıkları kişi olduğumu söylediler. Bir yıl boyunca birkaç hazırlık dersi almam gerekecek, sonra da bölüme başlayacağım."

Babam sandalyesine yaslandı. "Bu harika bir haber."

Annem uzanıp omzuna vurdu. "Ah, tebrikler hayatım. Nefis bir haber."

"Pek değil. Dört yıllık bir bölüm için para bulacağımı sanmıyorum."

"Sen bunun için endişelenme. Bak Treena nasıl da idare ediyor. Evet, bir yolunu buluruz. Her zaman bulduk, değil mi ama?" Babam ikimize de gözlerinin içi gülerek baktı. "Sanırım talih yüzümüze gülmeye başladı kızlar. Bence ailemiz için iyi zamanlar geliyor."

Ve sonra durduk yere hıçkırıklara boğuldu. Gerçekten ağlıyordu. Thomas gibi acı acı bağırıyordu. Salya sümük bir halde, kimin duyduğunu umursamadan ağladı. Hıçkırıkları küçük odanın sessizliğini bıçak gibi kesiyordu.

Thomas ağzı açık halde ona bakakaldı. Onu kucağıma aldım ve o da ağlamaya başlamasın diye dikkatini dağıtmaya çalıştım. Ben patates parçalarıyla oynayıp bezelyeleri konuşturup aptal aptal sesler çıkartırken Lou anlatmaya başladı.

Her şeyi anlattı. Will'i, altı aylık kontratı ve Mauritius'a gittiklerinde olanları. O anlatırken annemin eli ağzına gitti. Dedemse ciddi gözüküyordu. Tavuk soğudu ve tepsideki suyu dondu.

Babam inanamayarak başını salladı. Sonra kız kardeşim Hint Okyanusu'ndan eve uçuşunun detaylarını anlattı. Sesi Bayan Traynor'la konuşurken çıkardığı fısıltı kadardı. Babam sandalyesini geri itip ayağa kalktı. Masanın etrafında biz küçükken yaptığı gibi yavaşça yürüyüp orada durdu ve onu sımsıkı bir şekilde sarıp sarmaladı.

"Aman tanrım! Zavallı adam... Zavallı Lou... Aman tanrım."

Sanırım babamı daha önce hiç bu kadar şaşırmış görmemiştim.

"Ne karmaşık bir durum."

"Tek kelime etmeden tüm bunlara nasıl dayandın? Bizim gördüğümüz sadece skuba dalışıyla ilgili bir karttı." Annem inanamıyordu. "Biz de hayatının tatilini yaptığını sanıyorduk."

Bana bakarak, "Yalnız değildim. Treena biliyordu," dedi. "Bana çok yardımcı oldu."

Thomas'a sarılarak, "Ben bir şey yapmadım," dedim. Annem önüne bir kutu şekerleme koyduğundan beri artık sohbete olan tüm ilgisini kaybetmişti. "Ben sadece dinledim. İşi sen kotardın. O fikirleri bulan sendin."

Perişan bir ses tonuyla, "Bazılarını da gerçekleştiremedim," dedi.

Babam Lou'nun çenesini tutup yüzünü kendisine çevirdi ve, "Ama elinden geleni yaptın," dedi.

"Ve başarısız oldum."

"Başarısız olduğunu kim söyledi?" Babam kızının saçlarını arkaya doğru tarayarak okşuyor, ona şefkatle bakıyordu. "Will Traynor ve onun gibi adamlar hakkında bildiklerimi düşünüyorum da... Sana tek şey söyleyeceğim. Bir kere aklına bir şey koydu mu onu tersine ikna edebilecek hiç kimse yoktur. O öyle biri. İnsanları olduklarından farklı birine çeviremezsin."

Annem, "Ama ailesi! Kendisini öldürmesine izin veremezler," dedi. "Ne biçim insan bunlar?"

"Normal insanlar anne. Bayan Traynor'ın elinden başka bir şey gelmiyor."

"Mesela şu lanet olası kliniğe götürmeyerek işe başlayabilirler." Annem kızmış, şakaklarında iki kızarıklık belirmişti, "Ben ikiniz için de savaşırdım; tabii Thomas için de. Son nefesimi verene kadar..."

"Kendini öldürmeyi bile denemişse de mi?" dedim. "Hem de acımasız yollarla."

"O hasta Katrina, bunalımda. Kırılgan kişilere izin vermemek lazım, sonradan..." Büyük bir öfke içinde peçeteyle gözlerini sildi. "O kadın kalpsizin teki. *Kalpsiz.* Ve Louisa'yı da bunlara bulaştırmış olmaları çok yanlış. O bir hâkim, Tanrı aşkına. Bir hâkimin neyin doğru neyin yanlış olduğunu herkesten daha iyi bildiğini düşünürsün. Şimdi içimden gidip Will'i buraya getirmek geliyor."

"Durum karmaşık anne."

"Hayır, değil. O hassas bir durumda ve o kadının bu düşüncelere hiç fırsat vermemesi gerekir. Şok olmuş durumdayım. Zavallı adam. *Zavallı* adam." Masadan kalktı ve tavuktan arta kalanları kaldırıp mutfaktan çıktı.

Louisa onun gidişini izledi; biraz afallamış gibiydi. Annem hiç kızmazdı. Sanırım sesinin yükseldiğini en son 1993'te duymuştuk.

Babam başını salladı. Aklı belli ki başka yerlere gitmişti. "Düşünüyorum da... Bay Traynor'ı uzun zamandır niye görmediğim şimdi belli oldu. Nerede olduğunu merak ediyordum. Hep birlikte tatile çıktıklarını sanmıştım."

"Onlar... gittiler mi?"

"Son iki gündür evde değiller."

Lou sandalyesinin üstüne yığıldı.

"Kahretsin," dedim ve ellerimle Thomas'ın kulaklarını tıkadım.

"Yarın olacak demek ki."

Lou bana döndü ve ben de duvardaki takvime baktım.

"Yarın Ağustos'un on üçü."

Lou o son gün hiçbir şey yapmadı. Benden önce uyanmış, mutfak penceresinden dışarı bakıyordu. Yağmur da yağıyordu. Sonra hava açtı sonra yine yağmur yağdı. Koltukta dedemin yanına uzanıp annemin ona yaptığı çayı içti. Her yarım saatte bir gözleriyle raftaki saati yoklamasını izledim. Korkunçtu. Thomas'ı yüzmeye götürürken onu da bizimle gelmeye ikna etmeye çalıştım. Anneme sonradan benimle alışverişe gelmek isterse Thomas'a bakıp bakamayacağını sordum. Onu bir bara götüreceğimi söyledim, ama Lou tüm tekliflerimi geri çevirdi.

"Ya bir hata yaptıysam, Treen?" diye sordu. Öyle sessiz konuşuyordu ki sadece ben duyabiliyordum.

Dedeme baktım, ama gözleri yarışlardaydı. Sanırım babam anneme aksini söylese de hâlâ bahislere para yatırıyordu.

"Ne demek şimdi bu?"

"Ya benim de onunla gitmem gerekiyorsa?"

"Ama... gidemeyeceğini söyledin."

Gökyüzü griydi. Lou lekesiz pencerelerimizin önünde uzanan bu kasvetli güne bakıyordu.

"Ne dediğimi biliyorum. Ama neler olduğunu bilmemek fikrine katlanamıyorum." Yüzü ekşidi. "Nasıl hissettiğini bilmiyorum ve buna dayanamıyorum. Ona hoşçakal bile diyememiş olmama katlanamıyorum."

"Şimdi gidemez misin? Belki bir bilet bulabilirsin?"

"Çok geç," dedi ve sonra gözlerini kapadı. "Oraya zamanında yetişemem. Sadece iki saat kaldı... Bugünkü mesainin bitmesi için iki saat var. İnternetten baktım."

Öylece bekledim.

"Bu işi... beş buçuktan sonra yapmıyorlar." Şaşkınlık içinde başını salladı. "Başlarında beklemesi gereken İsviçreli memurlarla ilgili bir durum. Belgeleme işi... Ofis saatleri dışında belge düzenlemiyorlar."

Neredeyse gülecektim. Ama ona ne söyleyeceğimi bilmiyordum. Beklemenin nasıl bir şey olduğunu hayal bile edemiyordum. Fakat o uzaklarda bir yerlerde olanları düşünerek bekliyordu. Ben kimseyi, onun Will'i sevdiği gibi sevmemiştim. Bazı adamlardan hoşlanmıştım doğru, onlarla yatmak da istemiştim, ama bazen acaba duygusallıkla ilgili bende bir eksik mi var diye düşünüyordum. Birlikte olduğum birinin arkasından ağladığımı düşünemiyordum bile. Bu duruma denk tutabileceğim tek şey Thomas'ın yabancı bir ülkede ölmeyi beklemesi olabilirdi ve bu düşünce aklıma gelir gelmez içimde bir şeyler altüst oldu. Bu öyle berbat bir duyguydu ki... Onu da zihnimin dosyalarından bir başkasının içine kaldırdım: *Düşünülemez* dosyası.

Koltukta kız kardeşimin yanına oturdum ve sessizce saat üç buçuk yarışını, sonra saat dört engelliler yarışını ve ondan sonraki dört yarışı izledik. Kazanan dünyadaki tüm parayı toplamış olmalıydı.Ve sonra kapı çaldı.

Louisa saniyeler içinde koltuktan kalkıp koridora varmıştı. Kapıyı açtı, ama öyle bir açtı ki ben bile kalbim duracak sandım.

Kapıdaki Will değil genç bir kadındı; yüzünde yoğun ve mükemmel bir makyaj, düzgün bir şekilde çenesinin hizasında kesilmiş saçları vardı. Şemsiyesini kapatıp gülümsedi ve omzundaki çantaya uzandı. Bir an için onun Will Traynor'ın kız kardeşi olduğunu düşündüm.

"Louisa Clark?"

"Evet?"

"Ben *The Globe*'dan geliyorum. Biraz konuşabilir miyiz?"

"*The Globe* mu?"

Lou'nun sesindeki şaşkınlığı duyabiliyordum.

"Gazete mi?" Kız kardeşimin arkasına geçtim ve kadının elindeki not defterini gördüm.

"İçeri girebilir miyim? Sizinle sadece William Traynor hakkında ufak bir söyleşi yapmak istiyordum. William Traynor için çalışıyorsunuz, değil mi?"

"Yorum yok," dedim ve kadın tek bir şey daha söylemeye fırsat kalmadan kapıyı yüzüne kapattım.

Kız kardeşim donmuş bir halde koridorda duruyordu. Kapı bir kez daha çaldığında geri çekildi.

"Sakın açma," diye tısladım.

"Ama nasıl..."

Onu merdivenlerden yukarı doğru iteklemeye başladım. Tanrım, o kadar ağırdı ki! Sanki yarı uyuyor gibiydi. "Dede, kapıyı açma!" diye bağırdım. Odaya varınca, "Kime söyledin?" diye sordum. "Biri onlara söylemiş olmalı. Kim biliyor?"

"Bayan Clark!" kadının sesi mektup kutusunun boşluğundan geliyordu. "Sadece on dakikanızı alacağız... Bunun çok hassas bir mesele olduğunu anlıyoruz. Hikâyenin size ait tarafını da dinlemek istiyoruz."

"Bu öldüğü anlamına mı geliyor?" Gözleri yaşla dolmuştu.

"Hayır, sadece götün teki bu işten para kazanmaya çalışıyor." Bir an için düşündüm.

"Kapıyı çalan kimdi kızlar?" Merdivenlerden annemin sesi geliyordu.

"Hiç kimse anne. Sadece kapıyı açma."

Tırabzanlardan aşağı baktım. Annem elindeki mutfak havlusuyla ön kapının camından görünen gölgeye bakıyordu.

"Kapıyı açmayayım mı?"

Kız kardeşimin dirseğini tuttum. "Lou... Patrick'e bir şey söylemedin, değil mi?"

Bir şey söylemesine gerek yoktu. Kaskatı kesilmiş yüzü her şeyi anlatıyordu.

"Tamam. Onlara hiçbir şey söyleme ve kapıya yaklaşma. Telefonlara da çıkma. Onlara hiçbir şey söyleme, tamam mı?"

Annem bu işten pek memnun değildi. Telefon çalmaya başladıktan sonra ise hiç memnun olmamaya başlamıştı. Beşinci kez çaldıktan sonra telefonu telesekretere bağladık, ama yine de onları duymak zorunda kalıyorduk. Sesleri koridorda çınlıyordu. Dört ya da beş mesaj gelmişti ve hepsi de aynıydı. Hepsi de Lou'ya "hikâyenin" kendi tarafını anlatma şansı verdiklerini söylüyordu. Will Traynor artık tırmaladıkları bir eşya haline gelmişti. Telefon ve kapı çalarken perdeleri kapatıp oturduk ve kapının önündeki gazetecilerin seslerini dinledik. Birbirleriyle sohbet edip cep telefonlarıyla konuşuyorlardı.

Kuşatma altında gibiydik. Annem yumruklarını sıkıp mektup kutusu boşluğundan, "Çekilin kapımızın önünden!" diye bağırıyordu. Thomas da üst kattaki tuvaletin penceresinden dışarı bakıp neden bahçemizde insanlar olduğunu merak ediyordu. Komşularımızdan dört tanesi telefon açıp neler olduğunu öğrenmek istedi. Babam arabasını Ivy Caddesi'ne park edip arka bahçeden eve geldi. Şatolar ve kaynayan yağ kazanları hakkında oldukça ciddi sohbetler ediyorduk.

Oturup biraz daha düşündükten sonra Patrick'i arayıp bu iş için ne kadar aldığını sordum. Her şeyi inkâr etmeden önce yaşadığı kısa sessizlik bana ihtiyacım olan tüm bilgiyi vermişti.

"Seni bok çuvalı," diye bağırdım. "Maraton koşan o aptal bacaklarına öyle bir tekme savuracağım ki 157. olmak hiç de fena değilmiş diye düşüneceksin."

Lou'nun tek yaptığı mutfakta oturup ağlamaktı. Hıçkıra hıçkıra değil, yüzünden akan sessiz gözyaşlarıyla ağlıyor, avucunun içiyle gözyaşlarını siliyordu. Ona ne söyleyeceğimi bilemiyordum.

Tabii bu sorun değildi. Başka herkese söyleyecek çok şeyim vardı.

Biri dışında tüm gazeteciler akşam yedi buçuk gibi gittiler. Pes mi ettiler yoksa Thomas'ın, kapının altından her not bıraktıklarında mektup kutusundan onlara lego atmasından sıkıldılar mı bilemiyorum. Louisa'dan Thomas'ı yıkamasını istedim, aslında amacım sadece mutfaktan çıkmasıydı. O yokken telefondaki tüm telesekreter mesajlarını silebilirdim. Yirmi altı. Tam yirmi altı leş kargasının mesajı vardı. Hepsi de öyle kibar, öyle anlayışlı konuşuyorlardı ki. Bazıları para bile teklif etmişti.

Hepsini sildim, para teklif edenleri bile. Aslında itiraf etmem gerekir ki ne kadar vereceklerini merak etmiyor değildim. Bu sırada Lou'nun banyoda Thomas'la konuştuğunu duyuyordum. Thomas suda sesler çıkarıyor, Batman arabasıyla dalışlar yapıyordu. Çocuğunuz olmadan bilemeyeceğiniz şey işte budur. Banyo zamanı, Lego ve balık kroketler ne kadar büyük bir trajedi içinde olursanız olun onun hiçbir şeyin içine fazla saplanıp kalmanıza izin vermezler. Sonra da son mesajı dinledim.

"Louisa? Ben Camilla Traynor. Beni arar mısın? Mümkün olduğu kadar kısa sürede."

Telesekretere baktım ve geriye sarıp tekrar dinledim. Sonra yukarı koşup Thomas'ı banyodan öyle bir hızla çıkardım ki ne olduğunu bile anlayamadı. Thomas'ın havlusu etrafına bandaj gibi sımsıkı sarılmıştı ve Lou da ben onu omzundan tutup iterken kafası karışmış bir şekilde merdivenlerden aşağı iniyordu.

"Ya benden nefret ediyorsa?"

"Sesi nefret ediyor gibi değildi."

"Peki, ya gazeteciler onların da etrafını sardıysa? Ya hepsinin benim hatam olduğunu düşünüyorlarsa?" Gözleri kocaman açılmıştı ve dehşet doluydu. "Ya beni onun ne yaptığını söylemek için arıyorsa?"

"Ah Tanrı aşkına, Lou! Hayatında bir kez olsun gerçekçi ol. Aramazsan bilemezsin. Onu ara. Sadece ara. Başka çaren yok."

Thomas'ı almak için tekrar banyoya koştum. Pijamalarını giydirdim ve eğer hemen mutfağa koşarsa dedesinin ona bir bisküvi vereceğini söyledim. Sonra da banyo kapısından uzanıp telefonda konuşan kız kardeşime baktım.

Arkası bana dönüktü ve bir eliyle saçının arkasını düzeltiyordu. Sonra da dik durmaya çalıştı.

"Evet," dedi. "Anlıyorum. Peki."

Ve biraz durduktan sonra yine, "Evet," dedi.

Telefonu yerine koyduktan sonra uzun bir süre ayaklarına baktı.

"Eeee?" dedim.

Başını kaldırdı ve sanki benimle yeni karşılaşıyormuş gibi başını salladı.

"Gazetecilerle ilgisi yok," dedi. Sesi hâlâ yaşadığı şoktan kurtulamamış gibiydi. "İsviçre'ye gitmem için bana yalvarıyor. Bu akşam son uçakta benim için bir bilet ayırtmış."

26

Başka şartlar altında sanırım yirmi yıldır evinden en fazla bir otobüs yolculuğu kadar uzaklaşmış bir kızın bir haftadan az bir süre içinde üçüncü kez farklı bir ülkeye uçuyor olması oldukça şaşırtıcı olurdu. Yine de bir hostes edasıyla, sadece en önemli ihtiyaçlarımı koyduğum bir gecelik bir bavul hazırladım. Treena etrafta koşuşturarak ihtiyacım olabilecek başka şeyleri de ayarlamaya çalışıyordu. Sonunda merdivenlerden inmeye başladık ve yarı yolda durduk. Annem ve babam holde yan yana duruyor, eskiden geceleri geç döndüğümüzde takındıkları tekinsiz tavırla bize bakıyorlardı.

"Neler oluyor?" Annem bavuluma bakıyordu.

Treena önümde durdu ve "Lou İsviçre'ye gidiyor," dedi. "Hemen evden çıkması gitmesi gerekiyor. Bugün son uçağa yetişmeli."

Tam hareketlenmiştik ki annem bir adım öne attı.

"Hayır." Annemin ağzı garip bir şekilde çizgi şeklini almış, kolları önünde beceriksizce kilitlenmişti. "Senin bu işe bulaşmanı istemiyorum. Düşündüğümüz şey için gidiyorsan cevabım hayır."

Treena, "Ama..." diye söze başladı. bir yandan da bana bakıyordu.

Annemin sesi hiç olmadığı kadar kararlı çıkıyordu. "Hayır," dedi. "Aması maması yok. Bunu çok düşündüm, bize anlattığın her şeyi düşündüm. Bu yanlış, ahlaki olarak yanlış. Eğer bu işe karışırsan bir adamın kendisini öldürmesine yardım etmiş gibi görülebilirsin. Sonra başına bin türlü bela gelebilir."

Babam, "Annen haklı," dedi.

"Haberlerde de görüyoruz. Bu senin tüm hayatını etkileyebilir Lou. Üniversite işlerini, her şeyi etkileyebilir. Eğer bu şey sabıkana işlenirse ne bir üniversite derecen, ne iyi bir işin ne de başka bir şeyin olur."

Treena, "Ama o gelmesini istemiş. Bunu görmezden gelemez," dedi.

"Evet gelebilir. Bu aileye hayatının altı ayını verdi ve başına gelmeyen kalmadı. Bak bizim başımıza neler geliyor! Kapıları yumruklamalar mı dersin, komşuların dolandırıcılık yaptığımızdan şüphelenmeleri mi dersin... Hayır, sonunda bir şeyler yapmak için eline bir fırsat geçti ve şimdi de ondan İsviçre'deki o korkunç yere gidip Tanrı bilir nelerin içine karışmasını istiyorlar. Ben hayır diyorum. Hayır, Louisa."

Treena, "Ama gitmesi gerek," diye karşı çıktı. "Hayır, gerekmez. Gereken her şeyi. Dün gece kendisi de bunu söyledi, yapabileceği her şeyi yaptı." Annem başını salladı. "Traynor ailesi kendi hayatlarıyla ne istiyorlarsa... kendi oğullarına ne istiyorlarsa yapsınlar, Louisa'nın buna karışmasını istemiyorum. Hayatını mahvetmesini istemiyorum."

"Sanırım kendi kararlarımı kendim verebilirim," dedim.

"Bunu yapabileceğinden emin değilim. O senin arkadaşın Louisa. Önünde koskocaman bir hayat uzanan genç bir adam. Sen bunun bir parçası olamazsın. Ben... ben bunu düşünmüş olmana bile çok şaşırdım." Annemin sesinde hiç duyulmamış sert bir ton vardı. "Ben seni birileri hayatına son verirken ona yardımcı ol diye büyütmedim! Deden için bunu yapar mıydın? Onu da mı Dignitas'a gönderelim?"

"Dedem farklı."

"Hayır değil. Eskiden yapabildiklerini yapamıyor, ama hayatı çok kıymetli. Tıpkı Will'inki gibi."

"Bu benim kararım değil anne. Bu Will'in kararı. Burada sadece Will'e destek olmaya çalışıyorum."

"Will'e destek olmak mı? Hayatımda böyle saçma şey duymadım. Sen daha çocuksun Louisa. Hiçbir şey görmedin, hiçbir şey yapmadın. Bunun seni nasıl etkileyeceğine dair hiçbir fikrin yok. Tanrı aşkına, eğer ona yardım edersen geceleri nasıl uyuyacaksın? Bir adamın *ölmesine* yardım ediyorsun. Bunu gerçekten anlayabiliyor musun? Will'e, o tatlı, zeki genç adamın *ölmesine* yardım ediyorsun."

"Geceleri uyuyacağım, çünkü Will'e kendisi hakkında en doğru kararı vereceği konusunda güveniyorum. Onun başına gelen en korkunç şey tek bir kararı bile kendi başına verememesi, kendisi için tek bir şey bile yapmaması..." Annemle babama baktım, anlamalarını sağlamaya çalışıyordum. "Ben çocuk değilim. Onu seviyorum. Onu seviyorum ve onu yalnız bırakmamalıydım. Orada olmamaya dayanamıyorum ve orada ne olacağını bilmemeye..." yutkundum. "Bu yüzden, evet. Gidiyorum. Benim için endişelenmenize ya da beni anlamanıza ihtiyacım yok. Bununla başa çıkabilirim. İsviçre'ye gidiyorum; siz ne derseniz deyin."

Küçük koridor sessizleşti. Annem kim olduğum hakkında hiçbir fikri yokmuş gibi bana bakıyordu. Anlamasını sağlamak için ona bir adım daha yaklaştım, ama ben adım atınca o bir adım geri gitti.

"Anne, bunu Will'e *borçluyum.* Oraya gitmeye mecburum. Üniversiteye başvurmamı kim sağladı sanıyorsun? Kendimle ilgili bir şeyler yapmam için, bir yerlere gitmem için, bir amaç edinmem için kim cesaretlendirdi beni? Bir şeyler hakkındaki fikirlerimi kim değiştirdi? Kendim hakkında bile düşüncelerimi değiştirdim. Bunu Will yaptı. Bu son altı ayda, hayatımın yirmi yedi yılı boyunca yapmadığım kadar çok şey yaptım, çok şey yaşadım. İsviçre'ye gitmemi istiyorsa gideceğim. Sonucu ne olursa olsun."

Kısa bir sessizlik oldu.

Babam sessizce, "İşte, tıpkı Lily Teyze'ye benziyor," dedi.

Hepimiz durmuş birbirimize bakıyorduk. Herkes sanki biri diğerinin bir şey söylemesini bekliyor gibiydi.

Ama sessizliği bozan annem oldu. "Eğer gidersen buraya bir daha geri dönme Louisa."

Kelimeler ağzından çakıl taşları gibi dökülmüştü. Şaşkınlıkla anneme baktım. Bakışları kararlıydı. Benim tepkimi gördükçe daha da sertleşti. Sanki aramızda daha önce hiç görmediğim bir duvar örülmüştü.

"Anne?"

"Ciddiyim. Bunun cinayetten farkı yok."

"Josie..."

"Gerçekten de böyle Bernard. Bunun bir parçası olamam."

Katrina'yı hiç o günkü kadar tereddüt içinde görmediğimi hatırlıyorum. Babamın elinin annemin koluna doğru uzandığını gördüm. Ona serzenişte bulunmak için mi yoksa onu rahatlatmak için mi bilmiyorum. Zihnim tamamen boşalmıştı. Sonra ne yaptığımı bilmez halde merdivenlerden indim ve annemle babamı geçerek ön kapıya doğru ilerledim. Bir saniye sonra kız kardeşim de beni izledi.

Babamın yüzü asılmıştı; sanki her şeyi anlamaya çalışır gibi bir hali vardı. Sonra anneme döndü ve bir elini onu omzuna koydu. Annemin gözleri babamın yüzünde bir şeyler arar gibiydi; sanki onun ne söyleyeceğini önceden biliyordu.

Ve sonra babam Treena'ya anahtarlarını attı. Treena da tek eliyle yakaladı.

"Al," dedi. "Arka kapıdan çıkın. Bayan Doherty'nin bahçesinden gidip kamyoneti alın. Kamyonetteyken sizi görmezler. Şimdi çıkarsanız trafik de kötü değilse yetişebilirsiniz."

Katrina, "Tüm bunların nereye varacağı hakkında bir fikrin var mı?" diye sordu.

Otobanda ilerlerken yan gözle bana bakıyordu.

"Yok."

Ona uzun uzun bakamadım; çantamın içini karıştırıyor, ne unuttuğumu anlamaya çalışıyordum. Bayan Traynor'ın telefonun öbür ucundaki sesi kulaklarımdan gitmiyordu. *Louisa? Lütfen gelir misin? Çoğu zaman pek iyi anlaşamadık, biliyorum ama lütfen... Şimdi gelmen çok önemli.*

Treena, "Annemi hiç böyle görmemiştim," diye devam etti.

Pasaport, cüzdan, kapı anahtarları. Kapı anahtarları mı? Ne için? Artık bir evim yoktu ki.

Katrina bana yandan bir bakış attı. "Şu an çok kızgın, ama şokta. Sonra düzelecek biliyorsun, değil mi? Eve gelip hamile olduğumu söylediğimde bir daha asla benimle konuşmayacağını düşünmüştüm. Ama iki günde toparlandı."

Yanımda konuşup durduğunu duyabiliyordum, ama onu dinlediğim söylenemezdi. Herhangi bir şey üzerinde odaklanacak halde değildim. Sinir uçlarımı hissedebiliyordum; neler olacağını merak ediyor, kıpırdanıp duruyorlardı. Will'i görecektim. Hiçbir şey olmasa da bunu yapacaktım. Aramızdaki mesafenin giderek daha da azaldığını hissedebiliyordum. Sanki görünmez, esnek bir ipin iki ucunda gibiydik.

"Treen?"

"Evet?"

Yutkundum. "Uçağı kaçırmama izin verme."

Kız kardeşim aklına koyduğu şeyi yapar. Kuyrukları aştık, şerit değiştirdik, hız sınırını aştık ve radyoda trafik durumunu takip ettik. Sonunda havalimanı gözüktü. Treena arabayı durdurdu. Sesini duyduğumda arabadan inmiş, yola koyulmuştum.

"Hey! Lou!"

"Affedersin." Geri dönüp ona doğru koştum.

Bana sımsıkı sarıldı. "Doğru olanı yapıyorsun," dedi. Neredeyse ağlayacak gibiydi. "Şimdi hemen defolup git. Trafikte yediğim altı ceza puanın üstüne bir de o lanet uçağı kaçırırsan bir daha asla seninle konuşmam."

Geri dönüp bakmadım. İsviçre Hava Yolları'nın masasına kadar koştum ve biletimi isterken anlaşılır bir şekilde adımı söyleyebilmem için üç kez tekrar etmem gerekti.

Gece yarısından birkaç saat önce Zürih'e vardım. Saat çok geç olduğu için Bayan Traynor söz verdiği gibi havaalanına yakın bir otelde benim için yer ayırtmış, bir sonraki gün sabah dokuzda arabayla beni aldırtacağını söylemişti. Uyuyamayacağımı sanıyordum, ama uyudum. Garip, ağır ve darmadağın bir ağın içinde saatler geçirmiştim. Bir sonraki sabah saat yedide nerede olduğum hakkında hiçbir fikrimin olmadığı bir güne uyandım.

Bu yabancı odaya, ışığı kesmek için takılmış şarap rengi perdelere, büyük düz ekran televizyona, boşaltmaya tenezzül bile etmediğim bir gece için hazırladığım çantama sersem sersem baktım. Saate baktım, İsviçre saatine göre yediyi biraz geçiyordu. Nerede olduğumu fark edince birden midemin korkuyla kasıldığını hissettim.

Mide bulantısıyla yataktan kalkıp tam zamanında küçük tuvalete koştum. Parke zemine çöktüm; saçım alnıma, çenem de soğuk porselene yapışmıştı. Annemin sesini duyuyor, karşı çıkışlarını ve içimde dolaşan karanlık korkuyu hissediyordum. Bunu istemiyordum. Bir kez daha başarısız olduğumu görmek istemiyordum. Will'in ölmesini izlemek zorunda kalmak istemiyordum. Yüksek sesle öğürerek bir kez daha klozete eğildim.

Yemek yiyemedim. Sadece bir fincan koyu kahve içebilmiştim. Duş aldım, giyindim ve saat sekiz oldu. Dün gece çantama attığım açık yeşil elbiseye baktım ve gideceğim yer için uygun olup olmadığını düşündüm. Herkes siyah mı giyecekti? Daha canlı ya da daha hareketli bir şeyler mi giymeliydim? Mesela Will'in sevdiği kırmızı elbiseyi getirse miydim? Bayan Traynor beni niye buraya çağırmıştı? Katrina'yı arayıp arayamayacağımı düşünerek cep telefonumu kontrol ettim. Şimdi orada saat yedi olmalıydı. Büyük ihtimalle Thomas'ı giydiriyordu. Annemle konuşma fikri de o an fazla ağır geldi. Biraz makyaj yaptım ve pencerenin yanına oturdum. Dakikalar yavaş yavaş geçmeye başladı.

Sanırım hayatımda hiç bu kadar yalnız hissetmemiştim.

Küçük odada kalmaya daha fazla dayanamayacağımı düşünüp eşyalarımın geri kalan kısmını da çantama attım ve odadan çıktım. Bir gazete alıp lobide bekleyecektim. Bu, sessizce odada beklemekten, uydu yayınında haberleri izlemekten ve perdelerin boğucu karanlığından daha kötü olamazdı. Resepsiyonun önünden geçerken köşede duran bir bilgisayar bölmesi gördüm. Üzerinde *Misafirlerimiz içindir. Lütfen Resepsiyona Danışın* yazıyordu.

Resepsiyon görevlisine, "Bunu kullanabilir miyim?" diye sordum.

Başıyla onayladı ve ben de bir saatlik jeton aldım. O an kiminle konuşmak istediğime karar vermiştim. Günün bu saatinde internette olacağını adım gibi biliyordum. Sohbet odasına girdim ve bir mesaj yazdım:

Ritchie. Orada mısın?

Günaydın Arı. Bugün erkencisin?

Yazmaya başlamadan önce bir an duraksadım:

Hayatımın en garip gününe başlamak üzereyim. İsviçre'deyim.

Bunun ne anlama geldiğini biliyordu. Orada yazan herkes bunun ne anlama geldiğini biliyordu. Klinik daha önce de pek çok hararetli tartışmanın konusu olmuştu. Yazmaya devam ettim:

Korkuyorum.

O zaman neden oradasın?

Çünkü burada olmam lazım. Benden gelmemi istedi. Onu görmek için otelde bekliyorum.

Biraz duraksadıktan sonra tekrar yazdım:

Bugünün nasıl biteceği hakkında hiçbir fikrim yok.

Ah Arı!

Ona ne diyeceğim? Fikrini nasıl değiştireceğim?

Yazmadan önce yine bir duraksama oldu. Kelimeler ekranda normalde olduğundan daha yavaş beliriyordu. Sanki büyük bir ihtiyatla yazıyor gibiydi.

Eğer İsviçre'deyse fikrini değiştirebileceğinden emin değilim.

Boğazımda kocaman bir yumru hissettim ve yutkundum. Ritchie hâlâ yazıyordu.

Bu benim seçimim değil. Burada yazanların çoğunun seçimi değil. Ben hayatımı seviyorum, daha farklı olmasını istesem de seviyorum. Ama arkadaşının bu kararı vermesini de anlıyorum. Bu hayatı yürütmeye çalışmak çok yorucu, kimsenin tam olarak anlayamayacağı kadar sıkıntılı. Eğer kararını verdiyse, eğer onun için işlerin daha iyiye gideceğine dair bir inancı kalmadıysa sanırım yapabileceğin en iyi şey sadece orada olmak. Onun haklı olduğunu düşünmek zorunda değilsin. Ama orada olmak zorundasın.

Nefesimi tuttuğumu fark ettim.

İyi şanslar Arı. Tekrar konuşalım. Sonrasında hayat senin için biraz zor olabilir. Nasıl olursa olsun, senin gibi bir arkadaş edindiğim için mutluyum.

Parmaklarım klavyede duraladı.

Geleceğim.

Ardından resepsiyon görevlisi bana arabamın geldiğini söyledi.

Ne beklediğimi bilmiyorum, belki bir gölün kenarında beyaz bir bina veya karla kaplı dağlar olacaktı. Belki de hastane görünümlü mermer bir giriş kapısı ve duvarda altın rengi bir tabela vardı. Ama sanayi bölgesinden geçip fabrikalarla ve ne gariptir bir futbol sahasıyla çevrili sıradan bir ev gibi görünen bir binaya gelmeyi beklemiyordum. Havuz taşlarının kenarından yürüdüm. Japon balıklarının yüzdüğü havuzu geçtikten sonra içeriye alındım.

Kapıyı açan kadın kimin için geldiğimi hemen anladı. "Kendisi burada. Sizi götürmemi ister misiniz?"

İşte o an duraksadım. Kapalı kapıya baktım; garip bir şekilde aylar evvel önünde beklediğim müştemilatın kapısına benziyordu. Derin bir nefes aldım ve başımla onayladım.

Ondan önce yatağı gördüm. Maun rengi ahşap odaya hâkimdi ve tuhaf çiçek desenleri olan yorgan ve yastıkları oraya ait değil gibi görünüyordu. Bay Traynor bir tarafında, Bayan Traynor da diğer tarafında oturuyordu.

Bayan Traynor hayalet gibi solgundu. Beni gördüğünde ayağa kalktı. "Louisa."

Georgina köşede, tahta bir sandalyede oturuyordu. Dizlerine doğru eğilmiş, ellerini birbirine kenetlemişti. Sanki dua eder gibiydi. Ben içeri girince başını kaldırıp gölgeli gözlerle bana baktı. Gözleri duyduğu acıdan kızarmıştı. Bir an ona acıdım.

Katrina da böyle bir şey yapmak istese ne yapardım?

Oda aydınlık ve havadardı; pahalı ve kaliteli bir yazlık ev gibiydi. Yerler parkeydi, üzerinde pahalı halılar seriliydi ve sonunda küçük bir bahçeye bakan bir divan vardı. Ne söyleyeceğimi bilmiyordum. O kadar komik ve sıradan bir görüntüydü ki... Sanki üçü orada oturmuş o gün nereye gezmeye gideceklerini konuşuyordu.

Yatağa döndüm. Çantamı omzumda tutup, "Evet," dedim. "Galiba oda servisi işini pek de iyi yapamamış."

Will'in gözleri benimkilerle birleşti ve her şeye rağmen, tüm korkularıma rağmen, sabahtan beri iki kez kusmuş olmama rağmen ve bir yıldır uyumamış gibi hissetmeme rağmen bir anda geldiğim için memnun oldum. Aslında memnun değil, rahatlamıştım. Sanki acı çeken, kusurlu bir tarafımı kesip atmış gibiydim. Buna alışmıştım.

Sonra Will gülümsedi. Gülüşü çok güzeldi, her şeyin farkına varmış gibiydi.

Garip bir şekilde ben de kendimi ona gülümserken buldum. "Güzel bir oda," dedim ve anında ne kadar aptalca bir laf ettiğimin farkında vardım. Georgina Traynor'ın gözlerini kapattığını görünce kızardım.

Will annesine döndü. "Lou'yla konuşmak istiyorum. Olur mu?"

Bayan Traynor gülümsemeye çalıştı. O an kadının bakışlarında milyonlarca şey gördüm. Rahatlama, şükran, birkaç dakika da olsa dışarıda bırakılacağı için duyduğu belli belirsiz bir gücenme, hatta belki benim gelişimin bir anlamı olduğuna dair, belki bu kaderin hâlâ yön değiştirebileceğine dair az da olsa bir umut... "Tabii."

Yanımdan geçip koridora yöneldi ve ben de kapının önünden geriye çekilerek ona yol verdim. Geçerken hafifçe koluma dokundu. Gözlerimiz karşılaşınca onunkiler yumuşadı. Öyle ki bir an için tamamen başka biriymiş gibi göründü ve sonra da arkasına döndü.

Kızının yerinden kalkmadığını görünce, "Gel Georgina," dedi.

Georgina yavaşça ayağa kalkıp sessizce dışarı çıktı. Ne kadar gönülsüzce çıktığı her halinden belli oluyordu.

Sadece ikimiz kalmıştık.

Will yatağa dayanmış, solundaki pencereden dışarıyı görebileceği şekilde oturuyordu. Küçük bahçedeki fıskiye, havuzun etrafındaki ahşabın altından ince, berrak bir su fışkırtıyordu. Duvarda kötü bir çerçeveye konulmuş bir yıldızçiçeği resmi vardı. Son saatlerinde görmek için gerçekten kötü bir resim olduğunu düşündüm.

"Evet..."

"Yine başlamayacaksın, değil mi?"

"Hayır, fikrini değiştirmeye çalışmayacağım."

"Eğer buradaysan bunun benim seçimim olduğunu kabul ediyorsun. Kazadan beri belki de ilk kez bir şeyler benim kontrolüm altımda."

"Biliyorum."

İşte her şey bitmişti. Bunu biliyordu, ben de biliyordum. Yapabileceğim hiçbir şey kalmamıştı.

Hiçbir şey söylemeden durmanın ne kadar zor olduğunu bilir misiniz? Her bir hücreniz tam tersini yapmak için yanıp tutuşuyorken bu ne kadar da zordur. Havaalanından beri hiçbir şey söylemeyeceğim diye prova yapmıştım, ama bu beni öldürüyordu. Başımı salladım. Sonunda konuşmaya başladığımda ağzımdan küçücük, kırık bir ses çıktı. Söylerken içimin rahat edeceği tek şeyi söyledim.

"Seni özledim."

O zaman o da rahatladı. "Buraya gelsene." Ama ben tereddüt ettim. "Lütfen. Haydi, buraya, yatağa gel. Yanıma otur."

O zaman gerçekten rahatlamış bir ifadesi olduğunu fark ettim. Tam olarak ifade edemeyeceği bir şekilde beni gördüğüne sevinmişti. Kendi kendime bunun bile benim için yeterli olması gerektiğini söyledim. Benden istediği şeyi yapacaktım. Bunun ona izin vermem için yeterli olması gerekiyordu.

Yatakta yanına uzandım ve kolumu üzerine koydum. Başımı göğsüne dayadım ve göğsünün kalkıp indiğini hissettim. Will'in parmak uçlarını sırtımda, ılık nefesinin saçlarımda dolaştığını hissedebiliyordum. Gözlerimi kapatıp kokusunu içime çektim. Odanın taze havasına, hafifçe hissedilen o rahatsız edici dezenfektan kokusuna rağmen hâlâ burnuma her zaman kullandığı aynı pahalı sedir ağacı kokusu geliyordu. Hiçbir şey düşünmemeye çalıştım.

Sadece orada olmaya, sevdiğim adamı özümsemeye, ondan bana kalanları üzerime almaya çalıştım. Konuşamıyordum. Sonra sesini duydum. Ona o kadar yakındım ki konuştuğunda sesinin hafifçe içimde titreştiğini hissedebiliyordum.

"Hey, Clark," dedi. "Haydi bana güzel bir şeyler anlat."

Pencereden dışarı, parlak mavi İsviçre havasına baktım ve ona iki kişinin hikâyesini anlattım. Tanışmamış olmaları gereken ve tanıştıklarında birbirlerinden pek de hoşlanmayan, ama dünyada birbirlerini anlayabilecek yegâne kişiler olduklarını fark etmiş iki kişinin hikâyesi. Onların maceralarını, gittikleri yerleri ve görmeyi hiç beklemediği şeylerle karşılaştıklarını anlattım. Ona sihirli sözlerimle şimşekler çakan gökleri ve parıldayan denizleri, kahkaha ve aptalca şakalarla dolu öğleden sonraları hatırlattım. İsviçre'deki sanayi bölgesinden çok uzakta, hâlâ olmak istediği gibi bir insan olduğu dünyayı tasvir ettim. Benim için yarattığı, mucizeler ve yeni olanaklarla dolu dünyayı çizdim. Ona bir yarayı nasıl tahmin bile edemeyeceğim bir şekilde sardığını ve iyileştirdiğini anlattım. Sadece bu yüzden bile her zaman bir parçam ona borçlu kalacaktı. Konuşurken bunların ağzımdan çıkan en önemli sözler olduğunu biliyordum. Bunlar en doğru sözlerdi ve propoganda değildi. Fikrini değiştirmek için değil, ona saygı duyduğum için bunları anlatıyordum.

İşte, ona güzel bir şeyler söyledim.

Zaman yavaşlayıp durmuştu.. Sadece ikimiz vardık. Boş ve aydınlık odada mırıldanıyordum. Will pek bir şey söylemedi. Cevap vermedi ve tatsız yorumlarda bulunmadı. Dalga da geçmedi. Arada benimkine yaslanmış başıyla söylediklerimi onaylayıp mırıldandı ya da bir başka güzel anıyı hatırlamış gibi hafif bir ses çıkardı.Ona, "Hayatım boyunca geçirdiğim en güzel altı aydı," dedim.

Uzun bir sessizlik oldu.

"Garip ama Clark, benim için de öyle oldu."

Ve o an birden kalbim kırıldı. Yüzüm buruştu, dinginliğimi kaybettim ve bedenimin hıçkırıklarla sarsılmasını hissedeceğini umursamadan ona sımsıkı sarıldım. Bu his tüm bedenimi kaplamıştı. Kalbimi, midemi ve zihnimi parça parça ediyor, beni içine çekiyordu ve ben buna dayanamıyordum. Gerçekten buna dayanamayacağımı düşünüyordum.

"Yapma Clark," diye fısıldadı. Dudaklarını saçlarımda hissedebiliyordum. "Ah, lütfen. Yapma. Bana bak."

Gözlerimi sımsıkı kapadım ve başımı salladım.

"Bana bak, lütfen."

Fakat ona bakamıyordum.

"Kızgınsın, biliyorum. Lütfen. Seni incitmek istemiyorum veya seni..."

"Hayır..." Bir kez daha başımı salladım. "Sorun o değil. Bunu istemiyorum." Yanağım göğsüne yaslıydı. "Gördüğün son şeyin benim o sefil, kızarık suratım olmasını istemiyorum."

"Hâlâ anlamıyorsun, değil mi Clark?" Sesindeki gülümsemeyi duyabiliyordum. "Bu senin seçimin değil."

Tekrar sakinleşmem biraz zaman aldı. Burnumu silip derin bir nefes aldım. Sonunda dirseğim üzerinde doğrulup ona bakabildim. Uzun zamandır gergin ve mutsuz gözleri garip bir şekilde berrak ve rahatlamış görünüyordu.

"Kesinlikle çok güzel görünüyorsun."

"Çok komik."

"Buraya gel," dedi. "Hemen yanıma."

Bir kez daha uzandım; bu defa yüzüm ona dönüktü. Kapının üstündeki saati gördüm ve bir anda zamanın bittiğini anladım. Kolunu alıp sıkıca etrafıma doladım. Kollarımı ve tamamen ona kenetlenmek için bacaklarımı da üzerine doladım. Elini elime aldım ve parmaklarımı onunkilere geçirdim. Eklemlerini öperken parmaklarımı sıktığını hissedebiliyordum. Bedeni artık bana o kadar tanıdıktı ki... Vücudunu Patrick'inkinden daha iyi tanıyordum. Güçlü taraflarını ve kırılganlıklarını, yaralarını ve kokularını. Yüzümü yüzüne o kadar yaklaştırdım ki hatları belirsizleşti ve onların içinde kayboldum. Parmak uçlarımla saçlarını, tenini, kaşlarını okşadım. Yanaklarımdan yaşlar süzülüyor, burnu burnuma değiyordu. Tüm bu zaman boyunca sessizce beni izledi; sanki her bir parçamı saklamak ister gibi. Artık geri çekilmeye başlamıştı, ona ulaşamayacağım bir yere gidiyordu.

Onu geri getirmeye çalışarak öptüm. Öptüm ve dudaklarımı dudaklarının üzerine kenetledim. Nefeslerimiz birleşti, gözyaşlarım tuz olup tenine karıştı. Kendi kendime, onun her bir zerresinin vücudumda özümsenip yutulacağını canlı ve ebedi parçalar haline geleceğini söyledim. Her bir parçamı onun üzerine kurmak istiyordum. Ona benden bir şeyler bırakmak istedim. Hissettiğim her hayat parçacığını ona vermek ve onu hayatta kalmaya zorlamak istiyordum.

Onsuz yaşamaktan korktuğumu fark ettim. *Benim hayatımı yıkmaya ne hakkın var*, demek istiyordum. *Benim senin hayatın üzerinde hiçbir şey söylemeye hakkım yokken bunu yapmaya ne hakkın var?*

Ama bir söz vermiştim.

Ona sarıldım. Will Traynor, parlak şehir çocuğu, dalgıç, sporcu, gezgin, sevgili. Onu yakınımda tuttum ve hiçbir şey söylemedim. Aslında sessizce sevildiğini söylüyordum. Ah hem de ne kadar çok sevilmişti!

O şekilde ne kadar kaldık bilmiyorum. Dışarıdan gelen belli belirsiz sohbet seslerini, ayakkabı tıkırtılarını, uzaklarda bir yerlerde çalan çanları duyabiliyordum. Sonunda derin bir nefes verdiğini hissettim. Bu neredeyse bir titremeydi. Başını biraz daha geri çekti ki birbirimizi rahatça görebilelim.

Ona göz kırptım.

Bana ufak bir gülümsemeyle karşılık verdi; neredeyse özür diler gibi.

Sonra sessizce, "Clark," dedi. "Annemleri çağırabilir misin?"

27

CROWN SAVCILIĞI

Davacı: Savcı

Gizli Danışman

Davalı: William John Traynor

04.09.2009

Dedektifler yukarıdaki davayla ilgili tüm şahıslarla görüşmüşlerdir. İlgili tüm belgeler ektedir.

İnceleme konusu şahıs Sayın William Traynor 35 yaşında, Madingley Lewins şirketinin eski ortağı olup Londra'da ikamet etmektedir. Sayın Traynor 2007'de geçirdiği trafik kazası nedeniyle omurilik zedelenmesi geçirmiştir. C5/6 felç tanısı konmuş olup sadece bir kolda çok sınırlı hareket becerisi bulunmakta, 24 saat bakım alması gerekmektedir. Tıbbi geçmişi ektedir.

Belgelerden Sayın Traynor'ın İsviçre'ye yolculuğundan önce hukuki işlemlerini düzenlemek için çaba sarf ettiği anlaşılmaktadır. Şahitler huzurunda imzalanmış niyet beyanı Avukatı Sayın Michael Lawler tarafından tarafımıza iletilmiş olup öncesinde yapılmış muayeneyle ilgili tüm ilgili belgelerin kopyaları da verilmiştir.

Sayın Traynor'ın ailesi ve arkadaşları kendisinin hayatını sonlandırma arzusuna karşı olduklarını ifade etmişlerdir. Ancak tıbbi geçmişi ve kendi isteğiyle yaşamını sona erdirme çabaları göz önüne alındığında (detaylar hastane kayıtlarında bulunmaktadır) onu bu düşünden vazgeçirmeyi başaramamışlardır.

Bu durum özel olarak bu amaç için ayrılmış altı aylık dönemde de değişiklik göstermemiştir.

Sayın Traynor'ın vârislerinden biri de kadın bakıcısı Sayın Louisa Clark'tır. Sayın Traynor'la tanışık olduğu kısa geçmiş göz önünde bulundurulduğunda Sayın William Traynor'ın ona karşı göstermiş olduğu cömertlik sorgulanabilir, ancak taraflar Sayın Traynor'ın hukuki olarak belgelenmiş vasiyetiyle ters düşmek istememektedirler. Kendisi uzun süre sorgulanmış ve polis Sayın Traynor'ı niyetinden vazgeçirmek için gösterdiği tüm çabalar karşısında ikna olmuştur. (Lütfen kanıtlar için Bayan Clark'ın takvimine bakınız.)Şu da belirtilmelidir ki toplum içinde yıllardır saygıdeğer bir konuma sahip olan, şahsın annesi Sayın Camilla Traynor da davanın kamusallığından dolayı pozisyonundan istifa etmiştir. Kendisi ve kocasının oğullarının ölümünden kısa bir süre sonra boşandıkları anlaşılmaktadır.

Yabancı kliniklerde desteklenen intihar teşvik edilen bir durum olmamakla birlikte, toplanan kanıtlara bakıldığında Bay Traynor'un ailesinin ve ona bakım hizmeti sunanların eylemlerinin desteklenmiş intihar şartlarına uyduğu ve merhumun yakınlarına cezai takibat gerektiren bir durum olmadığı açıktır.

1. Bay Traynor karar almaya muktedirdir ve "gönüllü, açık, kararlı ve bilinçli" bir istekle bu kararı vermiştir.
2. Zihinsel bir rahatsızlığı ya da taraflardan herhangi birinin baskısı olduğuna dair herhangi bir bulgu yoktur.
3. Bay Traynor hayatını sonlandırmak istediğini net bir biçimde dile getirmiştir.
4. Bay Traynor'ın rahatsızlığı ağır ve tedavi edilemez bir seviyededir.
5. Bay Traynor'a bu eyleminde eşlik eden kişilerin eylemlerinin etki veya yardımı cüzi seviyededir.

6. Bay Traynor'a eşlik edenlerin eylemleri, kurbanın kararlı arzusu karşısında gönülsüz bir yardım olarak nitelendirilebilir.
7. Tüm taraflar, vakayı araştıran polise her türlü katkıyı sağlamışlardır.

Bu gerçekler göz önüne alındığında ve tarafların iyi halleri düşünüldüğünde, sunulan kanıtlara bakılarak böyle bir vakada kamu davası açılacak bir durum olmadığı görüşündeyim.

Eğer bu durumda kamu davası açılacak olursa Başsavcılığın Traynor vakasının herhangi bir emsal teşkil etmeyeceğinden emin olması, savcılığın bundan sonra benzeri vakaları kendi içinde ve kendi şartlarına göre değerlendirmesini öneririm.

En iyi dileklerimle,
Sheilagh Mackinnon
Crown Savcılığı

Sonsöz

Sadece talimatları takip ediyordum.

Kafenin koyu yeşil tentesinin gölgesine oturmuş, Francs Bourgeois Caddesi'nin uzunluğuna bakıyordum. Paris sonbaharının ılık güneşi yüzümün yan tarafını ısıtıyordu. Önümde duran garson el çabukluğuyla bir tabak kruvasan ve kocaman bir fincan filtre kahveyi önüme koyuvermişti. Caddenin yüz metre kadar aşağısında iki bisikletli trafik ışıklarının yanında durmuş sohbet ediyorlardı. Birinin arkasında, içinden garip bir şekilde iki bagetin sarktığı mavi bir sırt çantası vardı. Durgun ve kapalı havayı kahve, pasta ve birilerinden gelen keskin bir sigara kokusu kaplamıştı.

Treena'nın mektubunu bitirdim; aslında aramak istediğini, ama denizaşırı aramalara parası yetmediğini söylüyordu. Muhasebe 2 dersinin birincisi olmuştu ve yeni bir erkek arkadaşı vardı. Sundeep babasının ithalat-ihracat firması Heathrow'da çalışıp çalışmayacağına karar vermeye çalışan ve Treena'dan bile berbat bir müzik zevki olan bir adamdı. Thomas okulda bir üst sınıfa geçeceği için deli gibi heyecanlıydı. Babam işyerindeki tüm işleri hâlâ tıkır tıkır hallediyor, bana sevgilerini gönderiyordu. Annemin çok yakında beni affedeceğinden emindi. *Kesinlikle mektubunu aldı*, diyordu. *Okuduğunu biliyorum. Ona zaman tanı.*

Kahvemden bir yudum aldım ve aklım Renfrew sokağına, milyonlarca kilometre uzaklıktaki evime gitti.

Orada oturup gözlerimi kısarak batmaya hazırlanan güneşe karşı oturdum ve güneş gözlüklü bir kadının dükkân vitrinine bakarak saçını düzeltmesini izledim. Yansımasına bakıp dudaklarını büzdü, biraz dikleşti ve yoluna devam etti.

Fincanı masaya koyup derin bir nefes aldım ve öteki mektubu çıkardım. Bu mektubumu neredeyse altı haftadır yanımda taşıyordum.

Zarfın ön kısmında, ismimin altında büyük harflerle şöyle yazıyordu:

BU MEKTUBU SADECE FRANCS BOURGEOIS CADDESİ'NDEKİ CAFE MARQUIS'DE, KRUVASAN VE BÜYÜK BOY CAFÉ CRÈME EŞLİĞİNDE OKU. Zarfı ilk okuduğumda hem ağlamış hem gülmüştüm. Tipik Will işte, her yerinden zorbalık akıyor.

Önlüğünden onlarca küçük kâğıt sarkan uzun boylu çevik garson arkasını döndü ve gözlerimi yakaladı. Kaldırdığı kaşlarıyla, *Her şey yolunda mı?* diye sorar gibiydi.

"Evet," dedim. Sonra kendime güvensiz bir tonda tekrarladım. "*Oui*." Mektup daktiloyla yazılmıştı. Bu yazı tipini uzun süre önce bana yolladığı bir karttan tanıdım. Sandalyeme yaslandım ve okumaya başladım.

Clark,

Bunu okuduğunda birkaç hafta geçmiş olacak. Yeni keşfettiğin organizasyon becerilerini düşünürsek en geç Eylül başında Paris'e varmış olacağından eminim. Umarım kahve serttir ve kruvasanlar da tazedir. Havanın da kaldırımda hiçbir zaman tam olarak düz durmayan o metal sandalyelerde oturacak kadar güneşli olmasını ümit ediyorum. Marquis hiç de fena bir yer değildir. Eğer öğlen yemeği için tekrar gitmek istersen bifteğini tavsiye ederim. Yolun sonunda, soluna bakarsan L'Artisan Parfümeri'yi göreceksin. Bu mektubu okuduktan sonra oraya gidip ismi Papillons Extrême gibi bir şey olan (tam hatırlamıyorum) kokuyu denemelisin. O kokunun sana her zaman çok yakışacağını düşünmüşümdür.

Tamam, talimatlar sona erdi. Sana söylemek istediğim birkaç şey var. Bunları yüzüne söylemeyi tercih ederdim, ama duygusallaşıp tüm bunları yüksek sesle söylememe fırsat vermezdin. Çünkü gerçekten çok konuşuyorsun.

Michael Lawler'dan aldığın ilk mektuptaki çek sana vermek istediğim miktarın tamamı değildi. Bu sadece işsizliğinin ilk haftalarının kolay geçmesi ve seni Paris'e ulaştırması için ufak bir hediye.

İngiltere'ye döndüğünde bu mektubu Micheal'ın Londra'daki ofisine geri götür ki senin adına açtığım hesaba ulaşabilmen için gerekli belgeleri sana versin. Bu miktar kendine yaşayacak güzel bir yer alman, üniversite masraflarını karşılaman ve tam zamanlı eğitim görürken günlük giderlerini çıkarman için yeterli olacaktır.

Annem ve babamın bütün bunlardan haberi olacak. Umarım bu şekilde ve Michael Lawler'ın yaptığı yasal işlemler sayesinde mümkün olduğunca az sıkıntı yaşanır.

Clark, hızlı ve derin nefesler almaya başladığını buradan duyabiliyorum. Panikleme ve parayı reddetmeyi düşünme. Bu hayatının sonuna kadar kıçının üstünde oturmana yetecek kadar büyük bir miktar değil. Ama hem ikimizin de yuva bildiği o klostrofobik kasabadan hem de seni, şu ana kadar vermek zorunda hissettiğin kararlardan özgürleştirmeye yetecektir. Sana bu parayı bana hasret kal veya hayat boyu borçlu ol diye vermiyorum. Bunun benden sana lanet olası bir hatıra olarak kalmasını da istemem.

Sana bu parayı veriyorum, çünkü beni artık mutlu eden pek bir şey yok, sadece sen varsın.

Beni tanımanın sana acı ve hüzün getirdiğinin farkındayım. Umarım bir gün bana daha az öfkeli ve kırgın olduğunda sadece bu yaptığımdan başka yapacak bir şeyim olmadığını, bunun gerçekten iyi bir yaşama sahip olmana, benimle tanışmasaydın sahip olacağın hayattan daha iyi bir hayata sahip olmana yardımcı olacağını da anlarsın.

Yeni kurduğun dünyanda bir süre rahatsız hissedeceksin. Rahat olduğun bir hayattan çıkmak insana her zaman garip gelir. Ama umarım biraz da coşku hissediyorsundur. O gün dalıştan döndüğündeki yüzün bana her şeyi anlatıyordu. Senin içinde açlık var Clark. Ve bir de korkusuzluk. Sadece çoğu insanın yaptığı gibi bu hisleri gömmüşsün.

Tüm bunları sana yüksek binalardan atla ya da balinalarla yüz diye söylemiyorum. Her ne kadar bunları yaptığını düşünürken içten içe keyiflensem de sana sadece cesurca yaşa diyorum. Asla durma, sakın bir yerlerde takılı kalma. O çizgili külotlu çorapları gururla giy. Ve eğer ille de ahmak bir herifle yaşayacağım diye tutturacaksan paranın bir kısmını bir yerlerde yastık altı yaptığından emin ol. Hayatta hâlâ fırsatlarının olduğunu bilmek bir lüks. Bunları sana vermiş olduğumu bilmek içime biraz olsun su serpiyor.

İşte böyle. Kalbimde bir iz bıraktın Clark. Komik kıyafetlerin, kötü esprilerin ve en küçük bir duygunu bile saklamak konusundaki beceriksizliğinle odamdan içeri girdiğin ilk andan itibaren bende bir iz bıraktın. Sen benim hayatımı, bu paranın senin hayatını değiştireceğinden çok daha fazla değiştirdin.

Beni o kadar da sık düşünme. Seni sulu gözlü bir şekilde hatırlamak istemiyorum. Sadece iyi yaşa.

Sadece yaşa.

Sevgiyle,

Will

Önümde duran eskimiş masaya bir damla düştü. Avucumun içiyle yanağımı sildim ve mektubu masanın üzerine koydum. Tekrar net bir şekilde görebilmem için birkaç dakika geçmesi gerekti.

"Bir kahve daha ister misiniz?" Garson tekrar önümde belirmişti.

Ona baktım. Düşündüğümden daha gençti ve o kibirli havası kaybolmuştu. Belki de Paris'te garsonlar kafelerinde ağlayan kadınlara nazik olmaları konusunda eğitilmişlerdi.

"Ya da belki... bir konyak?" Mektuba baktı ve gülümsedi; anlar gibi bir hali vardı.

Gülümseyerek, "Hayır," dedim. "Teşekkürler. Benim... benim yapacak işlerim var."

Hesabı ödedim ve mektubu dikkatli bir şekilde katlayıp cebime koydum.

Masanın arkasından çıkıp omzumdaki çantayı düzelttim ve sonra parfümeriye doğru, Paris'te yola koyuldum.

Teşekkür

İlk olarak Curtis Brown'daki temsilcim Sheila Crowley'ye ve Penguin'deki editörüm Mari Evans'a teşekkür etmek istiyorum. İkisi de bu kitabı okur okumaz bir aşk hikâyesiyle karşı karşıya olduklarını anladılar.

Bu kitabı yazıp yazamayacağımdan ve dahası, yazıp yazmamam gerektiğinden emin olamazken bana destek çıkan Maddy Wickham'a da teşekkür ediyorum.

Ayrıca Curtis Brown'daki muhteşem ekibe, özellikle de Johny Geller, Tally Garner, Katie McGowan, Alice Lutyens ve Sarah Lewis'e tüm çabaları için teşekkürler.

Bunun yanı sıra Penguin'deki Louise Moore, Clare Ledingham ve Shân Morley Jones'a da teşekkür etmek isterim.

Writersblock topluluğundaki herkese gerçekten minnettarım. Orası benim için âdeta bir Dövüş Kulübü oldu.

India Knight, Sam Baker, Emma Beddington, Trish Deseine, Alex Heminsley, Jess Ruston, Sali Hughes, Tara Manning ve Fanny Blake'e de teşekkürler.

Lizzie ve Brian Sanders'a, Jim, Bea ve Clemmie Moyes'e ve herkesten çok Charles, Saskia, Harry ve Lockie'ye sonsuz teşekkürler.